Éloges

sur les sœurs

HIDDEN CURRENTS

« Feehan présente une histoire déchirante et turbulente [...]. Le nom Feehan est réellement synonyme de l'art de raconter une histoire de façon superbe ! »

— *Romantic Times*

TURBULENT SEA

« À la recherche d'une romance avec un personnage principal masculin sexy : voici le roman pour vous ! »

— *Errant Dreams*

SAFE HARBOR

« Wow ! [...] Cela dépasse toutes vos attentes [...]. Une histoire d'amour chargée en émotions, mais aussi en [...] action et en suspense [...]. Ne passez surtout pas à côté. »

— *Romance Reviews Today*

DANGEROUS TIDES

« Un roman riche en enchantement et saupoudré d'une bonne dose de danger. De la pure magie ! »

— *Romantic Times*

OCEANS OF FIRE

« Un thriller romantique stimulant, doublé d'un vrai classique ! »

— *Romantic Times*

THE TWILIGHT BEFORE CHRISTMAS

« Effrayante, pleine de suspense, passionnée et enrichissante : loin d'être une romance des Fêtes ordinaire, mais une histoire à savourer et à retenir. »

— *Library Journal*

MAGIC IN THE WIND

« Une lecture divertissante et d'une fraîcheur délicieuse. J'en veux davantage ! »

— *The Best Reviews*

Rikki

Signature
Collection

SEA HAVEN

Rikki

Christine Feehan

Traduit de l'anglais par
Roxanne Berthold

ND
ÉDITIONS

Éditeur : Nycolas Doucet
Révision éditoriale : Matthieu Fortin
Traduction : Roxanne Berthold
Révision linguistique : Féminin pluriel
Correction d'épreuves : A. Faulkner
Conception de la couverture : Matthieu Fortin
Illustration de la couverture : © Getty images
Mise en pages : Matthieu Fortin
ISBN papier 978-2-89765-973-8
ISBN PDF numérique 978-2-89765-974-5
ISBN ePub 978-2-89765-975-2
Première impression : 2018
Dépôt légal : 2018
Bibliothèque et Archives nationales du Québec
Bibliothèque et Archives Canada

Éditions ND Inc.
1385, boul. Lionel-Boulet
Varennes, Québec, Canada, J3X 1P7
Téléphone : 450-929-0296
Télécopieur : 450-929-0220
www.ada-inc.com
info@ada-inc.com

Imprimé au Canada

Québec
Crédit d'impôt livres
Gestion SODEC

Financé par le gouvernement du Canada | Canada

Participation de la SODEC.
Nous reconnaissons l'aide financière du gouvernement du Canada par l'entremise du Fonds du livre du Canada (FLC) pour nos activités d'édition.
Gouvernement du Québec — Programme de crédit d'impôt pour l'édition de livres — Gestion SODEC.

Dédié à Mike Carpenter et à notre bien-aimée Lillyana

À mes lecteurs

N'oubliez pas de visiter le www.christinefeehan.com/members/ et de vous inscrire à mon infolettre pour connaître mes prochaines publications et pour télécharger votre exemplaire électronique gratuit de mon livre *Dark Desserts* (en version originale anglaise). N'hésitez pas à communiquer avec moi par courriel, au christine@christinefeehan.com (en anglais) : j'aimerais beaucoup avoir de vos nouvelles.

Remerciements

Je n'aurais jamais pu écrire ce roman sans l'aide de deux hommes merveilleux. Mike Carpenter a consacré des heures innombrables à m'expliquer les principes de la pêche à l'oursin. Il nous a gracieusement accueilli à bord de plusieurs bateaux et nous a emmenés sur la rivière jusqu'au port d'Albion, face à la houle sauvage de l'océan. Il m'a fourni des documents de recherche incroyables et a répondu à toutes mes questions, même les plus ridicules. Toute erreur dans ce roman n'incombe qu'à moi, puisqu'il m'a tout expliqué plus d'une fois. Mike, j'espère avoir fait justice à tes enseignements.

Cody Tucker m'a aidée à comprendre un monde que la plupart d'entre nous ne voyons que de l'extérieur. Il a passé beaucoup de temps à m'aider à comprendre la sensation qu'une personne peut ressentir en passant d'un monde où elle ne se sent pas tout à fait à l'aise à un autre où tout est vivant et splendide.

Et, bien sûr, je remercie notre belle Lillyana, qui nous démontre chaque jour la signification du courage véritable.

Merci à Mark King, Skip Williams et Clint Wyant d'avoir répondu à mes questions au sujet des pratiques de lutte contre les incendies et les fonctions de shérif sur la côte de Mendocino. Bien entendu, comme il s'agit d'une œuvre de fiction, j'ai pris quelques libertés !

1

Des flammes s'élevèrent sur les murs pour se propager sur le plafond. Orange. Rouges. *Vivantes.* Le feu la toisa droit dans les yeux. Elle l'entendit respirer. Il s'embrasa en sifflant et en crachant pour la suivre tandis qu'elle rampait sur le sol. La fumée tourbillonna dans la pièce et l'étouffa. Elle resta près du sol et retint son souffle dans la mesure du possible. Pendant ce temps, les flammes voraces se tendirent vers elle, léchant, roussissant et brûlant sa peau, grillant le bout de ses cheveux.

Des morceaux de débris enflammés tombèrent du plafond, du verre se fracassa. Une série de petites explosions détonnèrent dans la pièce ; les ampoules éclatant sous l'effet de la chaleur extrême. Elle se traîna vers la seule sortie : la petite trappe à chien dans la cuisine. Derrière elle le feu rugit comme s'il était enragé de constater qu'elle tentait de s'évader.

Le feu chatoya comme un mur dansant. Sa vision se réduisit comme si elle portait des œillères jusqu'à ce que les flammes prennent l'aspect d'un monstre géant tendant vers elle de longs bras et une tête déformée et spectrale. Le monstre rampa sur le sol derrière elle, sa langue hideuse léchant ses pieds nus. Elle cria, mais le seul son à émerger de sa bouche fut une toux étouffée et terrible. Elle se retourna pour faire face à son ennemi et sentit sa malveillance tandis que ses flammes se déversèrent sur elle pour tenter de la consommer, de la dévorer jusqu'à la moelle. Son cri parvint enfin à percer la boule horrible dans sa gorge, et elle hurla sa terreur dans un gémissement aigu. Elle tenta d'appeler à l'aide, de supplier l'eau de venir à elle, de la sauver, de la baigner dans un liquide froid et apaisant. Au loin le hurlement des sirènes se fit entendre de plus en plus fort. Elle se jeta sur le côté pour éviter les flammes…

Rikki Sitmore atterrit durement sur le plancher à côté de son lit. Elle demeura couchée là, le cœur emballé, la terreur battant dans ses veines, son esprit luttant pour comprendre que ce n'était qu'un cauchemar. Le même cauchemar si familier. Elle était saine et sauve, même si elle continuait de sentir la chaleur du feu sur sa peau.

— Merde.

Sa main chercha à tâtons le réveil, ses doigts frappant l'appareil à l'aveuglette pour trouver le bouton qui arrêterait l'alarme dont le bruit lui rappelait tant la sirène du véhicule d'incendie de son rêve. Dans le silence qui suivit, elle entendit le son de l'eau qui coule, qui répond à son appel à l'aide, et sut, par expérience, que chaque robinet de sa maison était ouvert.

Elle s'obligea à s'assoir en grognant doucement quand son corps s'opposa au mouvement. Ses articulations et ses muscles élançaient comme si elle était demeurée immobile durant des heures.

D'une main Rikki essuya son visage couvert de sueur et se traîna debout, forçant son corps douloureux à se déplacer d'une pièce à l'autre pour ferme les robinets. Enfin, il ne resta plus que le lavabo et la douche de sa salle de bain. Quand elle revint dans sa chambre à coucher, elle alluma la radio, et la musique du poste de radio côtier envahit la pièce. Elle avait besoin de la mer aujourd'hui. Sa mer bien-aimée. Rien d'autre n'arrivait à la calmer si bien quand son passé se dressait trop près.

Dès qu'elle franchit le seuil de la salle de bain, les couleurs apaisantes de la mer vinrent l'envelopper dans une paix instantanée. Les carreaux vert ardoise sous ses pieds étaient assortis à l'océan de tuiles bleues et lustrées des murs dans lequel des tortues nageaient.

Elle prenait toujours une douche le soir pour chasser l'odeur de la mer de sa peau, mais après un cauchemar particulièrement poignant, un jet d'eau sur sa peau lui donnait l'impression de guérir son âme. L'eau coulait déjà dans la douche, l'appelant à elle, et Rikki entra dans la cabine. Tout de suite, l'eau l'apaisa, pénétra dans ses pores, la rafraîchit. Son talisman à elle. Sur sa peau les gouttes étaient sensuelles ; la perfection de leurs formes la fascinait presque. Perdue dans cette clarté, elle laissa ses pensées errer vers d'autres lieux où le chaos était complètement éliminé de son esprit.

Ce qui la blessait ordinairement — les sons, les textures, les éléments du quotidien que d'autres tenaient pour acquis — fut effacé par l'eau en même temps que le sel de la mer et la sueur provoquée par ses cauchemars. Quand Rikki se tenait sous l'eau, elle accédait à la seule normalité qui lui était accessible et elle se délectait de la sensation. Comme toujours, elle se perdit dans la douche, disparut dans le plaisir propre et rafraîchissant qu'elle lui apportait jusqu'à ce que, brusquement, l'eau chaude devienne glacée et la fasse sortir de sa transe dans un sursaut.

Quand elle arriva à respirer sans frémir, elle se sécha et enfila ses survêtements sans s'attarder sur les cicatrices sur ses mollets et ses pieds. Elle ne voulait pas revivre ces moments ; pourtant, chaque nuit, le feu revenait, la toisant du regard, la condamnant à mourir.

Elle frissonna, monta le son de la radio afin de pouvoir l'entendre partout dans la maison et prit son ordinateur portable avec elle dans le couloir jusqu'à la cuisine. Un café béni était la seule réponse à opposer à la stupidité. Elle mit le percolateur en marche tout en tendant l'oreille au bulletin d'actualités locales de la radio. Elle se laissa tomber sur une chaise et s'immobilisa afin de bien entendre les prévisions météorologiques. Elle voulait connaître l'état d'âme de sa maîtresse ce matin. Calme ? En colère ? Légèrement tempétueuse ? Elle s'étira et écouta. Des eaux calmes. Une faible brise.

« Un satané exercice d'alerte au tsunami ? »

« Pas encore. »

— Quelle bêtise, marmonna-t-elle à voix haute, les épaules basses. Nous n'avons pas besoin d'un autre exercice.

Ils venaient tout juste d'en mener un. Tout le monde avait suivi les ordres. Comment avait-elle pu manquer l'annonce d'un nouvel exercice dans les actualités locales ? Quand les autorités effectuaient un exercice de cette ampleur, il faisait toujours l'objet d'un grand battage médiatique. D'un autre côté… Rikki se redressa sur sa chaise, un sourire naissant sur son visage. L'exercice d'alerte au tsunami pourrait lui offrir exactement l'occasion qu'elle cherchait à saisir. Aujourd'hui était la journée parfaite pour se rendre au boulot. Grâce à l'alerte, elle serait seule en mer : elle aurait l'océan pour elle seule. L'occasion idéale de visiter son lieu de plongée secret pour y puiser la petite fortune en oursins qu'elle y avait découverte. Elle avait repéré l'endroit des semaines plus tôt, mais elle ne voulait pas prendre le risque d'y effectuer une plongée et que d'autres personnes découvrent son trésor.

Rikki se versa une tasse de café, puis sortit sur la véranda pour se délecter de sa boisson aromatique. Elle allait faire beaucoup d'argent aujourd'hui. Peut-être même assez d'argent pour rembourser les femmes qui l'avaient accueillie au sein de leur famille et avaient assumé des frais pour elle. Sans elles, Rikki ne posséderait pas le bateau qu'elle chérissait tant. Elle réussirait probablement à le remplir en seulement quelques heures de travail. Avec un peu de chance le responsable du traitement accorderait lui aussi la valeur qu'elle donnait aux oursins et lui verserait le plein prix pour ceux-ci.

Rikki survola des yeux les feuilles des arbres qui bruissaient dans la lumière de l'aube. Des oiseaux voltigeaient de branches en branches, et des dindons sauvages se promenaient le long du ruisseau éloigné où elle avait répandu des grains pour eux. Un jeune daim broutait dans le pré non loin de sa maison. Assise là, à boire son café à petites gorgées et à observer la faune autour d'elle, elle sentit son esprit et son corps se recentrer.

Jamais elle n'aurait cru un jour avoir la chance d'habiter un tel endroit, d'avoir une vie comme celle-là. Et en effet, cette vie n'aurait pas été possible si ce n'était des cinq étrangères qui étaient entrées dans sa vie et qui l'avaient accueillie dans la leur. Elles avaient transformé sa vie pour toujours.

Elle leur devait tout – ses « sœurs ». Elles n'étaient pas ses sœurs biologiques, mais aucune sœur de sang ne pourrait lui être plus chère. Elles se définissaient comme des sœurs de cœur, et c'était exactement ce qu'elles étaient pour Rikki. Ses sœurs. Sa famille. Elle n'avait personne d'autre et savait que jamais elle ne trouverait quiconque pour les remplacer. Ses sœurs pouvaient compter sur sa loyauté féroce et inébranlable.

Ces cinq femmes avaient cru en elle quand elle avait elle-même perdu la foi, au moment où elle était le plus brisée. Elles l'avaient invitée à devenir l'une des leurs, et même si Rikki avait été terrifiée de leur apporter quelque chose d'horrible, elle avait accepté l'offre. C'était ça ou choisir la mort. Cette seule décision avait été la meilleure de sa vie.

La famille – les six femmes – habitaient sur la ferme. Plus de cent vingt hectares où étaient nichées six jolies maisons. La sienne était la plus petite. Rikki savait que jamais elle ne se marierait ni n'aurait d'enfants ; elle n'avait donc pas besoin d'une grande demeure. Par ailleurs, elle affectionnait la simplicité de sa petite maison, son concept ouvert, ses hautes poutres et les couleurs apaisantes de la mer qui lui donnaient une telle impression de paix.

Un frisson d'avertissement parcourut son corps. Elle n'était pas seule. Rikki tourna la tête, et sa tension diminua légèrement à la vue d'une femme qui approchait. Grande et mince avec une chevelure blonde élégante sans la trace de mèches grises malgré ses quarante-deux ans, Blythe Daniels était la plus âgée des cinq sœurs de Rikki, et le groupe lui reconnaissait le rôle de matriarche.

— Bonjour, toi, la salua Rikki. Tu n'arrivais pas à dormir ?

Blythe lui adressa un sourire éclatant ; un sourire que Rikki trouvait si beau et attachant : légèrement de travers, mais donnant un aperçu des dents blanches que la nature (et non un appareil dentaire) lui avait données.

— Tu n'iras pas en mer aujourd'hui, n'est-ce pas ? demanda Blythe avant de se diriger d'un pas nonchalant vers le côté de la maison afin de fermer le robinet extérieur.

— Bien sûr que oui.

Merde : elle aurait dû vérifier les quatre tuyaux d'arrosage de la maison. Rikki évita le regard sage de Blythe.

Blythe regarda du côté de la mer d'un air inquiet.

— J'ai un mauvais pressentiment…

— Vraiment ? fit Rikki, les sourcils froncés, et se leva, les yeux tournés vers le ciel. La journée me semble idéale.

— Emmèneras-tu un assistant de plongée ?

— *Fichtre,* non.

Blythe poussa un soupir.

— Nous en avons déjà parlé. Tu avais dit que tu y songerais. Ce serait plus sécuritaire, Rikki. Tu ne devrais pas plonger seule.

— Je n'aime pas que quelqu'un d'autre touche mon équipement. Les autres enroulent mal mes tuyaux. Ils ne replacent pas les outils. Non. Je ne veux rien savoir.

Elle s'efforça de ne pas prendre un ton belliqueux, mais elle *refusait* que quiconque l'accompagne sur son bateau et sème la pagaille dans ses affaires.

— C'est plus sécuritaire.

Rikki roula des yeux. En quoi avoir un idiot sur son bateau pendant qu'elle était sous l'eau changerait quoi que ce soit au fait qu'elle plongeait seule ? Cependant, elle ne partagea pas ses pensées à voix haute et essaya plutôt de sourire. Ce qui était difficile. Elle ne souriait pas beaucoup, surtout quand les cauchemars étaient encore trop près dans son esprit. Et quand elle était pieds nus. Elle n'aimait pas être surprise pieds nus, et malgré sa meilleure volonté, Blythe ne put empêcher son regard de se tourner vers les cicatrices qui couvraient les pieds et les mollets de Rikki.

Rikki se tourna vers la maison.

— Aimerais-tu une tasse de café ?

Blythe opina.

— Je peux me servir, Rikki. Profite du matin.

Même vêtue d'un survêtement léger et de chaussures de course, Blythe parvenait à paraître élégante. Rikki n'avait aucune idée comment elle s'y prenait. Blythe était raffinée, éduquée et tout ce que Rikki n'était pas, mais cette différence ne semblait jamais déranger Blythe.

Rikki prit une respiration et s'obligea à se rassoir en repliant ses pieds sous elle et en tentant de ne pas paraître troublée par l'idée que quelqu'un entre dans sa maison.

— Tu bois ton café noir, encore une fois, dit Blythe avant de laisser tomber un cube de sucre dans la tasse de Rikki.

Rikki fronça les sourcils.

— Ce n'était pas gentil.

Elle fouilla des yeux les alentours à la recherche de ses verres fumés pour cacher son regard direct. Elle savait que son regard troublait la plupart du monde. Blythe ne semblait jamais en être ennuyée, mais Rikki ne voulait pas courir le risque. Elle trouva ses lunettes sur la rampe et enfonça la monture contre son nez.

— Si tu comptes plonger aujourd'hui, tu en auras besoin, fit remarquer Blythe. Tu es beaucoup trop mince, et j'ai remarqué que tu n'as pas fait les emplettes encore une fois.

— J'ai fait les courses. Il y a une tonne de bouffe dans les armoires, indiqua Rikki.

— Du beurre d'arachide ne constitue pas de la bouffe. Et c'est tout ce qu'il y a dans ton armoire. Je parle de vraie nourriture, Rikki.

— J'ai aussi des friandises Reese's et des coupelles au beurre d'arachide. Et des bananes.

Si quiconque d'autre avait fureté dans ses armoires, Rikki en aurait été furieuse, mais il lui était impossible de se fâcher contre Blythe.

— Tu dois essayer de mieux te nourrir.

— Je fais un effort. J'ai ajouté les bananes, comme tu me l'as demandé. Et je mange du brocoli chaque soir.

Rikki grimaça à cette pensée. Elle trempait le légume cru dans du beurre d'arachide pour le rendre mangeable, mais comme elle en avait fait la promesse à Blythe, elle le mangeait fidèlement.

— Je commence à en apprécier le goût, même si c'est vert et ça me donne l'impression d'avoir de petits cailloux dans la bouche.

Blythe rit.

— Eh bien, merci d'au moins manger le brocoli. Où iras-tu plonger ?

Rien d'étonnant à ce que Blythe pose la question. Rikki remua légèrement d'inconfort. Blythe était l'une de ces personnes à qui il était impossible de mentir — en plus d'être impossible à ignorer — alors que Rikki avait souvent recours au mensonge.

— J'ai trouvé cette manne et je veux la récolter pendant que c'est possible.

Blythe grimaça à son tour.

— N'utilise pas le jargon de la plongée, ma chérie. Parle français ; je n'ai aucune idée de quoi tu parles.

— Des oursins, des rangs et des rangs. Ils sont si nombreux que je pense pouvoir en pêcher près de deux mille kilos en quelques heures. L'argent nous serait certainement utile.

Blythe observa Rikki par-dessus le rebord de sa tasse, son regard calme.

— Où, Rikki ?

Blythe était comme un fichu bulldog quand elle refusait de lâcher le morceau.

— Au nord de Fort Bragg.

— Tu m'as déjà dit que cette région était dangereuse, lui remémora Blythe.

Rikki se réprimanda en silence pour sa langue pendue. *Jamais* elle n'aurait dû leur parler de ses impressions étranges à propos de cet endroit.

— Non, j'ai dit qu'elle donnait froid dans le dos. L'océan est dangereux partout, Blythe, mais tu sais que j'ai la sécurité à cœur. Je suis toutes les précautions de plongée nécessaires et mes règles personnelles de sécurité à la lettre. Je suis prudente et je ne cède pas à la panique.

Normalement, elle ne plongeait pas le long de la ligne de faille qui courait non loin de la côte de Fort Bragg parce que l'abysse y était profond et servait de terrain de chasse aux grands requins blancs. En général, elle œuvrait plus bas, près du fond marin. Les requins chassaient d'en bas, si bien qu'elle était relativement en sécurité, mais cueillir des oursins près de la plate-forme comportait un risque. Elle ferait du bruit, et un requin pourrait arriver de sous la plate-forme. Cependant, l'argent qu'elle tirerait de cette pêche… Elle voulait tant rembourser ses sœurs pour toutes les dépenses qu'elles avaient encourues pour l'aider à s'équiper de son bateau.

Blythe secoua la tête.

— Je ne parle pas de tes règles de sécurité. Nous savons toutes que tu es une excellente plongeuse, Rikki, mais tu ne devrais pas partir seule sur l'océan. Tout pourrait arriver.

— Si je suis seule, je ne suis responsable que de ma vie. Je n'ai pas à me fier sur personne d'autre. Chaque seconde compte, et je sais exactement quoi faire. J'ai eu des ennuis d'innombrables fois, mais j'arrive à me débrouiller. C'est plus facile si je suis seule.

Sans compter qu'elle n'avait pas à parler à quiconque ni à se montrer agréable. Elle pouvait être elle-même.

— Pourquoi iras-tu au nord de Fort Bragg ? Tu m'as dit que le sol marin y était très différent et que les requins y étaient plus fréquents, et ça me fait flipper.

Alors que quelques secondes plus tôt, elle était mal à l'aise, Rikki se surprit maintenant à vouloir sourire. Blythe utilisant l'expression « ça me fait flipper » signifiait qu'elle avait passé du temps avec Lexi Thompson. Lexi était la plus jeune de la « famille ».

— J'ai trouvé une plate-forme à une profondeur d'environ dix mètres qui est couverte d'oursins. Ils ont l'air fantastiques. La ligne de faille traverse cette zone ; il y a donc un abysse d'une largeur d'environ douze mètres, puis une autre plate-forme, légèrement plus petite, mais couverte d'oursins aussi. Personne n'a repéré ce lieu. C'est une manne, Blythe ; des rangs et des rangs d'oursins. Je pourrai en recueillir un bon deux mille kilos avant de déguerpir. Je n'y retournerai que lorsqu'il n'y aura personne dans les parages.

Blythe ne pouvait faire autrement que d'entendre l'excitation dans la voix de Rikki. Elle secoua la tête.

— Je n'aime pas ça, mais je comprends.

Et voilà l'ennui : elle comprenait. Rikki était aussi brillante que recluse. Elle semblait tenir ses talents pour acquis. Blythe pourrait lui demander de programmer quelque chose sur son ordinateur, et Rikki créerait un programme qui fonctionnait mieux et plus rapidement que tout ce que Blythe aurait essayé.

Tout chez Rikki baignait dans la tragédie, et Blythe éprouvait souvent l'envie de la serrer fort dans ses bras, mais elle savait que ce n'était pas la chose à faire. Rikki était très fermée au toucher humain, aux relations — en gros, à tout ce qui avait à voir avec les autres. Elle avait laissé chacune des cinq femmes entrer dans sa vie, mais il y avait une limite à ne pas franchir, sans quoi, Rikki se refermerait. Elle était hantée par son passé ; par les incendies qui avaient tué ses parents et décimé ses foyers d'accueil. Par le feu qui lui avait ôté son fiancé, la seule personne que Rikki s'était jamais laissé à aimer.

— Tu as fait un autre cauchemar, n'est-ce pas ? demanda Blythe. Au cas où tu te posais la question, j'ai fermé le robinet des trois autres boyaux autour de ta maison.

Blythe ne lui demanda pas comment les robinets s'étaient ouverts. Toute la famille savait que l'eau et Rikki allaient de pair et que des événements étranges se produisaient quand Rikki faisait des cauchemars.

Rikki se mordit la lèvre. Elle tenta de hausser les épaules avec désinvolture, comme pour prétendre que ses cauchemars étaient sans importance, même si les deux femmes savaient que c'était loin d'être le cas.

— Peut-être. Oui, je continue de faire des cauchemars.

— Mais tu en fais souvent dernièrement, la poussa gentiment Blythe. N'était-ce pas le quatrième ou le cinquième en quelques semaines ?

Elles savaient toutes deux que le décompte était plus élevé. Rikki expira bruyamment.

— C'est une autre raison pour laquelle je veux aller plonger aujourd'hui. Souffler des bulles me fait toujours du bien.

— Tu ne prendras aucun risque, s'aventura Blythe. Je pourrais t'accompagner ; prendre un livre avec moi et lire sur le bateau.

Rikki savait que Blythe tentait de voir s'il était possible qu'elle se montre imprudente délibérément. Si Rikki ne pleurait pas toujours ses pertes et continuait de s'en blâmer. Comme elle en ignorait la réponse, elle changea de tactique.

— Je croyais que tu allais au mariage. Elle Drake se marie aujourd'hui, non ? Tu avais hâte à ce mariage.

Une autre raison pour laquelle elle aurait l'océan pour elle seule. Tout le monde était invité au mariage chez les Drake.

— Si tu ne viens pas au mariage et dois prendre la mer, je serai heureuse de lire un livre au large, insista Blythe.

Rikki lui souffla un baiser.

— Il n'y a que toi pour renoncer à assister à un mariage pour venir avec moi. Tu vomirais tout le temps que nous serions en mer. Tu as le mal de mer, Blythe.

— J'essaie le gingembre frais, dit Blythe. Lexi affirme que c'est le remède miracle.

— Elle est bien placée pour le savoir.

Lexi savait tout ce qu'il y avait à savoir sur les plantes et leur usage. Si elle affirmait que du gingembre frais aiderait à soulager le mal de mer, Rikki était persuadée que c'était le cas, mais elle ne permettrait *pas* à Blythe de sacrifier une journée amusante simplement parce qu'elle s'inquiétait pour sa sécurité. La vie de Rikki appartenait à la mer. Elle ne pouvait en rester éloignée. Elle devait être en mesure de l'entendre la nuit ; le mugissement apaisant des vagues, le martèlement tempétueux du ressac, les bruits de phoques qui grognent entre eux, les cornes de brume. Tous ces éléments étaient nécessaires pour maintenir l'équilibre dans sa vie.

Plus que tout, il s'agissait de l'eau en soi. Dès que Rikki y touchait, y enfonçait les mains, elle sentait une différence. Il n'existait aucune explication à ce sujet. Comme elle n'arrivait pas à le comprendre, comment lui aurait-il été possible d'expliquer à quelqu'un d'autre que lorsqu'elle se trouvait dans l'eau, elle était en paix, complètement libre ?

— Blythe, tout ira bien. Je suis impatiente de plonger.

— Tu passes beaucoup trop de temps seule, encore une fois, énonça Blythe sans ménagement. Viens au mariage. Nous y allons toutes. Judith peut te trouver une robe, si tu veux.

Rikki avait tendance à demander les conseils de Judith pour décider quoi porter ou quelle allure avoir si elle se rendait à un événement où il y aurait beaucoup de gens.

Manifestement, Blythe avait mentionné Judith volontairement, dans l'espoir que Rikki changerait d'idée.

Rikki secoua la tête en s'efforçant de ne pas avoir de réaction physique, mais son corps en entier frémissait à l'idée horrifiante d'une foule.

— Je ne peux pas y aller. Tu le sais. Je dis toujours ce qu'il ne faut pas, et ça vexe tout le monde.

Elle avait fait la rencontre de Blythe dans un groupe de soutien aux personnes endeuillées où, sans savoir comment ou pourquoi, Rikki avait laissé échapper qu'elle craignait d'être sociopathe. Elle n'avait jamais parlé d'elle-même ou de son passé à quiconque, mais Blythe avait le don de mettre les gens à l'aise. Elle était la femme la plus tolérante que Rikki n'ait jamais rencontrée. Rikki ne voulait pas prendre le risque de faire quoi que ce soit qui lui aliénerait Blythe ou n'importe laquelle de ses sœurs. Et cela signifiait se tenir à distance des autres résidents de Sea Haven.

— Rikki, dit Blythe avec sa perspicacité troublante qui amenait Rikki à croire qu'elle arrivait à lire les esprits. Rien ne cloche avec toi. Tu es une personne merveilleuse et tu ne nous mets pas dans l'embarras.

Rikki tenta désespérément de ne pas se tortiller de malaise ; elle aurait tant voulu être déjà en mer et le plus éloignée possible de cette conversation.

Elle replaça ses lunettes pour s'assurer de ne pas fixer Blythe de manière inappropriée. Zut. Il existait tant de règles d'étiquette sociale. Comment les gens arrivaient-ils à s'en souvenir ? Elle préférait de loin l'océan.

— Et tu n'es pas obligée de porter tes lunettes quand tu es avec moi, ajouta doucement Blythe. La façon dont tu me regardes ne me gêne pas du tout.

— Tu es l'exception sur ce point, Blythe, s'emporta Rikki avant de se mordre la lèvre avec force.

Ce n'était pas la faute de Blythe si Rikki était soit complètement heureuse, soit complètement triste ; totalement en colère ou tout à fait sereine. Il n'y avait pas d'entre-deux dans son échelle émotive, ce qui rendait les interactions sociales plus difficiles pour Rikki, que Blythe veuille l'admettre ou non. De plus, les gens avaient le chic de lui taper sur les nerfs.

— Je suis différente, Blythe. Je suis à l'aise avec cette différence, mais les autres ne sont pas à l'aise en ma présence.

C'était là un fait que Blythe ne pouvait contredire. Rikki refusait souvent de répondre à une question qu'on lui posait directement si elle était d'avis que ça ne regardait personne d'autre qu'elle. Et toute information personnelle ne regardait *personne d'autre* qu'elle. À ses yeux, il était complètement approprié de n'offrir aucune réponse, mais la personne qui posait la question voyait souvent les choses autrement.

— Tu t'isoles du monde. Ce n'est pas bon pour toi.

— C'est ainsi que je me débrouille, affirma Rikki avec un petit haussement d'épaules. J'aime être ici avec toi et les autres. Je me sens en sécurité. Et je me sens en sécurité dans l'eau. Autrement…, fit-elle avant de hausser de nouveau les épaules. Ne t'inquiète pas à mon sujet. J'évite les ennuis.

Blythe avala une gorgée de café et observa Rikki d'un air soucieux.

— Il est possible que tu sois un génie, Rikki. Tu le sais, n'est-ce pas ? Je n'ai jamais connu quelqu'un comme toi, capable de faire ce que tu fais. Tu peux mémoriser le contenu d'un manuel en quelques minutes.

Rikki secoua la tête.

— Je ne mémorise rien. Je retiens seulement tout ce que je lis. Je pense que c'est la raison pour laquelle les aptitudes sociales me font sérieusement défaut. Il n'y a pas de place en moi pour les mondanités. Et je ne suis pas un génie. Lexi l'est. Je suis seulement capable de faire quelques trucs étranges.

— Je crois que tu devrais parler de tes cauchemars à quelqu'un, Rikki.

Cette conversation était insoutenable pour Rikki, et s'il s'était agi de quiconque d'autre que Blythe, elle n'aurait fait aucun effort. La discussion effleurait de trop près le passé ; un endroit que Rikki ne revisiterait jamais. Cette porte était fermement bouclée dans son esprit. Elle ne pouvait se permettre de croire qu'elle était capable de ce dont d'autres l'avaient accusée : déclencher des incendies, tuer ses propres parents, tenter de blesser d'autres individus. Et Daniel…

Elle se détourna de Blythe ; elle avait l'impression de manquer de souffle.

— Je dois y aller.

— Promets-moi que tu seras prudente.

Rikki opina : c'était beaucoup plus simple que d'argumenter.

— Amuse-toi bien au mariage et dis bonjour à tout le monde pour moi.

C'était tellement plus simple d'être sociale par l'entremise des autres. Ses sœurs étaient toutes appréciées des résidents, exploitaient des boutiques ou travaillaient dans des bureaux de Sea Haven ; elles faisaient partie intégrante de la collectivité. Rikki se tenait toujours en marge et était acceptée par la collectivité surtout en raison de sa participation à la ferme plutôt qu'en raison de qui elle était. Les résidents de Sea Haven avaient accueilli les femmes de la famille improvisée de Rikki quand elles s'étaient installées sur les lieux quelques années plus tôt. Elles tentaient toutes de se remettre de divers deuils.

Elle s'obligea à sourire, car Blythe était la personne qui lui avait donné un foyer.

– Je vais bien ; vraiment.

Blythe hocha la tête et lui tendit sa tasse de café vide.

– J'espère bien, Rikki. Je serais perdue, s'il t'arrivait quelque chose. Tu es importante pour moi – pour nous toutes.

Rikki ignorait quoi répondre. Les vraies émotions l'embarrassaient et la rendaient mal à l'aise, et Blythe parvenait toujours à évoquer en elle des émotions authentiques ; du type déchirantes qu'il valait mieux ne pas éveiller. Rikki éprouvait trop de sensations quand elle se laissait aller aux émotions et pas assez quand elle s'y fermait. Elle se poussa debout et observa Blythe s'éloigner. Rikki s'en voulut alors de ne pas avoir demandé à Blythe pourquoi elle était sortie courir si tôt ; pourquoi elle n'arrivait pas à dormir.

De toutes les femmes, Blythe était la plus grande énigme. Rikki était observatrice et elle avait remarqué comment Blythe semait la paix parmi elles, comme si elle prenait sur ses épaules une partie de leur fardeau.

Rikki soupira et versa le reste de son café sur le sol. Du sucre dans le café. Quelle idée ! Elle leva les yeux vers le ciel dégagé en tentant de se concentrer sur celui-ci, de songer à sa mer, à la vaste étendue d'eau dans les tons de bleu, de gris et de vert. Des couleurs apaisantes. Même au plus fort d'une tempête, alors qu'il était le plus imprévisible, l'océan lui inspirait toujours le calme.

Elle regagna sa maison en refermant la moustiquaire, mais en laissant la porte arrière grande ouverte afin de ne pas se sentir enfermée. Elle polit rapidement les armoires aux endroits où Blythe les avait touchées et avait laissé des empreintes invisibles. Elle lava ensuite les tasses et rinça avec précaution l'évier autour du pot de café.

Rikki fredonna légèrement en se préparant un déjeuner à emporter. Il lui fallait un repas riche en calories ; beaucoup de protéines et de sucre. Des sandwiches au beurre d'arachide dont deux avec bananes (même si un vieil adage voulait que les bananes portent malheur), une poignée de coupelles au beurre d'arachide et deux sacs de friandises Reese's lui donneraient l'énergie nécessaire. Son boulot était vigoureux et difficile, mais elle l'adorait et s'en délectait ; particulièrement, les facettes solitaires de la plongée sous l'eau dans un environnement complètement différent — un milieu où elle s'épanouissait.

Des réserves d'eau étaient essentielles ; elle prépara donc une grande cruche d'eau froide tandis qu'elle se servait un petit déjeuner copieux : des rôties au beurre d'arachide. Elle n'aimait peut-être pas qu'on mette du sucre dans son café, mais elle n'était pas assez stupide pour plonger sans d'abord consommer les calories nécessaires pour maintenir les fonctions de son organisme dans l'eau froide.

Elle mangea, rôtie à la main ; elle n'utilisait jamais sa vaisselle. Ses sœurs lui avaient donné un service magnifique ; des coquillages et des étoiles de mer ornaient chaque assiette. Elle lavait avec précaution tout le service les jeudis et son bel ensemble de poêles et de casseroles les vendredis et les disposait toujours bien à la vue afin de pouvoir les admirer pendant qu'elle mangeait son sandwich.

Elle avait lavé et blanchi sa combinaison de plongée la veille et s'était assurée que son équipement était en bon état. Rikki réparait son équipement religieusement dans l'attente du moment où ses sens lui indiqueraient qu'une accalmie lui permettait d'aller plonger. Son équipement était prêt et arrimé en tout temps afin de pouvoir plonger dès que le moment serait bien choisi.

Elle gardait son bateau et son camion dans un état immaculé. Elle ne permettait à personne, sauf aux femmes de sa famille, de monter à bord et même là, les occasions étaient rares. Personne sauf Rikki n'en touchait le moteur. Personne. Il en allait de même pour son compresseur d'air Atlas Copco avec moteur Honda. Elle savait que sa vie dépendait d'un bon air. Elle utilisait trois filtres pour éliminer le monoxyde de carbone ; une substance qui, deux années plus tôt, avait tué deux personnes locales connues.

Elle connaissait les vagues par cœur, grâce à sa bible, le *Registre de la marée du nord de la Californie*. Même si elle en avait mémorisé parfaitement le contenu, elle le relisait par plaisir ; un besoin quotidien qu'elle n'arrivait pas à freiner. Les conditions du jour indiquaient une marée basse et, avec un peu de chance, l'absence de courant, soit des conditions de travail optimales pour l'endroit où elle souhaitait plonger.

Malgré les inquiétudes de Blythe, Rikki accordait réellement la priorité à sa sécurité. Elle rangea sa combinaison et son équipement dans le camion, en plus de son équipement de rechange. Normalement, les plongeurs (et plus particulièrement Rikki) apportaient un article de rechange pour chaque pièce d'équipement au cas où. Rikki gardait son équipement de rechange dans un contenant hermétique qu'elle vérifiait périodiquement pour s'assurer que chaque article soit en bon état. Peu après, elle se mit en route vers le havre de Port Albion, fredonnant les airs d'un CD de Joley Drake. Les Drake, une famille plutôt célèbre, habitaient la petite ville de Sea Haven et étaient amis avec les sœurs de Rikki, particulièrement Lexi et Blythe. Blythe était en fait leur cousine. Cependant, Rikki ne leur avait jamais adressé la parole, surtout pas à Joley. Elle aimait beaucoup la voix de Joley et ne voulait pas courir le risque de commettre un faux pas social en sa présence.

De façon étrange, elle n'avait jamais été ennuyée par ce que les autres pensaient d'elle. Les amitiés étaient trop difficiles à gérer. Il lui fallait faire trop d'efforts pour se conformer aux autres, pour trouver la bonne chose à dire. Il était donc plus simple de se contenter d'être elle-même sans se soucier de l'opinion des autres. Mais quand il s'agissait d'une personne qu'elle admirait (comme Joley), elle ne prenait aucun risque. Il valait mieux pour elle de se tenir loin, tout simplement.

Rikki chanta tout en roulant sur l'autoroute, jetant occasionnellement un regard à l'océan. L'eau chatoyait comme des bijoux et l'appelait à elle, lui offrant la paix dont elle avait tant besoin. Elle avait eu un sursis de cauchemars pendant quelques mois, mais ils étaient maintenant de retour, plus forts que jamais, et se manifestaient presque toutes les nuits. La tendance était familière ; les cauchemars l'affligeaient souvent depuis des années. Sa seule option était de braver la tempête.

Un incendie avait décimé sa famille quand elle avait treize ans. Définitivement un incendie criminel ; les pompiers l'avaient confirmé. Un an et demi plus tard, un incendie avait détruit le foyer d'accueil où elle habitait. Il n'y avait eu aucune victime, mais quelqu'un avait mis le feu intentionnellement.

Un troisième incendie avait pris naissance dans son deuxième foyer d'accueil le jour de son seizième anniversaire. Elle s'était éveillée, le cœur battant la chamade, suffoquant déjà de peur dans la fumée. Elle avait rampé à quatre pattes vers les autres chambres pour avertir les résidents, les réveiller. Tout le monde était sorti indemne, mais la maison avait été une perte totale.

Les autorités avaient refusé de croire qu'elle n'était responsable d'aucun des incendies. On était incapable de prouver sa culpabilité, mais personne n'avait voulu la recueillir après cela. Personne ne lui faisait confiance, et en réalité, elle n'avait pas confiance en elle-même. Comment les incendies s'étaient-ils déclarés ? L'un des nombreux psychologues qu'elle avait consultés avait laissé entendre qu'elle n'arrivait pas à se souvenir de l'avoir fait et peut-être était-ce vrai. Ensuite, elle avait vécu dans un établissement administré par l'État, isolée des autres. On la surnommait « l'allume-feu » et « la grande faucheuse ». Elle avait enduré les railleries, puis elle était devenue violente et s'était protégée avec une force brutale et impitoyable quand ses bourreaux avaient eu recours à l'agression physique. On lui avait collé l'étiquette de fauteuse de trouble, mais à ce stade, elle ne se souciait plus de rien.

Dès qu'elle avait atteint l'âge de dix-huit ans, elle avait disparu. Fui. Et elle avait seulement cessé de courir quand elle avait fait la connaissance de Daniel. Il était un plongeur aussi.

Rikki engagea son camion dans l'avenue en pente qui débouchait sur le havre et inspira la fragrance des eucalyptus qui bordaient la route. Hauts et fournis, les arbres ressemblaient à une forêt de sentinelles montant la garde. La route prit un tournant, et le village de pêche d'Albion se profila devant elle. Elle roula vers le grand stationnement de terre battue vide, puis recula vers la protection en bois postée devant la passerelle menant au quai.

Tandis qu'elle déballait son équipement, les derniers vestiges de son cauchemar se dissipèrent. À présent, dans la lumière du jour, à proximité de l'influence apaisante de l'océan, elle pouvait presque être reconnaissante de ses cauchemars. Ils intensifiaient toujours sa sensibilité aux mesures de sécurité sur la ferme. L'avalanche récente de mauvais rêves lui rappelait qu'il était temps de vérifier le bon fonctionnement des alarmes d'incendie, des gicleurs et des extincteurs. Elle ne pouvait se permettre de sous-estimer le risque, encore une fois.

Même si elle n'était pas responsable des incendies, quelqu'un d'autre l'était. Il lui semblait évident que quelqu'un souhaitait sa mort et celle de tous ceux qui lui étaient chers. Elle avait presque fui Blythe et les autres afin d'assurer leur protection, mais Rikki était si abattue, si près du bout du rouleau, qu'elle ne pouvait survivre sans elles. Et malgré tout le reste, Rikki n'était pas prête à mourir. Heureusement, ses nouvelles sœurs avaient compris à quel point la sécurité incendie était importante pour elle et avaient accepté d'investir les fonds supplémentaires pour obtenir tout le matériel que Rikki avait demandé.

Rikki parcourut le quai jusqu'à son bébé : le *Sea Gypsy*. Elle n'achetait ni vêtements ni meubles — sa maison était austère — mais ce bateau ; ce bateau était une source de fierté et de joie. Elle adorait son Radon : chacun de ses sept mètres. Chaque partie de son bateau était dans un état impeccable. Personne d'autre qu'elle ne touchait à son équipement. Elle effectuait même son soudage seule et avait converti le modèle du bossoir afin qu'il soit plus facile pour elle de hisser ses filets à bord.

La rivière était calme, et le bateau se berçait doucement contre les défenses d'embarcation. Il y régnait un mélange de sons apaisants : le clapotis de l'eau, les cris des oiseaux. Il n'y avait qu'une caravane garée dans le parc, et personne en vue. Le havre était quasi désert. Elle effectua toutes ses vérifications et démarra le moteur. Rikki dénoua les cordes et largua les amarres. La sensation familière de l'impatience courut dans ses veines, et elle poussa le *Sea Gypsy* du quai.

Aux yeux de Rikki, aucune sensation sur terre n'équivalait l'excitation de se tenir sur le pont de son bateau au moteur puissant (un moteur MerCruiser 454 avec propulseur semi-hors-bord Bravo Three, muni de deux hélices en acier inoxydable) qui bourdonne sous ses pieds, les yeux tournés vers la rivière qui s'étale devant elle comme un vaste sentier bleu. Le pont en bois qui enjambait la rivière, flanqué d'une barre de sable et de rochers de chaque côté, était sa porte d'entrée vers l'océan. Le chenal était étroit et innavigable par marée basse ou lors d'une forte houle. Le vent soufflant sur son visage, elle manœuvra le bateau hors de son slip de carénage et avança dans le chenal en gardant la vitesse à bas régime. Comme la barre de sable à sa droite pouvait lui donner du fil à retordre, elle demeura bien au milieu tandis que le *Sea Gypsy* négociait la courbe pour rejoindre la mer.

Des cormorans à double crête se disputaient l'espace sur l'éperon le plus près ; une petite île rocheuse où les oiseaux faisaient leurs nids ou prenaient du repos. Elle leur adressa un sourire tandis qu'elle jugeait l'humeur de sa maîtresse. Elle ne faisait jamais pleinement confiance aux bulletins météorologiques ou aux tables des marées : elle devait voir de ses propres yeux le tempérament de l'océan. Parfois, dans le havre protégé, la mer donnait l'impression d'être calme, mais l'eau au-delà de la terre émergée pouvait trahir son humeur colérique. Ce jour-là, l'océan était calme, l'eau était lisse et chatoyante.

Le *Sea Gypsy* glissa en mer libre, et Rikki se détendit complètement. Elle était dans son monde ; le seul lieu où elle se sentait réellement à l'aise. Ici, elle connaissait les règles et les risques et les comprenait mieux qu'elle n'arriverait jamais à déchiffrer les situations sociales et les interactions humaines. Le bateau voguait allégrement sur l'eau, le ciel était bleu et dégagé, l'eau sous l'embarcation aussi lisse que possible près de la côte californienne. Rikki possédait un excellent moteur, conçu pour être rapide — un cadeau de ses sœurs pour lequel elle ne parviendrait jamais à les remercier assez.

Elle passa rapidement devant des cavernes, des éperons et des falaises. D'où elle était, la côte ressemblait à un tout autre monde. Des pélicans, des cormorans et des balbuzards partageaient le ciel avec des goélands et plongeaient parfois profondément dans la mer ; leurs corps profilés et aux lignes pures leur permettant de s'enfoncer dans les profondeurs pour pêcher des poissons. De petites têtes surgissaient ici et là ; des phoques faisant surface près de la côte pour chasser leur repas. Deux phoques s'amusaient en culbutant encore et encore dans l'eau.

Les embruns déferlaient contre les falaises et faisaient montre de la puissance de la mer dans sa rencontre avec la terre. Rikki leva le visage vers l'air salin, souriant quand l'eau toucha son visage. Elle commença à chanter ; une main décrivant un mouvement dansant dans les airs tandis que l'autre manœuvrait le bateau. Chanter était presque une nécessité chaque fois qu'elle se retrouvait seule où personne ne pouvait la voir ni l'entendre. Une invitation. Un langage exprimant l'amour. Les notes ricochèrent sur la surface de l'eau, puis sur les flancs de son bateau tandis que ce dernier fendait l'air.

De petites colonnes d'eau commencèrent à se former ; des tubes scintillants qui dansaient sur la surface tels de minicyclones. Le soleil se miroitait dans les cylindres et leur donnait des couleurs tandis qu'ils roulaient et tournaient avec élégance. Certaines colonnes s'élevaient bien haut et bondissaient au-dessus du bateau, formant une arche de minces arcs-en-ciel. Rikki fonça devant en riant, laissant le vent et l'eau glisser sur son visage et ébouriffer ses cheveux comme des doigts.

Elle s'amusait avec l'eau, au large, à l'endroit le plus sécuritaire de sa connaissance ; la rive loin derrière et l'eau sautillant autour de son bateau. Elle attirait l'eau à elle d'une manière mystérieuse qu'elle ne comprenait pas. L'eau venait à Rikki quand elle l'appelait, lui avait sauvé la vie à de nombreuses reprises, lui insufflait une sensation de paix quand on lui avait ôté tous ceux et ce qu'elle aimait. Sous sa direction, l'eau se plastifiait et prenait des formes. La joie qui explosait en elle là, sur l'eau, où elle se sentait si vivante, ne pourrait jamais être reproduite sur la terre ferme où, pour Rikki, seuls le vide et la vulnérabilité existaient.

Elle jeta l'ancre du *Sea Gypsy* au large de la plate-forme en se laissant une grande marge de manœuvre au cas où une grosse vague viendrait déferler de nulle part. Elle vérifia son équipement une dernière fois. L'impatience montait en elle, exempte de la moindre trace de peur. Elle aimait être dans l'eau. Le fait d'être seule y ajoutait de la valeur. Elle n'avait pas à tenter de se conformer aux normes sociales traditionnelles. Elle n'avait pas à craindre de blesser quelqu'un, de mettre la famille qu'elle avait choisie dans l'embarras ou que les autres se moquent d'elle.

Ici, dans l'eau, elle pouvait être elle-même, et c'était suffisant. Au large, elle ne pouvait entendre les cris des morts, sentir la chaleur bouillante du feu ardent ni lire les soupçons sur les visages qui l'entouraient.

Après s'être enduite de shampoing pour bébé, elle réchauffa sa combinaison en y versant de l'eau chaude puisée du moteur avant de l'enfiler. Elle vérifia de nouveau les compresseurs d'air — les instruments qui allaient la maintenir en vie. Elle avait dépensé beaucoup d'argent sur son moteur de 5,5 chevaux Honda et son compresseur d'air à deux étages Atlas Copco dont les trois filtres étaient extrêmement dispendieux : deux filtres à particules surmontés d'un filtre à charbon. Des plongeurs avaient succombé à un empoisonnement au monoxyde de carbone, et elle n'allait certainement pas joindre leurs rangs. Le bout de son tuyau principal était muni d'un crochet à ouverture rapide et sans blocage de Hanson lui permettant de le décrocher rapidement au besoin. Elle portait une bouteille de secours de huit cent cinquante centimètres cubes sur son dos. Certains plongeurs s'aventuraient sous l'eau sans cette bouteille, mais comme Rikki plongeait normalement seule, elle voulait se munir d'une protection supplémentaire. Rikki ne voulait pas être contrainte à faire une remontée d'urgence. Elle souhaitait être en mesure de remonter à la vitesse appropriée si un incident devait survenir, comme, par exemple, si son tuyau était sectionné par un plaisancier qui n'aurait pas aperçu son drapeau de plongée.

Après avoir revêtu sa ceinture de plomb, puis sa bouteille de secours, elle enfila son instrument le plus important : son ordinateur qui faisait le suivi de son temps de plongée afin qu'elle ne reste pas sous l'eau trop longtemps. Elle était aussi dotée d'une boussole afin de repérer où elle était et où elle voulait aller. En prenant son équipement pour la pêche d'oursins, elle se glissa sous l'eau, emportant avec elle quatre filets d'une capacité de deux cent vingt-cinq kilogrammes chacun.

Le plongeon énorme sous l'eau lui donnait l'impression de quitter la terre et de s'aventurer dans l'espace ; une expérience monumentale qui suscitait toujours son émerveillement. Le liquide froid se referma autour d'elle comme une étreinte accueillante, lui instillant une sensation de paix. Chaque partie d'elle s'immobilisa et trouva son sens. Tout était comme il fallait. Elle n'avait aucun mot pour expliquer les sensations étranges qu'elle éprouvait quand on la touchait ; des sensations manifestement non partagées par les autres. Il arrivait parfois que les tissus soient douloureux sur sa peau et que les bruits la rendent folle, mais ici, dans ce monde silencieux de beauté, elle se sentait bien ; son esprit chaotique était calme.

À mesure qu'elle descendait, des poissons l'encerclèrent avec curiosité et un phoque solitaire passa près d'elle à toute vitesse. Les phoques se déplaçaient rapidement sous l'eau, comme de petites fusées. Normalement, ils s'attardaient près d'elle, mais ce jour-là, à l'exception de quelques poissons éparpillés, la mer semblait déserte. Pour la première fois, un frisson lui parcourut l'échine, et elle survola le lieu désert des yeux. Où se cachaient les poissons ?

La faille de San Andreas était périlleuse. D'une profondeur d'au moins deux cent soixante-quinze mètres, il s'agissait d'un long abysse noir qui longeait le fond océanique. À une profondeur d'environ neuf mètres, une haute plate-forme saillissait, et cette bande rocailleuse irrégulière était couverte d'oursins de mer. La pente de rupture faisait un autre bon neuf mètres, et une plate-forme plus étroite abritait aussi une vie marine abondante.

Rikki se posa sur la plate-forme à neuf mètres et se mit immédiatement au travail. De sa raclette elle gratta les rochers recouverts d'une croûte d'oursins le long du mur de la plate-forme. Le bruit se propagea dans l'eau et aux oreilles des créatures marines. Elle s'affaira rapidement en sachant qu'il était possible que des requins chassent sous elle, ce qui n'était normalement pas le cas lors de ses expéditions au fond de l'océan où le danger était moins grand.

La sensation d'effroi grandissait à chaque mouvement de sa raclette. Elle se surprenait à arrêter après quelques minutes de travail pour jeter un regard aux alentours. Elle étudia l'abysse. Était-il possible qu'un requin y rôde dans l'ombre ? Les battements de son cœur s'emballèrent, mais elle se contraignit à garder son sang-froid et à reprendre son travail, déterminée à en finir. Les oursins étaient gros et nombreux ; sa récolte fut fabuleuse.

Elle remplit son premier filet en une vingtaine de minutes et à mesure que le poids augmentait, elle remplit le flotteur d'air afin de compenser le poids. Vingt minutes plus tard, elle avait rempli un deuxième filet. Les deux filets flottaient à côté d'elle tandis qu'elle s'activait à en remplir un troisième. Puisqu'elle travaillait à une profondeur de neuf mètres, elle savait qu'elle disposait d'un temps de plongée suffisant pour remplir ses quatre filets de deux cent vingt-cinq kilos, mais elle commençait à ressentir la fatigue.

Après avoir rempli son dernier filet, elle accrocha les quatre sacs à son tuyau et demeura sur la plate-forme tandis que ses filets montaient vers la surface. Elle tenait le tuyau pour ralentir la montée des oursins et pour empêcher que l'air s'échappe du flotteur quand il atteindrait la surface. Elle grimpa le tuyau à son tour, à une vitesse de trente centimètres par seconde, jusqu'à ce qu'elle atteigne la distance de trois mètres où elle demeura cinq minutes afin de poursuivre sa montée en toute sécurité.

Le travail sous l'eau était épuisant en raison du mouvement continu des vagues. Les remous poussaient le plongeur dans les deux sens. De plus, dans ce lieu exposé aux éléments — un endroit où elle devait prendre garde à ne pas tomber dans l'abysse — la pêche aux oursins lui donnait l'impression d'avoir maintenant des bras de plomb. À la surface, elle accrocha les filets au flotteur et grimpa à bord. À l'aide du davier, elle hissa deux filets pleins sur le bateau et les rangea dans la soute. Épuisée, elle s'assit pour manger deux autres sandwiches au beurre d'arachide et une poignée de coupelles au beurre d'arachide. Elle avait besoin de consommer des calories avant de tirer les deux filets restants.

L'étrange sensation d'effroi qui grandissait en elle semblait s'être installée dans son ventre. Elle s'assit sur le couvercle de la soute pour manger ses sandwiches, mais ils avaient le goût du carton. Elle leva les yeux vers le ciel : il était dégagé, la brise était faible. Et la mer en soi était calme ; pourtant, elle continuait de sentir une menace floue qu'elle n'arrivait pas à comprendre. Assise dans son bateau, elle se tortilla dans tous les sens, à la recherche d'un danger. C'était ridicule, vraiment ; cette sensation de catastrophe imminente. La journée était splendide, la mer était calme, et aucun nuage digne de ce nom ne tachait le ciel.

Elle hésita avant d'enfiler de nouveau son équipement. Elle pourrait récolter quatre autres filets pleins d'oursins, ce qui lui donnerait un total de mille huit cents kilos. Avec cette récolte, elle pourrait rembourser une bonne partie de la somme due pour la ferme. Elle se montrait ridicule. Cette partie de l'océan lui avait toujours donné un mauvais pressentiment. D'un air résolu Rikki boucla sa ceinture de plomb et accrocha le tuyau à sa ceinture avant de tendre les mains vers sa bouteille.

Soudain, il y eut un changement dans l'air. Il devint chargé, et une pression s'exerça contre sa poitrine. Elle tendait les mains vers sa bouteille quand elle sentit une houle énorme se gonfler sous ses pieds. Rikki tourna la tête et perdit le souffle. Son cœur se mit à battre la chamade tandis qu'elle fixait des yeux le mur d'eau compact qui s'élevait de la mer tel un tsunami monstrueux ; une vague comme jamais elle n'en avait vu auparavant.

2

La vague s'éleva au-dessus de Rikki comme un mur, soulevant le bateau tandis que la houle montait vers elle. Elle jeta les mains dans les airs comme si elle cherchait à l'éviter. Elle chanta sa chanson à la mer pendant qu'elle était projetée vers l'eau gonflée. Elle tomba sous l'eau, roulant dans la turbulence. Sa chute fut aidée par ses poids. Elle s'agrippa au tuyau fixé à sa combinaison et enfonça le régulateur dans sa bouche, reconnaissante du fait qu'elle était prête à une plongée et avait pris les précautions nécessaires pour donner à son bateau la marge de manœuvre nécessaire.

Elle pria silencieusement de ne pas s'enfoncer dans l'abysse ou de descendre vers le fond trop rapidement ou profondément et d'éviter les centaines d'autres désastres qui pourraient survenir. Elle dégringola et culbuta dans les profondeurs troubles. Son cœur s'emballa, mais elle savait qu'elle devait rester calme. Chaque instinct en elle lui criait de déguerpir de là, de lutter afin de regagner la surface dès que possible, mais dans le meilleur des cas, cela signifiait un tour d'hélicoptère où elle serait coincée dans une cabine, ce que Rikki était incapable de supporter.

Malgré cette aventure dans la tourmente, sa respiration demeurait égale tandis qu'elle tentait d'y voir dans ce noir d'encre pour déterminer où elle était. Elle ne voulait pas finir dans l'abysse. Son corps lui hurlait de lutter — que si elle ne faisait rien, elle allait mourir — mais son expérience lui permettait de garder son calme et d'accepter la puissance de l'océan. Ne pas paniquer. Rester calme. C'était la vie sous l'eau. La mort était la lutte. Elle se laissa simplement porter par la houle folle en comptant sur sa formation de plongeuse et sur ses instincts.

Un objet large la percuta et la poussa à la renverse. Elle aperçut un corps se heurter contre les rochers lisses de la plate-forme. Il ne portait aucune combinaison de plongée; elle eut le temps de le remarquer avant qu'il ne disparaisse. En poussant un juron elle nagea à sa poursuite à grands coups de jambes en sachant que l'eau était trop froide pour y plonger sans combinaison. Il n'était muni d'aucun scaphandre ni d'autre appareil pour respirer et il était projeté à répétitions contre les rochers qui, heureusement, étaient lisses après des années de houle; la houle qui les avait polis dans une œuvre d'art que peu de gens avaient la chance de voir. Cette œuvre d'art allait fort probablement sauver la vie de cet homme.

Du varech s'enroula autour de ses bras et la retint prisonnière un moment, mais elle demeura immobile. La panique était une voie directe vers la mort. Au final, les longs tubes bulbeux la libérèrent, et Rikki nagea vers la plate-forme. Il lui fallut un certain moment pour le trouver. Son corps gisait sur la plate-forme rocailleuse où les varechs le balayaient vers la paroi, puis le libéraient. Il était poussé continuellement contre la plate-forme, et quelque part dans son cerveau, elle prit en note le fait qu'il lui faudrait vérifier s'il avait des piquants d'oursin sur la peau si elle parvenait à le ramener à la surface.

Il ne se débattait par contre les varechs ni n'essayait de stabiliser son corps dans la houle de l'océan. Elle agrippa son bras, et il pivota vers elle en la fixant directement de ses yeux écarquillés. Elle pointa son régulateur qu'elle poussa dans sa bouche. Elle ne lut aucune trace de panique dans ses yeux, ce qui était une bonne chose et indiquait qu'il était probablement un plongeur fervent, mais elle n'y décela aucune peur non plus, ce qui l'effrayait. Il ne pouvait pas simplement accepter la mort ; pas s'il souhaitait survivre. L'eau était glaciale, et elle devait le ramener sur le pont en toute sécurité dès que possible. Elle ignorait la gravité de ses blessures. Chaque minute — seconde — comptait.

Elle garda les bras autour de lui et donna de grands coups de jambes pour regagner la surface en l'intimant mentalement de tenir bon. Son regard demeura fixé au sien, et de ses yeux, elle lui expliqua qu'elle allait le sauver. Il était costaud, mais il ne se débattit pas contre sa poigne, ce qui la surprit. La plupart des gens auraient cédé à la panique. Le froid commençait à l'atteindre et à rendre ses mouvements lourds et léthargiques, mais chaque fois qu'elle poussait le régulateur dans sa bouche, il ne bronchait pas et en savait assez sur la plongée pour souffler des bulles quand c'était au tour de Rikki d'utiliser le régulateur.

Ils se dévisagèrent mutuellement, et elle aurait pu jurer avoir l'impression de tomber dans ses yeux. Il ne détourna pas le regard du sien, pas une fois, contrairement à ce que tout le monde faisait. C'était comme si leur lien était si fort que, s'ils cessaient de se regarder, ni l'un ni l'autre ne parviendrait à la surface. Elle avait l'impression que l'eau circulait entre eux et les liait dans un rituel étrange qu'elle n'arrivait pas à comprendre. Elle éprouvait de la difficulté à respirer, même à l'aide du régulateur. Toute sa personne était absorbée par lui, comme s'ils partageaient le même pouls, comme si leurs cœurs avaient un seul battement, comme si leurs poumons se mouvaient à l'unisson. Jamais elle ne s'était sentie si proche d'un autre humain, pas même de Daniel, son fiancé. Elle sentait qu'elle faisait *partie* de cet homme, comme s'ils partageaient la même peau, les mêmes poumons. Leurs yeux fixaient l'âme de l'autre.

À trois mètres, elle indiqua son jauge, puis serra l'homme contre elle en empoignant le col de sa chemise comme pour l'ancrer. Il remua pour la première fois en appuyant la main contre son cœur, puis sur le côté de sa tête. Elle aperçut un filet de sang et comprit qu'il était blessé. Il n'avait pas seulement froid : la mer l'avait jeté violemment contre les rochers où il s'était cogné la tête. Cela changeait tout. Elle devait le ramener à la surface encore plus rapidement que prévu. Elle donna des coups de jambes, mais il secoua la tête et lui fit signe de patienter, du moins durant la minute requise.

Rikki l'observa avec attention, à présent nerveuse à l'idée qu'un requin, attiré par le sang, ne les attaque de par le fond. Des nœuds s'étaient formés dans son estomac, le signe d'un danger imminent. Elle prit le régulateur, inspira de l'air, puis pointa vers le haut. Il ne lui donna aucune réponse, mais n'opposa non plus aucun refus à ce qu'ils poursuivent leur montée. Il était lourd ; une lourdeur qui s'accentuait chaque instant. Elle ressentit le moment exact où il cessa de respirer, vit ses yeux devenir inanimés, mais il demeura calme : aucune lutte, aucun moment de panique où il l'aurait agrippée et se serait débattu contre elle. Il était simplement inconscient, la laissant seule, le regard fixé sur ses yeux vitreux.

Elle remua les jambes avec force pour les emmener à la surface où elle le fit tourner sur le dos en tentant de garder le régulateur dans sa bouche pendant qu'elle jetait un regard à la ronde à la recherche du bateau. Grâce à la marge de manœuvre qu'elle s'était laissée, le bateau avait survécu à la houle. Il était difficile de progresser sur l'eau vers celui-ci étant donné le fardeau qu'elle tirait, surtout qu'elle était déjà épuisée après avoir lutté contre la grande vague. Il lui fallut un moment pour décrocher les filets du flotteur et attacher les crochets à la ceinture de l'homme. Il lui aurait été impossible de le soulever à bord seule. Il lui faudrait utiliser le davier pour le hisser sur le pont.

Il lui faudrait abandonner les filets remplis d'oursins dans l'eau. Elle laissait toujours la ligne du davier dans l'eau afin de l'accrocher à un flotteur et ainsi éviter de le relier depuis la surface.

Après avoir grimpé tant bien que mal à bord, elle ôta brusquement ses gants et les lança par terre en se précipitant vers le davier pour enclencher le mécanisme et ainsi soulever l'homme de l'eau. Elle lui agrippa le bras pour le guider par-dessus le plat-bord. Son corps se posa mollement sur le pont. En sanglotant presque en raison de l'effort nécessaire, elle le fit rouler sur le dos et déchira sa chemise pour poser l'oreille contre son cœur. Rien. Elle lui tâta frénétiquement le cou à la recherche d'un pouls.

— Merde, ne me meurs pas dans les bras. Tu respirais il y a une minute.

Elle le fit rouler sur le flanc et souleva le milieu de son corps pour tenter de lui dégager les poumons, puis entreprit diligemment la réanimation cardiorespiratoire en se servant du régulateur pour pousser de l'eau dans ses poumons comme elle l'avait fait sous l'eau. Elle lui frappa la poitrine avec force deux fois pour faire battre son cœur.

— Allez, reviens, siffla-t-elle en continuant de s'attaquer à son cœur.

Elle était déterminée. Il avait partagé son air, l'avait *regardée.*

— Tu ne me feras *pas* ce coup-là.

Elle posa de nouveau l'oreille contre sa poitrine. Là ! Faible. Palpitant.

— C'est ça. Tu luttes, l'encouragea-t-elle. Tu veux vivre.

Elle l'examina réellement à ce moment-là. Il était une masse pure de muscles. Rien que des muscles. Sa poitrine et ses côtes étaient couvertes de cicatrices. Des blessures par balles. Des perforations et des entailles effectuées au couteau. Des brûlures. Elle s'affaissa sur les talons, haletante. *Des signes de torture.* Cet homme avait été torturé de façon méthodique et durant une certaine période de temps. Il avait été blessé de manière répétitive. Qui était-il ? D'où était-il venu ? Elle jeta un regard à la ronde. Rien en vue : aucun bateau, aucun navire, rien du tout, elle n'avait vu personne avant sa première plongée.

— Tiens bon, dit-elle à voix haute. Je vais lancer un appel de détresse, et nous te ferons sortir d'ici rapidement.

Elle lui tourna le dos et se précipita vers sa radio VHF. Au moment où elle tendait les bras vers celle-ci, une main jaillit près d'elle pour arracher le câble de la prise avant de s'enrouler contre son cou et la tirer brusquement derrière. Elle se retrouva dos aplati contre un torse musclé et l'avant-bras de l'homme serré contre sa gorge, l'étouffant presque.

Elle enfonça les doigts dans ses points de pression et se retourna contre le bras de l'homme en appliquant un poids suffisant pour vriller hors de sa poigne. Cependant, il lui agrippa les cheveux pour la tirer de nouveau vers lui. Elle serra les deux mains sur la sienne, se laissa tomber tout droit avant de se relever en tournant sur elle-même, lui fracturant presque le poignet avant qu'il ne la relâche. Toutefois, il la rattrapa rapidement ; trop rapidement pour qu'elle puisse l'éviter.

Outrée, Rikki explosa en une tempête de coups de poing, de coups de pied et de coups de tête. Elle était petite, mais elle avait acquis des techniques de combat dans la rue, dans les foyers d'accueil, dans les établissements de garde administrés par l'État et même dans des gymnases. Elle savait comment frapper pour causer le plus de dommages, et quand on l'attaquait, elle se défendait de toutes ses forces. Même s'il était manifestement blessé grièvement, cet homme possédait une force immense. Il semblait connaître les points de pression qui provoqueraient le maximum de dommages, sans compter qu'il était grand et très musclé.

Aucun des coups portés par Rikki ne le fit broncher, mais à deux reprises, elle lui assena un coup de pied sur la cuisse, à une proximité dangereuse de l'entrecuisse. Il la saisit rapidement, enroulant ses bras autour d'elle pour la tirer par terre violemment. Son visage percuta le pont, et le genou de l'homme s'enfonça dans le creux de son dos. Aidé de sa taille, il la cloua au sol ; impossible pour elle de bouger. Il cracha des mots dans une langue ressemblant au russe. Elle ne pouvait déchiffrer ses paroles, mais la pointe affilée du couteau contre son cou lui annonça tout ce qu'elle devait savoir. Elle se figea en poussant un long souffle dans un sifflement de pure colère.

Il devait savoir qu'elle était davantage fâchée qu'effrayée. Malgré ses blessures, la pointe de son couteau demeura fermement en place. Il s'adressa à elle dans une langue étrangère ; il lui posait une question, de toute évidence. Sa voix était intimidante, dominante, *autoritaire.*

Ce qui ne fit qu'alimenter la rage de Rikki. L'espace d'un instant, elle oublia son couteau et lui balança un coup de pied.

— Parle anglais ou tue-moi, mais fais quelque chose bientôt ou je vais t'enfoncer ce couteau dans la gorge.

Parce que peu importe tout le reste, elle commençait à se sentir opprimée sous lui, le visage écrasé contre le pont de son propre bateau. Elle avait la mauvaise habitude de perdre le contrôle quand on la poussait au-delà de sa limite et elle craignait sa propre réaction étant donné le couteau qui pointait contre sa gorge.

Un bref silence s'ensuivit.

— Qui es-tu ? Que m'as-tu fait ?

Son cœur bondit. Il parlait anglais avec un accent. Certains tons revêtaient un attrait pour elle, et il y avait une richesse dans sa voix qui sembla s'installer en elle et faire grimper sa température interne d'un cran.

— Je suis celle qui vient de sauver tes fesses, et crois-moi, je regrette maintenant mon geste. J'ai relâché deux filets pleins d'oursins en échange de ton corps inerte. Je suis la capitaine, alors tu peux bien débarquer de mon bateau. Et pendant que tu y es, tu pourrais aussi t'ôter de sur moi.

Elle n'osait pas bouger de nouveau en raison du couteau, mais tôt ou tard, il allait certainement perdre conscience de nouveau. Elle ne pouvait imaginer une autre possibilité. Et alors, elle jetterait ce salopard ingrat aux requins.

Lev Prakenskii garda son poids solidement sur la petite harpie qui crachait et grondait sous lui. Il était malade, désorienté, et sa tête élançait comme ce n'était pas possible. Il n'avait aucune idée d'où il se trouvait ni de ce qui se passait, mais il lui fallait évaluer rapidement la situation afin de la comprendre. Il se trouvait sur un bateau de pêche. Une seule personne à bord – une femme avec tout un problème d'attitude.

Elle n'avait pas le calme et la froideur d'une agente. Comme elle n'était pas effrayée, elle ne pouvait être une cible. Elle était furieuse. Il ne voyait aucune arme à bord, excepté les outils nécessaires à son boulot. Jamais il n'avait vu un bateau de pêche si immaculé. Il ne croyait pas que ce genre de bateau existait jusqu'à ce qu'il se trouve sur celui-ci. Tout semblait en parfait état, malgré les marques du temps et des intempéries. Il pourrait la tuer instantanément, à l'aide du couteau ou simplement en lui brisant le cou, puis la jeter par-dessus bord pour ensuite saisir son bateau et fuir ou…

Elle émit un bruit qui annonçait la rage la plus pure ; une rage qui montait en elle comme la marée. Il sentait sa résistance naviguer en vagues vers lui alors qu'elle aurait dû être prise de panique. Il y avait quelque chose de valeureux en elle. Et elle l'avait réellement tiré de la mer pour le ranimer – c'était un fait – alors il lui devait peut-être davantage qu'une mort rapide. Elle parlait anglais avec un accent américain.

– Qui es-tu ? siffla-t-il d'une voix menaçante.

Il « poussa » une sensation de peur vers elle afin de l'assujettir rapidement, car il commençait à perdre ses forces.

— Je suis ton pire cauchemar, siffla-t-elle en réponse, pas le moindrement intimidée.

Ses yeux noirs ne quittèrent jamais son visage; elle ne cilla pas. Elle avait un regard féroce qui l'intriguait alors que bien peu de choses dans le monde arrivaient encore à l'intriguer. Elle ne parut nullement intimidée. En fait, elle était si furieuse qu'il comprit qu'elle songeait peut-être à l'attaquer.

Un rire ondula dans son esprit. La dernière fois qu'il avait ri remontait à des années. Il ne se souvenait pas d'avoir déjà été amusé, et pourtant, voilà où il en était. Il était épuisé, il avait l'impression que sa tête se fendait en deux, il n'avait aucune idée d'où il était ni de l'identité de ceux qui essayaient de le tuer, mais il avait envie de rire. Ce petit bout de femme croyait être son pire cauchemar. Elle n'avait aucune idée de qui était l'homme qu'elle venait de pêcher hors de l'océan. Elle avait employé des mots intéressants pour se décrire. Il était quasi certain qu'elle était exactement ce qu'elle donnait l'impression d'être : une plongeuse qui avait mis sa vie en danger pour sauver la sienne. Lui, il incarnait exactement les mots qu'elle avait utilisés pour *se* décrire : le pire cauchemar de tous; en chair et en os.

Elle se raidit en entendant le son qui s'était échappé de sa gorge; quelque part entre le grognement et le rire. Son amusement ne suffit qu'à jeter de l'huile sur les flammes de sa rage.

— Tu vas le regretter, siffla-t-elle.

— Je suis désolé.

En vérité, elle était… extraordinaire. Et pour la première fois de sa vie, il ne savait pas trop quoi faire de quelqu'un.

— Pendant que tu es occupé à rire, j'espère bien que tu ne feras pas un trou dans ma combinaison. Tu as déjà brisé ma radio. Ôte-toi. De. Moi, fit-elle en articulant chaque mot. Tu pèses une tonne.

Il s'était montré prudent avec le couteau. Son corps frissonnait de froid, mais il gardait ses mains stables. C'était une insulte pour lui qu'elle le croie capable de couper accidentellement sa combinaison. Et elle aurait dû craindre qu'il lui tranche la gorge. Il poussa un souffle en sachant que sa force déclinait. Il devait prendre une décision. Vie ou mort. Il ne doutait pas de ses capacités à manipuler une femme — son arsenal ne comprenait pas que des fusils — mais il était faible, ce qui le rendait vulnérable.

Légèrement à contrecœur, il retira le couteau de sa gorge et relâcha le poids qu'il appuyait sur elle. Dès qu'elle fut libre, la femme se balança sur le dos et, à l'aide de ses talons, se glissa sur le pont pour établir une distance entre eux. Accablée par la chaleur, elle tira brusquement sur le haut de sa combinaison sans se soucier d'exposer sa peau douce au regard surpris de l'homme. Elle prit un pull-over derrière elle et le passa autour de sa tête et de ses épaules.

Ils se dévisagèrent d'un bout à l'autre du pont. Dès que leurs regards se croisèrent, le cœur de l'homme se serra. Jamais il n'avait vu des yeux si noirs : turbulents, tempétueux ; d'un velours féroce qui semblait presque aussi liquide que la mer. Elle lui parut sauvage, ténébreuse, belle et hors de portée.

— Qui es-tu ? demanda-t-elle.

C'était là une bonne question. Qui était-il, exactement ? Il avait de nombreux noms. De nombreux visages. Les gens qui le voyaient survivaient rarement à la rencontre. Bon sang ! Il était fatigué. Il se passa une main sur le visage et découvrit qu'elle était tachée de sang. Que devrait-il lui dire ?

Il avait besoin d'elle en ce moment. Il avait besoin d'un allié, d'un lieu où se cacher, où reprendre ses forces. Qu'est-ce qui plairait le plus à une femme comme elle ? Voilà où résidait le problème : il n'arrivait pas à saisir cette femme.

Il décodait facilement les gens. C'était un don inné, façonné par la formation et des années d'expérience. Mais elle était difficile à lire. Elle se débattait avec la furie d'un diable, était manifestement un esprit libre pour se trouver ici, au large, et jamais il n'avait vu une personne au regard si direct. Il arrondit le dos pour paraître plus petit et moins intimidant et s'essuya de nouveau le visage pour y étaler plus de sang de manière délibérée.

— Tu es dans un fichu état, fit-elle remarquer. Je ne peux pas contacter la garde côtière parce que tu as détruit ma radio VHF. Je vais devoir te ramener sur la rive le plus vite possible.

Il leva une main.

— Non. Je ne peux pas être vu, dit-il avant d'ajouter en forçant un trémolo dans sa voix : Je pense que quelqu'un essaie de me tuer.

— Voilà qui est étonnant, dit-elle avec une bonne dose de sarcasme dans la voix.

Ce n'était pas tout à fait la réaction à laquelle il s'était attendu. Et dire qu'on croyait qu'*il* était un cauchemar dans les situations sociales. Où se cachaient son inquiétude et sa sympathie féminines ? Elle le regardait de ses yeux sombres et tempétueux qui lui annonçaient qu'elle voulait toujours le battre à grands coups de pied. Elle n'était certainement pas du type à pardonner facilement. Il tenta de lui sourire.

— Je ne peux t'en vouloir d'être vexée. J'étais désorienté. Mon instinct de survie a pris le dessus.

Au moins, il lui disait la vérité.

— Je ne comprenais pas bien ce qui se passait. Je croyais que tu m'avais attaqué.

Elle prit une respiration, puis hocha la tête pour indiquer qu'elle acceptait son explication. Il eut le sentiment qu'il lui faudrait s'en tenir près de la vérité avec elle. Mais fichtre : quelle vérité exactement? Il ne savait plus. Il se mit à se frotter les tempes et grimaça quand ses doigts touchèrent les bordures à vif et irrégulières d'une blessure.

— Je ne me souviens pas de ce qui est arrivé. Le sais-tu?

Cet énoncé était assez pitoyable pour toucher même une personne sceptique. Et il commençait à vraiment aimer son visage; ce petit visage de fée à la structure osseuse incroyable. Elle n'avait pas détourné ses yeux énormes de lui. Elle n'avait presque pas cillé. Elle l'observait comme s'il était un tigre accroupi sur le pont de son bateau, prêt à passer à l'attaque à tout moment. Elle ne s'était pas tout à fait détendue.

Ses yeux étaient trop larges pour son visage et frangés de cils noirs. Ses cheveux étaient épais et un peu sauvages, et leurs pointes irrégulières lui donnaient encore plus l'apparence d'une fée. Son menton était volontaire; sa bouche, généreuse. Elle le dardait d'un regard suspicieux, mais il décerna son talon d'Achille : elle était sensible aux gens aux prises avec des ennuis.

— Une grosse lame de fond m'a fait tomber hors du bateau. Je t'ai trouvé dans l'eau, mais je n'ai aucune idée d'où tu arrivais. Il y a une plate-forme ici, à une profondeur d'environ neuf mètres, et les vagues t'y poussaient, et tu t'y percutais. Une ligne de faille court sous nous, et j'ai réussi à te rattraper avant que tu ne tombes dans l'abysse.

Elle versa de l'eau froide sur un chiffon propre et le lui tendit en gardant ses mains bien à sa vue et ses mouvements, lents. Puis elle lui offrit un verre.

— Bois ceci.

Il prit le gobelet, et ses doigts effleurèrent les siens. Son cœur bondit. S'emballa. Il eut le souffle coupé. Il fronça les sourcils en buvant lentement le contenu du verre. Il n'avait jamais de réactions avec les femmes — pas de véritables réactions, du moins. Pas comme celle qu'il venait d'avoir. Inattendue et sans explication. Il était frigorifié. Il avait la sensation d'avoir été battu à l'aide de plusieurs madriers encore et encore. Ce n'était pas comme s'il avait besoin de gratification sexuelle en ce moment. Alors pourquoi dans le monde réagirait-il à son toucher ? Il n'aimait pas les puzzles. Et il aimait encore moins ce qu'il ne pouvait pas expliquer.

— Ton nom.

Ce n'était pas une question, cette fois.

Il passa une main dans ses cheveux trempés et prit l'expression la plus neutre possible. Il fronça les sourcils comme s'il essayait de se le remémorer. Quel nom utiliser ? Il lui fallait un nom le plus près possible de la vérité. Quelque chose en elle faisait sonner une alerte en lui. Peut-être était-elle l'une de ces rares personnes capables de sentir les mensonges. Et il était fichtrement bon dans le mensonge — c'était la seule vie qu'il connaissait.

— Lev. Je crois que c'est Lev. Je ne me souviens pas de grand-chose.

— Es-tu un criminel ? Un contrebandier ?

Il se rembrunit et frotta le sang sur sa tête à l'aide du chiffon humide.

— Je ne sais pas.

Son expression resta presque la même. Elle serra les lèvres, et une partie de la tempête dans ses yeux se dissipa. Il avait eu raison de ne pas nier son accusation. Elle était plus à l'aise qu'il ignore les faits plutôt que de nier être un criminel. Il n'était manifestement pas un pêcheur. Il était armé et paraissait dangereux, même s'il était actuellement meurtri. Feindre l'innocence ne fonctionnerait pas avec elle.

— Sais-tu comment tu t'es trouvé ici ? Je n'ai aperçu aucun bateau avant ou après la grande vague.

Il la regarda droit dans les yeux en laissant filtrer une pointe de peur dans son regard.

— Je ne sais pas. C'est le vide dans ma tête. Je n'arrive pas à me souvenir de ce qui m'est arrivé ni de qui je suis. Mais chaque fois que je songe à me tourner vers les autorités, j'ai un très mauvais pressentiment.

C'était un risque calculé. Elle était seule sur un bateau de pêche sur l'océan. Un franc-tireur. Une solitaire. Une femme pas facile à effrayer. Elle avait probablement en aversion la police et les questions. Ils avaient ce point en commun ; un point minime, mais il l'avait trouvé. Il en trouverait d'autres.

— Tu as besoin de voir un médecin. Que diable vais-je faire de toi ?

Il sentit un élan de triomphe en lui. Ses dents tremblaient à présent, et un nuage pointait en périphérie de son cerveau. Il s'accrochait farouchement pour ne pas perdre conscience.

— Merci de m'avoir sorti de l'eau, fit-il avant de se toucher la poitrine comme si elle était douloureuse. Tu as effectué une réanimation cardiorespiratoire.

Elle lui jeta un regard mauvais.

— J'ai utilisé le régulateur.

Il lui semblait important de lui dire qu'elle n'avait pas posé ses lèvres sur les siennes, peu importe à quel point l'idée était tentante. Et, de façon étrange, il trouvait la possibilité alléchante. Sa bouche était très attrayante, et il s'assena un coup de pied mental pour l'avoir remarqué. Il ne fallait *jamais* laisser les émotions entrer en compte. Sa vie était en jeu. Elle était… dispensable. Une étrangère. Elle ne signifiait rien.

Il tenta un petit sourire, même si son visage semblait figé.

— Selon la sensation que j'ai dans la poitrine, la technique était vigoureuse.

— Je ne suis pas douée pour les trucs médicaux.

Il laissa son regard se promener vers elle. Elle était trop mince. Il doutait que quiconque pourrait la qualifier de belle — mais elle possédait un certain attrait sauvage avec sa combinaison de plongée et son odeur de mer et de sel.

— Peu importe comment tu t'y es prise : merci.

Elle paraissait trop fragile pour l'avoir hissé à bord sans aide, ce qui indiquait qu'elle était tenace et ingénieuse. Une admiration pour elle se glissa sournoisement à l'intérieur de lui pour s'installer à un endroit auquel il ne voulait pas penser.

Elle leva une main.

— N'essaie pas de me poignarder. Je vais seulement te chercher une couverture.

Lev remarqua son utilisation du mot «essayer». Elle croyait toujours être en contrôle de la situation. De ses yeux mi-clos, il épia attentivement chacun de ses mouvements.

Son état actuel n'avait aucune importance : il était alerte et recourbé ; prêt à bondir au moindre faux mouvement. Elle était coincée sur le pont avec un prédateur dangereux — et à sa façon de se déplacer, elle le savait, gardant les mains bien visibles tandis qu'elle sortait une couverture du caisson pour lui — pourtant, il savait qu'elle n'acceptait pas ce fait. Manifestement, elle ne voulait pas s'approcher trop près et lui lança donc la couverture.

Lev ne chercha pas à la détromper à propos de la notion qu'elle était en sécurité ; hors de sa portée. Il pourrait fondre sur elle en une seconde et il connaissait à peu près tous les moyens de tuer quelqu'un. Il soupira en enroulant la couverture autour de lui. Il frissonnait toujours de façon incontrôlable.

— Merci, murmura-t-il de nouveau.

Il devait être blessé plus gravement qu'il ne l'avait d'abord cru, car elle avait un effet sur lui ; pas de doute là-dessus. Il eut l'impression qu'ils partageaient le même malaise dans la compagnie de l'autre.

— Écoute : tu as une commotion cérébrale et si tu as perdu la mémoire, ça doit en être une bonne. La houle t'a drôlement malmené contre le récif avant que je puisse te tirer de là. Je dois te trouver de l'aide. Nous ne pouvons pas rester ici.

— Je ne mourrai pas, l'assura-t-il. Peux-tu récupérer tes filets ?

Elle cilla. Abasourdie. Sa proposition l'avait définitivement stupéfaite.

— Mes filets ?

— Qui contiennent ta prise. Tu as dit avoir été obligée de les relâcher pour me secourir.

Elle rejeta l'idée d'un geste de la main.

— Tu as besoin d'aide. C'est la priorité. Je reviendrai plus tard pour voir si je peux les récupérer.

Elle baissa les yeux vers l'eau, et pour la première fois, il arriva à déchiffrer son expression. Il y avait un désir. Un besoin. Non pas de récupérer sa prise, mais pour quelque chose d'autre. Même si son esprit était un peu détraqué, plongé dans la brume et les ombres, une idée commença à s'y former ; une idée qui le surprit légèrement. Un élément ? Était-il possible que cette femme soit liée à un élément ? Là où se trouvait une personne liée à un élément, on était certain d'en découvrir au moins trois autres. Il avait déjà lu à ce sujet, mais il n'en avait jamais rencontré. C'était un miracle de la nature. Mais il voyait bien l'expression de son visage ; presque une tendresse et certainement un besoin.

— As-tu toujours vécu près de la mer ?

Elle haussa les épaules.

— Je n'aime pas être éloignée de l'eau. Et c'est ainsi que je gagne ma vie.

Il lui semblait impossible d'être tombé par hasard sur une chose possédant un potentiel de pouvoir immense. La clé d'un des éléments. L'eau. Il secoua la tête, et tout de suite, sa vision se brouilla, lui rappelant qu'il était probablement victime d'hallucinations de toute manière. Il la regarda droit dans les yeux, encore une fois.

— Je n'irai pas à l'hôpital. Je ne peux pas me permettre d'être l'objet de trop de questions dont je n'ai pas les réponses. Ramène-moi seulement sur la rive et je trouverai mon chemin.

La mine renfrognée, Rikki se détourna de lui pour essayer de réfléchir malgré ces yeux intenses qui la déconcertaient un peu trop. Ses yeux étaient d'un bleu perçant, comme la mer. Il était superbe. Elle ne s'approchait pas des hommes superbes. Elle estimait sa taille supérieure à un mètre quatre-vingts. Ses épaules étaient larges; son torse, dense et musclé; ses hanches, étroites : une masse de muscles. L'homme était comme une statue mythologique vivante; l'image même de toutes les fantaisies féminines. Son visage était composé d'angles et de surfaces prononcés. Il paraissait robuste, et elle ne doutait pas qu'il l'était. Il frissonnait sans arrêt.

Elle jura à voix basse; elle savait qu'elle ne pouvait simplement l'abandonner.

— Tu sais, un caillot n'est pas impossible dans ton cas. Tu t'es cogné plutôt durement.

— Ça ira.

Il se blottit davantage dans la couverture, et de longs cils vinrent voiler ses yeux bleus. Leur absence apporta un certain soulagement à Rikki.

— Va chercher ta prise. Je n'irai pas à l'hôpital, alors peu importe où nous sommes ou combien de temps il nous faudra pour regagner le port.

Rikki étudia son visage. Il pourrait prendre son bateau tandis qu'elle était sous l'eau, à la recherche de ses filets, mais le scénario lui sembla ridicule quand il pourrait simplement la tuer et la jeter par-dessus bord. Elle avait bien envie de tenter de récupérer sa prise. Elle ne pouvait se permettre la perte des oursins et de son équipement. Égoïste ou non, c'était son gagne-pain, et la ferme avait besoin d'une entrée d'argent.

— Prends tes clés, si ça t'inquiète, dit-il sans ouvrir les yeux.

— Je suis capable de trafiquer un moteur, dit-elle, alors je suis certaine qu'il en va de même pour toi.

Il ouvrit les yeux pour plonger le regard droit dans les siens avec cette intensité pénétrante qui la secouait. Du bleu de l'océan, ses yeux ne contenaient aucune émotion réelle. Aucune. Ils étaient nets et froids comme la mer profonde. Pourtant, ils étaient aussi brillants, comme deux saphirs semblant l'hypnotiser. Elle secoua la tête. Ou comme les yeux d'un cobra. Il était sa prise; elle l'avait pêché honnêtement, peu importe qu'il soit difficile à gérer. Elle l'avait tiré de la mer, ce qui signifiait qu'il lui appartenait.

— Fais ce qui te rend à l'aise, mais pour parler franchement, j'aurai besoin de toi pour me sortir d'ici. Je n'ai pas la moindre idée d'où je suis ou quelle direction prendre pour rentrer au port.

Elle examina son visage. Il ne mentait pas exactement, mais il ne disait pas non plus la vérité. Il ne doutait pas de sa capacité à trouver la rive — elle non plus, d'ailleurs. C'était un homme débrouillard.

— Bois un peu d'eau. Ce ne sera pas long, dit-elle en prenant sa décision.

Elle allait le prendre au mot. Si le bateau démarrait, peut-être pourrait-elle faire « danser » l'eau sur lui pour le refaire tomber dans la mer.

Lev l'observa verser de l'eau chaude tirée du moteur dans le haut de sa combinaison, puis ôter son pull pour renfiler son maillot avec l'impudeur d'une plongeuse. Il ne put s'empêcher de penser qu'elle ne le voyait pas comme un homme, mais comme une prise qu'elle avait sortie de la mer. Une partie de lui en était un peu mécontente tandis qu'une autre lui donnait envie de sourire. Elle était très concentrée une fois qu'elle choisissait la voie à suivre. Elle saisit son équipement et enfila rapidement sa bouteille de secours.

Il la regarda se préparer à plonger, le regard couvé par ses paupières mi-closes. Il aurait voulu bouger, mettre la main dans l'eau pour sentir la réaction de la mer quand cette femme y plongerait, mais il n'arrivait pas à réunir l'énergie nécessaire. Il se contenta donc de la regarder. D'observer l'eau tendre les bras vers elle. L'accueillir, comme si elle l'enveloppait et la tenait.

Il retint son souffle quand elle disparut sous la surface scintillante. Elle semblait si paisible, comme si elle appartenait à la mer ; rien de maladroit en elle, contrairement à ce qu'il avait observé chez d'autres plongeurs au fil des années. Et l'eau se déversa sur elle, autour d'elle, pour caresser son corps…

Il se redressa brusquement. Mais à quoi diable pensait-il ? Il perdait la boule. Le mouvement continu du bateau lui donnait légèrement la nausée, ce qui aurait été quelque peu alarmant si son cerveau n'était pas déjà si confus. Pour l'heure, la nausée n'était qu'un inconfort parmi bien d'autres. C'était surtout le froid qui l'ennuyait. Il avait froid jusqu'aux organes internes. La douleur, il pouvait s'en accommoder. Il avait enduré la douleur chaque damné jour de sa vie quand il était enfant. Il pouvait marcher sur du verre sans sourciller. Mais le froid…

Il était incapable de cesser de frissonner. À présent qu'elle avait quitté le bateau, il avait le loisir de se détendre, quelques minutes, pour essayer de s'orienter. Essayer de se remémorer ce qui lui était arrivé et qui diable souhaitait sa mort maintenant. Sa survie était importante. Son instinct de conservation était très fort, et cette femme unique au mode de vie solitaire était sa meilleure planche de salut. Il lui fallait un plan.

Le bruit du clapotis de l'eau contre le bateau était apaisant. Le moteur Honda vrombissait doucement en sourdine, alimentant la femme en air. Occasionnellement, un goéland poussait un cri au-dessus de lui. Il ne leva pas les yeux. Cela lui demandait trop d'effort. Cette femme passait de la rage au calme en quelques secondes. Elle était contenue. Avait de bons instincts. Elle déchiffrait les mensonges mieux que la moyenne des gens. Elle avait des yeux incroyables. Une secousse traversa le corps de Lev. Mais d'où diable venait cette *sensation* ? Les femmes étaient des outils pour lui. Voilà ce que celle-ci était aussi. Un outil. À utiliser. Comme n'importe quel objet pratique.

Il pencha la tête derrière jusqu'à ce qu'il puisse se reposer dans une position un peu plus confortable. Pour une fois, il aurait voulu disparaître. Devenir quelqu'un d'autre. N'importe qui. Il voulait être comme tous ces gens qui couraient dans tous les sens, occupés à vivre leur vie. Que signifiait être normal, au fait ? Il n'en avait aucune idée. Il réglait les problèmes. Il tuait des gens. Il se déplaçait dans l'ombre sans jamais apparaître sous le soleil. Voilà de quoi sa vie était faite, et il l'avait toujours vécue sans se questionner. Et pourquoi arrivait-il à se souvenir de ce fait alors qu'il ignorait quel nom ou visage parmi ceux dans son esprit était véritablement le sien ? Qu'est-ce que ça changeait que cette femme ait des yeux incroyables ? Et une bouche très généreuse.

Il s'essuya le visage et regarda la quantité de sang sur sa main. Les blessures à la tête tendaient à saigner abondamment. Il pourrait faire des points de suture sur sa blessure, mais il était trop fatigué. Il avait l'impression que ses bras étaient faits de plomb. C'était plus simple de se reposer sous la couverture de survie légère et de haute technologie et de songer à… *elle*. Qu'est-ce qui l'attirait tant chez elle ? Il avait couché avec beaucoup de belles femmes. Les avait séduites. Les avait utilisées. En avait tiré l'information dont il avait besoin selon sa mission et, dans certains cas, au besoin, les avait éliminées par la suite.

Il était incapable d'éprouver des émotions. Les émotions se dressaient dans son chemin. Avant d'atteindre l'âge de douze ans, il avait appris à ne pas se laisser aller à avoir des sentiments pour quiconque. Il avait déjà eu des faiblesses ; il était confronté à l'une d'entre elles en ce moment même. Le moment passerait. Il était fatigué, il avait faim, il avait froid et il n'avait aucune idée de ce qui lui était arrivé. Quand il essayait de se souvenir de sa mission, son esprit était un néant. Qui essayait-il de coincer ? Qui était à ses trousses ?

Sa vie était un jeu du chat et de la souris. La survie était toujours le prix ultime. S'il ignorait à fichtre quoi il était mêlé, il avait déjà perdu la partie. Il avait *besoin* de cette femme. Elle était un instrument de survie. Son désir de rester chez elle n'avait rien à voir avec ses yeux ou sa bouche. Ou son tempérament fougueux. Sa passion absolue. Que ressentait-on quand on éprouvait de la passion ? Comment se sentirait-il si une personne dotée de ces yeux le regardait, lui, et personne d'autre ? Le regardait pour la simple raison qu'il *lui* appartenait ?

Il appuya le bout des doigts contre ses tempes et y appliqua de la pression. Il devait être vraiment malade et faible pour entretenir de telles pensées. Il n'appartenait à rien. Il n'avait pas de maison. Il n'appartenait pas à cette *femme*. C'était impossible pour un homme comme lui. Il était une machine. Il n'était pas humain. Il avait perdu son humanité près de quarante ans plus tôt, dans une école où on enseignait aux enfants à tuer. À être au service de leurs maîtres. À être des robots — rien de plus que des marionnettes. Il fronça les sourcils. Mais que diable se passait-il dans son esprit ? Il n'était pas censé mettre en question ses supérieurs, ni qui ou ce qu'ils étaient... Il avait été programmé de la sorte depuis l'enfance. Il n'existait aucun moyen de déprogrammer une personne comme lui. Seule une balle dans la tête l'attendait à la fin de ses jours. Étrange qu'il puisse se remémorer des détails de son passé alors qu'il ignorait le pourquoi ou le comment de ce qui lui était arrivé.

Il avait traqué un pasteur lors d'une mission ; un pasteur qui affectionnait les garçons et se rendait fréquemment en Thaïlande. Son appétit était insatiable. Juste avant que Lev ne l'abatte, l'homme lui avait dit ne pas avoir d'âme. À cette époque, il n'y avait pas vraiment réfléchi. Pourquoi le faisait-il maintenant ? Pourquoi envisageait-il soudain la vérité de cette affirmation ? Cette femme l'avait regardé de ses grands yeux noirs comme la nuit et sertis de cils épais. D'un air suspicieux. Mais elle l'avait *regardé*. Avait regardé en lui. Elle l'avait *vu*. Et l'espace d'un instant, tandis qu'elle le regardait, il s'était vu lui-même.

Son cœur cogna dans sa poitrine, et pour la première fois depuis qu'il était petit, la peur le saisit avec force. Elle avait vu *à l'intérieur* de lui. Personne ne le voyait. Il avait érigé une forteresse — forte et puissante — autour de cette partie brisée en lui qu'il n'avait jamais réussi à endurcir. Elle avait vu cette partie brisée : il en était persuadé. Il assena un coup de poing solide à la coque du bateau. Il devait la tuer. Il n'avait pas le choix. Il ne pouvait la laisser vivre, pas si elle le savait vulnérable.

Il poussa de l'air de ses poumons. Ce serait facile. Suffirait de couper son tuyau d'air. L'abandonner sous l'eau. Prendre le bateau et le laisser couler quelque part. Elle disparaîtrait dans l'océan comme bien d'autres pêcheurs. C'était le choix intelligent à faire — le choix logique. Il ne bougea pas. Pas un muscle. Il resta accroupi là dans l'attente de son retour. Attendant de revoir ses yeux. Et c'était probablement la décision la plus stupide de sa vie.

Il crut avoir perdu conscience un court moment. Le bateau grinçait et tanguait, et son mouvement aurait été apaisant si ce n'était de sa nausée et d'un mal de tête bien présent. Il avait l'impression que son crâne allait exploser. Il avait soif, mais porter de l'eau à sa bouche demandait trop d'efforts.

Assis là, il tenta de recoller les morceaux de sa vie. Les souvenirs venaient à lui sous forme d'images ; des visions irrégulières, mais toutes violentes. De brefs souvenirs de son enfance baignés de sang et de douleur le hantèrent. Des balles percutèrent son corps, transperçant sa peau et ses os, fracassant ses entrailles. Il sentit la lame d'un couteau qui le poignardait encore et encore ; profondément. Un battement vrombit dans la plante de ses pieds. La douleur engouffra son corps. Il l'accepta. Il pouvait se tenir debout dans la douleur. Se battre dans la douleur. S'exécuter dans la douleur. Il pouvait cacher de l'information, la confiner dans une partie de son esprit à laquelle *il* n'avait même pas accès.

« Discipline. »

Le mot se répétait encore et encore dans sa tête. Il le murmura comme un talisman auquel se raccrocher.

« Discipline. »

— Oui, acquiesça une voix. La discipline est très importante.

La voix était douce. Féminine. Trop jeune. Il secoua la tête pour la chasser. Tant de gens étaient morts sans qu'il ne puisse l'empêcher. Comme une inondation.

— Chut, l'avertit-il. Ne fais pas de bruit, peu importe à quel point tu souffres. Tu peux vivre avec la douleur. Si tu fais du bruit, ils te feront encore plus mal.

— Je ne ferai pas de bruit. Ne t'inquiète pas. Je garderai le silence.

Une main fraîche lui toucha le front, et il en saisit le poignet pour l'abattre sur le sol. Il ouvrit brusquement les yeux. Il n'aimait pas qu'on le touche. Le visage devant ses yeux vacilla : il n'arrivait pas à zoomer sur celui-ci. Il resserra sa poigne sans comprendre ce qui lui arrivait. C'était difficile d'y voir, mais au bout du compte, dans le brouillard épais, il discerna deux yeux bordés de cils épais qui l'observaient. Son monde se résuma à ce regard intense. Noirs comme la nuit ; des yeux si noirs qu'ils étaient presque pourpre. Un noir liquide, comme la mer par une nuit de tempête. Un homme pourrait s'y noyer s'il s'y laissait aller. Son souffle chuinta.

— Le sexe est un outil. Rien de plus.

— Tout va bien. Tout ira bien.

Il secoua la tête.

— Je ne peux pas te sauver la vie, si tu ne m'écoutes pas.

— Tout va bien. Je vais te tirer de là.

Son choix de mots l'intrigua. C'était *lui* qui devait *la* tirer de là. Mais il avait échoué. Il leur avait tous fait défaut. Comment pouvait-elle savoir ce qu'il fallait faire quand il l'ignorait lui-même ? Elle ne lutta pas pour se défaire de sa poigne, mais demeura plutôt parfaitement immobile, comme si elle savait que tout mouvement mettrait ses instincts en alerte. Et il ne possédait aucun instinct orienté vers le bien.

La discipline était importante. En repoussant la douleur dévastatrice, il obligea son cerveau à se mettre en marche. Son pouce caressa la paume de la femme dans un mouvement de va-et-vient. Elle avait retiré ses gants de plongée, si bien qu'il touchait sa peau nue. Le centre de sa paume attira son attention jusqu'à ce qu'il y appuie les doigts pour y tracer deux petits cercles encore et encore, comme s'il arriverait à les graver dans sa peau.

— Ils ne sont pas là, marmonna-t-il, les sourcils froncés. Les symboles. Ils devraient être là.

— Tu as subi une commotion cérébrale, expliqua-t-elle. Tu dois te rendre à l'hôpital.

Il referma les doigts autour de sa main pour la serrer étroitement.

— Ils me tueront. Si tu m'amènes à l'hôpital, ils me trouveront et me tueront.

— Ne t'inquiète pas. Je ne laisserai personne te tuer.

Il n'avait aucun moyen de lui dire qu'il était son ennemi. Il était incapable de formuler les mots. Et cela lui prouva que ses pensées étaient loin d'être nettes. *Tout le monde* était soit un ennemi, soit un outil. Les amis n'existaient pas dans son travail. Il lui fallait simplement un endroit sécuritaire pour se reposer et comprendre ce qui se passait.

— Je vais t'emmener dans un endroit sécuritaire.

Sa voix était douce. Mélodieuse. Une fantaisie. Il savait reconnaître les hallucinations. Il n'existait pas d'yeux magnifiques lui promettant un refuge, le regardant comme s'ils voyaient à l'intérieur de lui, au-delà de tous les boucliers, retirant chaque couche jusqu'à le rendre vulnérable. Si quelqu'un arrivait vraiment à le voir, cette personne ne lutterait pas pour le sauver ; elle le tuerait et le jetterait par-dessus bord. Et si cette personne ne parvenait pas à le tuer, il devrait se charger de la tuer afin de protéger cette vulnérabilité en lui.

– Tu es en danger.

Il tenta de l'avertir. Si elle était réelle et venait de le regarder de la sorte, alors, pour une fois dans sa vie, il devait faire son job de façon personnelle. Seulement une fois. Pour ces yeux.

Mais que diable ? Retirait-elle ses vêtements ? Sa combinaison ? Personne ne suspendait sa combinaison pour la faire sécher, n'est-ce pas ? À l'aide d'un seau d'eau douce, elle rinça l'eau saline de son corps et s'essuya sans la moindre pudeur, comme s'il n'était pas là, à observer la serviette se glisser sur son corps avant qu'elle n'enfile un jean et un chemisier boutonné à moitié. Elle avait des cicatrices sur les jambes et les pieds ; il en était persuadé. Il avait dressé la carte de son corps dans son esprit. Il était fasciné par sa forme, l'aspect de sa peau douce. Elle était si mince, mais complète.

Elle s'était habillée dans des mouvements rapides et efficaces ; nulle trace de flirt ou de séduction, comme si elle se croyait seule, malgré ces yeux si noirs qui le transperçaient. Elle ne portait aucune parure, aucun piercing, pas même aux oreilles, mais un tatouage courait le long d'une hanche. Des larmes ? Des gouttes d'eau. Elle s'était placée de sorte à ce qu'il ne puisse pas bien le voir, ce qui ne servit qu'à piquer sa curiosité davantage. Il éprouvait le désir fou de lécher ces gouttes scintillantes sur sa peau. Sous lui le pont vibra. Le bateau tangua davantage.

– Tiens-toi loin des filets. Ces piquants ne sont pas venimeux, mais ils peuvent percer la peau et se briser sous celle-ci. J'ai dû subir une chirurgie quand un piquant s'est inséré dans ma main. Ils peuvent transpercer un pneu et le crever. Parfois, quand je ferme les yeux la nuit, je les vois partout et je suis incapable de leur échapper, comme s'ils me hantaient. Ils peuvent causer bien des dommages. Je les ai placés loin de toi, mais ne te déplace pas sur le pont.

Il aurait voulu rire à cet avertissement. Il devrait craindre des *oursins* ? Voilà qui était hilarant. Il était plongé si profondément dans les hallucinations ; c'était dément. Des oursins ? Des piquants ? Où diable se trouvait-il ? Dans un parc d'attractions ? Il effleura sa cuisse et y sentit la présence d'un couteau. Une pro l'aurait fouillé et aurait trouvé ses armes multiples. Elle ne l'avait pas touché, sauf pour cogner contre sa poitrine pour faire battre son cœur de nouveau.

Qu'est-ce qui était réel ? Qu'est-ce qui appartenait à son esprit ? Son crâne se referma autour de son cerveau et y provoqua de petites explosions. Il agrippa sa tête et la tint entre ses mains. Le bateau le secoua un peu, comme s'ils avançaient à toute vitesse sur l'eau, mais la femme le laissa tranquille. Il avait besoin de cet espace pour réunir ses défenses et élaborer un plan d'action. Chaque mouvement du bateau était agonisant, mais il avait l'habitude de la douleur ; elle le calmait. Il l'utilisa pour se concentrer, pour reprendre le contrôle sur son esprit fracturé.

D'abord : analyser sa situation. En gros, il était dans la merde. Il disposait de multiples identités, mais n'avait pas la moindre idée de laquelle était sécuritaire, encore moins celle qui était réelle. Il ne se rappelait pas comment faire pour accéder à des fonds ou des armes. Il n'était pas certain de ce qu'il avait sur lui. Il se savait en danger, mais en raison de qui ou de quoi : aucune idée. Il se trouvait en territoire ennemi sans trop savoir comment il était arrivé là ni quelle était sa mission. Il ignorait à qui il devait se rapporter. Si la douleur dans sa tête n'était pas aussi lancinante, il se la frapperait contre le mur en signe de frustration.

Il ne décelait que des fragments de son passé. Des fragments faits de violence, de fuite, de danger. Il n'avait pas de famille. Aucune douceur dans sa vie. Rien de vulnérable. Il n'avait pas d'amis. Personne en qui avoir confiance. Quelle fichtre vie était-ce là ?

– Rien n'a de sens, murmura-t-il à voix haute. *Elle* n'a aucun sens.

3

— Je dois t'amener à mon camion, puis revenir afin d'apporter ma prise au quai de traitement. Quelqu'un aura vu mon bateau entrer au port, alors il faut faire vite.

La femme glissa un bras dans son dos. Lev donna un coup sur le bras, puis lui adressa un regard direct pour l'avertir qu'il était sérieux.

— Si c'est un piège, je te tuerai.

— Je sais, monsieur le dur à cuire, rétorqua-t-elle.

Quelque chose clochait dans sa réponse — dans sa voix — dans son regard égal. Elle n'avait pas peur de lui. *Tout le monde* avait peur de lui. Ils le regardaient et voyaient le tueur. Elle tendit de nouveau le bras vers lui, mais il le bloqua. Une expression exaspérée passa sur son visage. Elle n'était pas en colère, n'avait pas peur ; ce qu'elle ressentait, c'était l'exaspération qu'on pouvait éprouver devant un enfant turbulent. Elle se frotta l'avant-bras.

— Écoute-moi bien, *Lev,* dit-elle en prononçant mal son nom, mais il aimait la façon dont il roulait de sa bouche. Nous aurons bientôt de la compagnie. J'essaie d'amener ton sale derrière dans mon camion, hors de vue, avant que ça ne se produise. Collabore avec moi ou laisse à ceux qui te pourchassent le loisir de t'abattre.

Il fixa son regard sur ces yeux si noirs. Doux, liquides, d'une beauté si stupéfiante. D'où diable venait-elle ? Elle était comme une nymphe des mers, s'élevant de l'océan pour le guider vers un cimetière marin. Il secoua la tête devant de telles inepties. Il ne lisait pas de contes de fées et n'y prêtait certainement aucune foi. D'ailleurs, elle était loin de s'exprimer comme les princesses de ces livres.

Il hocha la tête, mais lui fit signe de se déplacer vers la gauche ; il voulait garder son côté droit libre. Il était ambidextre — il tuait avec précision de n'importe quelle main — mais dans sa faiblesse, il ne voulait courir aucun risque. Elle enroula un bras autour de lui et, étonnamment, en considérant comme elle était mince, cette femme était forte.

Les jambes de Lev étaient en pur caoutchouc, mais il se contraint à les mouvoir. Un pied devant l'autre. Il l'entendait souffler sous l'effort, étant donné son poids considérable. Elle lui arrivait à peine à l'épaule. Prendre appui sur elle de la sorte lui donnait l'impression d'être un demi-homme. Il détestait cela ; haïssait l'idée d'être si impuissant et de n'avoir aucun autre choix. Il marmonna dans sa barbe.

— Es-tu en train de jurer contre moi en russe ?

Elle leva les yeux vers lui tandis qu'elle le postait près du quai.

— Pose les mains sur le plat-bord et, pour l'amour de Dieu, ne tombe pas à l'eau. Je vais descendre du bateau pour t'aider depuis le quai.

Il avait cru avoir juré silencieusement et non à voix haute. Une autre preuve qu'il avait perdu le nord. Il n'était pas suffisamment ancré dans la réalité pour se faire confiance. Il agrippa le plat-bord et balaya le port du regard. Il sut immédiatement qu'il n'y avait jamais mis les pieds. Il se remémorait les lieux, comme des cartes déployées dans sa tête. Il parvenait à « voir » les quadrillés, et une fois qu'il avait visité un lieu, la carte s'imprimait de façon indélébile dans son esprit. Bien entendu, il ne pouvait avoir confiance en son esprit en ce moment. Il n'était pas tout à fait certain de qui il était (laquelle de ses nombreuses identités lui appartenait) ni de ce qu'il était censé faire.

La femme posa facilement les pieds sur le quai et tendit les mains vers lui. Il lisait la détermination sur son visage et, Dieu lui vienne en aide… la compassion. Qui diable était-il ? Un chiot perdu ? Il baissa la tête même s'il n'apercevait personne dans les parages ni quiconque leur prêtant attention. Elle s'avança vers un camion d'un modèle plus ancien qui, comme son bateau, était en superbe état. Il était prêt à parier que s'il en soulevait le capot, il trouverait un moteur poli et étincelant.

— Je dois aller récupérer mon équipement et me charger des oursins. Si je te conduis chez moi pour revenir ensuite, ce serait un geste hors de l'ordinaire, et quelqu'un le remarquera. Tu peux te coucher sur la banquette pendant que je m'occupe de mes affaires. Reste sous la couverture, hors de vue. L'ennui, c'est que je vais mettre un certain temps.

Il tenta de ne pas paraître alarmé. Déjà, il voguait entre la réalité et le flou. Il voulait se planquer, ne plus être à découvert, là où il aurait une meilleure chance de remettre de l'ordre dans ses idées pour survivre.

— Pourquoi ça prendra tant de temps ?

— Ils vont devoir hisser les filets de mon bateau, peser les oursins, puis les déposer dans des sacs pour pouvoir les apporter au camion avec un chariot élévateur. Cela prend du temps. Mais comme la plupart des bateaux sont restés au port aujourd'hui, il ne devrait y avoir aucune attente. Il me faudra aussi nettoyer mon bateau. Je ne peux prendre le risque qu'il reste des piquants d'oursins sur le pont. Je pourrai attendre d'être à la maison pour blanchir mon équipement.

Tout cela était logique, mais il souhaitait seulement fermer les yeux et dormir. Il avait besoin d'un lieu sécuritaire. Il se força à opiner de la tête.

— Es-tu parfaitement certain que ça ira ? Je peux te conduire à l'hôpital…

— Non, dit-il fermement. Je serais mort en moins d'une heure.

— Es-tu certain que quelqu'un soit à ta recherche ?

On avait tenté de le tuer, n'est-ce pas ? Autrement, elle n'aurait pas à eu à tirer son corps à moitié mort de la mer. Il haussa les épaules et se concentra à grimper dans le camion sans perdre la tête ou s'effondrer en tas à ses pieds.

Elle l'aida à monter à bord et lui tendit la couverture. Il lui saisit la main, et son pouce entreprit de tracer les formes circulaires au centre de sa paume.

— Dis-moi ton nom.

— Rikki. Rikki Sitmore, dit-elle en lui adressant un petit rictus. J'ai un nom de famille.

Il lui prit l'envie de sourire. Il y avait quelque chose d'irrésistible chez elle. Il aurait voulu lui répondre qu'il possédait de multiples noms de famille, mais il se retint.

— Je vais essayer de faire vite, mais ça prendra un certain temps.

— Tu as déjà dit ça.

Rikki fit la grimace, roula des yeux, puis claqua la portière. Elle avait de bonnes raisons de ne pas s'approcher des autres : ils étaient tous fous. Elle l'avait pêché hors de la mer, mais si elle avait réfléchi le *moindrement*, elle l'aurait laissé là. À présent, il était sa responsabilité. Après avoir poussé ses verres fumés sur son visage afin de couvrir son regard direct, elle remonta à bord de son bateau. Pour une raison ou une autre, elle était capable de regarder Lev droit dans les yeux, et étrangement, sa façon de le regarder ne semblait pas le déranger, contrairement à la majorité des gens.

En haussant les épaules elle mit son moteur en marche et contourna les autres bateaux à quai pour placer le sien sous la plate-forme. Le palan était déjà en bonne position, et Ralph fit descendre les crochets afin d'y fixer ses filets pour les peser.

— Tu es revenue tôt, la héla-t-il. Je viens tout juste d'arriver.

Elle haussa les épaules.

— Personne d'autre n'a pris la mer aujourd'hui, dit Ralph en griffonnant sur un papier pour fixer le nom de son bateau sur les sacs blancs qu'il remplit d'oursins.

Cette information soulagea Rikki. Elle aimait bien les autres plongeurs, et l'idée que cette vague monstrueuse déferle sur eux était effrayante.

— J'ai vu que tu avais de la compagnie. Quelque chose ne va pas ?

Elle se raidit, mais se contraint à répondre par un haussement d'épaules désinvolte.

— Non, marmonna-t-elle après un long silence gênant.

Les hommes avaient pris l'habitude de ses réponses maussades et tentaient rarement de lui faire la conversation.

Elle lui tourna rapidement le dos, lui laissant le soin de s'occuper des récipients. Normalement, elle donnait un coup de main, mais elle ne voulait pas prendre le risque qu'il lui pose d'autres questions. Elle conduisit son bateau jusqu'au poste de mouillage afin de le récurer méticuleusement comme elle le faisait toujours en s'abandonnant à la tâche tandis que l'eau les berçait, le *Sea Gypsy* et elle, en clapotant. Elle se concentra pleinement à la tâche, ne permettant à aucune pensée d'entrer dans son esprit. Il n'existait que la sensation de son bateau, du ciel et des goélands entourés d'eau. Elle aimait la façon dont les gouttelettes miroitaient sur le pont comme des diamants ; des prismes de couleurs scintillantes, chacun unique et magnifique. Parfois, elle se perdait dans leur admiration longtemps. Elle dut obliger son esprit à demeurer concentré afin de terminer le nettoyage le plus tôt possible, et il lui fallut de la discipline pour ne pas disparaître dans la routine et le courant comme elle avait l'habitude de le faire.

Elle rangea chaque filet avec soin, enroula ses tuyaux de la manière *exacte* qui lui plaisait : un cercle relâché et précis. Personne ne touchait à son équipement. Personne n'arrivait à le replacer exactement comme elle le voulait ; une autre raison pour laquelle elle n'avait pas d'assistant de plongée à bord.

Cependant, comment pouvait-elle expliquer à Blythe à quel point cela la rendait mal à l'aise ; que d'autres personnes touchent ses choses avec les meilleures intentions, mais la rendent folle en ne les plaçant pas *exactement* comme elles devaient l'être ? Il y avait une bonne façon de faire les choses, et personne ne semblait être en mesure de le comprendre.

Elle soupira et poussa ses lunettes contre son nez. Elle avait étiré le temps dans la mesure du possible. Son bateau et son équipement étaient dans un état de propreté maximal.

Elle avait fait l'inspection de son compresseur d'air et de ses tuyaux et, à présent, à moins de trouver un cadavre sur la banquette de son camion (beurk), il lui faudrait braver l'épreuve et faire quelque chose de lui. Le cadavre vaudrait mieux. Si aucune de ses sœurs n'était à la maison, elle serait coincée avec lui et n'avait pas la moindre idée de quoi en faire parce que personne – *personne* – n'entrait dans sa maison quand elle s'y trouvait.

Blythe était la seule qu'elle laissait entrer, et même là, Rikki ne pouvait pas être à l'intérieur au même moment. Elle poussa l'ongle de son pouce dans sa bouche pour le mordiller. Elle se dirigea vers son camion en fronçant les sourcils. Elle se tint devant la portière un moment, inspirant de l'air, se cuirassant à l'idée de se trouver dans un espace si restreint avec lui. Il était dans son camion. C'était presque aussi difficile que s'il était dans sa maison. Elle commençait à souhaiter ne jamais l'avoir tiré hors de l'eau.

En se mordant la lèvre avec force, elle ouvrit brusquement la portière. Lev explosa hors de sa couverture et enroula les deux mains autour du cou de Rikki pour lui clouer la tête contre la banquette. Elle était incapable de bouger et de respirer. La fureur secoua son corps avant de céder la place à la panique. Les doigts de Lev étaient comme des tiges d'acier coupant ses voies respiratoires. Son monde commença à s'assombrir, et de petites étoiles éclatèrent dans son cerveau. Aussi soudainement, il la relâcha. Elle glissa sur le sol en toussant et en se tenant la gorge, haletant désespérément.

Ses lunettes étaient tombées. Quand elle parvint enfin à respirer, elle lui jeta un regard noir directement dans les yeux. Il semblait plus confus que jamais – aucuns remords, seulement de la confusion. Et merde, c'était elle qui ne possédait aucune grâce sociale, mais elle savait malgré tout qu'il devrait éprouver des *tonnes* de remords.

— Sors de mon camion tout de suite, salaud, gronda-t-elle en tendant la main pour reprendre ses verres fumés et les remettre en place sur son visage.

Elle évita de frotter les marques qui se trouvaient assurément sur sa gorge. Elle avait l'impression que son cou était enflé et serré. Elle reconnut le fait qu'il aurait pu la tuer en quelques secondes. Le savoir ne dissipait en rien sa colère.

— Je suis désolé.

— Sors. De. Mon. Camion.

Plutôt que d'obéir, il recula sur la banquette pour lui laisser de la place. Elle resta assise dans la poussière un moment, occupée à jurer à voix basse.

— Tout va bien ? héla Ralph.

Il se tenait sur la plate-forme, sourcils froncés et mains sur les hanches.

Elle devint livide ; elle le sentit quand elle se releva de peine et de misère. Ralph plissa les yeux pour essayer de voir à l'intérieur de son camion. Elle jeta un coup d'œil vers Lev. Il était recroquevillé, visage caché, la couverture enroulée autour de son corps.

— J'ai glissé sur le gravier, répondit-elle avant de monter dans son camion.

Elle démarra le moteur sans regarder Lev et agita la main à l'intention de Ralph avant de sortir du stationnement. Elle compta jusqu'à cent avant de lancer un regard mauvais à son passager silencieux.

— Es-tu dément ? Parce que si tu l'es, dis-le-moi tout de suite. Je te déposerai où tu veux, et c'en sera terminé pour nous deux.

— Je t'ai dit que j'étais désolé. C'était un réflexe.

Il frissonnait continuellement sous la couverture.

— Un réflexe. Je vois. Tuer les gens est un réflexe.

C'est alors qu'il la regarda ; ses yeux bleus transpercèrent les verres fumés.

— Je ne t'ai pas tuée.

Elle grogna un rire sec.

— Tu as essayé.

— Si j'avais essayé, tu serais morte.

— C'était la deuxième fois.

— Je t'ai dit que j'étais désolé et je le suis. J'ai un violent mal de tête et je n'arrive pas à faire la différence entre ce qui est réel et ce qui est une hallucination.

— Dans ce cas, nous allons à l'hôpital.

— Non. Tu ferais aussi bien de me tuer toi-même.

Rikki poussa un soupir.

— Ne m'en donne pas l'envie.

Elle freina au panneau d'arrêt au haut de la colline et tapota le volant de manière rythmée tandis qu'elle songeait à la décision à prendre. Il était manifestement instable, et elle n'avait rien d'une infirmière, mais... Elle soupira de nouveau en tournant à droite, en direction de Sea Haven.

La ferme était située aux abords de l'autoroute 1. L'allée menant à la propriété était bordée d'arbres de toutes les espèces ; de grands géants imposants. Il y avait même des séquoias. Elle affectionnait les séquoias, si majestueux et souverains. À ses yeux, ils étaient des sentinelles postées pour protéger l'allée menant à la ferme. La barrière double était très ornée. Lissa l'avait fabriquée en soudant et en enroulant le fer pour fabriquer une œuvre d'art. Toutes les femmes adoraient le résultat. Une fois la barrière ouverte, elle y conduisit le camion lentement et s'assura que la barrière se referme derrière elle. À son entrée dans la ferme, elle se concentra pleinement sur son environnement en ignorant Lev.

Elle en connaissait chaque arbre et arbuste. Elle savait où chaque chose se trouvait et si la moindre chose avait été déplacée et elle accordait toujours une attention minutieuse au moindre détail. Blythe l'avait avertie qu'elle se montrait paranoïaque, mais avant d'entrer chez elle, Rikki en faisait toujours le tour à pied, à la recherche de signes annonçant la présence d'un intrus. Des empreintes. Des feuilles écrasées. Des bidons d'essence ou de kérosène. Toute substance inflammable.

Elle dirigea d'abord son camion vers la maison de Blythe. Elle était son premier choix pour se débarrasser de Lev. Il avait besoin d'une personne forte, et Blythe était une femme raisonnable qui saurait découvrir s'il mentait – du moins, Rikki l'espérait. Surtout, elle voulait se débarrasser de cet homme. Elle sut dès l'instant où elle se gara devant la grande maison que Blythe n'était pas de retour.

– Merde, siffla-t-elle à voix haute. Combien de temps ça prend, un mariage ? Cinq minutes ?

– Tu veux te marier ? demanda-t-il, confus.

– Non. Laisse-moi réfléchir. J'allais trouver quelqu'un pour prendre soin de toi. Blythe ou Lexi sont les meilleurs choix selon moi, mais…

Elle ne voulait pas que cet étranger s'approche de Lexi. Elle était trop jeune.

– Je veux rester avec toi.

Elle le darda d'un regard bref mais coléreux.

– Eh bien, c'est impossible. Personne n'entre dans ma maison. Je n'aime pas ça.

Lev claqua des dents.

— Seulement un petit moment, le temps que je comprenne ce qui se passe. Je ne suis même pas certain de mon nom.

Quel autre choix avait-elle ? Elle n'avait rien fait de bien avec ce type. Mais comment allait-elle gérer la présence d'une personne chez elle ? Dans son refuge ? Elle ne savait même pas si cet homme était dangereux, même si elle se doutait que oui. Si elle déclenchait des feux, elle le faisait dans son sommeil, quand elle était en situation de stress. Avoir cet étranger chez elle serait résolument une source de stress.

— Je ne sais pas quoi faire.

Pour la première fois depuis le début de l'aventure, elle commençait à avoir peur.

— Peut-être pourrais-je t'aider à te réchauffer ? Tu peux attendre le retour de Blythe dans ma maison.

— Qui est Blythe ?

— Ma sœur. En quelque sorte. C'est compliqué.

Elle roula jusqu'à sa résidence, les yeux rivés sur l'allée à la recherche de traces de pneus.

— Reste ici, ordonna-t-elle en garant le camion et en sortant du véhicule.

Puis elle hésita en tenant la portière ouverte.

— Si tu poses la main sur moi à mon retour, assure-toi de me tuer parce qu'autrement, tu ne survivras pas à l'attaque.

Lev observa sa bouche former une ligne serrée ; un avertissement. À ses yeux, elle représentait davantage la tentation que le danger. Elle le fascinait. Elle n'avait pas crié ; pas un son. Elle n'avait eu aucune des réactions normales d'une femme se trouvant seule avec un tueur.

— Ôte tes lunettes.

Elle recula d'un pas.

— Pourquoi ?

— Je veux voir tes yeux.

— Tu es réellement dément.

Elle commença à se détourner de lui.

— Rikki.

C'était la première fois qu'il l'appelait par son prénom, et les épaules de la femme se raidirent. Elle tourna la tête pour le regarder par-dessus son épaule.

— J'ai besoin de voir tes yeux. Tes yeux… sont comme une ancre pour moi.

De sa langue Rikki humecta sa lèvre inférieure. Elle fronça les sourcils, mais porta la main à ses lunettes. Ses doigts s'enroulèrent autour de la monture pendant un moment durant lequel le cœur de Lev cessa de battre tandis qu'elle décidait si elle allait oui ou non satisfaire son caprice. Il s'aperçut que son souffle était coincé dans ses poumons. Elle retira les lunettes, et il réussit à respirer de nouveau. Il se retrouva là, dans la profondeur infinie de ses yeux. La mer la plus profonde au monde avait repris vie pour lui rendre son regard. Le trouver. Le secourir. Une partie brisée dans sa tête se recolla. Il prit une profonde respiration et hocha la tête.

Elle repoussa sa monture sur son nez avant de s'éloigner. Il ne la quitta pas des yeux un instant tandis qu'elle inspectait le sol autour de sa maison. Elle cherchait quelque chose et se montrait méticuleuse dans son inspection. Sa maison était dotée d'une petite véranda à l'avant et, à l'instar de son bateau et de son camion, elle était dans un état immaculé. Elle s'accroupit pour observer la terre près d'un boyau d'arrosage. Le boyau, enroulé soigneusement autour d'un cylindre, était manifestement très long, mais il n'arrivait à y repérer aucun nœud.

Elle tourna le coin et disparut derrière la maison, et il ouvrit tout de suite sa portière. Son cœur se serra jusqu'à lui faire mal. Il crut brièvement que l'organe avait cessé de battre. Il avait ressenti cette même douleur juste avant qu'il ne cesse de battre. Lev en avait un souvenir vif. Il s'était noyé dans ses yeux pour contrôler sa douleur. Ils étaient si liés qu'il faisait partie d'elle, de sa vie et de sa respiration. Puis elle avait détourné le regard vers les profondeurs ténébreuses et avait brisé ce contact. Tout de suite, la douleur l'avait frappé avec une violence brutale — sa poitrine s'était serrée jusqu'à ce qu'il crût qu'elle allait exploser, puis il était replongé dans le noir. Dans le vide. Un néant froid et sombre et sans merci.

Il n'aimait pas la perdre des yeux, pas quand elle représentait son salut — ce qui n'avait aucun sens. Il tenta de franchir quelques pas prudents, mais il dut agripper la portière. Le sol pencha sous ses pieds, et il eut un haut-le-cœur.

— Que fiches-tu ? Ne t'ai-je pas dit d'attendre ?

Encore une fois, il eut cette étrange réaction à son ton hargneux ; il voulait sourire. Il était incapable de secouer la tête, car il craignait que celle-ci n'explose, et s'il lui répondait vocalement, il allait vomir. En gardant les dents serrées il tendit aveuglément les bras vers elle. Elle s'approcha de lui et encaissa son poids. Ils faillirent tomber tous les deux avant qu'il n'arrive à se redresser et à utiliser Rikki comme une béquille. Elle poussa un souffle chuintant, et il espéra ne pas lui avoir fait mal. Elle enroula un bras bien serré autour de sa taille et se dirigea vers la porte en marmonnant.

Il eut de nouveau l'envie de rire, ce qui était dément alors que chaque pas lui donnait encore plus mal au cœur. Le sol roulait sous lui, et des petites fusées explosaient dans son crâne, derrière ses yeux. À l'approche de la véranda, elle commença à trembler et à ralentir le pas, comme si elle était réticente.

— Peut-être devrais-tu t'asseoir ici dehors, sur cette chaise, pour te reposer, suggéra-t-elle.

— Je dois m'étendre.

C'était la vérité. Et il fallait qu'il se couche bientôt.

Il l'entendit serrer les dents. Elle se plaça de sorte à le soutenir, puis elle déverrouilla la porte, l'ouvrit grande et l'aida à entrer. Il la sentit frémir et essaya de moins appuyer son poids sur elle, mais ses jambes semblaient faites en caoutchouc. Elle parvint à le garder debout avec une force surprenante.

— Quelques pas de plus, et tu seras dans la chambre à coucher. Je vais t'étaler sur le lit et essayer d'ôter tes vêtements mouillés.

Son ton était froid, comme s'il n'était pas un homme. Elle ne semblait pas embarrassée à l'idée de lui ôter ses vêtements, mais d'autre part, elle était une plongeuse, et il savait que les plongeurs devaient souvent se dévêtir en présence les uns des autres. L'absence d'embarras ne le gênait pas, mais il était ennuyé par le fait qu'elle ne le voie pas comme un homme. Avec le battement sourd de son cœur et sa poitrine si serrée, il n'était plus certain de rien et repoussa cette pensée qu'il jugea idiote.

Dès qu'il s'étendit sur le lit, il ferma les yeux et lui laissa faire le travail. Elle trouva un couteau dans une botte et son pistolet de réserve dans l'autre. Il y avait un autre couteau fixé à une jambe. Un autre pistolet à sa ceinture. Un troisième dans un harnais. Un autre couteau et trois petits poignards à sa ceinture. Elle ne prononça pas une parole, mais il y eut un changement dans sa respiration.

Elle prit plusieurs inspirations plutôt rapides. Cela donnait aussi envie à Lev de sourire. Elle découvrit ses étoiles métalliques et deux couteaux de jet, mais elle passa à côté des tourniquets cousus dans ses vêtements.

— Qui es-tu ? Un genre d'assassin ?

Il ne fit aucune réponse. Elle tira sur ses vêtements pour les lui ôter, et il sut le moment exact où elle s'aperçut qu'il était un homme. Les mains de Rikki s'immobilisèrent, et elle poussa un seul son ; une note basse qu'il n'arrivait pas tout à fait à interpréter. Il ouvrit les yeux et la surprit à le regarder de ses yeux énormes et splendides ; ses cils se déployant en éventail le long de ses pommettes saillantes. Elle leva les yeux vers lui, et un choc le secoua physiquement.

Elle se racla la gorge et tira sur son jean.

— Lève ton derrière.

C'était plus difficile qu'il ne l'aurait cru. Il avait perdu toute énergie et avait l'impression que son corps était fait de plomb. Il n'arrivait pas à contrôler les frissons qui le parcouraient continuellement. Elle jeta ses vêtements sur le sol et l'enveloppa dans des couvertures pour former un cocon chaud autour de lui. Il trouva curieux qu'elle ne dise pas un mot à propos des nombreuses cicatrices sur son corps.

Quand elle se détourna, il lui saisit la main. Il attendit qu'elle pose de nouveau les yeux sur lui.

— J'ai besoin de mes armes. Au cas où.

— Tu ne tireras pas sur moi. Tu ne me poignarderas pas. Et tu ne me jetteras pas l'une de ces étoiles.

— Non.

Elle émit un rire sec.

— Comment le sais-tu ? Tu n'as pas la moindre idée de ce que tu fais la moitié du temps.

— Tout de même.

En poussant un soupir elle entreprit d'empiler les armes sur le lit, près de son oreiller.

— Très bien. Mais je vais être fichtrement en colère si tu essaies de me tuer de nouveau. Y en a marre.

Il fronça les sourcils en l'observant ramasser ses vêtements et la couverture mouillée qu'elle lui avait donnée sur le bateau. Elle n'avait pas le moindre instinct de conservation. Il était un étranger. Elle avait les marques de ses doigts sur son cou. Il avait pointé un couteau contre sa gorge. Malgré tout, elle lui avait rendu ses armes et lui tournait maintenant le dos comme s'il n'avait aucune importance pour elle. Elle n'avait pas peur de *lui*, mais il ne pouvait chasser l'impression qu'elle avait peur de quelque chose — peut-être pas peur, exactement, mais elle était inquiète et angoissée.

Il l'observa de ses yeux plissés et à demi clos en gardant son souffle égal afin qu'elle continue de l'ignorer tandis qu'elle emportait ses vêtements pour les laver. Il l'entendit, sans la voir, démarrer le lave-linge. Puis elle revint dans la chambre où elle essuya le plancher de bois franc jusqu'à ce qu'il brille. Elle avait dû en profiter pour réchauffer des couvertures au sèche-linge, car elle en ajouta deux par-dessus les autres, toujours en marmonnant à voix basse.

Il était résolument confus et plongé dans un autre monde, car il commença à trouver cette manie plutôt adorable. Pourvu qu'il reste concentré sur elle, il oubliait la douleur et ce que dans le monde il lui était arrivé. Ou qui souhaitait sa mort. Il ne voulait pas la quitter des yeux. Elle se déplaçait d'une manière tranquille et efficace qui lui rappelait la fluidité de l'eau. Elle était axée sur les détails, et il remarqua son inspection des fenêtres de sa chambre. Après avoir effleuré d'un doigt le rebord de la fenêtre, elle marmonna un peu à voix basse.

Elle sortit de la pièce et revint avec une tasse d'eau. Il discernait de la vapeur en monter quand elle se pencha au-dessus de lui.

— Si tu bois ceci, ça va te réchauffer. Il faut que je nettoie ta blessure à la tête. Tu saignes toujours, et elle a un air vilain.

Elle passa un bras sous lui pour l'aider à relever le haut de son corps et lui permettre de prendre quelques petites gorgées d'eau chaude avant de l'étendre de nouveau sur le lit.

— Merci.

Elle le regarda de ses yeux noirs énormes.

— Tu es dans un sale état. Tu devrais vraiment te rendre à l'hôpital.

Il eut l'impression qu'elle souhaitait le voir à l'hôpital, non parce qu'elle craignait qu'il meure, mais parce qu'elle le voulait hors de sa maison ; hors de son lit.

— Je ne peux pas.

Elle fronça les sourcils et se frotta l'arrête du nez.

— Tu es fichtrement têtu, n'est-ce pas ?

Comme l'affirmation était une évidence qui ne nécessitait aucune réponse, il se laissa plutôt aller à disparaître dans ses yeux. Elle avait des yeux magnifiques. Il aimait leur couleur liquide et douce. Elle s'apprêta à repartir, mais il lui empoigna le bras.

— Ne pars pas.

— Je n'aime pas qu'on me touche.

Il aurait dû la relâcher, mais il frotta plutôt son bras nu du bout de ses doigts. Son chemisier était toujours à moitié déboutonné, et il ressentit l'envie de lui caresser le ventre, seulement pour connaître la texture de sa peau.

— Je n'aime pas ça non plus, dit-il.

Et c'était la vérité. Étrange. Il n'avait jamais admis ce fait à quiconque. Cela ne revêtait pas une importance particulière : il faisait ce qu'il fallait faire, mais il n'aimait pas cela — mais peut-être d'une manière différente de Rikki. Dans son cas, c'était une question d'espace personnel ; il évitait naturellement d'être proche des autres. Mais Rikki... Il étudia son visage.

— Je ne crois pas que ça t'ennuie tant que ça, quand je te touche.

Elle cligna des yeux. Elle clignait rarement des yeux, mais Lev avait visé juste. Elle serra les lèvres et le fixa en plissant les yeux.

— Tu es plutôt arrogant, pour un homme qui ne peut pas bouger. Surtout en considérant la pile d'armes à proximité.

— Tu as un tel penchant pour la violence.

Elle parut outrée.

— *Moi* ? C'est toi qui se montres hostile. Je suis Mère Teresa, en comparaison. Et je n'aime pas les gens malades.

— Aimes-tu quiconque ?

Il sentit une pointe d'amusement en lui. Il commençait à y prendre goût.

— Quoi que ce soit ?

— Rien en particulier.

Elle arracha son bras à sa poigne comme si elle venait de se souvenir qu'il la touchait et qu'elle était supposée s'y opposer.

— Et surtout pas toi.

Elle se frotta le bras et s'éloigna avec raideur du lit pour se rendre à la salle de bain. Le mouvement qu'elle esquissait sur son bras devint plus doux, presque une caresse, mais peut-être n'était-ce que son imagination. La décoder allait bientôt devenir une obsession, mais peut-être était-ce parce que pourvu qu'il se concentre sur elle, il n'avait pas à tourner son regard vers lui — et il ne pouvait supporter d'être l'objet d'un examen minutieux. Pas quand il se sentait si dénudé et vulnérable.

Elle revint dans la pièce, cette fois avec une débarbouillette trempée d'eau tiède et une petite trousse de premiers soins très à l'ordre.

— Ça risque de faire mal. Lexi ferait un meilleur job. Préfères-tu que j'attende son retour ? Elle est douée avec les gens, surtout ceux qui souffrent. C'est son truc, en quelque sorte : aider les autres.

— Fais-le. Après tout ce qui est arrivé, je suis habitué à toi maintenant. Je ne voudrais pas attaquer Lexi par accident.

Son expression changea, une tempête se leva dans ses yeux.

— Ne la touche pas. Je n'hésiterai pas à t'enfoncer ton propre couteau droit dans le cœur si tu lui touches.

Ainsi, elle avait un côté protecteur. Un autre tendon d'Achille. Il avait commencé à croire qu'elle était isolée du monde. Mais le signe était là. Une tempête. Une promesse. Et elle était mortellement sérieuse. Ça lui plaisait. Il ne voulait pas d'une sainte. Il ne l'était pas lui-même et il ne pourrait jamais vivre… Mais à quoi *diable* pensait-il ? Il avait vraiment encaissé un vilain coup à la tête.

La débarbouillette se déplaça contre sa tête. Elle n'était pas brusque sans être douce. Manifestement, elle n'était pas du type à soigner les autres, mais elle se chargea de sa blessure avec la même efficacité dont elle s'acquittait de toutes ses tâches. Elle était méticuleuse et prit le temps de refermer la plaie béante à l'aide de bandes adhésives. Elle lava toute trace de sang sur son visage et son cou avant d'en avoir terminé avec lui. Il l'entendit se laver les mains et l'équipement dont elle s'était servie avant de revenir vers lui.

— Je vais te laisser dormir.

Il y avait un malaise dans sa voix.

— Ne pars pas tout de suite.

Parce qu'il n'osait pas s'endormir. Il pourrait réellement la tuer, s'il était désorienté à son réveil. Il devait d'abord comprendre ce qui diable se passait. Il voulait respirer son odeur, sentir qui elle était jusqu'à la moelle jusqu'à ce qu'il puisse l'identifier de n'importe où, en tout temps. Il y était presque ; quelques minutes de plus, et elle serait imprimée en lui. Il avait seulement besoin de… *quelque chose.* C'était là, dans son esprit, la pièce insaisissable manquante. Quelques minutes de plus…

Elle fronça légèrement les sourcils de la manière qu'il commençait à reconnaître. Dès qu'elle eut cette expression, il sentit une contraction dans son cœur. Mon Dieu, elle avait une emprise quelconque sur lui, comme si elle avait dérobé une partie de lui dans la mer.

— Écoute, fit-elle en étalant les mains devant elle. Au cas où tu ne t'en serais pas aperçu, je ne suis pas tout à fait normale. Je ne peux laisser quelqu'un rester chez moi. Dès que Blythe sera de retour, tu vas sortir d'ici.

Il garda ses yeux rivés aux siens.

— Au cas où tu ne l'aurais pas encore remarqué, je ne suis pas exactement normal non plus. Tu es en sécurité avec moi. Je connais ta sensation. Ton odeur. Je ne referai pas les mêmes erreurs.

— Je vais prendre une douche.

Oh, mon Dieu. Elle voulait sa mort. Lui donnait l'envie de rire à gorge déployée. Où se cachait son instinct de conservation ? Il ne se laissait pas aller aux émotions — c'était beaucoup trop dangereux. Il frissonna sous les couvertures. Il avait peur pour elle. Pour lui.

— Tu as froid. J'aurais dû songer à te frictionner avec de l'huile chaude. C'est la concoction de Lexi, et je l'utilise parfois quand je reviens d'une plongée. Elle vous réchauffe rapidement. Es-tu capable de te retourner parce que je ne vais pas frotter le devant de ton corps.

— Pourquoi pas ?

— Si tu veux un massage, retourne-toi.

Il parvint à le faire, même s'il dut serrer la mâchoire, mais il ne se donna pas la peine de lever la tête de l'oreiller. Il garda le visage tourné vers elle et sa main à quelques centimètres de son revolver. Le dispositif de sécurité était déverrouillé, si bien qu'il pouvait viser et tirer en moins de deux si elle esquissait un faux mouvement. Ouais. Voilà qui lui ressemblait. Il reconnaissait cet homme. En poussant un soupir de soulagement il examina son visage tandis qu'elle tira la couverture et versa de l'huile dans ses mains.

Au premier toucher de ses mains, une alarme déchirante qu'il n'arrivait pas à comprendre se déclencha en lui. Il n'avait pas menti en disant ne pas aimer qu'on le touche. Il avait le contrôle sur son corps en tout temps. Un contrôle complet, absolu et total. Il arrivait à manipuler les autres au moyen de son toucher d'expert en raison d'une formation complète dans toutes les facettes du plaisir sexuel, mais c'était lui qui ordonnait les réactions à son corps ; pas sa partenaire. Il décidait qui et quand et il était toujours — *toujours* — en contrôle. Jusqu'à ce moment-là.

Sa respiration changea. La chaleur se propagea dans ses veines. Il se dit que c'était en raison de l'huile qui répandait de la chaleur sur sa peau ; cependant, il sentit la chaleur torride et brûlante irradier plus bas, vers le centre, jusqu'à ce que, sans sa volonté, son consentement ou son ordre, son pénis s'agite, prenne de l'ampleur et de la lourdeur et vibre de désir. Il avait une blessure à la tête, la douleur se fracassait contre lui s'il osait bouger la tête, et pourtant, son sexe était dur comme la pierre. Que diable se passait-il ?

Il prit une respiration et se laissa aller à absorber la sensation de ses mains sur lui. Elle massa l'huile sur ses épaules ; ses doigts s'attardant dans la longue marque le long de ses omoplates. Puis, ses paumes glissèrent sur son bras pour y tracer la blessure par balle, et le corps de Lev trembla. Elle le massait profondément de ses doigts fermes, pour faire pénétrer l'huile dans ses biceps, ses avant-bras, ses doigts. Le souffle de Lev s'immobilisa dans son corps.

Ses doigts étaient magiques, glissant sur les siens, entre les siens, pour permettre à sa peau d'absorber l'huile tandis que lui, il fondait en elle. La chaleur de l'huile rehaussait l'illusion qu'il devenait une partie d'elle. Son cœur se mit à battre à un rythme étrange; à battre pour elle. Il voulait la goûter dans sa bouche, l'inspirer dans ses poumons, faire partie de son corps, se réfugier au cœur d'elle, profondément. Un instinct oublié depuis belle lurette s'éveilla dans son esprit brisé : quelque chose qu'il avait entendu il y avait longtemps, un souvenir de son enfance au sujet d'une femme qui viendrait le compléter. Un élément dont il avait besoin.

— Tu n'as posé aucune question.

Il lui fallait une distraction.

Avec sa tête qui élançait, son cœur qui battait la chamade et son sexe prêt à exploser; avec les mains de Rikki qui longeaient son dos et apaisaient chaque douleur tandis que la chaleur se propageait dans son corps, il ressentait le besoin désespéré de se distraire et d'oublier les besoins inconnus de son corps. Et elle représentait un besoin à ce moment-là. Comme une drogue qui se serait infusée en lui, par sa peau. Par ses sens. Son corps absorbait l'huile, mais en vérité, c'est elle qui se déversait en lui.

— Tes cicatrices? Me dirais-tu la vérité si je te le demandais?

— Ce que j'en sais. La balle qui m'a presque sectionné la colonne vertébrale.

Il attendit qu'elle la trouve, que le bout de ses doigts effleure l'endroit comme dans une caresse.

— Amsterdam. Je sais le lieu, mais pas pourquoi ni qui. La blessure de couteau le long de ma hanche est survenue à Paris et celle près de mon omoplate, en Égypte. Je sais où j'étais lors de chaque blessure, mais je ne sais pas pourquoi.

— J'aurais dû t'amener à l'hôpital.

Elle fronçait de nouveau les sourcils ; il parvenait à le déceler au son de sa voix. Il aurait voulu voir son visage, mais elle massait ses fesses à présent, lui faisant perdre la voix et toute capacité à réfléchir clairement. De petites explosions détonaient dans sa tête – et dans son sexe. Son pénis était si brûlant et lourd ; il y avait une fuite. Les mains de Rikki se dirigèrent vers l'arrière de ses cuisses.

« Impersonnel. »

Il se répétait mentalement le mot, encore et encore. Elle aurait fait la même chose pour n'importe quelle autre personne dans le besoin. Il n'aurait d'autre choix que de tuer tout homme qu'elle toucherait de la sorte. Son corps devrait se détendre et non se préparer à prendre possession du sien. Il était intensément conscient de chacun de ses mouvements. Son souffle. Ses cheveux qui fouettaient l'air. Le battement de son cœur. Ses mains qui touchaient ses muscles ; pressaient sa peau avec force, la caressaient, l'effleuraient. Il savait qu'elle était entièrement concentrée sur ce qu'elle faisait – et non sur *lui* – et que Dieu leur vienne en aide, il voulait qu'elle le remarque.

Il avait besoin qu'elle le voie comme un homme et non comme un fichu projet. Ou pire encore. Peut-être était-elle absorbée par la façon dont les gouttes d'huile atterrissaient sur sa peau, de la même manière que l'eau accaparait toute son attention.

Il réunit ses forces, repoussa la douleur aux confins de son esprit et bascula son poids pour libérer son sexe qui bandait de façon monstrueuse ; impossible à manquer. Elle mit un moment avant de quitter des yeux les mollets qu'elle pétrissait. Elle s'arrêta brusquement, et il l'entendit prendre une inspiration consternée. Il se retourna : il éprouvait le besoin de voir son visage — ses yeux.

Elle recula abruptement en écarquillant les yeux, mais ses longs cils vinrent voiler son expression. En reculant elle brandit les mains, paumes vers lui, de manière défensive, comme si elle voulait le chasser. Des instincts enfouis depuis longtemps, peut-être même inconnus jusqu'alors, prirent le dessus. Il leva soudainement la main et poussa de l'air vers sa paume gauche. Des étincelles dansèrent entre eux, argentées et dorées, comme des lucioles minuscules. Elle poussa un cri et blottit la main contre elle ; le petit froncement de ses sourcils attira l'attention de Lev vers ses douces lèvres.

— Montre-moi ta main.

— Qu'as-tu fait ?

— Je ne sais pas. Montre-moi.

Le regard de Rikki se baissa sur son érection lourde, et la tempête se réveilla dans ses yeux.

— Range ça.

Et elle était de retour : l'envie de sourire.

— Ce n'est pas une arme. Et c'est toi qui l'as mise là, alors à toi de t'en occuper.

— Eh bien, nous venons de découvrir une chose sur toi, n'est-ce pas ?

Elle saisit la couverture et la jeta sur lui, recouvrant son monstre d'érection comme sous une tente.

— Il y a longtemps que tu as eu une relation sexuelle.

Elle était assez proche pour lui permettre de saisir son poignet, retourner sa main et l'approcher de lui pour examiner sa paume. Il y avait deux marques pâles ; deux cercles entrelacés. Il appuya le bout de son pouce sur la marque et la frotta dans un mouvement circulaire.

— Si tu crois que je t'ai emmené chez moi pour te laisser assouvir tes besoins sexuels, tu as choisi la mauvaise personne. Je ne couche pas avec le premier venu.

Les doigts de Lev se resserrèrent autour de sa main.

— Je suis heureux de l'entendre.

Il retira son pouce pour dévoiler une paume où les cercles s'étaient estompés, ne laissant qu'une rougeur à peine visible. Plutôt que d'éprouver des remords à l'idée de l'avoir marquée, il en ressentit une étrange satisfaction. Il relâcha sa main et ferma les yeux. Le massage avait chassé les derniers vestiges du froid de ses os, et il était maintenant épuisé.

— Parle-moi depuis la porte, quand tu dois me réveiller. Assure-toi que je suis alerte avant d'entrer.

— Qu'en est-il de « tu es en sécurité » ? demanda-t-elle à voix haute en lui adressant un autre froncement de sourcils, puis elle sortit de la pièce avec raideur pour le laisser dormir.

4

Ses sœurs devaient bien rentrer d'une minute à l'autre. Rikki faisait les cent pas sur la véranda. Combien de temps durait une réception, de toute façon ? Allaient-elles danser toute la nuit ? Elle frotta sa paume douloureuse le long de sa cuisse, puis la pressa avec force contre son ventre. Mais qu'est-ce qui lui avait pris *d'emmener quelqu'un chez elle, dans sa maison* ? Elle avait dû perdre l'esprit. Elle ne laissait personne rester chez elle. Pas même elle ne pouvait demeurer à l'intérieur si lui, il y était. Il ne lui restait plus qu'à rester assise dehors, à souhaiter avoir pris une tasse de café avec elle. Elle n'allait certainement pas retourner à l'intérieur pour préparer du café.

Elle enfonça l'ongle de son pouce dans sa bouche pour le mordiller. Et s'il avait besoin de quelque chose ? Et s'il devait crever ? Dans son lit. Ouille. Les répercussions de sa décision idiote étaient désolantes. Il était un pur étranger, fort probablement un maniaque aux tendances meurtrières à en juger par ses armes et ses réflexes. Elle continua d'arpenter la véranda en poussant son souffle et en marmonnant à voix basse des jurons et des menaces à l'intention de l'homme.

Il n'était même pas sécuritaire de le garder chez elle. Si Blythe et les autres avaient raison et qu'elle n'était pas sociopathe, cela signifiait que quelqu'un essayait de le tuer, elle, et quiconque se trouvant sous son toit. *Ou encore* elle abhorrait tant ses proches qu'elle tentait de les brûler vivants, mais en bloquait le souvenir. Peu importe, le scénario n'était pas plaisant.

Elle pivota sur elle-même et fixa la porte d'un regard noir. Elle ne pouvait même pas entrer chez elle. En raison d'un homme. Un homme doté d'un très large… Elle enfouit le visage entre ses mains. Pourquoi fallait-il qu'elle pense à *cette* partie de son anatomie ? Elle aurait dû songer à quel point il était dément, à toutes ces cicatrices et à la façon dont il les avait acquises ou à ses armes et à ce qu'elles signifiaient.

Elle avait songé à son corps nu tandis qu'elle prenait une douche et se lavait les cheveux. Le corps de Rikki avait réagi à la vue du sien. Elle avait senti une bouffée de chaleur partir de quelque part dans son ventre pour grimper vers son cou. Les doigts de la sensation avaient effleuré sa colonne vertébrale et chatouillé ses cuisses. Une pulsion de désir avait secoué ses entrailles. Plutôt que de l'envelopper comme une couverture réconfortante, son eau bien-aimée avait eu une sensation sensuelle sur sa peau.

Elle avait blanchi méticuleusement sa combinaison, puis l'avait suspendue ; avait récuré sa salle de bain et sa douche après les avoir utilisées, puis elle avait placé ses vêtements dans le sèche-linge. Ensuite, elle avait arpenté son salon avec l'impression que les murs se rapprochaient de plus en plus jusqu'à ce que ses poumons ne puissent plus inspirer suffisamment d'air. Pour fuir la connaissance qu'il se trouvait nu dans son lit, elle était sortie de sa propre maison, désespérée.

Elle appuya la paume de la main contre son front. À quoi diable avait-elle pensé en emmenant cet homme dans sa maison ? Personne n'entrait chez elle, en aucun cas. Eh bien, Blythe y entrait pour se servir un café, mais elles le buvaient toujours – *toujours* – sur la véranda. Rikki ne prenait jamais ce risque. Pas avec les femmes qui avaient cru en elle, qui lui avaient donné une famille ; qui l'aimaient malgré ses défauts.

Elle se mordit l'ongle. Où étaient-elles ? Pourquoi n'étaient-elles pas encore rentrées ? Il fallait que Blythe rentre pour venir la sauver de sa propre stupidité. Elle devait le chasser de sa maison maintenant. Elle fit les cent pas durant des heures. À un certain moment, elle se rendit compte qu'elle devait aller voir comment il allait. Il n'y avait rien d'autre à faire. Avec un peu de chance il serait déjà mort, et elle n'aurait plus à songer à la façon de le faire sortir de là. Peut-être jetterait-elle simplement son corps dans la mer.

Quelque peu ravie par cette pensée, elle carra les épaules, posa un long regard à la ronde et s'arma de courage pour pénétrer à l'intérieur. Dès son entrée, elle sentit sa présence. Il semblait remplir chaque pièce. La maison avait l'odeur de l'huile de Lexi ; une faible odeur d'amande et de citron. Rikki se frotta l'arête du nez et, après un moment d'indécision, ôta ses verres fumés. La maison était plongée dans le noir, et il était probablement endormi. Elle savait qu'elle portait les lunettes tant à titre d'armure pour elle-même que pour empêcher de rendre les autres mal à l'aise par son regard direct. La façon dont cet homme la regardait dans les yeux…

Elle poussa un souffle et se déplaça le plus silencieusement possible vers l'embrasure de la porte de sa chambre à coucher. Il occupait le lit en entier. Sa respiration était régulière, mais d'une manière ou d'une autre, elle sut qu'il prit conscience de sa présence sur-le-champ. Tel un prédateur. Le malaise grandissant en elle s'embrasa pour former une boule massive de bile bouillonnante. Elle n'aurait d'autre choix que de le garder. Ici. Chez elle. C'était la conséquence de sa stupidité.

Elle n'osait pas le refiler à l'une de ses sœurs – pas même à Blythe. Il était trop dangereux. Elle appuya le bout des doigts contre ses tempes. Qu'est-ce qui clochait chez elle ? Elle ne possédait pas les instincts de survie naturels dont étaient dotés les autres. Quoique ses « sœurs » la taquinaient sur sa paranoïa, la vérité était qu'elle agissait sans d'abord réfléchir aux conséquences. Jamais elle ne pourrait envoyer cet homme, ses armes et ses réflexes chez Blythe. Il était sa responsabilité et non celle des autres. Elle devait protéger les autres femmes.

– La peur a une odeur distincte.

Le cœur de Rikki bondit.

– Tu te trompes si tu crois que j'ai peur de toi, répondit-elle. Je ne laisse personne entrer chez moi et j'ai cru pouvoir demander à une autre de s'occuper de toi, mais je m'aperçois que je ne peux imposer ceci à aucune d'entre elles.

– Ce qui signifie que tu es coincée avec moi.

– En gros.

Elle savait que son ton était irritable et loin d'être courtois, mais il avait perturbé son monde en entier. Sa maison était son refuge, et il l'avait envahie.

– Quand tu dis ne jamais laisser quiconque entrer chez toi, tu le dis dans le sens littéral, n'est-ce pas ?

– Oui.

À présent, elle avait un ton maussade.

– Je préfère même ne pas parler à quiconque.

Il valait mieux qu'il sache qu'elle ne se transformerait pas en infirmière attentionnée.

— Comment te débrouilles-tu quand il s'agit de trouver quelque chose pour soulager les maux de tête ?

Elle haussa les épaules avant de traverser la pièce pour entrer dans sa salle de bain attenante. Elle gardait tous les médicaments dans sa salle de bain privée. Elle disposait d'une autre salle de bain pour les visiteurs, toujours dans un état de propreté méticuleux, mais elle n'avait jamais été utilisée. Malgré tout, elle ne laissait pas ses médicaments dans la salle de bain des invités. Elle trouva la bouteille d'aspirine et la secoua pour faire tomber deux comprimés. Elle ne buvait jamais l'eau de la salle de bain, donc elle devait se rendre à la cuisine pour lui apporter un verre d'eau. Elle passa devant lui sans prononcer un mot ni lui donner d'explication sur ses habitudes. L'opinion de cet homme n'avait aucune importance. Elle avait ses habitudes, et celles-ci lui convenaient parfaitement.

Comme chaque fois qu'elle ouvrait le robinet, l'eau qui en coula avait l'apparence d'un ruisseau argenté à la beauté scintillante. Elle décelait la perfection dans chaque goutte cristalline. Elle ne put résister à l'envie d'y toucher, de laisser l'eau cascader sur ses mains, sa peau, et se mêler à elle d'une manière réconfortante, comme des gants vivants. Elle retourna les mains pour laisser l'eau entrer en contact avec le centre de sa paume gauche, là où les marques troublantes étaient à peine visibles maintenant. Cependant, la sensation était toujours là, comme si elle avait été marquée quelque part sous sa peau.

Cette fois, l'eau n'eut pas un effet apaisant sur sa paume, mais sensuelle plutôt, comme une étoffe de soie effleurant sa peau. Une sensation s'éveilla entre ses jambes ; une palpitation chaude, une poussée de flammes dans ses veines. Ses seins élancèrent. De petites sensations taquines, légères comme des plumes, descendaient le long de ses cuisses comme des doigts sur sa peau.

— *Qu'est-ce que tu fabriques ?*

Elle entendit la voix clairement dans sa tête. Sa voix à *lui*, chargée de désir, du même besoin qui courait dans son corps à elle.

En haletant elle ôta brusquement les mains de sous le jet de l'eau. Elle entendit l'écho de son halètement dans l'autre pièce. L'espace d'un moment, son corps palpita au rythme d'un désir si aigu qu'elle n'arrivait pas à remettre de l'ordre dans ses idées. Les sensations l'emportaient sur tout le reste. Des sensations de besoin, de soif, d'un désir désespéré envahirent son esprit. Elle surprit même l'image de cet homme léchant la peau de sa cuisse jusqu'à sa hanche ; sa langue chatouillant les gouttes d'eau roulant sur sa jambe. Était-ce son désir à lui ? Le sien ? Elle n'arrivait pas à le déterminer. Elle sut simplement que jamais elle n'avait éprouvé un tel désir, surtout pas un désir lié si étroitement à un pur étranger.

Elle arrivait encore à sentir sous ses doigts la forme des muscles de son corps, durs et définis ; sa peau avait eu la sensation du velours drapé sur de l'acier. D'une manière ou d'une autre, le bout des doigts de Rikki avait absorbé cet homme jusqu'à ce qu'il habite et respire en elle. Elle jeta un regard affolé à sa cuisine, et pour la première fois depuis qu'elle y avait emménagé, son foyer n'était plus un refuge. Elle appuya le pouce avec force contre sa paume et sortit brusquement sur la véranda où elle était capable de respirer. Elle mit la tête entre ses genoux ; elle se sentait un peu faible.

— Rikki ?

Elle tourna la tête sans la relever, l'échine encore courbée. Leurs regards se croisèrent, puis s'arrimèrent l'un à l'autre. Elle eut immédiatement l'impression de tomber à l'intérieur de lui, de devenir une partie de lui. Enveloppé dans une couverture, il se tenait dans l'embrasure de la porte où il tanguait légèrement. De la sueur perlait sur son front, et sa peau avait une teinte grise.

Il se racla la gorge.

— Est-ce que ça va ?

Il avait l'air ravagé, mais c'était lui qui lui demandait si elle allait bien. Elle se redressa lentement sans jamais briser leur contact visuel. Elle doutait fort qu'elle y arriverait si elle essayait de le quitter des yeux. Elle était prisonnière à présent, liée à lui, et elle n'avait pas la moindre idée comment y réagir.

— Je ne sais pas. Toi ?

Il sourit de façon inattendue, dévoilant brièvement ses dents d'un blanc éclatant, mais l'expression dans ses yeux demeura exactement la même.

— Ma tête élance.

Son regard devint alors chaleureux.

— Et mon corps aussi. Je ne sais pas ce que tu faisais, mais j'ai eu l'impression que tu me touchais… Intimement.

Elle enfonça davantage son pouce au centre de sa paume.

— Retourne à l'intérieur avant de tomber.

— Viens avec moi.

Elle poussa un soupir.

— C'est difficile.

— Parce que tu ne laisses personne entrer chez toi.

La couverture glissa, et elle aperçut brièvement le muscle long et solide de sa cuisse avant qu'il ne replace la couverture. Il avait employé le terme « chez toi » plutôt que celui impersonnel de « maison ». Le côté intime de l'expression la séduisait.

— Allez, fit-elle en s'approchant de lui et en glissant le bras dans son dos pour lui permettre de prendre appui sur elle. Retourne au lit. Je vais t'apporter de l'aspirine. Peux-tu manger quelque chose ?

— Non. Je me sens encore malade. Je pense que j'ai encaissé un rude coup à la tête.

Il ferma la porte derrière eux et la verrouilla.

— Une chance que tu as la tête dure.

Elle jeta un bref coup d'œil à la porte avant de lever les yeux vers lui.

— Crains-tu que nous ayons des visiteurs ? J'en reçois peu, tu sais.

— Ta famille.

Elle opina.

— Oui, mes sœurs viennent me visiter, mais la règle veut qu'elles n'entrent pas dans la maison. Blythe se sert un café parfois le matin, mais elle s'assoit dehors sur la véranda avec moi. Quand elles viennent, elles ouvrent la porte pour m'appeler.

— Je ne voudrais simplement pas tirer une balle sur quelqu'un par accident.

La mine renfrognée, elle l'aida à se coucher sur le lit.

— Si tu fais d'autres menaces, je vais jeter tes armes dans le puits.

— Crois-tu que c'était une menace ? demanda-t-il d'une voix douce. Je te donnais un avertissement. Je n'ai pas la moindre idée de ce que diable il m'est arrivé. Je n'ai qu'un sentiment de danger et un très grand instinct de conservation pour me guider. Je ne voudrais certainement pas blesser une personne qui t'est chère.

Si elle pouvait lire la sincérité dans son regard, elle ne pouvait avoir pleinement confiance en ses motifs. Cet avertissement était probablement donné dans le but de tenir tout le monde à l'écart afin qu'il puisse se cacher sans tracas. *Dans sa maison.* Elle afficha un air encore plus maussade en l'aidant à s'asseoir dans le lit. Elle l'enveloppa de couverture avec la même attention méticuleuse qu'elle accordait à toute autre tâche.

Elle attendit qu'il prenne le médicament et boive l'eau avant de parler de nouveau.

— J'ai placé tes munitions supplémentaires sous le lit. Tu en as assez pour déclencher une petite guerre.

Lev étudia son visage. Son petit menton était saillant. Il décida de pousser davantage la limite. Elle ne l'avait pas encore jeté à la porte, après tout.

— Ne leur dis pas que je suis ici.

— Tu parles de mes sœurs ?

Elle lui adressa ce petit froncement de sourcils qu'il avait appréhendé.

— Je ne mens pas à mes sœurs.

— Je ne te demande pas de mentir. Te demanderont-elles s'il y a un homme dans ta maison ?

Elle poussa du bout du pied une poussière imaginaire sur le plancher de bois franc.

— Non.

— Dans ce cas, ça ne pose pas de problème, n'est-ce pas ? Je devrais repartir bien assez vite.

— Tu n'arrives même pas à marcher seul, dit-elle avant de lever une main pour l'empêcher d'en dire plus. Je vais y réfléchir.

Elle continua de l'observer, le regard voilé par ses cils épais.

— Me donneras-tu des explications ?

— Des explications sur quoi ? Je ne me souviens même pas de mon nom.

— Sur la raison pour laquelle j'ai entendu ta voix dans ma tête. Et ne me dis pas que ce n'est pas arrivé. Je suis peut-être bizarre, mais je n'entends pas de voix.

Ses yeux prirent la teinte noire et brillante d'une obsidienne. Cela le fascinait. L'alerte d'une tempête imminente.

— C'était ta voix. Tu as dit : « Qu'est-ce que tu fabriques ? » Tu ne l'as pas dit à voix haute. Je t'ai entendu dans ma tête.

Il était incapable de s'arracher à son regard. Il aurait voulu s'éveiller près de ces yeux chaque matin. Qu'ils soient la dernière chose qu'il voie avant de s'endormir. Les emporter avec lui dans ses rêves. Personne ne devrait avoir des yeux comme ceux-là.

— Je suis peut-être télépathe, fit-il en haussant les épaules. Je n'ai pas d'explication.

Elle aurait dû l'accuser d'avoir perdu la tête, mais elle n'en fit rien.

— Je sais que certaines personnes possèdent des dons extraordinaires. Il y a une famille dans le village…

Elle s'interrompit comme si elle allait lui donner des renseignements privilégiés. Un souvenir remua dans sa mémoire, mais il ne parvint pas à le saisir. L'image floue lui échappa avant qu'il ne puisse l'attraper et la retenir. Contrarié, il examina son visage. Il aimait la regarder. Son visage avait des angles.

— Je ne crois pas avoir de dons extraordinaires — j'essayais de trouver une explication plausible. Es-tu télépathe ?

— Non ! Absolument pas.

Elle se frotta la paume comme si elle élançait. Il lui tendit la main.

— Montre-moi.

Elle serra la main contre elle dans un geste de protection.

— Je ne pense pas.

Elle repoussa ses cheveux vers l'arrière.

— Écoute, il est très tard. Pourquoi ne pas te rendormir ? Tu ne devrais pas être assis, de toute façon. Nous pourrons régler tout cela plus tard.

Il garda la main tendue.

— Montre-moi.

— On t'a déjà dit que tu es insistant ?

Il sentit une bouffée d'amusement monter en lui de nouveau. Sa tête élançait comme ce n'était pas possible, mais il avait encore envie de sourire.

— Comme mes souvenirs sont très flous, je vais te répondre « non ».

— En considérant ta personnalité, c'est fort probablement un mensonge, indiqua-t-elle en se rapprochant du lit et en lui tendant la main manifestement à contrecœur.

Il referma les doigts autour de son poignet et la tira vers lui avec une pression ferme et égale. Chaque fois que le bout de ses doigts touchait sa peau, il se sentait absorbé par elle — lié à elle — comme s'il plongeait plus profondément en elle. Il éprouvait le désir presque désespéré d'unir leurs corps. La sensation qu'elle lui donnait, par le simple toucher de la peau contre la peau, était exquise. Elle le ravissait. L'intriguait. Elle éveillait une douleur merveilleuse dans son corps. C'était une nouvelle expérience pour lui ; une expérience dont il ne voulait pas au départ, mais à présent qu'il arrivait de nouveau à raisonner, il pouvait profiter de chaque moment, de chaque sensation époustouflante.

Il frotta du pouce le centre de sa paume en traçant les deux cercles entrelacés même s'il n'arrivait pas à les voir. Son cerveau était doté d'un système de positionnement qui enregistrait tout pour lui. Chaque instinct, chaque souvenir d'elle étaient exacts. Il savait à quel moment précis ces cercles s'étaient enfoncés sous la peau de sa paume. Il envoya une chaleur guérisseuse vers elle. Enfant, il avait appris à guérir les blessures mineures de son corps à l'aide de l'énergie autour de lui. Il entoura sa main de l'énergie qu'il puisa autour de lui et la poussa vers sa paume.

— Te sens-tu mieux ?

Il y eut un silence. Il leva les yeux pour croiser son regard. Ce n'était pas sa paume qu'elle observait : ses yeux étaient rivés sur son visage. Il éprouva la décharge électrique à présent familière aux environs de son cœur quand leurs regards s'arrimèrent.

— Tu es capable de faire des choses qui échappent aux autres, murmura-t-elle d'une voix respectueuse et légèrement intimidée. Ma main élançait, mais ce n'est plus le cas.

— J'en suis ravi. Après tout ce que tu as fait pour moi, je ne t'ai pas tellement démontré ma reconnaissance.

Il garda possession de sa main et la caressa du pouce dans un mouvement de va-et-vient dans le but évident de la fasciner. Il ne voulait pas qu'elle s'éloigne de lui ; pas dans l'état où il était : le cœur battant la chamade et la tête plongée dans une diable de confusion. Parfois, comme à ce moment précis, il avait l'impression qu'elle lui appartenait.

— Lexi peut guérir les gens, mais à l'aide de plants qu'elle cultive. Elle peut mélanger diverses plantes et t'aider à te rétablir en quelques heures. Elle est incroyable. Et elle arrive à faire pousser n'importe quoi. C'est elle qui s'occupe en majorité du jardinage, même si nous lui donnons toutes un coup de main. Cependant, elle n'arrive pas à guérir quelqu'un par le simple toucher.

Il lui adressa un faible sourire en la tirant davantage afin qu'elle s'assoie sur le lit près de lui. De façon automatique elle lissa la couverture avant de s'y asseoir, mais elle ne retira pas sa main quand il l'approcha de ses yeux pour l'inspecter de plus près.

— Je ne pense pas que ce soit juste de dire que je t'ai guérie. Tu n'avais aucune coupure.

Il porta la main de Rikki vers sa tête qui élançait et effleura ses pansements avec ses doigts.

Rikki tira sur sa main jusqu'à ce qu'il la laisse aller, à contrecœur.

— Dors un peu. Il est très tard, et je me lève tôt. Je ne prendrai pas la mer demain, mais j'irai au village pour essayer d'apprendre ce qui t'est arrivé.

Quand elle se leva et se tourna de biais, il ressentit la première pointe de malaise qui le mit en état d'alerte. Ses réflexes furent instantanés, vifs. Il attrapa son poignet pour la tirer de nouveau à côté de lui.

— Quelqu'un roule dans ton allée.

— Nous apercevrions les phares.

— Le véhicule vient tout juste de s'y engager, mais il roule définitivement dans l'allée menant à ta maison et non vers les autres.

Même affaibli, il avait eu un aperçu du plan d'ensemble de la ferme. Il avait déjà dressé la carte de plusieurs voies d'évacuation dans son esprit. Elle remua pour essayer de se libérer, mais de toute évidence, elle craignait de le blesser davantage.

— Cesse de remuer et écoute-moi, siffla-t-il. Je vais te couvrir depuis le salon. Si les visiteurs se présentent à ta maison, ouvre la porte et laisse-la ouverte, mais tasse-toi d'un côté. Je dois être en mesure de te voir, alors reste bien en vue, du côté gauche de la pièce.

— C'est ma sœur. Elle sait que je suis allée plonger et elle veut seulement s'assurer que je suis bien rentrée à la maison. Elle se présentera à la porte de la cuisine et non à la porte d'entrée. Et tu dois te calmer les nerfs. Zut, c'est à croire que tu *veux* tirer sur quelqu'un.

— Tu crois que je n'ai pas remarqué que tu crains que quelqu'un te traque ? Tu as posé des fils à tes fenêtres et tu les as vérifiés un à un pour t'assurer qu'on n'y avait pas touché. Tu as fait le tour de la maison à la recherche d'empreintes de pas ou de toute autre trace dans tes plantes. Même l'aménagement de tes plantes vise davantage à surprendre un intrus qu'à décorer ta maison.

La lumière des phares se projeta soudain sur le mur du salon, comme pour prouver qu'il avait raison.

— Chaque porte est verrouillée, non pas à l'aide de verrous ordinaires, mais de verrous de sécurité, et tu n'as pas protesté quand j'ai poussé le pêne dormant. Tu t'inquiètes davantage de ce qui se trouve à l'extérieur qu'à l'intérieur de cette maison avec toi. N'argumente pas. Aide-moi à me rendre à la cuisine et je te couvrirai de là, par simple mesure de sécurité.

Elle le toisa d'un air suspicieux, et il ne pouvait lui en vouloir. Il n'avait toujours pas décidé ce qu'il ferait si elle annonçait sa présence à quiconque. Il était confus, ce qui le rendait doublement dangereux, nul doute : un animal sauvage capturé qui lutte pour survivre. Les brèches d'information qui se manifestaient dans son esprit ne présageaient rien de bon. Pas la moindre d'entre elles. La seule bonne chose dans sa vie était cette femme qui le fixait de ses yeux énormes et ensorceleurs, assombris par la méfiance.

De nouveau, il remarqua que son expression ne contenait pas de peur. Pas même une trace. Il se demanda ce qu'il ressentirait s'il lisait la confiance dans ses yeux. Elle hocha brièvement la tête.

— C'est Blythe, l'assura-t-elle, mais si ça te fait plaisir de me « couvrir », ça ne m'ennuie pas.

Elle n'ajouta pas l'avertissement usuel, mais sa bouche forma une ligne têtue. Il éprouva le désir soudain de se pencher vers elle pour l'embrasser. Sa tête faillit exploser quand il s'aperçut qu'il s'était approché d'elle. Elle n'avait pas fait un geste, et seuls quelques centimètres séparaient leurs lèvres. Ils se regardèrent droit dans les yeux. Elle fit une petite moue avant de se lever du lit.

Lev la relâcha immédiatement et, pour assurer un minimum de modestie, serra la couverture plus près de lui tout en saisissant son revolver favori.

Rikki enroula un bras autour de sa taille en silence et l'aida à se lever. Elle n'aurait pu dire pourquoi elle cédait à son caprice. Elle aurait dû prendre son arme ridicule et l'utiliser pour le frapper à la tête. Toutefois, il était quelque peu troublant qu'il se soit aperçu de ses mesures de sécurité dans l'état où il était. Personne dans sa famille ne les avait remarquées – ce qui lui convenait parfaitement.

Elle le posa sur une chaise avant de sortir sur la véranda attenante à la cuisine en prenant soin de laisser la porte ouverte, selon ses instructions. Elle observa Blythe sortir de sa voiture.

– T'es-tu amusée au mariage ?

Elle interpella Blythe d'une voix assez forte afin que Lev puisse se rendre compte qu'il s'agissait bel et bien de sa sœur et qu'il range son revolver.

– J'étais inquiète à ton sujet. J'ai essayé de t'appeler plusieurs fois. Et je t'ai laissé des messages sur le répondeur.

Blythe ferma la portière et gravit les marches de la véranda. Elle tendit les bras vers Rikki pour la serrer dans ses bras.

Rikki tenta de lui rendre son étreinte. Elle n'était pas dérangée par le toucher de Blythe, mais elle se sentait toujours maladroite, ne sachant pas trop quoi faire en retour. Normalement, elle se tenait immobile dans l'attente que tout soit terminé en se sentant idiote. Elle remarqua que Blythe était affligée.

– Je suis désolée. Je ne pense jamais à vérifier mes messages et je n'ai pas la moindre idée où est passé mon téléphone mobile.

Elle jeta un regard à la ronde, comme si elle s'attendait à le trouver dans la platebande.

Blythe monta sur la véranda et s'affaissa dans sa chaise préférée.

— Il y a eu une vague énorme, Rikki, et elle est venue de nulle part. Les Drake l'ont freinée, mais j'ai craint que tu sois en mer quand elle a surgi.

— C'était bien le cas. Elle m'a renversée de mon bateau, admit Rikki.

Elle garda son corps entre Blythe et la porte en tout temps, se tenant bien droite et s'assurant que Lev ne puisse viser sa sœur s'il en avait l'envie. Elle n'allait certainement pas mettre Blythe en danger.

Blythe pâlit, et ses yeux d'un brun doux se mirent à scruter Rikki à la recherche de dommages. Rikki ne put s'empêcher de porter une main à son cou pour couvrir les ecchymoses.

— Quand la vague a frappé, je m'apprêtais à plonger pour pêcher de nouveau, donc je portais mon équipement. Il n'y a pas eu de mal.

— Bien sûr que oui. Dis-moi ce qui est arrivé.

Rikki haussa les épaules.

— J'ai été jetée hors du bateau et j'ai coulé à une profondeur d'environ dix mètres. J'ai enfoncé le régulateur dans ma bouche, puis tout s'est bien passé.

Blythe secoua la tête.

— Ma chérie, tu ne peux continuer à plonger seule. Il te faut un assistant.

— Si j'avais eu un assistant à bord, il n'aurait porté ni combinaison ni réservoir, mais il serait tombé à l'eau avec moi. Plutôt que d'assurer ma propre survie, il m'aurait fallu penser à celle de quelqu'un d'autre. Je n'ai pas à m'inquiéter pour quiconque, quand je suis au large. S'il arrive quelque chose, je dépends de moi. Parle-moi du mariage, ajouta-t-elle pour changer de sujet.

Blythe sourit sur-le-champ.

— C'était si beau. Au final, ils se sont *tous* épousés. Jonas et Hannah ont servi de témoins pour tout le monde. Jackson et elle sont partis en lune de miel. Je crois qu'ils voyageront en Europe. Je pense qu'ils sont tous partis en voyage de noces, à l'exception de Jonas et de Hannah, car ils ont déjà fait le leur.

Rikki fronça légèrement les sourcils à la mention de Jonas et de Hannah. Jonas Harrington était le shérif local et il la rendait toujours mal à l'aise. Elle l'avait surpris à la scruter à quelques reprises et avait bien l'impression qu'il avait fouillé son passé et l'observait au cas où un incendie local devait survenir. Peut-être se montrait-elle paranoïaque, mais elle se tenait le plus loin possible de lui et de ses adjoints.

— D'autres nouvelles ? demanda-t-elle.

— Je crois que Joley est enceinte, affirma Blythe, mais ce n'est qu'une impression.

Ce n'était pas exactement le type de nouvelles que Rikki souhaitait apprendre.

— Vous avez eu du plaisir ?

Blythe opina.

— Tout le monde voulait savoir où tu étais. Lexi a dansé toute la soirée. Cette fille est incroyable sur une piste de danse. J'aimerais pouvoir me mouvoir comme elle.

Elle poussa un rire doux, ses yeux brillant de fierté.

— Lissa et elle ont été très populaires à la réception. Tout le monde voulait une danse.

Rikki sourit. Lissa et Lexi tendaient à devenir le centre d'attention partout où elles allaient. Elles attiraient le regard de tous. Rikki éprouvait la même fierté que Blythe à leur égard.

— Tu as l'air fatiguée, Rikki, lui dit Blythe. Tu devrais te mettre au lit.

Rikki haussa les épaules.

— Je m'inquiète toujours, quand nous ne sommes pas toutes en sécurité à la maison.

C'était difficile pour elle de l'admettre, mais d'autre part, elle faisait souvent preuve d'une plus grande franchise avec Blythe. Blythe était de nature maternelle, et Rikki avait oublié cette sensation. Blythe parvenait à arracher des émotions d'elle quand personne d'autre n'y arrivait.

Blythe lui adressa un sourire qui alluma une faible lueur à l'intérieur de Rikki.

— Je sais bien. Les autres filles ont pris la même voiture. Elles sont déjà bien en sécurité chez elles. Va te coucher.

Rikki n'avait pas la moindre idée comment elle parviendrait à dormir, mais elle réussit à hausser les épaules d'un air nonchalant et agita la main quand Blythe regagna sa voiture. Rikki attendit que la voiture s'éloigne à une bonne distance avant de retourner à l'intérieur. Les lumières étaient éteintes, mais quand elle posa les yeux sur la chaise où elle avait laissé Lev, elle constata qu'elle était vide. Interloquée, elle survola la pièce des yeux, le cœur battant à toute vitesse.

Il était couché à plat ventre sur le sol, à un angle où il aurait réussi à atteindre Blythe par balle tandis qu'elle était assise. En serrant la mâchoire, elle claqua la porte et la verrouilla avant de traverser la pièce pour lui donner un petit coup dans les côtes du bout du pied.

— Tu commences à m'agacer. *Sérieusement*.

— Je t'ai dit exactement quoi faire, mais tu ne m'as pas écouté, rétorqua-t-il d'un ton impatient. Je suis plongé dans une douleur atroce parce que tu n'étais pas attentive.

Elle poussa un souffle sifflant tandis que la colère mêlée à l'adrénaline envahissait ses veines.

— J'étais attentive, espèce de crétin. Je ne suis les ordres de personne. Jamais je n'aurais cru que tu étais si déterminé à tirer sur quelqu'un que tu prendrais le risque de te blesser. Je te jure que si tu fais encore une chose qui me met en colère ce soir, je vais te pousser à bord de mon camion, t'amener près des falaises et te jeter à la mer. Maintenant, lève ton derrière.

Il leva les yeux vers elle et la regarda un long moment. Son regard était chaud, tandis que celui de Lev était de glace. Ils se dévisagèrent pendant une éternité durant laquelle Rikki tenta d'alimenter sa colère, ce qui était normalement assez facile pour elle. Elle était soit heureuse, soit triste, soit en colère : il n'existait pas d'entre-deux pour elle. À ce moment précis, elle était confuse. Il était si fort, dur comme le roc. Il souffrait manifestement, couché sur la couverture, nu, revolver à la main. Il n'avait pas tourné son arme vers elle malgré les menaces qu'elle lui avait adressées. Et il avait jeté la couverture sur le sol plutôt que de l'enrouler autour de lui pour se tenir au chaud.

Son cœur bondit. Même dans sa faiblesse, il avait lu en *elle*. Il avait reconnu son besoin de garder sa maison dans un certain ordre. Être couché nu sur le sol ne faisait *pas* partie de cet ordre. Eh bien… Peut-être pouvait-elle faire une exception dans son cas. Elle étudia son corps. D'une symétrie parfaite. Chaque muscle était défini. Ciselé. Comme une sculpture. Sa peau semblait flotter sur la charpente de ses os et de ses muscles. Des os larges, denses et forts. Il ressemblait aux images des premiers Olympiens qu'elle avait déjà vues ; des guerriers, des combattants à une époque où c'était nécessaire. Elle observa la façon dont ses muscles bougeaient sous sa peau quand il changeait de position. Son art du mouvement et sa fluidité gracieuse la fascinaient.

— Rikki.

Sa voix la fit sursauter. Elle avait été si absorbée par le déplacement de ses muscles sous sa peau qu'elle avait oublié ce qu'elle faisait. Que faisait-elle, exactement ? Elle clignota des yeux pour se concentrer de nouveau sur son visage.

— J'apprécie le fait que mon corps te plaise, mais j'aurais besoin d'aide pour me lever.

— Quoi ?

Le ton de Rikki annonçait sa confusion, même à ses propres oreilles. Il prit donc une voix plus aimable ; douce, presque séductrice.

— Viens ici.

Elle ressentit la réponse immédiate de son corps au ton de sa voix, comme si cet homme l'hypnotisait. Elle s'avança vers lui sans y réfléchir (sans le vouloir) ; une réaction naturelle à son appel. Elle le regarda en fronçant les sourcils.

— Qui es-tu ?

— J'aimerais te le dire. Peu importe ce que je suis, Rikki, *qui* je suis, ce n'est rien de bien.

Elle glissa un bras dans son dos et se servit de ses jambes, musclées par des années à lutter contre les courants de l'océan qui la poussaient dans tous les sens, pour l'aider à se lever.

— Peut-être. Et peut-être m'aurais-tu tiré une balle si tu étais si terrible. Accorde-toi un peu de répit et mets-toi au lit pour dormir un peu. Nous démêlerons tout ça demain matin.

On aurait dit qu'il était plus lourd cette fois, et une petite goutte de sang coula sur le côté de sa tête. Elle se mordit la lèvre. Elle n'aurait pas dû lui obéir. Elle aurait dû passer outre sa propre aversion de l'hôpital et l'y amener.

— Je dois aller à la salle de bain. Je commence à ressentir l'effet de toute l'eau que tu m'envoies.

Elle hésita, prête à céder à la panique. *Sa* salle de bain n'était située qu'à quelques pas tandis que celle des invités était à l'autre bout de la maison. Ses affaires. Elle fut incapable de respirer un moment. Il envahissait — *tout.*

— Rikki, ça me va si tu veux que j'utilise l'autre salle de bain. Je peux y arriver.

Encore une fois, sa voix la caressa dans sa douceur et lui donna l'impression d'être une petite créature ridicule avec toutes ses habitudes. Elle n'était pas animée par une obsession des germes ; il fallait simplement que tout soit placé d'une certaine façon.

— C'est ridicule. Nous sommes à côté de la salle de bain.

Elle se contraignit à l'aider à passer la porte.

Une fois ressortie de la pièce, elle s'adossa contre le mur, le cœur battant la chamade, et chaque muscle de son corps tendu en signe de protestation. Le chaos s'installa dans son cerveau un instant. S'il touchait ses choses ? Dérangeait ses serviettes ? Déplaçait son distributeur à savon ? Elle sentait son pouls s'accélérer dans ses veines. Des détails anodins pouvaient la faire exploser de colère. Elle y travaillait, effectuait ses exercices de respiration, mais malgré tout, quand on touchait à ses affaires…

Et si c'était le genre d'incident qui déclenchait dans son esprit le réflexe d'allumer des feux dans son sommeil ? Elle était affligée, épuisée et *il y avait quelqu'un dans sa maison.*

Elle blottit la tête entre les genoux avec la sensation qu'elle allait être malade. Elle savait qu'elle ne pouvait se faire confiance. Et s'il y avait un maniaque quelque part qui détruisait les maisons dans lesquelles elle se trouvait, elle venait de mettre la vie de Lev en péril.

— *Qu'est-ce qui ne va pas ? Je sens la détresse émaner de toi en vagues.*

Elle se redressa lentement avec raideur en survolant la pièce des yeux. C'était sa voix de nouveau : très clairement. Et il savait qu'elle était bouleversée.

— *Ne me parle pas dans ma tête.*

Elle réfléchit délibérément aux paroles plutôt que de les prononcer à voix haute, sans savoir à quoi s'attendre. Arrivaient-ils réellement à converser par la télépathie ? On soupçonnait depuis longtemps à Sea Haven que les Drake étaient capables de le faire, mais Rikki n'avait jamais eu d'expérience télépathique — du moins, pas avant d'avoir rencontré Lev.

La porte s'ouvrit, et il y prit appui. Ses yeux bleus glissèrent vers elle pour fouiller son expression et ses yeux.

— Ça va ? Je sais que c'est difficile pour toi.

C'était lui, le blessé. Elle fronça de nouveau les sourcils et enroula un bras autour de lui.

— Tu t'es lavé les mains, n'est-ce pas ?

Le sourire de cet homme la fascinait.

— Oui, madame. Je suis monsieur propreté.

Il la taquinait. Elle n'avait jamais été douée à ce concept, même si la vie auprès des autres femmes au cours des dernières années l'avait aidée sur ce point. Lexi adorait taquiner les autres, et en considérant son âge et toutes les épreuves par lesquelles elle était passée, les autres femmes la protégeaient du mieux qu'elles le pouvaient. Si la taquinerie était nécessaire à Lexi pour gérer son stress, Rikki était prête à apprendre à s'y faire. Sans oser lever les yeux vers son visage, Rikki l'aida à traverser la chambre. Elle commençait à s'habituer à ce visage ; à ses angles, sa géométrie, ses ombres et ses cicatrices. Son visage exerçait un attrait sur elle de la même façon que son corps. Elle craignait qu'en y concentrant son attention, elle serait prise au piège et lui dévoilerait ainsi l'étrangeté de son esprit.

Elle l'enveloppa dans les couvertures.

— Tu dois dormir, Lev. Il est très tard.

— Je ne peux pas.

Elle croisa son regard, et son estomac sembla plonger, comme si elle s'enfonçait profondément dans une mer d'un bleu foncé. Il avait les yeux levés vers elle. C'était un homme coriace qui portait des cicatrices, un guerrier possédant un million d'armes. Ses yeux étaient graves et froids, pourtant elle y lisait sa confusion, sa vulnérabilité. Elle comprit alors exactement pourquoi elle l'avait emmené chez elle — pourquoi elle avait pris un tel risque —, ce qu'elle voyait en lui. *Elle-même.* Elle regardait un homme qui était totalement et absolument seul. Il était confus et n'avait aucune idée de ce qu'il était, de qui il était. Quelque chose remua en elle. S'adoucit.

Blythe avait trouvé Rikki quand elle était dans la même situation. Elle était complètement seule et si confuse à propos de qui elle était. Elle ignorait toujours si elle était responsable des incendies ou si elle avait causé la mort de ses parents et la destruction de trois maisons. Elle n'avait aucune idée si elle avait tué le seul homme qu'elle n'eût jamais aimé. À ce qu'elle en savait, elle était une meurtrière. Elle était terrifiée à l'idée de se faire confiance et de laisser quiconque entrer dans son cœur. Cet homme éprouvait la même chose.

Elle se sentait liée à lui; un lien qu'il lui était impossible de briser. Elle ne pouvait pas l'abandonner. Peut-être était-ce le prix à payer pour ce que Blythe et les autres avaient fait pour elle. Elle n'avait qu'une certitude : impossible de lui tourner le dos maintenant. Elle reconnut le danger. Il était probablement exactement l'homme qu'il semblait être : un assassin, même si quelque chose clochait dans cette image, selon elle.

Il avait posé deux gestes qui empêchaient Rikki de croire qu'il était un malfaisant pur et simple. Il ne l'avait pas tuée quand il en avait eu la chance et il avait rampé de la chaise au plancher de la cuisine, malgré la grande douleur que ce mouvement avait provoqué, afin de la protéger d'une menace inconnue. Il avait remarqué son inquiétude au sujet d'un intrus et avait pris le risque de se blesser davantage pour la protéger. Il aurait pu se protéger en restant au lit. Personne, *personne*, n'avait jamais fait une telle chose pour elle.

— Tu n'as pas à t'inquiéter, le rassura-t-elle en le regardant droit dans les yeux. Je veillerai sur toi. S'il se passe la moindre chose suspecte, je te réveillerai. Dors maintenant.

— Tu me demandes de te faire confiance.

Elle ne put freiner le geste. Une mèche rebelle était tombée au milieu de son front. Elle la repoussa doucement du bout des doigts.

— Je t'ai fait confiance en t'emmenant chez moi, en retournant sous l'eau pour récupérer ma prise et en te laissant seul sur le bateau. J'ai laissé les clés dans le camion. Je sais que tu les as remarquées. Je t'ai rendu tes armes.

— Tu ne m'as pas fait confiance, quand cette femme est venue ce soir.

— Blythe. Son nom est Blythe, et je lui dois tout. Je peux mettre ma vie en péril, mais je ne peux pas prendre ce risque avec la sienne. Tout ce que j'essaie de dire est que tu es venu chez moi. Permets-moi de veiller sur toi ce soir et demain, tu pourras redevenir la personne que tu veux.

Ses yeux bleus scrutèrent son visage comme s'il voulait en mémoriser chaque détail et pénétrèrent plus profondément, sous la peau, au-delà de ses yeux, encore plus loin, comme s'il pouvait juger la vérité de ses mots.

— Comment dormiras-tu ?

Les doigts de Rikki quittèrent son visage à contrecœur.

— Tu es dans ma maison. Dans mon lit. C'est plus sécuritaire si je reste dehors et éveillée. Je ne peux t'expliquer pourquoi.

Ce fut son tour de froncer les sourcils.

— Mais tu m'en parleras demain.

Elle haussa les épaules, ne s'engageant à rien, mais elle ne souhaitait pas mentir. Que pourrait-elle dire ? Je suis peut-être psychopathe ? Mais d'autre part, il croyait l'être aussi.

— Bonne nuit, Lev. Si tu as besoin de moi, je laisserai la porte de la cuisine ouverte.

Rikki éteignit la lumière et sortit de la chambre. Il n'allait peut-être pas dormir, mais il se reposerait à tout le moins. Elle sortit une couverture du placard à linge et prépara du café frais avant de sortir sur la véranda et de s'installer dans son hamac. C'était le siège le plus confortable, et elle planifiait y passer la nuit.

Les nuits étaient toujours fraîches, et déjà, le brouillard recouvrait les arbres et les jardins, serpentant dans la cour et bloquant presque les fleurs et les massifs d'arbustes de sa vue. Elle adorait la sensation du brouillard sur sa peau, ces gouttelettes de buée qui enveloppaient la nuit dans un voile humide et argenté. Elle se pelotonna sous la couverture et ramena ses pieds sous elle, quelque peu troublée.

Elle s'expliqua cette appréhension par la présence d'un étranger dans sa maison, mais malgré tout, elle n'arrivait pas à se détendre. Elle fit deux fois le tour de la maison en souhaitant pouvoir enfin parvenir à une décision à savoir si elle devrait ou non avoir un chien. Airiana adorait les animaux et cassait constamment les pieds de Rikki et des autres à propos de chiens de garde. Un chien représentait un autre tracas pour Rikki qui craignait de mettre le feu durant la nuit.

Elle but son café à petites gorgées en inspectant les lieux un millier de fois. Des postes d'observation où une personne pouvait se cacher et épier sa maison et sa famille. De quel degré de paranoïa souffrait-elle pour visiter ces lieux régulièrement à la recherche de traces d'un intrus ? Elle soupira et donna un coup de pied nu à la balustrade. Une profonde paranoïa, mais jamais elle ne cesserait de le faire. C'était son seul moyen de dormir la nuit.

5

Des flammes coururent sur les murs et se répandirent sur le plafond ; un feu liquide qui coulait comme des rivières dans la maison, consommant tout ce qui se trouvait sur son passage. Son rugissement était sonore, coléreux, et les flammes se retournèrent, observant, cherchant. Le brasier orange et rouge forma de géantes boules ardentes tandis que le vent soufflait d'un mur à l'autre, alimentant le sinistre. La chaleur remplit les pièces, et de grands trous noirs et béants apparurent sur les murs. Des morceaux tombèrent du plafond tandis que le brasier s'enflamma davantage.

« Eau : viens à moi ! Aide-moi. Eau ! »

Lev s'éveilla, pistolet à la main, le cœur battant la chamade, la tête élançant, mais plus que tout, c'était la douleur terrible dans sa paume qu'il ressentait, comme si quelqu'un y enfonçait un couteau. Il entendait le bruit de l'eau partout autour de lui : dans la salle de bain, dans la cuisine, dehors, même sur le toit. Il se redressa péniblement en position assise en essuyant de son bras la sueur qui avait perlé sur son front. Que diable se passait-il ? L'écho de la voix effrayée d'une femme se réverbérait toujours dans son esprit.

Son cerveau n'était plus aussi embrouillé. Il avait un mal de tête de la taille d'une baleine, mais il arrivait à réfléchir.

Son rêve… Non, le rêve de *Rikki*. Elle avait fait un rêve ou, plus précisément, un cauchemar, et elle l'avait projeté vers lui, d'une manière ou d'une autre. Il appuya sa paume contre sa jambe tandis qu'il inspirait les vestiges de la chaleur et du feu qui l'avaient encerclé.

Il se leva péniblement et parvint à tituber jusqu'à la salle de bain pour fermer le robinet de la douche et du lavabo. Celui-ci avait débordé sur le sol. Lev jeta donc une serviette sur le dégât avant de se diriger vers la cuisine. Le bruit de l'eau le submergea de nouveau tandis qu'il avançait dans le couloir, et il poussa la porte pour découvrir la buanderie. De l'eau coulait dans le lave-linge, et il éteignit la machine en remarquant au passage sa pile de vêtements pliés sur le sèche-linge. Il enfila son jean et boutonna rapidement quelques boutons avant de prendre la direction de la cuisine.

Le sol était inondé, et de l'eau cascadait depuis l'évier dont le robinet coulait à grande eau. Il le ferma et se dirigea vers la sortie. Le ciel s'était fissuré pour pleuvoir à torrents, surtout sur la maison et la cour. Il jeta un regard sur les arbres à la ronde : il pleuvait là aussi, mais moins fort qu'autour de la maison — qu'autour de Rikki.

Blottie dans le hamac, elle dormait à poings fermés, une couverture enroulée autour d'elle. La peur traversait son visage tandis qu'elle poussait des cris plaintifs, les paumes levées vers le ciel, vers l'eau. Sa petite plongeuse était définitivement liée à un élément, et ce lien était très fort.

— Viens ici, *lyubimaya moya*.

Il tendit les bras vers elle. Elle était si légère que même dans son état affaibli, il était certain de pouvoir la porter. Il la serra contre son torse nu et murmura ces paroles quand elle commença à se débattre.

— Je t'emmène à l'intérieur. Tu peux apporter la pluie avec toi, mais ça n'est pas une trop bonne idée pour ta maison.

Ses cils s'écartèrent, et elle fut de retour. Il sentit la décharge dans son corps en entier, la sensation qu'il se noyait dans une mer sensuelle. Il lui sourit.

— Je t'emmène à l'intérieur. Si tu ne cesses pas de gigoter, nous allons nous retrouver tous deux sur le sol.

— Je n'aime pas qu'on me touche.

— Je le sais.

Il ne fit aucun mouvement indiquant qu'il avait l'intention de la poser par terre. Déjà, la pluie diminuait en intensité. Il la transporta dans la maison et donna un coup de pied à la porte pour la refermer derrière lui. Il remarqua alors que les pieds nus de Rikki étaient couverts de cicatrices de brûlures qui, manifestement, grimpaient aussi sur ses jambes, au-delà de la bordure de son jean.

— As-tu peur qu'on mette le feu à ta maison ?

Elle étudia son visage si longtemps qu'il crut qu'elle ne répondrait pas.

— Oui.

Elle prononça le mot à contrecœur et, pour la première fois, elle détourna le regard du sien. Il traversa la cuisine en la tenant doucement contre lui. Le plancher était mouillé et avait besoin d'un coup de vadrouille. Elle ne le remarqua pas. Elle était trop occupée à tenter d'éviter de toucher son torse nu ou de trop remuer et de le faire tomber. Il prétendit ne pas remarquer son dilemme en choisissant plutôt de comprendre ce qu'elle ne lui disait pas. Peu importe ce que c'était, le message était important.

Il la posa sur le lit et s'affaissa à ses côtés en appuyant délibérément son poids contre elle. Il n'avait pas à feindre la faiblesse. Ses jambes étaient comme du caoutchouc, et sa paume – merde, elle élançait comme une brûlure. Il pressa son pouce au centre de sa paume, mais avant de pouvoir se servir de l'énergie guérisseuse, elle tendit la main et enserra son poignet pour approcher sa main d'elle. Elle arborait ce petit froncement de sourcils qu'il trouvait si attachant.

– Ta main te fait mal?

Elle frotta la paume de son pouce et y traça des cercles imaginaires.

– J'ai rêvé que ta main était douloureuse.

La douleur disparut dès que son pouce caressa sa peau. Il avait l'habitude des événements étranges (il possédait plus d'un don psychique), mais jamais il n'avait eu un lien avec un autre être humain; du moins, il ne le croyait pas. Il s'était cogné fort à la tête, et les souvenirs de sa vie étaient très flous. Seules des images de violence, l'instinct primal que quelqu'un souhaitait sa mort, mais tout de même, il était plutôt certain qu'il se souviendrait d'un tel lien.

Les réactions de son corps près de cette femme lui étaient complètement étrangères, mais étrangement, adéquates. Il savait que cela n'avait aucun sens, mais à ce moment précis, rien n'avait de sens. Il avait besoin d'être près d'elle. Il avait besoin de chasser la peur dans ses yeux. Il *avait besoin*…

– Tu as rêvé que la maison était en feu. *Cette* maison.

Il aborderait la question de l'eau plus tard. Pour l'heure, il devait l'apaiser. Il ferma les yeux pour se recentrer et permettre à son esprit de s'étaler, de s'étendre, d'appeler l'énergie des autres. Il ne décela personne à proximité de sa maison. Si quelqu'un s'en était approché, il n'avait laissé aucune trace de son passage, ce qui était difficile à faire.

— Nous sommes seuls, Rikki. Je ne peux te dire comment je le sais, mais je le sais. De la même façon que tu manipules l'eau, je sais si quelqu'un est proche.

Sa révélation aurait dû lui donner une impression de sécurité, mais elle affichait un air hanté. Un bref instant. Il surprit un éclair de terreur dans ses yeux, puis leur expression devint vide, distante, comme si elle avait effacé son esprit comme on efface un tableau. Il entendit le changement dans sa respiration, un bref moment : une inspiration rapide, puis elle expira, un long souffle d'air qui témoignait de son agitation.

— Quelle heure est-il ? demanda-t-elle. Je dois nettoyer la maison.

— Il est presque quatre heures. Ce qu'il te faut est de te coucher et te reposer.

Elle marmonna des paroles incohérentes à voix basse avant de sortir de la pièce. Il l'entendit passer la vadrouille dans la cuisine. Il devina alors que ce n'était pas la première fois — ni la dernière — qu'elle faisait cela. Donc, l'incendie était un cauchemar récurrent. Et elle craignait que quelqu'un en allume un. Comme elle était pieds nus, il avait aperçu les cicatrices de brûlures sur ses pieds quand il l'avait portée dans la maison — déjà, son esprit cataloguait chaque volute et arête.

Il poussa un soupir et se passa une main sur le visage avant de s'assoir sur le bord du lit pour se frotter la paume avec le pouce, pensivement, tandis que la pluie s'abattait contre le toit et qu'elle récurait le plancher de la cuisine.

Donc, ces brûlures n'étaient pas le fruit d'un accident. Pas étonnant qu'elle travaille sous l'eau. C'était l'endroit où elle se sentait en sécurité. Ses jambes et ses pieds lui faisaient probablement mal sur la terre ferme, mais dans l'eau, elle était plus fluide. Il savait que les cicatrices rendraient sa peau plus serrée et étirée. Marcher devait donc être douloureux.

En cartographiant les cicatrices dans son esprit, il traça le motif dans les airs et poussa vers celui-ci une énergie guérisseuse et chaleureuse. En règle générale, le processus de guérison devait être effectué au moment de la blessure et non pas des mois — sans parler d'années — plus tard. Mais parfois, en y travaillant fort, il était possible d'apaiser les cicatrices. Il pressa le bout des doigts contre ses tempes. S'il arrivait à se souvenir de cela, pourquoi ne pouvait-il pas se remémorer pourquoi diable chacun de ses souvenirs semblait être entouré de violence ?

Il se savait capable de désassembler ses pistolets pour les assembler de nouveau en quelques secondes parce qu'il en avait fait l'essai dès qu'elle était sortie dehors. Il avait ressenti le *besoin* de nettoyer ses armes à feu.

Il savait quelle munition utiliser pour chaque pistolet. Il se savait capable de sortir un couteau, de le retourner, de le lancer et d'atteindre la cible désirée avec une précision parfaite. Quand il voyait une personne, il apercevait des cibles sur elle et savait tout de suite où frapper pour la tuer au besoin. Son esprit était comme un ordinateur qui analysait continuellement les données et choisissait des points mortels. Est-ce que les autres vivaient de la même façon ?

— Lev ?

Elle se tenait dans le couloir, les yeux posés sur lui, une expression d'inquiétude sur le visage.

— As-tu besoin de prendre une autre dose d'aspirine ? C'est tout ce que j'ai dans la maison.

— Non. Je vais bien. J'essaie de me souvenir de quelque chose — *n'importe quoi* — qui m'indiquerait que je suis un bien meilleur homme que celui que je pense être.

Elle lui adressa un petit sourire de travers. Un sourire presque réticent, comme si elle ne savait pas exactement comment sourire.

— Je pense que cela en soit te dit que tu es un meilleur homme que celui que tu penses être.

Elle se retourna vers la cuisine, puis jeta un coup d'œil vers la salle de bain.

— Désolée pour le dégât. Ça arrive parfois quand je fais des cauchemars. La salle de bain des invités était vraiment inondée.

— Parce que tu rêves à des incendies.

Elle opina légèrement, ses sourcils sombres froncés. Il aimait la forme de ses sourcils, leur façon de mettre en évidence ses yeux et ces cils d'une longueur incroyable.

— Crains-tu d'avoir déclenché des incendies dans ton sommeil ?

Elle haleta bruyamment. Ses yeux s'écarquillèrent, alarmés.

Elle recula physiquement d'un pas et échappa presque la vadrouille.

— Ce n'était pas difficile à deviner, Rikki. Tu as peur de dormir dans la maison avec moi. Tu appelles l'eau à toi quand tu dors. Tu as des brûlures sur les pieds. Et la maison en feu dans ton rêve était *cette* maison. Tu crains être celle qui déclenche les incendies.

Elle avala difficilement sa salive, mais son regard ne vacilla pas.

— C'est possible. Voire probable. Mes parents sont morts dans un incendie. Deux foyers d'accueil où j'ai vécu ont été décimés par les flammes, puis j'ai vécu dans un établissement administré par l'État jusqu'à l'âge de dix-huit ans. J'ai cru que tout ça était derrière moi jusqu'à ce que… Je rencontre quelqu'un. Il y a quelques années, mon fiancé est mort dans un incendie. C'est un total de quatre incendies, dont deux mortels.

Il vit au-delà de la belligérance pour lire la terreur réelle et omniprésente dans sa vie.

— Rikki. Il serait impossible pour toi d'allumer un feu, éveillée ou endormie. Tu ne pourrais pas le faire.

Rikki se rembrunit davantage.

— C'est *exactement* ce que Lissa a dit. *Exactement.* Avec la même conviction absolue. Comment l'un d'entre vous pourrait avoir cette certitude quand je l'ignore moi-même ?

Elle frotta sa paume contre sa cuisse le long des gouttes d'eau scintillantes de son tatouage. Le geste attira l'attention de Lev, même si le tatouage était caché.

— Je ne peux pas mettre ta vie en danger. Et tu ne le devrais pas non plus.

— Il est évident que tu es un élément de l'eau. Tu es liée à l'eau. Tu ne peux pas provoquer un incendie. Tu peux seulement les éteindre.

— Je ne sais pas de quoi tu parles. J'aime l'eau, mais je ne suis pas liée à elle. Je me sens simplement en sécurité près de l'eau, et quand je me trouve dans la mer et ressens la pression de l'eau autour de moi, je me sens différente – plus normale.

– Quoi diable est normal ? Pas toi. Ni moi. Je doute qu'une telle chose existe.

Elle le toisa du regard comme s'il avait deux têtes.

– Bien sûr que la normalité existe. Il existe des gens ordinaires.

Il balança ses jambes sur le lit et s'étira en joignant les mains derrière sa tête.

– Viens t'étendre. Personne ne se trouve proche de la maison. Nous sommes en sécurité, les portes sont verrouillées, et tu as besoin de sommeil.

Il tapota le lit près de lui.

Elle eut une expression affichant le choc le plus complet.

– Nous ne pouvons pas dormir dans le même lit.

– Pourquoi pas ?

– Eh bien… parce que.

Il sentit un rire gonfler dans sa poitrine, encore une fois. Il se surprit à sourire à cette idée.

– Sais-tu, je ne crois pas avoir déjà partagé un lit moi non plus. En cas contraire, je ne m'en souviens pas et je n'ai pas l'impression d'avoir eu assez confiance en quiconque pour le faire.

– Alors pourquoi dans le monde me ferais-tu confiance ? Et pourquoi devrais-je te faire confiance ?

Il garda les yeux arrimés aux siens. Il aurait pu se perdre dans ses yeux pour une éternité.

– Bon sang, quelle différence cela fait à ce stade, Rikki ? Je crois que nous ne pouvons rien cacher à l'autre, n'est-ce pas ? Peu importe la force qui nous a liés dans l'eau, le lien nous a unis jusqu'aux os. Je n'arriverai pas à te faire sortir de sous ma peau de sitôt. Alors, viens t'étendre, et oublions tout ça pour le reste de la nuit.

— Je ne coucherai pas avec toi.

Son sourire s'élargit.

— Merci du compliment. Jamais je n'aurais cru que tu m'en croyais capable.

— Tu possèdes des aptitudes inattendues.

— Je ne te toucherai pas. Le lit est grand. Je soupçonne que tu pourrais te perdre dans ce truc.

Elle retourna brusquement à la cuisine. Il l'entendit remuer là-bas encore quelques minutes. Elle se lava de nouveau les mains. Cette femme adorait l'eau. Elle éteignit la lumière dans la cuisine avant de revenir à contrecœur vers la chambre, le toisant d'un regard méfiant.

— Ça ne m'ennuie vraiment pas de dormir dans le hamac.

— Ça m'ennuie. Il pleut, même si c'est probablement ta faute. Couche-toi et dors. Si quelqu'un approche de la maison, je le saurai.

Elle s'étendit sur le lit en gardant un espace de plusieurs centimètres entre eux. Il fallut de bonnes minutes avant qu'elle commence à respirer normalement. Dans le noir, il sourit en direction du plafond, enveloppé par son odeur.

— Merci, Rikki. Je sais que c'était difficile de me laisser entrer ici. Je ne m'accorde ni foi ni confiance et je ne sais pas trop pourquoi diable tu m'as sauvé la vie ni pourquoi tu m'offres ton aide, mais je t'en suis reconnaissant.

Son ton était plus bourru que voulu. Il n'avait pas l'habitude de se laisser aller à l'émotion, et pendant un bref moment, l'émotion était là, obstruant sa gorge et modifiant sa voix.

Elle haussa les épaules.

— Je ne peux imaginer être incapable de me souvenir de mon passé, même si ça serait peut-être une bonne chose. J'aurais moins peur de dormir.

— Je ne veux pas me souvenir de mon passé.

— Tu as peut-être une famille qui t'attend quelque part, Lev. Tu ne voudrais pas les laisser sans réponse. Crois-moi, avant que Blythe et les autres ne fassent irruption dans ma vie, j'avais oublié la notion de famille. Tu ne veux pas t'en passer.

Le cœur de Lev se serra avec douleur.

— Je n'ai personne. Personne ne me connaît, Rikki. On ne me voit pas parce qu'on n'est pas censé me voir. Je suis le genre d'homme qui vit dans l'ombre.

— Comment peux-tu en être si sûr ?

Sa voix douce pénétra en lui malgré sa détermination à ne pas la laisser s'approcher davantage de lui. Déjà, il se sentait trop dépendant d'elle.

— Parce que tuer est la seule chose que je sais.

— Tu sais comment plonger. Tu as beaucoup d'expérience dans l'eau.

— Pourquoi dis-tu cela ? demanda-t-il, curieux : son ton était très convaincu.

— La façon dont tu agissais sous l'eau. L'eau était froide, trop froide. Tu souffrais d'hypothermie. Tu n'avais pas d'air, pas de combinaison, et pourtant, tu n'as pas paniqué, pas même quand tu t'es blessé. Il faut *beaucoup* d'expérience pour agir de la sorte quand tout joue contre toi.

— Mais tu étais là pour me sauver.

Elle se tourna sur le flanc et, en calant le coude contre le lit, elle appuya la tête contre sa main pour le regarder.

— N'importe qui d'autre se serait débattu contre moi. Je m'attendais à ce que tu me disputes l'air, mais tu étais calme et tu as respiré avec moi et tu m'as laissée nous ramener à la surface en suivant les étapes de décompression. Ce n'est pas seulement inhabituel, c'est carrément rare. Même les plongeurs expérimentés peuvent paniquer. Il fallait beaucoup de sang-froid.

— Et ensuite, j'ai bousillé ta radio. Je la réparerai pour toi.

— Je peux la réparer moi-même. Je ne crois pas que tu avais conscience de ce que tu faisais à ce moment-là.

Voilà ce qui l'ennuyait. Il avait su exactement ce qu'il faisait — il avait pesé le pour et le contre de tuer la femme qui lui avait sauvé la vie. Quel genre d'homme faisait une telle chose ? Pas un homme bon.

— Je sais que tu n'aimes pas qu'on te touche, Rikki, mais…

Ses doigts étaient déjà sur son visage, caressant la douceur de sa peau, en mémorisant les détails.

Elle retint son souffle, mais ne se déroba pas à son toucher, comme si elle ressentait le besoin profond en lui. Il ne comprenait pas ce qui le liait à elle et il se doutait qu'elle partageait la même confusion. Pour un bref instant, ils conclurent une trêve et acceptèrent que le lien était là. Il se devait de connaître son visage intimement, aussi intimement qu'il avait l'intention de connaître son corps, mais pour l'instant, son visage suffisait. En dresser la cartographie pour l'imprimer à jamais dans son cerveau.

Elle eut un sourire soudain. Il le sentit au bout de ses doigts avant de lire son expression. Son corps remua en réponse.

— Tu ne sais même pas si tu peux réparer ma radio.

— Non, acquiesça-t-il, je ne le sais pas. Mais je peux désassembler et réassembler un pistolet en quelques secondes.

— Je vois que tu seras hyper utile sur une ferme.

Dès que les mots s'échappèrent de sa bouche, il devina à sa façon de se raidir que cette expectative venait tout droit de son subconscient. Maintenant qu'elle en avait parlé tout haut — avait donné vie à l'idée qu'il reste ici — elle se replia dans son monde, probablement inquiète d'avoir exprimé la suggestion.

Il sentit la satisfaction s'installer en lui ; un bonheur tranquille qu'il avait rarement — peut-être jamais — ressenti. Le simple fait d'être en sa présence lui donnait l'impression d'être différent, plus vivant, plus sensuel, davantage un homme qu'un tueur. Être étendu près d'elle aurait dû déclencher toutes les alertes de son corps. Il avait des rapports sexuels, normalement très agréables, mais le sexe était un outil et jamais il n'était à l'aise par la suite. Il ne se couchait certainement pas dans une position vulnérable en envisageant de dormir près d'un autre être humain. Il savait que ce qu'il faisait en ce moment allait complètement à l'encontre de chacun de ses instincts de survie et pourtant, il la voulait près de lui. La pensée qu'elle dorme à l'extérieur, loin de lui, le dérangeait à un niveau primal qu'il n'arrivait pas à expliquer, ni à elle et certainement pas à lui-même.

Il garda son regard arrimé au sien.

— Je pensais plutôt à t'aider sur ton bateau.

Il aperçut le choc et le rejet instantané. Elle secoua même la tête. Et cet adorable froncement de sourcils fit son retour. Il ne put s'empêcher de lisser les plis entre ses yeux du bout des doigts. Il émit un doux rire.

— Je vois que tu adoptes pleinement cette idée.

— *Personne,* mais vraiment *personne,* ne monte à bord de mon bateau.

— Je peux comprendre cela, *mais…*

Il appuya un doigt sur ses lèvres pincées en imaginant la sensation qu'il aurait si elle donnait un baiser à ses doigts. Une pensée fugitive, mais assez frappante pour provoquer une vague de chaleur dans son corps. Il semblait n'avoir aucun contrôle près d'elle.

— Aussi raisonnable que cette exigence puisse être, je suis *déjà* embarqué à bord de ton bateau.

— Tu as bousillé ma radio.

— Et j'ai l'intention de la réparer, fit-il remarquer. Que fait un assistant ?

Il sentit la secousse en elle.

— Quoi ? dit-elle, même si elle avait bien entendu ses paroles.

Il patienta en silence, mais elle lui opposa son entêtement. Il poussa un soupir et même s'il savait prendre un risque, du bout du pouce, il lui frotta le menton dans le noir. Il caressa aussi ses lèvres une fois. Elle fronçait définitivement les sourcils, ce qui le faisait sourire.

— Ce n'est pas un grand secret, n'est-ce pas ? Tu m'as dit que ta sœur Blythe t'avertissait de ne pas plonger seule. Elle a dit qu'il te fallait un assistant. Que fait un assistant ?

— Un assistant est quelqu'un qui me rendrait folle. Il s'occupe du bateau et de l'équipement et monte la garde en quelque sorte tandis que le plongeur est sous l'eau. Il lui faut un permis et il doit savoir ce qu'il fait. J'en ai formé deux, mais les ai renvoyés après quelques plongées. Ils sont énervants. Ils n'enroulent pas mes tuyaux correctement. Et il y a une bonne façon de le faire. Ils s'y prennent mal, et mes tuyaux sont tout emmêlés.

À présent qu'elle exprimait son opinion sur le sujet, il voyait à quel point elle y était hostile. Elle n'en avait rien dit à Blythe, mais elle n'avait pas la moindre intention de permettre à quiconque de la surveiller. Une vague idée lui indiqua qu'il allait venir changer cela.

— Blythe juge que c'est nécessaire.

— Tu as espionné ma conversation avec Blythe.

— Bien sûr. T'attendais-tu à moins ?

Elle ouvrit la bouche, mais la referma brusquement.

— Je ne veux personne sur mon bateau, toi inclus. Tu toucherais à mes choses.

— J'apprendrai à ne pas le faire.

Elle se rembrunit davantage et le regarda de ses yeux plissés.

— Ce n'est pas vrai. Tu feras ce que tu voudras. Tu es ce *type* d'homme.

— Si je ne sais pas quel type d'homme je suis, comment le sais-tu ?

— Parce que jusqu'à présent, tu es monté sur mon bateau, tu es entré dans ma maison, tu as touché mes choses, tu as dormi dans mon lit et tu voudras probablement de la nourriture. Tu es exigeant.

Un rire émana de lui et le fit sursauter. Un rire authentique. À voix haute. Le bruit était enrouillé, mais ça n'avait pas d'importance. Il fut abasourdi de l'entendre, de le sentir, de la liberté qu'il ressentait avec elle ; une liberté qui lui permettait de rire.

— Je suppose que tu as raison sur ce point.

Son regard demeura rivé au sien ; les yeux de Rikki étaient si noirs, là, dans la nuit, tandis que la lune était cachée derrière les nuages. Elle parut mystérieuse, insaisissable, comme la tempête qui passait au-dessous d'eux.

– Tu es fichtrement belle, dit-il avant de pouvoir s'en empêcher. Je n'ai jamais connu une femme comme toi.

Un petit sourire vint recourber sa bouche. Il comprit alors que, comme lui, elle ne souriait pas souvent.

– Comment le sais-tu ? Tu ne te souviens pas des gens que tu as déjà rencontrés. Mais merci quand même. Jamais personne ne me dit de telles choses.

Une ombre passa sur son visage, et il se remémora le fiancé ; l'homme qui était mort dans un incendie.

– Parle-moi de lui. Quel était son nom ? Sa profession ? Comment as-tu fait sa connaissance ? *Comment est-il mort et pourquoi crains-tu tant d'avoir allumé ces feux ?*

Elle cilla, l'air abasourdi.

– J'ai entendu. Tes pensées. Tu es télépathe. Et tu m'as rendue bizarre comme toi. OK… Peut-être étais-je déjà un peu bizarre, mais là c'est encore pire. Vais-je entendre les pensées de tout le monde ? Peux-tu entendre les miennes ?

– Tu ne les projettes pas vers moi. Et c'était accidentel. Je n'avais pas l'intention que tu entendes les miennes, mais ça m'intéresse vraiment.

Rikki posa de nouveau la tête contre l'oreiller, les yeux fixés vers le plafond, la bouche formant une ligne têtue. Le bruit de la pluie martelant le toit et les fenêtres sembla chasser la tension dans son corps. Il savait qu'elle écoutait la pluie, et ses doigts se mirent à réagir, à pianoter sa jambe. Elle ne sembla pas le remarquer ; elle était ensorcelée par la pluie qui tombait.

Lev garda le silence, comprenant que ceci faisait partie de la nature de Rikki. Certaines choses – surtout tout ce qui avait à voir avec l'eau, présumait-il – la tirait hors d'elle-même. Elle se concentrait complètement sur ce qui captait son attention et faisait fi de tout le reste, y compris de lui. Sa réaction initiale fut de ramener son attention sur lui, mais avant de pouvoir lui parler, elle leva la main et commença à esquisser des motifs dans les airs, exactement comme il l'avait fait quand il lui avait envoyé de l'énergie guérisseuse. Cependant, ses motifs rappelaient davantage ceux d'un chef d'orchestre.

Il détecta de suite un changement dans le rythme de l'eau. Le tambourinement se transforma, puis la résonance, le son, selon l'endroit où chaque goutte tombait et avec quelle vitesse ou dans quelle forme. Il se surprit à retenir son souffle. Son contrôle et sa puissance étaient extraordinaires, et elle ne semblait pas remarquer qu'elle dirigeait la pluie. Le cerveau de Lev calculait les motifs, les reconnaissait et lui recrachait les données. Elle dessinait le plan d'ensemble de la ferme dans les airs pour diriger les parties plus lourdes de la tempête là où elle les voulait.

La pluie qui tombait sur les vignes était douce et tendre comme le son de flûtes et de clarinettes. La pluie qui arrosait les rives du ruisseau où les fougères grandissaient était beaucoup plus prononcée. Elle s'abattait afin de saturer les lieux et nourrir les séquoias voraces, les conifères et la flore qui poussait dans la forêt parcourant la ferme. Le jardin avait droit à une mélodie de mesures qui s'étalait sur les divers légumes et les fines herbes dans une symphonie de violons et d'autres instruments.

Rikki était plongée dans une concentration si profonde – oubliant manifestement sa présence, son environnement et tout le reste – qu'il commença à capter des images de son esprit. Des parties entières du jardin étaient réservées aux plantes médicinales, aux plantes servant à fabriquer diverses teintures, à des fleurs de toutes sortes de variétés, à des légumes diversifiés. Il y avait même une section pour les fines herbes. Il y avait une oliveraie et un verger de pommiers. Les images dans l'esprit de Rikki étaient d'une netteté incroyable ; les coordonnées exactes comme sur une carte. Elle cartographiait comme lui les choses en quadrillés.

Il ferma les yeux pour se laisser apaiser par la musique de la pluie. Il entendait la respiration de Rikki, les douces variations quand elle changeait de corde et faisait jouer la pluie différemment dans une zone. Il entreprit de classer les divers sons et rythmes. C'était un orchestre de gouttes, une prestation miraculeuse. Il aurait parié jusqu'au dernier de ses sous (et il était pratiquement certain de posséder une bonne somme d'argent) que la ferme était extrêmement prospère grâce à Rikki et à sa capacité d'appeler l'eau à elle et de modifier la façon dont elle tombait sur la terre.

Il tourna de nouveau la tête vers elle pour observer son visage. Elle était si absorbée dans les facettes musicales de l'orchestration, le bruit de chaque goutte, qu'il doutait qu'elle ait pleinement ou même le moindrement conscience de ce qu'elle faisait. Et il ne croyait pas que toute autre personne occupée à l'observer comprendrait ce qu'elle faisait ; l'énormité ou l'importance de ses gestes. Qui aurait pu soupçonner qu'elle manipulait la pluie ?

Il se mit à réfléchir à cette idée. Elle « appelait » l'eau à elle. Elle était incapable de la fabriquer à partir de rien — l'eau devait être disponible — mais elle arrivait à la contrôler. Rikki était si perdue dans l'émerveillement de diriger son orchestre qu'elle ne remarqua pas Lev se lever et se diriger vers la fenêtre pour l'ouvrir et observer les pans argentés de pluie tombant du ciel. La vision était à couper le souffle. Il se tourna vers elle. *Rikki* lui coupait le souffle : elle était extraordinaire. Elle représentait un phénomène si rare qu'il arrivait à peine à croire qu'il en avait fait la découverte.

Une bourrasque de vent poussa la pluie dans la maison, et de petites gouttes éclaboussèrent son torse, son épaule et son bras. Il savait qu'il avait senti la pluie des milliers de fois, et pourtant, c'était comme la première fois. L'émerveillement que Rikki ressentait en touchant l'eau se déversa en lui en raison de leur lien étrange. Les gouttes d'eau étaient sensuelles contre sa peau, comme des langues de velours le léchant. Le liquide était froid contre son corps chaud. Il arrivait à sentir chaque goutte.

Ce n'était pas seulement la sensation *sur* sa peau, mais la façon dont le liquide semblait s'imprégner plus profondément. Il y eut d'abord un picotement le long de ses terminaisons nerveuses, puis un assaut, comme si un barrage s'était ouvert en lui. Il s'immobilisa et laissa le phénomène l'engouffrer et se propager en lui comme la marée. Il se sentit renouvelé, heureux, propre et équilibré.

Lev se tourna vers le lit en laissant la fenêtre ouverte. Il affectionnait le bruit de la pluie et savait qu'il l'associerait dorénavant à Rikki. Son visage montrait des signes d'épuisement. Elle avait travaillé fort sous l'eau pour le tirer à bord et pour effectuer les techniques de réanimation cardiorespiratoire et elle était restée debout presque toute la nuit. Même en s'amusant comme c'était le cas en ce moment, manipuler l'eau exigeait une énergie immense. Il savait qu'elle n'avait rien mangé depuis qu'elle l'avait emmené à la ferme. Pas étonnant qu'elle soit si mince.

Il s'étala de nouveau sur le lit en moulant son corps au sien, mais en prenant soin de ni la toucher, ni la déranger. Cependant, il « poussa » de l'énergie vers elle pour l'aider à dormir. Il se servit d'un toucher délicat et doux, conçu afin qu'elle se laisse lentement gagner par le sommeil sans s'en apercevoir. En attendant que sa suggestion fasse effet, il réfléchit aux tragédies de la vie de cette femme.

Si quelqu'un avait délibérément allumé ces incendies — et la coïncidence était trop forte pour l'empêcher de croire que les gestes n'étaient pas intentionnels — sa capacité à contrôler l'eau en était-elle la cause ? Quelqu'un s'était-il aperçu que Rikki était un élément doté d'un pouvoir colossal même quand elle n'était qu'une enfant ? Elle ne lui avait pas dit son âge au moment du premier incendie, mais elle avait été ensuite placée dans deux foyers d'accueil, puis dans un établissement administré par l'État. Quelqu'un avait tué son fiancé par le feu, l'opposé de l'eau. Qui souhaitait sa mort ? Il était convaincu que quelqu'un cherchait à la tuer. Et si c'était le cas, pourquoi ces longues périodes entre les attaques ? Et pourquoi utiliser le feu ?

Elle laissa tomber ses mains le long de ses flancs, et ses paupières papillotèrent pour s'ouvrir. Il lui adressa un sourire.

— Tu es revenue à moi.

Elle jeta un regard à la ronde.

— Tu es toujours là.

Sa voix était somnolente, ses yeux endormis. Elle s'était définitivement faufilée en lui pour s'enrouler bien serré autour du fragment d'âme qui lui restait. Il aurait voulu la regarder pour le reste de la nuit — pour le restant de ses jours, en fait. Elle lui amenait la paix.

— Ouais, je suis là. Je n'ai pas l'impression que je vais partir de sitôt.

Voire jamais.

Il *devrait* partir. Peu importe ce qu'il était, il était fait de violence, de meurtre et il lui apporterait certainement des ennuis, mais... Il survola la pièce du regard. Elle avait un lit, une commode et une table de chevet. Le strict minimum. C'était la même chose dans toutes les pièces.

— Tu habites ici depuis combien de temps ?

Elle y réfléchit un moment.

— Nous avons conclu l'entente pour la ferme juste avant le dix-neuvième anniversaire de Lexi, et elle vient d'avoir vingt-trois ans, donc environ cinq ans. Les vergers étaient déjà là et une partie des potagers. Les maisons faisaient partie de la propriété, mais elles étaient en mauvais état. Nous les avons réaménagées nous-mêmes et avons agrandi le jardin. L'an dernier, nous avons érigé deux serres, dont une plutôt grande pour les légumes et une plus petite pour les fleurs. La ferme est prospère et nous donne de bonnes récoltes.

C'était là la plus grande quantité d'information qu'elle avait partagée avec lui de façon volontaire, et il décelait la fierté dans sa voix. Elle raffolait de la ferme.

— Qui a travaillé sur les maisons ?

— Nous. Les six femmes. Nous avons commencé par la maison de Lexi. Elle avait besoin de se sentir en sécurité. C'était important pour elle d'avoir un chez-soi, un endroit bien à elle. Judith, c'est l'artiste du groupe, peut manipuler un marteau de façon extraordinaire. Avec l'aide de Judith, de

Lissa et d'Airiana, nous avons réussi à faire presque tout nous-mêmes. Et Judith a aidé chacune d'entre nous pour les décorations.

Il jeta un œil sur la maison de Rikki. Sa réaction initiale fut de penser que peu de décoration était entrée en jeu, mais il s'aperçut qu'il avait tort. Judith, peu importe qui elle était, avait saisi le besoin de simplicité de Rikki. Les murs étaient peints des couleurs froides de l'eau afin de produire une atmosphère apaisante. Et sa salle de bain était une œuvre d'art. Les quelques toiles suspendues dans la maison étaient des aquarelles dépeignant la pluie dans l'herbe ou les arbres. Judith arrivait à « voir » Rikki et avait conçu un décor intérieur qui répondait à ses besoins. Il n'avait aucun doute qu'elle parviendrait à le lire et il prit la décision de l'éviter.

— Comment vous êtes-vous rencontrées ?

Les doigts de Rikki continuèrent à pianoter de façon rythmique contre sa cuisse. Il entendit la pluie y répondre par la fenêtre ouverte et marteler le toit en suivant la cadence de ses doigts.

— Nous avons fait connaissance dans les rencontres de suivi de deuil. C'était ma dernière tentative désespérée pour me sauver la vie. J'étais persuadée d'être sociopathe ou un truc du genre, du moins, dans mon sommeil. Rien ne me rattachait à la vie. C'est alors que j'ai entendu l'histoire de Lexi, de Judith et celle de toutes les autres et je me suis sentie moins seule. Elles ont cru en moi quand je n'y arrivais pas moi-même.

Il était silencieux, digérant ce qu'elle venait de lui dire.

— Rikki, est-ce la raison pour laquelle tu m'as recueilli chez toi ? Je ne suis pas comme toi, ma belle. Tu n'as pas provoqué ces incendies. J'ai tué des hommes. J'en vois les images dans ma tête. Je ne sais pas pourquoi, mais je ne suis pas l'homme bon que tu as à l'esprit.

— Je ne pense pas que tu es bon, protesta-t-elle.

Son ton véhément le fit sourire de nouveau.

— Très bien. Je ne veux pas te décevoir quand nous découvrirons la vérité.

— Tu ne le sais vraiment pas ?

— Ne sois pas désolée pour moi, Rikki, la mit-il en garde. Je suis heureux de ne pas le savoir. Passer du temps avec toi a été une expérience purifiante pour moi. Je me sens libre. Je sais que ce que je dis peut sembler dément, mais je ne veux pas découvrir qui j'étais, pas en considérant les images que je vois dans ma tête. Comment est-ce possible que je possède dix noms ? J'ignore ce qui est réel et ce qui est inventé. Mais je sais que chaque souvenir renferme de la violence. En restant ici avec toi, étendu à écouter la pluie, je me sens en paix. Je ne devrais pas, mais je vais en profiter tandis que j'ai cette chance. Qui sait ? Demain, un policier ou quelqu'un souhaitant ma mort pourrait cogner à ta porte.

— Ça n'arrivera pas, tu sais, dit-elle en tournant légèrement son corps vers lui.

Elle aurait dû se détourner de lui. Si elle avait la moindre parcelle de bon sens, sa franchise aurait dû la secouer, mais Rikki ne réagissait pas comme la majorité des gens. Son regard demeura rivé au sien.

— Si quelqu'un te traque, Lev, on croira que tu es mort dans l'océan. Tout le monde était au mariage hier matin. Le port était désert quand j'ai pris la mer. Seul Ralph s'y trouvait quand je suis revenue. Ralph t'a remarqué, mais il n'a jamais vu ton visage.

À la mention de Ralph qui l'avait remarqué, l'esprit de Lev se mit à rouler à toute vitesse, à calculer rapidement les avantages de tuer Ralph et de se débarrasser de lui afin qu'il ne puisse dévoiler à quiconque que Rikki n'était pas entrée seule au port. Il s'agissait davantage d'une réaction automatique que consciente, mais elle lui en disait beaucoup sur sa personne. Tuer était son mode de vie. Tuer était une option pour repousser les obstacles qui se dressaient dans sa voie. Quel type d'homme réfléchissait de cette manière ? Rikki avait cru être sociopathe, car elle ignorait si elle avait allumé ces feux, mais elle jouait dans la pluie, faisait danser l'eau et composait des symphonies avec elle. Il songeait à tuer.

Pour éviter ses yeux, il recouvrit les siens de son bras. Elle pouvait voir en lui, et la dernière chose qu'il voulait était de lui montrer qui il était réellement.

— Qu'est-ce qui ne va pas ?

Il secoua la tête.

— Dors, Rikki. Je le saurai si quelqu'un essaie de s'approcher de la maison.

Les doigts de Rikki effleurèrent sa bouche. Il sentit son toucher comme si un éclair avait lézardé son corps. Ce n'était pas un doux éveil de son corps. Son érection fut immédiate et lancinante ; un besoin douloureux qui englobait son corps et son esprit. Il se laissa aller à profiter de la sensation. Il se croyait incapable d'une érection naturelle, non planifiée ; une érection qu'il n'avait pas commandée à son corps à des fins de séduction en contrôlant chaque aspect du scénario. Rikki le faisait sentir vivant. Réel. Comme un être humain.

— Dis-moi d'abord ce qui ne va pas.

— Bon sang, ne peux-tu pas simplement t'endormir ? Je ne veux pas t'en parler.

— Je ne te veux pas dans mon lit ou dans ma maison. Je ne te veux pas à bord de mon bateau. Mon désir n'a pas stoppé la réalité.

— Que veux-tu que je te dise ? Que dès que tu as mentionné que Ralph m'a vu, j'ai songé à le tuer ?

Il ôta son bras pour river son regard au sien et voir sa réaction ; la répugnance, l'horreur. Il attendit qu'elle lui ordonne de partir.

Le regard de Rikki s'adoucit et, que Dieu lui vienne en aide, se remplit de compassion.

— Lev, tu crois que quelqu'un essaie de te tuer. Dans les faits, tu ne t'es pas hâté à aller faire du mal à Ralph.

Elle lui sourit, et ses yeux redevinrent doux et liquides comme avant.

— J'ai songé à te tuer plus d'une fois, mais je ne l'ai pas fait. On verra bien si je le ferai ou non.

Il y avait une pointe de taquinerie dans son ton. Sa voix et son doigt qui frottait ses lèvres dans un mouvement de va-et-vient comme pour effacer le froncement de ses sourcils n'aidèrent en rien la quiétude de son esprit ni son érection lourde. Elle déposa dans sa gorge une boule de la grosseur d'une balle de golf, et il crut qu'il allait peut-être étouffer. Il n'arrivait pas à trouver la foi en lui, mais elle croyait en lui ; cette femme étrange qui l'avait tiré hors de l'eau.

— Rends-moi service, ma belle, dit-il d'une voix douce. Dors et laisse-moi veiller sur toi avec la pluie. Tu as tant fait pour moi, permets-moi de faire ceci.

Elle examina son visage un long moment avant de hocher la tête et de se tourner sur le flanc, dos vers lui. Quand elle ôta son doigt de ses lèvres, il arriva à respirer de nouveau, mais son corps se détendit seulement quand la respiration de Rikki devint régulière. Il patienta encore un peu, jusqu'à ce qu'il soit certain qu'elle soit profondément endormie avant d'enrouler un bras autour de sa taille et de poser la tête près de son épaule afin de humer son odeur mêlée à celle de la pluie.

6

Rikki ne prenait pas ses responsabilités à la légère, et Lev représentait une responsabilité énorme. Ce n'était pas comme d'avoir un chat ou un poisson rouge. Elle devait réellement prendre soin de lui. Elle passa beaucoup de temps à marmonner à voix basse au cours de la semaine et demie qui suivit. Il était incapable de se lever plus de quinze minutes à la fois. Ses maux de tête étaient atroces, et il avait découvert d'autres blessures provoquées par les coups qu'il avait encaissés contre les rochers.

Elle reprit sa routine habituelle, faisant le tour de la maison chaque matin et chaque soir pour repérer la présence d'un intrus. Elle se servit de toutes les conserves de bouillon et de soupe que Blythe lui avait apportées pour nourrir cet homme. Il mangea peu pendant les premiers jours et dormit presque continuellement. Elle craignait qu'une visite à l'hôpital soit nécessaire, mais chaque fois qu'elle abordait le sujet, il s'y opposait avec ardeur et l'assurait qu'il se remettrait de ses blessures.

Une journée où le temps était magnifique, elle songea à aller travailler, mais passa plutôt la journée à le fixer d'un air maussade. Il ne sembla pas s'en rendre compte. Deux jours de marée haute lui permirent de mieux supporter la situation, mais quand le douzième jour arriva, elle était incapable de cesser d'arpenter les lieux. Elle était agitée et mal en point. Elle prit la décision de le quitter assez longtemps pour s'asseoir sur les falaises un moment et respirer tout simplement. Au moins, Lev ne voulait pas parler. Il s'éveillait souvent, pistolet à la main, les yeux froids comme la glace, pour se déplacer dans la pièce. Elle faisait attention de ne jamais le faire sursauter.

Il ne semblait pas faire grand cas qu'elle l'aide à se rendre aux toilettes, et elle lui administrait deux massages par jour. Il parlait rarement même pendant les massages, et elle comprenait que le bruit était douloureux à ses oreilles. Le silence n'ennuyait pas Rikki, car souvent, les bruits provoquaient une douleur dans sa tête aussi. Elle savait qu'il lui faudrait trouver un moyen de lui procurer des vêtements (ce qui signifiait se rendre dans une boutique) et elle n'était pas encore prête pour cet engagement. Elle voulait seulement l'aider à se remettre sur pied pour qu'il quitte sa maison.

Elle n'avait pas très bien dormi après la première nuit. Elle passait la plupart des nuits dans le hamac sur la véranda ou, s'il faisait trop froid, sur le divan. Elle faisait souvent les cent pas, inquiète que Lev ne s'éveille pas, puis inquiète qu'il s'éveille. Elle était si habituée à la solitude qu'elle était très consciente de sa respiration, de sa façon d'occuper son air et son espace. Elle gardait les stores fermés, et chacune de ses sœurs vint la visiter deux fois sans poser de questions.

La grande nouvelle du moment était ce yacht qui avait sombré près de la côte dans un accident bizarre. Le yacht était la propriété d'un homme d'affaires grec, un milliardaire, et tout le monde à bord s'était noyé. Naturellement, les sœurs de Rikki ne voulaient pas qu'elle reprenne la mer avant que les autorités n'annoncent que c'était sécuritaire, ce qui faisait rire Rikki. Comment prendre la mer pourrait un jour être considéré comme une activité sécuritaire ?

Elle savait que ses sœurs présumaient qu'elle ne se rendait pas au travail en raison du naufrage. À ses yeux, ce n'était pas mentir que d'omettre des faits sur lesquels elles ne posaient aucune question. Toutefois, elle n'arrivait plus à respirer. Elle devait sortir de la maison et se rendre là où elle pourrait voir et absorber l'océan. Cela signifiait de laisser Lev seul et sans protection. Sa plus grande préoccupation demeurait le feu.

Elle s'assit sur le bord du lit et repoussa les cheveux tombés sur son front. L'ombre sur sa mâchoire commençait à ressembler à une vraie barbe.

— Je dois sortir un moment.

Elle savait qu'il était réveillé. Jamais elle ne se serait approché de lui tandis qu'il dormait, mais ses yeux étaient fermés.

Sans les ouvrir, il saisit son poignet ; ses doigts semblables à des chaînes empêchant tout mouvement. Elle trouvait incroyable qu'il puisse faire une telle chose ; qu'il puisse savoir exactement où son bras était même les yeux fermés. Et elle surveillait toujours son visage sans ciller. Jamais il n'avait jeté un bref coup d'œil et pourtant, il ne manquait jamais sa cible.

— Ne pars pas.

— Je dois partir, mais seulement un petit moment. J'ai fait une ronde dehors, et personne ne rôde dans les parages. Je crois que tu es en sécurité. Je verrouillerai la porte derrière moi.

Elle devina qu'il était pénible pour lui d'ouvrir suffisamment les yeux pour la regarder. L'effet de ce regard bleu lança un éclair près de son estomac.

— Tu reviendras ?

— J'habite ici.

Elle éprouva une honte instantanée. Il semblait avoir besoin d'être rassuré. Pourquoi était-ce si difficile pour elle de le faire ?

— Bientôt. Ne tire sur personne durant mon absence.

— Prends l'un de mes fusils.

Elle lisait l'inquiétude dans ses yeux ; une inquiétude qui fit fondre son cœur. Les réactions physiques l'effrayaient, surtout quand elles étaient provoquées par un homme. Daniel avait été un excellent plongeur et l'avait aidée à améliorer sa technique. Ils avaient passé tant de temps ensemble que leurs fiançailles semblaient être une progression naturelle. Mais elle ne passait pas de temps avec lui ailleurs que sur le bateau. Ils parlaient de leur avenir, de plonger ensemble, mais la seule fois qu'il était venu passer la nuit à la petite maison flottante qu'elle louait, un feu lui avait ôté la vie.

— À quoi penses-tu ?

Elle fouilla son visage, ses yeux, sans savoir ce qu'elle cherchait exactement. Elle ne voulait pas qu'il meure, ni en raison d'un incendie ni par sa faute.

— Rikki, je dois le savoir.

— Pourquoi ?

— Tu sembles triste, vexée. Est-ce ma faute ?

Sans pouvoir s'en empêcher, elle lissa le froncement de sourcils sur son visage de sa main libre.

— Non. Je suis seulement inquiète à l'idée de te quitter.

Les doigts de Lev quittèrent son poignet pour se glisser vers sa paume et y tracer des cercles.

— Je suis un survivant, Rikki. Je serai ici. La maison aussi. Pars faire ce que tu dois faire, mais reviens à moi. Je ne dormirai pas tant que tu ne seras pas de retour près de moi.

La sensation de se noyer était aiguë cette fois, et elle bondit sur ses pieds pour s'éloigner de lui. Quand ses doigts quittèrent sa peau, l'estomac de Rikki fit une culbute. Elle s'éloigna en reculant. Lev était le seul à provoquer cette sensation en elle : une réaction *physique* poignante. Elle arrivait à peine à respirer parfois, et voilà pourquoi elle devait s'éloigner de sa propre maison. Il la contraignait à partir avec… avec… *ça*.

Elle lui jeta un regard noir. Mauvais. Elle prit la mine la plus renfrognée et effrayante possible pour l'intimer de ne pas s'approcher d'elle. Il aurait dû être intimidé. Ce regard maintes fois exercé fonctionnait à tout coup. Il lui sourit. *Sourit.* Non pas seulement parce qu'il la trouvait amusante, mais de cette manière dégoulinante et toquée qui voulait dire : « Tu es adorable. » Elle recula jusqu'à la porte.

— Tu as oublié le pistolet.

— Je ne tire pas sur les gens, *moi,* lui remémora-t-elle avec un petit reniflement avant de sortir, déterminée.

Elle l'entendit rire, mais ne se retourna pas.

Le son de son rire était trop intriguant. Il provoquait des explosions dans ses entrailles. Il lui fallait réellement déguerpir de là et aller s'asseoir près de la mer, inspirer l'air frais et écouter le cri des goélands. Elle avait presque l'impression qu'il était un sorcier qui lui avait jeté un sortilège. Intérieurement, elle pouvait s'admettre qu'elle *aimait* le toucher. Elle ne touchait jamais personne. Et elle ne voulait certainement pas qu'on la touche. Mais la sensation des mains de Lev sur sa peau, sa manière de la caresser du bout des doigts étaient fascinantes. La réaction dans son corps était effrayante, mais la rendait aussi euphorique.

Elle se surprit à répugner l'idée de s'éloigner de la propriété et de le quitter. Elle sortit de la maison et arpenta les arbres situés en amont de la maison, quadrillant la zone à la recherche des traces d'un intrus. Elle aurait dû se procurer un chien, après tout. Elle y avait songé, mais il faudrait qu'elle en prenne soin. Un chien pourrait avoir le mal de mer, mais elle ne pourrait le laisser seul à la maison. Elle poussa un soupir. Elle laissait Lev seul.

— Mais il a des fusils, Rikki, se rappela-t-elle à voix haute. Un chien n'en aurait pas.

En marmonnant des jurons à voix basse, elle se dirigea vers son camion pour se rendre tout droit vers l'autoroute. Cette *indécision* : c'était exactement la raison pour laquelle elle ne devenait intime avec personne. Sa vie était beaucoup plus simple si elle était seule. Furieuse, elle prit la décision de le jeter à la porte dès qu'il serait capable de partir — et pas une *seconde* plus tard.

Une sirène attira son attention, et elle jeta un regard derrière avant de jurer à voix haute. Maudit soit-il. Il l'avait amené à accélérer en plus de tout le reste. Et maintenant, il lui faudrait parler à un policier. Elle frémit en se garant en bordure de la route et attendit, les dents serrées, son permis et ses papiers d'immatriculation et d'assurance déjà à la main.

Elle reconnut Jonas Harrington quand il approcha de son camion. Son cœur se mit à se démener, et elle goûta une saveur métallique dans sa bouche. Elle lui tendit les trois documents en silence.

— Rikki, est-ce que ça va ?

Elle l'avait aperçu au village des centaines de fois au cours des cinq dernières années. Tout le monde le connaissait. Elle savait qu'il était l'époux de Hannah Drake. Sa bouche devint sèche, et elle fut certaine d'être incapable de parler. Elle opina en espérant que ça suffirait et empoigna le volant avec une telle force que ses jointures blanchirent.

— Tu roulais vite, ce qui est inhabituel chez toi. Tout va bien ? Tes sœurs se portent bien ?

Elle déglutit et hocha la tête.

Il lui redonna tous ses documents.

— Avec notre village pris d'assaut par tous ces journalistes, ces scientifiques et ces enquêteurs, nous devons tous être plus prudents. Fais gaffe à la vitesse.

Des journalistes ? Des scientifiques ? Des enquêteurs ? Ses sœurs avaient bavardé au sujet du naufrage du yacht d'un magnat grec de la navigation, mais elle avait seulement prêté attention au fait qu'il avait un garde du corps. Elle était persuadée qu'il s'agissait de Lev. Cela expliquerait sa présence en mer et toutes ses armes. Elle riva le regard droit devant, les mains toujours enserrées autour du volant. Elle était reconnaissante à Harrington de ne pas lui coller une amende, mais pria silencieusement pour qu'il s'en aille.

— Je n'ai pas eu l'occasion d'en parler à Judith, mais peut-être pourrais-tu lui remettre un paquet pour moi ? Elle travaille à fabriquer un kaléidoscope spécial pour Hannah. C'est une surprise.

Il appuya les bras contre la portière et posa le regard sur elle ; ses yeux étaient cachés par ses verres fumés très sombres, mais son expression était amicale.

Elle déglutit et opina encore, les yeux toujours fixés sur l'horizon. Il eut un petit rire.

— Tu parles beaucoup trop, tu le sais, n'est-ce pas ?

Elle tourna alors la tête pour le regarder en fronçant les sourcils. Peut-être devrait-elle mettre à l'essai son regard à vous foudroyer sur place. Mais en vérité, il se montrait amical et aimable. Il fallait seulement qu'elle se rappelle de respirer. Elle prit une profonde inspiration et fit un essai.

— Je vais lui apporter.

Il sourit devant son effort. Le vent se leva et souffla sur sa chemise. Il jeta un regard vers la demeure des Drake, érigée sur une falaise en bordure de l'océan.

— Hannah se promène sur le sentier du capitaine. Toutes ses sœurs sont en lune de miel, alors elle visite ses parents aujourd'hui. Je n'ai pas eu une minute à moi pour apporter le paquet à Judith. Il se trouve dans ma voiture. Peux-tu patienter une seconde ?

Rikki songea que s'il ne l'avait pas arrêtée, il aurait eu le temps d'aller porter lui-même le paquet mystérieux à Judith. Comme elle ne voulait pas qu'il change d'avis et lui donne une amende après tout et puisque cela ne l'ennuyait pas de parler à Judith, elle garda sa bouche bien fermée.

Jonas revint et lui tendit un très petit paquet. Il lui fit un grand sourire.

— Ce sont toutes ces petites choses que les femmes gardent en guise de souvenirs. Judith a eu une excellente idée de concept de kaléidoscope. Je souhaitais quelque chose d'extraordinaire sur laquelle Hannah pourra se concentrer durant l'accouchement.

Rikki opina. Il fallait qu'elle dise quelque chose. Le fait d'être maladroite socialement ne signifiait pas qu'elle fût parfaitement inepte. Après tout, c'était Judith qu'elle représentait et non elle-même. En fixant la route devant elle, elle tenta de sourire faiblement en espérant que son sourire ne paraisse pas forcé.

— Tout ce que Judith fabrique est extraordinaire. Elle fera quelque chose de spécial.

D'un air satisfait il tapota sa portière avant de lui envoyer la main en guise d'au revoir. Rikki donna un tour de clé d'une main tremblante. Elle était chanceuse que ce soit Jonas qui l'ait arrêtée et reconnue. Et il lui faudrait demander à Judith de quels journalistes Jonas parlait. En réalité, elle devrait lire le journal plus souvent ou à tout le moins regarder le bulletin d'information. Elle accumulait les journaux pendant une semaine, au cas où, mais les nouvelles étaient toujours si déprimantes.

Elle quitta l'autoroute pour entrer dans le village. En temps normal, des touristes affluaient de partout vers ce petit village artistique en bordure de la mer. Ce jour-là, il y avait foule. Le village était pris d'assaut. Le pouls de Rikki se transforma en un martèlement sourd dans sa tête. Selon son habitude, elle aurait pris la direction du cap qui plombait sur l'océan, mais elle avait promis à Jonas de livrer son paquet. Il était fort probable qu'elle n'ait commis aucune infraction de vitesse. Il avait sûrement posé un regard sur la masse de gens avant de tourner les talons et de fuir dans la direction opposée afin de piéger un innocent sans méfiance pour lui confier le sale boulot.

Elle poussa un souffle dégoûté quand elle trouva la dernière place de stationnement en ville, à une bonne distance de la boutique de sa sœur. Même le stationnement du supermarché était rempli. Rikki promena le regard dans la rue pour découvrir que chaque place de stationnement était occupée. Les gens bloquaient les trottoirs. Et inutile de songer à entrer dans le café local. La foule s'étalait sur dix mètres. Elle avait espéré se procurer une bonne tasse de café. Ce fichu de Harrington. Il devait rire, à l'heure qu'il était.

Elle resta assise dans son camion quelques minutes pour essayer de trouver le courage de se frayer un chemin sur les trottoirs bondés jusqu'à la boutique de sa sœur. Au loin, elle apercevait le bleu de l'océan, et tout son être se languissait de se tenir là où les vagues gonflaient, montaient en crête et s'enroulaient pour offrir un spectacle magnifique et puissant. Elle comprenait la mer et ses règles, les questions de vie ou de mort. Mais ici… Elle survola les lieux du regard. Ici, elle était comme un poisson hors de l'eau.

Eh bien, elle avait une mission à remplir. D'un air résolu Rikki poussa la portière de son camion et posa le pied dans la rue. Sur la mer, sur le pont du *Sea Gypsy*, ses jambes surfaient sur les vagues dans un parfait équilibre, mais sur la terre ferme et la surface inégale, elle se sentait maladroite et mal à l'aise. Peut-être était-ce en raison de la foule. Elle arrivait à peine à respirer. Elle n'avait aucun moyen d'étouffer le bruit. Elle avait développé des mécanismes de défense au fil des années. Il était parfois utile de compter ses pas, mais jamais elle n'avait vu tant de gens à Sea Haven.

Elle resta dans la rue et marcha près des pare-chocs des voitures garées pour éviter l'attroupement sur les trottoirs. Sa température interne atteignit une chaleur brûlante, et elle dut essuyer la sueur qui perlait sur son visage. Elle continua de respirer, ses verres fumés fermement en place tout en souhaitant se trouver sur son bateau où elle pourrait voir tout ce qui venait à sa rencontre.

Elle se fraya un chemin dans la foule pour entrer dans la boutique de Judith, ce qui était difficile à faire sans toucher les autres. À deux reprises, elle fut bousculée et tomba presque sur le trottoir. À un moment, le coude d'un homme la frappa à la tête et poussa ses lunettes de travers. Il lui attrapa rapidement le coude pour la tenir en équilibre tout en lui présentant ses vives excuses. Elle opina et se précipita dans la boutique en claquant la porte derrière elle et en souhaitant que tout le monde sorte afin qu'elle puisse respirer. La boutique était bondée.

Judith leva les yeux et l'aperçut. Judith. Sa bouée. Grande, mince, ses cheveux, une cascade de soie noire — hérités de sa mère japonaise — Judith vint immédiatement vers Rikki en se frayant un chemin dans l'allée occupée, une expression d'inquiétude sur le visage. Rikki ne serait jamais venue dans sa boutique avec tous ces gens si elle n'avait pas une raison importante. Rikki fut soulagée de constater que Judith la comprenait.

— Que se passe-t-il, ma chérie ? Quelque chose ne va pas ?

Judith se retourna vers le comptoir et éleva la voix.

— Airiana, je reviens dans une minute.

Airiana, une autre des sœurs de Rikki, leva le regard avec un petit froncement de sourcils agacé jusqu'à ce qu'elle aperçoive Rikki. L'agacement fit tout de suite place à l'inquiétude.

— Bien sûr. Je tiens le fort. Allô, mon chou. Tout va bien ?

Rikki leva une main pour la rassurer, mais tourna tout de suite les talons pour pousser la porte et tomber pratiquement sur le trottoir. Il fallait qu'elle sorte dehors où elle pouvait aspirer l'air dans ses poumons. Il y avait encore trop de gens autour d'elle, alors elle se traça une voie dans la rue. Elle inspira profondément à plusieurs reprises en baissant la tête pour chasser le brouillard étourdissant dans son cerveau.

Judith posa une main réconfortante dans son dos.

– Je suis désolée, Rikki. Si j'avais su que tu allais venir en ville aujourd'hui, je t'aurais avertie d'y renoncer. C'est la folie ici depuis le naufrage du yacht. Malheureusement, deux corps ont été repêchés, alors la frénésie a repris de plus belle.

– Vous m'avez toutes parlé du naufrage.

Rikki se redressa et garda les yeux rivés sur la mer lointaine.

– Mais je n'ai pas vraiment écouté ce que vous avez dit au-delà du naufrage. Qu'est-il arrivé ?

– C'était un accident bizarre qui a attiré tous les scientifiques du monde ici. Apparemment, une bulle énorme de méthane s'est échappée de la plate-forme continentale, et le yacht a eu la malchance de se trouver là au moment précis où la bulle a atteint la surface. Le phénomène rappelle le Triangle des Bermudes. Le gaz a changé la densité de l'eau, et le navire a sombré, tout simplement. Son propriétaire était un homme d'affaires connu ; célèbre, en fait. Lui, son garde du corps et tout l'équipage ont été perdus en mer. Il y a des journalistes et des équipes de tournage de partout au monde, en plus des simples curieux qui se sont massés ici. C'est bon pour les affaires, mais c'est pénible aussi.

– Je ne pourrais pas partir en plongée, même si la journée était parfaite, grommela Rikki. Il y a des bateaux partout.

– Que fais-tu en ville ?

– J'avais besoin de voir l'océan, admit-elle. Je me suis fait arrêter en chemin par cet idiot de shérif, Jonas Harrington, et il m'a demandé de t'apporter un paquet.

Judith serra les lèvres.

– S'est-il montré méchant avec toi ?

– Non. En fait, il était très gentil. Il ne m'a pas donné d'amende, mais m'a demandé de te livrer ce paquet. Il savait de quoi avait l'air le village.

Judith sourit.

– C'est vrai, mais il ne te connaît pas, Rikki. Il a probablement présumé que tu te dirigeais déjà vers la boutique.

Rikki haussa les épaules et adressa un premier petit sourire narquois à Judith.

– Ouais, tu as probablement raison, mais ça m'a donné une bonne raison d'être fâchée.

Judith rit.

– As-tu besoin de quelque chose ? demanda-t-elle avant de jeter un bref coup d'œil au café. Du café, peut-être ?

Rikki fronça les sourcils.

– De la soupe. Du bouillon. Blythe m'a apporté une tonne de conserves, mais je les ai toutes utilisées. Je ne sais pas ce qui est bon. Alors, n'importe quelle saveur. Et le café d'Inez me va si tu parviens à affronter la foule pour m'en procurer une tasse. Sinon, ne t'inquiète pas. Ta boutique est inondée de gens, et la pauvre Airiana semblait un peu dépassée.

– C'est incroyable, Rikki, mais les journalistes sont en quête désespérée d'information et ils filment partout en ville et mènent des entrevues. J'espère que ce sera bon pour les affaires. Trois équipes de tournage ont filmé ma boutique.

Elle pointa du doigt une équipe de tournage de l'autre côté de la rue.

— Ces gens et leurs caméras sont partout.

Judith était d'une beauté frappante avec sa taille élancée, sa chevelure en cascade et sa personnalité pétillante. Elle voyait les couleurs des gens et avait tendance à briller dès qu'elle entrait dans une pièce. Rikki comprenait aisément pourquoi un reporter voudrait la capter avec sa caméra. Elle attirerait l'attention du spectateur par sa personnalité animée.

— C'est dément, acquiesça Rikki dans un murmure. Que pouvez-vous leur apprendre au sujet d'un accident fortuit ? Il y a quelques années, j'ai lu une théorie sur des fuites de méthane entraînant le naufrage de bateaux dans le Triangle des Bermudes, mais sérieusement, qui pourrait croire qu'une telle chose arriverait, surtout ici ? Je plonge à cet endroit régulièrement, indiqua Rikki en jetant un regard noir aux équipes de nouvelles en espérant silencieusement qu'elles retournent d'où elles venaient pour lui redonner son petit monde bien ordonné.

— On affirme que la fuite de méthane est bien arrivée, et le yacht a définitivement coulé.

— Combien de temps tout cela durera ?

Elle se demandait quand elle pourrait ravoir son océan.

Judith sourit à son visage boudeur.

— Je ne sais pas, ma chérie, mais songe à toutes les ventes que nous ferons.

— Et songe aux jours de travail que je perdrai, marmonna Rikki avant d'éprouver instantanément un sentiment de honte.

Dans un rare geste d'affection, elle jeta les bras autour de Judith. Son étreinte fut brève mais fougueuse.

— J'espère qu'ils filmeront l'intérieur de ta boutique et verront ton génie. Jamais je ne pourrais posséder suffisamment de tes kaléidoscopes ou de tes peintures.

Judith tourna les yeux vers la mer, et l'espace d'un moment horrible, Rikki crut voir des larmes dans les yeux de sa sœur, mais quand Judith posa le regard sur elle, elle avait un sourire éclatant.

— Tu viens d'ensoleiller ma journée, petite sœur. Attends-moi ici pendant que je vais chercher ta soupe. Je reviens dans une minute.

— Airiana nous tuera toutes les deux si tu mets plus de temps, fit remarquer Rikki sans toutefois tenter d'empêcher Judith de remplir sa tâche. Pendant que tu y es, peux-tu aussi me ramasser un dentifrice et une bonne brosse à dents ?

Judith éclata de rire.

— C'est comme si c'était fait.

Elles avaient une réserve sur la ferme, bien approvisionnée en articles de la vie quotidienne, mais quand Rikki s'y était arrêtée, elle n'avait vu ni dentifrice ni brosse à dents sur les tablettes. Elle avait trouvé un rasoir et de la crème à raser. La crème à raser avait une odeur de lavande, mais si Lev décidait de se raser, il faudrait qu'il s'en accommode. D'ailleurs, l'odeur viendrait peut-être minimiser son effet ultra mâle sur elle.

Elle cogna le bout de sa chaussure contre l'asphalte en comptant les coups tout en gardant le regard bien rivé sur la mer. Les crêtes d'écume blanche moussaient et s'enroulaient, leur éclaboussure projetée dans les airs quand elles déferlaient sur les falaises. Elle se surprit à sourire ; chaque fluctuation semblait ramener l'équilibre en elle. Elle enroula les bras autour de son corps et le serra. Elle avait besoin de cette pression pour ne pas céder à la panique avant le retour de Judith.

Judith revint au pas de course, ses dents blanches et droites dévoilées par un sourire, ses yeux sombres étaient brillants. Rikki prit le temps de profiter de la vue de sa sœur, de la joie qui émanait d'elle. Rikki voyait Judith comme un éclat de couleur sur un arrière-plan monotone. Elle scintillait, et dans un autre monde, elle aurait été une fée qui agitait sa baguette pour répandre la joie partout sur son passage.

– Qu'est-ce qu'il y a ? demanda Judith en lui tendant un sac d'emplettes.

– Tu es particulièrement belle aujourd'hui, voilà tout, dit Rikki en jouant d'un air absent avec le collet de son col roulé qu'elle tira vers sa bouche.

L'expression de Judith changea. Elle tendit la main pour toucher le visage de Rikki et repousser le col du pull.

– Tout va bien, Rikki ? Je peux fermer la boutique et rentrer avec toi si tu as besoin de moi.

Rikki observa la foule. La journée offrait un potentiel fou pour les ventes. Judith avait pris d'assaut le domaine du kaléidoscope et avait remporté toutes sortes de prix internationaux. Son nom était synonyme de qualité. Elle avait gagné une bonne somme dans la restauration d'œuvres d'art, mais sa grande passion était de fabriquer des kaléidoscopes personnalisés (Rikki savait que Judith arrivait à lire les auras) ; l'objet parfait pour chaque client. Rikki en possédait un qu'elle prenait pour reprendre le contrôle. Même le sentir dans ses mains suffisait. Quand elle faisait tourner le fond pour observer le tourbillon de la mer, elle se sentait tout de suite calme et sereine.

— Je vais bien. Je vais aller m'asseoir sur le cap un moment. Tu me connais : j'ai seulement besoin de prendre la mer parfois. Ça fait trop longtemps que je n'y suis allée.

— Viens dîner à la maison ce soir. Je servirai une salade avec vinaigrette au beurre d'arachide.

Rikki éclata de rire.

— Je pense que je vais passer mon tour. Et tu devrais en être soulagée.

Judith rit, elle aussi.

— Très bien. Va t'asseoir près de ton océan chéri tandis que je retourne voir ce que je peux vendre aujourd'hui.

— Eh bien, l'une d'entre nous devra gagner des sous parce que ce ne sera pas mon cas pour un certain temps, rouspéta Rikki en claquant la portière de son camion avant d'envoyer la main à sa sœur.

Elle observa Judith entrer dans sa boutique avant de démarrer le moteur. Judith était une vraie sœur de cœur. Elles n'étaient peut-être pas liées par le sang, mais Rikki l'avait bel et bien choisie et elle la chérissait. Les cinq femmes avaient enseigné la confiance à Rikki. C'était une confiance fragile, mais elle avait appris à compter sur les autres quand elle avait besoin d'elles — du moins, sur la terre ferme.

Rikki resta assise un bon moment près de la falaise, les genoux sous le menton, occupée à inspirer l'odeur de la mer. Un soulagement inonda son corps presque immédiatement, pratiquement une bouffée euphorique. Les vagues la fascinaient, la transportaient loin d'un monde où elle n'était pas à sa place, où elle détonnait avec tout le monde. Il n'y avait aucun rythme pour elle sur terre. Aucun ordre. Elle se berça doucement en suivant la cadence des vagues et en laissant la mer lui murmurer sa musique et étouffer les bruits du monde autour d'elle.

Elle se laissa aller, imagina le fond marin, les rochers lisses, la forêt de varechs, les coraux et les fissures. Elle se surprit à rire au souvenir d'une rencontre avec une pieuvre au sud de Casper où un grand rocher saillait hors de la mer à environ quinze mètres du cap. Les lieux lui étaient encore relativement étrangers quand elle y ancra son bateau. Le fond marin était situé à une profondeur d'environ neuf mètres, mais elle découvrit des oursins sur les rochers à une profondeur d'à peu près cinq mètres. Elle avait commencé à les recueillir dans son filet, ravie de cette découverte aisée.

Sans crier gare, une pieuvre s'était soudain avancée dans son champ de vision, bondissant sous l'eau. Les pieuvres sur son passage étaient normalement petites, mais celle-ci était plus grosse qu'elle. Ses tentacules étaient droits, mais l'animal l'observait. En jugeant plus prudent de lui laisser un peu d'espace, Rikki s'était déplacée dans le sens antihoraire autour du rocher avant de se remettre au travail. La pieuvre avait nagé dans le sens horaire pour venir à sa rencontre de l'autre côté. Son cœur avait bondi en apercevant la créature approcher d'elle, de plus en plus grosse.

Elle avait changé de nouveau sa trajectoire. Dès qu'elle avait recommencé à recueillir des oursins, la pieuvre s'était approchée à environ trente centimètres derrière elle, nageant sur place, les tentacules toujours droits. À ce stade, Rikki conclut que la pieuvre voulait davantage les oursins ou tentait de protéger sa niche. Peu importe la réponse, la créature affichait clairement ses couleurs, et Rikki ne pouvait ignorer l'avertissement.

En riant à ce souvenir, elle se leva et étira les bras comme pour embrasser la mer. La joie l'enveloppa dans sa brume, et le vent fouetta follement ses cheveux. Elle inspira et ferma les yeux ; elle avait besoin de ces sensations, besoin d'absorber l'eau dans sa peau, dans son sang. Elle sentait la marée déferler en elle, répondant à son besoin de liberté, à son désir d'être sauvage et de montrer chaque émotion, profonde et forte. La force de ses passions la secouait souvent. Elle affichait rarement ses sentiments, mais les émotions étaient là, cachées sous la surface calme qu'elle avait construite avec soin. À l'image de la mer, Rikki était turbulente et sauvage, coléreuse et aimante. Elle éprouvait chaque sensation, mais c'était seulement ici, entourée de l'eau, qu'elle osait se laisser aller à les ressentir avec une telle force, une telle passion.

Elle ouvrit les yeux pour regarder la mer une dernière fois avant de rentrer à la ferme. La houle était immense, la mer se fracassait contre la falaise.

— Oh, merde, chuchota-t-elle en laissant tomber les bras sur ses flancs, les yeux rivés vers l'eau turbulente et agitée. C'est moi qui ai fait ça ?

Des bateaux naviguaient sur la mer très tumultueuse.

En jurant à voix basse, elle leva les bras pour englober la côte et fit de son mieux pour calmer son esprit, pour apaiser les craintes causées par la présence de Lev dans sa maison et la culpabilité qu'elle éprouvait de ne pas en avoir parlé à ses sœurs. En respirant lentement, en prenant le temps d'inspirer et d'expirer, elle ramena à la surface une image de la mer calme, d'un ciel dégagé, de goélands voltigeant au-dessus de l'océan et des doux clapotis de l'eau sur les rochers en dessous du cap.

Elle sentit le vent fouetter ses vêtements et ébouriffer ses cheveux. La brume de la mer s'enroula autour d'elle pour se vaporiser sur sa peau. Son corps assoiffé de l'eau absorba instantanément les gouttelettes. Le martèlement rythmique dans ses veines ralentit lentement, et son cœur se remit à battre doucement. Il y eut un remous dans l'eau pendant un moment, près de la falaise. L'eau s'éleva comme un cyclone ; une colonne mince bondissant vers elle comme si elle voulait l'embrasser ou l'étreindre, puis elle pirouetta vers l'arrière pour s'effondrer dans la mer apaisée.

Rikki laissa ses bras retomber lentement et regarda de nouveau l'eau qui ondulait doucement. La jubilation. La fierté. La satisfaction. Un espoir naissant. Les émotions la submergèrent, et son cerveau se mit à rouler à un million de kilomètres par minute pour tenter d'assimiler ce qui venait d'arriver. Elle n'avait pas ouvert quelques robinets par accident. Elle n'avait pas bondi sur l'eau en pleine mer. Elle avait manipulé une vaste étendue d'eau. *Elle possédait un don qui n'avait pas de prix.* Lev avait parlé de ce don d'un ton si prosaïque, persuadé qu'elle le possédait, mais ce qu'elle venait de faire – contrôler une vaste étendue d'eau – elle n'avait jamais songé à cette possibilité.

Rikki n'était pas certaine de pouvoir en croire ses propres yeux. En se détournant de la mer, elle marcha vers son camion, à la recherche d'un moyen de s'y exercer. Elle avait besoin d'un endroit où personne ne la verrait et où personne ne pourrait être blessé. Il y avait une mare sur la ferme qui servait à l'irrigation. Elle pourrait s'asseoir près de cette étendue d'eau aussi longtemps qu'elle le voulait et voir si elle était capable de faire une chose si incroyable.

Elle eut la présence d'esprit de conduire lentement afin de ne pas être arrêtée encore une fois. Armée de son penchant habituel à s'axer sur un seul objectif, elle conduisit tout droit vers la mare et sauta hors de son camion pour courir pratiquement vers l'eau. L'eau était lisse, en apparence sans réaction devant elle, mais en descendant la pente, Rikki s'imagina apercevoir des rides sur l'eau, se déplaçant vers elle comme si elle était un aimant.

Rikki s'affaissa sur le bord de la rive. La berge était étroite, et elle savait qu'il s'agissait d'un perchoir plutôt précaire, mais elle était si impatiente de tester son don. En route, elle avait commencé à en douter, persuadée qu'il s'agissait probablement d'une coïncidence ; cependant, elle *sentit* l'eau cette fois, la sentit se déplacer en elle, à l'intérieur, comme c'était le cas quand elle était sous l'eau. En plongée, elle avait l'impression de faire partie de la mer, d'être liée à elle comme elle n'avait jamais été liée à quoi que ce soit. Cette découverte était à la fois terrifiante et palpitante.

Elle ouvrit grand les bras et ferma les yeux, absorbant délibérément la sensation de l'eau. Tout de suite, la sensation normale de son cerveau se recentrant — cette sensation qu'elle ressentait toujours près de l'eau — fut là, mais elle arrivait à reconnaître une différence. La mer était puissante et d'humeur changeante. La mare était sereine et paresseuse ; une présence stable et plus paisible que celle burinée et battante de l'océan. Cette étendue d'eau n'accédait pas à ses émotions comme la mer. Il n'y avait aucune libération de colère, de peur, du bonheur doré que cette ferme et ses sœurs représentaient pour elle, ni de l'énergie sexuelle et sauvage qu'elle cherchait désespérément à réprimer depuis qu'elle avait tiré Lev hors de la mer.

Elle absorba pleinement le calme avant d'essayer sa danse en chantant doucement et en se servant de ses paumes pour « sentir » l'eau. Quand elle ouvrit les yeux, de petites colonnes d'eau bondirent et jouèrent selon ses ordres, comme la mer l'avait fait. Les petits pics tourbillonnèrent et sautèrent, se pourchassèrent sur la surface. Ravie, elle se leva pour rehausser l'énergie et aperçut une réaction immédiate : les colonnes s'érigèrent plus haut, tournoyèrent plus vite, et d'autres se manifestèrent comme de multiples geysers.

La joie éclata en elle. Ce don lui appartenait. Elle n'arrivait pas à marcher dans une rue bondée ni à entrer dans un magasin aux lumières fluorescentes, mais elle pouvait se joindre à l'eau, la faire chuchoter ou rugir, en faire partie. Elle tendit les bras au-dessus de la petite berge où elle se tenait pour approcher des colonnes d'eau dansantes. Le bout de ses doigts picota tandis qu'elle manipulait les nombreuses trombes sur la mare.

Elle s'avança et sentit la bordure étroite s'effriter. Elle tenta désespérément de jeter son poids vers l'arrière. Son cœur battit la chamade, sa paume brûla et propagea une douleur dans son bras. Les colonnes s'effondrèrent en projetant des jets d'eau dans les airs tandis que sous ses pieds, la terre continuait de s'éroder. Elle brandit une main pour agripper une racine exposée. Tout à coup, elle sentit une secousse, comme si une main la soulevait pour la jeter sur la terre ferme. La force était si grande qu'elle en perdit le souffle. Elle resta étendue là, à reprendre son souffle, les poumons en feu et l'esprit en alerte. Normalement, elle aurait dû tomber dans la mare.

Rikki se retourna pour fixer le ciel des yeux. Elle replia son bras gauche contre elle et appuya la paume contre son cœur qui battait à toute vitesse. Qu'est-ce qui lui avait évité un bain froid ? Il aurait été difficile de se hisser hors de l'eau, mais elle ne doutait pas qu'elle y serait arrivée. Ça aurait été une expérience salissante, froide et très embarrassante, mais tout de même… Elle jeta un coup d'œil au rebord étroit où elle s'était tenue. Il s'était effondré complètement dans une mini-avalanche.

— *Rikki ? Rikki, réponds-moi. Je dois savoir si tu vas bien.*

La voix de Lev emplit sa tête. Elle comprit de suite qu'il avait posé un geste *de loin* pour l'empêcher de tomber. En avalant difficilement sa salive, elle se passa une main sur le visage et essaya de réfléchir. Il fallait qu'il possède des pouvoirs exceptionnels pour faire une telle chose. Elle vivait à Sea Haven depuis un moment, et tout le monde ici connaissait la famille Drake. La rumeur courait que le septième enfant de cette famille donnait toujours vie à sept filles qui, elles, possédaient des dons incroyables, mais elle n'avait jamais entendu parler de quiconque d'autre doté de tels pouvoirs. Et les Drake étaient… les Drake. Tout le monde acceptait leur différence comme un fait établi.

— *Réponds-moi maintenant.*

Sa voix grogna doucement cet ordre. Elle ne put faire autrement que de répondre immédiatement.

— *Je vais bien. Ne t'inquiète pas.*

Rikki serra les mains contre ses oreilles. Elle n'avait nulle intention d'entamer une conversation télépathique avec lui. S'il pénétrait dans son esprit, il pourrait lire ses pensées…

— *Tu peux lire les miennes aussi.*

Il y avait un soulagement dans sa voix. La sensation submergea son esprit, et la familiarité de son ton de velours la secoua. Son corps réagit, prit vie ; chaque nerf dressé sur un pied d'alerte. Une électricité pétilla sur sa peau et au plus profond de ses entrailles féminines où elle se sentait vide et assoiffée.

— *Sors de ma tête.*

Tremblante, elle parvint à se relever.

— *Tu m'as fichu une sale trouille. Et ma tête élance comme ce n'est pas possible. Tu choisiras peut-être de t'en rappeler la prochaine fois que tu vas à la rencontre des ennuis.*

Elle sentit que sa colère l'étonnait lui-même, qu'il était horrifié de découvrir qu'il craignait tant qu'elle soit en danger. D'une manière ou d'une autre, c'était pour lui une sensation inhabituelle : s'inquiéter pour le bien-être d'une autre personne. Il était aussi confus au sujet de leur lien qu'elle l'était elle-même. Le savoir lui rendit les choses plus faciles.

— *Eh bien, merci de m'avoir sauvée d'un plongeon dans la mare.*

Il resta silencieux un moment, mais elle sentait toujours sa présence dans son esprit. C'était un peu comme quand elle se trouvait sous l'eau ; chaque partie d'elle s'immobilisa et s'ancra comme elle le faisait dans la mer.

— *Si tu as fini de jouer, reviens vers moi.*

Elle entendit la douleur dans la voix de Lev, dans son esprit. Son cœur cogna dans sa poitrine, et elle serra la paume contre son torse.

— *Lev, as-tu essayé de te lever ?*

— *Je n'allais pas te laisser en danger.*

Pour elle. Il avait essayé de venir à elle. Il arrivait à peine à se tenir debout plus que quelques minutes, seulement le temps nécessaire pour se rendre aux toilettes, et même là, il était étourdi. Il découvrait chaque jour de nouvelles contusions provoquées par les coups contre le rocher et pourtant, il avait tenté de venir à sa rescousse.

— *Tu es loin d'être l'homme méchant que tu crois être.*

— *Rentre à la maison et tu verras bien.*

Il avait grogné les mots pour leur donner un semblant de menace.

Elle se surprit à sourire en marchant vers son camion. Peut-être y avait-il du bon dans cette télépathie inepte, après tout. Quand il parlait à voix haute, elle voulait lui balancer un coup derrière la tête, mais quand il lui parlait dans son esprit, elle ressentait ses émotions. Elle n'arrivait pas à déceler les nuances dans le ton ou à lire les expressions faciales comme le reste du monde, mais ce n'était pas nécessaire quand il projetait sa voix dans son esprit. Il était là, en elle, et elle ressentait l'émotion derrière chaque mot.

— *J'arrive. J'espère que tu es de retour au lit. Je commence à en avoir marre de te ramasser par terre.*

— *Si tu cessais de vadrouiller à tout moment, le sol ne serait pas si glissant.*

L'amusement qui se glissait dans la voix de Lev la rendit heureuse. Elle savait que le rire lui était encore plus étranger qu'à elle, mais pour une raison qu'elle ignorait, il la trouvait drôle. La plupart des gens la jugeaient étrange, mais non seulement cette étrangeté ne l'ennuyait pas, mais il semblait aussi se plaire en sa compagnie.

— *Tu me donnes des massages.*

Elle grimpa à bord de son camion et ferma la portière en fronçant les sourcils.

— *Je le savais ! Je savais que dès que je te laisserais entrer dans ma tête, tu essaierais de t'immiscer là où tu n'as pas le droit d'aller. Tu n'as pas le droit d'espionner mes pensées.*

— *Tu pensais à moi.*

Il y avait un ronronnement de satisfaction dans sa voix.

— *Eh bien, imagine-moi me mettre très en colère contre toi.*

— *Je préfère t'imaginer en train de me donner un massage.*

Elle étouffa un rire.

— *Cette façon de communiquer ne te donne pas mal à la tête ?*

Car elle en sentait un venir de son côté.

— *J'ai déjà mal à la tête. Je ne peux dire ce qui empire la situation ou non. Tout ce que je sais avec certitude est que je veux que tu sois de retour ici, en sécurité auprès de moi.*

Elle tenta de bloquer la sensation vive que ses mots et sa façon de les prononcer provoquèrent en elle. Il était impossible de ne pas sentir la chaleur se propager ou la manière dont son corps répondait à cet homme, se tendait vers lui comme c'était le cas à proximité de l'eau.

— *J'arrive.*

7

– Lev, tu dois m'écouter.

Rikki fixa son dos d'un regard noir tandis qu'il arpentait sa cuisine.

– Il s'agit d'une information importante. Un yacht a sombré près de la côte le jour où je t'ai secouru hors de l'eau.

Elle l'observa attentivement, mais il n'eut aucune réaction.

– C'est une grosse nouvelle. Des enquêteurs et des scientifiques fourmillent partout. Tout le monde à bord est présumé mort.

Quand il continua d'arpenter la cuisine et d'ouvrir toutes les portes d'armoire, elle poussa un soupir d'exaspération.

– Ne saisis-tu pas ce que ça signifie ? C'est évident que tu étais à bord de ce yacht. Il se trouvait non loin de l'endroit où je plongeais quand il a sombré.

Trois jours étaient passés depuis la visite de Rikki au village, et c'était la première fois que Lev demeurait debout pendant plus de quinze minutes. Il avait pris une douche seul et, bien qu'il ait dû se coucher ensuite pendant une demi-heure, il était debout de nouveau, affamé et désireux de se mettre un vrai petit déjeuner sous la dent et non pas du bouillon ou un sandwich au beurre d'arachide. Rikki lui avait servi toutes les soupes que Judith avait achetées pour elle et elle était animée du sentiment un peu désespéré de détourner son attention de la nourriture. En plus, elle n'avait pas pu prendre une fois la mer en deux semaines, et les effets de sa dernière visite sur le promontoire quelques jours plus tôt s'étaient dissipés, la laissant agitée et affligée.

Lev claqua une autre porte d'armoire, et elle lui jeta un regard noir, irritée.

— Arrête ça. Que diable cherches-tu ?

— Quelque chose à manger.

— Il y a une tonne de trucs à manger. Arrête de faire claquer les portes. Tu dois les fermer doucement.

Ou mieux encore, éviter d'y toucher.

— Tu laisses des traces de doigt partout, et je devrai mettre des heures à polir les portes.

Elle porta la main à sa gorge. Elle enfilait des pulls à col roulé depuis des fichues semaines afin de recouvrir les marques laissées par les doigts de Lev quand il lui avait serré la gorge. Elle n'était pas ennuyée par les pulls serrés et lourds, mais les cols hauts l'embêtaient, car elle avait tendance à reprendre la mauvaise habitude d'y enfouir son visage. Elle s'était démenée pour perdre ce réflexe, mais porter un col roulé depuis quinze jours lui donnait l'envie de disparaître dans le tissu chaud. Elle éprouvait le besoin désespéré — *désespéré* — de se trouver en mer.

Le regard de Lev se tourna vers son visage, puis descendit vers son cou. Elle souhaita soudain ne pas avoir attiré son attention. Le visage de Lev se rembrunit, et des ombres s'étendirent dans ses yeux bleus.

— Est-ce bien terrible ? Laisse-moi y jeter un coup d'œil.

Il s'avança vers elle et sembla se dresser de manière dangereuse devant elle, si bien qu'elle se hâta de reculer afin de créer un espace entre eux. Quand il était au lit, il paraissait vulnérable, ayant besoin de soins. Elle arrivait à s'étendre sur le lit et à s'endormir à ses côtés pourvu qu'elle se lève avant qu'il ne se réveille, quoiqu'elle soupçonnait qu'il avait conscience du moment où elle ouvrait les yeux, sauf qu'il n'en soufflait pas un mot. Elle ne savait trop quoi en penser, car cela signifiait qu'il sentait à quel point elle était mal à l'aise quand il était éveillé.

Rikki passa une main agitée dans ses cheveux rebelles. Elle n'avait pas la moindre idée de ce qu'elle allait faire de lui. Cependant, il devait s'assoir et cesser d'arpenter son plancher. Il était pieds nus, à tout le moins. Il lui faudrait peut-être cacher ses chaussures s'il demandait à les enfiler pour marcher sur ses planchers propres. C'était cela ou le mettre à la porte — ce qui était la meilleure solution à son avis.

— Bas les pattes de mon cou. En fait, cesse de mettre tes mains partout. Tu sèmes le désordre.

Cependant, il continua d'avancer vers elle, même après qu'elle lui eut lancé son regard le plus mauvais. Elle brandit une main pour le freiner.

— On me dit que je ne sais pas reconnaître les limites. Tu n'en as aucune. Ne me touche pas. Et ne touche pas à mes affaires.

Il ignora sa main et tira sur le col de son pull pour exposer sa gorge. Ses doigts effleurèrent doucement les marques. Elles s'étaient estompées depuis un bon moment pour n'être rien de plus que de petites taches vertes, mais elle ne voulait pas que quiconque — ni même lui — voie la preuve de leur présence. Elle avait toujours éprouvé de la difficulté à être coincée quelque part, et à présent, le corps de Lev bloquait le sien entre la table et la liberté. Elle retint son souffle, craignant d'exploser de manière violente, mais étrangement, la caresse des doigts de Lev chassa son impression d'être prise au piège. Une bouffée de sensation se déversa plutôt dans son corps, telle une vague de chaleur effleurant sa peau, s'imprégnant plus profondément, jusqu'à ce qu'elle ressente son toucher jusque dans ses os.

— Ce n'était pas mon intention de te blesser. En fait, je ne me souviens pas de t'avoir agrippée à la gorge.

Elle l'esquiva et releva brusquement son col. Elle fit un pas de côté pour se donner l'espace nécessaire pour respirer.

— Te souviens-tu du couteau ?

Il garda le regard rivé au sien.

— Tu aurais dû me rejeter dans l'océan.

— Je suis fichtrement d'accord, acquiesça-t-elle. Maintenant que nous nous entendons sur ce point, assieds-toi et je vais te préparer un sandwich.

Il eut une expression douloureuse.

— Je ne mange pas de beurre d'arachide.

Cette affirmation étonna réellement Rikki.

— Qui n'aime pas le beurre d'arachide ? C'est l'aliment parfait.

Il frissonna.

— Même pour compenser toutes les fautes que j'ai commises, je ne pense pas pouvoir manger cela.

— Pour un homme qui transporte autant d'armes, tu es un grand bébé.

— Ne pas manger de beurre d'arachide ne signifie pas agir en bébé. Je doute que les bébés mangent ce truc.

— C'est anti-américain.

— Je ne suis pas sûr d'être américain, fit-il remarquer.

Elle dut lui donner raison sur ce point.

— Très bien. Tu pourras mettre du beurre d'arachide sur des gaufres. Blythe m'a acheté ces gaufres congelées qu'on peut chauffer au grille-pain. Je ne sais pas depuis quand je les ai. Dis, les aliments congelés se conservent plus de quatre ans ?

Il émit un grognement et se laissa tomber sur la chaise de cuisine la plus près, la tête enfouie entre ses mains.

— Tué par le beurre d'arachide. Je ne pensais pas en finir ainsi.

Rikki se surprit à rire. Rien ne la faisait rire ; du moins pas un rire à voix haute du type à donner mal au ventre comme ce fut alors le cas. Il semblait si découragé : un homme grand et coriace abattu par le beurre d'arachide.

Il leva les yeux vers elle et lui sourit, et le rire mourut sur ses lèvres. Il y eut un soubresaut dans son estomac, et son cœur se serra. Soudain, Rikki éprouva de nouveau de la difficulté à respirer.

— Je ne sais pas comment cuisiner, lâcha-t-elle.

Il survola des yeux les assiettes, les casseroles et les poêles.

— Je les lave pour qu'elles demeurent bien propres, mais je ne les ai jamais utilisées, pas une seule fois, et je les ai reçues il y a quatre ans. Il y a du brocoli dans le bac à légumes. Je ne peux pas le faire cuire, mais tu peux le manger cru, lui offrit-elle.

– Tu m'as servi de la soupe.

Elle tapa le pied sur le sol et compta jusqu'à vingt avant de pouvoir lui faire face de nouveau. Une rougeur se propagea sur son visage.

– Je la faisais chauffer directement dans la conserve sur ce petit réchaud à gaz de camping que je possède. Comme les soupes étaient déjà prêtes à servir, c'était facile.

Un court silence s'installa tandis qu'il étudiait son expression.

– Et si je cuisinais pour nous deux ? Si tu acceptes de m'héberger jusqu'à ce que je me remette sur pied, c'est le moindre que je puisse faire.

Allait-elle l'héberger jusqu'à ce qu'il se remette de ses blessures ? Rikki se mordilla nerveusement la lèvre inférieure. Il allait promettre de ne pas toucher à ses affaires, mais il ne pourrait s'en empêcher. Et Rikki aurait à redoubler de vigilance. Le fait qu'aucun incendie ne se soit déclaré dans la maison au cours des deux dernières semaines ne signifiait pas que le danger était écarté : le risque était plus grand quand quelqu'un d'autre se trouvait dans la maison.

Il lui adressa un petit sourire.

– Tu songes à me mettre à la porte.

Elle haussa les épaules.

– J'y songe continuellement, dit-elle en étalant les bras comme pour envelopper sa maison. J'ai l'habitude de vivre seule, et c'est plus sécuritaire.

– Pas vraiment. Pas si quelqu'un cherche réellement à te brûler vive. Je pourrais t'être fichtrement utile en pareil cas.

Il se pencha vers elle avec un regard si intense dans ses yeux bleus qu'elle s'y perdit, dans cette mer sauvage et bleue.

— Laisse-moi rester chez toi, Rikki. Je n'ai nulle part d'autre où aller. Je n'ai pas la moindre idée de qui je suis. Si j'étais à bord de ce yacht, tout le monde me croit mort.

Ainsi, il avait prêté attention à ses paroles. Il avait choisi de ne pas répondre — une réaction qu'elle avait elle-même fréquemment.

— Peut-être est-ce là ma chance, persista-t-il. Ma chance d'avoir une nouvelle vie. D'être une autre personne, une personne différente.

— Si tu ne sais pas qui tu es…

— J'ai tué des hommes. Chacun de mes instincts est lié à la survie.

— Ça ne signifie pas que tu ne protégeais pas des gens, Lev. J'ai gardé les journaux.

Elle recevait les journaux, mais ne les lisait jamais; du moins, avant de s'être rendue en ville et d'avoir vu l'afflux de journalistes. Le désordre régnait toujours.

— L'homme à qui appartenait le bateau était un milliardaire, et tout le monde à bord a sombré, y compris son garde du corps. Tu étais peut-être ce garde du corps. Les gardes du corps doivent abattre des gens à l'occasion, non?

Lev secoua la tête.

— Tu es incroyable, tu le sais? « Les gardes du corps doivent abattre des gens à l'occasion, non? » Qui réfléchit de cette façon? Laisse-moi rester chez toi, Rikki.

Elle n'allait pas le mettre à la porte. Elle l'avait trouvé dans la mer, et un lien les unissait. Elle l'avait hissé à bord de son bateau, ce qui faisait de lui sa responsabilité. D'ailleurs… Elle pressa les doigts contre ses tempes. Elle s'était endormie à ses côtés. Elle n'avait même jamais partagé un lit avec Daniel. Elle ne pouvait pas l'abandonner tout simplement, pas après que Blythe et les autres lui eurent donné une chance, pas après qu'il lui eut donné le cadeau si précieux de savoir que pour une fois – *pour une fois* – dans sa vie, elle avait été assez normale pour dormir aux côtés d'un autre être humain. C'était la *seule* raison pour laquelle elle avait continué de dormir dans le lit. Ce n'était pas parce qu'elle voulait être avec lui.

– Je ne sais pas ce que je vais faire de toi. Et tu ne peux pas toucher à mes affaires.

– Je ferai la cuisine, proposa-t-il immédiatement.

Elle ne mangeait rien d'autre que du beurre d'arachide, à moins que Blythe ne l'oblige à dîner chez elle. Elle s'efforçait alors de manger autre chose afin de ne pas blesser Blythe. Le léger rictus sur les lèvres de Lev lui chavira le cœur. Zut, elle détestait l'effet qu'il avait sur elle.

– Veux-tu aller faire les emplettes maintenant ? Avant le petit déjeuner ? Le marché d'Inez est ouvert.

Il prit immédiatement une expression neutre. L'espace d'un moment, il eut un air effrayant ; ses yeux bleus devinrent des diamants durs.

– Il vaut probablement mieux que personne ne me voie pendant un certain temps. Il ne faudrait pas soulever de questions.

Elle n'aimait pas les questions non plus et n'allait certainement pas répondre à aucune interrogation. Elle jeta un coup d'œil à l'horloge. Il était encore très tôt. Elle arriverait peut-être à se rendre au marché pendant qu'il était encore vide.

– Dans ce cas, dresse-moi une liste.

En quelques secondes, elle avait ouvert le tiroir où des calepins et des crayons étaient rangés soigneusement. Elle lui tendit un calepin et un crayon.

Il commença immédiatement à prendre des notes. Il ouvrit deux fois le réfrigérateur en toisant le lait et le brocoli de ses yeux froncés, puis prit d'autres notes. Les armoires contenaient des pots de beurre d'arachide crémeux et croquant.

— Je vois que tu aimes la variété.

Elle lui jeta son regard le plus noir.

— Blythe a le droit de me faire la morale sur mes habitudes alimentaires ; pas toi.

Il posa le crayon.

— Ça se justifie. Je ne serai pas un fardeau financier. Je commence à recouvrer la mémoire et je sais que j'ai des fonds quelque part. J'y aurai accès tôt ou tard et je pourrai te rembourser. Et je peux travailler pour toi. Tu as besoin d'un assistant.

Sa mine se renfrogna davantage.

— Tu ne mettras pas tes sales pieds sur mon bateau.

Il sourit davantage. Elle concéda qu'il avait raison de se montrer un peu impudent. Il avait trouvé le lieu parfait pour se cacher. Elle était si antisociale que seule sa famille la visitait, et la plupart du temps, elle se rendait chez ses sœurs et non le contraire. Il aurait peu de contacts avec des étrangers, ici.

— *On verra bien.*

Son regard bondit vers le sien, et elle sentit son souffle quitter son corps de manière effrénée. Cette voix intime toucha chacune de ses terminaisons nerveuses. Sa bouche devint sèche. Ils n'avaient jamais parlé de cette conversation étrange qu'ils avaient eue ni du fait qu'elle eut échappé de justesse à un plongeon dans la mare. À ses yeux, éviter les sujets qu'elle ne souhaitait pas discuter était souvent la meilleure solution, mais cet homme ne semblait pas comprendre qu'il n'était pas le bienvenu dans sa tête.

Elle le fixa de ses yeux plissés.

— Donne-moi ta liste et j'irai chercher ce qu'il te faut en ville.

Elle n'allait pas se disputer avec lui au sujet de son bateau ou de la télépathie. Elle était la capitaine. Au large, personne ne mettait son autorité en question.

Ses doigts effleurèrent les siens quand il lui remit la feuille de papier. Elle sentit la décharge dans son corps en entier. Tout était si débalancé. Elle n'aimait être touchée par personne ; pourtant, quand cet homme la touchait, il ne provoquait pas la sensation habituelle de milliers de piqûres d'épingles sur sa peau. La pression de sa combinaison de plongée contre son corps aidait à combattre l'impression qu'elle allait briser en miettes. Elle possédait une couverture lourde dont elle se servait à cette fin, mais elle n'avait ni l'un ni l'autre de ces outils à sa disposition pour l'heure. Elle se tint donc immobile, à le regarder d'un air impuissant sans trop savoir ce qu'elle devait penser ou ressentir dans une situation aussi inconnue.

— Tout ira bien, murmura-t-il doucement tandis que ses doigts lui caressaient le visage, traçaient ses os.

Elle retint son souffle, stupéfiée de pouvoir simplement se tenir là, tremblante, à sentir des papillons de nervosité sur sa peau plutôt que des piqûres d'épingles et de la douleur. Elle secoua la tête pour tenter de dissiper le sortilège qu'il semblait tisser autour d'elle.

— Seules mes sœurs viennent ici et elles ne se présenteront pas à la porte si mon camion n'est pas garé dans la cour.

Garde les portes verrouillées et les toiles baissées. Tu ne risques pas d'être dérangé.

Elle se retourna vers lui.

— Ne tue *personne* durant mon absence. Cette personne pourrait être importante pour moi.

Rikki prit la direction de la porte, mais Lev lui saisit le bras.

— Tu ne parleras de moi à personne, n'est-ce pas ?

Elle lui jeta un regard mauvais.

— J'ai hissé ton derrière hors de l'eau, j'ai nettoyé tes blessures et je t'ai donné un endroit où rester. À qui diable vais-je parler de toi ?

Il haussa les épaules.

— C'est important, c'est tout.

— Tu es mort. Reste-le jusqu'à ce que je revienne.

Elle poussa ses verres fumés très noirs sur son nez et sortit de la maison, indignée qu'il la croie trop stupide pour garder le silence.

En marmonnant à voix basse, elle se dirigea vers son camion, mais elle fut incapable de manquer à sa routine normale. Elle jeta un regard furtif vers la fenêtre, mais quelle importance qu'il l'observe ou non ? Il s'agissait de sa maison — de sa vie — et elle n'allait pas changer parce qu'elle avait hissé un homme hors de la mer. D'ailleurs, il était aussi bizarre qu'elle, à sa manière. Il était secret, les armes semblaient être ses seules possessions, et la violence était normalement sa réaction initiale. Ouais, elle n'allait certainement *pas* s'excuser d'être celle qu'elle était.

Elle fit le tour de la maison pour s'assurer que les fils de soie posés à chaque fenêtre étaient intacts. Quiconque tentant d'ouvrir une fenêtre ne remarquerait pas les petits fils virevolter vers le sol. Elle examina les platebandes cultivées sous ses fenêtres. Le terreau était mou et humide, ce qui rendrait toute empreinte visible. Elle vérifia ses boyaux enroulés parfaitement sur les enrouleurs de chaque côté de la maison. Elle se montrait très pointilleuse au sujet de ses boyaux. En cas d'urgence, il fallait qu'ils puissent être déroulés rapidement sans s'emmêler.

Quand elle revint vers l'avant de la maison, Lev se tenait à l'entrée et l'observait. Elle le toisa d'un air maussade.

– Quoi ?

– Tu n'as pas à t'inquiéter tant que je suis là.

Elle releva le menton. Elle n'avait pas l'habitude de se donner la peine d'expliquer ses actes : elle n'allait donc rien lui dire. Qu'est-ce que ça pouvait bien faire qu'il découvre qu'elle avait une routine – un rituel – à laquelle elle devait se plier avant de partir. Elle avait de nombreux rituels. Il pouvait toujours s'en aller si ses habitudes le dérangeaient. Elle grimpa à bord de son camion et claqua la portière sans lui répondre. Elle lui jeta cependant un regard par le rétroviseur et ressentit de la tristesse pour lui. Il semblait si seul.

Dès qu'elle se mit à rouler sur la route sinueuse bordée d'arbres qui menait à l'autoroute qui, elle, longeait la côte, Rikki en éprouva un soulagement immédiat. La dernière fois qu'elle avait passé autant de temps avec un autre être humain remontait à son adolescence, et l'expérience était stressante. Elle essayait de ne pas le fixer du regard – de regarder à travers lui plutôt qu'en lui – ni de se perdre dans les petites observations qui tendaient à retenir son attention de manière soutenue. C'était fichtrement stressant d'être en présence des autres.

Une fois qu'elle emprunta l'autoroute un, elle gagna une vue sur l'océan. La mer l'apaisait, peu importe son humeur. La vaste étendue d'eau lui permettait de s'ancrer suffisamment pour affronter un lieu public. Comme il était encore tôt, il y aurait peu de gens en ville, mais le magasin d'Inez était un point de rencontre populaire. Les résidents avaient tendance à s'y réunir pour échanger leurs nouvelles, et Inez savait à peu près tout sur tout le monde.

Rikki gara son camion à l'autre bout du stationnement et en sortit lentement en jetant un regard prudent aux alentours. Heureusement, les journalistes et les enquêteurs (et les autres curieux) ne s'étaient pas levés aussi tôt qu'elle. Elle avait presque le village pour elle seule. L'air matinal était vif, et le vent soufflait depuis la mer, chargé de son brouillard salé. Elle entendait les vagues se fracasser contre les falaises tandis qu'elle traversait le stationnement jusqu'au trottoir d'où elle jeta aussi un regard à la ronde. Son sang déferlait dans ses veines avec la même puissance que les vagues de la mer alors que Rikki se tenait au haut de la colline, immédiatement devant le magasin, le regard tourné vers le spectacle évocateur que lui présentait l'océan.

La rue principale de Sea Haven longeait la côte et en était séparée uniquement par les falaises. Rikki était capable de se rendre au centre-ville pour la simple et bonne raison qu'elle pouvait voir l'océan peu importe où elle était. À cette heure, les moutons de l'eau dansaient déjà sur la surface, et les embruns fouettaient les rochers. La vision était à couper le souffle.

Il n'y avait personne en vue, sauf le vieux Bill. Enveloppé dans sa couverture, il était blotti dans le petit espace entre le magasin d'alimentation et la boutique de kaléidoscopes que possédait Judith, la sœur de Rikki. Elle lui envoya la main. Il était différent, comme elle. Il marmonnait à voix basse et survivait grâce aux conserves que les gens lui laissaient. On l'apercevait souvent pédaler sur son bien le plus cher, la vieille bicyclette posée contre le mur du magasin, qui était son seul moyen de transport à l'exception de ses pieds. Ses vêtements étaient vieux et sales, et la semelle de ses bottes était usée. Rikki prit mentalement en note de rappeler à Blythe qu'elles devaient lui procurer une paire de bottes confortables pour l'hiver.

Dès qu'elle poussa la porte, son estomac se serra d'une façon bien trop familière. Tout de suite, les murs semblèrent se refermer sur elle, et elle eut l'impression d'étouffer. D'ordinaire, elle pouvait prendre des pots de beurre d'arachide et ressortir, mais la liste exigeait qu'elle parcoure les allées. Quand elle pénétra à l'intérieur, les lampes fluorescentes semblèrent clignoter comme une lumière stroboscopique. Des éclairs se déclenchèrent derrière ses yeux. Elle eut un haut-le-cœur et, même si elle portait ses verres fumés très foncés, elle porta brusquement un bras devant ses yeux pour les protéger, puis elle sortit du magasin, secouée.

Rikki se mordit la lèvre avec force et tourna les yeux vers la mer pour essayer d'inspirer l'air salin. Sa dernière sortie en mer remontait définitivement à trop longtemps. Elle était étourdie et éprouvait de la difficulté à reprendre son souffle. Le magasin n'était ni bondé ni bruyant (deux choses qu'elle évitait à tout prix), alors il lui suffisait de passer outre à la lumière et de s'obliger à parcourir les allées. Tout le monde le faisait. Comme le beurre d'arachide était placé sur les étagères en bout d'allée, elle pouvait facilement prendre un pot et partir, mais…

Elle carra les épaules. Les autres accomplissaient cette tâche chaque jour. Elle était une adulte, la capitaine de son bateau – rien n'était à son épreuve. Elle poussa la porte une deuxième fois et entra dans le magasin. Inez Nelson, une femme d'apparence fragile aux cheveux gris et à la silhouette mince, se tenait derrière le comptoir d'où elle leva les yeux avec un sourire amical.

– Rikki. Tu es toujours matinale, la salua-t-elle. Comment vas-tu ? Comment se portent tes sœurs ?

Rikki hocha la tête en ignorant ses questions. Elle s'humecta les lèvres et se concentra à mettre un pied devant l'autre. Elle pouvait y arriver : marcher dans l'espace entre les rangées d'étagères. Ses pieds ne bougèrent pas. Elle resta debout là, figée, tandis que la lumière papillonnait autour d'elle et projetait des fléchettes pointues vers son cerveau. Elle eut un haut-le-cœur et tourna les talons afin de retourner dehors où elle pourrait respirer.

– Merde.

Elle avait l'habitude d'être différente, mais quand cette différence l'empêchait d'effectuer des tâches quotidiennes, cela la mettait en colère. Elle était accoutumée au fait que les lampes dans les magasins la blessaient tout en ayant parfaitement conscience que ce n'était pas le cas pour les autres. Les bruits étaient son pire supplice et les textures, surtout dans sa bouche, lui étaient brutales. Elle était incapable de tolérer le goût de l'argent ou du plastique. Certains tissus blessaient sa peau. Elle savait que les autres n'étaient pas comme elle, mais en général, elle avait appris à s'y faire. Mais faire les emplettes était un cauchemar. Le bourdonnement des lampes se réverbérait dans sa tête jusqu'à ce qu'elle veuille crier.

Qu'allait-elle faire ? S'adresser à Blythe ? À l'une de ses autres sœurs ? Elles voudraient savoir pourquoi elle cherchait à se procurer des aliments qu'elle ne mangeait jamais. En mordillant l'ongle de son pouce, elle darda le magasin d'un regard noir. Une personne arrivait à tout faire durant une courte période de temps. Elle devait parvenir à entrer dans un magasin d'alimentation et si elle ne se dépêchait pas de le faire, d'autres clients viendraient, et la mission deviendrait alors impossible.

Elle carra les épaules et retourna à l'intérieur. Cette fois, elle parvint à atteindre le début de l'allée avant de s'arrêter, étourdie et ayant l'impression qu'elle allait être malade. Elle ne pouvait pas pénétrer dans l'espace étroit où les lampes semblaient enfoncer dans son cerveau des aiguilles qui explosaient comme des bombes incendiaires derrière ses yeux. Elle secoua la tête, sur le bord des larmes. La colère monta en elle comme une vague de fond ; noire et affreuse – une force contre laquelle elle devait soudain lutter quand elle éprouvait de la frustration.

– Rikki.

La voix d'Inez était animée, neutre et ne contenait jamais les tonalités de la pitié que Rikki détestait entendre. Rikki se tourna vers elle en tentant de secouer sa vision embrouillée et sachant qu'il lui faudrait bientôt ressortir du magasin.

– Donne-moi ta liste. Je vais aller chercher ce qu'il te faut pendant que tu restes ici, près de la fenêtre.

Inez tendit la main.

Était-ce une défaite ? Ou une victoire ? Rikki l'ignorait, mais elle n'avait d'autre choix. Elle remit sa liste à Inez, reconnaissante que cette dernière semble comprendre son problème.

— Tu n'étais pas au mariage, lui dit Inez, prête à bavarder.

Rikki serra les dents. Fallait-il répondre à une affirmation ? Elle émit un grognement venant du fond de sa gorge ; la seule reconnaissance à laquelle elle pouvait penser. Le timbre de la voix d'Inez devint un bruit de fond, enterré par le bourdonnement des lampes fluorescentes. Elles étaient comme une lumière stroboscopique à présent, clignotant continuellement. Les aiguilles qui poignardaient son crâne se transformèrent en pics de glace.

— Les filles étaient ravissantes, ajouta Inez. Tout le monde s'est amusé. Tu nous as manqué, cependant. Elle faisait une mariée superbe. Et Jackson était si beau.

Inez semblait fière de Jackson, comme s'il était son fils. Qu'est-ce que Rikki savait au sujet d'Inez, de toute façon ? Sauf le fait que celle-ci semblait connaître tout le monde, et pour cette raison, Rikki s'assurait de l'éviter dans la mesure du possible. Jackson était shérif adjoint, et de l'avis de Rikki, cela le classait parmi les agents qui l'avaient reléguée à un établissement géré par l'État et l'avaient accusée d'avoir allumé les incendies et tué ceux qu'elle aimait.

— Frank et moi avons dansé toute la nuit.

Frank, Frank Warner, était le fiancé d'Inez et le propriétaire d'une petite galerie d'art locale. Il avait été emprisonné pour un délit quelconque. Il se trouvait parfois dans le magasin, assis derrière le comptoir ; il était tranquille et peu bavard. Rikki s'identifiait à lui davantage qu'à bien d'autres gens. Elle savait que les autres jugeaient probablement Frank de la même façon qu'ils jugeaient son comportement étrange.

Inez continuait de jacasser, et sa voix mettait les nerfs de Rikki en boule, mais comme la dame lui accordait une faveur, elle n'allait pas laisser la douleur dans sa tête provoquer une réaction stupide et violente. Cela lui était arrivé par le passé, plus d'une fois. Lexi les avait surnommées les « crises de Rikki », mais c'était embarrassant de perdre le contrôle. Elle prit de profondes inspirations en espérant ne pas perdre conscience.

— Dieu merci, tu n'étais pas en mer cette journée-là, Rikki, disait Inez en poussant un chariot dans les allées avec beaucoup d'efficacité. Une vague énorme et incontrôlable a surgi de nulle part. Elle aurait déferlé sur la plage, mais les Drake ont fait appel à leurs pouvoirs, et elle a disparu. Mais tes sœurs ont dû t'en parler déjà.

Les pics de glace étaient à présent des poignards qui s'enfonçaient dans son cerveau. Rikki appuya les mains contre ses oreilles afin d'étouffer tous les sons et se concentra sur sa respiration. Inez s'exécutait rapidement. Rikki voyait bien que cette dernière était consciente que quelque chose n'allait pas. Elle essayait de l'aider et bavardait manifestement afin de la distraire, mais avec le bourdonnement des lumières, la voix d'Inez et le clignotement, la douleur dans la tête de Rikki s'était décuplée.

— Tu peux supporter n'importe quoi durant un court laps de temps, murmura-t-elle pour elle-même sans se soucier du fait que les autres la trouvent étrange de se parler.

Si cela pouvait l'aider à passer à travers cette épreuve sans perdre l'esprit, elle allait continuer de se parler.

— Et voilà, ma belle, dit Inez avec le même ton animé. Ne reste qu'à passer les articles rapidement à la caisse.

Rikki pressa les doigts contre ses tempes.

— Mets vingt dollars sur la note de Bill, et après mon départ, peux-tu lui servir du café et un petit déjeuner nutritif ?

— Bien sûr, dit Inez en travaillant vite. Pas de beurre d'arachide aujourd'hui ?

— J'ai acheté un gros contenant il n'y a pas longtemps.

— Tu as des visiteurs ? Tes sœurs viendront manger à la maison ?

Rikki sortit de l'argent de son portefeuille et le déposa sur le comptoir en ignorant les questions. Inez continuait de parler, mais Rikki n'arrivait pas à discerner ses mots. Un millier d'aiguilles lui piquaient le corps, et elle avait l'impression que son corps s'était transformé en plomb, à peine capable d'être bougé. Elle n'aurait pas pu produire un son, même si elle le voulait. Elle sentait chacun de ses muscles, entendait le bruit du sang coulant dans ses veines et le battement dans sa tête. Elle détestait ces sensations ; la surcharge qui n'avait aucune logique. Il lui avait fallu des années pour comprendre que les autres ne réagissaient pas comme elle aux stimuli de l'environnement qui les entourait. Elle avait l'impression que son corps allait éclater en morceaux si elle restait dans le magasin un moment de plus.

Elle ramassa les sacs d'emplettes et se hâta de sortir en jurant à voix basse. Il valait mieux pour lui qu'il fasse durer ces provisions, car *jamais* elle n'allait revivre une telle épreuve. Désorientée et le cœur dans la gorge, elle se précipita vers son camion et parcourut les deux pâtés menant au promontoire. Là, elle pourrait se garer, sortir de la cabine et se promener près des falaises donnant sur les tambours de la mer. Elle s'éloigna de quelques pas du camion et se sentit malade ; son estomac protestait devant les coups de poignard virulents dans son crâne.

Rikki tituba sur le sentier étroit parmi la bruyère pour atteindre le bord où elle pouvait se tenir droit devant l'océan qui s'étalait à perte de vue telle une couverture d'un bleu-gris froid. Des moutons se brisaient sur les rochers, et les embruns s'élevaient sur la surface des falaises en sifflant. Des goélands criaient dans le ciel, et au loin, elle aperçut le saut d'une baleine.

Le chaos qui s'était déchaîné dans son esprit et son corps commença à se calmer suffisamment pour que ses mains cessent de trembler. Elle devait se rendre sur la mer, là où elle appartenait. Elle n'était pas à sa place sur la terre, en public, en tout lieu où il y avait d'autres personnes. Elle se rendit compte qu'elle versait des larmes seulement quand sa vision devint complètement embrouillée. Elle ôta brusquement ses lunettes foncées et essuya ses larmes avec colère.

Lev devait partir. Elle ne pouvait le laisser ruiner sa vie. Elle ne pouvait s'habituer à avoir quelqu'un chez elle. Elle savait qui elle était. Aucun moyen de prétendre qu'elle allait s'y faire. Elle avait presque perdu les pédales dans le magasin d'Inez. Il devait s'en aller. C'était la seule solution.

Elle rentra chez elle en roulant plus vite qu'à la normale et sans permettre à une autre pensée de prendre le dessus dans son esprit. Elle devait simplement mettre un terme à toute cette histoire avant d'en faire trop durement les frais. Elle gara son camion, empoigna les emplettes, grimpa rapidement les marches de la véranda et passa la porte de la cuisine. Lev avait dû l'entendre approcher, car il parvint à la porte avant elle et la déverrouilla avant qu'elle n'ait à se servir de sa clé.

Rikki passa près de lui pour aller déposer les sacs d'emplettes sur la table et pivota sur elle-même afin de lui faire face.

— Tu dois partir. Vraiment. Tout de suite. Tu ne peux pas rester ici, et c'est tout, lâcha-t-elle.

Il s'approcha d'elle en fronçant les sourcils. Avant qu'elle ne puisse se dérober à lui, il ôta ses lunettes et examina ses yeux.

— Tu as pleuré. Rikki, dis-moi ce qui t'a bouleversée. Parle-moi.

Elle secoua la tête en reculant et s'aperçut, horrifiée, que de nouvelles larmes avaient coulé sur ses joues.

— Il n'y a rien à dire. Assez discuté. Tu ne peux pas rester ici, et c'est tout.

Il se dirigea vers la porte, la ferma et la verrouilla avant de se retourner vers elle, son expression illisible.

— *Lyubimaya,* tu dois me parler. Je ne partirai pas sans savoir ce qui t'est arrivé.

Elle luttait pour ne pas sangloter ; ses émotions étaient déchaînées. Elle détestait perdre le contrôle, et c'était sa faute à lui. Pourquoi n'arrivait-il pas à le voir ?

— Tu vas toucher mes assiettes et utiliser mes casseroles pour cuisiner. Je vais devoir retourner au magasin et je ne peux pas. Je ne peux tout simplement pas.

— Tu n'as pas à faire quoi que ce soit, Rikki. Pas pour moi. Et si tu ne veux pas que j'utilise ces assiettes ou les poêles et les casseroles, je peux en acheter d'autres. Allons, *lyubimaya,* dis-moi ce qui est vraiment arrivé !

Elle n'avait aucun moyen de lui faire comprendre ce qui se passait puisqu'*elle* ne le comprenait pas. Elle avait toujours cru que son étrangeté était due à son enfance ; pourtant, d'autres personnes étaient passées par toutes sortes d'événements traumatisants sans toutefois lui ressembler. Ils n'avaient pas l'impression que leurs corps entiers allaient se briser en morceaux. Les bruits du quotidien n'envahissaient pas leurs esprits jusqu'à ce qu'ils ne puissent plus réfléchir.

Ils n'avaient pas besoin d'ordre comme elle en avait besoin – pour respirer.

La voix de Lev – aimable, bienveillante, de la douceur du velours – causa sa perte. Elle se retourna pour courir vers sa chambre, claquer la porte derrière elle et se jeter sur son lit. Elle étendit les bras sous le lit pour en sortir sa couverture lourde. Cette dernière était faite d'un matériel souple et dotée de pochettes intérieures dans lesquelles elle pouvait glisser des poids de cinq à sept kilogrammes. Elle tira la couverture sur elle et enfonça une main dans sa bouche pour étouffer ses sanglots. Il y avait des mois qu'elle avait pleuré, et voilà qu'elle devait exploser maintenant alors que quelqu'un se trouvait à proximité.

Après avoir découvert que la pression que sa combinaison de plongée exerçait sur son corps lui donnait moins l'impression qu'elle allait éclater en miettes, elle en reconnut l'effet apaisant et se mit à la recherche de quelque chose qui l'aiderait hors de l'eau. Elle avait beaucoup lu au sujet de ces couvertures et savait que le poids était supposé aider à libérer de la sérotonine en mettant de la pression sur les nerfs sensoriels de ses muscles, ses articulations et ses tendons, ce qui entraînait un effet calmant. Elle se souciait peu de savoir comment ça fonctionnait pourvu que ça fonctionne. Et à ce moment-là, elle se sentait idiote, embarrassée et très fatiguée. Elle voulait se blottir sous la couverture et s'endormir. Elle l'entendit se déplacer dans la cuisine. Il ne donnait pas l'impression de s'en aller. Peut-être que si elle s'assoupissait, il serait parti à son éveil.

La porte de sa chambre à coucher s'ouvrit, et elle ferma les yeux en grognant son désespoir. Elle aurait voulu disparaître.

— Rikki, j'ai préparé du café. Assieds-toi pour en boire un peu. Ça te fera du bien. J'ai rangé les emplettes. J'aimerais seulement que tu m'expliques ce qui est arrivé.

Elle sentit le poids de son corps sur le bord du lit. Elle poussa un souffle exaspéré et s'assit brusquement en serrant sa couverture contre son corps pour y trouver le réconfort.

— Faut-il vraiment avoir cette discussion ?

— Tu ne me dois aucune explication, mais j'aimerais bien en avoir une.

Elle prit la tasse et observa le liquide sombre en fronçant les sourcils. Elle ne voulait pas le regarder, lui.

— J'ai besoin que les choses suivent un certain ordre.

— Je comprends cela, mais pas pourquoi ça te ferait pleurer.

— Mais qu'est-ce que diable ça peut te faire ?

Elle recourut à la belligérance. Ça suffisait normalement à repousser les gens, ce qui lui évitait de composer avec les émotions qu'elle éprouvait de la difficulté à gérer.

— Tu m'as sauvé la vie. Tu as vu quel genre d'homme je suis, mais tu m'as quand même accueilli chez toi. J'admets avoir peu de souvenirs de mon passé, mais je n'ai pas l'impression d'avoir connu la gentillesse. Tu m'as témoigné de la gentillesse.

— Je ne suis pas normale, Lev.

Elle serra les dents ; elle détestait le dire à voix haute. Elle n'était pas tracassée par qui elle était, pourvu qu'elle reste isolée des autres. Elle aimait sa vie. Elle était la capitaine de son propre bateau. Elle gagnait bien sa vie. Qu'est-ce que ça pouvait bien faire qu'elle ne puisse entrer dans un magasin d'alimentation ? Elle n'aurait pas à le faire, s'il n'était pas là. Elle détestait se sentir inadéquate.

— Je ne suis pas normal, non plus. Je ne te demande pas de changer. Dis-moi ce qu'il te faut pour être à l'aise.

— Ce n'est pas raisonnable pour toi.

— Rikki, regarde-moi.

Lev attendit qu'elle lève à contrecœur son regard noyé de larmes vers son visage. Il aurait voulu — en ressentait même le besoin — l'embrasser afin de chasser sa peine, mais elle s'était blottie dans cette couverture étrange comme s'il s'agissait d'une forteresse.

— Ne crois-tu pas que c'est à moi de décider ce qui est raisonnable pour moi ? Tu m'as accueilli chez toi et non le contraire. J'ai dû rester étendu tout le temps que tu as été absente et si je n'étais pas venu m'assoir ici, je serais tombé. Je n'ai nulle part où aller. Donne-moi au moins la chance d'arranger les choses avec toi.

— Je ne sais pas comment t'expliquer ma situation. Je vis seule. J'organise ma vie selon un certain ordre et j'ai besoin de cet ordre.

Elle prit une gorgée de café pour retrouver son calme. Ses mains tremblaient, et son corps réagissait comme il en avait l'habitude face au stress : inondé d'adrénaline et d'une colère qui prenait le contrôle sur tout. Heureuse, en colère ou triste. Il y avait rarement de demi-mesure chez elle, et la colère était un moyen de tenir les autres à l'écart.

— Je ne parle pas aux gens.

Une lueur d'amusement s'éclaira dans les yeux de Lev.

— Ma jolie, je ne parle pas aux gens non plus. Ici, dans cette maison, il n'y a que nous deux. Ce que nous faisons, de quelle façon nous agissons ne regarde que nous. Si tu as besoin d'un certain ordre, apprends-le-moi, et je m'y conformerai. Tu m'apportes le calme, Rikki. Je ne sais pas pourquoi, mais je me sens plus équilibré en ta présence.

Elle faillit cracher sa gorgée de café sur lui. Était-il complètement fou ? Comment dans le monde pouvait-elle apporter de l'équilibre à quiconque ?

— Tu t'es vraiment cogné fort à la tête, n'est-ce pas ?

Il sourit en se touchant la tête.

— Peut-être que le coup m'a donné du bon sens. Je te serais reconnaissant de me laisser rester ici un certain temps, Rikki. Je vais essayer de ne pas perturber ta routine. Je peux apprendre à manger du beurre d'arachide.

L'expression sur son visage était celle d'un homme affrontant vaillamment son sort. Malgré tout le reste, un rire gonfla dans la gorge de Rikki.

— Je ne sais pas quoi faire de toi. Ce serait ridicule d'acheter de la nouvelle vaisselle, et tu ne peux pas manger de beurre d'arachide si tu n'aimes pas cela.

— Pourquoi ne manges-tu rien d'autre ?

Elle fronça de nouveau les sourcils en étudiant son visage.

— Les textures me dérangent. C'était plus simple de trouver un aliment que j'aime et qui ait une teneur assez élevée en calories pour me permettre de travailler sous l'eau.

— Donc, tu peux manger d'autres aliments.

— J'avais l'habitude de le faire avant d'habiter seule.

— Vois-le comme une grande aventure. Tu pourras essayer de nouveaux mets et me dire ce que tu aimes. Une fois que nous aurons une liste, nous la suivrons. Et je vais tenir la vaisselle propre.

Elle prit une respiration pour tenter d'apaiser les battements de son cœur. Blythe lui disait constamment qu'elle devait repousser ses limites, continuer de grandir ; pas seulement dans sa soif de savoir, mais aussi dans ses aptitudes sociales. Vivre avec quelqu'un se classerait certainement dans cette catégorie, n'est-ce pas ?

– Je ne peux pas mentir à ma famille.

– Je ne t'ai pas demandé de mentir. Si elles te posent des questions, réponds-leur franchement.

– Jure-moi que tu ne leur feras pas de mal.

– Ma belle, tu n'as aucune raison de me croire.

– Jure-le quand même.

Elle le regarda droit dans les yeux, à la recherche de la vérité. Il ne détourna pas le regard, et elle y lut ce qu'elle avait déjà vu en lui : la vulnérabilité. Il avait l'apparence d'un dur à cuire ; un homme grand et musclé qui en savait beaucoup sur l'art de la survie, mais comme Rikki, il n'était pas à l'aise dans le monde de la famille et des amitiés. Il était un étranger, comme elle. Malgré tous les problèmes que sa présence entraînait dans sa vie, elle s'identifiait à lui.

– Nous pouvons en faire l'essai, Lev, mais vivre avec moi ne sera pas très amusant.

Il tendit la main pour balayer des mèches de cheveux tombées devant son visage.

– Pourvu que je ne te fasse pas pleurer, je crois que nous nous en tirerons.

– Je veux que tu saches que ça pourrait être dangereux. Quatre maisons ont brûlé autour de moi. J'ai réussi à m'échapper, mais ce n'est pas le cas d'autres personnes. Des gens que j'aimais. Des gens qui vivaient avec moi. Tu prends un risque.

– Tu me l'as déjà dit.

— Je veux que tu me croies. Les incendies étaient d'origine criminelle.

Il hocha la tête.

— Je t'ai entendue. Je ne suis pas inquiet. Je crois que tu seras beaucoup plus en sécurité avec moi.

— Je ne suis pas inquiète pour moi, Lev. Je ne veux pas être responsable d'autres morts.

Il ferma brièvement les yeux avant de plonger le regard dans le sien.

— Moi non plus, *lyubimaya*, mais tu n'es pas responsable. Peu importe ce que certains t'ont amenée à croire, tu n'as pas allumé ces incendies. Un élément de l'eau ne pourrait jamais commettre un tel acte.

— Tu as déjà fait cette allusion. Qu'est-ce que ça signifie ?

Car elle était pratiquement certaine qu'il connaissait le don spécial qu'elle possédait. Il était là, dans son esprit, quand elle avait amené l'eau de la mare à répondre à ses ordres.

— Certaines personnes sont nées avec des dons, Rikki. Tu en fais partie. Tu es liée à l'eau. Elle répond à ton appel. Tu joues avec l'eau, danses avec elle, tu l'appelles avec ton chant. Tu te sens chez toi dans l'eau pour une raison.

— Je me sens chez moi dans l'eau parce que je pêche l'oursin de mer. J'aime mon travail, et il assure mon indépendance. Je suis incapable de travailler avec les autres.

— Il est plus probable que tu sois devenue plongeuse parce que l'eau t'appelle. Tu es dotée d'un don rare. J'imagine que ta famille, tes sœurs, possèdent un don aussi.

— Nous nous sommes choisies. Nous ne sommes pas apparentées par le sang.

— Les éléments s'attirent normalement, dit-il. Il est fort probable qu'elles soient toutes, ou du moins certaines d'entre elles, liées à un élément.

— Est-ce ton cas ?

Elle pointa le menton vers lui et, sous la couverture, elle porta sa main gauche vers sa poitrine pour appuyer la paume contre son cœur. Elle le mettait au défi de lui mentir.

— Pas de la même façon, mais oui, je possède quelques dons.

— Je le savais ! s'exclama-t-elle en lui jetant un regard noir. Je ne suis pas télépathe, mais j'ai entendu ta voix. Tu as créé un lien quelconque entre nous.

Il secoua la tête.

— C'est ton œuvre. Sous l'eau. Quand tu m'as sauvé la vie.

Elle ouvrit la bouche, mais la referma aussitôt. Elle ne savait rien des éléments, des dons ni de tout le reste, mais elle allait effectuer une recherche. Et peut-être que l'une de ses sœurs saurait de quoi il parlait. Il se trouvait dans sa maison, et malgré chaque instinct qui l'incitait à le mettre à la porte, elle en était incapable. Ce n'était ni sage ni raisonnable, mais elle n'en était pas capable.

Lev sourit et effleura les lèvres de Rikki du bout de son pouce.

— Ça ne sera pas si terrible, Rikki. Tu remarqueras à peine ma présence.

Elle émit un son railleur venant du fond de sa gorge. Il était énorme et très masculin. Comment pourrait-il passer inaperçu ? Ses épaules occupaient plus d'espace que ses meubles.

— Je vais rester ici pendant que tu prépares ton petit déjeuner.

Elle ne voulait pas voir ses assiettes, ses poêles et ses casseroles si précieuses être salies.

— Je vais cuisiner chaque aliment séparément pour que tu puisses y goûter.

Elle plissa le nez.

— Je meurs d'impatience.

Il éclata de rire et lui ébouriffa les cheveux avant de reprendre sa tasse de café. Elle l'observa sortir de la chambre, puis se pelotonna sous la couverture en espérant qu'elle l'aiderait à garder son calme.

8

Lev sortit les casseroles avec soin en regardant par la fenêtre et en songeant au meilleur plan d'action possible. Le plus de temps il passait en compagnie de Rikki et plus il se surprenait à vouloir être près d'elle. Elle l'intriguait. Même s'il était convaincu que les autres trouvaient ses habitudes rebutantes, il les trouvait touchantes. Manifestement, ses perceptions sensorielles faisaient défaut. Pour un homme qui avait toujours cru n'avoir d'autre instinct que celui de la survie, il se découvrait un côté protecteur. Elle semblait l'éveiller en lui.

Il était solitaire. Elle l'était aussi. Ni l'un ni l'autre n'était à l'aise en compagnie des autres. Ils n'aimaient pas non plus être touchés; pourtant, il aimait sentir ses mains sur lui, et elle ne semblait pas si opposée à son toucher. Il n'avait jamais eu assez confiance en quiconque pour partager son lit, mais il avait dormi avec elle, et elle avait dormi avec lui. Il croyait au destin et savait que la mer les avait réunis pour une raison.

Les souvenirs de son passé lui revenaient, morceau par morceau, même si, en toute franchise, il ne se rappelait rien au sujet d'un yacht ni de la raison pour laquelle il se trouvait à bord. Heureusement, ça n'avait peut-être aucune importance. Il était mort aux yeux du reste du monde. Rikki était la seule à être réellement au courant de son existence. Il pourrait se bâtir une toute nouvelle vie. Recommencer à zéro. Devenir quelqu'un d'autre.

D'abord et avant tout, il devait gagner du temps avec elle. C'était impératif. Son regard balaya le terrain par la fenêtre de la cuisine. C'était une bonne protection pourvu que personne n'emprunte l'allée menant à la maison de Rikki ou n'essaie de s'en approcher en douce en passant entre les arbres. Il avait dit la vérité quand il avait admis posséder quelques dons. Tandis qu'il faisait cuire quelques tranches de bacon, il étudia le terrain par la fenêtre.

De toute évidence, Rikki avait aménagé sa maison pour la protéger en cas d'incendie. Il n'y avait aucun arbre à proximité. Les fleurs et les buissons qui bordaient la maison étaient des plantes qui retenaient l'eau et brûleraient donc lentement. Elle ne considérait pas la protection en tenant compte d'armes. Croyait-il que ces incendies la visaient ? Bien sûr que oui. Les enquêteurs s'étaient servis d'une adolescente clairement mésadaptée socialement à titre de bouc émissaire.

Rikki avait été la cible non pas d'une, mais de quatre attaques. Personne n'avait troublé sa quiétude au cours des quatre dernières années, ce qui ne signifiait qu'une chose pour Lev : celui qui essayait de la tuer ignorait où elle était. Mais il devait la chercher et quand il la trouverait… il trouverait Lev sur son chemin. Elle ne serait pas sans protection. Il opta pour des crêpes, concluant que la texture des œufs risquait d'ennuyer davantage Rikki que celle de crêpes.

Il l'entendit approcher et se tourna pour l'observer entrer dans la pièce. Elle se mouvait avec la fluidité de l'eau, mais il devinait son malaise.

— J'ai relu l'article du journal, dit-elle en guise de salutations. Le garde du corps a été identifié sous le nom de « Sid Kozlov ». Ce nom te semble familier ?

Il eut envie de sourire, quand elle évita scrupuleusement de regarder le bacon et les crêpes. Elle se dirigea plutôt directement vers la porte pour l'ouvrir et entreprit d'arpenter le sol autour de la table comme si son énergie nerveuse était si affligeante qu'il lui était impossible de rester immobile. Bon sang qu'il la trouvait adorable ! Comment était-il possible d'être aveugle aux problèmes sensoriels qui l'affligeaient ? Il ne pouvait faire autrement que de l'admirer d'avoir réussi à se créer cette vie.

— Oui.

Il s'était promis de lui dire la vérité dans la mesure du possible.

— Ça fait partie de la dizaine de noms que je reconnais.

Elle lui adressa un petit froncement de sourcils et se frotta l'arête du nez tout en continuant de décrire des cercles autour de la table.

— Essaies-tu de me dire que tu as dix noms ?

Il opina.

— Dont je me souvienne, dit-il avant de hausser les épaules d'un air désinvolte. Qui sait combien d'autres noms je possède ?

— Lev fait donc partie de ces dix noms ?

— Oui.

Le ton de Lev était brusque, bref et sec.

Elle ne l'avait pas quitté des yeux, mais elle n'arrivait pas à déterminer si elle lui tapait sur les nerfs. Elle ne pouvait pas lire les signaux sociaux aussi bien que tout le monde.

— Je n'aime pas qu'on m'interroge, donc si tu as l'impression que c'est ce que je fais avec toi, tu peux choisir de ne pas me répondre.

— Est-ce ta réaction quand tu n'aimes pas une question ? Tu choisis simplement de ne pas y répondre ?

Elle haussa les épaules.

— Donc, si je te pose une question directe, y répondras-tu ?

Parce qu'il souhaitait lui poser toute une série de questions. Surtout en ce qui concernait les hommes dans sa vie. Il n'y avait aucune preuve qu'elle fréquentait quelqu'un et il avait cherché. Il ne pouvait rester debout que par intervalles de vingt minutes, mais il avait utilisé ce temps de façon judicieuse. Il en savait beaucoup à propos de sa petite pêcheuse d'oursins de mer. Et il se forgeait déjà une nouvelle identité.

Un sourire vint recourber lentement ses lèvres douces, sa bouche incroyable. Il fut capturé. Ensorcelé. Il avait cru que ses froncements de sourcils étaient adorables, mais à présent, il retenait son souffle dans l'attente du plein effet de son sourire. Ses yeux sombres, si noirs qu'ils lui rappelaient des obsidiennes brillantes, scintillaient comme des bijoux. Il entrevit trop brièvement ses petites dents blanches, et son corps passa instantanément au mode de prédateur. Il sentit la secousse se répercuter profondément et douloureusement dans son sexe. Celui-ci se durcit et se gonfla immédiatement. Hors de contrôle.

Le contrôle était au cœur de sa vie. La discipline était tout ce qui lui importait. Il se tint là, dans la cuisine, incapable de bouger ou de respirer correctement tandis que ses crêpes brûlaient et que son cœur battait la chamade. Il était devenu vivant – son corps, son âme – dans l'eau. Non, dans ses yeux. Ces yeux si sombres.

– Hum, Lev.

Il la regarda droit dans les yeux en sachant que sa réaction à sa présence n'allait pas disparaître. Il aurait pu simplement la qualifier d'attirance physique, mais durant toute sa vie, il avait contrôlé l'attirance physique.

Elle se fraya un chemin en se pressant contre lui. D'ordinaire, il ne laisserait personne pénétrer dans son espace personnel, mais son espace semblait lui appartenir à elle. Il sentit qu'elle lui ôtait la spatule des mains, mais il ne bougea pas, prisonnier du choc et de l'émerveillement de ce moment parfait. Il était réel. Il était humain. Il pouvait *ressentir* quelque chose. Il baissa les yeux sur le dessus de la tête de Rikki. Elle lui avait donné quelque chose qu'il ne croyait jamais pouvoir avoir.

– Lev, assieds-toi.

Il sentit la main de Rikki sur son bras, et elle le dirigea vers une chaise. Il s'y assit lentement. Elle mouilla un linge pour lui tamponner doucement le front. Il remarqua à peine qu'elle essuyait la sueur sur son front. Il inspira son odeur; une fragrance qui était féminine et pourtant unique à Rikki.

– Tu en as trop fait. Tu ne peux pas rester debout si longtemps. Je vais trouver un moyen de cuisiner et je t'apporterai ton petit déjeuner. Te sens-tu capable de regagner le lit?

Il aimait le son de sa voix. Sa façon de parler était légèrement différente avec une petite inflexion. Son ton était bas, presque rauque. Parfois, quand il se concentrait sur les notes plutôt que sur les mots, sa voix était comme de la musique.

Elle s'accroupit devant lui ; l'inquiétude se lisait dans ses yeux.

— Lev, devrais-je appeler un médecin ?

Il encadra son visage de ses mains et se laissa tomber dans ses yeux. Il voulait y vivre. Elle tendit les mains pour toucher son visage. Il comprit alors qu'il était en sueur. Que diable ? La sensation était choquante. Merveilleuse. Terrible. Il se pencha pour prendre possession de sa bouche parfaite. Chaude. Douce. D'une générosité incroyable.

Il la sentit sursauter, s'immobiliser, puis il porta une main vers ses cheveux épais et sauvages et enfouit ses doigts dans cette soie afin de la tenir contre lui et de s'ancrer dans ce lieu précis. Les lèvres de Rikki tremblèrent sous les siennes, et il fit glisser sa langue le long de ce joint souple pour demander le droit d'y entrer. L'espace de plusieurs battements de cœur, il crut qu'elle n'obtempérait pas, mais il se montra patient en l'amadouant avec sa bouche. Elle lui ouvrit sa bouche, et il en prit possession sans hésiter, balayant l'intérieur pour revendiquer ce qui lui appartenait.

Le sexe était un art auquel il était passé expert. Chaque mouvement était calculé. Son cerveau travaillait sans cesse durant sa performance, son corps séduisait sa proie avec aisance et prenait en note chaque réponse de sa cible. Mais en un instant, tout avait basculé. Rikki l'emporta dans une vague de fond faite de pures sensations, et il se laissa aller volontairement pour lui permettre de le prendre avec elle. L'électricité courut dans son sang, craquant et crépitant, projetant des étincelles partout.

L'assaut était chaleureux et se propagea dans son corps comme un incendie. Comme elle était un élément de l'eau, il s'était attendu à la fraîcheur, mais il n'y avait rien de froid dans la chaleur qui envahissait chaque partie de son corps. Plus que tout, il y avait la sensation. Il ignorait de quelle autre façon la qualifier. Pour lui, ce serait toujours « la sensation ». Son cœur faillit exploser dans sa poitrine. Son ventre se serra, et son cerveau se dissolut. Il découvrit un miracle dans sa douce bouche et jamais il ne voulait quitter ce refuge secret.

Il goûta la passion. Il goûta l'émotion. Il goûta un monde qu'il n'avait jamais imaginé, un monde auquel il n'aurait jamais cru avoir accès. Ce monde était là, devant lui, soudain ouvert à lui. Inattendu. Excitant. Effrayant. Il sut qu'il ne pourrait plus repartir, pas avec la connaissance qu'il perdrait ce rêve avant même qu'il n'ait la chance de s'épanouir. Il tendit donc les bras vers lui, courut vers lui et enlaça cette chance unique avec chaque parcelle de son corps.

Lev se perdit dans ce moment, l'embrassant encore et encore, échangeant son souffle avec le sien, conscient qu'il se noyait sans s'en soucier. Elle lui avait sauvé la vie et elle le sauvait de nouveau. Il ne serait plus jamais le même et il ne voulait pas redevenir celui qu'il était. Les mains de Rikki trouvèrent sa poitrine et papillonnèrent à sa surface. Elle était si mince, chaude et douce et si féminine ; pourtant il savait qu'une armature d'acier s'érigeait en son centre.

Il releva la tête en inspirant profondément de l'air dans ses poumons brûlants et posa le front contre le sien. Comment un homme pouvait-il dire à une femme qu'elle l'émouvait ? Qu'elle le changeait ? Prenait le mal en lui et le transformait en bien ? Comment lui dire qu'elle était un miracle ? Il ne dit rien. Il la serra contre lui avec la force de ses doigts. Son corps tremblait, et il laissa la sensation le balayer et revendiquer sa place.

— Lev, tout ira bien, murmura-t-elle pour le réconforter.

Elle croyait que quelque chose n'allait pas et non pas que le fait d'être avec elle était la chose la plus parfaite au monde. Un cadeau incroyable dont il n'allait certainement pas se passer. Il était toujours incapable de lever la tête ; l'émotion qu'il éprouvait était trop forte, trop renversante. Il se contenta donc d'appuyer le front contre le sien en prenant soin de contenir ses pensées afin qu'elle n'établisse pas un lien accidentel avec lui et ne prenne ses jambes à son cou. Il lui faudrait faire preuve de prudence. C'était un euphémisme de dire que sa femme (il puisait une satisfaction dans le fait de penser à elle en ces termes) était nerveuse.

Elle représentait l'espoir. La foi. La confiance. Et il avait perdu ces notions avant même d'avoir la chance de les connaître.

— Allez, je vais t'aider à te remettre au lit.

Elle glissa un bras autour de lui.

Il secoua la tête et se redressa en sachant très bien qu'elle ne mentionnerait pas les baisers échangés. Elle ignorait simplement ce dont elle ne voulait pas parler, mais il lisait l'excitation dans ses yeux et l'entendait dans sa respiration. Il pouvait reconnaître les signes : elle avait été aussi affectée physiquement que lui, mais ses émotions… Elle les dissimulait bien et refusait de croiser son regard.

— Regarde-moi.

Elle eut un mouvement de recul et tressaillit. Elle laissa ses bras retomber.

— Ne me dis pas ça.

Elle essaya de se lever, mais il lui saisit les bras et la retint. Il vit qu'elle était agacée par sa force, mais elle s'immobilisa sous la poigne de ses doigts et tourna ses yeux sombres vers lui. Des yeux remplis de fureur.

— Merci, dit-il à voix basse. Je ressens parfois le besoin de te regarder dans les yeux.

Elle serra les dents, et il se rendit compte qu'elle bouillait toujours de colère.

— Pourquoi ne puis-je pas te demander de me regarder ?

Il sentit une vague de colère féroce gonfler en elle et la traverser. Le noir de ses yeux scintilla.

— Qu'est-ce que tu crois que j'ai entendu un million de fois pendant ma jeunesse ? J'ai grandi dans des foyers d'accueil et un établissement administré par l'État. Je ne regarde pas les gens. Je ne pourrais te dire pourquoi : je ne le fais pas, c'est tout. Je ne pourrais énumérer le nombre de fois où j'ai été giflée parce que j'étais incapable de faire quelque chose ou je ne savais pas comment m'y prendre. Je me suis enseignée à regarder le nez des gens afin d'avoir l'air de les regarder dans les yeux, mais alors, on m'a accusée de fixer les autres de manière inappropriée.

Elle s'extirpa brusquement de sa poigne et se tint debout.

— Je suis chez moi. Je peux bien regarder où ça me chante.

Il se leva aussi avec une vitesse qui la prit au dépourvu. Il tira de sorte à lui faire perdre pied afin qu'elle tombe contre lui. Les yeux de Rikki lui lancèrent des flammes. Il était un assassin froid, professionnel : ce n'était qu'un job pour lui et rien de plus ; exterminer une personne quand c'était nécessaire. Mais quand la voix de Rikki avait soufflé doucement en lui racontant ce souvenir de son passé (« J'ai été giflée »), elle avait éveillé instantanément une rage si profonde et extraordinaire en lui qu'il fut secoué par sa capacité à ressentir cette émotion.

— Tu ne comprends pas, *lyubimaya*, *j'aime* la façon dont tu me regardes. J'en ai besoin comme d'autres ont besoin de respirer.

Son regard direct était si intense. Par celui-ci, elle parvenait à percer le mur que ses entraîneurs avaient érigé dans son cerveau. Elle était pénétrée profondément en lui par son intensité pour le trouver sous les couches épaisses de son armure. Jamais il n'aurait cru pouvoir expérimenter une telle intimité avec quiconque et savait qu'elle serait impossible avec quelqu'un d'autre.

Il avait grogné cette déclaration en laissant le désir féroce se refléter dans ses yeux tandis qu'il penchait la tête vers elle. Elle ne recula pas, mais s'immobilisa à sa manière, comme si elle décidait si elle devait lutter ou fuir. Cependant, elle se tint sous les mains de Lev, le visage tourné vers lui, ses yeux splendides l'observant attentivement pendant qu'il approchait lentement sa tête de la sienne. Il sentit le petit tremblement qui secoua le corps de Rikki avant que sa bouche ne prenne possession de la sienne.

Elle lui ouvrit sa bouche, et aussitôt, il fut emporté dans son monde secret de sensations. Elle embrassait de la même façon qu'elle plongeait : avec un focus pur et entier, une passion absolue — elle se donnait à lui et prenait tout ce qu'il lui offrait. Le monde disparut. Chaque souvenir troublant dans son esprit se dissipa, ne laissant derrière que Rikki et sa bouche d'une douce fantaisie et son corps souple. Il disparut en elle, dans la chaleur et le feu incroyables que son corps frais produisait. Des vagues de fond porteuses de sensations déferlaient sur lui jusqu'à ce qu'il soit secoué par le désir grandissant qu'il éprouvait pour elle.

Il releva la tête et effleura des lèvres ses cheveux soyeux pour y déposer plusieurs baisers.

— Ce n'était pas mon intention d'éveiller de mauvais souvenirs, Rikki. Dieu sait que j'en possède assez pour nous deux.

Le regard de Rikki balaya son visage, et il dut résister à l'envie de lire ses pensées. Un petit sourire bref vint recourber ses lèvres, et elle haussa les épaules.

— Tu n'es pas meilleur cuisinier que moi. Tu as brûlé ton petit déjeuner.

Il pivota sur lui-même pour regarder la cuisinière. Elle avait retiré les casseroles du feu pour préserver ce qu'il restait des crêpes et du bacon roussis. Il dut mettre quelques minutes pour retrouver son sens de l'orientation, transposer la nourriture dans les assiettes et les déposer au milieu de la table. Elle s'affaissa sur une chaise avec une expression manifeste de malaise.

Rikki se racla la gorge.

— Je n'ai jamais utilisé ces assiettes, en fait. Mes sœurs me les ont données quand la construction de la maison a été terminée.

Elle toucha la bordure d'une assiette presque avec déférence.

La compréhension lui vint comme s'il encaissait un coup. Personne ne lui avait jamais donné de cadeaux. Ces assiettes représentaient la famille et l'amour pour elle. Il toucha la même assiette, révérencieusement lui aussi.

— Alors, il s'agit d'une occasion spéciale. La première fois que nous mangeons ensemble en utilisant ces belles assiettes. Je n'oublierai pas ce souvenir, même si j'encaisse un autre coup à la tête.

Il versa deux petits verres de jus d'orange et posa une crêpe dans l'assiette de Rikki avant d'en empiler quelques-unes dans la sienne. Il leva son verre et attendit que les doigts de Rikki encerclent lentement — presque à contrecœur — le sien.

— Je lève mon verre à beaucoup d'autres premières fois et à de beaux souvenirs.

Rikki fit tinter son verre contre le sien avant de prendre une gorgée prudente de jus sans le quitter des yeux. Son expression changea quand elle goûta le liquide.

— Je ne me rappelle pas cette saveur.

— Est-ce une bonne ou une mauvaise différence ? demanda-t-il d'un ton encourageant en étudiant son visage.

Il aimait la regarder. Il n'avait aucune fourberie sur son visage. Ce n'était plus lui qu'elle regardait, mais son verre, comme si chaque goutte de liquide la fascinait d'une manière qui dépassait l'entendement. Elle fit tournoyer son verre, et ses yeux s'écarquillèrent en observant le jus, puis elle prit une autre gorgée.

Il était aussi fasciné par le contact de ses lèvres avec le verre qu'elle l'était par le jus d'orange. Il ressentit l'envie déraisonnable de tendre la main pour tirer sur son pull afin de voir le mouvement de sa gorge tandis qu'elle avalait le liquide.

— Une bonne différence, dit-elle en tournant la tête pour lui sourire.

Son sourire le frappa comme un coup de poing. Des nœuds serrés se formèrent dans son estomac. Il pointa vers la crêpe de Rikki.

— Puisque tu m'as aidé, si ces crêpes ne sont pas bonnes, je vais t'en faire porter le blâme.

Le sourire de Rikki s'élargit, et ses yeux s'illuminèrent, scintillèrent.

— Je vois quel genre de personne tu es.

Elle étudia la crêpe sans y toucher, l'observant de tous les angles.

Il était incapable de détourner son regard, malgré la faim qui le tenaillait. La nourriture ne pouvait plus combler le besoin en lui. Il avait besoin d'elle. Il était brisé. Fracassé. Il était complètement ouvert, et cette ouverture était le fruit du regard pénétrant de Rikki. Elle l'avait dépouillé de son passé et du monstre qu'il était devenu pour lui donner vie et un but au-delà de celui d'être utilisé comme une arme. Elle était parvenue à se glisser derrière son armure pour l'ouvrir, et à présent, à un moment où il devrait se sentir le plus vulnérable, terrifié et luttant pour sa survie, il ne s'était jamais senti plus en sécurité — ici — avec elle.

C'était tout comme s'il s'était fondu à son décor d'une manière ou d'une autre pour maintenant en *faire partie.* Il survola des yeux la cuisine rangée, les armoires en cerisier manifestement réalisées par un ébéniste expert. Elle avait réussi cet exploit : elle s'était forgé un refuge dans un monde qui ne comprenait pas la différence. Là, sous l'eau où le réconfort l'attendait, il avait été capturé par ses yeux. Jamais elle n'avait considéré son passé comme une question d'importance. Pour elle, tout ce qu'il avait fait avant ce moment n'existait pas.

Elle tendit les bras au-dessus de la table pour trancher ses crêpes et porter une bouchée vers la bouche de Lev. Il ouvrit les lèvres automatiquement en songeant qu'il s'agissait là du geste le plus intime de toute sa vie. Son regard ne la quitta pas tandis qu'il mâchait et avalait sa bouchée. Un petit sourire se dessina sur ses lèvres. Le bonheur. Ainsi, voilà à quoi cela ressemblait. Il n'avait jamais connu la gentillesse ou la sollicitude. Il n'avait jamais connu l'amour. Peut-être que l'amour, c'était une femme qui lui tendait une bouchée de crêpe. Peut-être était-ce une personne assise devant lui qui buvait du jus d'orange simplement pour lui faire plaisir.

— On dirait bien que je suis une bonne cuisinière, après tout.

Elle lui adressa un grand sourire, et un papillonnement étrange à proximité de son ventre le fit sursauter. Il lui prit sa fourchette, et ses doigts effleurèrent les siens. Il puisa une satisfaction intense de ce contact. Pour la première fois de sa vie, il savait qu'il se noyait sans avoir une seule pensée pour sa survie. Sa tête, son cœur — merde, chaque partie de lui — se précipitaient pour faire le saut et plonger. Qu'avait-il à perdre, après tout ?

— Tu crois que je devrais me risquer ?

Ces mots prononcés à voix douce le firent sursauter, et l'espace d'un moment, il comprit mal le sens de ses paroles, persuadé qu'elle lisait ses pensées. L'amusement se reflétait dans ses yeux ainsi qu'une petite lueur malicieuse. Le visage de Rikki n'était peut-être pas expressif, mais Lev pouvait lire toutes ses émotions dans ses yeux.

— Je pense que oui, acquiesça-t-il en s'adossant sur sa chaise afin de l'observer prendre sa première bouchée de crêpe.

Qui aurait cru qu'une activité aussi simple puisse susciter tant de plaisir ? Il avait préparé des crêpes très minces dans l'espoir que la texture l'embête moins.

Elle étala une mince couche de beurre d'arachide sur l'une d'entre elles. Son couteau décrivit de petites volutes d'une manière moins désinvolte qu'il ne l'aurait d'abord cru. Chaque volute circulaire était précise et créait un motif. Le haut de la crêpe commençait à ressembler à la surface de l'océan. Toute son attention était tournée vers le beurre d'arachide tandis qu'elle dessinait des vagues qui gonflaient et déferlaient. Chaque mouvement était délibéré et semblait l'absorber complètement. Il en fut aussi hypnotisé qu'elle l'était.

— Ton dessin est magnifique, Rikki, dit-il en gardant sa voix basse. Peins-tu ?

Elle sursauta, releva ses cils et cligna des yeux plusieurs fois avant de se concentrer sur lui.

— Quoi ?

Elle réfléchit à la question, les sourcils froncés.

— Qu'est-ce qui te fait croire que je peins ?

Il pointa du doigt le haut de sa crêpe.

— C'est une belle image de la mer, et elle est en beurre d'arachide. Si tu peux réaliser un tel dessin avec un couteau, tu dois être douée avec un pinceau.

Elle se rembrunit davantage et fit tourner l'assiette encore et encore afin d'étudier le haut décoré de tous les angles.

— Je n'ai jamais remarqué. Ce n'est pas de l'art.

— Tu as suivi un motif très précis, fit-il remarquer en prenant une autre bouchée de crêpe.

— Je suppose que oui. Je compte.

Elle leva les yeux vers lui en s'attendant manifestement que sa révélation soit troublante pour lui.

— Dans ma tête, je compte.

Elle marmonnait pour elle-même, à demi à voix haute, mais surtout à voix basse, mais il ne le lui dit pas. Il aimait ces petites discussions qu'elle entretenait avec elle-même, surtout quand elle était agacée par lui.

— C'est l'océan.

Il continua de manger. Son corps avait besoin de carburant, et il avala tout rond une tranche de bacon.

— C'est bien l'océan, n'est-ce pas ? dit-elle en souriant devant le motif. Je ne peux pas dessiner. Il s'agit donc d'un talent secret.

L'expression de ses yeux se transforma, et un petit froncement de sourcils fit son retour sur son visage.

— Quand j'habitais dans les foyers d'accueil ou dans l'établissement administré par l'État, chaque fois qu'on me forçait à manger quelque chose, je pesais toujours le pour et le contre de la punition en cas de refus et si je ne voulais pas en payer le prix, je comptais afin de concentrer mon attention sur mes pensées plutôt que sur la sensation de la nourriture dans ma bouche.

Une douleur lancinante lui perça la poitrine à proximité de son cœur. Il tendit la main au-dessus de la table afin d'immobiliser la sienne tandis qu'elle levait sa fourchette.

— Tu n'es pas obligée de manger la crêpe, Rikki.

Elle haussa les épaules.

— Je le sais.

Elle survola du regard sa maison d'un air satisfait.

— Ni ici, ni sur mon bateau, mais Blythe affirme que je devrais toujours essayer de repousser les limites de ma zone de confort. C'est difficile de le faire quand je suis seule. Je tombe dans une routine. Quand je suis en compagnie d'une de mes sœurs, que nous partagions un repas chez elle ou ailleurs, c'est plus facile de me forcer à essayer de nouvelles choses.

Il y avait un soupçon — une pointe — de la voix de Blythe dans son ton. Il savait que c'était involontaire, qu'elle avait simplement adopté une facette d'une femme pour qui elle éprouvait une grande admiration.

Il lui adressa un sourire tandis qu'elle déposait la bouchée de crêpe dans sa bouche et il observa son visage. Aussi ridicule que ça puisse paraître, il se sentait privilégié qu'elle le classe dans la même catégorie que ses sœurs et essaie quelque chose de nouveau pour lui.

— Comment est-ce possible que tu n'aies jamais mangé une crêpe ?

Elle mâcha d'un air pensif, fit une grimace et cracha délicatement la bouchée dans une serviette de table.

— J'en ai probablement déjà mangé quand j'étais petite, admit-elle. Je suis devenue têtue en vieillissant. Je n'aimais pas qu'on me dise quoi faire et après un certain temps, je refusais simplement de faire quoi que ce soit. J'en suis venue à un point où je préférais rendre les gens mal à l'aise avant qu'ils me rejettent. Je me disais qu'ils finiraient par me jeter, alors pourquoi pas ? Surtout les policiers. J'avais souvent affaire avec eux, quand j'étais plus jeune.

— Personne n'a reconnu que tu avais peut-être besoin d'aide ?

Elle cilla. Dessina des volutes de beurre d'arachide. Son regard s'arrima au sien.

— On ne me pose jamais de telles questions.

— Ça m'intéresse.

Elle poussa un soupir.

— Lev, tout le monde croyait que je tuais des gens en mettant le feu aux maisons. Mon étrangeté ne faisait qu'amplifier leur conviction que j'étais coupable. Peut-être même que mon comportement donnait l'impression que j'étais coupable. J'ai songé qu'il était possible que j'allume des feux dans mon sommeil.

Lev l'observa repousser son assiette et se lever pour se diriger vers la huche à pain. Elle lui jeta un coup d'œil pardessus son épaule tandis qu'elle en sortait une tranche de pain.

— Pourquoi diable quelqu'un mangerait-il ces trucs quand il peut avoir une tranche de pain au beurre d'arachide ?

Il attendit qu'elle se rasseye sur sa chaise en relevant les genoux et en repliant les pieds sous elle, hors de vue, et qu'elle étale du beurre d'arachide sur la tranche de pain. Il n'allait pas se laisser prendre dans une autre discussion sur les mérites du beurre d'arachide quand elle lui dévoilait des parties de son enfance.

— Tu avais treize ans au moment du premier incendie, n'est-ce pas ? l'encouragea-t-il. As-tu des souvenirs nets de cette nuit-là ?

Elle bondit debout et arpenta le sol dans un mouvement rapide et agité. Elle se versa une tasse de café avant de tourner les yeux vers lui, postée à une distance qu'elle devait juger sécuritaire. Il y avait des ombres dans ses yeux, et ses lèvres tremblaient.

— Je me souviens de chaque détail de cette nuit-là.

Elle prit une petite gorgée de café et se tourna pour regarder par la fenêtre.

— Ma mère m'a dit que je pouvais lire au lit. J'éprouvais de la difficulté à dormir, et ma mère ou mon père restait normalement près de moi, mais s'ils m'avaient donné un livre que je voulais ce jour-là, souvent, ils me laissaient lire. J'adorais lire.

Elle se retourna et prit appui contre l'évier.

— Ils m'avaient donné l'intégrale de Sherlock Holmes la semaine précédente, et j'étais impatiente de commencer ma lecture. Je la voulais depuis si longtemps, mais après notre visite à la librairie, il y avait eu un accident terrible sur l'autoroute. Un énorme carambolage. Mes deux parents ont été blessés et transportés à l'hôpital. J'ai eu si peur de les perdre. Je n'ai pas lu un mot du livre. J'ai fait ce pacte avec Dieu, tu sais : si mes parents survivent, je serai si gentille. Le genre de truc que les enfants font.

Il l'observa boire son café afin de se calmer. Ses mains tremblèrent légèrement. Il doutait que quiconque d'autre aurait remarqué ce petit signe. Il aurait voulu glisser ses bras autour d'elle pour la serrer, mais il savait qu'elle ne le laisserait pas faire. Elle ne tenait qu'à un fil : un seul toucher l'anéantirait.

Elle lui adressa un petit sourire sans humour au-dessus de sa tasse.

— J'étais déjà si étrange, tu sais. Je n'arrivais pas à faire ce que les autres enfants faisaient. J'étais maladroite et ne réussissais pas tout à fait à lire leurs signaux sociaux, ce qui rendait l'école extrêmement difficile pour moi. Mes parents étaient ma zone de sécurité, alors tu peux imaginer à quel point j'étais effrayée. Mon père a eu son congé de l'hôpital le même soir, mais pas ma mère. Alors, j'ai conclu que je ne pouvais pas lire mon livre jusqu'à ce qu'elle soit rentrée à la maison.

— Sherlock Holmes en a-t-il valu l'attente ?

Il garda les yeux rivés sur elle, observant — *absorbant* — sa réaction. Il savait avoir été formé à mener des interrogations, à recueillir de l'information et il était automatiquement passé au mode interrogatoire. Au plus profond de son esprit, il reconnut (comme c'était toujours le cas) que ce renseignement était important et qu'il devait le classer soigneusement pour s'y référer plus tard.

Elle se retourna brusquement et déversa le reste de son café dans l'évier avant de déposer la tasse sur le comptoir et de marcher simplement vers la porte arrière pour sortir. Il surprit le scintillement de larmes dans ses yeux quand elle tourna la tête. Lev demeura assis en silence à la table pour finir son petit déjeuner et réfléchir à ce qu'elle venait de dire. Il continua de creuser les faits afin de comprendre pourquoi quelqu'un la ciblerait pour la tuer d'une manière si particulièrement affreuse.

Il se carra sur sa chaise et songea à ce qu'il devrait faire. Sa blessure à la tête n'était pas encore tout à fait partie, malgré l'énergie qu'il dépensait à essayer de se guérir. Les vagues avaient été d'une force considérable, poussant son corps pour qu'il percute les rochers. Même ses dons spéciaux ne lui avaient pas permis de lutter contre la puissance de l'océan. Il était étourdi la plupart du temps, et sa tête élançait toujours avec une vigueur alarmante comme si elle menaçait d'exploser s'il remuait trop.

Il ressentit tout à coup un sentiment d'urgence, et pour un homme qui vivait tapi dans l'ombre sans nom ou but véritables, ignorer cette sensation n'était pas une bonne idée. Il avait recouvré suffisamment de souvenirs pour savoir qu'il ne voulait pas que l'homme qu'il était revienne à la vie. Si Lev avait son mot à dire à ce sujet, Sid Kozlov allait rester sous l'eau, son corps perdu pour toujours. Il s'était déjà présenté sous le nom de Lev à Rikki et avait donc trouvé un pendant américanisé de celui-ci. Le moment était venu d'ajouter les touches finales à sa nouvelle identité qu'il pourrait utiliser ici, avec Rikki, parce qu'il allait rester avec elle, ce qui voulait dire qu'il devait se servir de sa tête et contraindre ses souvenirs à collaborer avec lui.

Il devait accéder à un ordinateur impossible à identifier afin de compléter le processus. Pour ce faire, il devait se rendre dans une petite ville à proximité. Il avait dispersé quelques colis au cas où il aurait besoin de fuir de manière urgente; une exigence capitale dans sa profession. Il venait tout juste de se remémorer où il avait laissé ses paquets. Il apporta son couvert à l'évier et lava méticuleusement sa vaisselle tandis qu'il essayait d'obliger sa mémoire à se montrer coopérative.

Il savait comment créer une nouvelle identité qui passerait l'inspection de tout fonctionnaire : il le faisait depuis des années. Il était persuadé d'avoir amplement de fonds et d'avoir caché d'autres armes et munitions, mais il n'arrivait pas tout à fait à se souvenir d'où il avait placé le tout. Ce petit détail important continuait à lui échapper. Donc, il s'occuperait d'abord de son identité. Il devait regagner assez de forces pour sortir de la maison et étudier le terrain avoisinant pour y installer un système d'avertissement. Et il devait monter à bord de son bateau. Elle était beaucoup plus vulnérable sur son bateau que dans sa maison. Il avait pris conscience du port : une petite collectivité ouverte et dotée d'un parc accessible à tous comme bon leur semblait. Son bateau était amarré au quai, et n'importe qui pourrait le trafiquer afin qu'il explose ou encore trafiquer son compresseur d'air pour l'empoisonner au monoxyde de carbone quand elle se trouverait sous l'eau.

Il survola la cuisine des yeux pour s'assurer d'avoir tout remis en place avant de sortir sur la véranda. Rikki était blottie dans sa chaise, ses pieds nus repliés sous elle, ses verres fumés foncés poussés sur son nez afin de cacher ses yeux. Il se laissa tomber sur une chaise à ses côtés et prit possession de sa main gauche pour y tracer des cercles du bout du pouce.

— Je n'avais pas l'intention de te contrarier, Rikki.

— Tu ne m'as pas contrariée.

Elle soupira avant d'indiquer des arbres du menton.

— J'adore ce bosquet de séquoias juste là. Le fait qu'il y ait autant de séquoias indique la présence d'eau — de beaucoup d'eau. J'aime savoir que je vis peut-être au-dessus d'un cours d'eau.

— Je peux comprendre pourquoi cette idée t'est agréable.

Sa ferme paisible lui plaisait. Des grands arbres majestueux entouraient la maison, comme s'ils gardaient sa propriété. Elle tenait chaque parcelle propre et ordonnée. Il n'y avait pas de pelouse, mais elle avait des plantes, des fleurs aux couleurs vives et des arbustes dans toutes les teintes de vert arrangés en terrasses. Les rocailles des platebandes étaient jolies et avaient manifestement été choisies avec soin pierre par pierre.

– Parle-moi de cette nuit-là. As-tu entendu un bruit ? As-tu aperçu quelqu'un ? Tes parents agissaient-ils de façon différente ? Inquiets, peut-être ?

Elle garda le silence un long moment. Il attendit patiemment et lui donna l'espace dont elle avait besoin pour déterminer si elle avait assez confiance en lui pour partager une information aussi personnelle. Le vent fit bruisser les feuilles, et des oiseaux voltigèrent de branche en branche. Un écureuil poussa un cri auquel un autre répondit. Il prit le tout en note distraitement tandis qu'il épiait les alentours afin de détecter tout nuage de poussière qui annoncerait qu'une voiture s'était engagée dans l'allée menant chez elle.

Rikki était parfaitement immobile ; aucun tortillement, aucun bruit. Elle fixait simplement le vide, le visage détourné, les yeux cachés derrière ses lunettes sombres. Elle n'avait pas retiré sa main, et Lev appuya le pouce au centre de sa paume avant de fermer les yeux pour tâter le terrain. Tout de suite, il « vit » les numéros dans l'esprit de Rikki. Elle comptait dans sa tête et en était au numéro soixante-dix-huit.

Elle ôta ses lunettes sombres et tourna la tête pour le regarder droit dans les yeux. La secousse était semblable à un coup de poing puissant dans son ventre. Solide. Englobant. Elle exerçait un pouvoir sur ses entrailles, là où il était dur comme le roc, fort et impénétrable. Elle se glissait de l'autre côté de la barrière qu'il avait érigée pour pénétrer profondément en lui. La réaction qu'elle suscitait chez lui s'approchait de l'instinct primal.

— Tu crois que ma famille en entier était une cible et que celui qui a tué mes parents a manqué son coup avec moi et continue de me pourchasser.

Il aurait voulu la tirer contre lui pour la serrer fort, mais toute sa personne envoyait le signal « ne me touche pas », alors il continua de caresser sa paume en ayant au moins la satisfaction qu'elle ne se soit pas soustraite complètement à lui.

— Si c'était l'œuvre d'un tueur à gages, il ne s'arrêtera pas tant qu'il sera vivant. Et même alors, quelqu'un d'autre prendrait le relais.

— Es-tu un tueur à gages ?

La veille, il n'aurait pas été si certain de sa réponse.

— Non, dit-il en gardant les yeux rivés sur elle. J'ignore quel était mon emploi exactement et j'ai certainement tué des gens, mais je ne sais pas pourquoi. Mes souvenirs reviennent par fragments, mais ils me reviennent.

Ce qui était loin de lui plaire.

Elle s'humecta les lèvres et repoussa ses lunettes noires sur son nez avant de guider de nouveau son regard vers les arbres.

— Si quelqu'un essaie de me tuer pour quelque raison que ce soit, pourquoi ces intervalles entre les incendies ? Et pourquoi utiliser le feu ? N'est-ce pas un choix inhabituel pour un tueur à gages ?

— Oui, très inhabituel. Ma mémoire me revient lentement, alors je me souviendrai peut-être un jour d'une personne se servant de cette méthode. Ça ne semble pas familier, mais ça ne veut pas dire que ça ne peut pas arriver. Tes parents agissaient-ils de manière différente ? Étaient-ils contrariés ? Est-il survenu un événement inhabituel durant les jours ou les semaines qui ont précédé cette nuit-là ?

Il se montrait insistant parce qu'il était convaincu d'être sur la bonne voie.

— Tu as les instincts d'un garde du corps, fit-elle remarquer.

Il ne laissa pas son sourire atteindre la surface. Elle n'avait aucune idée quels types d'instincts il possédait, et il n'allait pas l'éclairer à ce sujet au risque d'être jeté à la porte. Chose certaine : il n'avait rien du garde du corps. Il patienta donc en silence.

Elle se mordilla la lèvre inférieure un moment.

— Ma mère était ma source de stabilité. J'étais perdue sans elle, et tout ce dont je me souvienne est d'avoir été seule avec mon père. Il essayait de me comprendre, mais il était déçu que je sois si différente. Ne te méprends pas. Il m'aimait et essayait de faire tout ce que maman faisait, mais son attitude était rigide et il était énervé la plupart du temps. Il tentait de le cacher, mais pendant que ma mère était à l'hôpital, nous étions tous les deux si malheureux qu'il aurait été impossible de remarquer quoi que ce soit d'autre.

— L'accident de voiture durant lequel ta mère a été blessée : aurait-il pu être délibéré ?

Elle secoua la tête.

— C'était l'un de ces gros carambolages où tout le monde emboute tout le monde. Quelques voitures ont pris feu, et les sauveteurs ont tiré tout le monde des lieux rapidement et nous ont ordonné de nous tenir aussi loin que possible, même les blessés. Il régnait un tel chaos que si quelqu'un avait souhaité notre mort, il aurait pu nous tuer sur-le-champ sans être remarqué. Plusieurs personnes sont mortes dans l'accident. C'était horrible.

— Qu'est-il arrivé à ta mère ?

— Sa jambe était fracturée. Elle a été hospitalisée pendant une semaine, et je me souviens d'avoir vu mon père pleurer, car il craignait qu'elle soit amputée. Il était à l'hôpital aussi le premier soir. Il avait des côtes brisées et une commotion cérébrale, mais les médecins lui ont permis de rentrer à la maison avec moi.

Les sourcils froncés, Lev porta le bout des doigts de Rikki à sa bouche pour frotter doucement ses dents contre ses doigts tandis qu'il tentait d'imbriquer les morceaux du puzzle. Il avait l'impression — bien plus qu'une impression : il était persuadé qu'elle était une cible, ce qui signifiait que, s'il y avait un contrat sur sa tête, elle était réellement en danger.

— Cette nuit-là, comment as-tu réussi à t'échapper ?

— J'étais occupée à lire, et la maison était très silencieuse. J'aimais écouter de la musique classique pendant ma lecture et j'avais donc des écouteurs sur les oreilles, mais je savais que mes parents étaient au lit. J'ai vérifié à quelques reprises parce que j'aimais les entendre se déplacer dans la maison pour éteindre les lumières et se préparer pour la nuit. Ça me réconfortait toujours.

Elle parlait d'un ton très neutre, et son visage était impassible.

Lev tint son pouce au centre de la paume de Rikki et laissa son esprit prendre de l'expansion afin d'englober le sien. Elle rejouait souvent dans sa tête les bruits que ses parents faisaient dans la maison. Il porta de nouveau sa main à sa bouche pour y poser un baiser.

Elle sursauta et pivota vers lui, les yeux écarquillés et surpris derrière ses lunettes, mais elle ne se déroba pas à lui.

— J'ai lu pendant un moment après qu'ils se furent mis au lit et soudain, je me suis mise à tousser. J'ai remarqué que j'avais de la difficulté à lire les mots sur les pages et j'ai cligné des yeux. Il y avait cet appel étrange à l'intérieur de moi. J'ai ôté brusquement mes écouteurs et j'ai regardé à la ronde. La chambre était enfumée et j'entendais un bourdonnement. Je me suis laissé tomber sur le sol pour ramper vers la porte. Je voulais rejoindre mes parents. J'ai essayé, mais toutes les pièces étaient en feu. Nous avions une moquette dans le couloir, et elle fondait contre ma peau pendant que je rampais. Je me rappelle très nettement des sons et de la chaleur.

— Te souviens-tu d'avoir appelé l'eau à toi ?

Elle opina.

— Les tuyaux de la maison ont éclaté ; du moins, c'est ce que les pompiers m'ont affirmé plus tard. Je ne m'en suis pas aperçue alors, bien sûr. Je l'ai su bien plus tard et je n'étais pas tout à fait convaincue qu'il ne s'agissait pas d'une énorme coïncidence.

Elle poussa sa main libre entre ses cheveux d'un air agité.

— Ma mère était incapable de marcher. Il semblerait que mon père ait tenté de la porter quand un morceau du plafond leur est tombé dessus. L'incendie rageait et se propageait rapidement. On avait versé un accélérateur sur les murs et à l'extérieur aussi.

— Pourquoi pas dans ta chambre ?

— À l'époque, les enquêteurs ont dit que comme ma lampe était allumée, le responsable ne voulait probablement pas courir le risque d'être interrompu. Bien entendu, plus tard, ils ont estimé que c'était pour me permettre de fuir, bien qu'ils n'arrivaient pas à comprendre pourquoi je n'étais pas sortie par la fenêtre.

Il tourna la tête vers la route ; son alarme interne sonnait bruyamment.

– Tu vas avoir de la compagnie.

– Probablement l'une de mes sœurs.

– Je vais aller attendre à l'intérieur.

– Ne tire sur personne.

Il lui adressa un grand sourire avant de se pencher pour effleurer des lèvres le dessus de sa tête soyeuse. Elle semblait si seule à ses yeux. Il savait exactement la sensation que cela procurait, et ce n'était pas ce qu'il voulait pour elle.

– Je serai tout près, si tu as besoin de moi.

Elle leva les yeux vers lui, mais ne dit rien.

9

Rikki regarda la porte se refermer derrière Lev, et son cœur se remit à battre normalement. Elle ne s'était pas aperçue qu'elle respirait à peine. Quand Lev avait posé un baiser au centre de sa paume, elle l'avait senti un moment – *physiquement* – au plus profond du cœur même de sa féminité. Ses entrailles avaient réagi dans un halètement de choc, et ses terminaisons nerveuses semblaient être sensibles, à l'état brut. Elle avait été incapable de réfléchir clairement après le bref toucher de ses lèvres. Elle se sentait crue, une boule de besoins si vide à l'intérieur.

Dans le meilleur des cas, ses relations sexuelles avec Daniel avaient été machinales. Elle ne se croyait pas capable d'aimer la sexualité puisqu'elle n'aimait pas être touchée de près, mais il la traitait avec bonté, et elle se souciait de lui. Il était logique qu'ils fassent de la plongée ensemble et gagnent bien leur vie. Daniel se satisfaisait de relations sexuelles rapides pourvu qu'elle soit disponible et parce qu'il était la première et seule personne pour qui elle s'était prise d'affection – elle en était peut-être même amoureuse –, elle désirait cette relation. Leur couple était logique.

Lev défiait toute logique. Il n'avait aucun sens. Et c'était terrifiant d'éprouver les sensations qu'il provoquait en elle, pourtant elle avait soif de ses touchers à présent. Désirait ardemment ressentir la sensation qu'il créait dans sa tête et son corps. Ses baisers étaient extraordinaires ; ils plongeaient en elle et le faisaient fondre jusqu'à ce que son corps en entier coule contre lui comme de l'eau.

La voiture de Blythe vint la distraire de ses pensées. Son estomac se serra. Que diable allait-elle lui dire ? Son sentiment de culpabilité était affilé et pointu : un couteau qui la déchirait. Elle ne mentait pas à Blythe — jamais. Pas même quand elle aurait voulu. Elle savait que Blythe n'approuverait jamais Lev et qu'elle ne comprendrait pas pourquoi Rikki ne l'avait pas livré directement aux autorités. Blythe avait foi dans la loi ; elle n'avait jamais été témoin des dommages que pouvaient causer de fausses accusations.

Rikki se redressa sur sa chaise et poussa ses lunettes pour être certaine qu'elles soient bien en place. Elle n'allait *pas* trahir Blythe en lui mentant. Mais Lev...

Blythe sortit de sa petite Spider sport et marcha lentement vers Rikki.

— Est-ce que ça va ?

Elle ôta ses lunettes pour étudier le visage de Rikki.

Rikki était persuadée que la culpabilité était tatouée sur son visage. Elle sentit sa peau se colorer de rose malgré sa détermination à ne pas rougir. Elle haussa les épaules.

— Oui.

Ce n'était pas un mensonge, du moins.

Blythe se laissa tomber sur la chaise que Lev venait de libérer, et l'espace d'un moment, Rikki craignit que la chaleur du siège ne le trahisse. Rikki l'aurait remarquée et elle était certaine que Lev l'aurait relevée aussi, mais Blythe était trop occupée à étudier Rikki.

— Tu n'as pas l'air malade.

Rikki secoua la tête.

— Tu as manqué un jour de plongée cette semaine. Jeudi, le temps était parfait, la mer était calme, et tu n'es pas allée sur l'eau. Tu prends toujours la mer par une telle journée.

— Il y avait trop de bateaux.

Elle fut soulagée de nouveau, car elle disait encore la vérité absolue. Elle n'avait pas voulu partager la mer avec tant de bateaux : c'était dangereux. Un bateau pourrait s'approcher trop près et sectionner son tuyau.

— Ma chérie. Parle-moi. Tu avais cette soupe chez toi depuis deux mois et soudain, tu en as acheté d'autres. Et Inez a dit que tu étais au marché ce matin avec une liste. Elle m'a demandé si tu recevais des invités pour le dîner. Je te connais mieux que ça. Que se passe-t-il ?

Et voilà qu'elle était sortie du sac : la question directe que Rikki redoutait. Elle resta assise en silence, son esprit s'emballant et rejetant les idées dès qu'elles se manifestaient dans son cerveau.

— *Ne t'inquiète pas, Rikki, je m'en occupe.*

La voix de Lev se glissa dans son esprit, et elle se retourna en sachant exactement ce qu'il faisait.

Il poussa la moustiquaire et sortit. Il avait un air de coriace dangereux ; la taille de son jean tombait sur ses hanches, et son chemisier était étiré et tendu sur son torse large. Il était impossible de passer outre les muscles définis qui ondulaient sous le tissu. Aux yeux de Rikki, il était splendide.

Blythe se leva et recula de quelques pas, les yeux écarquillés par le choc. Lev sourit et lui tendit la main.

— Je m'appelle Levi Hammond, annonça-t-il.

— *Assure-toi d'utiliser Levi plutôt que Lev,* prévint-il Rikki.

Blythe lui serra la main à contrecœur tout en gardant les yeux sur Rikki. Il lui était impossible de ne pas remarquer ses pieds nus ou sa façon intime de passer une main dans les cheveux de Rikki avant de tirer une chaise vers lui du bout du pied pour s'y assoir à califourchon.

— Blythe Daniels, marmonna Blythe en haussant les sourcils d'un air suggestif et impatient à l'intention de Rikki avant de s'assoir aussi avec une expression déterminée et alarmée sur le visage.

— J'espère obtenir le job d'assistant de plongée sur le bateau de Rikki, annonça Lev.

Rikki s'étouffa. Elle lui jeta un regard noir.

— *Je dis la vérité.*

Son ton était si innocent. Elle garda son visage détourné de Blythe. Maudit soit cet homme. Elle devinait déjà la suite. Il allait se servir de Blythe afin de la manipuler et de parvenir à monter à bord de son bateau.

Elle se pinça les lèvres.

— Je te l'ai dit, je n'ai pas besoin d'assistant.

Dès que les mots sortirent de sa bouche, elle sut qu'elle venait de commettre une grave erreur. Si seulement elle n'avait pas dit un mot, Blythe se serait concentrée sur l'apparence dangereuse de Lev plutôt qu'à savoir si Rikki avait besoin qu'on la surveille quand elle était en mer. Et c'était exactement comment Blythe voyait les choses. Elle ne savait rien de la pêche aux oursins, mais elle voulait que quelqu'un soit à bord pour assurer la sécurité de Rikki. Et Lev avait le physique de l'emploi.

— Bien sûr que tu as besoin d'un assistant, protesta Blythe en tombant tout droit dans le piège tendu par Lev. Je te le dis depuis si longtemps. C'est d'une logique toute simple. Tu es plus en sécurité si quelqu'un est à bord pour te protéger.

Rikki roula des yeux derrière ses lunettes sombres. Même si elle s'était offerte pour l'accompagner en mer le jour du mariage, Blythe avait refusé de remettre les pieds sur son bateau après une première expédition où elle avait été si malade. La mer était calme le jour où Rikki l'avait emmenée, mais Blythe était terrifiée. Elle était persuadée qu'un grand requin blanc allait passer sous le bateau et en croquer une grande bouchée ou qu'une pieuvre géante surgirait pour refermer ses tentacules autour du bateau et le tirer sous l'eau. Maintenant que la rumeur courait sur cette bulle de méthane qu'on soupçonnait d'avoir fait sombrer le yacht, Blythe avait trouvé une autre raison de s'inquiéter.

— Je ne veux pas être contrainte à secourir un amateur, marmonna-t-elle.

— Je sais plonger, affirma Lev.

— L'assistant de plongée reste à bord.

— Et c'est exactement mon intention.

Il réussit à prendre un air pieux.

— Où avez-vous fait connaissance ? demanda Blythe en promenant son regard entre les deux.

— En mer, dit Lev. Et nous avons en quelque sorte été poussés l'un vers l'autre au port. Elle plongeait seule, et je suis à la recherche d'un boulot. Comme je sais me débrouiller sur un bateau, j'espère que ça sera un bon arrangement pour nous deux.

Il parlait d'un ton paisible, désinvolte. Crédible. Même Rikki le croyait. Comment était-il passé d'un tueur effrayant aux fusils brandis à un chiot câlin en quelques secondes ? Il était affalé, son visage tombant sous les ombres de la véranda, ce qui, d'une certaine manière, en adoucissait les traits affilés. Il donnait une impression d'ouverture et d'honnêteté, même s'il paraissait toujours coriace et fort, ce qui saurait plaire à Blythe. Elle voudrait que Rikki puisse compter sur un assistant capable de pêcher une baleine de l'océan. Elle ne comprenait rien à la pêche aux oursins ni aux risques que cette activité comportait.

Rikki ôta ses lunettes pour le darder de son regard le plus noir.

Blythe lui donna un coup de coude.

– Arrête d'essayer de l'intimider.

– S'il était sur mon bateau, il serait intimidé, marmonna Rikki.

– Es-tu la voisine de Rikki ? demanda Lev d'un ton bavard.

Rikki serra les dents en repoussant ses lunettes sur son nez. Elle aurait dû savoir qu'il userait de son charme. Il était un caméléon, et elle commençait à avoir une idée de son côté fatal. Blythe n'était pas une femme facile à duper, et même si Rikki n'aurait pas pu affirmer que Lev mentait, il brouillait certainement les pistes et donnait l'impression d'être un poisson rouge docile alors qu'il était un requin en réalité.

Soudain, Lev releva la tête, l'air alerte.

– Quelqu'un approche.

Rikki se tourna vers la route, mais n'aperçut aucune poussière annonçant qu'un véhicule y roulait. Elle attendit l'espace de quelques battements de cœur, et effectivement, un petit nuage de débris s'éleva dans les airs. Lev se leva – non, pas tout à fait : il sembla davantage couler debout dans un mouvement fluide et gracieux qui rappelait davantage un danseur qu'un homme costaud.

– Aimerais-tu boire un café, Blythe ? Prends-tu de la crème ? Du sucre ?

Blythe parut secouée. Rikki ne laissait jamais personne entrer chez elle. Elle avait dû patienter des mois avant que Rikki ne lui permette d'entrer dans sa cuisine, et voilà que Levi agissait comme s'il était chez lui.

Rikki lui jeta un autre regard mauvais.

– *Je sais ce que tu fais.*

Et elle le savait. Sa petite marque de galanterie lui donnait deux avantages : d'abord, Blythe constaterait qu'il était à ses aises chez Rikki, et ensuite, il pourrait rester à l'intérieur là où il serait non seulement hors de vue, mais pourrait aussi abattre quiconque présentant une menace.

– *J'ai su que tu étais intelligente dès le moment où tu as voulu me rejeter à la mer.*

Il la taquinait au moment même où il prenait la commande de Blythe : crème et sucre.

– *Que l'inquisition commence.*

Rikki se redressa sur sa chaise. Elle n'avait pas songé à cette possibilité. Dès qu'il allait disparaître dans la cuisine, elle allait subir un interrogatoire en règle. Elle se tortilla d'inconfort en comprenant qu'elle n'avait aucun moyen de s'y défiler. Elle lui tendit donc sa tasse de café en signe de capitulation.

– Pas de crème ni de sucre.

Il lui adressa un sourire impudent.

– Je le sais.

Bien sûr que oui. Il était observateur. Elle lui lança un regard aussi affilé qu'un poignard, mais il se contenta de lui répondre avec un rictus avant de refermer la moustiquaire derrière lui.

— Oh mon doux, fit Blythe en prenant les mains de Rikki et en se penchant vers elle. Il est tellement sexy. Où l'as-tu déniché ?

— Je l'ai pêché hors de la mer et j'ai décidé de le garder.

La réponse de Rikki était parfaitement honnête.

Blythe éclata de rire.

— Je le garderais aussi. Ainsi, il veut vraiment travailler avec toi ?

Rikki lui jeta un regard noir — son regard le plus féroce qu'elle réservait normalement à n'importe qui *sauf* à Blythe.

— *Pour* moi, pas avec moi. Gardons les choses bien au clair. Je suis la capitaine. Et il n'est que l'humble assistant.

Sa paume élança ; une douleur sourde qui bientôt provoqua un élancement ailleurs dans son corps. Elle appuya la main fermement contre sa jambe pour essayer d'engourdir la sensation.

— *J'accepte le poste d'humble assistant. Ça me convient parfaitement.*

— Il semble être le type d'homme qu'il serait utile d'avoir sur un bateau, Rikki, dit Blythe.

Rikki poussa un grognement audible.

— Je suis une plongeuse solitaire, Blythe.

La voiture était en vue à présent, et Rikki reconnut le véhicule de Judith. Judith et Airiana se trouvaient à bord. Rikki grogna et se couvrit le visage.

— Que se passe-t-il, Blythe ?

— Il s'agit d'une intervention.

— Tu plaisantes ! Parce que j'ai fait les courses ?

— Tu n'as rien acheté d'autre que du beurre d'arachide et du pain en quatre ans.

Rikki était indignée.

— J'achète du café et du brocoli et du sucre pour toi.

— Nous étions censées parler de nutrition. Tu ne peux pas te contenter de beurre d'arachide tout le temps et puisque tu as manifesté un intérêt envers la nourriture, nous avons jugé que le moment était opportun pour en parler.

Rikki la toisa du regard.

— *Levi* a manifesté un intérêt envers la nourriture.

— *Tu vois, je m'en suis souvenue.*

— *Je suis fier de ma femme.*

— Je l'ai deviné après l'avoir vu, mais tu as acheté de la soupe il y a quelques jours, ce qui veut dire qu'il est chez toi depuis un moment.

Rikki serra les lèvres et refusa de parler.

— *Rassemble tes forces, car elles planifient se présenter en masse. Et quand elles s'engagent sur une voie, elles sont implacables. La dernière fois qu'elles sont venues, elles ont insisté pour que je commence à manger du brocoli. C'était très agaçant.*

Elle n'allait certainement pas réagir au fait qu'il l'avait appelée « sa femme ».

Il rit doucement dans la tête de Rikki, partageant son amusement au sujet de son aversion pour tout ce qui était vert et de sa lâcheté.

— *Puisque je veux me mettre de la vraie nourriture sous la dent, je vais me ranger de leur côté,* l'avertit-il.

Elle émit un grognement au plus profond de sa gorge pour laisser présager de lourdes conséquences.

— *Si tu fais ça, je me vengerai. Chaque fois que tu prendras une douche, l'eau deviendra glaciale.*

Judith et Airiana franchirent le sentier pavé ; Airiana avait les yeux tournés vers le ciel tandis que ceux de Judith étaient clairement attirés par les fleurs colorées. Rikki se détendit un peu, comme c'était toujours le cas quand ses sœurs venaient la visiter. Elle aimait les regarder. À leurs façons, elles étaient aussi différentes qu'elle. Et elles l'acceptaient. Cela n'avait pas d'importance à leurs yeux qu'elle n'aimait pas qu'elles entrent dans sa maison. Elles ne comprenaient peut-être pas ses motifs, mais comme c'était important pour Rikki, c'était important pour elles. Elle aimait sentir leur acceptation.

Peut-être était-ce là ce qui la séduisait chez Lev. Ses singularités ne semblaient nullement l'ennuyer. Elle sourit aux nouvelles venues et leur indiqua les chaises.

— Pourvu que nous ne parlions pas de nourriture, de marché d'alimentation ou de quoi que ce soit de vert, je suis heureuse de vous voir.

Judith éclata de rire et se pencha pour poser un baiser sur la tête de Rikki. Elle était presque aussi grande que Blythe. Avec ses longues jambes, sa silhouette mince et son apparence exotique, elle aurait pu être mannequin.

Rikki tenta de lui jeter un regard noir.

— Tu m'as dénoncée.

Judith afficha un air impénitent.

— Je n'avais pas le choix. Blythe m'a fait subir son…

Elle agita les mains, et ses ongles longs et peints avec soin d'un rouge sombre scintillèrent sous le soleil.

— Ce *regard* qu'elle nous réserve quand elle sait qu'elle parviendra à ses fins. De toute manière, c'est Airiana qui a lâché que tu étais allée faire les emplettes.

Blythe rit.

— Vous connaissez toutes mon mauvais œil quand vous songez à cacher de l'information. En réalité, Inez m'a appelée parce qu'elle était inquiète, alors j'étais déjà au courant.

Airiana, une jeune femme de vingt-cinq ans à l'air fragile, aux cheveux blond platine naturels et aux yeux bleus énormes, adressa un petit sourire bref à Rikki.

— Je me sentais si coupable.

— J'en suis certaine, dit Rikki avec sarcasme.

Airiana s'apprêta à s'assoir sur la chaise laissée vacante par Lev. Blythe lui saisit le bras en secouant la tête.

— Cette place est prise, dit-elle avant de se pencher devant avec un air de conspiratrice. Par un homme, ajouta-t-elle à voix basse. Un homme très sexy. Il se trouve à l'intérieur.

Judith et Airiana haletèrent à l'unisson.

— Tu as laissé quelqu'un entrer chez toi ? Un homme ? dit Judith, manifestement sous le choc. Je vais aller voir.

Elle se dirigea vers la moustiquaire.

— Non !

La panique monta en Rikki. Judith ne pouvait pas entrer dans la maison, en plus de Lev. Pas deux personnes. Ensemble. C'était déjà assez terrible que Lev soit à l'intérieur, mais elle ne pouvait laisser entrer quelqu'un qu'elle aimait, pas Judith. Rikki secoua la tête d'un air catégorique, incapable de respirer.

— Tu dois rester ici où je te sais en sécurité.

Elle lâcha brusquement cet ordre, son cœur cognant si fort dans sa poitrine qu'elle en entendait le rugissement dans sa tête.

Judith leva immédiatement les mains et s'immobilisa, un pied dans les airs.

— Je vais rester ici, ma chérie.

— *Calme-toi, lyubimaya, respire. Il n'y a pas d'incendie. Il n'y a personne d'autre à proximité, à l'exception de tes sœurs. Je le saurais, si un ennemi était proche. Je ne laisserai personne te faire de mal.*

— *Je ne suis pas inquiète pour moi !*

Elle était catégorique.

— *Je ne veux pas qu'il arrive quoi que ce soit à mes sœurs.*

Elle hésita.

— *Ou à toi. Pourquoi mets-tu autant de temps à servir le café ?*

Rikki découvrit qu'elle pouvait respirer mieux, que son lien étrange avec Lev lui donnait une stabilité.

— *Je ne fais qu'attendre quelques minutes pour laisser aux autres le temps d'arriver. Elles s'engagent dans la cour. Elles dégagent une énergie heureuse et affectueuse, mais je préfère être certain.*

Rikki leva les yeux, et effectivement, il y avait un petit nuage de poussière révélateur. Comment y arrivait-il ?

— Si nous continuons à nous réunir de la sorte, il faudra plus de chaises.

Elle se leva pour céder la sienne à ses deux autres sœurs. Elle se percha sur la balustrade, le dos accoté contre la colonne, donnant ainsi à Lev le choix entre une chaise ou le hamac.

Lexi Thompson sauta par la portière du passager de la Piner décapotable rouge de Lissa. Elle agita la main d'un air excité, et sa masse de cheveux auburn bondit dans les airs en suivant son mouvement. Elle ressemblait à une petite fée avec ses grands yeux verts et son visage ovale et pâle. Rikki l'adorait. À vingt-trois ans, Lexi était la plus jeune du groupe.

Son parcours de vie était plus horrible que ses sœurs pouvaient l'imaginer, et pourtant, elle demeurait positive et optimiste – une personne que Rikki admirait. Elle avait réussi à faire la paix avec elle-même après avoir fait la connaissance de Lexi.

— Je suis ici pour me porter à ta défense, Rikki, héla Lexi. Tu as mon appui.

Rikki ne put faire autrement que de rire. Bien sûr qu'elle pouvait compter sur la petite rebelle.

— Génial. Va t'assoir près de Blythe et donne-lui un coup de pied chaque fois qu'elle mentionne le mot « légume ».

— C'est Lexi qui cultive les légumes, lui rappela Lissa en sortant de la décapotable.

Rikki ne pouvait s'empêcher de l'admirer. Chevelure d'un roux éclatant, yeux d'un bleu profond, elle était dotée de courbes et d'une taille fine. Rikki était maigre et elle n'avait pas une taille comme la sienne. Lissa était experte en arts martiaux, et son corps rendait hommage à ses talents. Elle était aussi menuisière et soudeuse. Elle était spécialiste du soufflage de verre, et bon nombre de ses œuvres en verre et en métal étaient exhibées dans la boutique de Judith.

— Je mange ton brocoli, Lexi, dit Rikki du ton le plus pieux possible.

— Et ça te vaut toute mon affection, dit Lexi en lui soufflant un baiser.

Blythe attendit que les deux femmes s'assoient avant de larguer sa bombe.

— Rikki a un mec.

Cinq têtes se tournèrent vers elle pour la fixer des yeux. Rikki arqua un sourcil et poussa ses lunettes fermement sur son nez d'un air qui se voulait nonchalant.

— Dans la maison, siffla Judith. Elle refuse de me laisser le voir.

— Il n'est pas en étalage, se défendit Rikki.

— Je veux le voir, insista Lexi.

Lissa tourna les yeux vers Blythe.

— Tu as fait sa rencontre ?

Il y avait une note de soupçon dans sa voix.

— Qui est cet homme et comment est-il entré dans la vie de Rikki ? Rikki n'est pas du genre à draguer les hommes.

Rikki adressa son froncement de sourcils le plus féroce à Lissa.

— Je suis certainement capable de draguer les hommes.

— *Je ne dirais pas une telle chose là où je peux t'entendre.*

— *Tu n'as rien à voir dans tout cela.*

— *Peut-être pas, mais j'ai l'intention de changer cette donne.*

Un millier de papillons déployèrent leurs ailes dans son ventre. Elle n'allait pas réagir à cet énoncé. Son ton était beaucoup trop confiant, et ses baisers à couper le souffle lui avaient peut-être fait croire qu'il avait son mot à dire dans sa vie, mais ce n'était pas vrai. Personne, *personne* ne lui disait quoi faire.

Elle entendait ses sœurs discuter autour d'elle, mais leurs voix se fondirent en arrière-plan. Son esprit était occupé par Lev. Son rire était grave, amusé et beaucoup trop masculin. Il coupa le lien brusquement et se retira de sa tête. Elle en fut étourdie un moment et eut un haut-le-cœur. Elle respira profondément pour laisser la sensation passer quand elle comprit soudain que c'était Lev qui était malade et étourdi. Il n'était pas dans la maison pour se cacher (bien que peut-être que oui, car il tendait à céder à la paranoïa), mais parce qu'il n'arrivait à rester debout que par intervalles de quinze à vingt minutes. Il s'était levé et avait préparé le petit déjeuner. Il était probablement rentré pour se reposer sans qu'elle ne le sache.

Elle se passa une main sur le visage et éprouva de la difficulté à respirer. Elle n'était pas le genre de femme à prendre soin des malades. Ce n'était tout simplement pas qui elle était. Il devait consulter un médecin ou Lexi. Elle commença à bouger quand soudain, le bavardage se tut et elle se tourna pour le voir se tenir dans l'embrasure de la porte. Son cœur bondit à sa vue. Grand. Masculin. Une barbe de deux semaines camouflait sa mâchoire volontaire. Ses yeux étaient d'un bleu aussi profond que la mer. En voyant sa musculature évidente, il était difficile de s'imaginer qu'il soit malade ou étourdi. Il paraissait trop fort, trop invincible.

Judith émit un seul son qui attira l'attention de tous. Son teint était pâle, et elle avait tourné la tête vers Airiana. Les deux femmes échangèrent un regard effrayé. Lexi, Blythe et Lissa affichèrent des sourires éclatants. Des nœuds se serrèrent dans l'estomac de Rikki.

— Je n'aurais pas dû te laisser servir le café, Levi, dit-elle avant de bondir debout pour remettre les tasses à ses sœurs. Levi s'est cogné la tête durement l'autre jour et il a besoin de soins.

— Tu n'es pas responsable de lui, dit Judith.

Rikki fut secouée par la belligérance dans sa voix. En général, Judith était ouverte et bienveillante. La simple vue du pansement sur la tête de Lev aurait dû susciter son empathie usuelle.

— En fait, je le suis, répliqua Rikki.

C'était la vérité. Elle était la capitaine. Elle l'avait tiré hors de la mer. Son code la rendait responsable.

— Les filles, je vous présente Levi Hammond. Levi, voici me sœurs. Tu as déjà fait la connaissance de Blythe. Voici Judith, Lissa, Airiana et Lexi.

— Donc, tu l'as emmené à la maison parce que tu te sens responsable, clarifia Airiana en ignorant les présentations.

Rikki jeta un regard noir à Judith et à Airiana.

— Pourquoi êtes-vous si impolies ? Il est mon invité. Je n'ai peut-être aucune aptitude sociale, mais quand je vous rends visite, je suis toujours polie avec vos invités.

D'accord, ce n'était pas tout à fait vrai. D'ordinaire, elle faisait demi-tour dès qu'elle voyait leurs visiteurs ou encore elle ne disait pas un mot. Mais elle gardait ses verres fumés, ce qui pouvait être considéré comme une marque de politesse. Elle ressentit une sensation bizarre dans sa gorge, un picotement étrange.

Lev posa une main sur son épaule.

— Il est naturel qu'elles s'inquiètent à ton sujet, Rikki.

Au moment même où il parlait, sa tête pivota brusquement vers les arbres.

— Son aura, souffla Judith d'une voix haletante, la main portée à la gorge.

Elle se mit à tousser, et Airiana se précipita à ses côtés.

— Qu'est-ce qu'il y a ?

Judith secoua la tête et brandit la main tandis qu'elle tentait de respirer. Lexi se hâta vers elle. Rikki devint immobile. Elle retira ses verres fumés pour croiser le regard de Lev. Elle était consciente de lui envoyer des poignards par son regard, mais s'il était responsable du malaise de Judith, *jamais* elle ne le lui pardonnerait. Elle ne put parvenir à une conclusion devant l'expression de marbre de son visage ou de ses yeux. Il était parfaitement inscrutable.

Judith toussa de nouveau, et Rikki fila lui chercher un verre d'eau, l'esprit emballé. Lev était télépathe. Il avait admis posséder d'autres dons. Sa motivation la plus accrue était l'autodéfense. Percevrait-il Judith comme une menace ? Jamais elle n'aurait dû le mettre en contact avec sa famille. Elle était ennuyée d'avoir même eu l'idée qu'il puisse représenter une menace pour Judith, mais elle n'arrivait pas à chasser ce doute persistant de son esprit.

Elle remit le verre d'eau à Judith. Lev ne l'avait pas rassurée. Et elle l'avait observé suffisamment pour savoir qu'il possédait des dons de guérisseur ; pourtant, il ne se précipitait pas pour venir en aide à Judith. Il demeura silencieux, à l'écart, debout près de la balustrade où elle s'était assise. Il avait le regard tourné vers la mer ou peut-être la route, mais il n'observait pas Judith.

Judith parvint à avaler de l'eau avant de s'affaler sur sa chaise, cherchant désespérément de l'air. Lexi posa ses mains sur elle de façon apaisante, et Judith réussit à inspirer plus d'air.

— J'ai une allergie à quelque chose, je crois.

— Ça t'est déjà arrivé ?

La suspicion dans la voix de Lev fit sursauter Rikki. Il continuait de regarder vers la route. Un frisson lui parcourut l'échine. Quelle présence sentait-il là-bas ? Elle ne put faire autrement : elle s'avança devant ses sœurs réunies autour de Judith pour se tourner vers la route, elle aussi. Elle tenta de rendre son corps plus large, allant même jusqu'à étendre les bras.

— Que se passe-t-il ? chuchota Lissa en approchant derrière elle.

— Je ne sais pas. Il y a quelque chose. Peux-tu sentir quelque chose ? murmura Rikki à voix basse.

Lissa était une guerrière. Si quelque chose n'allait pas, elle serait à même de le sentir.

— Rentrez dans la maison, ordonna soudain Lev. Maintenant. Tout le monde.

L'horreur avait un goût métallique dans la bouche de Rikki. Tout le monde ensemble dans sa maison ? Elle secoua la tête. Lev n'argumenta pas : il lui prit simplement le bras pour la pousser à l'intérieur.

— Merde ! Reste à l'intérieur, c'est compris ? Vous autres, entrez dans la maison aussi et tenez-vous éloignées des fenêtres. Gardez Rikki à l'intérieur et hors de vue.

Elle sentit la poussée qu'il envoyait de son esprit et savait qu'il joignait à ses ordres une force contraignante. Ça n'était pas nécessaire. Son attitude et sa voix auraient suffi à empêcher ses sœurs de sortir malgré ses ordres. Il tira Rikki d'un bout à l'autre de la cuisine pour l'amener au salon.

Rikki était incapable de respirer. Il faisait extrêmement chaud dans sa maison. Elle commença à suer et fut prise d'une faiblesse et d'étourdissements. Son attaque de panique était totale et l'empêchait de parler, de prononcer des mots. Lev s'éloigna à grands pas pour se rendre dans la chambre et attacher des armes sur lui. Elle pouvait le voir d'où elle était, mais ses sœurs n'avaient pas conscience de ce qu'il faisait, occupées à regarder par les fenêtres. Airiana s'apprêta à protester, mais Lissa l'interrompit.

— Il a raison, acquiesça-t-elle. Je sens quelque chose dehors.

— Appelle Jonas, fit Blythe d'un ton pratique.

— Tenez-vous fichtrement loin des fenêtres, s'emporta Lev, debout dans l'embrasure de la porte de la chambre. Gardez Rikki à l'intérieur.

Il traversa la pièce pour la rejoindre et il se pencha, le visage près du sien, les mains posées sur le haut de ses bras pour la tirer contre lui.

— Je sais que tu crains un incendie, *lyubimaya*, mais personne n'arrivera à me déjouer pour venir s'en prendre à toi. Respire profondément, et je serai bientôt de retour.

Il effleura sa bouche retroussée de ses lèvres avant de s'éloigner brusquement pour la laisser derrière, secouée.

Blythe, Judith, Airiana et Lexi la fixèrent du regard, bouches béantes, n'arrivant pas à en croire leurs yeux.

Lissa suivit Lev dans la chambre à coucher jusqu'à la fenêtre arrière.

— Je peux t'aider.

— Il sera déjà parti depuis un moment. Il observe la maison. Il se trouve sur le faîte de la colline au nord. J'ai entrevu le reflet de ses jumelles. Ce n'est peut-être rien de grave, mais je ne veux pas qu'un pervers rôde dans les parages non plus.

— Rikki ne peut pas supporter que nous soyons toutes dans la maison, l'avertit Lissa en agrippant le rebord de la fenêtre.

La limite des arbres au nord n'était pas visible d'où ils étaient, ce qui signifiait que celui qui observait la maison ne pourrait pas voir Lev sortir par la fenêtre.

— Je le sais. Tu peux l'aider à passer au travers. Vaut mieux une crise de panique qu'une balle de fusil.

Lissa tenta de le retenir en lui agrippant le bras, mais malgré la vitesse de ses mouvements, il échappa à sa portée. Ses yeux étaient graves et froids.

— Veille sur elle jusqu'à ce que je sois de retour.

Rikki essaya de contraindre ses pieds à bouger pour le suivre. Elle ne voulait pas qu'il sorte seul avec sa commotion cérébrale. Il était malade et étourdi, mais pourtant, il arrivait à fonctionner. Elle se sentit encore plus mal à cette pensée ; coupable même. Il se débrouillait. Elle n'avait absolument aucune blessure, mais elle était si bouleversée que ses sœurs soient réunies sous son toit qu'elle en était paralysée.

Lissa posa la main sur sa nuque et poussa sa tête vers le bas.

— Respire, ma chérie. Nous sommes près de la porte. Si un incendie se déclare, nous arriverons toutes à sortir. N'aie crainte.

— Lissa a raison, fit Blythe d'un ton brusque. Judith, t'est-il déjà arrivé une telle chose ?

— Non. Jamais. Même si je souffre d'allergie, répondit Judith.

Elle prit une autre gorgée d'eau.

— Cet homme est très, très dangereux.

— Il est sorti dehors pour essayer de nous protéger, lui rappela Lissa.

Airiana secoua la tête et se rapprocha de Rikki comme si elle cherchait à la protéger.

— Judith a raison. Nous arrivons à voir les auras toutes les deux, et la sienne est très étrange. Il porte de nombreuses couleurs, mais elles sont disposées en couches et entourées d'un rouge carmin, puis recouvertes complètement de noir. Cet homme vit avec la mort et les ombres. Ce qui se trouve à l'intérieur de lui est éclipsé par sa nature violente. Je n'ai jamais vu un homme aussi dangereux.

Judith opina.

— Les deux seules personnes qui s'en approchent à ce jour ont été le mari d'Elle Drake, Jackson, et le mari de Joley, Ilya Prakenskii, qui est plus sombre encore. Cet homme, ce Levi Hammond : honnêtement, Rikki, il me fait peur.

Rikki força l'air à sortir de ses poumons, et la colère monta en elle, même si elle croyait que ses sœurs avaient raison au sujet de Lev. Elle n'aimait pas qu'elles affirment à voix haute ce qu'elle pensait tout bas. Il était violent. Elle ne pouvait disputer ce fait, mais ce n'était pas la seule chose qu'il était. Puis ses sœurs lui avaient donné une chance. Dieu seul savait si elle la méritait. Elles étaient toutes convaincues qu'elle n'avait pas allumé d'incendie, mais qui d'autre qu'elle avait quatre maisons décimées dans son passé, dont deux abritant des personnes qu'elle aimait ?

Lissa posa une main douce sur l'épaule de Rikki.

— Il est passé par la fenêtre comme un pro. Il est rapide, silencieux, et je n'ai aucun doute qu'il est très efficace, mais il était définitivement en mode protection. Il serait utile à avoir sur un bateau et n'importe où ailleurs, en fait.

Rikki lui jeta un regard reconnaissant.

— Si nous allons rester ensemble dans cette pièce, je dois ouvrir la porte d'entrée.

Des gouttes de sueur perlaient sur son front, et elle avait l'impression que sa poitrine était en feu, comme si elle suffoquait déjà. Elle aurait juré humer l'odeur du feu.

— J'y vais, l'assura Lissa. Assieds-toi avant de tomber. Peut-être que Blythe pourrait aller te chercher de l'eau.

Rikki secoua la tête.

— Tout le monde doit rester ensemble, dit-elle avant de survoler les lieux du regard. Sentez-vous l'odeur de fumée ? Mes yeux brûlent.

Judith tendit son verre d'eau à Lissa.

— Il n'y a pas de fumée, Rikki. Bois de l'eau. Tu te sentiras beaucoup mieux.

Rikki inspira profondément pour tenter d'aspirer de l'air, terrifiée à l'idée de revivre un cauchemar qui ne disparaîtrait jamais. Ses pieds et ses mollets étaient envahis par une sensation de brûlure ; une douleur virulente et déchirante. Sa peau cicatrisée lui avait semblé un peu moins serrée, mais à présent, elle lui faisait mal comme si les blessures étaient fraîches. En temps normal, les cicatrices élançaient quand elle marchait, car la peau serrée protestait devant l'étirement. Sous l'eau, elle n'avait pas cet ennui ; elle parvenait même à les oublier jusqu'à ce qu'elle revienne sur la terre ferme.

Sa maison avait été conçue spécifiquement afin que, depuis la porte de la cuisine, elle puisse voir jusqu'à l'autre bout de la maison, soit la porte dans sa chambre à coucher qui s'ouvrait sur l'arrière-cour. Presque toutes les pièces étaient munies de portes donnant sur l'extérieur — un filet de sécurité en cas d'incendie. Elle aurait voulu un système de gicleur, mais avec sa tendance à faire des cauchemars durant lesquels elle appelait l'eau à elle, sa maison aurait été détruite en seulement quelques mois d'occupation. Rikki choisit de s'assoir dans le fauteuil du salon placé de sorte à lui donner un angle de vue sur toutes les portes. Comme seule la moustiquaire de la cuisine était fermée, elle avait une bonne vue dehors.

— Lissa, ouvre la porte d'entrée et la porte de la chambre à coucher, s'il te plaît, demanda Blythe.

Lorsque Rikki s'apprêta à protester, Blythe posa doucement une main sur elle.

– Nous pourrons la voir pendant qu'elle ouvre les portes, et elle est très prudente près du feu. Comme tes moustiquaires sont foncées, personne ne verra à l'intérieur, mais nous pourrons voir dehors. Tu te sentiras beaucoup plus en sécurité si les portes sont ouvertes. Nous serons toutes à l'affût de quiconque approchant de la maison.

– Je vais appeler Jonas, annonça Airiana en tendant la main vers le téléphone.

Rikki secoua la tête.

– Non. Pas tout de suite. Je ne veux pas lui parler. Je suis trop stressée et je ne sais pas si je pourrais gérer sa présence. Laissons Levi découvrir ce qui se passe dehors. Peut-être n'est-ce que mon imagination.

Elle se blottit dans son fauteuil en relevant les pieds du sol pour frotter ses cicatrices de brûlure.

Lissa ouvrit la porte de la chambre et prit le temps de ramasser la couverture lourde de Rikki.

– Tiens, ma chérie.

Rikki ne voyait pas comment se tapir sous la couverture l'aiderait à se sentir moins coupable. Elle aurait dû être dehors pour aider Lev.

– Il ne devrait pas être seul dehors. Il est blessé, Lissa. Il s'est vraiment cogné la tête. Il a encaissé une commotion cérébrale terrible. C'est pour ça que je l'ai laissé entrer chez moi. Quelqu'un devait le soigner.

Les femmes échangèrent des regards soulagés, et Rikki comprit qu'elles trouvaient cette raison logique ; qu'elle l'ait ramené chez lui pour le soigner.

– Tu aurais dû nous le dire, affirma doucement Blythe. Nous aurions pu te donner un coup de main.

— Je ne voulais personne dans la maison, marmonna-t-elle.

Une autre explication logique : ses sœurs savaient qu'elle était extrêmement réticente à laisser entrer quiconque chez elle.

Elle survola les visages qui l'observaient avec une affection si manifeste.

— Vous pensiez qu'il se servait de moi, n'est-ce pas ?

Un silence de malaise s'ensuivit.

— Il est splendide, dit Blythe. N'importe quelle femme se jetterait à ses pieds après un seul coup d'œil.

— Comme Judith et Airiana l'ont fait ?

L'odeur de fumée se dissipait, et son esprit s'éclaircissait en relâchant doucement la poigne de la crise de panique qui menaçait de faire éruption. Elle tourna les yeux vers l'extérieur. Il lui serait *impossible* d'être à l'aise quand les gens qu'elle aimait se trouvaient sous un même toit, alors il lui faudrait recouvrer son calme afin d'assurer leur sécurité.

— Ou parles-tu seulement de moi ? Je ne suis pas en quête désespérée d'un homme, tu sais. Je suis très heureuse sans.

— Rikki, personne ne dit que tu es en quête désespérée d'un homme, protesta Judith d'une voix aussi douce que celle qu'avait prise Blythe. Il y a des prédateurs dans le monde, et ils sont à l'affût de traits particuliers chez les femmes afin de s'en servir.

— Des traits particuliers ?

Rikki se redressa sur son fauteuil. L'odeur de fumée avait disparu complètement, remplacée par le tempérament colérique de Rikki.

— Qu'essaies-tu de dire, exactement ?

Elle leur adressa un regard mauvais.

— Aucun homme ne voudra être mon amoureux parce que je suis si différente ? Tu crois que je ne le sais pas déjà ?

— Ce n'est pas ce que j'ai dit, répondit Judith. Et je ne crois pas non plus que ce soit vrai.

— Oui, tu le crois, dit Rikki. Je pense que c'est vrai, alors pourquoi il n'en irait pas de même pour toi ? Je m'en fiche. Voilà ce qui est important. Ça ne me dérange vraiment pas. Je suis heureuse. J'ai une vie. Je n'aime pas que les autres touchent à mes affaires. Il a utilisé ma vaisselle ce matin. Il n'aime pas le beurre d'arachide. Zut. Il veut monter à bord de mon bateau.

Blythe croisa les bras et se rassit dans son fauteuil.

— Prenons un moment pour penser à tout cela.

— Non, dit Rikki. Dès qu'il ira mieux, il repartira. Personne n'a à craindre que je désire si désespérément qu'un homme me prête attention que je le laisserai se servir de moi.

Elle leva les yeux vers Judith.

— Ou abuser de moi, si c'est ce que tu veux laisser entendre.

Judith haussa les épaules.

— Tu peux te mettre en colère contre moi si tu veux, Rikki, mais si tu crois que je vais céder d'un pas quand il s'agit de protéger ma sœur d'un prédateur, tu ferais mieux d'oublier ça tout de suite. Cet homme est loin d'être un agneau. Il a des crocs et il est dangereux. Ce n'est pas qu'une petite ombre qui l'entoure. Il vit avec la violence.

Judith arrivait toujours à la désarmer avec son affection. D'ailleurs, Rikki ne pouvait nier que Lev était violent. Il avait pointé un couteau contre sa gorge et il n'était rien de moins qu'une arme ambulante. Cependant, ses sœurs lui avaient donné une chance, et elle voyait en lui quelque chose qu'apparemment, Judith et Airiana n'arrivaient pas à voir. Elle voyait *au-delà* de ces ombres quelque chose de complètement différent. Mais comment expliquer ce qu'elle ne comprenait pas elle-même ?

— Je sais quel genre d'homme il est, Judith. Tu dois me faire confiance cette fois. Il est beaucoup plus que la protection qu'il a érigée autour de lui.

Rikki leva le regard vers la seule personne qu'elle savait devoir convaincre. Judith l'avait toujours épatée avec sa capacité à lire les gens. Elle était calme alors que Rikki était de nature tempétueuse. Elle choisissait ses mots avec soin tandis que Rikki lâchait brusquement ses réponses ; du moins, quand elle s'en donnait la peine.

— Je te demande de me faire cette faveur et de lui donner une chance, Judith.

Judith s'accroupit devant Rikki et lui prit les deux mains.

— Explique-moi pourquoi tu ressens un besoin si fort de lui donner une chance, ma chérie. Aide-moi à comprendre.

Rikki secoua la tête.

— Je ne suis pas comme toi. Je ne suis pas douée avec les mots. Mais je le connais. Je le connais mieux qu'il ne se connaît lui-même. Je le vois. Je ne pourrais te dire comment c'est possible, mais c'est la vérité. Il a besoin de nous. De nous toutes. Nous devons l'aider. Il est perdu, exactement comme je l'étais.

Les femmes échangèrent des regards prudents.

Judith soupira.

— Tu n'as jamais été violente, Rikki.

— Tu ne le sais pas. C'est vrai. Tu as cru que je ne suis pas celle qui a allumé ces incendies, même si je n'en suis pas certaine moi-même. C'est l'explication logique. Tout le monde croit que je suis responsable. Et ne crois pas que Jonas Harrington n'entretienne pas de doutes à mon sujet. Il m'observe. Je l'ai surpris à le faire. Vous m'avez donné une chance sans avoir une bonne raison de le faire, et maintenant, je vous demande de faire de même pour lui.

— Et si tu as tort ? demanda Blythe.

— Je le tiendrai à l'écart du reste d'entre vous. Je serai la seule exposée au danger.

Judith secoua la tête.

— C'est tout à fait hors de question. Je suis désolée, mon chou, mais si tu prends ce risque, nous devons toutes le prendre.

Rikki jeta un regard à la ronde. Chacune des femmes opina d'un air solennel. Il n'y avait aucune voix discordante. La décision lui revenait. Quelle était la profondeur du sentiment qu'elle éprouvait pour Lev ? Elle connaissait à peine cet homme. Elle frotta le bout de son pouce contre le milieu de sa paume.

— Pourquoi fais-tu cela ? demanda Airiana.

Rikki fronça les sourcils.

— Quoi ?

— Tu te frottes la paume. Tu n'as jamais fait ça auparavant.

Airiana l'effrayait avec son souci du détail. Rikki haussa les épaules et retourna la paume contre son jean.

— Pour aucune raison. Je suis simplement confuse au sujet de tout ceci. Je veux donner une chance à Levi.

Blythe regarda brièvement les autres avant de hocher la tête.

— Nous sommes avec toi, dans ce cas.

10

Lev ouvrit la fenêtre de la chambre à coucher, reconnaissant qu'elle ne fît aucun bruit. Celui qui observait Rikki (et comment diable l'avait-il retrouvée ?) possédait des dons psychiques quelconques. Lev avait senti le changement dans l'énergie. Ce n'était pas une fluctuation particulièrement puissante, mais il avait remarqué que les deux femmes les plus sensibles aux forces psychiques, selon son estimation, en avaient été affectées. Rikki était restée à ses côtés toute la semaine, barricadée dans sa maison, alors si ce changement d'énergie était lié à elle, il devait y avoir quelque part une piste qui menait à Rikki. Et si l'incident avait à voir avec lui… Eh bien, personne n'allait faire du mal à Rikki ou à ses sœurs en raison de son passé trouble.

Il effectua un saut périlleux houleux et tomba sur un genou. Il se donna quelques secondes pour trouver ses repères dans le terrain avoisinant. Durant les intervalles de quelques minutes où il avait été capable de se lever, il avait étudié la maison et ses environs immédiats. Il avait mémorisé la carte de la ferme et était à peu près certain de pouvoir trouver son chemin, mais il était impératif qu'il puisse explorer les deux hectares de Rikki le plus tôt possible. Il devait en connaître chaque arbre et arbuste, chaque creux.

Où poussaient les hautes herbes parmi lesquelles quelqu'un pouvait se cacher. Tout.

«Surtout s'il allait s'établir ici.»

Cette pensée le fit hésiter. À quoi pensait-il ? S'établir ici ? Vivre avec Rikki ? Les hommes comme lui n'avaient pas de maison. Ils n'avaient pas de proches. Ces choses étaient des handicaps pour les gens de sa race. Sa formation lui avait appris à toujours bouger, à se glisser rapidement d'une identité à une autre. Voilà à quoi ressemblait sa vie. Essayer de devenir une vraie personne était choisir une voie menant droit à la mort.

Il se déplaça avec toute la vitesse que lui permettait la douleur lancinante dans sa tête. Chaque sursaut enfonçait un poignard dans son crâne. Il eut un haut-le-cœur. Il savait que sa blessure à la tête était plus grave qu'il ne l'avait imaginée, mais elle était en voie de guérir. Il accélérait le processus du mieux qu'il le pouvait et à présent, il avait besoin d'être pleinement fonctionnel. Il atteignit les platebandes et prit la direction du côté nord de la propriété, vers la limite des arbres.

Sid Kozlov était mort. Est-ce que ça voulait dire que Lev Prakenskii l'était aussi ? Une image du petit froncement de sourcils de Rikki vint occuper son esprit. À quelques reprises, quand il était incapable de dormir, il était resté couché à ses côtés, brûlant d'envie et de désir, caressant le fantasme qu'elle était sienne. Que le monde qu'il occupait était réel. Peut-être était-ce son unique chance. C'était un miracle qu'il ait survécu au naufrage du yacht. Un autre miracle que malgré les coups que son corps avait encaissés contre les rochers, il ait survécu. Et Rikki. *Elle* était le véritable miracle ; elle et ses manières étranges et ses yeux qui arrivaient à percer son armure pour voir quelque chose en lui qu'il croyait avoir perdu depuis longtemps.

Merde. Il voulait cette femme. Il voulait cette vie. Il voulait que ce soit la réalité. Les deuxièmes chances existaient-elles réellement ? Il était possible qu'il lui faille renoncer à cette vie, mais avant de partir, il s'assurerait que Rikki Sitmore soit hors de danger. Elle saurait qu'elle n'allumait pas d'incendie dans son sommeil. Elle saurait qu'elle n'avait pas tué ses parents ou son fiancé et qu'elle n'avait pas brûlé les maisons de ses familles d'accueil.

En se frayant un chemin parmi les arbres, il tenta de mettre le doigt sur ce qui l'attirait tant chez elle. La passion. Elle était passionnée par tout ce qu'elle faisait. Tout ce qu'elle était. Qui elle était. Il était presque certain qu'elle souffrait d'une forme d'autisme ; pourtant, elle avait réussi à se forger une vie malgré les obstacles, à créer une vie bien à elle. Elle était la mer qu'elle aimait tant : changeante, joyeuse, badine et parfois tempétueuse et sauvage. Il était froid comme la glace, une banquise sans passion venue des mers arctiques ; seul et luttant pour sa survie.

Il avait affronté la mort chaque jour de sa vie sans jamais sourciller. Il avait vu des choses qu'aucun homme ne devrait voir. Il avait pris des décisions qu'aucun homme ne devrait prendre. Certains pourraient le qualifier de courageux, mais en comparaison avec Rikki, il se trouvait poltron. Elle empoignait la vie et en faisait l'expérience malgré ses limites. Elle s'obligeait à sortir de sa zone de confort pour ceux qu'elle aimait tandis que lui, il demeurait retranché dans la sienne, derrière son armure, derrière ses instincts de survie et sa vaste formation.

Il voulait vivre — avec elle. Avec Rikki. Il voulait rester éveillé la nuit et sentir sa présence à ses côtés dans le lit. Il voulait entendre sa respiration tandis qu'elle dormait. Il voulait savoir qu'elle ne tolèrerait personne d'autre dans son lit — sauf lui. Il voulait voir son froncement de sourcils et l'éclat dans ses yeux et entendre sa respiration changer juste avant qu'il ne l'embrasse. Il ne comprenait pas leur lien, mais ça n'avait aucune importance, même si tout le reste de sa vie devait suivre une logique. Elle n'avait pas à suivre de logique. Elle était Rikki. C'était suffisant. C'était tout.

Il leva les yeux vers le ciel jusqu'à ce qu'il aperçoive un faucon sur les branches extérieures d'un sapin. Il ferma les yeux et convoqua le prédateur, le poussant à prendre son envol. Ses griffes s'enfoncèrent dans la branche encore un moment avant que le faucon ne déploie ses ailes et se laisse porter dans les airs. L'oiseau entreprit une recherche en décrivant un trajet serré, puis élargit ses cercles pour couvrir un rayon de plus en plus large.

Des images se déversèrent dans le cerveau de Lev, mais aucune ne lui indiquait ce qu'il cherchait. Il relâcha le faucon avec un petit hochement de tête en guise de remerciement et il sut avant même d'atteindre l'endroit où l'intrus s'était posté que l'homme était déjà reparti. Il se déplaça tout de même avec prudence avant de préserver les preuves. Le guetteur était beaucoup plus frêle que Lev. La tempête avait trempé le sol et il y avait des traces partout. De l'herbe piétinée et l'empreinte enfoncée de bottes, mais leur marque était peu profonde, indiquant une carrure moins imposante. L'homme était grand cependant, car des aiguilles avaient été cassées des branches de l'arbre sous lequel il s'était tenu. Il était donc plus petit que Lev de quelques centimètres.

Il aimait le feu. En examinant le sol, Lev n'eut aucun doute qu'il s'agissait de l'homme qui traquait Rikki depuis qu'elle avait treize ans et qui avait allumé les incendies qui avaient détruit ses proches. De petits amas d'herbes avaient été brûlés comme si, durant l'attente, l'homme avait allumé des feux pour se distraire. Combien de temps était-il resté là ? Il y avait quatre mégots de cigarette et sept endroits où l'herbe avait été brûlée. Heureusement, toute cette zone était détrempée ; il y avait donc peu de risque qu'un feu dégénère, mais Lev en voyait le potentiel désastreux. Normalement, le feu brûlait en amont, mais ça ne signifiait pas que le harceleur ne planifiait pas une attaque massive.

Lev étudia la maison depuis cet endroit. Rikki avait l'habitude de s'assoir sur la véranda attenante à la cuisine chaque matin pour boire son café. Il y avait une ligne visuelle directe sur la véranda. Il était possible que le harceleur l'ait observée souvent, mais Lev était sceptique. Il n'y avait aucun signe qu'une visite à cet endroit précis ait eu lieu auparavant.

Il suivit la trace des empreintes de bottes entre les arbres jusqu'à la route. L'homme avait exploré le terrain le long du faîte, mais il n'avait pas quitté le sentier de chevreuils étroit. Lev était sous l'impression que le harceleur n'avait pas une grande expérience de la forêt. Il avait évité la forêt profonde et tenté de ne pas passer par les broussailles trop denses. Il ne s'agissait pas d'un tueur à gages professionnel. Il n'était pas question d'un contrat. Mais comment pouvait-il s'agir d'une attaque personnelle quand les ennuis avaient commencé alors que Rikki avait treize ans ?

Lev parcourut les lieux pour trouver d'autres signes, mais à vue de nez, le guetteur était venu cette seule fois et s'était tapi dans le bosquet d'arbres au-dessus de sa maison pour l'observer assez longtemps pour fumer quatre cigarettes. Lev n'avait pas humé l'odeur de la cigarette, mais le vent soufflait vers la maison de Blythe.

— Je t'aurai la prochaine fois, chuchota-t-il à voix haute.

Il sut avec une certitude absolue qu'il y aurait une prochaine fois, mais il y serait mieux préparé.

Rikki avait mis en place un système de sécurité immédiatement autour de sa maison. Elle avait installé un système incroyable d'extincteurs et de gicleurs qui s'étalait dans sa cour et sur la ferme. Mais elle ne disposait d'aucune surveillance sur la ferme. Il allait changer cette donne. Il découvrit où le harceleur avait garé son camion (un camion et non une voiture) et nota qu'un pneu arrière était usé. Il aurait dû d'abord envoyer le faucon vers la route.

— Je t'aurai la prochaine fois, répéta-t-il en cherchant d'autres indices pour obtenir une image nette de l'homme responsable de plusieurs meurtres.

Il aimait le feu. Il ne faisait aucun doute pour Lev que ce dernier s'était amusé avec le feu tandis qu'il attendait — il avait presque joué avec les flammes d'un air absent. Le feu l'intriguait. Peut-être que cet homme avait même besoin de l'éclat et du crépitement des flammes comme d'une dépendance — ou peut-être de la même façon que Rikki avait besoin de l'eau. Les éléments s'attiraient mutuellement. Était-il possible qu'elle soit tombée sur un autre élément quand elle était enfant et qu'elle s'était trouvée mêlée à une guerre étrange sans même le savoir ?

Il réfléchit à cette idée. Il devait trouver un moyen d'amener Rikki à lui parler des événements ayant mené à l'incendie ; des jours et des semaines qui l'avaient précédé. L'événement avait été si traumatisant qu'il doutait qu'elle se souvienne de bien des détails. Et pour l'heure, il voulait s'étendre pendant un bon dix heures pour empêcher sa tête de tomber. Malheureusement, il avait beaucoup de travail à abattre avant de pouvoir se reposer.

En poussant un petit soupir, il reprit le chemin de la maison de Rikki – de la maison où il voulait s'établir. Son estomac se serra en nœuds durs; une sensation quelque peu étonnante. Il n'était pas exactement un homme tendu, mais jamais il n'avait eu tant à perdre. Il voulait voir ses yeux quand il allait entrer dans la maison. Rikki pouvait cacher bien des choses derrière son visage impassible, mais elle ne pouvait pas cacher ses sentiments dans ses grands yeux sombres et liquides.

La tension ne lui convenait pas. Il se souciait si peu des petits plaisirs de la vie. Il avait été programmé depuis la naissance à faire un job : exterminer l'ennemi. Il n'avait jamais connu un autre mode de vie. Ses émotions auraient dû disparaître – et c'était le cas. Il tuait les gens de manière froide et efficace, comme le lui avaient enseigné ses maîtres. L'émotion n'y avait pas sa place. L'émotion impliquait des erreurs, et les erreurs menaient à la mort. Sa vie était entre les mains de Rikki Sitmore, et elle n'en avait aucune idée. Parce que s'il échouait et faisait une erreur, il s'exposerait à ceux qui étaient à sa poursuite et ils ne s'arrêteraient qu'à sa mort. Mais qui diable étaient-« ils » ?

Il se glissa sans bruit sur la véranda attenante à la cuisine avant de se retourner pour balayer lentement les arbres avoisinants. Il ferma les yeux et tendit mentalement la main, envoyant un appel aux oiseaux qui fourrageaient ou construisaient leur nid dans les arbres.

— *Écoutez-moi. Faites le guet. Appelez-moi quand notre calme est troublé.*

Il attendit un moment jusqu'à ce qu'il entende la réponse positive. Le réseau d'espions et de sentinelles allait grossir. Une fois qu'il serait en mesure de leur montrer ce qu'il cherchait : le véhicule à épier ou, mieux encore, l'homme, il disposerait d'un système d'alarme imbattable.

Il se tint dans l'embrasure de la porte, et ses épaules larges comblèrent l'espace — *la maison de Rikki.* Il inspira pour faire pénétrer l'odeur dans ses poumons. Elle était assise dans un fauteuil lui donnant une vue non obstruée vers la moustiquaire, et il remarqua vaguement, quelque part dans les confins de son esprit, comme le plan de la maison était astucieux. Mais dans son for intérieur, il était complètement immobile, dans l'attente qu'elle lève les yeux. Dans l'attente de lire son destin dans ses yeux.

Il n'était pas le type d'homme à prier. Les hommes comme lui espéraient qu'il n'y ait aucun Dieu pour les juger, mais il ne put freiner l'appel silencieux dans son esprit.

« Faites qu'elle me choisisse. »

Il l'avait choisie, elle et ses manières décalées et son froncement de sourcils adorable. Et que Dieu lui vienne en aide : il voulait la voir froncer les sourcils maintenant, car cela voudrait dire qu'elle était sérieuse. Il voulait qu'elle soit sérieuse à son sujet.

Elle leva la tête, ses yeux s'arrimèrent aux siens, et le cœur de Lev cessa de battre. Chaque parcelle de lui s'immobilisa. Se stabilisa. S'ancra là, dans ses yeux sombres. Elle était inquiète. Elle était soulagée. Elle était heureuse de le voir. Il n'y avait aucun sourire, aucun signe extérieur, mais toute l'information dont il avait besoin se trouvait dans la profondeur de ses yeux. Il pénétra à l'intérieur et referma la moustiquaire. Avoir trop de gens dans la maison allait toujours la rendre folle ; peut-être que ça ne changerait jamais. Il s'en fichait pourvu qu'elle puisse avoir ce regard dans ses yeux et fermer les portes quand il n'y avait qu'elle et lui à l'intérieur.

Lev sourit en franchissant la courte distance qui les séparait, traversant la cuisine et le couloir pour entrer dans le salon. Il ignora ses sœurs, lui prit les mains et la tira contre lui afin de pouvoir enrouler ses bras autour d'elle et de la serrer fort contre sa poitrine. Il avait davantage besoin de cette proximité qu'elle en avait besoin à ce moment-là. Il n'avait pas l'habitude que ses émotions flottent aussi près de la surface.

Il nota au passage le regard surpris et plutôt enchanté que Judith et Airiana échangèrent comme il remarqua la position de chaque personne dans la pièce, les sorties et les armes potentielles. L'observation était son mode de vie, ça ne changerait jamais, mais il était déterminé à ce que Sid Kozlov et Lev Prakenskii restent morts et enterrés. Il n'allait jamais être personne d'autre que celui que ces visages sans nom avaient façonné dans son passé.

— J'étais inquiète, murmura-t-elle en tendant la main pour tracer ses traits affutés.

— Tu n'aurais pas dû t'inquiéter, répondit-il. *Tu peux m'appeler en tout temps, et je te répondrai.*

Le rouge vint balayer son visage, puis elle jeta un coup d'œil vers le visage intéressé de ses sœurs.

— Eh bien, j'étais inquiète, leur dit-elle d'un ton légèrement belligérant.

Blythe opina.

— Nous le voyons bien.

— Si je comprends bien, il n'y avait personne dehors, dit Lissa, mais à son ton, elle n'en semblait pas convaincue.

— Quelqu'un était là, dit Lev.

Il devait s'assoir avant de tomber.

Comme si elle lisait dans son esprit, et peut-être était-ce le cas, Rikki lui prit le bras, le guida vers le fauteuil inclinable et le poussa doucement vers celui-ci.

— Je ne te ferai pas la morale au sujet du port de chaussures dans la maison, dit-elle. Pour cette fois.

— Désolé, *lyubimaya*.

Il accota sa tête contre le dossier, car il ne pouvait faire autrement. Ça faisait du bien de s'assoir. Il remarqua seulement à ce moment-là à quel point il était étourdi.

— Je m'en souviendrai.

— Dis-moi tout, insista Lissa.

— Il aime le feu, confirma Lev. Et il épiait Rikki. Il fume des cigarettes Camel. Il y avait plusieurs mégots sur le faîte. Je n'y ai pas touché. Pendant qu'il épiait, il a allumé plusieurs petits feux pour s'amuser, mais le résultat aurait pu être désastreux. Heureusement, la terre est imbibée d'eau en raison de la tempête.

Rikki retint son souffle, et son visage devint blême.

— Crois-tu qu'il planifie déclencher un feu de forêt ?

Lev étudia le visage de ses sœurs tout en lui prenant la main, son pouce glissant vers le centre de sa paume pour y tracer de petits cercles.

— J'ignore ce qu'il planifie. S'il veut détruire tous ceux qui importent pour Rikki, aucune de vos maisons n'est à l'abri.

Lissa releva le menton.

— Il devra se battre contre nous toutes.

Rikki secoua la tête.

— Non. Pas question. S'il m'a retrouvée, alors je vais déguerpir. Je ne mettrai pas vos vies en danger. Qui est-il ? Pourquoi s'en prend-il à moi comme ça ?

— Et s'il ne savait pas où tu étais — ce qui doit être le cas, autrement, il aurait allumé des feux bien avant —, comment l'a-t-il découvert maintenant ? demanda Lev.

— Tu ne partiras pas d'ici, dit Blythe. Nous sommes toutes dans le même bateau.

Les autres femmes hochèrent la tête, et Lev les apprécia encore plus de présenter ce front uni.

Judith fit claquer ses doigts.

— Le bulletin de nouvelles. Rikki, tu es passée au bulletin l'autre soir. J'ai oublié de te le dire.

Lev se renfrogna, et ses doigts se serrèrent autour de la main de Rikki. Il tira sur son bras jusqu'à ce qu'elle soit collée contre son fauteuil.

— Que diable faisais-tu à la télévision ?

Elle secoua la tête d'un air confus.

— Je n'ai aucune idée de quoi elle parle. Comment ai-je pu passer au bulletin de nouvelles, Judith ?

— Quand tu es venue au village et que je suis allée au magasin d'Inez pour t'acheter de la soupe, lui rappela Judith. Il y avait des journalistes partout, tu te souviens ? Ils ont capté des images de toi près de ton camion, puis un autre plan où tu marchais sur le promontoire avec la mer en arrière-plan.

— Je n'ai remarqué aucune caméra.

— Ils filmaient depuis l'autre côté de la rue. La nouvelle sur le propriétaire du yacht a fait le tour du monde. Et c'était un événement si unique : une bulle de méthane faisant sombrer un bateau, ajouța Lexi. Très étrange et quelque peu effrayant. C'est pourquoi tant de scientifiques sont ici.

— Ils sont beaucoup moins nombreux maintenant, fit remarquer Lissa.

— Voilà comment il a retrouvé Rikki, dit Lev.

— Je vais appeler Jonas, Rikki, annonça Blythe. Je sais que tu es mal à l'aise en présence des autorités, mais il doit être informé que quelqu'un te traque.

Rikki secoua la tête.

— Il pensera que c'est moi, la coupable, comme tous les autres, Blythe. Aucun d'entre eux ne m'a crue. Il lira les rapports, puis il se mettra à m'épier.

— Qu'il le fasse, dit Lissa. Au moins, il aura les choses à l'œil.

Rikki demeura silencieuse, mais Lev pouvait sentir ses pensées s'emballer dans sa tête. Elle était à deux doigts de fondre en larmes, même si ça ne paraissait pas sur son visage. Elle allait les quitter pour tenter d'éloigner le danger. Elle allait quitter tout le monde — même lui.

— Tu n'iras nulle part, dit Lev à voix basse. Je sais à quoi tu penses, Rikki, mais aucun pyromane ne te chassera de nouveau de ta vie. Je sais que tu me sauves la vie. Peut-être suis-je ici parce que je suis supposé sauver la tienne.

Il avait prononcé les mots à voix haute de manière délibérée pour qu'elle comprenne qu'il était sérieux. Il avait déclaré les faits de manière calme, mais ferme devant sa famille, sans se soucier de ce que ses sœurs pensaient.

— As-tu assez confiance en moi pour croire que je resterai pour mettre fin à ceci ?

— Et les mettre à risque ? demanda Rikki en esquissant un geste pour désigner ses sœurs. Elles sont tout pour moi.

— Même si tu pars, rien ne garantit qu'il ne s'en prendra pas à elles pour te faire du mal, lui signala Lev gentiment. Tu es entrée dans ma tête, tu me connais. Tu sais ce que je suis. Tu sais que je peux régler cette histoire.

Elle secoua la tête.

— Non. Je ne veux pas que tu t'en prennes à lui. Tu voulais cette chance d'être quelque chose — quelqu'un — de différent, et je ne vais pas te l'enlever.

— Un homme a le droit de protéger sa maison, Rikki, dit Lev. Et sa femme.

Il enroula le bras autour de sa taille pour la tirer contre l'appui-bras de son fauteuil.

— Voilà ce que les hommes font.

Airiana inspira bruyamment et regarda Judith.

Blythe se leva.

— Du calme, tout le monde. Que se passe-t-il, Judith ?

— Son aura change quand il est proche de Rikki, chuchota Airiana. As-tu vu ça, Judith ? Il est complètement différent quand il est près d'elle.

— Je ne comprends pas ce que ça veut dire.

Rikki trembla sans pourtant s'éloigner de lui. Il savait que, dans son esprit, elle se tenait près de lui afin de le protéger et non de s'engager envers lui, mais ses sœurs voyaient les choses d'un autre œil, et il allait fichtrement voir le geste de la même façon.

— C'est ce que j'ai essayé de t'expliquer plus tôt, dit Judith. Airiana et moi pouvons voir les auras, les couleurs qui entourent les gens. Chaque couleur qui t'entoure, Rikki, est liée à l'eau et à la compassion. Tu es incapable d'allumer un incendie qui tuerait quelqu'un. Lissa possède les couleurs du feu, vives et passionnées, mais elle les tempère grâce à ses instincts protecteurs.

Lev leva une main pour l'interrompre.

– Elle essaie de te dire que mes couleurs annoncent autre chose, Rikki.

Les nœuds se serrèrent de nouveau dans son estomac, mais il garda une expression neutre.

– Tu t'entoures de ténèbres, de violence et de mort, affirma Judith sans sourciller. Pourtant, quand tu es avec Rikki, d'autres couleurs percent à travers ce voile obscur, comme si quand tu te trouvais près d'elle, ta personne véritable se dévoilait.

Il s'obligea à hausser les épaules d'un air nonchalant.

– Si on croit en ce genre de truc.

S'il n'arrivait pas à voir les auras, il croyait en leur existence. Il avait su dès l'instant où Judith et Airiana s'étaient approchées de la maison qu'elles étaient des médiums aux grands pouvoirs. Il ne doutait pas l'ombre d'un instant qu'elles apercevaient la mort et la violence autour de lui, mais il était troublant d'apprendre qu'elles entrevoyaient ce qu'il y avait *à l'intérieur* : l'homme qu'il cachait au reste du monde et à lui-même.

Il relâcha sa poigne autour de Rikki en douceur et se contraignit à se lever. Sa tête faillit exploser. Il avait besoin d'un lieu tranquille où il pourrait essayer de continuer à guérir sa commotion, même s'il ne disposait que de quelques minutes.

– Si vous voulez bien m'excuser, mesdames, je dois m'étendre un moment.

C'était la vérité, mais il battait aussi en retraite. Ses sœurs se méfiaient de lui, mais voulaient lui faire confiance pour le bien de Rikki. Il avait clairement annoncé ses couleurs et, si Rikki n'y avait pas prêté attention, il savait que ses sœurs avaient tout remarqué, et elles formaient un noyau très protecteur.

Blythe le suivit tout droit dans la chambre à coucher, et il posa un regard froid sur elle. Elle ne cilla pas. En fait, il y avait une force aussi solide que l'acier dans ses yeux brun chocolat.

— Je te conseille de ne pas lui faire de mal.

Il se laissa tomber sur le lit, surtout pour ne pas s'effondrer. La nausée et l'étourdissement l'emportaient sur les apparences.

— Est-elle autiste ?

Blythe haussa les épaules.

— Je crois que oui. Elle a certainement un déficit aigu d'intégration sensorielle, et si elle est autiste, et c'est ce que nous croyons, il s'agit d'un autisme de très haut niveau. À ce que nous en savons, elle n'a pas reçu de diagnostic à cet effet, mais elle parle peu de son passé.

Elle posa les mains sur les hanches et le darda d'un regard qu'il pouvait seulement interpréter comme le regard sévère d'une maman. C'était très efficace. Cette femme, malgré ses apparences d'élégance et de douceur, pouvait se montrer intimidante.

— Je ne veux pas que quelqu'un abuse d'elle.

Il posa sa tête douloureuse contre l'oreiller.

— Crois-tu vraiment que ce soit possible ? Rikki est très intelligente et, plus important encore, elle est endurante.

— Elle est aussi très fragile. Tout ce que je te demande est de vraiment penser ce que tu dis. Sinon, laisse-nous tranquilles.

— Elle n'est pas responsable de ces incendies, Blythe. Quelqu'un est à ses trousses et tente de la détruire pour une raison tordue qui m'échappe. Et il l'a retrouvée. Rends-toi au faîte pour explorer les lieux. Il était là. Je ne vais pas la laisser l'affronter seule. Je peux accepter le fait que je te déplaise, que je vous déplaise, mais je ne partirai pas.

— Es-tu le type d'homme à tenir parole ?

Il réfléchit à la question. L'était-il ? Il ignorait si c'était le cas pour Lev Prakenskii ou pour Sid Kozlov, mais Levi Hammond serait un homme de parole.

— Oui.

— Et jamais tu ne lui ferais du mal ?

— Pas de façon intentionnelle.

Il ferma les yeux pour se laisser plonger plus profondément dans sa propre conscience.

— Et je ne laisserai personne lui faire de mal non plus.

— Ça me suffit.

Il savait que c'était un mensonge. Dès qu'elle allait partir, elle se tournerait vers quelqu'un qui pourrait enquêter sur lui, ce qui lui laissait peu de temps pour devenir Levi Hammond. Heureusement, il en avait déjà fait beaucoup pour forger sa nouvelle identité à partir de l'ordinateur portable de Rikki. Et s'il avait un talent exceptionnel, c'était celui de créer des identités. Il était comme un fantôme sur l'ordinateur. Aucune base de données ne pouvait lui résister. Son sobriquet en ligne — « le Fantôme » — était bien connu de pirates informatiques partout dans le monde. Ils lui étaient redevables et s'empresseraient de lui rendre service s'il le leur demandait.

Levi Hammond disposait déjà d'un historique complet, notamment quelques amendes de stationnement, un permis de pêche aux oursins en Alaska et le long de la côte californienne. Il avait aussi un permis d'assistant de plongée, un numéro d'assurance sociale, un permis de plongeur, une formation collégiale et un très grand nombre de destinations estampées dans son passeport. Il détenait aussi un permis de port d'armes. Il avait appris à plonger au Japon.

Son plus gros problème demeurait les pêcheurs d'oursins œuvrant sur la côte. Il s'agissait d'un petit groupe de plongeurs qui se connaissaient pour la plupart – ou qui avaient, du moins, entendu parler les uns des autres. Avec un peu de chance, personne ne les interrogerait au sujet de Levi Hammond avant qu'il n'ait la chance d'imprégner en eux des souvenirs de lui ; un autre talent qui lui avait été fort utile. Celui que Blythe chargerait d'enquêter sur lui serait un policier qui aurait accès aux données sur les antécédents criminels.

– Soyez prudentes, dit-il alors que Blythe tournait les talons. Chacune d'entre vous. Souvenez-vous que cet homme a tué les parents et le fiancé de Rikki. Il est aussi probable qu'il s'en prenne à vous.

Blythe hocha la tête.

– Nous serons sur un pied d'alerte. Nous avions déjà envisagé cette possibilité. Nous avions toutes conclu que s'il s'en était pris à elle quatre fois, le risque de récidive était très grand. Nous avons tous un système de sécurité, des détecteurs de fumée, des gicleurs.

Elle leva les yeux vers le plafond.

— La maison de Rikki est dotée d'un grand nombre de détecteurs de fumée, mais c'était impossible d'installer des gicleurs.

— Elle a fait un cauchemar l'autre jour, reconnut-il. J'ai vu ce qui est arrivé.

Blythe arqua un sourcil.

— Et ça ne t'a pas effrayé ?

— Il en faut beaucoup pour m'effrayer, dit-il. Rikki possède des dons, des dons incroyables. Si la plupart des gens s'arrêtent à la surface sans voir ce qui se trouve en elle, tant pis pour eux. Je suis heureux de la garder pour moi seul.

— Si tu es avec Rikki, l'avertit Blythe, alors tu es avec nous.

Il sourit et ferma de nouveau les yeux.

— J'ai pigé, Blythe, et ça me va parfaitement.

Il l'entendit quitter la pièce et tendit l'oreille aux doux murmures des voix de ses sœurs qui discutèrent davantage avec Rikki. Il ne voulait pas la laisser seule avec ses sœurs. Elles avaient affirmé être prêtes à lui donner une chance, mais il savait qu'elles obtempéraient à contrecœur. Aucune d'entre elles, sauf peut-être Lissa, ne serait une alliée. Cette dernière comprenait mieux sa nature que les autres, mais même elle souhaiterait protéger Rikki d'un homme comme lui.

Il les respectait et allait même jusqu'à comprendre leur besoin de veiller sur Rikki, mais il n'allait pas les laisser l'influencer et l'éloigner de lui. Il ne la méritait pas, il le savait, mais il s'agissait de sa seule chance. Jamais il n'avait fait la rencontre d'une femme qui pouvait lui faire perdre le contrôle, qui pouvait durcir son corps et adoucir son cœur. Il s'était produit quelque chose sous la mer, et s'il choisissait de le voir comme un miracle personnel, une deuxième chance, personne n'avait le droit de la lui enlever — pas même ses sœurs.

Il entendit le doux bruit de pas des pieds nus de Rikki entrant dans la chambre.

— Lev ? As-tu besoin de prendre quelque chose pour ton mal de tête ?

Il voulait ouvrir les yeux pour l'admirer, mais il attendit.

— Sont-elles reparties ?

Il savait bien que oui ; elle l'appelait « Lev » de nouveau. Il ne devrait pas le permettre, mais il aimait la façon dont son nom roulait sur sa langue de manière si intime. Il était accro à la voix de Rikki. Son ton doux et monotone le soulageait.

Elle s'assit sur le bord du lit et glissa une main froide sur son front.

— Oui, elles sont rentrées chez elles. Tu n'aurais pas dû te précipiter dehors sans aide. Normalement, tu es seulement debout durant des intervalles de quelques minutes.

Il ouvrit alors les yeux, mué par le besoin de voir la preuve de son inquiétude : le doux regard dans ses yeux, la moue délicate de sa bouche. Il avait peu de souvenirs de sa mère, et personne ne l'avait jamais traité aux petits soins. Il doutait qu'il aurait toléré ou apprécié une telle attention de n'importe qui d'autre que Rikki. De sa part, il avait besoin de cette anxiété et de cette sollicitude.

— Nous devons nous rendre dans une ville, Rikki. Je dois aller dans un café Internet, un endroit d'où je peux utiliser un ordinateur, annonça Lev.

Sa tête élançait de manière effroyable, et il ne désirait rien d'autre que de s'étendre, mais il avait ouvert le bal sans avoir d'abord pris toutes les précautions nécessaires. Il devait mettre la touche finale à son identité, et ce, le plus vite possible. Ses sœurs n'allaient pas lui permettre d'entrer dans la vie de Rikki sans savoir qui il était. Cela signifiait d'ouvrir une boîte postale et de commander les documents nécessaires. Il devait aussi concocter une histoire plausible expliquant comment il avait perdu ses papiers. Il lui fallait aussi planifier une sortie d'urgence pour Rikki et lui. Au cas où son passé se présentait à la porte.

— Tu peux te servir de mon ordinateur, dit-elle en lui adressant un petit regard qui lui annonçait qu'elle savait à quoi il s'était occupé. Tu l'as déjà utilisé régulièrement.

Il lui prit la main pour presser ses lèvres contre ses doigts.

— Je ne veux pas qu'on puisse retracer mes activités jusqu'à toi. Il vaut mieux que j'utilise un ordinateur public.

Quand il en aurait terminé, il téléchargerait un virus au déploiement lent qui viendrait corrompre le disque dur sur plusieurs jours jusqu'à ce que le propriétaire n'ait d'autre solution que de le remplacer. Si ses activités de piratage donnaient l'alerte quelque part, l'ordinateur aura disparu depuis un moment, jeté par le café, et personne ne se souviendrait qui l'avait utilisé.

Elle étudia son visage.

— T'es-tu remémoré quelque chose ?

Il s'était promis de ne pas lui mentir.

— Rien de bon, Rikki. J'aimerais pouvoir te dire que je suis un homme bon, mais je ne crois pas l'être.

Rikki soutint son regard sans fléchir.

— Pourvu que tu ne me mentes pas, tout ira bien, Lev. Je préfère connaître la vérité, quelle qu'elle soit.

— Et si tu ne peux pas la gérer ?

— Je te le dirai.

Il fouilla son visage. Cette femme était courageuse, force lui était de l'admettre. Elle pensait ce qu'elle disait.

— Je veux me rendre dans la grande ville la plus proche.

Elle rit.

— Nous n'avons pas de grandes villes par ici, Lev. Fort Bragg est située à environ treize kilomètres d'ici. C'est la plus grande ville à proximité. Et non, il ne s'agit pas d'une base militaire.

— Allons-y.

Il avait déjà visité Fort Bragg. Il reconnaissait le nom. Cela signifiait qu'il y avait prévu une sortie et un plan d'urgence pour Sid Kozlov.

— Es-tu certain de pouvoir te rendre là-bas ?

— Si je ne termine pas ce que j'ai commencé, tes sœurs me feront chasser par la police.

Rikki n'argumenta pas ce point.

— Il te faudra aussi des vêtements.

— Et de l'équipement de plongée.

— Oublie ça. Jamais. Tu ne mettras pas les pieds sur mon bateau.

Il ne put faire autrement que lui adresser un regard narquois.

— Même Blythe croit qu'il s'agit d'une bonne idée.

— Ouais, bien, Blythe n'est pas la capitaine.

Il empoigna sa nuque pour approcher son visage du sien. Il ouvrit grand les yeux pour fixer les siens. Il eut l'impression d'avoir attendu des heures, des semaines, une vie entière avant de pouvoir sentir de nouveau ses lèvres sur les siennes. Il lui donna la possibilité de s'éloigner de lui. Il ne voulait pas trop la brusquer. Il savait qu'il devait lui donner le temps nécessaire pour l'accepter dans sa vie. Le toucher était difficile pour elle. Il avait remarqué son langage corporel quand ses sœurs la serraient dans leurs bras ou lui prenaient les mains. Elle ne reculait pas, mais elle ne se détendait pas non plus.

Elle ne se détendit pas à ce moment-là non plus, mais elle n'opposa aucune résistance. Ses yeux prirent cette splendide teinte noire et liquide ; si invitants. Puis ses cils retombèrent doucement, et la bouche de Lev rejoignit ses lèvres douces, chaudes et si accueillantes. Il n'eut pas à l'amadouer, cette fois. Elle s'ouvrit à lui, et il trouva son sanctuaire. Le reste du monde disparut jusqu'à ce qu'il ne reste plus que Rikki et l'homme qu'elle voyait en lui, l'homme caché à l'intérieur de cette sombre armure de violence et de mort.

Elle avait le goût de la liberté. De la vie. D'un foutu miracle. La bouche de Rikki remua sur la sienne, et elle se donna à lui. Il sentit la tension en elle se dissiper – cet immobilisme total était disparu. Elle se détendit contre lui et l'enveloppa d'une douce chaleur qui le rendait plus humain et l'éloignait de la machine à tuer qu'il était devenu. Elle faisait remonter à la surface toutes les bonnes choses qui demeuraient en lui, des traits qu'il ignorait posséder. Elle trouvait l'homme qu'il aurait dû être. C'était comme si elle connaissait chacune de ses batailles, chacun de ses démons ; comme si elle acceptait les morceaux brisés qui étaient tout ce qu'il restait de lui. Elle savait qu'il n'était rien de plus qu'une ombre, mais elle recollait ses morceaux, un à la fois, par son acceptation totale.

Il se sentait en sécurité avec elle. Jamais il ne s'était senti en sécurité auprès d'un autre être humain, pas depuis qu'on l'avait arraché à son foyer familial quand il était enfant. Il n'avait jamais pu avoir confiance en quelqu'un. Jamais il n'aurait pu céder ce dernier petit morceau — tout ce qu'il restait de son humanité — aux soins de quelqu'un d'autre. Et à présent, il y avait Rikki. Elle le laissait être ce qu'il devait être pour survivre. Elle ne lui demandait rien. Elle n'avait aucune motivation secrète. Aucune intention cachée. Seulement de l'acceptation. Elle était différente — imparfaite, ou du moins, c'est ce qu'elle croyait — et savait comme il était difficile de se tailler une place bien à soi. Elle était prête à lui permettre de le faire.

Il s'aperçut qu'il l'avait déplacée et qu'il avait empoigné ses cheveux dans une main tandis qu'il dévorait sa bouche. Il voulait sentir sa peau sous ses doigts. Son corps brûlait de la toucher, de sentir sa chaleur et sa douceur sans la mince couche de vêtements qui se dressait entre eux, mais pour l'heure, il se contraignit à se satisfaire de sa bouche délicieuse. Du réconfort qu'elle lui offrait si librement. Le corps de Rikki recouvrait le sien, et elle devait certainement sentir qu'il était lourdement excité, mais elle ne parut pas effrayée. Elle semblait s'être perdue dans ses baisers comme il s'était perdu dans les siens.

— Nous devons arrêter, murmura-t-il.

Il était très loin du saint, et quelques minutes suffiraient à lui faire perdre tout bon sens.

Elle recula immédiatement pour s'assoir à ses côtés, les yeux rivés sur son visage. Sa bouche était gonflée en raison des baisers, ses cheveux étaient en bataille, et ses yeux étaient baignés de désir. Il faillit la tirer de nouveau contre lui, mais elle était trop immobile, semblable à un animal sauvage qui hésitait entre rester et déguerpir. Il n'allait lui donner aucune raison de partir.

— J'aime t'embrasser, murmura-t-il en touchant ses lèvres. Je pourrais t'embrasser pour toujours.

Elle se déversait dans ses baisers, lui donnait tout ce qu'elle était. Il était facile de vouloir lui rendre la pareille.

Elle garda le silence un bon moment en se contentant de le regarder. Son sourire mit du temps à venir, mais quand il se déploya, le cœur de Lev cessa de battre.

— C'est drôle, car j'aime bien t'embrasser aussi.

Son ton était légèrement taquin, mais surtout surpris. Non, plus que surpris, étonné : comme si elle n'arrivait pas à y croire elle-même.

— Je vais prendre ce que tu as pour soulager le mal de tête, puis allons-y.

Rikki ne bougea pas. Elle resta assise sur le bord du lit, ses yeux énormes le fixant droit dans les yeux. Elle demeura immobile un bon moment avant de lever une main pour tracer ses traits du bout des doigts, comme si elle voulait mémoriser sa structure osseuse. Le cœur de Lev s'emballa et se mit à cogner à l'unisson avec les battements dans son sexe. Il aimait la façon dont elle avivait son corps — le désir rude et rapide qui le percutait comme un coup de poing bien assené. Chacune de ses terminaisons nerveuses bondissait de vie, et son sang s'enflammait comme du carburant de propulsion quand normalement, seule de l'eau glacée coulait dans ses veines.

— Lev, j'irai jusqu'au bout avec toi.

Son estomac se serra. Elle arrivait à le lire encore mieux qu'il ne l'ait cru possible. Ou peut-être était-ce parce qu'elle se trouvait dans sa tête comme il se trouvait dans la sienne – ce qui pourrait être dangereux pour elle et pour lui. Sa tête contenait des renseignements que certains feraient tout pour obtenir, y compris le meurtre.

Il ne put s'empêcher de la toucher, de caresser son bras tandis qu'elle traçait son visage.

– Et si les actes que j'ai commis sont pires que ce que ce harceleur t'a fait subir ? Qu'arrivera-t-il alors, Rikki ?

Son regard ne fléchit pas.

– Dans ce cas, tu décides que tu es une autre personne et tu recommences à zéro.

– Aussi simple que cela ? Tu serais capable de m'accepter, même en sachant que j'ai fait du mal à d'autres personnes ?

Sa gorge se serra au point de lui couper le souffle.

– Peut-être même à une personne comme toi ?

– Je sais ce que c'est de se battre chaque jour de ma vie simplement pour être acceptée, pour survivre, dit-elle d'une voix douce. Tu es en sécurité ici, Lev. Tu peux être qui tu es réellement.

– Et si je ne sais pas qui cette personne est ?

Elle sourit avec une expression si tendre qu'il en fut presque paralysé.

– Dans ce cas, tu disposes du temps voulu et d'un endroit sûr pour le découvrir.

Elle laissa sa main tomber brusquement.

– Je vais aller chercher de l'aspirine.

Il attrapa sa main pour la retenir. Quand elle se retourna vers lui, l'impact de ses yeux décocha une secousse dans son corps en entier. Elle voyait qui il était. C'était son don. Elle voyait à l'intérieur de lui, et tout le reste n'avait pas d'importance. Elle était entièrement concentrée sur lui ; un lien intense qu'il savait ne pouvoir partager avec aucun autre être humain.

— Qu'est-ce qu'il y a ?

Encore une fois, sa voix était d'une douceur incroyable.

— J'ai besoin de t'embrasser encore une fois.

Parce qu'il se noyait. Il avait perdu pied et allait sombrer profondément et rapidement. Il avait désespérément besoin d'une ancre. Elle le chamboulait du tout au tout, et il ne faisait rien pour l'en empêcher.

Rikki ne posa aucune question et n'hésita pas. Elle fit glisser ses mains sur son torse et baissa la tête vers la sienne. Il vit ses yeux passer au liquide, puis s'enflammer de passion ; toute cette eau froide projeta une telle chaleur qu'il arrivait à imaginer de la vapeur s'élever autour d'eux. Il ferma les yeux et se laissa emporter par elle, se laissa guider vers son paradis.

Il n'avait jamais imaginé un tel monde de sentiments et de passion. Il ne croyait pas pouvoir se sentir de la sorte ; si chaud et endolori et sur le bord du précipice. L'excitation déferla en lui comme une vague de fond, monta dans ses cuisses, dans son ventre, dans sa poitrine. Ses poumons brûlaient, à la recherche d'air. Et sa queue était lourde et chargée, aux prises avec un besoin urgent. Pendant tout ce temps, son cœur cognait, et son souffle était rauque et haletant. La sensation était merveilleuse.

11

— Attends. Arrête ici, dit Lev en passant la tête par la fenêtre du camion pour regarder derrière, en direction de l'entrepôt qu'ils venaient de passer.

Il sut qu'il avait déjà visité le café Internet où Rikki l'avait amené au moins une fois — *avant* le naufrage du yacht. Il sut quel ordinateur il avait utilisé et choisit de s'en servir une deuxième fois. Rikki n'était pas entrée avec lui. Elle avait essayé, mais au final, elle l'avait attendu à bord du camion. Il passa beaucoup de temps dans le café, mais à son retour, elle ne fit montre d'aucun signe d'impatience. Elle avait un café et écoutait de la musique et lui adressa un sourire dès qu'il grimpa dans le camion.

Il lui fut reconnaissant d'avoir songé à lui acheter un café. Le déplacement n'aidait pas à atténuer son mal de tête, mais il était déterminé à accomplir le plus de tâches possible rapidement pendant cette sortie publique. Il ne voulait pas attirer l'attention, mais il avait besoin de vêtements et avait laissé quelques valises à différents endroits, en prévision d'une fuite rapide. Il devait s'orienter pour repérer où il les avait laissées. Il demanda à Rikki de conduire sans but dans la ville un moment tandis qu'il buvait son café à petites gorgées et essayait de raviver ses souvenirs.

— Je reconnais cet endroit, affirma-t-il. Je suis déjà venu ici.

Rikki fit demi-tour et gara la voiture immédiatement devant une haute clôture grillagée.

— Pourquoi ce lieu te serait-il familier ?

— Je dépose toujours une valise qui renferme de l'argent, un passeport, des cartes d'identité et des vêtements à plusieurs endroits en prévision d'une sortie d'urgence.

Il évalua les lieux avec soin. Il vit que la caméra de sécurité était brisée. Il se souvint d'avoir jeté une pierre avec précision pour s'assurer qu'aucune caméra ne capterait d'images de lui. La caméra n'avait pas été réparée depuis.

— Plusieurs endroits ? répéta-t-elle. Pourquoi plusieurs ?

— Je crois en la préparation, expliqua-t-il d'un air absent, son attention tournée vers l'entrepôt. C'est exactement pourquoi nous allons ajouter des mesures de sécurité dans ta maison. Tu dois prendre de meilleures précautions.

— As-tu loué un espace au nom de Sid Kozlov ?

Il secoua la tête.

— C'est trop dangereux. Si je devais fuir, on pourrait me retracer grâce à ce nom. J'utilise toujours une identité vierge.

De sorte que même ses maîtres ne puissent le retracer. Il était toujours possible qu'on ordonne qu'il soit mis hors d'état de nuire pour nettoyer un gâchis. Il n'avait confiance en personne, surtout pas dans les gens qui l'avaient arraché à ses parents, sa famille et son enfance pour l'entraîner à être un agent d'élite. Il était un outil, et rien de plus et quand il ne serait plus utile, ses maîtres n'hésiteraient pas à le tuer.

Rikki lui toucha le bras afin qu'il reporte son attention sur elle. Dès que leurs regards se croisèrent, il ressentit une étrange douleur près de son cœur, comme si celui-ci était serré dans un étau. L'expression de Rikki, si proche de la tendresse, faillit déchirer son cœur en miettes.

— Comme c'est terrible de devoir vivre ainsi. J'ai été effrayée et en colère pendant trop d'années de ma vie et j'ai trouvé la paix ici, Lev. J'espère qu'il en sera de même pour toi.

Elle *était* sa paix. Voilà ce qu'elle ne saisissait pas tout à fait. La regarder dans les yeux, toucher sa peau, embrasser sa bouche... Diable, le simple fait d'observer les expressions aller et venir dans ses yeux était un cadeau incommensurable.

« Je pourrais te regarder pour l'éternité. »

Il ravala ce qu'il s'apprêtait à dire, car aucun mot ne serait le bon. Il n'avait aucun moyen d'exprimer ce qu'il ressentait sans passer pour un fou à lier.

Elle lui sourit.

— Tu ne ressembles pas à un fou à lier. Tes pensées sont adorables.

Il eut un grand sourire niais. Il aurait dû savoir qu'ils étaient liés à ce moment-là, mais la chaleur qui l'inondait valait la peine de passer pour un fou.

— Il n'y a rien d'adorable en moi, l'avertit-il.

Le sourire de Rikki s'élargit.

— Vraiment ? Parce que je crois que le rouge te va très bien.

Il se toucha le visage. Il avait rougi sous sa peau bronzée de façon permanente.

— C'est une première.

Il se pencha vers elle pour l'embrasser, effleurer légèrement ses lèvres, juste pour le plaisir.

— Reste ici. Je reviens dans quelques minutes.

— Je me sens comme la nana d'un film de gangsters.

Elle se pencha par la fenêtre ouverte du camion pour le regarder contourner le véhicule.

— Tu as des armes là-dedans ?

— Bien sûr.

Elle rit en secouant la tête.

La tête de Lev élança dès qu'il posa les pieds sur le sol et commença à marcher, mais le doux rire de Rikki vint tout changer. Rien n'avait d'importance. Ni la douleur. Ni ce qui se trouvait dans cet espace de rangement. Seulement Rikki et sa façon de le laisser trouver sa voie. Sa nouvelle identité était en place, et il avait envoyé une demande pour ses documents « perdus ». Il avait même réussi à forger un faux rapport de police à San Francisco où le pauvre Levi Hammond s'était fait attaquer. Sa mère était russe, son père était américain. Il était né à Chicago. Il aimait son nouveau passé. Il était très normal.

Il laissa son esprit se reposer et passa au pilote automatique. Son corps trouva son chemin jusqu'à la troisième rangée où de nombreux espaces plus petits étaient alignés dans une longue file ; chaque espace ressemblant au prochain. Ça n'avait pas d'importance ; ses pieds le menèrent au dix-huitième mini-garage. En tirant sa manche pour couvrir ses doigts, il entra son code. Il gardait toujours le même code, puisque personne d'autre que lui ne le connaissait. Néanmoins, il pénétra dans l'espace avec une prudence extrême, les sens en alerte dès que la porte se déverrouilla.

Avant d'entrer dans la pièce fermée, il s'immobilisa complètement et évalua les lieux avec ses sens pour s'assurer que personne ne l'y attendait. Ensuite, il inspecta la porte en soi pour s'assurer qu'aucun piège n'y était caché, puis il s'avança avec précaution. Sa valise était exactement là où il l'avait laissée, mais il ne s'en approcha pas tout de suite. Il étudia d'abord le sol pour y discerner les signes d'une présence. Une mince couche de poussière recouvrait le béton entourant la seule tablette où il avait posé sa valise. Lev n'aperçut aucune empreinte, et les toiles d'araignée étaient intactes. Malgré tout, il s'approcha avec précaution et étudia la valise de tous les angles avant d'y toucher.

Il était tenté de l'ouvrir pour en inspecter le contenu, mais il ne voulait pas prendre le risque d'être découvert. Il valait mieux pour lui de s'éloigner tandis qu'il était seul. Il regagna le camion et se glissa dans la cabine.

— Partons d'ici.

Rikki démarra docilement le moteur et s'engagea sur l'autoroute en fronçant légèrement les sourcils.

— Tu crois que quelqu'un est à tes trousses, n'est-ce pas ?

— Oui.

Sa réponse était brusque et sèche de façon délibérée : il envoyait à Rikki le signal de renoncer à en parler.

— Mais si tu étais Sid Kozlov, tout le monde croira que tu es mort, non ? Tes chances de survie étaient minuscules. Ils doivent te penser mort. Les autorités n'ont repêché que quelques corps, et l'océan est immense. D'autres corps pourraient échouer sur la rive plus tard, mais plus le temps passera, moins cette éventualité sera probable.

Il garda les yeux rivés au rétroviseur.

— Ils n'accepteront pas ma mort, Rikki. Ils viendront à ma recherche.

Elle lui jeta un regard à la dérobée, mais Lev ne le lui rendit pas : il était trop occupé à observer la route autour d'eux.

— Aimerais-tu aller sur le bateau ? demanda-t-il.

— Oui, mais nous n'irons pas, dit-elle fermement. Je te ramène à la maison pour que tu te reposes. Tu as été debout trop longtemps aujourd'hui. Et qui sont « ils » ? T'en es-tu rappelé ?

Il haussa les épaules, refusant d'argumenter avec elle. Il aurait voulu qu'elle puisse au moins prendre la mer, même pour une courte période à proximité du port, mais il n'en tenait que par un fil.

— Je te le dirai quand nous serons au lit. Dans le noir.

— Ça me va.

Rikki conduisit le camion en silence pour laisser Lev se reposer. Elle fut absolument ravie qu'il songe à se rendre à son bateau. Cela lui démontrait qu'il comprenait les difficultés qu'elle vivait si elle restait loin de l'eau trop longtemps. Une tempête devait frapper autour de minuit, et elle avait l'intention de s'assoir dans son hamac sur la véranda pour profiter de chaque seconde. Le teint de Lev semblait gris sous sa peau bronzée. Elle doutait que quiconque d'autre qu'elle aurait remarqué le changement chez lui, mais elle était consciente de chacun de ses souffles et elle savait qu'il avait mal de nouveau.

Au moment où elle aurait pris la route menant à sa ferme, Lev l'arrêta.

— Continue de rouler. Y a-t-il une entrée à l'arrière ?

— Je peux emprunter la route juste après cette entrée, mais elle est beaucoup plus longue et passe par la forêt, donc il faut mettre une bonne distance pour entrer par l'arrière. La barrière arrière est cadenassée.

— J'en déduis que personne n'emprunte cette route?

— Rarement. Il y a deux terrains non aménagés qui débouchent sur cette route, mais je n'ai jamais vu quiconque rouler par là. Cependant, je ne l'utilise pas souvent.

Elle lui jeta un bref regard.

— La route est très longue.

— Très bien. Roule environ un kilomètre, puis immobilise le camion pour que je puisse examiner la route.

— À la recherche de quoi?

— Il a plu, tu te souviens? Il s'agit d'une route de terre. Je reconnaîtrai la marque des pneus du véhicule du salaud qui te harcèle.

Elle réfléchit à cette information, craignant d'espérer.

— Lev, es-tu certain qu'il y avait quelqu'un sur le faîte?

— Je t'ai dit que je ne te mentirais pas et je ne le ferai pas. Il aime le feu, Rikki. Ce serait une trop grande coïncidence que quiconque d'autre que l'homme responsable des horreurs qui te sont arrivées se présente ici, observe ta maison et allume de petits feux pour passer le temps.

— Mais ça n'est pas logique du tout. Que puis-je bien avoir fait à l'âge de treize ans pour qu'il me déteste assez pour être prêt à tuer des gens?

— Ça n'a pas à être logique pour nous, *lyubimaya,* pourvu que ce le soit dans son esprit à lui.

Elle aimait qu'il lui donne ce surnom, la seule instance où sa voix prenait un accent russe. Autrement, son accent américain était parfait.

— Combien de langues parles-tu, Lev?

Il haussa les épaules, regardant toujours par la fenêtre pour examiner le sol. Rikki ralentit pour lui faciliter la tâche. La route n'était pas entretenue et traversait la forêt plus dense, contournant les hectares de la ferme. Les traces de deux jeux de pneus étaient visibles sur la route boueuse, comme si deux véhicules l'avaient empruntée avant eux. Les deux traces menaient à la barrière d'une autre propriété, la seule preuve de la présence de quiconque d'autre sur cette longue route sinueuse.

— Ton voisin, dit-il d'un ton interrogateur.

— Ce terrain n'est pas aménagé. En fait, nous avons songé à l'acheter, mais son prix est un peu trop élevé pour nous pour l'instant.

Il se redressa sur la banquette.

— Arrête le camion une minute.

Des traces indiquaient que l'un des véhicules avait fait demi-tour pour retourner d'où il était venu tandis que l'autre avait pris la direction opposée pour suivre la route autour de la ferme. Lev sortit du camion et s'accroupit pour examiner les traces de pneus. Il reconnut la bande de roulement de l'un des véhicules. Il s'agissait du même camion qui avait été garé sur le faîte, au-dessus de la maison de Rikki.

L'homme avait emprunté la route en suivant un autre véhicule — probablement celui d'un agent immobilier —, puis après le départ du premier véhicule, il avait patienté un moment, sans doute jusqu'à ce que la personne venue avec lui reparte. Durant cette attente, l'homme avait fumé la même marque de cigarettes que celle du harceleur de Rikki. Lev fouilla les alentours à la recherche d'autres preuves. Il trouva ce qu'il cherchait juste derrière la barrière. De petits cercles de gazon brûlé. L'harceleur avait joué avec le feu de nouveau. Cette fois, il s'était montré plus créatif. Les cercles suivaient un motif.

Lev arpenta l'endroit pour l'étudier de tous les angles. Une carte s'affichait continuellement dans sa tête, et la disposition des cercles lui parut familière, comme s'il avait déjà vu ce motif. S'il avait raison, et il en parierait sa vie, les zones brûlées dans l'herbe formaient le plan des deux hectares de Rikki. Tout y était : des arbres aux jardins disposés en platebandes en passant par la maison. Le pyromane avait étudié la topographie de la ferme en prêtant une attention particulière aux deux hectares appartenant à Rikki.

— Qu'as-tu trouvé ? héla-t-elle.

Il se releva lentement.

— Je crois que cet homme a l'intention de s'en prendre de nouveau à toi, et il planifie une attaque.

Sans broncher, Rikki garda les yeux rivés sur son visage.

— Les autres sont en danger ?

Il secoua la tête.

— Je ne peux pas l'affirmer avec certitude, mais jusqu'à présent, son plan de bataille semble très axé sur ta propriété immédiate.

Il remonta à bord du camion.

— Continue de rouler. Ses traces sont visibles sur la route. Je dois voir chaque endroit où il est allé.

Rikki serra les mains autour du volant jusqu'à ce que ses jointures blanchissent ; le seul signe de son agitation, car sa conduite demeura lente et régulière.

— Il ne me connaît pas, murmura Lev pour tenter de la rassurer.

— Il doit savoir que tu es dans la maison, argumenta-t-elle. Il croit probablement que tu vis avec moi. Tu es autant en danger que moi, sinon plus.

— Je vis avec toi, et il ne sait fichtrement rien à mon sujet.

Le rire de Rikki était inattendu et vint défaire quelques-uns des nœuds dans l'estomac de Lev.

— Je n'en sais fichtrement rien sur ton compte non plus, Lev, et tu n'en sais probablement pas beaucoup plus que moi.

— Mes souvenirs reviennent, lui dit-il d'un ton sinistre.

Il recouvrait définitivement la mémoire, et peu de ses souvenirs étaient beaux.

— Et quiconque te harcèle s'apprête à vivre un cauchemar.

Il n'était pas un homme passif. Il ne croyait pas en la technique voulant d'attendre que l'ennemi passe à l'attaque. Il attaquait le premier avec fougue et mettait un terme à la guerre avant même qu'elle ne commence, mais il ne jugeait pas nécessaire de le lui dire.

Il remarqua le début d'une clôture grillagée.

— Cette clôture encercle-t-elle toute votre ferme ?

— Pas les cent vingt hectares, dit Rikki. Nous ne disposons pas des fonds nécessaires, même en réunissant nos ressources. La clôture ceinture la partie principale de la ferme où nous faisons pousser la nourriture et les fines herbes. Les vergers ne sont pas clôturés.

Elle prit un virage vers une route de terre.

— Nous sommes sur notre propriété, à présent. Nous entretenons cette route nous-mêmes. Lexi peut manœuvrer le tracteur et la tractopelle comme une pro. Elle est incroyable.

— Elle est très jeune. A-t-elle grandi sur une ferme ?

Rikki se raidit et fixa un point droit devant, les lèvres serrées. Il était manifeste que les sœurs ne parlaient pas de leur passé avec les autres. Elle pouvait dire à Lev tout ce qu'elle voulait sur elle-même (et elle s'ouvrait rarement), mais jamais elle ne divulguerait le passé de ses sœurs à quiconque, pas même à lui. En fait, surtout pas à lui peut-être.

Lev n'insista pas. Elle lui témoignait déjà une bonté et une générosité indues. Il n'avait jamais connu quelqu'un comme Rikki et il n'allait certainement pas la pousser à dévoiler quelque chose contre son gré. Il cherchait simplement à lui faire la conversation, à en découvrir plus sur les femmes qu'elle aimait.

— Ça n'a pas d'importance, *lyubimaya*. Il est beaucoup plus important pour toi de ne pas trahir la confiance de ta sœur que de me répondre.

— C'est seulement que je suis d'avis que chacune d'entre nous a le droit de décider qui peut nous connaître et dans quelle portée. Je t'ai révélé l'information sur moi que j'ai partagée avec mes sœurs, mais je te la donne sans condition. Ça ne m'ennuie pas d'être différente. Je ne le cache ni à toi ni à quiconque. J'aime ma vie, Lev. En fait, j'en suis très heureuse. Je choisis de partager des choses avec toi parce que je le veux.

Il lui toucha le visage en traînant ses doigts sur sa peau douce, ses pommettes saillantes et son menton volontaire.

— Si tu essaies de me dire que tu n'as besoin ni de moi ni d'aucun homme dans ta vie, j'en suis parfaitement conscient. Je te dis que j'ai besoin de toi.

Il aurait dû hésiter, voire être embarrassé ou honteux de le lui admettre, mais il n'était rien de tout cela. C'était maintenant ou jamais. Nager ou sombrer. Vivre comme un être humain ou mourir dans le néant qui avait été sa vie. Il voulait en sortir. Et Rikki était sa salvatrice. Il le ressentait dans chaque parcelle de lui-même.

Il restait bien peu d'humanité en lui; un petit morceau qu'il remettait entre les mains de Rikki. Si elle l'acceptait, si elle lui permettait de se bâtir une nouvelle vie autour d'elle, il avait une chance de survivre. Ce n'était pas ce que les experts ou les belles romances qualifieraient de relation saine ou bonne, mais c'était tout ce qui existait pour une personne comme lui. Il avait besoin qu'un autre être humain le voie réellement. Il ne pouvait se risquer qu'avec une personne. Un pouvoir divin avait choisi Rikki. Le destin. Peu importe. Ça n'avait pas d'importance. Tout ce qui importait était cette chance qu'on lui offrait. Il était bien décidé à la saisir des deux mains.

Rikki mit un moment à sourire.

— Des hommes comme toi n'ont pas besoin de femmes comme moi, Lev. D'aucune femme, en fait.

— Tu es exactement celle dont j'ai besoin.

Il glissa le pouce sur les lèvres de Rikki.

— Tu es tout ce dont j'ai besoin. Je t'ai dit que je ne te mentirais pas et j'ai l'intention de garder cette promesse.

Rikki quitta la route des yeux assez longtemps pour le regarder. Il lisait son scepticisme et peut-être une légère confusion. Elle secoua la tête pour ramener son attention sur sa conduite.

— Nous approchons de la barrière arrière et de la route pavée. Cette route passe par les vergers jusqu'à la partie principale de la ferme dont Lexi s'occupe. Nous avons des oliviers par là. Nous n'avons pas encore de pressoir à olives, mais nous faisons partie d'une coopérative et, ensemble, nous en avons acheté un.

— C'est une énorme exploitation.

Le visage de Rikki s'illumina.

— C'est vraiment génial. La ferme était en ruine, quand nous avons pris le relais. Tu aurais dû nous voir bâtir la clôture et les maisons. Lexi s'est surtout occupée des vergers et a commencé à planter les cultures. Nous possédons une serre sensationnelle dans laquelle nous cultivons des plants toute l'année. Il fait trop froid ici durant l'hiver pour cultiver la plupart des plants dehors.

Comme si la nature avait entendu ses paroles, le vent se leva, et le ciel fut assombri par des nuages qui ondulaient et bouillonnaient, chargés de pluie. Rikki leva les yeux vers le ciel, et ses mains se détendirent autour du volant. La route s'élargit, et Lev entrevit une grande maison à sa gauche.

— Qui habite là ?

— En fait, c'est notre bâtiment commun. Il abrite un gymnase et un centre de méditation. Lissa travaille à mettre en place une zone d'entraînement vraiment chouette. Ça te plaira peut-être si tu aimes ce genre de trucs.

Il avait envie de sourire. Parfois, Rikki était comme un rayon de soleil avec ses petites manies et les choses qu'elle disait ou pensait.

— Il a traversé ta ferme, Rikki. Comment est-il possible que personne ne l'ait vu ?

— La ferme est d'une grande superficie, et la plupart d'entre nous, sauf Lexi, n'y sommes pas durant la journée. Et Lexi aurait pu se trouver n'importe où.

Ils gardèrent le silence tandis que Rikki roula vers la maison et gara le camion. Lev l'observa inspecter le sol autour de la maison, ainsi que chaque fenêtre en prenant son temps tandis que les premières gouttes de pluie se mettaient à tomber. Elle leva le visage vers le ciel et sourit en tendant les mains comme pour accueillir la pluie. Elle se tint là, absorbée par les gouttes, perdue par la beauté de chaque perle. Il se surprit à être emporté par sa magie, l'émerveillement semblable à celui d'un enfant qui se lisait sur son visage, son expression de bonheur absolu.

Il ne put s'en empêcher : il établit le contact de façon télépathique, mué par le désir de partager ce moment avec elle, par le *besoin* de ressentir ce qu'elle ressentait. La perception éclata en lui, apaisante, calmante. Il s'émerveilla devant une telle perfection, la sensation de l'eau froide sur une peau chaude. Il fut stupéfié par la myriade de sensations qui se déversa sur et en lui. Le ciel scintillait de larmes de diamant, chacune plus parfaite que la précédente, chacune à multiples facettes. L'espace d'un moment, il fut emporté par cette fascination de la nature, comme Rikki l'était. Il n'avait jamais remarqué les gouttes de pluie en détail ni porté attention à la sensation qu'elles provoquaient sur sa peau.

Le motif des gouttes était sensuel ou peut-être était-il lié si étroitement à Rikki que, comme chaque fois qu'il se trouvait près d'elle, son corps prenait vie. Même cette notion lui était incroyable : devenir si chargé et si dur sans s'y contraindre. Enveloppé dans l'odeur rafraîchissante de la pluie, il se tint près de Rikki et leva le visage pour observer avec émerveillement les gouttes tomber du ciel. Elles étaient comme des prismes de cristal éclatant sur sa peau comme des langues.

« C'est incroyable. »

L'esprit de Lev effleura celui de Rikki dans une intimité qu'il n'avait jamais connue. La paume de sa main gauche le démangea, et il vint la frotter contre sa barbe en brosse.

Rikki haleta et pivota pour lui faire face, brisant ainsi le sortilège des gouttes d'eau. Ses yeux étaient écarquillés par le choc.

Il la regarda droit dans les yeux, dans ces mares sombres et mystérieuses qui l'intriguaient tant, puis elle se retourna brusquement pour déverrouiller la porte et le laisser entrer. Elle s'éloigna de la porte pour lui permettre de passer, ce qu'il fit, mais au passage, il lui ébouriffa les cheveux. Il aimait ces mèches dorées dans sa chevelure épaisse et sombre. C'était comme si le soleil avait posé un baiser sur sa tête, ce qu'il avait envie de faire lui-même régulièrement.

Il était étrange de regarder son passé : un néant sombre de devoir et de discipline, de voir le côté le plus sordide du monde, d'accepter son destin, de savoir qu'il était entraîné à tuer. Jamais durant toutes ces années n'avait-il songé qu'il existait une autre façon de vivre. En fait, plus ignobles étaient les crimes dont il était témoin et plus il était déterminé à éliminer les bas-fonds affreux et corrompus du monde. Il ne s'était jamais classé dans ce monde. Il n'avait jamais pensé qu'il agissait peut-être mal. Il suivait ses ordres et menait à bien sa mission sans se questionner. C'était comme s'il s'était réveillé dans la mer, là, dans la profondeur de ses yeux, aussi sentimental que ça puisse paraître.

Quelque chose avait changé en lui : une renaissance. Ses maîtres allaient venir et s'ils découvraient qu'il était toujours en vie, ils ne s'arrêteraient pas jusqu'à ce qu'ils le trouvent. Sid Kozlov devait rester enseveli dans la mer, et le nouveau Levi Hammond devait être doté d'un passé qui passerait tout examen rigoureux. Il caressa sa barbe naissante d'un air pensif. Une barbe et des vêtements de pêcheur lui ajouteraient une couche de protection. S'il travaillait sur la mer et demeurait reclus autant que possible, loin de la circulation pendant un bon moment jusqu'à ce que l'identité de Hammond soit établie, il aurait une chance de vivre.

Il posa la valise sur la table de la cuisine, bien à la vue de Rikki. Il n'allait rien lui cacher. Il devait y avoir une personne au monde en qui il avait assez confiance pour lui confier les derniers fragments de son humanité. Si Rikki ne l'acceptait pas, il n'y aurait personne d'autre pour lui. Derrière lui elle verrouilla la porte et y prit appui, le regard égal, fixé sur lui et non sur sa valise.

Lev étudia la serrure. Elle semblait intacte et sans éraflure. Il s'accroupit afin qu'elle soit à la hauteur de ses yeux. Il pouvait entendre la respiration lente et régulière de Rikki, mais elle ne fit aucun bruit ni mouvement. Elle se contentait d'attendre.

Il entra le code et souleva lentement le couvercle. La valise contenait de l'argent, des piles, en devises américaines. Sous les billets se trouvaient des passeports et une trousse permettant de fabriquer d'autres identités. Il retira tous ces articles de la valise pour dévoiler deux ensembles de vêtements décontractés. Les vêtements recouvraient des armes et un petit ordinateur portable.

– Tu sais comment boucler une valise, fit remarquer Rikki d'un ton rigoureusement neutre.

Il lui jeta un bref regard avant d'inspecter chaque arme avec précaution, puis de les réunir pour les transporter dans la chambre à coucher. Rikki s'avança pour jeter un coup d'œil dans le porte-documents, les mains croisées dans son dos et avec ce petit froncement de sourcils familier sur son visage. Lev se surprit à sourire encore une fois à son retour dans la cuisine où il la souleva gentiment, mais fermement pour la déplacer légèrement de côté.

— Tu devrais peut-être songer au repas, dit-il.

— Tu devrais peut-être songer à déposer cet argent à la banque, répliqua-t-elle. Quelqu'un pourrait te voler.

Il lui adressa un grand sourire par-dessus son épaule.

— Et qui ferait cela, Rikki ? Personne ne connaît l'existence de cet argent.

— Moi. Je vais te dévaliser. Il se trouve que j'ai une chambre à coucher remplie d'armes. Je pense que je pourrais te battre, ajouta-t-elle, les yeux toujours rivés sur les billets.

Il émit un doux rire.

— Je t'épargnerai l'effort. Si tu veux l'argent, il est à toi. Je dispose d'au moins quatre autres porte-documents contenant la même somme et j'ai un compte bancaire quelque part vers lequel je transfère des fonds depuis des années. Je suis fichtrement doué dans l'informatique, Rikki. Chaque fois que j'ai découvert des complots financiers majeurs, j'ai réussi à rediriger les entrées de fonds sans qu'on me retrace.

Elle déglutit avec difficulté.

— Tu as volé de l'argent.

— Des mains de criminels.

Normalement, avant de les exterminer.

— Et j'ai reçu des sommes costaudes pour certaines missions.

Des missions dont il lui parlerait si elle posait des questions, mais il n'allait pas lui donner volontairement l'information. Il pointa vers l'argent.

— Prends-le, si tu veux. Tu as certainement été généreuse envers moi.

Elle secoua la tête et recula.

– Ne plaisante pas sur de tels sujets. Je m'en vais dans le salon.

C'était au tour de Lev de froncer les sourcils. Il la suivit jusqu'à l'embrasure de la porte. Elle se laissa tomber dans son fauteuil préféré et commença à se balancer d'avant en arrière lentement. Il doutait qu'elle en eut même conscience. Son instinct initial lui dictait d'aller s'agenouiller devant elle afin de la regarder dans les yeux et de voir à quoi elle pensait, mais à voir sa posture, il craignait qu'elle soit déjà submergée et ait besoin d'espace.

Ils n'avaient pas réellement été séparés très longtemps depuis le jour où elle l'avait repêché de l'océan. Il aurait cru éprouver de la difficulté à passer tant de temps avec quelqu'un quand jamais il ne l'avait fait auparavant ; pourtant, il lui était arrivé quelque chose dans la mer. Elle luttait pour l'intégrer dans sa vie, et manifestement, le changement n'était pas sa force. Il se dirigea vers la chambre à coucher et trouva sa couverture lourde. Elle ne remua pas ni le regarda quand il l'enveloppa dans la couverture, mais une partie de sa tension sembla s'évaporer. Il ressortit du salon pour la laisser seule.

Il n'avait jamais été confronté à une situation d'incertitude. Il savait qu'elle était attirée vers lui et que leur lien devenait plus fort, mais elle était encore réticente à partager son refuge paisible avec quelqu'un d'autre. Il ne pouvait lui en vouloir : c'était beaucoup lui demander de céder une paix si chèrement acquise pour une personne comme lui.

Il se tint au-dessus de sa valise, à en fixer le contenu. Il possédait trop de noms. Lequel était vraiment le sien ?

Avait-il réellement un nom ? Il était né Lev Prakenskii, mais ce garçon avait disparu il y avait très longtemps. Jamais il n'aurait dû se présenter à Rikki sous le nom à consonance étrangère de Lev. Il lui avait dit la vérité : ses maîtres allaient envoyer quelqu'un vérifier son décès et il avait laissé une brèche : quelqu'un — Ralph — avait vu Rikki le placer dans son camion le jour du naufrage du yacht. Il pourrait tenter de « repousser » le souvenir, mais en règle générale, les pêcheurs d'oursins étaient des francs tireurs, des libres-penseurs, des non-conformistes, ce qui rendait les suggestions difficiles. Rikki n'avait pas répondu aux poussées occasionnelles qu'il avait tentées sur elle.

Ralph travaillait sur la plateforme pour le compte d'une entreprise de traitement. S'il n'était pas un plongeur, Lev avait une chance de réussir. Ou il pourrait aussi le tuer. Il appuya les doigts contre ses yeux. Comment pourrait-il se dépouiller de son ancienne vie et en bâtir une nouvelle en commençant par tuer un innocent ? Il jura à voix basse. Ce porte-documents avait ramené à la surface de nombreux souvenirs qu'il préfèrerait oublier. S'il était un vrai homme, il repartirait afin de ne pas la marquer par la vie qu'il menait. Cependant, il avait pu goûter à la liberté, obtenir un aperçu d'une sorte de paradis qu'il désirait tant avoir qu'il n'avait pas la force de s'en éloigner.

Il cacha les piles de billets de banque à divers endroits et dissimula un passeport et les cartes d'identité correspondantes dans chaque pile. L'avertisseur de son radar interne sonna au moment où il rangeait des jeans dans la penderie de Rikki. Quelqu'un approchait de la maison. Il passa la tête par l'embrasure de la porte du salon.

— Rikki ? Nous allons avoir de la compagnie.

Elle serra les mains contre ses oreilles sans le regarder et continua de se balancer d'avant en arrière. Son regard était fixé droit devant sur le grand kaléidoscope encastré dans le mur. Les cristaux bougeaient comme les vagues qui bouillonnent et culbutent dans l'océan. C'était l'un des objets les plus formidables qu'il n'ait jamais vus, et il avait l'intention de lui demander comment ça fonctionnait. Elle était complètement absorbée par celui-ci, ce dont elle avait manifestement besoin. Il haussa les épaules, vérifia son revolver et sortit de la maison.

La nuit tombait, et il préférait se tenir dans l'ombre d'où il pouvait voir qui venait vers lui. Il s'agissait fort probablement de l'une de ses sœurs. Il ne sentait aucune menace, mais comme toujours, il demeurait prudent, tapi dans l'obscurité, non loin de la véranda. De là, il pouvait bien voir la zone avoisinante et la route. Il étudia le faîte. Il n'y avait personne là-haut pour le moment, mais il s'attendait à avoir bientôt de la compagnie. Les petits feux allumés nerveusement indiquaient à Lev que l'homme qui harcelait Rikki n'était pas patient.

Il reconnut Blythe, la sœur la plus âgée de Rikki. Il sut instinctivement que Blythe exerçait beaucoup de pouvoir dans la vie de Rikki. Il avait non seulement lu de l'amour dans les yeux de Rikki, mais aussi un profond respect. Il arrivait souvent que le regard de Rikki glisse vers le nez de ses autres sœurs, mais ce n'était jamais le cas avec Blythe. Elle regardait Blythe droit dans les yeux, ce qui indiquait à Lev qu'elle croyait que Blythe l'acceptait telle qu'elle était.

Il enfonça son revolver dans sa ceinture, dans le creux de son dos, et sortit de l'ombre avant qu'elle ne se gare dans la cour circulaire. Il se pencha comme s'il vérifiait un boyau d'arrosage et se redressa lentement pour l'observer tandis qu'elle sortait de sa voiture. Elle lui adressa un sourire rapide.

— J'ai apporté de la nourriture. Nous avons décidé de cuisiner pour toi tour à tour jusqu'à ce que tu sois remis sur pied. Autrement, tu survivras grâce au beurre d'arachide.

— C'est très généreux de votre part, mais ce n'est pas nécessaire. Je suis capable de cuisiner…

— Crois-moi, Levi, c'est nécessaire, l'interrompit Blythe. Rikki ne peut s'adapter à trop de changements à la fois. Il lui faut beaucoup de temps pour traiter une idée et s'y faire. Sa cuisine lui est sacrée. J'ai dû mettre des mois avant qu'elle ne me laisse entrer me servir un café et après mon départ, je parierais qu'elle essuie toutes mes traces de doigt imaginaires sur ses portes d'armoire et son évier.

— Tu as raison sur ce point. Je l'ai observée à l'œuvre.

Il jeta un bref coup d'œil vers la maison.

— Elle est bouleversée en ce moment. Elle est assise dans son fauteuil préféré, les yeux rivés sur son kaléidoscope. Elle se berce.

Blythe opina.

— Ça la calme. Nous avons installé des planchers de bois chez elle afin qu'elle ne soit pas obligée d'utiliser un aspirateur. Le bruit lui fait mal, et elle n'arrive pas du tout à le supporter. Les lampes fluorescentes ont le même effet, même si elle dit que la sensation est différente. Et ne porte jamais de velours côtelé, car ça lui blesse la peau. Elle est extrêmement intelligente, ne pense jamais le contraire, mais si elle ne veut pas te parler, elle ne le fera pas, et aucun mot ni geste de ta part ne la fera changer d'avis. Rikki est une personne à part entière et elle mène une belle vie ici. Son parcours a été difficile.

— J'entends l'avertissement dans ta voix.

— Entends-tu ce que je te dis au sujet de Rikki ? Avant de chambouler son monde, assure-toi d'être prêt à en accepter les limites. Tu as le choix. Ce n'est pas le cas pour Rikki. Certaines choses sont nécessaires à son bien-être.

— Comme ? lui demanda Lev.

— La cuisine. Elle est incapable de se charger des emplettes ou de la cuisine. Ça n'arrivera jamais. Elle ne changera pas soudain comme par magie pour le faire à ta place si tu passes une mauvaise journée.

— Elle m'a préparé de la soupe, fit-il remarquer.

— Elle l'a fait chauffer à l'extérieur et non dans la cuisine.

— Eh bien, elle a trouvé un moyen, non ?

Lev riposta avec un petit haussement d'épaules.

— Peut-être n'ai-je pas autant de choix que tu le croies. Rikki est importante pour moi. Je ne peux te dire pourquoi ni comment c'est arrivé, mais jamais je n'ai ressenti pour une femme ce que j'éprouve pour elle. Je ne la dupe pas, Blythe.

Jamais il n'expliquait ses motifs, mais il jugeait que Blythe méritait une explication. De toute évidence, elle aimait Rikki et voulait la protéger.

Blythe appuya une hanche contre sa voiture.

— Je ne planifierais aucune fête. Elle n'aime pas que plus d'une personne entre chez elle. Et la raison pour laquelle elle effectue ces plongées dangereuses est parce qu'elle croit ne pas contribuer à la ferme autant que le reste d'entre nous, même si elle effectue toutes les plantations avec Lexi. Elle était incapable de supporter le bruit de la menuiserie. Je ne l'emmènerais jamais sur un chantier de construction.

— Donc, les bruits peuvent provoquer des ennuis, médita-t-il.

Blythe haussa les épaules.

— Entre autres, dit-elle sans le quitter des yeux. Ça ne changera jamais, Levi.

Il lui adressa un sourire, plus pour la forme qu'en signe d'humour.

— Tu m'expliques qu'elle est autiste, mais je le soupçonnais déjà, n'est-ce pas ?

Blythe haussa de nouveau les épaules en l'observant attentivement. Manifestement, elle attendait qu'il prenne les jambes à son cou ou explique pourquoi il n'en faisait rien.

Il n'avait aucun moyen d'expliquer son lien mystérieux avec Rikki ou les émotions qu'elle éveillait en lui : une acceptation totale et sans attentes et une liberté à laquelle il n'avait jamais goûtée. Ni pourquoi ce que Blythe lui disait le touchait droit au cœur. Il ne ressentait aucune émotion ; l'émotion aurait dû disparaître de sa vie depuis longtemps. Ses maîtres seraient horrifiés de la façon dont son cœur s'attendrissait auprès de Rikki. Il se l'imaginait jeune, dans un monde qu'elle ne comprenait pas, pourchassée par un tueur sans pouvoir demander l'aide de quiconque. Pourtant, malgré tous les obstacles, elle s'était forgé une place. Il regarda Blythe. Auprès de cette femme. Blythe était montée aux barricades pour Rikki. Elle l'avait crue. Le sentiment de protection à toute épreuve que Blythe et les autres ressentaient pour Rikki était authentique.

— Vaut-il mieux la laisser seule, quand elle est surmenée ?

— C'est ce que nous faisons, admit Blythe. Elle se calme. Tu as peut-être remarqué qu'elle garde autour d'elle des objets qui la réconfortent. Elle a une couverture qui l'aide, mais l'océan est sa meilleure ressource. Si elle en reste loin trop longtemps, d'autres problèmes s'ajoutent.

Elle se pencha vers l'intérieur de la voiture pour en sortir de la nourriture, des contenants à l'odeur divine. Il ne s'était pas aperçu à quel point il avait faim. Il avait l'intention de s'introduire illégalement dans les dossiers informatisés de Rikki pour lire tout ce qu'il pouvait à son sujet. Si elle était autiste, elle était très fonctionnelle, ce qui signifiait qu'elle avait dû recevoir de l'aide quand elle était enfant. Il devait tout apprendre à son sujet afin d'obtenir une image plus nette des événements qui avaient façonné sa vie.

— Merci pour le dîner.

Lev observa Blythe monter à bord de sa voiture. Elle n'avait toujours pas confiance en lui, et il ne pouvait lui en vouloir. Il allait faire Rikki sienne. Blythe reconnaissait ses intentions et n'avait pas confiance en ses motifs.

Il survola de nouveau les environs des yeux, lentement et avec précaution, avant d'entrer et de verrouiller la porte de la cuisine derrière lui. Il mangea en travaillant, ses doigts pianotant vivement sur les touches du clavier. Il goûtait à peine les aliments tant il était affamé. Les dossiers juvéniles de Rikki étaient plus faciles d'accès, car les enquêtes sur la mort de ses parents et de son fiancé n'étaient pas encore conclues. Ses parents avaient entrepris les consultations médicales pour leur fille quand elle était âgée d'environ deux ans et demi. Elle avait suivi des thérapies auditives et de l'ergothérapie jusqu'à l'âge de treize ans grâce à un médecin très progressiste et un parent prêt à essayer de nouvelles méthodes. Rikki avait consulté un orthophoniste durant une courte période tandis qu'elle était placée dans un établissement administré par l'État, mais en raison de ses crises violentes, la plupart des instructeurs refusaient de travailler avec elle. Elle fut étiquetée ingérable et même dangereuse tant pour elle que pour les autres.

Lev observa l'écran d'un air mauvais, stupéfié par la colère et l'adrénaline qui couraient dans ses veines. Il n'aurait pas cru qu'une émotion pourrait le secouer de la sorte simplement en étudiant son passé. Rikki n'avait fait aucun bruit, mais il sentit sa présence et leva les yeux pour la découvrir debout dans l'embrasure de la porte, occupée à l'observer. Il ferma son ordinateur portable et le poussa loin de lui pour lui rendre son regard.

— Je suis désolée, Lev. Je ne sais trop quoi dire, sauf merci de m'avoir apporté ma couverture.

— Ne me présente pas tes excuses, Rikki. Pas en raison de qui tu es. Ne fais jamais cela, certainement pas pour moi ni pour quiconque d'autre. Fais ce qui t'est nécessaire, Rikki. Nous sommes chez toi.

Elle ne sourit pas, mais continua de l'observer en se tenant immobile, comme si elle attendait quelque chose.

— Je vois que mes sœurs ont décidé de te nourrir.

Il lui adressa un grand sourire.

— Je crois qu'elles m'ont pris en pitié. J'ai l'air un peu maigre.

Le regard de Rikki balaya son corps.

— Je ne pense pas que ce soit la raison. Tu as tout ce qu'il faut aux bonnes places, selon moi.

Il croisa son regard, et son cœur bondit. Il y avait une expression inquisitrice dans les yeux de Rikki ; une expression qui lui disait que ses baisers avaient porté leurs fruits et qu'elle avait définitivement remarqué qu'il était un homme.

— Entre, viens t'assoir à la table. Il faut que tu manges quelque chose.

Elle jeta un bref coup d'œil aux assiettes sales sur la table et secoua la tête tout en sortant de la pièce à reculons.

— Je crois que je vais aller m'assoir dehors un moment. Il commence à pleuvoir très fort, et j'aime regarder la pluie, assise sur la véranda.

Il n'était pas certain de vouloir la laisser sortir sans lui, mais il n'avait aucun moyen de l'arrêter. Elle aimait s'assoir dans son hamac le soir pour écouter la pluie tomber.

— Je vais te rejoindre dans quelques minutes. Tu aimerais un café ?

Elle secoua la tête.

— Pas à cette heure. J'éprouve déjà assez de difficulté à dormir.

Lev l'observa sortir par la porte avant. Elle n'avait même pas voulu passer par la cuisine tandis qu'il y avait des assiettes sales sur la table. Et elle refusait de manger. Il lui faudrait trouver un moyen de la rendre à l'aise de manger avec lui. Il réfléchit à des solutions tandis qu'il faisait la vaisselle et nettoyait la table. Il lui prépara un sandwich au beurre d'arachide, coupa quelques morceaux de brocoli cru et ajouta une cuillerée de beurre d'arachide dans l'assiette. Après lui avoir versé un verre d'eau, il sortit pour lui apporter l'assiette en priant silencieusement qu'elle accepte le repas servi sur sa précieuse assiette plutôt que d'être encore plus bouleversée.

12

Rikki balança un pied d'avant en arrière tandis qu'elle se berçait doucement dans son hamac, les yeux tournés vers la nuit qui tombait. Elle n'avait pas la moindre idée de ce qu'elle allait faire de Lev. Elle avait décidé qu'il pouvait rester chez elle, mais elle ignorait comment partager sa vie. Il lui fallait un milieu précis pour vivre en paix. Cependant, si elle allait accepter Lev dans son monde, il était injuste qu'elle s'attende à ce qu'il se conforme à ses besoins. Elle poussa un soupir. Elle était définitivement intriguée par cet homme et éprouvait de la compassion pour lui. Il était perdu et tentait de trouver sa voie, exactement comme ce fut déjà le cas pour elle. Elle devait lui donner ce que Blythe et les autres lui avaient donné à elle.

Elle soupira de nouveau. Peut-être avait-elle commencé par l'aider parce qu'elle croyait qu'il en avait besoin, mais à présent, elle n'était plus aussi certaine de ses motivations. Elle commençait à être fascinée par lui, quasi obsédée : et elle pouvait facilement fixer toute son attention sur un sujet si ce dernier l'intéressait. À ce jour, le sujet n'avait jamais été un autre être humain, mais son lien bizarre avec Lev semblait se renforcer. Elle pensait beaucoup trop à lui.

– C'est ton troisième soupir.

Un million de papillons se mirent à battre des ailes dans son ventre. Elle porta une main vers sa bouche et souffla sur ses doigts comme si elle éteignait un feu. Quand elle s'aperçut de ce qu'elle venait de faire, elle se dépêcha de laisser sa main retomber. Il lui avait fallu des années d'efforts concentrés pour mettre fin à cette habitude enfantine : secouer ses mains et souffler sur ses doigts de manière répétitive. Le geste était hypnotisant et permettait à son esprit de se concentrer sur un motif répétitif plutôt que d'affronter ce qui était nouveau et inconfortable. Elle regarda Lev à la dérobée. Ouais. Il avait remarqué le geste.

— Je ne les ai pas comptés, répondit-elle.

— Tu t'inquiètes trop, dit-il en lui tendant l'assiette et le sandwich. Je t'ai apporté quelque chose à manger.

Son estomac se noua. Le sandwich était posé sur l'une des assiettes que ses sœurs lui avaient données. Il les utilisait pour une deuxième fois, et elle ne pouvait pas le faire de nouveau. Elle croisa les mains sur ses cuisses.

— Je n'utilise jamais ces assiettes.

— Pourquoi ?

Il y avait de la curiosité dans sa voix, mais elle n'y détecta rien d'autre. Elle se rembrunit en réfléchissant à la raison qu'elle pouvait lui donner. Elle n'utilisait pas ce service parce qu'elle aimait les assiettes et craignait qu'il leur arrive quelque chose. La raison semblait stupide quand elle songeait à l'admettre tout haut. Ses sœurs lui avaient donné ces assiettes quatre ans plus tôt pour qu'elle les utilise, mais elle se contentait de les regarder. Garder les assiettes en parfait état lui paraissait très logique jusqu'à ce qu'elle essaie de le dire à voix haute. D'ailleurs, même Blythe s'était objectée à ce qu'elle ne les utilise pas.

Elle leva les yeux vers Lev. Il n'y avait aucune expression sur son visage, seulement une douce compréhension dans ses yeux. Ce regard provoqua une autre envolée de papillons. Elle aurait voulu tendre la main pour tracer chaque ligne de son visage.

— Je sais que ça peut paraître ridicule. Ça l'est même à mes oreilles, mais personne ne m'a jamais donné quoi que ce soit depuis la mort de mes parents, et je ne voulais pas prendre le risque d'ébrécher ou de briser une seule assiette.

Il sourit. Le cœur de Rikki bondit. Son sourire n'était ni amusé, ni taquin, ni même moqueur — il était presque tendre.

— Cela me semble parfaitement logique. Je vais me servir d'une assiette de papier pour l'instant, et nous achèterons des assiettes que nous pourrons utiliser sans avoir peur de les briser ou de les ébrécher. Tu pourrais placer ces assiettes dans un présentoir. Ça serait splendide.

Il baissa les yeux sur la bordure de l'assiette toute blanche décorée de coquillages et d'étoiles de mer manifestement taillés à la main.

— En fait, tout le service est une œuvre d'art. Il serait dommage de le gâcher.

Les nœuds dans l'estomac de Rikki se dénouèrent, et elle parvint à respirer de nouveau. Elle ne s'était même pas aperçu qu'elle retenait son souffle. Elle cligna des paupières quand elle ressentit une brûlure soudaine dans ses yeux et tourna le regard vers la pluie qui tombait. La pluie était encore douce, mais elle commençait à s'intensifier. La tempête s'élevait de l'océan et était chargée d'une grande quantité d'eau ; de l'eau bien nécessaire. Rikki avait l'impression que son corps était plus solide et moins susceptible de se briser en morceaux quand il pleuvait.

— Je vais aller voir quoi d'autre je pourrais utiliser.

— Je vais prendre le sandwich, proposa-t-elle d'un air narquois.

Elle n'y pouvait rien s'il lui était impossible de manger le brocoli dehors, sur la véranda. D'ordinaire, elle coupait un morceau et le trempait dans le beurre d'arachide. Elle prit le sandwich de l'assiette et en prit une bouchée, savourant son mets préféré.

Il fit un grand sourire comme s'il lisait ses pensées (et peut-être était-ce le cas), mais comme Blythe n'était pas là pour lui faire la morale, tout allait bien. Elle mangea son sandwich avec bonheur. Lev disparut dans la cuisine avec l'assiette, la laissant seule dans la nuit. Les nuages avaient fait tomber complètement le voile d'obscurité sur le monde. Elle balança son pied au rythme de la pluie et ferma les yeux pour en absorber le son.

Son cœur en trouva le rythme, puis son pouls suivit. Elle bloqua son ouïe afin de se concentrer sur chaque goutte. Il commença à pleuvoir plus fort, et Rikki entendit la musique que la pluie faisait toujours résonner dans sa tête, étouffant tous les autres bruits. Elle était fascinée par les différentes tonalités émergeant des gouttes tombant sur les objets : le toit, les arbres, le ciment, l'asphalte, la terre. Chaque objet produisait un son légèrement différent.

— *Partage l'expérience avec moi.*

Elle prit conscience de la présence de Lev, près, si près que la chaleur de son corps vint la réchauffer, mais elle n'ouvrit pas les yeux. La voix dans sa tête était autoritaire, du velours sur de l'acier, un effleurement chaud qui se répandit comme une drogue dans ses veines. Le centre de sa paume gauche vibra comme s'il l'avait frôlée de ses doigts, physiquement, même si elle savait que ce n'était pas le cas. Elle se surprit à ouvrir son esprit sans vraiment savoir comment elle s'y prenait, mais partager délibérément son monde constituait une expérience unique pour elle : elle *voulait* le partager avec lui.

Dès qu'elle le laissa pénétrer pleinement dans sa tête, ce fut comme s'ils avaient fusionné, peau contre peau. Elle sentit sa présence en elle. Chaque parcelle de sa féminité répondit à sa masculinité. Des courants électriques fendirent la chaleur dans ses veines. L'électricité et la chaleur s'unirent. Elle entrevit des images dans son esprit ; des images érotiques et stupéfiantes, à la fois tentantes et effrayantes. Son souffle se bloqua dans sa gorge, et elle prit une grande inspiration, laissant Lev pénétrer plus profondément.

— *Je veux faire l'expérience de tout ce que tu vis.*

Rikki expulsa un souffle. Il allait découvrir de quelle façon son corps réagissait au sien. Il le savait déjà. La rougeur gravit son cou pour envahir son visage. Il était normal d'être attirée physiquement par un homme (surtout un homme aussi sexy que Lev), mais une attirance aussi intense était-elle normale ? Chacune des cellules de son corps était en état d'alerte. Elle avait chaud, là, au beau milieu d'une pluie torrentielle.

— *Ressens-tu le même désir ?*

Elle était incapable de poser la question à voix haute, mais elle devait découvrir la vérité.

Le souffle de Lev était irrégulier contre sa nuque.

— *Je ressens un désir encore plus fort.*

Son cœur bondit en entendant sa réponse honnête. Il n'était ni honteux ni embarrassé à l'idée d'éprouver une attraction sexuelle aussi renversante.

— *C'est toi ? Ou c'est moi ?*

— *Je pense qu'il existe une chimie extraordinaire entre nous. Jamais je n'ai fait l'expérience d'un tel désir, si fort que ma faim s'accroît sans que je puisse la contrôler.*

Elle puisa une satisfaction de savoir qu'elle n'était pas seule et d'entendre sa franchise par rapport à la façon dont son corps répondait au sien.

— *Il ne s'agit pas seulement de mon corps, lyubimaya*, corrigea-t-il. *Rafraîchis-nous avec la pluie.*

La poésie pure de sa suggestion séduisit son âme. Elle leva les mains et entama une symphonie qu'elle interprétait pour la première fois pour quelqu'un d'autre. Des diamants brillants tombèrent du ciel dans une beauté scintillante et parfaite. Le son parut précis au premier abord, mais en réaction aux commandes de ses doigts, elle commença à détecter les notes individuelles : le tambourinement de la pluie plus soutenu en bordure de la forêt.

Lev l'avait déjà observée conduire cette symphonie, mais il n'avait pas réellement fait l'expérience de ce qui se passait en elle quand elle disparaissait dans sa tête. Rikki était un élément de l'eau, mais il sut que même si ce n'était pas le cas, il se trouvait dans son monde, cet autre lieu où les sons n'étaient pas drus et où les lampes ne la brûlaient pas.

Il prit une inspiration vive tandis qu'il était aspiré vers une autre dimension, un monde parallèle plus coloré et vivant que le monde dans lequel il évoluait. Le paysage était peint de sons, d'abord doux, semblables à un quatuor de cordes. La pluie sanglotait presque de joie.

Elle modifia la vitesse de la pluie pour en faire ressortir les divers sons des percussions — le martèlement, le timbre de mi-gamme, les coups de la basse — qui s'unirent dans une symphonie de couleurs et de magie. Elle créa un motif complexe et élaboré ou peut-être un motif qui était toujours là, mais auquel il n'avait jamais tendu l'oreille.

Il arrivait à déceler les notes individuelles comme dans une fugue de Bach, des contrepoints à la mélodie thématique émergente. Même si la musique semblait douce, elle était aussi forte et autoritaire, une force qu'il ne fallait pas sous-estimer, la nature qui s'étoffait. Chaque voix était individuelle, comme si une gamme d'instruments jouait diverses pièces musicales qui se mêlaient d'une façon ou d'une autre pour créer un chef-d'œuvre.

Comme les mouvements d'une symphonie, la pluie transmit des vibrations dans son corps et peignit le monde en une carte matérielle de montagnes, de vallées ; de hauts sommets tombant dans des ravins profonds. Les structures physiques étaient toutes créées par le son en soi, et les couleurs intenses et vivantes étaient des substances créées par le son, par les sensations. Il s'aperçut que les émotions en elle, si fermées au reste du monde, se trouvaient immédiatement sous la surface, un bouillon de chaleur, de feu et de pluie fraîche. Les couleurs et les sons vivants exprimaient ce qu'elle ressentait ; l'intensité incroyable de ses émotions.

Pour la première fois de sa vie, Lev bloqua le monde qui l'entourait. Il était perdu dans l'émerveillement et la beauté de la pluie qui tombait. Il était entièrement fasciné, faisant l'expérience d'une euphorie joyeuse, d'un échange avec Rikki plus intime qu'il n'aurait pu l'espérer. Ce monde, cette création étaient aussi réels qu'ils l'étaient tous les deux ; seule différence : il n'avait jamais eu accès à cette autre dimension.

La pluie gonfla et reflua pour se déverser sur les versants et les vallées. Chaque parcelle de terre y répondait dans une bouffée douce ou bruyante de musique, comme si des voix mélodieuses dans la pluie s'interpelaient et se répondaient avec une force toujours grandissante. Les gouttes tourbillonnèrent et dansèrent en tombant sur la maison, créant ainsi de petites tornades de prismes de cristal.

Il était perdu, prisonnier de cette beauté et de cette musique. Tout scintillait contre la nuit, un million d'étoiles pleuvant sur eux. Les gouttes commencèrent à toucher sa peau et à s'y enfoncer, absorbées par son corps jusqu'à ce qu'il ait l'impression de faire partie du déluge, de flotter dans l'espace entre le ciel et la terre. Il s'agissait du monde de Rikki, de la même façon que la mer l'était. L'eau froide qui l'entourait, la transportait, la serrait fort pour la réconforter dans un monde qu'elle n'arriverait jamais à comprendre.

Elle souhaitait vivre dans ce monde ou dans la profondeur de l'océan. Il la sentit tendre les mains vers ce monde, le laisser la faire vriller encore plus loin de la réalité et il l'accompagna, en chute libre dans les couleurs vivantes et les sons splendides. La musique circula autour de lui avec la pluie. Les filets de couleurs scintillantes étaient tels des violons qui pleurent, puis un rythme calypso vint séparer les gouttes de nouveau.

De façon abrupte, ce monde disparut, et il se tint debout à cligner des yeux comme s'il s'éveillait d'un rêve. Il survola le paysage des yeux pour tenter de s'orienter dans un monde qui n'était pas aussi brillant et vivant. Où était la musique ? Les couleurs vives ? Le monde paraissait morne en comparaison. Il glissa les bras autour de Rikki et la serra tandis qu'elle revenait de son périple dans une autre dimension. Il ne disposait d'aucun autre mot pour décrire ce qu'il venait de vivre, mais il sut que cette expression attentive et captivée qui s'affichait souvent sur le visage de Rikki signifiait qu'elle était là, dans ce monde qui se trouvait dans sa tête.

Elle tourna la tête et la laissa tomber contre l'épaule de Lev : elle accepta la sécurité de ses bras.

— Tu as froid, *lyubimaya*. Viens. Rentrons et préparons-nous à nous mettre au lit.

Il ne voulait pas qu'elle reste seule sur la véranda. Il craignait de la perdre aux mains de cet autre monde. Celui-ci serait toujours là, comme la mer, l'appelant dans un murmure doux et tentant. Il posa un baiser sur le dessus de sa tête. Il était tout à fait possible qu'il ne sache rien de l'amour, mais il se connaissait jusque dans ses moindres recoins — chaque force et chaque faiblesse — et il sut de manière absolue que sa vie était maintenant mêlée à jamais à celle de Rikki.

Il n'aimait pas être éloigné d'elle. Il se surprenait à tendre l'oreille pour entendre le son de sa voix, à chercher à voir ses petits froncements de sourcils, à attendre qu'elle le regarde à sa manière directe afin qu'il puisse tomber dans les profondeurs sombres de ses yeux. En chute libre. C'était ce qu'il faisait depuis le moment où il avait fait sa rencontre. Et il voulait cette vie. Il avait l'intention de la saisir à pleines mains. Bien ou mal, il était en train de tomber amoureux d'elle, et chaque instant passé en sa compagnie intensifiait cette émotion. Il ne pouvait imaginer retourner à une vie sans elle.

Il la souleva dans ses bras sans attendre qu'elle proteste, hors d'haleine, et la porta dans la maison en refermant la porte derrière eux d'un coup de pied.

— Je dois la verrouiller, dit-elle.

— Prépare-toi à te mettre au lit, et je m'occupe de la maison.

Il voulait effectuer une ronde rapide et mettre en place quelques protections supplémentaires.

Rikki se tint immédiatement devant la porte de la salle de bain, secouée par la façon dont elle se sentit quand il s'éloigna en emportant presque toute la chaleur de la pièce avec lui. Elle frissonna, consciente que quelque chose avait changé entre eux. En partageant son monde avec lui, en le laissant entrer dans sa tête, elle n'avait qu'approfondi le lien entre eux. Elle était heureuse dans sa vie solitaire ; pourtant, peu à peu, Lev s'insérait de plus en plus profondément dans sa vie. Dans ses émotions.

Elle ne laissait personne entrer dans son univers, car elle ne pouvait mettre en péril son bonheur fragile. Sans Blythe et les autres, elle serait morte. Elle n'aurait pas pu poursuivre son existence solitaire en se demandant à chaque instant si elle était réellement un monstre capable de brûler des gens vifs. Lev se frayait une voie jusqu'à son cœur. Elle s'habituait à sa présence dans sa maison, mais pire que tout, elle prenait goût à son toucher.

Elle n'avait jamais aimé qu'on la touche, même quand il s'agissait de gens qu'elle aimait. Elle le tolérait parce qu'elle savait que les autres avaient besoin du contact, mais elle ne voulait jamais sentir une autre peau contre la sienne… jusqu'à l'arrivée de Lev. Elle se frotta l'intérieur de la paume gauche en décrivant de petits cercles, et la sensation l'apaisa, presque comme si elle caressait la peau de Lev. Elle le trouvait chaleureux et se laissait presque aller à fondre en lui plutôt que d'associer son toucher à un picotement inconfortable et parfois même douloureux.

Elle poussa la porte de la salle de bain et y entra en titubant. Il y avait très, très longtemps qu'elle s'était sentie si maladroite sur la terre ferme, mais le cours de ses pensées l'avait ébranlée. Jamais elle ne pourrait s'endormir sans lui si elle le laissait se glisser davantage dans sa vie. Jamais elle ne serait heureuse de nouveau s'il repartait — non, *quand* il partirait. Personne ne pouvait vivre avec ses excentricités. Elle était à l'aise dans sa peau à présent, mais elle était pleinement consciente de ne pas être le modèle « standard ».

Elle exfolia la peau de son visage et se regarda droit dans les yeux dans la glace. Elle le vit dans leur reflet. Lev. Comment avait-il réussi à se glisser en elle ? Pour la première fois depuis longtemps, elle fut terrifiée. Non pas que sa cuisine soit en désordre ni que quelqu'un partage sa maison, mais de finir par avoir besoin de lui. Elle se brossa méticuleusement les dents. C'était une torture pour elle, car la sensation la rebutait, mais elle avait aussi une fixation sur les dents et voulait que les siennes soient immaculées. Chaque fois qu'elle se brossait les dents, elle se souvenait de sa mère les brossant pour elle en comptant pour l'aider à se concentrer sur les nombres plutôt que sur la sensation. Elle comptait toujours à présent, et l'exercice l'aida à arracher son esprit de l'idée terrifiante qu'elle tombait amoureuse de Lev — *Levi* — Hammond.

Ce n'était même pas son vrai nom (non pas que ce fut important à ses yeux). Il muait hors de sa vieille peau pour en revêtir une nouvelle. Il pourrait rester dans sa vie une courte période de temps pour ensuite l'abandonner tout aussi facilement. Le cœur battant la chamade, elle se brossa les cheveux en donnant les cent coups de brosse usuels, comme chaque soir. Elle les compta attentivement avant de poser sa brosse au même exact endroit.

Elle ôta ses vêtements, et sa peau était sensible, ses seins douloureux. En respirant profondément pour réprimer le désir montant en elle, elle enfila un débardeur et un short très court assorti ; une concession à sa féminité. Elle aimait les jolis dessous. Elle s'assit sur les couvertures en tirant sa couverture lourde à proximité. Elle permettait à Lev de dormir sous les couvertures, intensément consciente qu'il dormait presque toujours nu. Elle avait pris l'habitude de lui donner un massage chaque soir, car elle croyait que cela l'aiderait à se détendre et à dormir, mais en réalité, c'était devenu un prétexte afin de tracer chaque muscle de son corps jusqu'à ce qu'elle les connaisse tous intimement.

Pas ce soir. Elle tira résolument un livre vers elle, l'ouvrit et déplaça la lampe sur sa table de chevet afin que son faisceau soit centré sur les pages. Elle ne leva pas les yeux quand Lev entra dans la pièce, mais elle ne put faire autrement que de le voir : son énergie emplissait toute la pièce. Malgré ses résolutions, son corps prit vie. Il se déplaçait comme une créature de la jungle. Des mouvements fluides et solides. Chaque centimètre de lui était masculin ; un prédateur. Il pouvait bien abandonner un nom, mais ça ne changerait rien à ce qui se trouvait sous sa peau, ce qui était visible dans sa façon de marcher.

Ses muscles ondulaient avec force. Ses cuisses étaient deux colonnes solides, et ses hanches étaient étroites. Ses épaules étaient larges, son torse était bien développé, et il était bien membré : un fait qu'elle ne pouvait éviter. Sa symétrie la séduisait. Elle connaissait le mouvement de ses muscles sous sa peau. Elle connaissait la chaleur qu'il pouvait irradier. La combinaison de ses cheveux soyeux déjà un peu longs et hirsutes, de ses longs cils et du bleu perçant de ses yeux emballait le cœur et le pouls de Rikki.

Il se glissa sous les couvertures après avoir éteint le plafonnier, si bien que la seule lumière restante était celle de la lampe qui brillait sur les pages du livre de Rikki. Elle demeura immobile, la tête appuyée contre le repose-tête du lit tandis que Lev remua sous les couvertures, se tourna sur son flanc et posa la tête droit sur ses cuisses. L'espace d'un moment, elle fut incapable de respirer. Elle essaya de prétendre pouvoir continuer à lire, mais c'était impossible et elle savait qu'il en était conscient.

— Éteins la lampe, Rikki, dit-il d'une voix douce.

Elle hésita un moment, encore effrayée à l'idée de bouger, mais il était inutile de tenter de lire quand le bras de Lev s'enroula autour de ses cuisses et que sa tête se blottit dans une meilleure position, son souffle chaud contre ses cuisses nues. Les couvertures se dressaient entre leurs corps, mais la façon dont Lev la serrait était la chose la plus intime que Rikki n'ait jamais vécue. Elle tendit la main vers la lampe pour plonger la pièce dans l'obscurité. Elle entendait les battements de son cœur résonner dans ses oreilles.

Même le bruit de la pluie ne parvint pas à l'apaiser. Elle compta en silence, ne voulant pas bouger, mais craignant d'être obligée de le faire en raison de la pure terreur que provoquait en elle une telle proximité. La respiration de Lev était régulière, mais elle n'était pas convaincue qu'il soit plus détendu qu'elle. Elle attendit dans les ténèbres, mais il n'émit aucun son et ne fit aucun mouvement. Elle comprit alors qu'il se tenait avec la même immobilité qu'elle, dans l'attente de son rejet. Il l'anticipait même.

Elle expira et laissa une main tomber sur la tête de Lev pour caresser doucement sa chevelure épaisse.

— Est-ce que ça va, Lev ? demanda-t-elle d'une voix plus tendre qu'elle ne l'aurait voulu.

Il resserra l'étreinte de son bras autour de ses cuisses.

— Parfois, mon enfance remonte trop près de la surface.

Ils en avaient discuté plus tôt, quand elle avait posé des questions auxquelles il ne voulait pas répondre.

— Je n'avais pas l'intention d'éveiller de mauvais souvenirs, s'excusa-t-elle.

— Je n'ai jamais parlé de ma vie à un autre être humain.

Elle connaissait bien la sensation d'être exposée et vulnérable, mise à nu. Cela lui était arrivé lors des séances d'aide au deuil, en compagnie des femmes qu'elle considérait comme ses sœurs. Se dévoiler pouvait avoir, bien souvent, des conséquences désastreuses. Dans le cas de Lev, elle avait l'impression que l'exercice se solderait par la violence ou la mort.

— Je ne te demande pas une telle chose, Lev, dit-elle. Tu n'as pas à payer un tel prix pour être avec moi. Je n'en ai pas besoin.

— Oui, tu en as besoin. Tu dois savoir ce que je suis.

Le cœur de Rikki se serra et se mit à battre à un rythme alarmant. Il se donnait à elle. Elle n'était pas prête. Elle ne savait pas si elle pouvait s'engager. Elle était heureuse dans la vie qu'elle menait, en paix avec elle-même. Elle aimait bien sa vie. Il allait changer tout cela de façon terrible.

— Lev.

Elle voulait l'arrêter. Il n'avait pas à se mettre à nu pour qu'elle se sente en sécurité avec lui, et voilà ce qu'il craignait le plus.

— Ton passé ne m'effraie pas.

Les doigts de Lev se mirent à dessiner lentement et de manière séductrice des cercles sur sa cuisse, sur les gouttes de pluie de son tatouage. Il traça chaque goutte comme s'il les mémorisait.

— Mon passé devrait t'effrayer, Rikki. Les hommes comme moi, nous ne sommes pas censés être étendus dans un lit avec une femme ou avoir un chez-soi. Nous éliminons les menaces ou quiconque présentant une menace.

— Tu as eu de nombreuses occasions de me tuer, si c'est ce que tu cherches à laisser entendre, Lev. Comme je suis toujours vivante, je ne crois pas que ta menace soit très réelle.

Elle continua de lui caresser les cheveux en tentant de lui envoyer le message qu'elle l'acceptait sans explication. Il n'était pas nécessaire qu'il dévoile ou reconnaisse l'existence des démons qui le tracassaient de la sorte, sauf s'il ressentait le besoin de lui en parler.

Il poussa un soupir.

— Toute ma vie est fondée sur la survie et sur les instincts de survie. Je pense que tu n'as pas le moindre instinct de survie. Jamais tu ne devrais laisser un étranger entrer chez toi, Rikki. Surtout pas un homme qui a tant de choses à cacher.

Elle se surprit à sourire. Il tentait désespérément de l'amener à le mettre à la porte alors qu'au même moment, ses doigts décrivaient ces cercles excitants sur sa peau, et son bras était enroulé autour de ses cuisses d'une manière définitivement possessive. Peut-être n'était-ce que le fruit de son imagination, mais elle ne bougea pas, surtout parce que leur lien l'effrayait. Elle s'était mise au lit, si apeurée de trop se livrer à lui, et voilà qu'il éprouvait exactement la même crainte. Et peut-être était-ce là l'amour. Être si vulnérable et se livrer à quelqu'un si profondément que celui-ci était en position de vous faire mal, mais aussi de vous donner chaque parcelle de lui.

— Je te l'ai dit, Lev, je sais tout ce que j'ai à savoir sur toi.

Il leva légèrement la tête, juste assez pour pouvoir lui mordre la jambe en signe de frustration. Un petit mordillement plus érotique que douloureux. Rikki rit.

— Si tu veux que je te fiche à la porte, Lev, ça n'arrivera pas.

Il se roula un peu sur le dos afin de pouvoir lever les yeux sur son visage.

— Tu dois me chasser, *lyubimaya*, car manifestement, je n'ai pas la force de partir.

Elle aurait pu rire du côté dramatique de ses mots, mais elle lisait trop de douleur sur son visage alors qu'il ne montrait pratiquement jamais ses émotions. Elle lissa les lignes sur son visage du bout des doigts comme si elle pouvait effacer son passé pour lui. Sa bouche fit la moue au même moment comme si elle posait des baisers sur son visage.

— Tu as partagé quelque chose de magnifique avec moi ce soir, Rikki. Je désire ce partage. J'en ai même besoin. Mais je n'ai rien d'aussi beau à te donner en retour. J'ai beaucoup réfléchi sur le sujet, sur ce que je peux t'apporter, et je n'ai pas grand-chose d'utile à te donner.

— C'est à moi de le décider, contesta-t-elle. Si tu as besoin de parler de ton enfance, tu es en sécurité avec moi. Si tu as besoin de briser en un million de morceaux, je suis là, Lev. Je trouverai tous les morceaux, j'ai un grand souci du détail, et je les recollerai ensemble. Tu es en sécurité, ici.

La pluie s'abattait avec force, et comme d'habitude, Rikki avait laissé la fenêtre grande ouverte, car elle avait besoin des sons et des odeurs de la pluie. Si quelques gouttes errantes tombaient sur son visage ou son corps, ça lui allait parfaitement. Elle s'assurait toujours de ne placer aucun objet trop important près d'une fenêtre ouverte durant une tempête. Elle demeura assise en silence, l'oreille tendue. Normalement, la pluie l'appelait et la transportait au loin, mais à ce moment-là, elle était trop concentrée sur Lev. Son souffle irrégulier. Le mouvement séducteur de ses doigts. Le besoin en lui.

À sa propre façon tranquille, Lev désirait ardemment être sauvé comme cela avait été le cas pour elle avant que Blythe et les autres ne lui tendent les bras. Peu importe ce qu'il s'apprêtait à lui révéler, il s'agissait d'une information qu'il protégeait farouchement. Une partie de lui : la dernière partie. Et il allait la lui confier. Elle reconnut l'énormité de son geste. Elle garda le silence et patienta sans savoir ce qu'il allait lui dire, mais consciente que s'il prenait la parole, sa vie serait transformée à jamais parce que jamais elle ne lui tournerait le dos, jamais elle ne l'abandonnerait, peu importe les obstacles. S'il lui donnait un tel cadeau, se rendait aussi vulnérable, elle le chérirait et le protégerait jusqu'à son dernier souffle.

Lev continua de caresser la peau satinée de sa cuisse. C'était un cadeau pour lui de faire quelque chose de si simple, de s'allonger sur un lit avec une femme, de toucher sa peau, d'inhaler son odeur tandis que la pluie tambourinait sur le toit. Il la désirait plus que n'importe quoi d'autre dans sa vie. Il voulait *cette* femme, cette vie avec elle ; pourtant, il se sentait coupable de savoir qu'elle ne voyait pas le tueur en lui. C'était injuste. Il était violent, un homme froid, ses émotions étaient ensevelies loin de la surface pour lui permettre d'acquérir une expertise que peu d'humains pouvaient forger. Il avait observé les autres souffrir en réprimant le besoin de leur venir en aide afin de se concentrer à accomplir son but.

Il mettait tout en péril ; cependant il ne pourrait vivre avec la culpabilité s'il laissait Rikki s'embarquer sans savoir quel type d'homme il était. Il voulait qu'une personne le connaisse ; le voie. Et si elle l'acceptait tel qu'il était, brisé, terni et même tordu, jamais il ne l'abandonnerait. Il fallait qu'elle voie en lui. C'était le seul vrai cadeau qu'il pouvait lui donner. Il l'aimerait farouchement, la protégerait avec chaque fibre de son corps, mais elle devait voir et accepter qui il était réellement.

— Quand j'étais petit, nous habitions dans un appartement minuscule. Il faisait froid la plupart du temps. Pas froid comme c'est le cas en ce moment, mais un froid glacial. Je me souviens qu'il y avait une couche de glace à l'intérieur de la porte.

Les doigts de Rikki s'immobilisèrent dans les cheveux de Lev, puis se recourbèrent et s'agrippèrent comme si elle comprenait qu'il s'apprêtait à faire un récit affreux et horrible en employant un ton neutre, car c'était pour lui la seule façon de confronter les faits : depuis une grande distance et derrière un mur transparent où l'émotion n'avait pas sa place.

— Nous étions sept, tous des garçons. Nous étions proches en âge et dormions tous dans le même lit, à l'exception du bébé. C'était un moyen de rester au chaud, je crois. Je me souviens à peine du visage de mes parents, mais j'ai de bons souvenirs d'eux. Ils étaient bons envers nous. Mon père possédait des dons extraordinaires dont nous avons tous hérité. Des dons qui nous permettaient de faire des choses impossibles pour la plupart du monde.

— Il y a une famille établie ici qui possède des dons extraordinaires, admit Rikki. Tu te souviens, je t'ai déjà parlé d'eux.

— Ça ne m'étonne pas, murmura-t-il en se retournant pour se blottir de nouveau contre sa cuisse. Il y a une énergie puissante au sein de Sea Haven. Je peux le sentir chaque fois que je sors dehors. La sensation s'amplifie plus nous approchons de l'océan. Le pouvoir attire le pouvoir, tout comme les éléments attirent d'autres éléments. Je ne serais pas surpris si plusieurs personnes habitant à Sea Haven ou dans les environs possédaient un certain degré de pouvoirs psychiques.

— Je crois bien que tu as raison. Nous avons tous senti l'attrait de ce lieu, et jamais je n'ai été aussi heureuse, admit Rikki.

— Nous n'habitions pas près d'une source d'énergie aussi puissante, mais mon père était doté de dons indéniables, et à cette époque, le gouvernement était en chamboulement : des complots et bon nombre de gens se disputant pour leurs propres desseins. Mon père a appuyé le mauvais parti, et une nuit, ils ont attaqué avec une force immense. C'était très effrayant. Je me suis serré contre mes frères.

Nous avions si peur. Les soldats ont fait irruption dans notre appartement.

Il pouvait sentir ses cuisses trembler sous sa tête, mais la main de Rikki était ancrée fermement dans ses cheveux, comme si elle le tenait contre elle, et son bras encercla ses épaules. Elle était très empathique, et même s'il observait son enfance depuis une certaine distance, elle vivait les émotions qu'il aurait dû ressentir.

— Ils ont exécuté mon père, puis ma mère. J'ai été séparé de mes frères, et chacun d'entre nous a été enlevé et envoyé vers des lieux d'entraînement. En raison de notre génétique particulière, ils étaient d'avis que nous pourrions mieux servir notre gouvernement en étant endoctrinés à un jeune âge sans aucune loyauté entre nous ou envers notre famille. Bien sûr, j'ai compris plus tard, comme ce fut probablement le cas pour mes frères, qu'ils nous craignaient de la même façon qu'ils craignaient notre père. Malheureusement, nous étions si jeunes que leurs techniques d'endoctrinement et d'isolation ont fonctionné.

Rikki entreprit de caresser doucement ses cheveux.

— Que t'ont-ils fait ?

— Ils m'ont séparé de mes frères et m'ont envoyé dans un établissement où ils m'ont formé et éduqué. Je parle de nombreuses langues et j'ai dû perfectionner chaque accent. J'ai appris la manipulation des armes, le combat corps à corps et toutes les techniques sexuelles. On m'a inculqué le contrôle et la discipline absolus. Le plaisir était de vaincre un ennemi, et tout le monde était leur ennemi. Nous avons été formés pour œuvrer en solitaire. Nous avons été entraînés pour endurer la torture sans plier l'échine. Ma force est ma capacité à me dépouiller d'une identité pour en revêtir une autre. Je peux me fondre partout, devenir n'importe qui, ce qui m'a été utile et a bien servi mon gouvernement. Depuis qu'ils m'ont arraché à mes parents, je ne me souviens pas d'un seul moment passé sans être entraîné. Le devoir et la discipline ont façonné mon enfance.

Il n'y avait aucune pitié dans sa voix ou son esprit. Il acceptait sa vie et acceptait le fait qu'il ne pouvait changer ce qui lui était arrivé.

— Ça a dû être une enfance effrayante.

— Elle a façonné qui je suis, ce que je suis. J'ai tué pour eux, Rikki. Des centaines, peut-être des milliers de personnes au cours de ma vie. J'ai vécu dans l'ombre et traqué pour eux. J'ignore si c'était une bonne ou une mauvaise chose. C'était ma réalité, voilà tout. Je n'ai toujours aucune idée de ce que je faisais sur ce yacht, mais j'ai des images dans ma tête d'événements ayant précédé le moment où je suis monté à bord du yacht. Je crois que je pourchassais un homme impliqué dans le trafic d'êtres humains…

Il haussa les épaules.

— J'ai dû prendre des décisions difficiles qui affectaient la vie d'autres personnes.

Lev se plongea dans le silence et toucha l'esprit de Rikki pour lui montrer des images de femmes torturées sauvagement, de morts violentes, soudaines et horribles, d'assassinats effectués de sang-froid qui ternissaient son âme et, au fil du temps, l'avaient grugé en grande partie. Il attendit qu'elle absorbe toutes les implications de ce qu'il lui avait dit et montré. Il était possible que Rikki ne le croie pas. De nombreux enfants étaient enlevés pour des raisons politiques et élevés pour être des soldats du gouvernement ou de la police secrète ou même pour être des assassins spéciaux. On craignait ses frères et lui en raison de leurs dons, mais parallèlement, ils étaient les sept outils les plus utiles à son pays. Ils étaient aussi les éléments les plus dangereux.

— As-tu revu tes frères ? demanda Rikki d'une voix douce, presque caressante.

Il ferma les yeux pour savourer la sensation des doigts de Rikki sur son cuir chevelu. Il aurait dû se douter que son attention serait tournée vers la famille qu'il avait perdue plutôt que vers les assassinats.

— J'ai revu trois d'entre eux. Nos chemins se sont croisés lors de missions.

Il n'en dit pas davantage — il ne le pouvait pas. Ils avaient tous craint que si on eut vent de leur contact, l'un d'entre eux pourrait être éliminé pour donner l'exemple. Ils ne pouvaient risquer de se revoir, à moins d'une urgence.

Rikki demeura silencieuse un bon moment, occupée à réfléchir aux révélations de Lev. Il n'avait jamais eu la chance de vivre. Il était si seul et perdu, exactement comme elle l'avait été. Il craignait d'espérer quelque chose de mieux. Elle savait à quel point il était difficile de quitter ce qui était familier. Même si sa réalité était affreuse, il connaissait les règles dans ce monde.

Elle lui caressa les cheveux et posa la tête contre la tête de lit. Elle laissa la pluie l'apaiser alors que son cœur saignait pour lui.

— Tu es mieux ici, Lev. Reste ici un moment et donne-toi la chance de vivre. Il n'y a aucune condition. Je ne te demande rien. Découvre qui tu veux être, qui tu es réellement au plus profond de toi. Cette personne, quelle qu'elle soit, sera la bienvenue ici.

La brûlure sous les paupières de Lev lui faisait mal. Il resta étendu là, à la serrer. Il craignait de bouger et de se fracasser en un million de morceaux. Il savait aussi qu'il pourrait se briser, que ça n'aurait pas d'importance pour elle. Cela n'affecterait pas sa masculinité aux yeux de Rikki. Elle l'accepterait simplement comme il était.

Il prit une inspiration et se laissa aller à éprouver un amour véritable pour un autre être humain. Il lui avait dit la pure vérité. L'émotion qu'il ressentait était forte, envahissant chaque partie de son esprit, de son cœur, de son corps. Il en tremblait. Il laissa la sensation le dévorer, remplir chaque espace vide. Il dut attendre plusieurs battements de cœur avant de pouvoir parler.

— Je veux passer ma vie avec toi, Rikki, et pas seulement quelques moments, quelques nuits. Si tu m'acceptes, nous travaillerons de pair, peu importe ce qui adviendra, et nous trouverons un moyen de rester ensemble.

Le cœur de Rikki bondit. Il le sentit, mais il ne leva pas les yeux.

— Je ne veux pas retourner vivre dans l'ombre, *lyubimaya*. Si nous nous engageons, nous devons nous engager pour de vrai, car c'est tout ce que je connais. J'ai été entraîné à me donner en entier. Ici, avec toi, je suis différent. Si je te quitte, je retourne dans le néant. Peut-être que c'est ma place, dit-il en blottissant le menton contre la cuisse de Rikki, mais j'ai goûté à autre chose. Tu es magique pour moi, Rikki. Je ne sais pas pourquoi, mais je sais que sans toi, je n'ai aucun espoir de vivre une vie normale.

Un bruit étranglé s'échappa de la gorge de Rikki.

— Lev, je suis très loin d'être la norme. Peut-être ne me vois-tu pas telle que je suis. Je ne suis même pas capable de te laisser utiliser ma salle de bain. Tu as réussi à te glisser dans mon lit, mais je tressaillis encore quand tu te trouves dans ma cuisine et je suis incapable de te regarder cuisiner. Est-ce le genre de vie que tu avais envisagé ?

— Ma vie consiste à tuer, Rikki. Je traque ma cible, je m'immisce dans sa vie, je la tue et je disparais sans laisser de trace. Il ne reste rien de moi parce que je ne suis pas réel.

— Tu es réel.

Il se roula sur le dos pour regarder son visage.

— Je ne suis réel pour personne d'autre. Je suis un fantôme pour la plupart des gens, une arme libérée dans le monde par mon gouvernement quand il en a besoin. Quand le moment viendra où je serai trop dangereux pour être géré, un contrat sera ordonné, et ce ne sera qu'une question de temps avant que quelqu'un comme moi se présente pour m'éliminer.

— Mais tu as été loyal et tu as effectué toutes les tâches qu'ils t'ont attribuées, même les plus odieuses à tes yeux, n'est-ce pas ? protesta Rikki. Pourquoi ceux que tu sers souhaiteraient-ils ta mort ?

— Je détiens trop d'information et je suis dangereux. Ils présumeraient que si je ne travaille pas pour eux, au bout du compte, je travaillerai contre eux.

Elle se rembrunit, et Lev ne put s'empêcher de tendre le bras pour tracer ses lèvres douces.

— Dans ce cas, c'est une bonne chose que tout le monde te croie mort, Lev.

Il poussa un soupir.

— Cet homme qui se trouvait sur la plateforme le jour où tu m'as secouru. Tu l'as appelé Ralph. Il m'a vu.

— Il n'a pas vu ton visage. Je lui ai dit que tu étais un visiteur. Et pourquoi s'en rappellerait-il ?

— Tu n'en as franchement aucune idée, n'est-ce pas ? demanda-t-il, légèrement étonné de sa naïveté. Il essayait de flirter avec toi, mais tu as ignoré ses avances.

— C'est tout à fait ridicule. Il est amical avec tous les plongeurs. Tu as imaginé des choses en raison de ta commotion cérébrale.

— C'est mon job de saisir les moindres nuances, Rikki. C'est une question de vie ou de mort. Crois-moi, cet homme flirtait avec toi. Il est intrigué par toi. Et c'était probablement la première fois qu'il te voyait en compagnie d'un homme.

Elle fronçait maintenant les sourcils, et il ne put résister à l'envie de les tracer des doigts à leur tour.

— Il m'a remarqué, ça ne fait aucun doute. Et quand ils viendront ici à ma recherche — ce qu'ils feront —, il leur indiquera que tu as pris la mer ce jour-là et que j'étais avec toi. Cela conduira de très mauvais individus directement à toi.

Il n'aurait pu dire s'il tentait de l'avertir, s'il demandait la permission de tuer Ralph ou s'il avait besoin de voir comment elle réagissait à la connaissance que Ralph était intéressé par elle.

— Tu te montres peut-être un peu trop paranoïaque, Lev. Pourquoi dirait-il à de parfaits étrangers qu'il nous a vus ?

— Parce que mon gouvernement dépêchera son meilleur nettoyeur et il sait comment obtenir de l'information.

Elle eut un sourire soudain.

— Eh bien, il vaut mieux préparer un plan pour cette éventualité.

Il observa son visage pendant un bon moment en se demandant comment il l'avait découverte. L'eau était si froide, si sombre ; ses poumons brûlaient et ses oreilles étaient près d'imploser ; son corps et sa tête avaient été abattus contre les rochers, et il dégringolait là où seule la mort l'attendait. Il avait vu la mort. Elle n'était guère mieux pour lui que la vie. Puis Rikki était venue. Il la toucha avec vénération.

— Tu sais que j'ai l'intention de te faire l'amour.

Elle s'immobilisa complètement ; une réaction qu'il avait escomptée.

— Tu n'as pas encore essayé.

Il ne fut pas certain de ce qu'elle voulait dire, si elle en était déçue ou si elle se contentait d'énoncer la vérité. Il estima qu'il s'agissait probablement de la deuxième option. Elle acceptait facilement la réalité.

— Le moment doit être bien choisi avec toi, Rikki. Tu es différente. Tu es réelle et non un job. Tu es importante. Je n'ai jamais été avec une femme qui m'importait.

— C'est impossible pour moi d'imaginer que tu ne puisses pas avoir n'importe quelle femme que tu désires, Lev.

Il sourit. Son cœur s'allégea soudainement tandis qu'il posait un baiser sur sa cuisse, directement sur ces gouttes de pluie scintillantes. Il affectionnait ses shorts courts. Celui qu'elle portait était doté de bandes roses qui semblaient l'envelopper comme un cadeau prêt à être développé.

— Merci, mais je n'ai jamais voulu une femme. J'ai été avec des femmes. Trop de femmes. Des missions. Je les ai utilisées pour obtenir ce que je voulais. Ça ne sera jamais comme ça entre toi et moi. Je ne veux pas t'utiliser, je veux te faire l'amour.

Il effleura sa cuisse satinée, et ses gouttes de pluie des doigts. S'agissait-il de larmes ? Comment sa peau pouvait-elle être si douce quand elle passait tant de temps sous l'eau ? Il y avait toujours une fragrance légère qui échappait à sa portée ; subtile et si caractéristique de Rikki.

— Je dois t'avertir, Lev, dit-elle d'une voix tremblante et pour la première fois, elle détourna les yeux quand il la regarda. Je ne suis pas très douée quand il s'agit de faire l'amour. Ce n'est pas comme si j'avais beaucoup d'expérience, et parfois, ça me fait mal quand quelqu'un me touche.

Il prit appui sur un coude et la fit glisser sur le lit afin qu'elle soit étendue sous lui.

— Dans ce cas, nous procéderons lentement pour découvrir ce qui te plaît et ce qui te déplaît, d'accord ?

13

Les papillons firent leur retour en masse, déployant leurs ailes au fond du ventre de Rikki. Elle leva les yeux vers le visage de Lev. Si dominant. Si magnifiquement masculin. Pourquoi lui ? Pourquoi Lev parvenait-il à mettre en alerte chaque terminaison nerveuse de son corps ? Pourquoi attendait-elle impatiemment qu'il l'effleure de ses doigts alors qu'elle tolérait à peine que d'autres personnes la touchent ? Elle sentit un battement au centre de sa paume et elle referma les doigts sur le picotement chaud.

Les yeux de Lev étaient incroyables. D'un bleu de mer profond dans lequel elle se perdait immédiatement. Si elle avait eu le moindre instinct de conservation, celui-ci disparut dès qu'elle le regarda dans les yeux. Le désir couvait dans ses yeux, d'une intensité bouillante qui la brûlait en entier. Ses yeux ne pouvaient mentir : il la désirait à ce point. Comment pouvait-elle y résister ?

Rikki lui toucha le visage avec hésitation. La main de Lev était posée sur le ventre nu de Rikki, ses doigts étalés comme s'il voulait occuper la plus grande superficie possible. Elle prit vivement conscience du contact de la peau contre la peau. C'était comme s'il marquait sa peau d'une brûlure qui traversait la surface et coulait jusqu'au plus profond de son corps. Elle n'avait jamais ressenti cette sensation avec quiconque. Le toucher de Lev était aussi réel et vif que le monde de la mer ou de la pluie.

Elle s'aperçut que la musique de la pluie se transformait ; non par elle, mais par lui, comme s'il était le chef d'orchestre à présent. Un rythme rêveur, exotique et érotique, en harmonie avec les mouvements de ses doigts. Chaque caresse provoqua de petits tremblements dans le corps de Rikki. Elle était fascinée par lui, par son apparence et ses sensations, par sa façon de la regarder – comme si elle était la seule femme au monde. Elle le lut dans son esprit, cette conviction qu'il ne pourrait jamais y avoir une autre femme pour lui. Il s'agissait d'un aphrodisiaque plutôt grisant pour elle qui avait passé tant de temps seule, pour elle qu'aucun homme n'avait continué de désirer après avoir vu qui elle était réellement.

Elle ressentait la vérité dans chacune de ses paroles. Le lien entre eux était si fort qu'elle doutait qu'il puisse lui mentir avec succès. Pour une raison inconnue (et elle était reconnaissante de cette raison), Lev avait décidé qu'elle était l'unique femme pour lui. Jamais cela ne lui était arrivé.

Daniel l'avait aimée à sa façon. Elle était une bonne compagne pour lui, une plongeuse qui comprenait son monde. Elle exigeait peu de lui. Il avait de l'affection pour elle, et leurs rapports sexuels le satisfaisaient, mais jamais il n'avait pensé à prendre le temps d'essayer de la satisfaire. Le toucher était si difficile pour elle que Daniel était d'avis qu'il valait mieux en finir le plus vite possible plutôt que d'essayer de trouver une solution.

Avait-elle utilisé Daniel ? Elle fronça les sourcils en réfléchissant longuement à la question. Ils avaient été commodes l'un pour l'autre, mais elle avait éprouvé de l'affection pour lui — elle l'avait aimé. Elle n'avait pas ressenti pour lui l'attirance physique qu'elle éprouvait pour Lev, mais il était bon, et elle l'avait aimé en raison de la façon dont il la traitait : elle n'était pas une paria à ses yeux. Elle était son égale. Sa partenaire. Elle n'avait jamais eu une relation pareille dans son passé, et il occuperait toujours une place spéciale dans son cœur.

Lev baissa la tête pour poser des baisers le long de sa jambe, goûtant chaque goutte de pluie.

— Concentre tes pensées sur *moi, lyubimaya moya.*

Il effleura son ventre des lèvres.

— Tu sembles un peu jaloux, fit-elle remarquer.

Sa bouche chaude continua de se déplacer sur le ventre de Rikki, et ses dents la mordillèrent doucement comme pour la réprimander. La piqûre se propagea dans son corps, droit vers ses entrailles, et une bouffée de chaleur se répandit en elle. La langue de Lev tournoya sur sa peau ; un délice râpeux et velouteux.

Rikki arrivait à peine à respirer. Ses poumons brûlaient, et elle perdit le contrôle sur les battements de son cœur. Elle prit une profonde respiration, et ses seins vinrent effleurer son torse nu. Ses mamelons se dressèrent en pointe instantanément, et elle eut l'impression que sa poitrine était gonflée et douloureuse. De minuscules étincelles électriques partirent du bout de ses mamelons pour courir jusqu'à ses entrailles. Elle se lécha les lèvres, tremblante devant les sensations étrangères.

Comment arrivait-il à animer son corps de la sorte ? Un seul regard. Un seul toucher. Elle tendit les mains pour toucher son torse bien musclé. Le bout de ses doigts absorba la texture et la sensation de sa peau, cette chaleur exquise qui circulait entre eux. Les yeux de Rikki cherchèrent ceux de Lev pour y puiser du réconfort. Elle était si nerveuse. Avant ce moment-là, un rapport sexuel n'avait été rien de plus qu'une fonction corporelle ; à présent, c'était une nécessité. Elle sut tout de suite qu'une fois qu'elle en ferait l'expérience, elle en aurait toujours soif.

Lev détecta sa nervosité : il y avait de la peur dans ces yeux mystérieux, mais il y avait aussi une faim – et la confiance. Il baissa la tête pour faire tourbillonner sa langue autour de son nombril.

– Nous ne ferons rien qui te rende mal à l'aise, Rikki, et si quelque chose te fait mal ou t'est désagréable, dis-le-moi.

Le poing de Rikki se prit dans ses cheveux.

– L'ennui avec toi, c'est que ça évolue vite. Trop vite. Si nous faisons ceci, et que tu changes d'envie, je ne sais pas, Lev. J'ai une bonne vie. Je suis heureuse comme les choses sont. Je ne veux pas être laissée derrière, en pagaille.

« Te désirant. Ayant soif de toi. Ayant besoin de toi. »

Il surprit ses pensées. Elle était effrayée. Sa courageuse Rikki avait peur de faire l'amour avec lui. Elle avait donné son corps à Daniel, car c'était ce que les couples faisaient quand ils s'engageaient. Il ne doutait pas qu'elle serait demeurée loyale à cet homme, mais elle engageait davantage que son corps avec Lev, ce qui était terrifiant pour une femme qui avait besoin d'un équilibre absolu dans sa vie.

– Tout ira bien, murmura-t-il contre sa peau douce. Tu es en sécurité avec moi.

Et il le pensait. Elle était si innocente. Si lumineuse. Elle était forte comme l'acier à l'intérieur, mais elle était aussi fragile et vulnérable – trop fragile et vulnérable. Ceux qui l'aimaient savaient le reconnaître. Il n'avait aucun souvenir d'innocence, de luminosité ou de vulnérabilité, mais elle parvenait à lui redonner ces éléments. Il avait lu son dossier et la savait capable de violence, savait que d'autres avaient mal interprété son inaptitude à gérer les sons et l'environnement autour d'elle. Elle avait eu besoin d'aide, et personne ne la lui avait apportée avant que Blythe et les autres fassent leur entrée. Pour cette seule raison, il allait toujours — *toujours* – les protéger et veiller sur elles. Car cette femme…

Il posa une traînée de baisers jusqu'à sa cage thoracique étroite et le dessous de ses seins et repoussa son débardeur mince afin qu'il se retrousse juste au-dessus de ses mamelons. Il sentit le tremblement qui traversa le corps de Rikki, et son cœur y répondit dans une sensation fondante étrange. Son corps était plein et chargé comme jamais auparavant. Il sentait le besoin urgent de se libérer, mais il sut que c'était son âme qui lui faisait l'amour. Son âme avait besoin de sa luminosité et de son innocence. Il sut qu'il était lié à elle de la même façon qu'elle était liée à l'eau.

Le centre de sa paume gauche vibra et élança, provoquant une réaction à la chaîne dans son corps, ce qui ne fit qu'étoffer son érection. Il était reconnaissant de ne porter aucun vêtement, car déjà, la couverture contre sa peau l'embêtait. Il la rejeta et souleva Rikki pour la tirer de sous elle afin de pouvoir la repousser du lit et qu'il ne reste plus que les draps frais et la pluie qui tombait dehors.

La cuisse de Lev glissa sur celles de Rikki, la clouant au lit, tandis que sa main monta vers son épaule comme pour mémoriser la sensation de cette femme. Il ferma les yeux pour savourer sa douceur. Sa main poursuivit son exploration vers son cou et son visage, puis s'arrêta pour agripper sa chevelure épaisse et sauvage. Il captura ses soupirs voilés quand ses lèvres prirent les siennes. Il avait déjà eu des rapports sexuels, mais c'était la première fois qu'il faisait l'amour et voulait en vivre chaque sensation.

Il voulait la goûter jusqu'à ce que ses poumons brûlent de recevoir de l'air et que sa poitrine soit comprimée. Il craignait que son cœur n'explose ou, si ce n'était son cœur, que ce soit sa queue. Les baisers de Rikki étaient comme une drogue qui allumait un feu dans ses veines. Jamais il ne pourrait se lasser de cette bouche douce et parfaite. Il l'embrassa encore et encore jusqu'à ce qu'elle fonde contre lui, que ses doux halètements se transforment en douces supplications.

Ce fut seulement alors que ses lèvres glissèrent vers son cou ; ce cou vulnérable au sujet duquel il avait entretenu plus d'une fantaisie. Sa peau avait l'odeur de la pluie fraîche — une odeur qu'il associait désormais à Rikki — et il s'en nourrit en usant de sa langue et de ses dents ; papillonnant et donnant de petits coups de dents, se délectant d'elle jusqu'à ce qu'elle remue, agitée, ses seins se soulevant avec effort contre son torse.

Le désir était un monstre qui rugissait en lui, griffant et déchirant son ventre et son sexe, mais l'amour qu'il ressentait gardait ses touchers doux. Les autres hommes éprouvaient-ils une sensation semblable ? Il n'avait jamais cru en l'amour avant de rencontrer Rikki. Elle effaçait toutes les mauvaises situations dans lesquelles il s'était retrouvé, chaque geste répréhensible qu'il avait posé. Elle prenait tous les morceaux brisés et arrivait à les imbriquer. Elle croyait être celle qui était endommagée quand, en réalité, c'était lui qui était perdu.

Il posa des baisers jusqu'au col de son débardeur, une main étalée sur son ventre en signe de possession. Il sentit les muscles de Rikki se serrer sous ses doigts et se contracter quand il abaissa sa bouche sur son mamelon couvert par le mince tissu de son débardeur. Les hanches de Rikki décrivirent un mouvement saccadé, et elle frémit en enroulant les bras autour de la tête de Lev.

— Lev.

Sa voix était brisée ; un amalgame de plaisir, de peur et de faim.

Il téta son mamelon un moment avant de replier les lèvres et de lui donner de petits coups de dents. Il sentit la réaction de Rikki dans les tremblements de son corps.

— Même dans mes rêves, je n'ai jamais cru avoir une femme comme toi, Rikki. Jamais. Jamais je n'aurais imaginé vouloir une femme bien à moi, encore moins la sensation que cela m'apporterait.

Il lui murmura les mots. Elle lui avait donné un cadeau d'une valeur inestimable, et tout ce qu'il pouvait lui offrir en retour était sa loyauté, son amour et sa parole. Il ne pouvait même pas lui donner son vrai nom, car il mettrait la vie de Rikki et de ses frères en péril. Il leur faudrait s'accommoder du nom de Hammond et non de Prakenskii, et s'il y avait un Dieu, Lev espérait que celui-ci le comprenne. Lev souleva son débardeur et le passa au-dessus de sa tête pour le jeter de côté et ramener immédiatement son visage vers la tentation de son sein. Il sentit un frisson de plaisir le parcourir quand elle s'arqua vers lui pour le plonger plus profondément dans la chaleur de sa bouche. Il entreprit de sucer son mamelon sensible en se servant légèrement du bord de ses dents tandis que les hanches de Rikki se dardaient contre lui.

Avec beaucoup de douceur il glissa son short court le long de ses jambes. Elle offrit sa collaboration en soulevant les hanches, sur le bord des sanglotements, et en poussant le short de ses pieds. Le corps de Rikki devint plus chaud sous la main baladeuse et la bouche experte de Lev. Elle était d'une douceur incroyable, sa peau lisse et soyeuse, et chaque fois qu'elle criait son nom, il tombait plus profondément sous son sortilège.

Sa langue, râpeuse et veloutée, taquina son mamelon, et Rikki poussa un cri et empoigna les cheveux de Lev des deux mains. Il ouvrit les yeux pour regarder droit dans les siens. Ces yeux énormes étaient aussi noirs que la mer la plus profonde, là où il avait été si perdu. Il était encore perdu, mais en sécurité avec elle. Elle semblait quelque peu médusée, comme s'il la droguait par son toucher. Il baissa la tête en gardant les yeux sur elle et lécha son mamelon comme s'il s'agissait d'un cornet de glace. Le corps entier de Rikki frémit, et ses hanches se redressèrent pour s'appuyer fermement contre lui.

La main de Lev parcourut sa cuisse dans un mouvement de va-et-vient, prodiguant de petites caresses sur sa peau soyeuse jusqu'à sa hanche pour redescendre jusque sous ses fesses. Rikki écarquilla les yeux et retint son souffle. Il saisit son mamelon entre ses dents et le mordilla très doucement tout en la fixant droit dans la profondeur noire et insondable de ses yeux.

Il aimait observer ses réactions. Elle se donnait à lui, se remettait entre ses mains et lui offrait une réponse spontanée qui valait toute la richesse du monde. Sa main se glissa vers la chaleur humide entre ses jambes, et sa paume caressa le triangle soyeux du mont de son pubis. Une rougeur se propagea sur sa peau, empourpra ses seins, son cou et son visage. Sa respiration devint brisée et irrégulière.

— *Lev !*

Encore une fois, elle prononça son nom, chuchoté dans sa tête. Un gémissement de désir ; un son grisant qui provoqua une pulsion et une secousse dans sa queue.

— *Je suis là, lyubimaya moya, tu es en sécurité avec moi,* répondit-il par la voix intime de la télépathie.

Il éprouvait le besoin de se glisser dans sa tête avec la même impulsion désespérée que le désir que son corps éprouvait pour le sien.

Elle avala avec difficulté et hocha la tête sans le quitter des yeux. Il glissa le doigt dans sa chaleur lisse et accueillante. Les hanches de Rikki se braquèrent, et ses cils tremblèrent. Ses lèvres s'entrouvrirent pour laisser passer un halètement de surprise. Elle s'immobilisa, et ses yeux énormes semblèrent avaler son visage.

— Je ne te fais pas mal.

Il en fit une affirmation. Elle parut effrayée, mais son corps répondit par un déluge de miel liquide.

Elle fronça les sourcils, et il ne put résister à l'envie de se pencher vers elle pour l'embrasser de nouveau et lui dérober le peu de souffle qu'il lui restait. Son doigt commença à encercler son bouton sensible, et il lui laissa le temps de s'habituer à la sensation. Elle poussa un cri contre sa bouche, un halètement étranglé de plaisir. Il sourit en levant la tête afin de la regarder de nouveau droit dans les yeux.

— Dis-moi ce que tu ressens.

— Plus. J'en veux plus.

Il donna un petit coup de dents à son menton.

— *J'ai l'intention de prendre plaisir à découvrir chaque centimètre de ton corps. J'attends depuis un moment de savoir si tu goûtes aussi bon que je le crois.*

Il brûlait d'une excitation qui l'assaillait de son appétit vorace. Sa queue était appuyée contre la cuisse de Rikki et rageait contre lui dans un désir féroce et quasi brutal.

Les mains de Rikki relâchèrent ses cheveux pour se glisser vers ses épaules ; un essai peut-être, pour voir s'il aimait son toucher. Il *brûlait* de sentir ses mains — et sa bouche — sur lui et il lui permit de voir les images qui défilaient dans sa tête tout en laissant son plaisir briller dans ses yeux.

— *Plus.*

C'était le seul mot qu'il arrivait à articuler, même dans son esprit. Il perdait rapidement le contrôle : l'intensité du besoin qu'il ressentait arrachait chaque trace de sa discipline. Il voulait perdre le contrôle, il voulait *ceci* : un amour farouche qui allait les consommer tous les deux, qui allait brûler de tous ses feux et longtemps et les fondre en un tout.

Rikki traça les muscles de son dos en effleurant des cicatrices çà et là et en s'y attardant un moment pour se demander quelle en était la cause. Le visage de Lev était un masque de sensualité, ses yeux étaient d'un bleu intense et remplis d'une soif sombre qui l'enivrait.

Elle ondula contre lui, une vague lente et sensuelle ; son corps glissant de manière séduisante contre celui de Lev. La surprise enflamma ses yeux, et il pencha la tête pour lécher sa peau, le long de ses seins et de ses côtes, l'explorer avec ses dents, sa langue et ses lèvres. Les doigts de Rikki tâtonnèrent jusqu'à la longueur dure de son érection lourde appuyée contre sa cuisse. Elle sentit Lev perdre brusquement le souffle, sentit le tremblement parcourir son corps.

Chaque endroit que ses dents mordillaient ou que sa langue râpeuse léchait envoya un signal chaud d'excitation bouillant à travers sa peau jusqu'en son centre tout féminin. Sa température interne grimpa, et elle ne put faire autrement que de remuer dans tous les sens sur le lit en frémissant devant son assaut. La sensation était si délicieuse qu'elle approchait de la douleur, mais une douleur agréable. C'était surprenant et excitant.

Les mains de Lev écartèrent ses jambes, et il pencha la tête vers l'intérieur de sa cuisse. Elle poussa un cri, un doux gémissement l'implorant de lui en donner plus, tandis que la chaleur inondait son corps.

Son souffle chaud pulsa à la jonction de ses jambes et faillit la rendre folle de désir.

— Couché près de toi nuit après nuit, je pense à ceci, j'y rêve.

L'amour sombre qui se reflétait dans ses yeux bleus l'étonna presque autant que ce qu'il faisait.

De ses mains il souleva ses hanches et baissa la tête pour boire. Rikki s'entendit pousser un cri : le plaisir l'inonda et la secoua dans une démence fiévreuse. Ses doigts agrippèrent ses épaules dans un besoin désespéré de s'ancrer à quelque chose de solide. Sa tête se jeta à droite et à gauche sur l'oreiller, et elle fut impuissante devant les vagues de sensations qui la parcouraient. Avide de la goûter davantage, Lev lécha et suça sans vergogne et en prenant son temps. De sa langue il la pénétra d'abord en surface, puis profondément. Des larmes brûlaient derrière ses paupières, et l'air manquait dans ses poumons, mais elle ne voulait pas qu'il arrête.

La peur la prit entre ses griffes quand elle s'aperçut qu'il la consommait avec son désir, qu'il les liait de sorte que ni lui ni elle ne pourraient se libérer de l'autre. Ça n'avait pas d'importance. La peur n'importait pas devant la spirale qui s'enroulait de plus en plus serrée en elle et menaçait jusqu'à sa raison. Elle entendit un autre sanglot et sut qu'il venait d'elle quand elle se serra plus fort contre lui et que la langue de Lev porta un coup profond en elle, la poussant jusqu'au bord du précipice sans toutefois la projeter au-delà.

— *Lev !*

Elle criait son nom pour la troisième fois, mais cette fois, c'était une supplication.

La spirale s'étala en hauteur, crispant les muscles de son ventre, resserrant ses cuisses, l'enveloppant dans une excitation fiévreuse jusqu'à ce qu'elle s'agite sous lui, terrifiée à l'idée de se perdre, à l'idée qu'il ne s'arrête sans qu'elle ne sache vers où il la transportait.

— *Patience, lubov moya, nous avons toute la nuit, et je veux prendre le temps de te savourer.*

Elle ferma les yeux tandis qu'il la léchait et la suçait et la propulsait toujours plus haut, l'amenant jusqu'au précipice de la folie avant de la ramener en douceur chaque fois.

— *Je veux que tu sois prête pour moi.*

— *Je suis prête pour toi.*

Une minute de plus, et elle allait le supplier sans même sans soucier. Les doigts de Rikki trouvèrent les cheveux de Lev et les tirèrent dans une tentative de le ramener plus haut, par-dessus elle.

— *Pénètre-moi maintenant.*

Il émit un rire bas et amusé, un ronronnement de satisfaction mâle.

— *Tu es une petite femme exigeante, n'est-ce pas ?*

— Tu ne peux même pas l'imaginer, murmura-t-elle à voix haute.

Elle ne pouvait s'empêcher de se tortiller, de jeter la tête dans tous les sens et de secouer brusquement les hanches. Les doigts de Lev remuèrent en elle, et elle poussa un cri de nouveau : son corps était près de faire une grande découverte sans pourtant y arriver. Elle entendit son propre gémissement qui l'étonna par son ton suppliant et désespéré. Le pouce de Lev effleura et caressa son bouton si sensible, et elle s'arqua contre lui, frémissante de plaisir.

— Je t'en prie, murmura-t-elle d'une voix tendue. Je t'en prie, Lev.

Lev leva la tête pour la regarder, pour voir son expression hébétée. Ses yeux étaient vitreux, sous le choc, remplis d'anticipation et de trépidation. Il ne pouvait plus se raccrocher au contrôle fragile qu'il lui restait. Un seul regard sur son visage, et il était perdu.

Il s'agenouilla entre ses jambes et tira son corps frêle vers lui. Il écarta les jambes de Rikki en soulevant ses hanches et appuya le bout élançant de son érection lourde contre l'entrée de Rikki. Chacune de ses terminaisons nerveuses semblaient se presser vers cette chaleur fiévreuse. Elle était étroite, une enveloppe de velours brûlante qui cédait à peine à sa lente invasion, centimètre par centimètre. Il haleta, et un feu zébra son ventre et ses cuisses.

Il était expert dans l'art du sexe, mais il n'avait pas été préparé à un tel assaut de ses sens. Une telle chose ne lui était jamais arrivée. Il était trop discipliné pour se perdre dans le corps d'une femme. Sa vie était axée sur la survie et non sur le plaisir et certainement pas sur l'amour qu'on pouvait éprouver pour une femme. Et, que Dieu lui vienne en aide, il l'aimait avec chaque souffle de son corps.

Il sentit le feu se déverser sur sa peau quand il pénétra profondément en elle pour joindre leurs deux corps. Son sexe était épais, et le sien était étroit, et la sensation était exquise. Il entendit Rikki expirer de longs souffles sifflants et irréguliers, et ses muscles se serrèrent autour de lui. Ce petit mouvement faillit lui voler la dernière trace de son contrôle.

— Ne bouge pas, *laskovaya moya,* l'avertit-il en se tenant immobile, attendant que le corps de Rikki s'adapte à son sexe afin qu'il puisse s'enfouir plus profondément en elle. Tu ne peux pas bouger tout de suite.

Elle était hors de portée. Elle jetait la tête dans tous les sens sur l'oreiller, et son corps se tortillait même si les mains de Lev contrôlaient ses hanches. Elle se poussait contre lui, lui donnant l'impression de s'avancer dans des pétales qui s'ouvraient à lui. Elle était si étroite, et ses muscles se contractaient continuellement autour de lui chaque fois qu'elle bougeait, déployant des flammes électriques jusqu'au cœur du sexe de Lev.

Il ne put faire autrement. En se donnant un élan, il plongea en elle encore et encore, laissant sa queue épaisse traîner sur l'amas des nerfs les plus sensibles de Rikki. Il n'était pas certain de pouvoir survivre à la bouffée de plaisir qui se propagea en lui. Il s'enfonça loin, cognant la chaleur bouillonnante du col de son utérus. Il grogna quand elle se contracta autour de sa lourde érection, le serrant et le caressant de ses muscles doux comme le velours. Elle ne possédait peut-être pas des masses d'expérience, mais elle était naturellement sensuelle, et chaque mouvement de son corps le faisait balloter toujours plus près du précipice. Pour un homme qui croyait que la discipline était le fondement de tout, il était choquant de perdre le contrôle à ce point.

Elle scanda son nom à répétition, et à ses oreilles, c'était de la musique pure, comme la pluie l'était pour elle. Ses gémissements et les petits bruits étranglés qu'elle émettait l'emplissaient d'une attitude protectrice aiguë ; une satisfaction purement masculine qui étoffait sa joie. Il se délectait de sa capacité à rehausser le plaisir de Rikki par sa façon de se mouvoir. Elle remua la tête sur son oreiller, son visage était rouge, et ses yeux étaient vitreux. Elle poussa un long gémissement sourd qui résonna dans sa queue.

Il changea de position pour la tirer plus près de lui. Il balança les jambes de Rikki par-dessus ses bras afin de disposer d'un meilleur levier pour mettre en branle un rythme rapide et soutenu, sans jamais quitter des yeux son visage, à l'affût de tout signe de malaise. Il ne put s'empêcher de gémir à son tour en plongeant encore et encore dans son fourreau — la friction vive était incroyable. Son canal féminin était d'une chaleur fiévreuse qui l'enveloppait comme de la soie vivante, l'agrippant, se refermant et se traînant sur lui de façon si étroite que le feu grésillant en lui brûlait avec une chaleur toujours grandissante. Ses testicules se contractèrent ; le plaisir exquis était presque douloureux. Il sentit une puissance ondulante se resserrer de plus en plus et il sut que le relâchement approchait.

— *Ya tebya lyublyu.*

Il prit une respiration.

— Regarde-moi, *lubov moya*. J'ai besoin de voir tes yeux.

Il souhaitait s'élancer vers le ciel avec elle, se noyer en elle, fusionner leurs corps et leurs esprits afin que leur lien ne puisse jamais être brisé.

Rikki sentit la pression grimper en elle, la même pression qu'elle ressentait dans l'océan quand une vague énorme approchait. Elle tendit les mains vers celle-ci, épousant la sensation et l'assimilant à celle de sa mer bien-aimée. La sensation prit naissance dans ses orteils ; une série foudroyante de vagues roulant et déferlant en elle avec une force toujours grandissante. Mais le déferlement ne cessait pas. Il ne cessait jamais.

Elle pouvait le sentir : sa longueur et sa circonférence l'étirer et s'enfoncer profondément en elle. Son propre corps était glissant et mouillé, et la tension érotique s'étala jusqu'à ce qu'elle craigne de s'y noyer. Elle n'arrivait pas tout à fait à reprendre le souffle ni à se soulager de cette pression grandissante. Elle était trop puissante. Trop hors de contrôle pour une personne comme elle. Les vagues redoublèrent en force et menacèrent de l'engouffrer. La peur se tailla une place dans son esprit, surfant la houle passionnée, et bientôt, chaque terminaison nerveuse à vif ressentit les sensations séparément, puis en un tout qui vint la submerger.

Elle entendit la voix de Lev, au loin, dans sa tête, l'appelant dans sa langue ; sa voix était une ancre. Désespérée, elle tourna la tête vers lui, et leurs regards se percutèrent. C'était comme une chute libre dans la mer ; tout ce bleu merveilleux. Il n'y avait pas assez d'air pour qu'elle puisse respirer, comme c'était le cas sous l'eau, mais la beauté de son visage accidenté, sa force, son calme persistant étaient comme la constance de l'océan, et elle parvint à ne pas perdre la raison en s'accrochant à lui.

— *Reste avec moi,* le supplia-t-elle. *Reste avec moi.*

— *Tu es en sécurité, lubov moya. Tu es toujours en sécurité avec moi,* l'assura-t-il. *Laisse-toi aller.*

Elle garda le regard arrimé au sien et se laissa sombrer dans la félicité. Son corps se serra contre lui comme un étau, et la pression monta jusqu'à ce qu'elle craigne d'exploser. Elle le sentit grossir, pulsant de chaleur et de feu, elle entendit son grognement rauque, puis l'ultime vague gonfla : un tsunami échappant à tout contrôle.

En le regardant dans les yeux, elle s'abandonna complètement, se donna à lui et le laissa l'emporter jusqu'à ce qu'il n'y ait plus que le bruit de la pluie et le son rythmé de leurs corps réunis. La vague exceptionnelle traversa son corps, monta dans ses jambes, passa dans son centre, dans son ventre et ses seins, engouffra son cerveau ; vague après vague d'un plaisir si intense qu'elle n'était plus certaine d'être tout à fait saine d'esprit. Ses os fondirent, son corps devint liquide, et elle flotta dans le sous-espace de la mer.

Il ne détourna pas une fois les yeux — il ne cilla pas — et la serra contre lui durant sa propre décharge violente. Son souffle était irrégulier, son visage était tendu, mais son expression était tendre tandis que les vagues dans le corps de Rikki s'apaisèrent en un clapotis de plaisir doux.

— Pour la première fois de ma vie, Rikki, j'ai l'impression d'être à la maison.

Elle était couchée sous lui, le cœur battant de façon irrégulière, quelque peu médusée par la splendeur à couper le souffle de l'orgasme. Ainsi, voilà pourquoi on en faisait tout un plat. Elle s'était demandé pourquoi tout le monde parlait de sexe et semblait si désespéré à avoir des rapports sexuels.

Ses jambes étaient toujours soulevées par-dessus les bras de Lev, et il les laissa retomber doucement contre le matelas. Elle était incapable de bouger ; toute son énergie était dévorée par les vagues débordantes, et le simple mouvement de ses jambes suffit à provoquer un autre clapotis dans son corps.

— Est-ce que ça va ?

Elle hocha la tête et tendit la main pour effleurer ses lèvres de ses doigts. Elle fut surprise d'avoir la force de lever le bras. Il retira doucement son sexe.

— Non, protesta-t-elle soudainement en saisissant ses épaules pour le tenir contre elle.

— Je suis juste là, Rikki. Je n'irai pas nulle part.

Le souffle de Rikki se prit dans sa gorge. Il n'irait nulle part, et elle était chez elle. Elle ne pouvait pas partir. Qu'était-elle supposée faire ? Devrait-elle lui offrir quelque chose à boire ou à manger ? Devrait-elle aller prendre une douche ? Elle allait être irritée ; peut-être qu'un bain serait mieux. Ou devrait-elle sortir carrément de la maison ? Elle pourrait s'assoir dans son hamac, si elle trouvait l'énergie nécessaire pour se lever.

En frissonnant, elle laissa tomber les mains pour agripper le drap, les sourcils froncés. Elle allait tout gâcher. Tout avait été si parfait. D'une perfection absolue, et elle n'avait pas la moindre idée de ce qu'il fallait faire après avoir fait l'amour. Elle reconnaissait la différence. Il s'était déversé en elle, corps et âme, lui avait donné un cadeau précieux, et elle risquait de lui lancer ce cadeau au visage par mégarde, en raison de son manque d'expérience et de savoir.

Son esprit s'emballa et s'emplit de peur. Elle allait tout détruire. Elle se trouvait dans un territoire inconnu, et l'expérience était terrifiante. Son cerveau cherchait à se replier vers des lieux familiers. La pluie peut-être : elle pourrait se laisser absorber par celle-ci, mais elle ne voulait pas faire un tel coup à Lev. Il était difficile de lutter contre ce penchant quand ses pensées allaient dans tous les sens sans qu'elle puisse les contenir.

Lev étudia Rikki les sourcils froncés, soudain inquiet. Il posa la main contre son cœur pour découvrir qu'il battait si vite, il craignit qu'elle subisse un arrêt cardiaque.

— Qu'est-ce qui ne va pas, Rikki? demanda-t-il d'une voix douce, presque tendre.

Elle frémit et tendit le bras sous le lit pour en retirer sa couverture lourde. Elle évita son regard.

— *Lubov moya*, tu gémis. As-tu mal?

Ses doigts manièrent gauchement la couverture, et il s'étendit par-dessus elle pour prendre la couverture pour elle et la blottir autour d'elle avec soin.

— Je suis désolée, parvint-elle à dire.

— Ne sois pas désolée, Rikki. Parle-moi. Dis-moi ce qui se passe.

Il n'attendit pas qu'elle parle, mais appuya sa paume gauche contre la paume gauche de Rikki pour s'enfoncer dans son esprit.

— *Utilise tes mots, Rikki,* lui conseilla la voix d'une femme.

Sa mère, et c'était un souvenir qui la réconfortait souvent. Elle se berça légèrement au souvenir de sa mère la serrant fort et exerçant une pression sur sa poitrine quand elle avait l'impression que son corps allait s'envoler en mille morceaux.

— Je ne sais pas ce que je suis censée faire.

Son ton était si solitaire et malheureux que le cœur de Lev se contracta de douleur, mais il patienta en silence. Elle ouvrit les yeux pour le regarder. Dès l'instant où leurs regards se croisèrent, il entendit ses pensées.

« Ce visage, si accidenté et fort et si beau. Ses yeux. Aussi bleus que la mer bien-aimée. Son expression si tendre. »

Il fut soulagé d'apprendre que sa présence la réconfortait et qu'elle ne souhaitait pas qu'il parte.

Il enroula un bras autour de sa taille et déplaça le corps de Rikki avec sa force aisée pour la blottir contre lui.

— Il n'y a pas de règles à suivre, Rikki.

Elle écarquilla vivement les yeux et haleta doucement.

— Non. Non, il doit y avoir des règles. Il y a toujours des règles. Que dois-je faire ? Je ne sais pas.

— Que faisais-tu avec Daniel ?

Il ne souhaitait pas évoquer le souvenir de cet homme dans son esprit, pas après ce qu'ils venaient de partager, mais il devait trouver un moyen de la réconforter.

— Je partais. Je me levais et je partais vite pour rentrer chez moi.

Elle survola la pièce du regard.

— Mais nous sommes chez moi, et tu habites ici, toi aussi, et je ne sais pas quoi faire.

Elle semblait si confuse et vulnérable que son cœur élança pour elle.

— Tu te souviens de ce que nous nous sommes promis ? demanda-t-il en lissant des mèches de cheveux autour de son visage. Nous établissons nos propres règles. Je suggère que nous nous serrions l'un contre l'autre et bavardions jusqu'à ce que nous soyons trop fatigués pour demeurer éveillés ou jusqu'à ce que nous ayons recouvré suffisamment de forces pour refaire l'amour.

Elle parut sincèrement étonnée, mais aussi plus qu'intéressée par l'idée.

— *Refaire* l'amour ?

— L'idée ne te séduit pas ?

Il glissa une main sous la couverture pour prendre son sein. Il effleura du pouce son mamelon et le caressa jusqu'à ce qu'il se durcisse et se dresse.

Elle lui jeta un regard noir.

— Bien sûr que l'idée est séduisante, mais je n'ai jamais lu les règles concernant la sexualité. Y a-t-il une fréquence prédéterminée selon le jour ou la semaine ?

Il lui sourit et pencha la tête pour prendre possession de sa bouche. Il l'embrassa longuement et profondément, avec une maîtrise suffisante pour que la langue de Rikki continue de danser avec la sienne. Il aimait sa façon de se donner à lui. Il n'y avait aucune hésitation, quand il la touchait. Il lui mordilla les lèvres, puis donna un petit coup de dents sur son menton avant de lui répondre.

— Deux personnes qui partagent leur vie ont des rapports sexuels quand ça leur plaît. Ils peuvent faire l'amour doucement et gentiment ou de façon folle et sauvage. Mais ça devrait toujours être une façon d'exprimer leur amour. Et crois-moi quand je te dis ceci, Rikki, je t'aime. Quand je te touche, je te touche avec amour.

Il déposa des baisers sur sa gorge et sur le côté de son cou. Le pouls de Rikki palpita comme les ailes d'un oiseau, puis se mit à battre à vive allure sous ses lèvres. Il caressa doucement ses cheveux, et la peur s'immisça dans son esprit quand il songea à ce que Rikki représentait pour lui. Il savait s'être engagé pleinement envers elle, dans cette nouvelle vie, mais il n'entrevoyait encore que des aperçus du monde et de l'esprit de Rikki.

Elle était fragile et vulnérable de façons différentes des autres, pourtant elle était dotée d'un courage et d'une force étonnants. Il savait qu'il ne voulait plus jamais être séparé d'elle. Toutefois, il ne voulait pas trébucher ou la vexer sans le savoir.

— Donc, nous pouvons simplement rester au lit ?

Le regard de Rikki fouilla le sien.

— C'est exact, *laskovaya moya*. Nous resterons au lit. Ça t'ennuie, si je me laisse tenter ?

Elle lui adressa de nouveau cet adorable froncement de sourcils, signe de sa concentration.

— Je ne comprends pas ce que ça signifie.

— Je veux explorer ce qui m'appartient. J'aime te toucher.

— Je ne pensais pas que j'aimerais cela, admit-elle, mais c'est bien le cas.

— Aimes-tu me toucher ?

Un petit sourire railleur recourba les coins de sa bouche.

— Je te donne un massage presque chaque soir.

— Tu as touché à tout mon corps, sauf à ma queue, Rikki. As-tu peur de me toucher là ?

Elle se lécha la lèvre inférieure.

— Peut-être. Un peu. Je ne veux pas te faire de mal. Je pourrais mal m'y prendre, tu sais.

— Je suis à toi, Rikki. Mon corps t'appartient. Je veux te sentir me toucher. Je veux que tes mains et ta bouche explorent mon corps. Tu me donnerais le même plaisir que je t'ai donné.

Elle se releva pour prendre appui sur un coude, et la couverture glissa pour découvrir son sein.

— Tu veux dire que si je te touche…

— Ou me suce, l'interrompit-il.

— Je peux te faire ressentir un plaisir incontrôlable ?

Il opina solennellement. L'idée que sa bouche fantastique le touche lui donna déjà l'impression de perdre le contrôle, et déjà, son corps s'avivait à cette pensée.

— Comment est-ce possible que tu ne saches pas ceci ?

Son fiancé n'avait pas dû prendre beaucoup de temps à lui expliquer les choses.

Elle haussa les épaules.

— Je n'ai jamais été intéressée par la sexualité. Je n'apprends pas les choses qui ne m'intéressent pas. Mais je suis intéressée à présent.

Elle se tourna vers lui.

Lev était encore étendu sur les draps froissés. Les autres couvertures étaient tombées sur le sol depuis un bon moment. Elle laissa sa couverture lourde les rejoindre et s'agenouilla à côté de lui pour étudier son corps. Elle en connaissait intimement chaque centimètre puisqu'elle lui avait donné un massage chaque soir, mais elle n'avait jamais exploré son membre viril. Son sexe était long, lourd et épais, et les yeux de Rikki avaient été attirés par sa silhouette nue de nombreuses fois. Il n'essayait jamais de lui cacher ses érections, et elle avait pris l'habitude de le voir bandé et gonflé.

Rikki fit un essai et effleura son gland, et le corps de Lev fut pris d'une secousse. Il haleta. Elle sourit. Il tenta de demeurer immobile pour elle. Les mains de Rikki soupesèrent ses testicules. Son toucher était doux ; elle les faisait rouler pour se familiariser avec la sensation et la texture. Il arrivait à peine à respirer dans l'attente de ce qui suivrait. Rikki était très concentrée sur ce qu'elle faisait, comme c'était souvent le cas quand quelque chose la fascinait. Lev aimait que son corps la fascine.

D'abord, elle adopta une attitude totalement Rikki : complètement captivée et capturée par ses explorations si bien que l'espace d'un moment, elle était entièrement accaparée par la sensation et la facette mécanique de l'expérience. Il serra les dents et essaya de la laisser prendre le contrôle. Elle possédait une sensualité naturelle qui le secouait et quand elle commença à utiliser sa bouche et sa langue, il sentit son souffle quitter son corps dans une bouffée explosive.

Ses années d'entraînement ne semblaient avoir aucune incidence quand il était près d'elle. Peu importait qu'elle n'ait aucune expérience, elle compensait par sa jouissance, par sa façon de savourer le goût et la texture, par sa façon de se perdre dans l'expérience de faire palpiter et trembler le corps de Lev avec ses soins. Il s'abandonna enfin en poussant un grognement et guida la tête de Rikki à l'aide de ses mains, les yeux écarquillés, occupés à la regarder. Elle était sans aucun doute la femme la plus sexy qu'il n'ait jamais rencontrée. Il fallut peu de temps avant qu'il sache qu'il ne pourrait résister longtemps.

Il l'arrêta très doucement. Il ressentait le besoin de sentir sa chaleur soyeuse, étroite et brûlante.

— Enfourche-moi, lui ordonna-t-il.

Rikki lui obéit. En inspirant profondément, Lev poussa vers le haut tandis qu'elle se baissait sur lui. Il sentit son fourreau se déployer, et un feu exquis l'entourer. Il donna un coup, et elle frémit en poussant ce gémissement doux et sexy qu'il aimait tant. *Le besoin.* Il était vivant. Il respirait en lui, l'agrippait, déchirait son cœur et son esprit. Il avait besoin de cette femme magnifique et généreuse. Elle était si fichtrement sexy, compatissante et généreuse.

Il souleva ses hanches au moment où il tendait les bras pour couvrir ses seins de ses mains et pour prendre possession d'elle. Prendre possession de son corps. Il voulait sentir son cœur battre contre sa paume.

– Chevauche-moi, *lubov moya,* murmura-t-il en tirant sur ses mamelons et en sentant, en réponse, une montée de chaleur inonder sa queue.

Les cheveux de Rikki étaient emmêlés et en bataille – exactement comme il les aimait. Les mèches pâlies par le soleil étaient assombries par sa moiteur. Sa peau avait un éclat lustré, et ses yeux étaient brillants et vitreux. Il aimait savoir qu'il pouvait avoir cet effet sur elle, provoquer ce changement : cette couleur vive, sa respiration rauque et irrégulière et ses doux gémissements musicaux.

Il changeait continuellement le rythme, pour le simple plaisir de l'entendre haleter, d'entendre ces petits geignements surpris tandis qu'elle s'empalait sur lui. Il posa les mains sur ses hanches afin de l'amener à s'assoir toujours plus profondément à chaque mouvement. Il sentit l'étau chaud de son corps et ses muscles soyeux l'encercler, le faisant prisonnier. Elle frémit, et la première grande vague déferla en elle et l'emporta. Il redoubla le rythme de ses coups de reins pour pénétrer encore plus profondément et la serrer contre lui. Il voulait exploser avec elle. Une extase brûlante le transporta et l'abrutit pendant quelques doux moments.

Rikki prenait son passé, prenait chaque mauvaise chose et les éradiquait, tout simplement. Il flotta dans une mer de néant. Quelque part, à un certain moment, quand son esprit se remit à fonctionner, il comprit que ce n'était pas le vide : c'était l'amour ; un amour qu'il possédait. Et il allait le garder.

Il tendit les bras pour lui prendre la tête et la tirer vers lui afin de l'embrasser longtemps et profondément. Il l'aida très doucement à redescendre et parvint à l'amener à se coucher près de lui. Elle était épuisée, et ils étaient revenus au stade de l'amour où elle se sentait maladroite et incertaine. Il tira une couverture et la blottit autour d'elle.

— Je vais rester avec toi, Rikki. Je préfère te le dire.

Il remarqua qu'elle se laissait gagner un peu par le sommeil sous le poids de la couverture et bercée par le son de la pluie venant de la fenêtre ouverte.

Elle sourit, les yeux fermés.

— Je veux que tu restes.

— Rikki, chuchota-t-il en la serrant contre lui, la bouche appuyée contre son oreille. Quand le temps le permettra, allons sur la mer ensemble. Tu pourras plonger pendant que je me repose et que je profite du paysage.

Elle remua, ses paupières papillonnèrent.

— Tu ne peux pas monter à bord de mon bateau.

Il déposa une traînée de baisers allant de sa bouche à son sein, et sa langue effleura son petit mamelon. Elle gémit et porta une main sur son torse comme si elle protestait ; cependant, elle retourna son corps pour lui offrir un meilleur accès. Il téta son mamelon une minute ou deux, et sa main libre alla lui masser les fesses.

— Je resterai assis sans dire un mot. Et sans toucher quoi que ce soit, promit-il.

Elle émit un grondement, mais elle ne le regarda pas. Ses cils retombèrent. Il lécha son sein et taquina sa peau avec ses dents.

— Lev, tu peux me réveiller dans une heure.

Sa voix était si ensommeillée. Sa queue tenta de reprendre vie.

— Je veux te regarder travailler. Tu es sexy dans ta combinaison de plongée.

Elle poussa un soupir.

— Si tu me réveilles dans une heure, je te laisserai monter sur mon bateau. Mais tu ne peux pas toucher à quoi que ce soit pendant que tu es à bord.

— Pas même à toi ? demanda-t-il.

Elle sourit sans ouvrir les yeux.

— Je te permettrai peut-être de me toucher.

Il posa un baiser sur son sein et recourba son corps autour du sien avant de programmer sa montre. D'accord pour une heure.

14

— Je n'arrive pas à croire que je me suis laissé prendre par le plus vieux tour du monde, affirma Rikki en jetant un regard de biais vers Lev avant de ramener son attention sur la bande étroite d'asphalte surplombant l'océan.

L'autoroute un était déserte en cette heure matinale où Rikki avait normalement la route pour elle seule. La mer scintillait de façon invitante, le soleil était à peine levé, et la joie se répandait en Rikki. Cette excitation prêtait une note taquine à son ton, mais comme toujours, elle était parfaitement en contrôle de sa conduite et veillait à respecter la limite de vitesse.

Lev jeta un regard qui en disait long à l'indicateur de vitesse avant de prendre un air innocent.

— Je n'ai pas la moindre idée de quoi tu parles.

— De sexe. Tu as réussi à t'insinuer sur mon bateau par le sexe.

Il émit un rire doux.

— Tous les moyens sont bons, *lyubimaya moya*.

Pas la moindre trace de repentir dans sa voix.

— Je n'allais certainement pas te laisser prendre la mer sans moi. Qui sait ce que tu pourrais trouver dans l'océan ?

Elle ne put faire autrement que de rire de cette insinuation.

— Ainsi, tu crois que j'ai l'habitude de pêcher des hommes étranges hors de la mer et de les ramener à la maison ?

— Je ne courrai aucun risque.

Elle rit et secoua la tête tout en empruntant la route menant au port.

— J'adore l'odeur des eucalyptus. L'odeur m'indique que je m'approche de mon bateau.

— Quand nous atteindrons le stationnement, reste en arrière, Rikki, et laisse-moi inspecter le bateau.

L'amusement disparut immédiatement de son visage, et elle se raidit.

— Le *Sea Gypsy* m'appartient. J'en suis la capitaine. Si tu crois que quelque chose cloche, c'est moi qui monterai à bord la première pour faire la vérification, pas toi.

— La protection est mon domaine d'expertise. Je ne te dis pas comment faire ton job, dit-il d'une voix douce et effrayante.

Elle regarda son visage à la dérobée. Sa mâchoire était serrée. Ce n'était pas une attitude têtue, mais implacable.

— Je savais que tu agirais de la sorte. Je le *savais*, lança-t-elle en frappant le volant de sa paume ouverte. Je t'ai dit que tu n'allais pas prendre le contrôle.

Il haussa ses épaules larges dans un mouvement désinvolte et fluide qui le fit paraître plus grand, costaud et dominant. Elle songea à le pousser hors du camion en mouvement. Peut-être qu'il déboulerait sur la colline escarpée et tomberait droit dans la rivière.

— Je peux lire tes pensées, l'informa-t-il.

Elle lui adressa son regard le plus noir.

— Dans ce cas, tu sais que je ne suis pas d'humeur à être embêtée. Personne ne prend le contrôle de mon bateau. Pas même le meilleur amant au monde. *Surtout* pas le meilleur amant au monde. Déjà, il se prend pour un tombeur.

Lev se surprit à rire. Elle pensait ce qu'elle disait ; voilà ce qui était incroyable chez elle. Elle ne pensait pas lui faire de compliments. Elle était trop agacée par lui pour tenter de lui flatter l'ego. Elle était simplement d'avis qu'il était le meilleur amant au monde, mais elle était la capitaine et ne laisserait personne prendre le contrôle de son bateau. Ce qu'elle ignorait était que Lev ne se souciait guère du bateau : c'était d'elle dont il voulait prendre possession.

Il se pencha vers elle pour embrasser son cou vulnérable. Une fois lancé, il était quelque peu difficile de résister à l'envie de poser des baisers sur sa peau douce encore et encore. Et puisqu'il y était, un petit mordillement était de rigueur pour ensuite se servir de sa langue pour apaiser le mordant.

— Je vais avoir un accident, si tu continues. Tu m'empêches un peu de me concentrer.

Il rit de nouveau à son observation terre à terre.

— Je t'empêche *un peu* de te concentrer ? Manifestement, je dois faire plus d'efforts.

Elle lui donna un coup de coude et un regard entre ses longs cils.

— Te comporteras-tu de la sorte toute la journée ? Parce qu'il est probable que je te jette dans l'océan.

Il contracta les muscles.

— Je suis prêt à te laisser essayer. Ça pourrait être amusant.

Au moment même où il la taquinait, il était déjà en mode survie ; son regard balayant toute l'étendue du port Albion. Il n'y avait qu'un véhicule récréatif garé sur les lieux, mais personne en vue. Rikki roula dans le stationnement jusqu'au bassin. Ils étaient les premiers sur place, comme ils l'avaient espéré.

Avant qu'elle ne puisse sortir de son véhicule, il lui saisit le poignet. Toute trace de taquinerie avait disparu.

– Il aurait pu être ici, Rikki. C'est tout aussi facile de trafiquer un bateau afin qu'il prenne feu que de réduire ta maison en cendres. Si j'essayais de te tuer, c'est ici que je t'attaquerais. Il te faudra vérifier ton moteur et ton compresseur d'air avant de toucher à quoi que ce soit. Et si je te dis de descendre du bateau, tu m'obéis. Capitaine ou pas, ta vie importe plus que tout le reste.

Elle devint parfaitement immobile avec une expression indéchiffrable. Comme ses paupières et ses longs cils voilaient ses yeux, Lev ne pouvait voir dans leur profondeur sombre, mais il sentit un petit frisson la parcourir.

– N'aie pas peur, Rikki. Je ne laisserai personne te faire de mal.

Ses cils se soulevèrent, et l'effet total de ses yeux noirs frappa Lev au cœur. Il n'y avait aucune peur dans son regard ; il y couvait seulement une colère profonde.

– Je *veux* qu'il s'en prenne à moi. Après toutes ces années où j'ai cru avoir peut-être tué mes parents et Daniel. Il a fait croire, à moi et à tout le monde, qu'un espèce de monstre était tapi en moi et se mettait à l'œuvre tandis que je dormais. Quatre maisons ont été détruites ; la vie de gens, tout ce qu'ils possédaient et mes parents…

Elle secoua la tête, et l'éclair d'une promesse sombre passa dans ses yeux.

— Je ne prendrai pas la fuite.

Lev glissa un bras le long du dossier, et ses doigts s'enroulèrent autour de la nuque de Rikki.

— Non, mais nous allons nous montrer intelligents. Nous allons nous préparer et être prudents. N'est-ce pas ?

Elle demeura silencieuse un moment, tendue, le dos bien droit, sans se détendre contre lui. Il patienta. Elle mit quelques minutes avant de céder au massage de ses doigts. Il garda le silence, lui laissant le temps de réfléchir : il avait cultivé l'art de la patience bien des années plus tôt. Il voulait que Rikki lui fasse confiance, mais il savait qu'elle n'accorderait pas sa confiance si facilement. Elle avait pris le contrôle de sa vie et avait trouvé le moyen de vivre dans un monde qui lui était étranger. Elle n'avait ni affection ni confiance envers les autorités : c'était en réalité la seule raison pour laquelle elle ne l'avait pas livré à la police. Elle n'était pas du genre à être bousculée. Elle devait prendre ses propres décisions, et Lev souhaitait être celui qu'elle choisisse, chaque fois.

Rikki poussa un doux soupir et laissa sa tête retomber en se tournant pour le regarder de nouveau.

— Je peux prendre soin de moi. Tu le sais, n'est-ce pas ? Je me suis bâti une belle vie ici, Lev. J'aime bien être avec toi, mais je ne veux pas que tu penses devoir prendre soin de moi. Je suis peut-être différente, mais je peux raisonner seule.

Il s'efforça de ne pas grimacer quand elle dit « aime bien ». Il voulait qu'elle adore être avec lui. Il était incapable de s'imaginer ne pas se réveiller aux côtés de son corps souple ou de son visage aux yeux incroyables et à la bouche sexy et généreuse. Il reconnut avoir peut-être davantage besoin d'elle qu'elle eut besoin de lui, mais il n'essayait pas de se l'approprier. Il voulait la protéger. Ce n'était pas la même chose.

— T'ai-je déjà fait sentir de la sorte ?

Elle se mordit la lèvre en fronçant de nouveau les sourcils.

— Pas vraiment. C'est seulement important pour moi que tu saches que je peux m'occuper de moi et prendre mes propres décisions.

— Je te respecte, Rikki. Si je t'ai donné une autre impression, alors je te présente mes excuses. Je possède une certaine expertise dont j'espère que tu te serviras, voilà tout. Tu es si habituée à tout faire seule qu'il est possible que tu oublies que je peux t'aider.

Il allait traquer et tuer ce salaud, mais le moment semblait mal choisi pour le lui dire.

Elle opina.

— Pourvu que nous nous comprenions. Et je n'aime pas t'utiliser. Tu commences une nouvelle vie. La dernière chose qu'il te faut est d'affronter une personne démente qui a décidé de me tuer en raison de gestes que j'ai posés quand j'avais treize ans.

Elle poussa sa portière et sortit de son camion.

Lev fit de même et contourna la boîte du camion pour l'aider à décharger son équipement.

— Te souviens-tu que quiconque ait été très fâché contre toi ?

Elle éclata de rire.

— Je déteste te l'apprendre, Lev, mais à peu près tout le monde avait une dent contre moi. Je ne les regardais pas. Je refusais de parler la moitié du temps. Tout ce que je voulais, c'était que le bruit cesse. Si le bruit était trop intense, je piquais des crises violentes. Mes parents étaient les seuls à m'apprécier. Je n'ai aucune idée si j'ai offensé ou blessé quelqu'un. Je passais le plus clair de mon temps à essayer de survivre sans perdre l'esprit.

Il la suivit sur le quai jusqu'au *Sea Gypsy*. Il lui fut reconnaissant de ne pas bondir à bord. Elle étudia d'abord le bateau et l'examina avec précaution avant de monter à bord.

— Je ne pense pas que quiconque soit venu à bord de mon bateau. Normalement, je le sens quand quelqu'un est venu fureter dans le coin. Je vais quand même vérifier le moteur et le compresseur d'air par mesure de sécurité. Comme j'ai démonté le moteur moi-même, je saurai si quelqu'un y a touché.

Il la croyait. Déjà, elle avait pris un air de confiance et d'autorité suprême, comme si dès que ses pieds eurent foulé le pont, elle était devenue quelqu'un d'autre — et peut-être était-ce bien le cas. Il avait d'abord remarqué ce changement sous l'eau ; ses yeux au regard acharné et déterminé, d'une profondeur à laquelle il avait confié sa vie. Elle avait adopté la même attitude farouche sur son bateau.

— Au boulot, dans ce cas. J'aimerais que nous quittions le port avant l'arrivée d'autres visiteurs. Le moins de gens me verront de près, et le mieux ce sera.

Il frotta sa barbe d'une main. Il n'avait jamais porté la barbe, et la sensation était étrange, mais elle changeait son apparence.

— Tu aurais dû rester à la maison comme je te l'ai dit.

– Pour être un homme entretenu ? Hors de question. J'ai ma fierté.

Elle interrompit l'inspection de routine de son équipement pour pousser un ricanement railleur.

– Tu as plus d'argent que je pourrai en gagner durant le reste de ma vie. Tu cherchais seulement à venir à bord de mon bateau, dit-elle en plissant les yeux. Et si tu songes à une mutinerie en pleine mer, je n'hésiterai pas à te jeter par-dessus bord.

– Je songeais au sexe en pleine mer. Beaucoup de sexe. Je crois que l'air frais me donne des idées.

Elle rit en secouant la tête avant de passer près de lui pour aller vérifier le compresseur d'air.

– Nous sommes ici pour travailler et non pour jouer.

Il aimait l'observer, surtout là, sous le soleil du petit matin qui brillait sur elle. La journée était froide avec une petite brise, mais le ciel était dégagé, et l'eau semblait scintiller là où les rayons du soleil caressaient sa surface. Lev venait de perdre Rikki de nouveau au profit de l'eau, mais cette fois, ça lui allait. Cela lui donnait l'occasion de l'admirer sans encombre, de l'observer se déplacer en douceur et avec efficacité sur le pont, de l'écouter fredonner en sachant qu'elle n'avait probablement pas conscience qu'elle fredonnait. Ouais, elle était parfaitement dans son élément ici et, pour elle, il s'était fondu au décor, était devenu une partie de son bateau.

Il sourit quand il s'aperçut qu'elle acceptait sa présence à bord, consciemment ou non. Autrement, elle aurait vivement conscience qu'il était là, comme s'il n'était pas à sa place, dans son espace à elle. Pour l'heure, elle se déplaça du compresseur d'air au moteur tandis qu'il observait sa routine, la mémorisait avec soin en l'ajoutant comme un diagramme parmi les cartes et les plans enregistrés dans son cerveau. Il se tint hors de son chemin et détourna son attention d'elle pour se concentrer sur leur sécurité.

Elle savait manifestement quoi faire concernant son moteur et son compresseur d'air et examina les deux avec précaution, lui laissant le loisir de s'assurer doublement que personne ne les traquait. Il ouvrit son esprit, et celui-ci s'élargit facilement pour envoyer un appel aux oiseaux le long de la rivière, dans le port et sur les éperons d'érosion marine qui s'érigeaient hors de l'eau. En réponse, les oiseaux prirent leur envol dans une vaste migration. Ils étaient si nombreux qu'ils brisèrent la concentration de Rikki qui leva les yeux vers le ciel rempli de diverses espèces. Ils offraient toute une vue, si nombreux à décrire des cercles au-dessus des falaises et du port, de l'autoroute et même des plages sablonneuses.

Les oiseaux échangèrent des cris et remplirent l'esprit de Lev d'information sur l'emplacement de tout homme seul dans les environs. L'un d'entre eux avait l'apparence d'un pêcheur, et l'autre était assis sur le promontoire qui surplombait la plage. Lev isola le cormoran qui avait projeté la silhouette ombrageuse dans sa tête, lutta pour en prendre le contrôle et réussit, puis s'envola bien haut avec l'oiseau pour le guider à survoler le promontoire en cercle afin qu'il puisse voir l'homme de ses yeux. Des vêtements usés, une barbe blanche et une bouteille de whisky vide donnaient l'impression nette que cet observateur avait passé la nuit sur le cap. À ses côtés se trouvait une couverture en haillons sur laquelle était blotti un chien. Il relâcha l'oiseau et attendit un moment en respirant profondément pour s'orienter.

Il sentit les yeux de Rikki sur lui et leva la tête pour fixer droit dans leur profondeur sombre. Elle tenait les cordages dans ses mains, et son visage affichait une expression étrange.

— Nous allons sortir du port. Il vaudrait mieux que tu y prêtes attention.

— Donne-moi encore une minute.

Elle savait que Lev avait quelque chose à voir avec les oiseaux. Elle sentait probablement l'accumulation subtile de pouvoir sans savoir de quoi il s'agissait. Elle demeura parfaitement immobile, mais son corps se berçait inconsciemment avec le bateau comme si, déjà, elle surfait sur les vagues en pleine mer. Il aimait cette immobilité en elle, l'absence de questions, l'acceptation. Elle l'observa sans ciller. Il lui fallut un autre moment pour laisser son esprit prendre son envol et trouver et choisir un oiseau qui avait aperçu le pêcheur.

Encore une fois, l'homme semblait authentique, assis dans une petite embarcation non loin de la bordure du promontoire. Mais « semblait » n'était pas suffisant. Lev ordonna à ses guetteurs d'espionner l'homme et de venir l'avertir si celui-ci devait quitter cet endroit ou se mettre à leurs trousses. Il sourit à Rikki. Elle n'avait pas bougé d'une semelle, apparemment fascinée par lui.

— Tu nous emmènes en mer ou pas ?

Il esquissa un geste vers le stationnement où un autre camion venait de s'engager.

Elle se retourna brusquement sans dire un mot et s'avança pour se tenir à la barre. On aurait dit qu'elle faisait partie du bateau, une main sur la barre, ses cheveux ondulant dans la brise tandis que l'embarcation se glissait lentement sur les eaux calmes de la rivière pour passer sous le pont Albion et prendre la mer. Lev savait qu'il aurait dû admirer cette structure imposante de bois et de métal qui enjambait l'embouchure de la rivière (et c'était une vue magnifique à l'aube), mais il ne voyait rien d'autre que Rikki.

Elle était transformée. Il l'avait trouvée splendide dans le lit, sa peau douce présentée comme une offrande, mais là, elle faisait partie de la mer ; sauvage et libre et très confiante. Tant il aimait Rikki en raison de son inexpérience et de son empressement à lui faire plaisir, tant il était intrigué par cette facette de sa personnalité : si assurée, de ses mouvements rapides et fluides à son langage corporel, en passant par l'expression captivée sur son visage tandis qu'elle fixait l'eau des yeux.

Il ne pensait à rien d'autre qu'à se glisser derrière elle pour la prendre, ici même, pendant qu'elle les guidait sur l'eau. La prochaine fois, il lui demanderait de revêtir une longue jupe sans sous-vêtement afin de pouvoir simplement relever son ourlet et s'enfouir profondément en elle. Ils pourraient se mouvoir en suivant les fluctuations du bateau, un rythme doux ou, s'ils tombaient sur une petite houle, un rythme effréné et…

Elle tourna la tête pour lui jeter un regard spéculatif.

— Je ne suis pas certaine que tu sois à la hauteur de la tâche.

Un rire fusa vers lui avant qu'elle ne reporte son attention vers la mer.

Son cœur se serra avec violence dans sa poitrine ; il éprouvait pour elle une émotion si forte qu'elle était presque douloureuse. Il était agréable de savoir qu'il ne faisait pas partie du décor, qu'elle avait choisi de rester liée à son esprit. Il avait besoin de cette intimité, même si ce n'était pas le cas pour elle. Elle était radieuse et scintillante, comme si une lumière brillait en elle pour lui montrer la voie hors des ténèbres.

— C'est un défi que tu me lances, parvint-il à répondre.

Mais au-delà du désir physique qu'il éprouvait pour elle, ce qui l'émouvait était sa certitude par rapport à sa décision. Il mettait tout en péril, rejetait tout ce qu'il avait été, celui qu'il était, essentiellement, et elle en valait le coup.

Encore une fois, elle lui jeta un regard par-dessus son épaule avant de se retourner pour regarder vers l'eau droit devant tandis qu'ils filaient vers leur destination.

— Ce n'est pas tout à fait vrai, Lev.

Elle était en voie de devenir experte en télépathie ; il lui faudrait se montrer plus prudent pour protéger ses pensées. Il savait qu'elle était là en lui, mais sa présence devenait familière, déjà une partie de lui, comme s'ils avaient réussi à s'absorber mutuellement d'une manière ou d'une autre.

— Oui, c'est vrai. Tu en vaux largement le coup.

Elle lui adressa un petit sourire et un regard de la douceur du velours.

— Bêta. Bien sûr que j'en vaux le coup. Je ne parlais pas de ça. Celui que tu es est toujours le même. Cette personne a toujours été le vrai toi ; seulement, tu ne t'es jamais laissé aller à ressentir quoi que ce soit. Tu étais un enfant quand ils t'ont kidnappé pour t'entraîner. Tu es un homme bon, Lev, que tu le croies ou non. Je suis dans ta tête et je vois qui tu es. Tu as toujours été bon.

Il observait le littoral que leur bateau longeait en levant occasionnellement les yeux vers les oiseaux dans le ciel tandis qu'il réfléchissait encore et encore à ses paroles. Il ne savait plus quelle était la vérité et au fond, quelle importance ? Il avait droit à une deuxième chance et il allait la saisir des deux mains.

Ils gardèrent le silence, profitant du soleil matinal qui brillait sur l'eau. Depuis le bateau, la vue était différente que depuis la côte. Il vit des trous s'infiltrer parmi les grandes masses rocheuses, les éperons où des oiseaux de multiples espèces s'installaient, se reposaient ou nichaient. Des oiseaux plongeaient dans l'eau pour pêcher des poissons, et à l'occasion, des phoques remontaient à la surface ou se prélassaient sur le dos en observant le *Sea Gypsy* avec curiosité.

Quelque chose de gros remua aux côtés du bateau, fendant l'eau, et Lev vit Rikki sourire en baissant les yeux vers la mer. Un geyser d'eau fit irruption près du bateau et projeta une pluie de gouttes sur eux. Elle éclata de rire.

— Elle vient de nous lancer une invitation à jouer.

Lev haussa les sourcils.

— Une invitation à jouer ? Avec cette chose ?

Il regarda le corps gigantesque et profilé qui se déplaçait avec fluidité dans l'eau. La baleine grise devait bien faire une longueur de quinze mètres et peser de trente à quarante tonnes. Sa nageoire émergea de l'eau : elle mesurait entre trois et quatre mètres et était entaillée profondément au milieu.

La baleine disparut sous l'eau de nouveau. Lev distingua d'autres ombres dans la mer. Rikki ralentit le bateau, puis l'arrêta avant de se pencher vers l'eau pour y plonger une main courbée en coupelle et jeter le liquide selon un grand arc sur la surface. Ce faisant, elle entreprit de chanter doucement afin que les gouttelettes d'eau demeurent en suspension dans l'air et forment une longue chaîne.

Lev retint son souffle, conscient qu'il allait probablement être témoin de quelque chose que seule Rikki avait vu à ce jour. Il sentit une montée d'énergie autour d'eux. Le bateau tangua. Il tendit la main pour la toucher, posant doucement la main sur sa nuque. Il voulait ce contact physique tandis qu'il projetait son esprit dans celui de Rikki.

Le lien intime, si profond, si fort, le secoua : la sensation était aussi exquise que celle de lui faire l'amour. Sa chaleur l'encercla, féminine et douce, sans arêtes drues. La fusion n'était pas tout à fait semblable à la lecture des pensées. Se trouver à l'intérieur d'elle, partager son esprit éveillait en lui une douleur profonde et un désir qui ne faisait que croître. Pendant un moment, le souffle de Lev brûla dans ses poumons, et son cœur s'emballa. Des images érotiques passèrent dans leur esprit partagé, et il laissa les vagues de plaisir déferler en lui.

Cependant, il garda les yeux fixés sur le jet d'eau suspendu à une trentaine de centimètres de la surface de la mer. Sans crier gare, des nageoires émergèrent brusquement de l'eau pour frapper le jet. En riant, Rikki fit danser l'eau hors d'atteinte. Lev sentait qu'elle anticipait les mouvements de la baleine à l'aide de la force de l'énergie qui s'élevait sous eux. Rikki ne trichait pas et gardait le jet à la même distance de la surface. Lev aperçut plusieurs baleines épier la scène en faisant émerger leurs têtes coniques et étroites de l'eau et il eut l'impression qu'elles souriaient. Des taches grises et blanches, de même que des anatifes blancs couvraient leur peau plus foncée. Les baleines étaient d'énormes créatures gracieuses qui migraient vers la côte de l'océan Pacifique depuis les eaux arctiques des lagunes de Baja, là où elles s'accouplaient et donnaient naissance.

Il observa plusieurs membres du groupe prendre part au jeu et tenter d'être le premier à frapper le jet d'eau de sa nageoire. Il entendait le rire enchanté de Rikki, mais plus encore, il éprouvait le même plaisir, comme il était fusionné à elle. Le lien avec la mer était ancré si profondément dans les veines de Rikki qu'il aurait pu jurer que son sang montait et redescendait, selon le rythme des vagues. La joie éclata en lui ; un concept qui lui était si étranger qu'au premier abord, il n'arriva pas à définir cette sensation incroyable. Rikki lui donnait cette sensation : le cadeau du bonheur.

Il aperçut une baleine mâle approcher et, tout comme Rikki, il sut que celui-ci allait frapper le jet avec force de sa nageoire et projeter l'eau dans les airs. Des milliers de gouttelettes de cristal plurent alors sur eux.

Satisfait, le groupe poursuivit son chemin et disparut de la surface de l'eau.

— C'était incroyable.

Rikki rit et permit à Lev de l'aider à se lever. Elle remua contre son corps en lui envoyant un signal qui était loin d'être subtil.

— La prochaine fois, je *vais* porter cette jupe.

Elle posa un baiser sur son menton avant de retourner à la barre pour remettre le bateau en mouvement.

— Si tu montes la garde, tu les verras remonter à la surface dans trois à cinq minutes. Elles pousseront un souffle à des intervalles de trois à quinze secondes avant de lever les nageoires et de disparaître. Elles restent souvent sous l'eau plus longtemps, mais si tu es attentif, tu remarqueras une tendance générale.

— Tu me lances ce commentaire au sujet d'une jupe, puis comme ça, tu changes de sujet pour parler des baleines ?

Le rire de Rikki vint allumer une brûlure vive dans son sexe. L'espace d'un moment, il aurait juré sentir ses doigts le caresser jusqu'à une érection lourde.

— Nous avons du boulot à abattre, mon homme.

Il se dressa derrière elle, proche, afin que son corps s'imprime contre le sien, afin qu'elle sente son sexe dur et chargé s'appuyer contre elle. Il enroula un bras autour de sa taille et posa doucement le menton sur son épaule.

« J'aime être ton homme. »

Il était incapable de prononcer des mots aussi cucul à voix haute, mais l'émotion qu'il éprouvait se déversa dans l'esprit de Rikki.

Elle tendit le bras pour encercler sa tête et tourna la sienne afin de trouver sa bouche. Il l'embrassa, un baiser profond et long, et goûta l'amour dans la douceur de sa bouche. Elle fut la première à le rompre pour se retourner et s'assurer que le bateau suivait toujours la bonne trajectoire. Ils se dirigeaient vers l'une de ses destinations préférées, au large d'Elk. Elle avait expliqué à Lev que l'endroit se trouvait à environ quinze kilomètres et qu'elle avait évité de s'y rendre depuis un moment afin de pouvoir en tirer une bonne récolte.

Le parcours dura environ une demi-heure, et elle ne lui demanda pas de se tasser avant qu'ils n'approchent du lieu.

— Le cimetière est situé juste là, dit-elle en pointant dans sa direction d'un coup de menton, les sourcils froncés en signe de concentration. Parfois, je sens que les esprits veillent sur moi.

Lev avait perdu l'attention de Rikki et il recula pour lui laisser de l'espace.

— Est-ce dangereux ?

— Eh bien, si tu ne sais pas ce que tu fais, admit-elle. Il faut savoir comment manœuvrer, ici. Le sol marin est pratiquement une chaîne de montagnes. Comme tu peux voir, il n'y a pas beaucoup de rochers visibles ici. Il y a une dénivellation de quatre-vingt-dix mètres à partir de la route là-haut. Les rochers se trouvent très près de la côte, mais ils s'étalent soudain sur une longueur d'environ trois cents mètres dans l'océan.

Tandis qu'elle parlait, elle manœuvrait prudemment le bateau en suivant une voie invisible.

— L'extrémité nord de la montagne est complètement submergée.

Il scruta sous l'eau, et son cœur bondit. Il pouvait voir des rochers des deux côtés du bateau sous la surface de l'eau. Quelques rochers faisaient saillie, mais la plupart semblaient être invisibles à l'œil nu. À mesure qu'ils approchaient de leur destination, de petites îles apparurent ; rien de plus que des rochers surplombant la mer.

— Je vais descendre à une profondeur d'environ six mètres, le long de ces rochers, mais je dois me déplacer en poupe afin de descendre la chaîne, autrement le courant nous poussera, les oursins et moi, loin du bateau. En me déplaçant ainsi, j'utiliserai le courant à mon avantage.

Chacune des petites anses formaient des abris dans les rochers. Les éperons étaient parsemés de phoques se prélassant sur les rochers de la marée basse. Les robes tachetées de gris argenté et de brun foncé des phoques luisaient sous le soleil matinal tandis que les mammifères se reposaient, leurs corps massifs étalés sur la pierre.

— Regarde tout cet attroupement. Ils sont vraiment mignons de près, mais plus gros que je ne l'aurais cru.

Elle rit.

— Ils ne sont pas si mignons, si tu plonges dans l'une de leurs voies entre les rochers. Ils n'aiment pas les intrus et ne sont pas gênés de le montrer. Tout à coup, ils ont des dents et des griffes, et il ne te reste plus qu'à déguerpir. La plupart du temps, ils passent près de moi à toute vitesse sous l'eau, et je dois les ignorer. Ne partage jamais ta prise avec eux, sans quoi ils ne te laisseront pas tranquille. Ils peuvent se montrer agressifs.

Lev étudia les phoques. Ils parurent soudain *beaucoup* plus gros qu'ils ne l'avaient semblé quelques secondes plus tôt.

— Quelle est leur grosseur réelle ?

Elle haussa les épaules d'un air désinvolte.

— Ils doivent faire une longueur d'un mètre cinquante à un mètre quatre-vingts et peuvent peser jusqu'à cent quarante kilos. Si tu les traites avec respect, tout ira bien, dit-elle avant de lui adresser un petit froncement de sourcils. Tu ne plongeras pas, Lev.

— Je sais bien, mais peut-être ne devrais-tu pas plonger ici non plus. N'y a-t-il pas d'oursins de l'autre côté de ces rochers, loin de leur territoire ?

Elle hocha la tête.

— En fait, le devant des rochers en est couvert. Il y a une dénivellation d'environ trente-cinq mètres, mais il est seulement possible de récolter les oursins à cet endroit quand la houle est de moins d'un mètre et pour de courtes périodes. Tu dois pouvoir flotter à environ neuf ou douze mètres, mais c'est plutôt dangereux, et une chute peut survenir très rapidement.

— Génial. Tu utilises beaucoup le mot « dangereux ».

Elle secoua la tête en lui adressant un sourire rassurant.

— Ici, nous sommes protégés des fortes houles venant du nord-ouest. Les gros rochers divisent le roulis des vagues. Bien entendu, ici, il faut gérer le courant. C'est un peu comme plonger dans une rivière. Il n'y a pas le mouvement de va-et-vient des vagues.

Elle s'affirmait d'une manière si terre à terre et avec une telle confiance, mais plus que tout : elle était impatiente de plonger. Il la sentait lui échapper, son attention tournée vers sa maîtresse. La mer l'appelait définitivement à elle. Il savait que Rikki aimait l'eau et que la plongée était essentielle à son bien-être, mais cela semblait trop dangereux pour qu'elle le fasse seule. Il n'avait jamais ressenti de la peur pour quelqu'un d'autre, et la sensation le rendait fichtrement mal à l'aise.

Il avait certainement effectué de la plongée de nombreuses fois et était parfaitement qualifié, mais il savait qu'elle s'y opposerait. Déjà, elle faisait une concession énorme en le laissant monter sur son bateau. Il n'était pas si impatient pour risquer de tout perdre en la poussant trop vite. Rikki n'aimait pas le changement. Il avait apporté beaucoup de changements dans sa vie, et elle était fragile. Il était conscient que l'emprise qu'il avait sur elle était aussi fragile que l'état d'esprit de Rikki.

— Dis-moi quel est le rôle d'un assistant, dit-il.

Quand elle lui jeta un regard impatient, il tenta de lui sourire.

— Pendant que tu enfiles ton équipement.

Elle lui indiqua de s'assoir hors de son chemin tandis qu'elle vérifiait son équipement de nouveau. Elle avait fait une inspection la veille, puis une autre vérification méticuleuse le matin même : il s'agissait donc de sa troisième inspection. Il comprit qu'elle prenait sa sécurité au sérieux.

Rikki le darda de ses yeux noirs.

— En gros, de faire tout ce que je dis.

— Allons, *lyubimaya moya*.

Il emprunta son accent de façon délibérée et l'admira de ses yeux bleus pendant qu'elle versait de l'eau chaude dans sa combinaison de plongée.

— Donne-moi quelques faits.

Elle soupira en ôtant son jean et en exposant ses jambes galbées et le tatouage de gouttes d'eau qu'il aimait tant. Elle était très mince avec tout ce travail sous l'eau alimenté uniquement par du beurre d'arachide. Il lui fallait des aliments à haute teneur énergétique et un régime alimentaire équilibré.

« Du calme, se remémora-t-il. Un changement à la fois et seulement ce qui est nécessaire pour qu'elle demeure en santé et en sécurité. »

Rikki lui adressa un regard curieux, comme si elle avait surpris une partie de ses pensées, même s'ils n'étaient plus liés par la télépathie. Peut-être que l'eau qui les entourait amplifiait ses talents. Il n'en savait pas assez sur les éléments de l'eau, sauf qu'ils étaient puissants à leur manière. Il possédait des dons psychiques, mais les dons de Rikki fonctionnaient différemment. Elle était liée à l'eau, et l'eau était liée à elle.

— Rikki, dit-il d'un ton égal.

— Tu fais beaucoup d'efforts pour me manipuler, fit-elle remarquer.

Il savait qu'elle était futée.

— Donne-moi une idée générale.

— Un assistant, en règle *générale,* fait tout ce qui est nécessaire au-dessus de l'eau tandis que le plongeur s'occupe de ce qui se passe sous l'eau. La règle la plus importante dont tu dois te souvenir est de ralentir. Il n'y a aucune urgence à moins que je te le dise. Un assistant fait ce qu'on lui demande et *rien* de plus. N'improvise pas des tâches au fur et à mesure.

Elle versa du shampoing pour bébé dans ses mains pour en enduire ses jambes, ses hanches et ses fesses. Elle ne portait rien de plus qu'un string. Il tenta de ne pas se laisser hypnotiser par la vue de ses mains glissant partout sur sa peau.

— Si tout ce qui se passe au-dessus de l'eau est mon job, je devrais m'occuper de ça pour toi.

Elle cligna des paupières, comme si elle sortait d'une transe, puis elle lui adressa un grand sourire.

— Tu n'as qu'un but en tête. Et c'est important pour moi d'adhérer à ma routine. Je ne peux pas en dévier. D'une part, cela me décontenance et sème le chaos dans mon esprit, mais plus que tout, il s'agit d'une question de sécurité au large.

— C'est noté. Pas de sexe sur le bateau.

— Ce n'est pas ce que j'ai dit; seulement, n'interrompt pas ma routine avant une plongée.

— Donc, que dois-je faire?

— Absolument *rien,* dit-elle, et son sourire s'estompa, et elle le fixa droit dans les yeux. Tu ne peux toucher à une seule chose sur ce bateau.

— Rikki, dit-il en prenant une voix douce, c'est ridicule. Laisse-moi t'aider. Je ne toucherai à rien, sauf si tu me le demandes. Tu m'as déjà confié ton corps, tu peux bien me confier tes choses.

Déjà, il constatait qu'elle devenait agitée, décontenancée par le changement à sa routine.

— Donne-moi quelque chose à faire. Une chose. La plongée est un travail épuisant. Je peux m'occuper des tâches serviles.

Elle enfila la portion inférieure de sa combinaison de plongée tandis qu'elle y réfléchissait.

— Je vais accrocher mon filet au tuyau et l'envoyer vers la surface. Quand il atteindra la surface, tu peux commencer à tirer le filet — *lentement* —, ce qui me tirera aussi vers le haut. Quand le filet sera dans le bateau, fixe le crochet au filet d'oursins, puis décroche le tuyau. À ce stade, soit je me hisserai à bord pour me reposer et manger, soit j'aurai besoin d'un autre filet. Si je te demande un filet, donne-le-moi avant de hisser le filet d'oursins à bord. Remplis d'abord la trappe d'oursins. Une fois la trappe pleine, recouvre les filets sur le pont avec les bâches argentées, côté argenté vers le haut.

— Je peux faire ça.

Elle passa son t-shirt par-dessus sa tête et le plia aussi soigneusement que son jean, sans se soucier qu'elle se tenait, seins nus, sous le soleil matinal qui caressait ses courbes minces d'une main affectueuse. Elle ne sembla pas remarquer qu'elle était dévêtue, mais il ne pouvait faire autrement : son regard la parcourut, possessif, et l'admira. Elle était *sienne*. Cette femme sauvage et indépendante était un amalgame de vulnérabilité et de courage. Peu de gens dans sa vie sauraient apprécier son esprit vif et sa bravoure devant les défis de ce monde dans lequel elle était née trop sensible pour y évoluer correctement. Pourtant, elle y parvenait : elle s'était taillé une place bien à elle malgré des obstacles impossibles.

Lev découvrit que sa bouche était sèche et que son cœur battait à tout rompre. La lumière sembla tournoyer autour d'elle, donnant à sa peau une teinte crème veloutée et faisant paraître ses yeux plus noirs, mystérieux et exotiques que jamais. Son visage était froncé de cette façon adorable que Lev reconnaissait à présent comme le signe de sa concentration, de sa lutte contre son incapacité à dévier de sa routine. Il aimait bien figurer parmi les quelques personnes qu'elle acceptait avec confiance dans sa vie et il aimait être le seul qu'elle accueillait sur son bateau et dans son lit. Elle lui appartenait de manière exclusive, et il en puisait une satisfaction, voire une fierté.

— Lentement, acquiesça-t-il quand il retrouva la voix. Je tire les filets lentement. Je déverse d'abord les oursins dans la trappe, puis, si je les laisse sur le pont, je les couvre des bâches argentées, côté argenté vers le haut. Rien de plus, rien de moins et je prends mon temps.

Elle enduit le haut de son corps de shampoing pour bébé ; ses doigts glissant sur sa peau, ses seins, sa petite taille bien cintrée. Il n'avait jamais rien vu d'aussi érotique.

— Il est possible que quelqu'un du service de chasse et pêche aperçoive notre bateau et demande à vérifier ton permis. Un assistant s'assure aussi que les autres bateaux ne s'approchent pas du territoire du plongeur. Veille à savoir où se trouve ton plongeur pour éviter que d'autres plongeurs n'entrent sur mon territoire.

Avec un sourire narquois, il jeta un bref regard vers le ciel. Cette partie-là ne serait pas bien difficile. Personne n'allait approcher de sa plongeuse.

— Et arrête de me regarder comme ça.

— Comme quoi ?

— Comme si tu t'apprêtais à me manger.

À présent, son sourire narquois était réservé exclusivement à Rikki.

— Je pourrais le faire, tu sais. Chaque matin pour le petit déjeuner. Ici même, sur ce bateau. Ça n'a pas d'importance. Je pourrais devenir accro à ta saveur comme tu l'es au beurre d'arachide.

Elle lui adressa un regard voilé par ses cils qui donna à Lev l'envie de l'embrasser. Il croisa les bras et la contempla avec insistance tandis qu'elle enfilait le haut serré de sa combinaison avant de boucler sa ceinture à sa taille. L'expression sexy dans les yeux de Rikki était celle réservée à la chambre à coucher. Elle aimait l'idée autant que lui.

— Tu es un peu pervers et tu le sais bien, n'est-ce pas ? dit-elle.

Il haussa les épaules, impénitent.

— Heureusement, tu m'aimes bien comme je suis.

Elle mit un moment, mais elle lui sourit en réponse.

— Très bien, acquiesça-t-elle. C'est peut-être vrai. Je dois me mettre au boulot.

— Tu aimes être ici, n'est-ce pas ?

Rikki opina.

— C'est mon monde, Lev.

Elle le quitta des yeux, absorbée par sa routine, inspectant méticuleusement chaque pièce de son équipement. Il l'observa se préparer à plonger en consignant chaque étape distincte dans sa mémoire afin d'être en mesure d'anticiper chacun de ses besoins si jamais elle acceptait un partenariat entre eux. Il remarqua que ses tuyaux étaient enroulés dans des cercles de la même circonférence. Un couteau était soudé à son râteau, mais elle ne portait aucune autre arme sur elle – un concept complètement étranger à la nature de Lev.

Encore une fois, il sut que sa présence était complètement oubliée. Il soupçonna que pour la plupart des hommes, ce serait une blessure à l'ego de constater qu'elle les chassait simplement de sa tête comme s'ils n'existaient plus. Elle était très concentrée sur la vérification de son cordage de sécurité, de son compresseur d'air, de son tuyau et de sa bouteille de secours qu'elle portait sur le dos. Ses instruments étaient fixés à son poignet, et son équipement était enfilé quand elle leva soudain les yeux vers lui et sourit. Un sourire pour lui.

Le cœur de Lev bondit de nouveau. Jamais dans sa vie il n'avait été tant affecté par une personne.

– Amuse-toi bien, Rikki.

Elle se tourna vers le bord du bateau et hésita.

– Ça ira ?

Il s'approcha et prit son visage entre ses mains avant de lui donner un baiser long et profond.

– Ne t'inquiète pas pour moi. J'ai beaucoup à faire.

Elle fronça les sourcils, l'embrassa de nouveau et se glissa hors de ses bras pour s'approcher du bord du bateau. Elle plongea dans l'eau et saisit la chaîne d'ancre pour s'en servir afin de contrôler à quelle profondeur descendre. Autrement, le courant l'amènerait au loin.

Lev la regarda disparaître, le cœur dans la gorge. Il passa nerveusement une main dans ses cheveux épais, les yeux fixés sur l'eau où elle venait de disparaître. Il allait être l'un de ces hommes détestables qui refusent de quitter leur épouse d'une semelle. Il voulait être sous l'eau avec elle, armé d'une lance et peut-être même d'une torpille ou deux, au cas où. Qui aurait cru qu'il réagirait ainsi ?

Il étudia le paysage autour du bateau. C'était splendide : l'air était revigorant, la vue, incroyable. Les hautes falaises et la longue étendue des rochers ressemblaient à un doigt pointant depuis la terre et à un prolongement direct de l'autoroute. Il se surprit à s'apaiser. Voilà ce qu'il voulait. Cet endroit. Cette femme. Une vie passée à plonger avec elle dans l'environnement où elle était le plus à l'aise.

Il avait de l'argent, bien assez pour leur permettre d'écouler leur vie sans avoir à travailler, mais il savait que jamais elle n'accepterait cela ; un côté d'elle qu'il aimait. Il s'était déjà engagé : son esprit, son cœur et définitivement son corps. Toute sa vie était axée autour d'elle, désormais.

Alors, comment allait-il mettre fin aux questions inévitables ? Levi Hammond avait un passé. Il s'était créé toute une existence, y compris une passion pour la plongée. Les parents de Levi n'étaient plus vivants, mais lui avaient laissé amplement de fonds – l'élément le plus difficile dans la création de cette fausse identité. L'argent pouvait être retracé. Il devait trouver des moyens crédibles afin que si jamais quelqu'un effectuait une vérification, l'explication de l'héritage de ses parents tienne la route.

Une fois la facette financière réglée, il se considérerait relativement sauf, à l'exception de Ralph. Ralph posait un problème, et aujourd'hui, au moment où ils apporteraient les oursins au quai où l'usine de traitement allait les recueillir, Lev aurait à prendre une décision finale sur la façon de commencer sa nouvelle vie. Tout mettre en péril et laisser cet homme vivre ou trouver un moyen de provoquer un accident. Il n'aimait aucun de ces choix et il ne voulait pas se présenter à Rikki les mains tachées de sang ; du sang d'un innocent.

15

Rikki sentit le soulagement froid de l'eau envelopper son corps. Trop de temps s'était écoulé depuis sa dernière plongée. Chaque cellule sembla s'imbiber de liquide ; elle avait si soif qu'elle eut l'impression de boire avec chaque partie de son corps. Elle ressentit l'immobilité familière, le calme qui s'installait dans son esprit comme si, ici, dans le monde de l'eau, tout était parfait et en harmonie. Aucun bruit ne venait envahir sa tête pour la marteler de coups et la poignarder. Elle n'avait pas à prendre garde à chaque mot qu'elle prononçait, chaque geste qu'elle posait, craignant à chaque moment de piétiner la zone « normale » d'autrui. Elle pouvait se contenter d'être.

D'énormes bancs de morues, marbrées de bleu et de noir, nageaient dans une vague soudaine. Des étoiles de mer aux couleurs éclatantes d'orange rougeoyant et de violet intense s'agrippaient aux rochers, et des crabes communs et des araignées de mer tachetaient les parois comme des décorations. Et les oursins étaient nombreux. Rikki leva les yeux, et l'eau scintillait par couches nacrées de bleu vif, de gris et, près de la surface, de reflets émeraude. Quelques méduses flottaient librement, tentacules déployées. Elle descendit plus bas, profitant du paysage sur son chemin. Des concombres de mer orange et des haliotides rouges ornaient plusieurs rochers. Comme la visibilité était bonne, Rikki aperçut d'autres étoiles et anémones de mer et des éponges de toutes les formes et les couleurs. Au fond de la mer, une cardère violette éclatante montait la garde auprès de plusieurs nudibranches citron.

Le contour de la chaîne de montagnes immergée était semblable à la partie au-dessus de l'eau, faite de pics, de vallées et de ravins. L'endroit lui était très familier, car c'était l'un de ses lieux préférés pour la plongée. Sa vie s'était transformée de manière spectaculaire au cours des dernières semaines, mais l'océan était toujours le même : toujours constant, magnifique et très périlleux pour ceux qui ne se montraient pas prudents.

Rikki devait s'efforcer de se concentrer sur son travail plutôt que sur la beauté de la vie marine autour d'elle. Les étoiles et les anémones de mer colorées capturaient toujours son attention. Il était facile de se perdre dans ce monde pénétrant jusqu'à en oublier le passage du temps ; une notion cruciale sous l'eau quand il fallait de l'air pour respirer.

Elle entreprit de râteler des oursins dans son filet et se laissa prendre par le rythme de son travail. Des poissons curieux flottèrent autour d'elle, mais rien d'autre ne vint la déranger, ce qui lui permit de remplir rapidement son filet. Le courant paraissait plus fort qu'à l'habitude, mais une série de tempêtes l'avaient empêchée de plonger pendant deux semaines durant lesquelles le lit des rivières s'était rempli, et celles-ci se déversaient dans la mer.

Quand elle eut terminé de remplir son premier filet qu'elle accrocha au tuyau et eut entrepris de remplir le deuxième, elle commença à sentir la fatigue.

« J'ai perdu la forme. »

Ou peut-être était-elle épuisée d'avoir fait l'amour si souvent. Lev et elle s'étaient terrés dans la maison durant des jours. Chaque soir, l'une de ses sœurs leur apportait le dîner, mais c'était le seul moment de la journée où ils voyaient quelqu'un d'autre. Ils passaient chaque journée ensemble, affairés aux occupations les plus ridicules et à faire l'amour. À parler et à faire l'amour. À explorer la maison et à faire l'amour. Ils avaient eu des rapports sexuels dans chaque pièce une dizaine de fois.

Lev était insidieux. Il s'était frayé un chemin dans le monde de Rikki et déjà, il en faisait partie. Et d'une manière ou d'une autre, à coups de cajoleries, il avait réussi à monter à bord de son bateau. Elle avait vécu avec ce rappel pendant presque une semaine. À présent, il se trouvait là-haut, probablement en train de toucher son équipement. Elle se mit à râteler plus rapidement, et ses bras élancèrent.

Elle envoya le premier filet vers la surface et accrocha le deuxième pour lui permettre de flotter aussi vers le haut. Rikki suivit à un rythme plus lent. Lev avait été attentif à ses instructions parce qu'il tirait lentement le tuyau et Rikki, par le fait même. Après tant d'années à travailler seule, il était étrange d'avoir de l'aide. Elle n'était pas certaine d'aimer cela. Il était plus facile et sécuritaire de ne compter que sur elle-même. En se fiant sur quelqu'un d'autre, au bout du compte, en cas d'urgence, elle pourrait hésiter, et les secondes comptaient sous l'eau.

Quand elle travaillait avec Daniel, il était propriétaire du bateau. Ils avaient effectué de la plongée ensemble et avaient procédé au nettoyage ensemble. Ils avaient été des compagnons de plongée, mais Daniel, puisque le bateau lui appartenait, était le capitaine. Il partageait le travail avec elle, et jamais ils ne s'étaient querellés. Mais en plongée, même avec lui, elle s'était toujours fiée uniquement sur elle. Les quelques fois où elle avait travaillé avec un assistant, la nécessité pour elle de suivre une routine exacte avait toujours rendu la collaboration impossible.

À l'approche de la surface, elle surprit un mouvement explosif depuis les rochers, comme une balle de fusil fusant vers elle sous l'eau. Une énorme morue-lingue à la gueule pleine de dents drôlement affutées était surgie hors d'une crevasse sombre dans le rocher et nageait droit vers elle. Le poisson passa droit entre ses jambes, et Rikki se retourna sur elle-même pour y échapper. Le poisson marbré devait faire un bon cent trente centimètres et peser près de trente kilogrammes. En considérant les dix-huit longues dents qui la visaient, Rikki pivota sur elle-même pour garder un œil méfiant sur la créature.

La morue-lingue passa près d'elle, manifestement intéressée par un *cabazon* de bonne taille qui nageait en direction du fond marin, la zone préférée de cette espèce. La morue saisit le *cabazon*, le secoua trois ou quatre fois, comme si le poisson de neuf kilogrammes n'était rien, le brisa en deux et le cracha. Pendant un moment, la morue regarda avec une satisfaction manifeste les deux moitiés du *cabazon* flotter et s'éloigner. La morue ignora Rikki et nagea vers son rocher.

Rikki sortit la tête de l'eau, suspendue à la chaîne d'ancre afin que le courant ne puisse l'emporter loin du bateau, et observa Lev tirer les filets d'oursins avec précaution. Il suivit ses ordres avec exactitude : déposant les oursins dans la trappe qu'il recouvra. Elle lui fit signe pour obtenir un autre filet. Elle avait déjà pêché près de quatre cent cinquante kilos et, avec un peu de chance, elle croyait pouvoir en recueillir un autre cent trente à deux cent vingt-cinq kilos et ainsi être satisfaite de sa journée de travail.

Le vent s'était levé, et un brouillard avait commencé à monter depuis la mer. Elle ne voulait pas prendre de risque avec Lev à bord.

— Fatiguée ? demanda-t-il.

Elle haussa les épaules.

— Je vais remonter à bord après la prochaine prise.

Il opina et lui tendit le filet.

— Sois prudente, Rikki.

— Je le suis toujours, dit-elle.

Un goéland poussa un cri, et l'attention de Lev se tourna vers le ciel. Rikki poussa le régulateur dans sa bouche et replongea dans la mer en traînant le filet. Elle tourna la tête au premier signe de mouvement et découvrit que la morue-lingue était de retour, et cette fois, elle l'attaqua directement. Le poisson était hideux, sa gueule énorme grande ouverte, montrant les dents. Ses yeux globuleux étaient fixés sur Rikki. De façon instinctive, elle brandit le filet devant elle pour se protéger. La morue fusa si rapidement dans l'eau qu'elle explosa dans le filet et faillit frapper Rikki. Celle-ci parvint à la pousser d'un côté et ainsi éviter le contact, mais le poisson était si fort et nageait si vite qu'il lui désarticula presque l'épaule. Une poussée d'adrénaline envahit ses veines, et sans y réfléchir, Rikki souleva le filet hors de l'eau et le rejeta vers l'avant pour lancer le poisson.

Elle regarda la morue décrire un arc dans les airs, puis commencer sa descente. Son estomac se serra. Aucun son ne sortit de sa bouche, même si elle tenta réellement d'avertir

Lev. La morue de trente kilos atterrit presque sur Lev, furieuse, batailleuse, se ballotant et bondissant sur le pont et donnant des coups de dents. Lev sortit brusquement un revolver et le pointa vers le poisson féroce.

– Non! Mon bateau, cria Rikki.

Lev fit une petite danse pour essayer d'échapper à la créature qui se débattait et agrippa le plat-bord, prêt à sauter par-dessus bord, pendant que le poisson attaquait avec sa mâchoire.

Rikki poussa un petit rire. Lev, l'assassin impitoyable, était prêt à abandonner le bateau en raison d'un poisson. Il lui adressa un long regard de réprimande et brandit un *long* couteau mortel. Rikki faillit se noyer de rire en voyant Lev poignarder le poisson et le rejeter dans l'eau.

– C'était notre dîner, lança-t-elle. Je pensais te faire plaisir.

– Tu ne riras pas aussi fort à ton retour sur le bateau, prédit-il d'un ton sinistre.

Lev observa Rikki disparaître prudemment sous l'eau. La dernière chose qu'il vit fut ses yeux rieurs. Il eut un grand sourire. Eh bien, elle lui jetait des poissons à la tête maintenant. Il secoua la tête et se versa une tasse de café du contenant isotherme qu'il avait apporté. Il aurait voulu être sous l'eau avec elle, mais il allait se contenter de cette porte entrouverte.

Il étudia les rives rocheuses du regard. La côte possédait une beauté sauvage et donnait une impression primale de faune vierge malgré les maisons et les petits villages parsemés sur les promontoires. Juste au-delà du littoral, une forêt sombre s'érigeait bien haute, peuplée de grands séquoias et de bosquets d'eucalyptus et de cyprès. Le ciel dégagé avait disparu lentement sous une couche de brouillard qui, elle, s'épaississait jusqu'à prendre une teinte de gris pâle. Il l'observa se déplacer, les doigts du brouillard s'avançant lentement en pointant vers la rive.

Le goéland poussa un autre cri et attira son attention. Le pêcheur était en mouvement. Lev soupira. Il avait su que son gouvernement enverrait quelqu'un confirmer sa mort. Il avait espéré une réaction plus lente, mais il représentait un risque pour ses maîtres s'il échappait à leur contrôle, et ils devaient donc être assurés de sa mort.

Chaque partie de lui s'apaisa. L'émotion l'avait quitté, et ses instincts de survie reprirent le dessus. Il avait attendu ce moment, avait planifié en conséquence et il était prêt. À présent que le nettoyeur était enfin là, Lev pouvait respirer de nouveau. C'était là *son* monde dont il connaissait très bien les rouages. Vie ou mort. Chat ou souris. Il fit rouler ses épaules et sentit le calme qui l'habitait lors de chaque mission. Il avait un objectif, une mission à remplir. Cette fois, il devait sécuriser sa nouvelle vie.

Il n'existait qu'une menace réelle : Ralph. Il savait qu'il allait faire tout ce qui était nécessaire pour protéger Rikki. Il avait bien l'intention d'aller à la rencontre de Ralph afin de « pousser » un souvenir de lui au fond de son esprit avant que le pêcheur ne le trouve — et il allait le trouver. Le nettoyeur retournerait chaque pierre avant de rentrer à la maison pour faire rapport à ses maîtres.

Lev tendit l'esprit vers l'oiseau, et le contact se fit plus facilement cette fois. L'oiseau décrivit un cercle au-dessus de la mer bleue, puis reprit la direction du port. Se déplacer haut dans le brouillard constituait une expérience surréelle, mais le regard de l'oiseau était tourné principalement vers la mer, et son activité, à la recherche d'un repas facile. La sensation d'étourdissement et de désorientation provoquée par sa vision trouble secoua Lev un moment tandis qu'il s'habituait à la différence.

Le goéland le transporta le long de la rive, au-delà des rochers escarpés et des arbres battus par le vent, puis autour du promontoire jusqu'à l'autre côté du port d'Albion. Lev dirigea l'oiseau dans une descente en spirale afin d'avoir une meilleure vue. Le pêcheur avait rapporté son bateau loué au port et se déplaçait sur le promontoire en s'arrêtant occasionnellement pour parler à quelques personnes. Malgré ses vêtements et sa casquette, sa démarche fluide et onduleuse n'échappa pas à Lev.

« Petr Ivanov. »

Lev reconnut l'homme à sa façon de se mouvoir. Il avait croisé Petr plus d'une fois : un homme-robot. Ils avaient été formés ensemble à l'adolescence. Même alors, Petr avait fait montre d'une incapacité à établir un lien avec quiconque. Ses entraîneurs en avaient tiré profit en le coupant émotionnellement de tout le monde. Petr avait l'habitude de nettoyer les dégâts. Peu importait qui était la cible : homme, femme ou enfant. Peu importait son âge ou les circonstances. Il ne posait jamais de questions ; il faisait son job.

Bien sûr qu'ils avaient envoyé Petr. Qui d'autre ? Il ne craindrait pas de retrouver Lev. Il était une machine. Il ne tuerait pas inutilement ou avec passion. Il poursuivrait sa traque jusqu'à ce qu'il soit convaincu que Lev Prakenskii était mort et, d'ici là, il continuerait de creuser pour trouver des réponses. Lev éprouva une certaine satisfaction de constater qu'il avait eu raison. Il s'était attendu à ce qu'Ivanov soit lancé à ses trousses. En connaissant son ennemi, il avait déjà gagné la moitié de la bataille.

Il fit tourner le goéland vers le port afin de voir si l'entreprise de traitement avait déjà envoyé son camion recueillir les prises du jour. L'oiseau survola le quai, et personne ne se trouvait encore sur la plateforme, ce qui signifiait que Petr Ivanov n'avait pas encore croisé Ralph. Ivanov en était toujours aux premiers stades de son enquête durant lesquels il jouait divers personnages. Il se rendrait auprès des autorités avec une demande officielle, mais il visiterait les bars et les lieux de rencontre locaux, à la recherche de ceux qui travaillaient près des quais et dans les bateaux de pêche et qui pourraient lui donner des indices au sujet de survivants.

Lev relâcha l'oiseau et s'affaissa sur le pont, ébranlé. Prendre possession de la vue d'une autre créature était un processus désorientant qui l'affaiblissait. L'usage de tout don psychique était toujours difficile, mais celui-ci en particulier semblait lui saper le plus d'énergie. L'effort semblait être différent pour ceux qui étaient des éléments comme Rikki. Elle ne montrait jamais de faiblesse après avoir fait usage de son don. Elle semblait manipuler l'énergie sans effort.

Il but son café en attendant son retour avec l'impression d'être plus léger à présent qu'Ivanov était là et que l'attente était terminée. Il pourrait très bien se faire à ce monde, à sa paix et à son aspect sauvage. Il était le type d'homme à toujours vivre en marge de la société, mais ici, dans ce lieu unique, peut-être y avait-il une place pour lui — avec Rikki.

Il soupira de nouveau.

« Rikki. »

Le miracle qu'était Rikki. Avait-il le droit de rester et de l'exposer au risque parce qu'il souhaitait une vie avec elle ? Comme c'était égoïste ! Il voulait la protéger, mais le danger que représentait un homme comme Ivanov était bien pire que son harceleur. Ivanov était un assassin au sang froid, capable d'éradiquer une famille entière afin d'atteindre Lev. Qu'est-ce qu'un homme pouvait faire ? Il était amoureux d'elle. Il n'aurait jamais cru faire l'expérience de l'amour et peut-être était-ce là le seul cadeau qu'il était censé conserver. Il leva les yeux vers le ciel, comme s'il y cherchait une réponse, mais le brouillard s'était étendu et recouvrait le bleu éclatant d'une brume grise et enfumée.

Le filet atteignit la surface, et Lev tira sur le tuyau lentement pour aider Rikki à remonter. Il fut un peu étonné du soulagement éprouvé quand il l'aperçut au-dessus de l'eau. Il avait confiance en ses aptitudes, car il l'avait vue en action ; pourtant, il s'inquiétait à son sujet maintenant. Il se surprit à sourire : l'inquiétude impliquait une telle domesticité.

Il se devait d'admirer comment elle utilisait la chaîne d'ancre pour se hisser à bord et empêcher le courant de l'entraîner plus loin. Elle avait manifestement utilisé cette technique souvent et elle monta sur le pont sans peine. Il tira le filet et recouvrit les oursins de mer des bâches métalliques en prenant soin de ne pas toucher à leurs piquants. Tandis que ses mains effectuaient toutes les tâches correctement, ses yeux fixaient Rikki, observant chaque mouvement.

Elle était épuisée. Il le constata immédiatement. Elle lui adressa un sourire rapide en guise de salutation et rien de plus. Elle se dévêtit, directement sur le bateau, se rinça et enduisit sa peau de lotion avant d'enfiler son jean. Il pouvait voir que le sexe et le flirt ne lui étaient même pas passés par l'esprit, mais c'était pour lui une vision érotique, peut-être parce qu'elle n'en avait aucunement conscience, presque comme s'il était un voyeur qui surprenait la silhouette d'une femme sensuelle par une fenêtre.

Il lui tendit une bouteille d'eau et la regarda la vider. Il pouvait *ressentir* sa paix, sa sérénité. Elle avait trouvé quelque chose qui la nourrissait là, sous l'eau, dans cet autre monde. Il sentit ses yeux sombres sur lui qui l'observaient aussi intensément que son regard l'étudiait, elle.

— Qu'y a-t-il ? demanda-t-elle avant de s'essuyer la bouche avec le dos de son bras. Il y a quelque chose de différent. Qu'est-il arrivé pendant que j'étais sous l'eau ?

Il tendit la main lentement pour lui toucher le visage. Il avait besoin d'être en contact avec elle. Il était plein d'effroi ; un poids dans son cœur, dans son esprit.

Les yeux de Rikki s'assombrirent davantage, et elle secoua la tête en fronçant les sourcils.

— Non, Lev. Je ne veux pas que tu partes. Je veux que tu restes avec moi. Qui est à tes trousses ? Dis-le-moi. Souhaites-tu réellement retourner dans le froid et le noir, dans les ténèbres, sans nom ni famille ?

— Non, mais je veux te garder en sécurité, Rikki.

Elle éclata de rire.

— As-tu perdu la raison ? Regarde autour de toi, Lev. Je ne vis pas dans la sécurité. Je n'ai ni besoin ni envie de sécurité. Je veux *vivre* ma vie. Si tu ne veux pas de moi, très bien, mais si tu crois agir noblement et me protéger, oublie cela. Tu es quelqu'un ici. Tu es concret, réel et non pas immatériel comme un fantôme.

La main de Lev se referma dans les cheveux mouillés de Rikki et s'y agrippa pour la tirer lentement vers lui jusqu'à ce qu'il puisse humer l'odeur de l'océan sur elle.

— Que vais-je faire de toi ? dit-il en lui prenant le visage entre les mains. Je me sens comme tu te sentais la première fois que nous avons fait l'amour. Je ne connais pas les règles, Rikki. Je m'aventure dans un nouveau territoire.

Elle lui sourit, et il caressa ses lèvres douces et recourbées du bout du pouce. Les nœuds dans son ventre se desserrèrent légèrement.

— Dans ce cas, nous allons fixer nos propres règles, Lev. La personne que tu es est en sécurité avec moi. Reste, ne te glisse pas de nouveau dans l'ombre. Reste avec moi.

— C'est aussi simple que ça ?

Elle le sonda de ses yeux noirs jusqu'à ce qu'il puisse jurer qu'elle voyait à l'intérieur de lui.

— Oui.

Elle hocha la tête d'un air très solennel, et quelque chose en lui vola en éclats, et il lui donna tout ce qu'il était ou serait un jour.

Il ne voulait pas la quitter. Il ne voulait pas se retrouver seul, sans savoir ce qui était bien ou mal, obligé de prendre des décisions de vie et de mort et d'être témoin de tortures et d'horreurs pour le bien d'un objectif plus élargi. Il était fatigué. Et il avait besoin de Rikki.

— Es-tu certaine ? Sois absolument convaincue, Rikki. Les choses pourraient s'envenimer.

— Je suis certaine. Et j'ai faim. Passe-moi un sandwich et dis-moi ce qui est arrivé.

Lentement, un grand sourire se dessina sur le visage de Lev. Il aimait qu'elle soit si pragmatique devant l'adversité. Il lui trouva un sandwich, et ils s'assirent ensemble tandis qu'elle mangeait avec appétit.

— J'ai aperçu un homme que je connais. Il nettoie les dégâts, c'est-à-dire qu'il élimine les problèmes.

— Et tu es le problème en question.

Il opina.

Elle fit tournoyer le sandwich à l'aide de ses pouces et de ses index. Le mouvement était fascinant. Elle ne sembla pas s'apercevoir de son geste.

— Tu savais qu'il viendrait. Il posera des questions aux gens le long de la côte. Aux pêcheurs, aux plongeurs, à ceux qui sont le plus susceptibles d'avoir vu un survivant.

Il hocha la tête.

— Il se rendra dans les hôpitaux et les cliniques. Il sera méthodique.

— Alors, planque-toi à la ferme.

— Tes sœurs…

Elle haussa les épaules.

— Elles ne diront rien. Judith et Airiana parviendront à le lire comme un livre ouvert. Il n'a aucune raison d'interroger une seule d'entre elles.

— Tu donnes l'impression que tout ça est si simple, Rikki.

— Ça *l'est*. Tu restes hors de vue, il repartira et confirmera que tu es mort.

— Et Ralph ?

Elle prit une autre bouchée qu'elle mâcha pensivement. Elle prit une rasade d'eau pour faire descendre le beurre d'arachide et avala deux biscuits avant de répondre.

— Il n'a jamais vu ton visage ce jour-là. Il verra Lev Hammond aujourd'hui, un vieux camarade de plongée.

Il secoua la tête.

— Pas Lev. N'utilise pas ce nom. C'est *Levi*. Un nom russe aussi commun que Lev piquera la curiosité. Et nous étions bien plus que des camarades de plongée dans le passé.

Elle lui fit une grimace.

— *Plus* que des camarades de plongée ? Qu'est-ce que ça veut dire, *exactement* ?

— Ça veut dire que tu étais une petite dévergondée de plongeuse prenant des amants partout sur la côte et que j'ai dû *revenir* te pourchasser.

Elle ouvrit la bouche pour protester, et il l'embrassa. Elle avait le goût du beurre d'arachide. Il commençait à penser qu'il y prendrait goût. Sa main s'agrippa dans ses cheveux derrière sa tête pour la retenir et l'embrasser de nouveau, simplement parce qu'il en avait la possibilité.

Elle battit des cils avec un petit sourire.

— Il y a peut-être des avantages à être une plongeuse dévergondée. Partout sur la côte, hein ?

Les doigts de Lev se resserrèrent dans ses cheveux.

— Souviens-toi que j'ai un revolver sur moi en tout temps.

— Ah, mais maintenant, je sais à quoi il est réservé : au poisson tueur.

Elle éclata de nouveau de rire, et le son flotta autour de lui comme les gouttelettes du brouillard et l'enveloppa dans une étreinte mélodieuse et vaporeuse. C'était une sensation étrange de partager son amour de l'eau et l'humidité de l'eau sur sa peau. Les gouttes individuelles étaient comme des langues de velours qui léchaient sa chair. La stimulation sensuelle allait au-delà de la sexualité : elle était fondamentale à la vie, elle nourrissait son énergie, érigeait les barrières pour l'aider à faire face à…

Il pencha de nouveau la tête vers elle. Il était si lié à elle qu'il se trouvait dans son cerveau et éprouvait ses sensations comme si elles étaient siennes. Il prit son temps et pilla sa bouche pour essayer de communiquer sans mots les émotions de son cœur. Elle avait chaviré son monde. Elle lui avait donné un lieu sécuritaire où se cacher jusqu'à ce qu'il guérisse complètement ou un lieu où vivre. Il choisissait la vie… avec elle.

— J'aime t'appeler Lev, chuchota-t-elle, et ses sourcils se rencontrèrent dans un froncement. J'aime la sonorité de ce nom — très semblable à qui tu es réellement, à *mon* Lev.

Son monde se remit en état tandis qu'il inspira profondément. Elle représenterait toujours un miracle pour lui, et l'impression était encore plus forte avec cette petite confession. Il aurait voulu lui donner cette partie de son passé et, avec son nom, peut-être les souvenirs de sa famille perdue il y avait si longtemps, mais c'était dangereux. S'il n'avait pas souffert d'une commotion cérébrale, jamais il ne se serait identifié sous son vrai nom.

Le visage de Rikki s'éclaircit, et elle lui sourit.

— Je t'appellerai par ce nom quand nous faisons l'amour. Un nom beaucoup plus intime, réservé à nous deux. Quelque chose de sacré.

Le cœur de Lev se serra brusquement. Elle avait le pouvoir d'amener un homme à se prosterner devant elle.

— J'aime cette idée.

— Nous ferions mieux de repartir, sans quoi nous n'arriverons pas à entrer au port.

Elle se détourna de lui, de retour en mode professionnel, pour s'occuper des tuyaux et de son équipement. Quand il se pencha pour lui donner un coup de main, elle lui lança un regard noir, et il recula, les mains levées dans les airs en signe de capitulation. Il ne put faire autrement que de sourire en l'observant travailler en notant au passage la façon dont elle enroulait les tuyaux et le soin méticuleux qu'elle accordait à son équipement et à sa combinaison de plongée. Ils reprirent la direction du port dans le brouillard qui s'épaississait.

Il dut admettre que son rythme cardiaque s'activait quelque peu à l'approche du port. La houle commençait à être forte, et les vagues déferlaient contre les rochers qui saillissaient hors de l'eau. Les embruns blancs étaient projetés dans l'air, et le brouillard semblait avoir pris vie et se mouvait à présent, ce qui signifiait que le vent s'était levé.

— As-tu peur ?

Elle lui adressa un petit sourire effronté par-dessus son épaule.

Ses joues étaient rouges, ses cheveux, en bataille et ses yeux sombres, éclatants. Il voyait bien sa joie. Elle aimait le soupçon de danger, la mer houleuse sous ses pieds.

— Tu aimerais bien me voir l'admettre, n'est-ce pas ?

Le rire de Rikki était une musique à ses oreilles. Elle semblait insouciante. Heureuse. Si vivante.

— Ne t'inquiète pas. Tu es en sécurité avec moi, *Levi.*

Il se savait en sécurité avec elle. Elle l'avait accepté dans sa vie et elle était d'une loyauté totale. Il la regarda manœuvrer le bateau dans l'entrée vers les cent quatre-vingts mètres de la rivière. La houle s'agitait, et Rikki devait ramener le bateau parfaitement pour éviter qu'il soit inondé. Il lisait la concentration sur son visage ; un focus parfait. Elle avait livré ses propres batailles et avait gagné. Elle y avait découvert sa force et savait exactement qui elle était. À une certaine époque, il était possible qu'elle eût souhaité être née dans la peau de quelqu'un d'autre, mais elle acceptait maintenant ce que la vie lui avait donné et en tirait son plein potentiel.

Le bonheur s'installa en lui. La paix. C'en était terminé pour lui de vivre dans l'ombre comme un fantôme chimérique. Il avait trouvé son foyer, et, incroyablement, son foyer était une femme. Il croisa les bras sur la poitrine et garda les yeux sur elle tandis que le bateau naviguait sur les vagues de plus en plus fortes pour filer sous le pont et passer dans des eaux plus calmes. Elle rit et tourna la tête pour le regarder et partager l'expérience avec lui.

Rikki dirigea le bateau directement au quai. Elle avait fait un appel le matin même et savait donc que le camion de l'usine de traitement y serait garé à son retour. Il semblait que son bateau était le premier à rentrer au port. Les autres devraient suivre sous peu avec le vent qui s'était levé si soudainement. Jamais ils ne pourraient rentrer au port, si la houle gagnait en force.

— Nous venons tout juste d'arriver, lui héla Ralph. Le bateau de Mike est le seul autre à avoir quitté Albion aujourd'hui. Danny était avec lui. La météo se ligue encore contre nous.

Son regard inquisiteur n'était pas rivé sur elle, mais sur Lev.

Elle opina.

— Nous étions censés avoir une belle journée.

Lev observa son visage. Elle avait battu en retraite et s'était refermée. Elle avait repris une attitude totalement professionnelle, accrochant les filets à la poulie pour permettre à Ralph de peser la prise avant de jeter les oursins dans les sacs. Lev observa attentivement la scène jusqu'à ce qu'il comprenne exactement ce qu'il devait faire, puis il prit le relais avec désinvolture en poussant Rikki doucement, mais fermement hors de son chemin.

— Levi Hammond, dit-il en guidant le filet d'oursins de mer par-dessus la plateforme.

— Ralph Carlson.

— Ouais, je me souviens. Je serai de nouveau dans les parages un bon moment. J'ai décidé de revenir pour revendiquer ma femme, fit Lev. Nous sommes des partenaires de plongée occasionnels depuis des années. Je me suis installé un moment dans le dur climat de l'Alaska, mais je me suis dit que si j'attendais trop longtemps, elle me trouverait un remplaçant.

Le regard de Rikki le balaya avec froideur.

— J'y songe toujours.

Elle joua son rôle si parfaitement qu'il aurait pu l'embrasser. Il passa un bras autour de ses épaules et se contenta de poser un baiser sur le dessus de sa tête.

— Elle est la meilleure des plongeuses sur la côte, dit-il. Une vraie gendarme, aussi. Elle ne me permet pas de toucher à quoi que ce soit sur son bateau.

— Je suis encore fâchée contre toi, renifla-t-elle en le repoussant.

Lev rit et se hissa sur la plateforme pour aider Ralph à jeter les filets d'oursins dans les sacs tandis que Rikki rapportait son bateau au quai pour l'amarrer.

— Rikki bavarde peu, dit Ralph. Elle plonge dans la région depuis à peu près quatre ans et n'a jamais prononcé plus que quelques mots à quiconque.

Lev hocha la tête.

— C'est bien Rikki.

Il se rapprocha de Ralph et utilisa une « poussée » prudente pour mettre l'homme à l'essai.

— Ça fait un moment depuis ma dernière visite.

Il introduisit un vague souvenir, rien de plus qu'une ombre, une image d'eux rigolant dans un bar.

Ralph remplit immédiatement les blancs, y ajoutant une atmosphère et des détails pour rehausser le souvenir.

— Ça fait longtemps.

— L'Alaska est toute une expérience. La plongée y est géniale, mais il fait froid, et on y est isolé, fit Lev avec un grand sourire. Après un certain moment, je ne pensais à rien d'autre qu'à retrouver Rikki.

— Tu as de la veine d'être revenu maintenant. Je songeais à lui demander un rencard.

Lev sourit, mais son regard devint froid, puis glacial.

— Ouais, je n'en ferais rien si j'étais toi. Je suis du type jaloux.

Il effectua une poussée un peu plus forte pour éloigner le souvenir de Rikki ramenant un passager afin que la chronologie devienne floue. Ralph se frotta la tête.

— Mal de tête ? demanda Lev d'un ton sympathique.

— Ouais. C'est venu soudain. Et j'ai un autre déchargement à faire.

— J'entends le bateau approcher, dit Lev avant de sauter de la plateforme en s'aidant d'une main.

C'était tout ce qu'il pouvait faire pour l'heure pour limiter les dégâts, et peut-être que ça suffirait. Ivanov trouverait Rikki. Il s'entretiendrait avec tous les autres plongeurs. C'était une pratique assez commune pour les agents de se servir de leur charme pour tirer un abri des femmes quand ils avaient besoin d'un lieu sûr. Petr Ivanov allait certainement interroger Rikki et poser à d'autres des questions à son sujet.

Rikki récurait son bateau et son équipement avec de l'eau de javel en préparation pour sa prochaine plongée. Elle leva les yeux vers lui.

— Merci de ne pas avoir brandi ton revolver pour lui tirer une balle. Je craignais qu'après trop de jours sans tirer, tu souhaiterais peut-être t'exercer.

— Ha ha, rit-il et s'apprêta à monter à bord quand le regard féroce de Rikki lui indiqua qu'il n'était pas le bienvenu. Et je n'aurais pas utilisé un revolver. J'aurais voulu donner à sa mort un air naturel, comme un infarctus.

Elle s'interrompit de nouveau pour lui lancer un regard.

— Si je meurs d'un infarctus, je reviendrai te hanter.

— Eh bien, ton bateau a belle allure. Et tu n'aimes pas partager tes jouets avec les autres.

Elle émit un doux rire. Le deuxième bateau emprunta la courbe de la rivière et sortit du brouillard qui lui donnait un air un peu spectral. Les deux occupants fixèrent Lev du regard quand ils passèrent près du *Sea Gypsy*.

Lev s'accroupit sur le pont et, en demeurant bas, se plia vers elle. Comme les voix portaient sur l'eau, il se servit de l'intimité de la télépathie.

— *Dis-moi leurs noms et des détails à leur sujet.*

— *Dan Ferguson et Mike Carpenter. C'est le bateau de Mike. Dan possède son propre bateau, mais le moteur est en panne. Mike est marié. Dan cherche l'âme sœur.*

Rikki débarqua du bateau, et il lui enleva la majorité de son équipement. Ils marchèrent ensemble, Rikki légèrement devant. Les deux plongeurs coupèrent sa fuite avant qu'elle ne puisse atteindre le stationnement, exactement comme Lev l'avait anticipé. Les plongeurs se connaissaient. C'était un petit univers, et il paraissait logique qu'ils se montreraient protecteurs envers la seule plongeuse — surtout si celle-ci était jugée « différente ».

Rikki s'immobilisa directement devant l'homme de plus petite taille avec un léger froncement de sourcils sur le visage. Lev étira le bras devant elle pour tendre la main à l'homme. Il lui paraissait évident qu'elle respectait Mike.

— Mike, ça fait un bail.

Il envoya une petite poussée, dirigeant une ombre vague vers l'esprit de l'homme. Tout de suite, il se tourna vers le plus grand des deux pour laisser à l'ombre le temps d'agir. Déjà, il avait senti la résistance du plongeur.

— Dan. Content de voir que tu plonges toujours.

La même ombre se glissa dans l'esprit du deuxième homme.

— Levi Hammond, dit-il, comme s'il cherchait à raviver leur mémoire.

Mike grimaça et se frotta les tempes en toisant Lev avec une certaine confusion. Dan reconnut l'ombre et l'étoffa le premier. Il sourit et serra de nouveau la main de Lev.

— Ça fait longtemps.

— Trop longtemps. J'ai presque perdu ma femme. Elle s'apprêtait à me planquer… *encore une fois.*

Les doigts de Lev s'enroulèrent autour de la nuque de Rikki dans un geste possessif.

— Je ne suis pas doué dans la correspondance.

Rikki ne fit aucune remarque. Il sentait une vibration dans son corps, le résultat d'un doux bercement. Il savait qu'elle n'en avait pas conscience, mais son niveau de détresse augmentait proportionnellement au nombre de personnes qui s'amassaient autour d'elle.

— Ça va, Rikki ? demanda Mike, le regard posé sur elle et non sur Lev.

Elle opina.

— Je suis seulement fatiguée. Le courant était fort.

— Il y a un étranger qui rôde dans les parages et qui pose des questions. Il interroge les gens au sujet des plongeurs. Je ne sais pas ce qu'il cherche, mais sois prudente, Rikki, la prévint Mike.

— Je veillerai sur elle, dit Lev.

Rikki se rembrunit et s'éloigna de lui d'un pas.

— Je n'ai pas besoin qu'on veille sur moi. C'est ce qui a semé la pagaille entre nous auparavant, tu te souviens ?

Elle avait manqué sa vocation. Elle méritait un Oscar pour son jeu qui mélangeait sa contrariété à leur relation passée fictive. Il était parfaitement conscient qu'en s'éloignant de lui, elle s'était rapprochée des deux hommes, ce qui l'ennuyait à un niveau primal étrange. Il ne devrait pas être du type jaloux. Il ne devrait vraiment pas éprouver ce genre d'émotions. Néanmoins, il commençait à croire que le moment était parfaitement choisi pour exercer son tir à la cible.

Lev s'obligea à faire un rictus.

— Ouais, je m'en souviens. Mademoiselle l'indépendante. Elle crache sur mon argent.

Il lui prit la main pour l'amener à contourner les deux pêcheurs et à prendre la direction du stationnement et de la sécurité de son camion. Il devait laisser à l'ombre le temps nécessaire pour agir dans la mémoire de ces hommes. Ils auraient l'impression de le connaître sans arriver à le replacer. Et il n'osait pas rester trop longtemps en présence de Mike. Cet homme était beaucoup trop perspicace et il luttait contre le faux souvenir.

Elle haussa les épaules.

— Si tu enroulais les tuyaux correctement en premier lieu, nous n'aurions pas eu besoin d'argent pour les remplacer.

Définitivement digne d'un Oscar. À les entendre, on aurait cru qu'ils étaient un couple depuis toujours, et les deux hommes devaient savoir le soin pointilleux qu'elle accordait à son équipement. Ils étaient des plongeurs. Ils étaient probablement tout aussi méticuleux. Lev rit.

— Tu ne m'entraîneras pas dans cette vieille dispute encore une fois. Allez, rentrons à la maison.

Elle le suivit et leva une main pour saluer les plongeurs tandis qu'elle prenait place dans le siège du conducteur.

— Tu dois savoir qu'ils croient que tu fais le lèche-cul pour t'attirer mes bonnes grâces.

Il sourit tout en rangeant son équipement avec précaution.

— Ils savent aussi que le rapport de forces se rééquilibrera une fois que j'aurai regagné ton petit cœur.

— Tu devrais écrire des romans. Le *Sea Gypsy* est *mon* bateau. Si tu veux être capitaine, il te faudra acheter ton propre bateau. Tu as assez d'argent.

— Je me contenterai de travailler pour toi.

Il lui adressa un autre sourire narquois typiquement masculin en s'assoyant du côté du passager ; ses verres fumés très sombres fermement en place sur son nez.

Elle roula des yeux et démarra le camion.

— Tu es doué dans le jeu de rôles, Lev — Levi.

Il tourna la tête. Il y avait quelque chose dans son ton. Pensif. Inquisiteur. Son ventre se serra de nouveau.

– Oui. Je joue des rôles pour survivre, Rikki. Je me glisse d'une identité à une autre.

Sans dire un mot, elle emprunta la route étroite, escarpée et bordée d'eucalyptus qui menait à l'autoroute, mais le retour de son froncement de sourcils n'augurait rien de bon pour Lev. Il patienta pour lui laisser la chance de démêler tout cela dans son esprit. Il savait dans quelle direction s'orientaient ses pensées.

Elle les conduisit jusqu'à la ferme sans prononcer une parole. Il respecta son silence. Une fois à la maison, elle s'occupa d'abord de son équipement en s'assurant que tout serait prêt pour la prochaine plongée, comme elle l'avait fait sur le bateau. La laissant à ses occupations, il entra dans la maison et alluma le portable pour s'assurer que l'identité de Levi Hammond était bien en place. Sa carte d'assurance sociale, son permis de conduire, ses permis de plongée et d'assistant allaient tous être remplacés après que le vol aura été signalé consciencieusement au service de police. Il avait même un exemplaire du « rapport de police ».

Levi Hammond disposait d'un historique solide remontant à ses parents et même à ses grands-parents maternels et paternels. Lev se montrait toujours méticuleux. Il avait même créé un historique de crédit, assorti d'une excellente cote de crédit. Les cartes de crédit étaient commandées, ainsi que son certificat de naissance. Il vérifia si quelqu'un avait tenté d'accéder à ses dossiers, y compris son dossier scolaire. Manifestement, Petr Ivanov n'avait pas entendu parler de lui et n'entretenait aucun soupçon au sujet de quiconque dans la vie de Rikki pour le moment.

Toutefois, il avait activé des alertes dans les dossiers de Rikki, et quelqu'un les avait consultés. Il ne croyait pas qu'il s'agissait du shérif local. L'homme avait eu tout le loisir d'enquêter sur elle s'il avait des soupçons à son sujet et n'aurait eu aucune raison de consulter ses dossiers de nouveau. Non, Ivanov avait entendu parler de l'unique pêcheuse d'oursins du coin, et elle constituerait sa première piste.

Quelqu'un se souviendrait qu'elle n'assistait pas au mariage le jour du naufrage du yacht. À cette heure, Ivanov aura visité le shérif local, de même que les hôpitaux et les cliniques. N'obtenant aucun résultat, il aura commencé à essayer de se fondre parmi les gens pour faire connaissance des habitants locaux et tendre l'oreille aux rumeurs.

Rikki entra à son tour, brisant sa concentration, et passa près de lui sans dire un mot. Il entendit le bruit de la douche quelques minutes plus tard. Il soupira et se carra dans sa chaise. Cette femme commençait à le rendre un peu fou. Où étaient passées ses années de formation et de discipline ? Il effaça son historique sur l'ordinateur et ferma sa session.

Accoté contre le cadre de porte, il étudia Rikki de l'autre côté de la porte vitrée de la douche. Son attention entièrement tournée vers l'eau, elle n'était manifestement pas consciente de sa présence.

— *Laskovaya moya, crois-tu que je te joue la comédie ? Que je me sers de toi ?*

Elle ne leva pas les yeux vers lui, mais ne se raidit pas non plus. Elle laissa l'eau couler sur ses épaules et dans son dos comme pour soulager une douleur.

— *J'ai songé que c'était possible jusqu'à ce que je sente l'élancement dans ma paume.*

Elle frotta le milieu de sa paume, et il sentit son toucher comme si, physiquement, elle lui flattait et lui caressait la queue.

— *Je suis dans ta tête, et tu es dans la mienne. Tu pourrais me jouer la comédie un court moment, mais tu ne peux te cacher de moi, pas plus que je peux me cacher de toi.*

Elle tourna la tête pour le regarder par la porte vitrée. Leurs yeux se croisèrent et s'arrimèrent. Il sentit son regard le poignarder et pénétrer sa poitrine jusqu'à son cœur. Il lisait l'amour dans ses yeux. Elle ne se donnait pas la peine de le cacher. Elle ne lui avait jamais exprimé le sentiment à voix haute. Peut-être ne s'était-elle pas aperçu qu'il lui avait dit qu'il l'aimait parce qu'il utilisait sa langue maternelle, mais il voyait l'amour qu'elle éprouvait pour lui dans son regard solennel.

— *J'arrive à te voir, Lev. Je verrai toujours le vrai toi, peu importe la peau que tu dois revêtir ou le nombre de fois où tu devras en enfiler une nouvelle. Je te verrai même quand tu seras dans l'ombre. Le vrai toi sera toujours en sécurité avec moi. Je n'irai nulle part.*

Les yeux et la gorge de Lev brûlaient. Il était incapable de bouger, de se détourner d'elle et il savait que l'émotion crue était parfaitement lisible sur son visage. Il s'était brisé pour se livrer à elle. L'homme qu'il voulait être, celui qui était tombé si éperdument amoureux d'une femme qu'il n'arrivait plus à retrouver l'usage de ses jambes ni de son cœur. Il ne pouvait que la regarder en sachant de manière absolue qu'il était là où il devait être.

16

Les yeux rivés à ceux de Rikki, Lev passa sa chemise par-dessus sa tête pour la jeter de côté. En une minute, il avait ôté ses chaussures, ses chaussettes et son pantalon. Rikki attendit, les yeux assombris par la passion. Il pourrait se noyer dans ses yeux, conclut-il, le regard arrimé au sien en s'approchant pour ouvrir la porte vitrée.

Elle inspira vivement et inclina la tête à son approche. Lev enroula les doigts autour de sa nuque et la tira vers lui. Dès le moment où il la toucha, il eut l'impression qu'ils formaient un tout. L'eau se déversait sur eux comme une chute d'eau exotique. La cabine de douche avait été construite pour donner l'impression qu'ils étaient dans la nature, entourés par la mer, et l'eau, tombant sous forme de pluie ou de cascade, venait étoffer l'effet. Elle appartenait à ce décor et quand son corps remua contre celui de Lev, elle semblait détendue et accueillante.

Il aimait son odeur, la fragrance féminine qui flottait autour de lui comme un parfum grisant. La confiance dans ses yeux, le désir et la passion le stimulaient comme rien d'autre. Elle glissa ses mains sur le torse de Lev, ses doigts traçant les muscles bien définis. Pour la première fois, il y avait de la possessivité dans son toucher. Comme si elle le marquait comme étant sien.

Il perdit brusquement le souffle quand les doigts de Rikki se refermèrent autour de sa queue gonflée de sang, laissant une traînée de sensations le long de son membre et autour de sa circonférence dense. Elle s'agenouilla là, sur les carreaux de céramique gris et bleus, et soupesa ses testicules dans sa paume.

— Que fais-tu ?

Il parvint à peine à prononcer les mots quand il sentit le souffle de Rikki, déjà chaud et sucré, baigner le bout bombé et lancinant de son érection. De ses mains tremblantes il changea le mode du pommeau de douche pour passer de la cascade à une douce pluie.

— Je m'exerce, répondit-elle d'une voix voilée et sensuelle. J'aime être douée dans tout ce que je fais et j'aime te faire plaisir.

Elle lécha les gouttes perlées et fredonna, les savourant comme s'il lui avait servi le meilleur des vins.

— Tu goûtes bon.

— Je dois dire que je suis heureux que tu sois de cet avis. Qu'aurions-nous fait autrement ?

Elle lui adressa un sourire impertinent.

— Je t'aurais enduit de beurre d'arachide et l'aurais léché, suggéra-t-elle. Ça demeure une option possible.

La joie éclata en lui. Et quand elle le prit dans sa bouche, qu'elle laissa sa queue glisser le long de la chaleur soyeuse de sa langue, Lev sembla perdre l'esprit. Chaque fois précédente, Rikki avait été entièrement concentrée sur ce qu'elle faisait. Elle avait guidé le corps de Lev vers le paradis, mais il avait su qu'elle demeurait détachée de lui, complètement fascinée par ce qu'elle faisait, par son exploration de son corps. À présent, les yeux de Rikki croisèrent les siens, et elle l'observa, entièrement axée sur lui et non pas seulement sur le mécanisme. Et comme les autres fois, quand elle le toucha, il sut que c'était du sang et non de l'eau glacée qui circulait dans ses veines.

Sa bouche, qui se faisait plus chaude à chaque instant, avait une sensation subtilement différente. Sa langue, qui caressait le point le plus sensible sous son gland avant d'effleurer de nouveau le bout de sa queue, le faisait gémir. Il n'avait pas le temps d'assimiler le grésillement des zébrures de pure chaleur qui grondaient dans ses veines. Les dents de Rikki l'éraflèrent doucement et provoquèrent une secousse dans sa queue. Ses lèvres glissèrent dans un mouvement de va-et-vient, survolèrent le scrotum, taquinèrent la base, puis l'engouffrèrent de plus belle.

Il y avait un feu dans sa bouche qui se propageait en lui, et l'alternance entre la succion de ses lèvres et la danse de sa langue sur sa peau le maintenait en déséquilibre. Le plaisir lui semblait presque accablant, et au milieu de celui-ci, il se perdit dans la mare sombre de la passion dans ses yeux.

Il sentit le premier remous hésitant dans son esprit tandis qu'elle établissait un lien avec lui, si légèrement, si doucement. Même s'il savait ce qu'elle faisait, il s'ouvrit à elle pour lui permettre de le caresser dans sa tête, de rehausser son plaisir en lui laissant faire l'expérience de celui qu'elle ressentait et, plus que tout, de suivre les images qui défilaient dans la tête de Lev. Il haleta quand elle l'engloutit davantage en avalant et qu'il sentit les muscles serrés se refermer autour de son membre.

L'eau tombait autour d'eux, claire et fraîche, et accentuait la beauté du moment. Les carreaux scintillèrent comme si la mer avait pris vie. Les lumières tamisées dansaient sur la peau de Rikki et transformaient sa chair douce en un délice crémeux de satin pur. L'eau caressait son corps et formait de petits ruisseaux qui coulaient de ses épaules et dans la vallée entre ses petits seins parfaits.

Tout ce temps, ces yeux sombres le retenaient prisonnier. Il y lisait l'amour, un plaisir pur et un désir pour lui aussi intense que celui qu'il éprouvait pour elle. Sa bouche ne brisa pas une fois le contact, même si elle le faisait glisser jusqu'au bout de ses lèvres pour lentement, si lentement, l'envelopper de nouveau dans une étroiture embrasée.

Il connaissait tous les trucs pour rehausser le plaisir de sa partenaire sexuelle, mais il n'avait jamais fait l'expérience de la générosité véritable de l'amour. Ses mains empoignèrent les cheveux de Rikki, et il leva le visage vers la douce pluie du pommeau de douche, les yeux brûlants. La chaleur envahit son esprit et l'entoura pour repousser toutes les images horribles de son passé jusqu'à ce qu'il ne reste plus que Rikki et sa douce bouche et sa nature généreuse et accueillante.

Les muscles de son corps s'enroulèrent comme un ressort, et il tira doucement sur les cheveux de Rikki, mué par le désir désespéré de pénétrer en elle, de faire partie d'elle. Elle se releva entre ses bras sans hésitation, enroulant les siens autour de son cou tandis que Lev la soulevait en guidant les jambes de Rikki autour de sa taille. Elle croisa les chevilles dans son dos, et il posa le corps de Rikki contre le sien. Elle l'enveloppa avec la même lenteur exquise que celle donnée par sa bouche. Il sentit son corps s'ouvrir au sien, légèrement hésitant. Les pétales serrés se déployèrent tandis que son sexe large la pénétrait toujours plus profondément jusqu'à ce qu'elle soit assise sur lui, le serrant et l'agrippant et le faisant frémir au plaisir qu'elle lui procurait.

Il lui laissa le loisir de trouver son rythme, et elle commença à bouger, à onduler comme les vagues qu'elle affectionnait tant, vers le haut et vers le bas tout en décrivant de petits cercles serrés et se mouvant comme si elle négociait la marée. Il aimait voir son assurance grandissante, sa façon de s'étirer à bout de bras, les doigts enlacés contre sa nuque, jetant la tête derrière pendant que ses hanches poursuivaient leur rythme lent qui allait certainement le rendre fou. L'expression sur le visage de Rikki était inestimable : la pure béatitude, sexy — elle était une femme libertine complètement abandonnée à son amant.

L'eau roula sur le corps de Rikki pour s'accumuler là où ils étaient joints et ensuite courir dans des petites rivières le long de ses cuisses. Les gouttelettes grésillèrent comme si elles étaient électrifiées. Lev ne savait pas si c'était l'eau qui était chaude ou sa peau qui était sensible ou si c'était lié au fait qu'elle était un élément de l'eau. Peu importait sauf le millier de langues de velours qui léchaient sa peau, et quand elle se mut dans cette chevauchée lente et sensuelle, il sentit un liquide chaud baigner le gland de sa queue.

Son fourreau féminin, serré et chaleureux, l'agrippait et remuait comme s'il était en vie, l'entourant d'une soie réelle, l'enveloppant, le trayant, l'étranglant et causant une friction vive quand il se glissa presque hors d'elle pour qu'elle soit ensuite de nouveau assise sur lui jusqu'au fond. La tension grandit et se lova en lui comme un ressort chaud. Ses orteils, ses jambes et ses cuisses musclées frémirent de désir. Le magma bouillonnant s'accumula et s'échauffa ; la pression montant dans sa queue vibrante et prise de secousses et dans son scrotum serré et inexorable.

En soufflant un gémissement sourd, il agrippa les hanches de Rikki pour prendre le contrôle. Il s'enfouit en elle, profondément et avec force, jusqu'au bout, heurtant le col sensible de son utérus si bien qu'elle poussa un cri et enfonça les doigts dans ses épaules, prête pour une chevauchée endiablée. Et c'est ce qu'il lui donna, passant de lentes vagues montantes à une mer tempétueuse qui s'abattit en elle encore et encore.

La musique de Rikki commença ; ces doux petits geignements et plaintes qu'il attendait avec impatience. Sa voix se mêla au bruit de la peau qui se rencontre et au tambourinement de la pluie de la douche. Il se perdit en elle, la laissa le purifier, chasser les personnes, les lieux et les choses qu'il avait vus et faits. Il n'était plus que Lev Prakenskii, dévoré par la femme qu'il aimait plus que tout ou quiconque sur terre. Le tonnerre vrombit dans son esprit. Son cœur battit à toute vitesse, et son sang roussit ses veines alors que le magma bouillonnait plus fort et s'accumulait dans ses testicules. Il ressentit la première secousse, suivie d'une cascade, d'un tremblement de terre qui le balaya de l'orgasme de Rikki jusqu'à ce qu'il perde le contrôle et se vide en elle si profondément, avec une puissance si satisfaisante.

Pendant un moment, ses poumons brûlèrent, et son cœur faillit exploser. Ses jambes tremblèrent. Il l'adossa au mur pour empêcher qu'ils s'effondrent tous deux au sol. Le front appuyé contre le sien, il lutta pour recouvrir son souffle.

— *Ya tebya lyublyu*, Rikki, murmura-t-il doucement. Je t'aime. Je sais que tu crois qu'il est trop tôt pour le dire. Et je ne veux pas t'effrayer, mais c'est la vérité, et je dois te le dire. Alors, je te le dirai dans ma langue maternelle pour ne pas te faire peur.

Les yeux sombres de Rikki l'avalèrent, puis elle se pencha vers lui pour prendre possession de sa bouche ; un baiser doux et tendre par lequel elle se déversa en lui.

— Je t'aime aussi, chuchota-t-elle en éloignant la tête pour voir son visage. Peut-être que c'est trop tôt. Mes sœurs seraient de cet avis. Mais jamais je n'ai éprouvé une telle émotion. Jamais. Ne crois pas que j'aie besoin d'entendre de belles paroles, Lev. Je n'exige pas que ce soit pour toujours…

— Je veux que ce soit pour toujours, dit-il en savourant le mot. Jamais je n'aurais cru que « toujours » serait possible pour moi. J'aime cette idée. C'est ce que je veux. Toujours avec toi.

Elle l'embrassa de nouveau. Tandis que les ondulations de plaisir couraient dans leurs corps joints, elle glissa les doigts dans les cheveux de Lev pour le chevaucher doucement jusqu'à ce qu'ils soient complètement dépensés tous les deux. Elle baissa ensuite les jambes, se séparant de lui à contrecœur.

— J'aime te sentir en moi.

Elle caressa son torse nu et se pencha pour capturer une goutte d'eau qui se raccrochait à la petite pierre dure de son mamelon.

Il tint gentiment la tête de Rikki contre lui.

— J'aime être en toi.

Il prit la bouteille de shampooing pour laver ses cheveux soyeux, lui donnant un massage relaxant. Après lui avoir rincé les cheveux, il savonna longuement son corps avec le gel douche, s'attardant aux endroits qui la faisaient sursauter ou frissonner de désir.

— Je pourrais passer toute la journée ici avec toi, lui dit-il en épongeant le savon sur sa peau.

Elle prit le relais. Les mains de Rikki lui étaient familières à présent, remuant sur son corps avec une tendresse telle qu'elle lui serrait le cœur.

— Ça ne sera pas trop amusant quand l'eau deviendra froide, ce qui sera bientôt le cas.

Elle caressa amoureusement son sexe de ses mains rendues glissantes par le savon et le lava en profondeur avant de le rincer. Il lui adressa un grand sourire et la prit dans ses bras pour l'embrasser encore une fois. Elle paraissait si tentante avec ces grands yeux sombres, ses cheveux lissés vers l'arrière et ses lèvres légèrement enflées après les baisers échangés.

— Tu as raison. L'eau commence à être froide.

Il ferma le robinet et lui tendit une serviette avant de se sécher lui-même.

Un oiseau poussa un cri, et un autre y répondit.

— Assoyons-nous simplement sur la véranda arrière pour observer le ciel ce soir. Une petite tempête est censée venir de l'océan. J'aime regarder les tempêtes avancer. Ce n'est pas un gros système, mais le ciel est toujours si beau avec les nuages qui s'amoncellent. Ils deviennent plus lourds et sombres, et on peut sentir la pluie dans l'air.

— Il y a quelqu'un qui approche, *laskovaya moya*, chuchota Lev.

Il la repoussa doucement pour enfiler rapidement son jean. Il ne put faire autrement que de la regarder : mouillée, les cheveux en bataille ; l'image d'une femme à qui on vient de faire passionnément l'amour. Pieds nus, il se dirigea vers la chambre à coucher en silence pour vérifier ses armes.

Rikki le suivit jusqu'à l'embrasure de la porte pour l'observer d'un air amusé tout en se séchant avec désinvolture.

— Seules mes sœurs viennent me rendre visite, lui fit-elle remarquer. Je pense que tu es en sécurité.

— Je préfère en être certain, répliqua-t-il en lui adressant un petit sourire rassurant.

Ses mesures de sécurité amusaient peut-être Rikki, mais elles étaient enracinées en lui, et il ne pourrait jamais s'en libérer complètement.

La survie faisait partie des raisons pourquoi il s'était raccroché à elle des deux mains, s'engageant complètement avant même d'avoir compris ce qu'il faisait. La survie était au cœur de la personne qu'il était, et Rikki représentait l'existence pour ce qu'il restait du Lev Prakenskii original. Cet homme avait été lentement dévoré par le fantôme qui se glissait dans le monde sans être remarqué, adoptant de nouvelles identités, délaissant une peau et une identité à tout moment. Elle n'avait aucune notion véritable de son monde à lui et du danger de l'accepter dans sa vie, mais il savait aussi que même si elle reconnaissait pleinement les risques, elle les accepterait.

— Tu me distrais, souligna-t-il en s'approchant d'elle pour lui prendre un sein nu et se pencher pour capturer sa bouche de la sienne.

Il aimait la sensation veloutée de sa peau qui avait la douceur de celle d'un bébé. Sa façon de frémir à son toucher. Son goût. Tout. Chaque partie d'elle. Il laissa une trainée de baisers jusqu'à son oreille qu'il mordilla. Il posa de doux baisers papillotants sur son menton et son cou avant de revenir à son lobe d'oreille délicat.

— Je pourrais t'avaler tout rond, Rikki.

Son mamelon se durcit dans sa paume, et il tourna son attention vers son sein, faisant rouler le bout sous ses doigts et tirant doucement avant de se pencher pour prendre la chair soyeuse dans sa bouche. Elle serra sa tête contre elle pour le tenir là. Les tremblements vinrent la bercer, et ses petits gémissements doux enveloppèrent Lev de leur musique. Il appuya le front contre le sien et inhala son parfum féminin dans ses poumons.

— Tu es si belle, Rikki.

— En fait, je suis plutôt mince, dit-elle d'un ton neutre. Je n'ai pas beaucoup de courbes.

Il ne put s'empêcher de sourire. Elle n'était pas à la recherche de compliments : elle le pensait réellement. Il n'avait pas seulement parlé de sa beauté extérieure, mais de celle qu'elle possédait à l'intérieur aussi.

— Tu as assez de courbes pour moi. Et nous allons travailler sur la minceur. Je suis un bon cuisinier. Tu dois seulement apprendre à manger autre chose que du beurre d'arachide.

Il s'éloigna d'elle pour éviter de se perdre de nouveau.

— Tu es aussi une distraction terrible.

Il caressa ses fesses nues avant de passer près d'elle pour se rendre dans la cuisine. La cour décrivait un « T » avant de suivre un cercle. Rikki et ses sœurs utilisaient toujours le stationnement à l'arrière. Il y avait plus d'espace, et la cour formait une courbe débouchant droit sur la route principale. Il n'alluma pas les lampes, mais attendit plutôt dans la nuit qui tombait tandis qu'une voiture qu'il reconnaissait comme celle appartenant à Blythe entra dans la cour pour se garer à côté du camion de Rikki. Blythe resta assise derrière le volant un moment, les yeux fixés sur la maison, manifestement troublée par quelque chose, avant d'ouvrir la portière et de descendre de sa voiture. Dès qu'il vit qu'elle était seule et venait leur apporter le dîner, il sortit pour lui donner un coup de main.

— Blythe, heureux de te voir, la salua-t-il en lui prenant les contenants des mains. Je suis capable de cuisiner, à présent. Je suis reconnaissant à vous toutes de m'avoir empêché de mourir de faim, mais nous irons faire les emplettes demain, et je ferai la cuisine. Nous procéderons par essais et erreurs pour découvrir d'autres aliments que Rikki est à l'aise de manger.

Blythe le suivit dans l'escalier menant à la véranda, mais s'immobilisa devant la porte.

— Tu dois y aller doucement avec elle, Levi.

Il opina.

— C'est ce que j'apprends. C'est une belle aventure, cependant. Entre.

Blythe secoua la tête.

— Je ne sais pas comment elle arrive à accepter ta présence dans sa maison, mais elle est bouleversée quand nous sommes toutes à l'intérieur. Il s'en est fallu de peu pour qu'elle perde les pédales, quand nous sommes toutes entrées chez elle l'autre jour.

— Mais pas en raison de son autisme, dit Lev. Elle a peur pour vous. Si vous ne mettez pas fin à cette habitude maintenant, elle fera partie de sa routine et elle perdra la capacité à recevoir des invités chez elle. C'est trop restrictif pour elle. Sa maison est son havre de sécurité. Son refuge.

Elle doit être à l'aise quand sa famille s'y trouve. Entre et agis de façon naturelle.

Blythe s'humecta les lèvres nerveusement, mais elle pénétra dans la cuisine en le dardant d'un regard spéculatif. Lev savait que ses cheveux étaient humides et que sa chemise était déboutonnée. Blythe comprenait qu'il était plus que de passage dans la vie de Rikki. Il savait aussi qu'elle était inquiète. Il ne pouvait lui en vouloir. Ses sœurs l'avaient lu correctement, mais il allait rester. Il faudrait que Blythe comprenne que Rikki représentait son monde entier et qu'elle était en sécurité entre ses mains. Il posa le dîner sur la table avant de se diriger, pieds nus, vers le salon avec une Blythe incertaine à sa suite.

– C'est Blythe, Rikki. Elle a apporté le dîner, la héla-t-il.

– Oh, très bien. Je voulais la voir, répondit Rikki. Je voulais lui parler de tes talents de chasseur et de la morue-lingue que tu as failli nous rapporter.

En riant, elle émergea de la chambre à coucher, ses cheveux toujours humides en bataille, ses yeux rendus brillants par le rire, les mains occupées à boutonner son chemisier.

Son sourire disparut dès l'instant où elle aperçut sa sœur debout dans son salon.

– Oh.

Elle passa une main dans ses mèches mouillées en signe d'agitation.

– Je croyais que tu allais m'attendre dehors, sur la véranda.

– Il fait un peu frais dehors pour être à l'aise, indiqua Lev d'un ton apaisant. Je lui ai demandé d'entrer. Je savais que tu voudrais qu'elle reste au chaud.

Rikki ouvrit deux fois la bouche pour dire quelque chose, mais la referma en déglutissant avec difficulté. Le froncement de ses sourcils sombres était de retour. Elle décrivit un cercle sur elle-même, l'air impuissant et vulnérable.

Lev enroula un bras autour de sa taille pour la tirer contre lui et poser le menton sur le dessus de sa tête.

— Tu n'es pas inquiète au sujet du type qui te traque, n'est-ce pas, ma chérie ? J'ai mis un bon système d'alerte en place. Personne ne pourra nous surprendre. Ta sœur est en sécurité.

Elle tira nerveusement sur son chemisier du bout des doigts.

— En es-tu certain ?

— Tout à fait, dit-il. Je ne mettrais jamais la vie de ta sœur en danger.

— Il parvient à blesser ou à tuer tous ceux qui me sont chers, dit-elle.

— Pas cette fois, ma belle.

— *Laskovaya moya, fais-moi confiance. Je commence à le connaître, et ses jours sont comptés. Je ne lui permettrai pas de te faire de mal.*

Lev posa un baiser sur son cou, puis indiqua un fauteuil à l'intention de Blythe.

— Rikki m'a jeté un poisson à la tête aujourd'hui. Un poisson aux dents gigantesques.

Il s'obligea à sourire. Rikki était toujours tendue. Il la poussait définitivement hors de sa zone de confort en invitant Blythe dans la maison avec eux. Il traversa la pièce d'une démarche décontractée pour ouvrir la porte et ne laisser que la moustiquaire en place afin que Rikki constate qu'ils avaient la voie libre si un incendie devait se déclarer.

— Elle t'a lancé un poisson? dit Blythe en s'installant dans un fauteuil avec un sourire encourageant. Vraiment, Rikki?

Rikki se laissa tomber dans son fauteuil préféré et jeta un regard inquiet vers la porte de la cuisine. Obligeamment, Lev se dirigea vers la cuisine afin d'ouvrir la porte pour Rikki.

— Il se plaint constamment de mon beurre d'arachide, alors j'ai décidé de lui donner un coup de pouce pour le dîner.

— Le poisson était possédé, dit Lev en reprenant le fil de l'histoire. Il faisait aller sa mâchoire et s'agitait et essayait de me croquer la jambe. Et pendant tout ce temps, elle riait dans l'eau.

Rikki poussa un rire sincère, et la tension en lui se dissipa.

— Il avait l'air d'effectuer une folle danse de la pluie. Et il allait battre en retraite et céder mon bateau au poisson.

— Ce n'est pas vrai.

Lev ne pouvait détacher les yeux de son visage. Il aimait observer ses réactions. Peut-être n'avait-il jamais vraiment regardé quiconque auparavant. Les gens ne signifiaient rien pour lui. Jamais il ne voyait leur douleur et leurs souffrances. Il ne pouvait se laisser affecter, sans quoi, il faillirait à sa mission. La mission importait, le but ultime et non les individus. Le rire était un son absent. Si tu te laissais aller à entendre ou à ressentir l'amusement, alors tu pourrais entendre et ressentir la douleur.

Comme si elle lisait ses pensées, Rikki lui prit la main gauche entre les siennes.

— C'était définitivement le cas, Blythe. Il allait abandonner le bateau.

Le bout de son pouce glissa au centre de la paume de Lev. Il sentit la caresse, non pas sur sa peau, mais profondément dans son corps ; une intimité qui les liait au-delà de toute attente. « Reste », lui avait-elle murmuré. Elle lui avait donné un choix. Elle ne voulait pas qu'il retourne dans le froid, dans l'ombre. Elle voyait au-delà du fantôme pour reconnaître l'homme et lui donner une consistance. Elle lui avait donné une maison, un refuge. Et à présent, elle lui donnait ceci : une intimité qui dépassait l'imagination.

Il aurait voulu la prendre dans ses bras de nouveau, enfouir son corps dans le sien et fusionner avec elle jusqu'à ce qu'ils partagent la même peau. Il ne croyait pas qu'il soit possible d'aimer une femme, d'aimer quiconque, comme il l'aimait, elle. Le regard de Blythe se fixa sur lui, et il s'obligea à se détourner de Rikki. Les instincts affinés par des années de survie l'empêchaient de montrer ses sentiments. Rikki le rendait vulnérable, et les sentiments qu'il éprouvait pour elle faisaient de lui la cible parfaite pour quiconque voulant se débarrasser de lui.

Lev se racla la gorge.

— Si je veux entendre les commérages, quel est le meilleur endroit où aller ?

— Inez, au marché d'alimentation, répondirent en chœur Rikki et Blythe avant de se regarder et d'échanger un rire.

— Tout le monde parle à Inez. Elle connaît tout le monde, et tôt ou tard, ils finissent par ouvrir leur sac avec elle, ajouta Rikki.

— Mais je ne voudrais pas lui donner l'image d'une commère, clarifia Blythe. Elle n'est pas comme ça. Elle s'intéresse réellement à la vie des gens et se soucie d'eux. Elle ne partage aucune information confidentielle et elle protège les habitants du village. Les Drake, l'une des familles les plus importantes ici, sont très près d'elle. Joley est une vedette de l'industrie musicale, et Hannah a déjà été un top modèle. Kate écrit des romans à succès. Des reporters viennent donc souvent au village, particulièrement ceux des feuilles de chou.

— Blythe est une cousine germaine des Drake, l'informa Rikki. Sa mère s'appelle Blythe aussi. C'est une famille énorme. Je te jure qu'elle compte tant de cousins qu'ils pourraient prendre le pouvoir de la ville.

Blythe hocha la tête, les yeux rivés sur Lev.

— C'est probablement vrai. Et récemment, il y a eu tout un mariage.

— Ta famille semble intéressante. Je n'ai aucun frère ni sœur, alors je me suis toujours demandé à quoi ressemblerait la vie dans une grande famille.

— C'est bruyant, dit Blythe. Et joyeux. J'ai beaucoup de cousins, mais ni frère ni sœur. Ma mère a seulement réussi à me donner naissance. Elle avait six sœurs. Elle était la troisième de la famille et était très talentueuse à sa manière. Je ne parvenais jamais à lui mentir, fit-elle en riant doucement. Ça n'était pas si plaisant quand j'étais adolescente. Mais les réunions avec mes cousins étaient amusantes. Et les Fêtes étaient géniales.

— Donc, tu es proche de tes cousins ?

Elle opina.

— Je les vois souvent. C'est pourquoi je suis venue ici, pour être près de ma famille. J'ai trouvé cette superbe parcelle de terrain. La ferme était déjà en exploitation.

— Pourquoi ta famille ne t'a-t-elle pas accompagnée dans l'aventure ? demanda Lev.

Le visage de Blythe afficha soudain une expression fermée.

— Je n'en ai pas parlé à ma famille. Je sentais le besoin d'être seule, dit-elle en pointant Rikki du menton. Je suis heureuse de l'avoir fait. Je n'ai jamais eu de petites sœurs, et cette ferme m'a donné la possibilité d'avoir ma propre famille.

Rikki sourit.

— Et je suis très heureuse que tu l'aies fait aussi.

Blythe étudia le visage de Lev. Elle semblait le fixer droit dans les yeux. Il savait que sa barbe cachait bien des choses. Il avait des cicatrices sur les bras et les mains et était certain qu'elle les avait remarquées même si elle n'avait posé aucune question.

— Tu me fais un peu penser au mari de Joley. Quelque chose dans tes yeux ou peut-être ta façon de regarder les gens. Tu es très immobile comme lui. Il est Russe et travaillait pour un organisme gouvernemental. Je ne suis pas certaine lequel. Son nom de famille est Prakenskii.

« Prakenskii. »

Il ne sourcilla pas. L'instinct de survie prit le relais. Son corps demeura détendu, et il afficha un air modérément intéressé, sans plus. Si quelqu'un avait pris son pouls, la lecture aurait été stable.

— *Ne me regarde pas, Rikki.*

Rikki se berça doucement sur son fauteuil et prit le kaléidoscope portable que Judith avait fabriqué spécialement pour elle. Lev pouvait voir que l'objet était magnifique : l'extérieur fait de teintes bleues et aquatiques scintillait comme si on se trouvait sous l'eau, les yeux tournés vers la surface où des palmiers surplombaient l'océan.

— *Continue de regarder ton kaléidoscope. Elle pêche à l'aveuglette, et nous ne pouvons rien admettre. Cela la mettrait en danger.*

À voix haute, il s'adressa à Blythe sans même jeter un œil à Rikki pour voir si elle avait compris. Il devait avoir foi qu'elle gèrerait cette interrogation sans hésitation.

Lev regarda Blythe droit dans les yeux et haussa les épaules d'un air désinvolte.

— C'est sûrement en raison de ma mère russe. En fait, à moitié russe. Sa mère avait épousé un entrepreneur qui avait agi à titre de conseiller dans un énorme projet de construction là-bas. Elle était interprète. Peut-être m'a-t-elle donné des yeux russes.

— Savais-tu, demanda Blythe, que même si le yacht qui a fait naufrage appartenait à un Grec, l'une des personnes à bord était russe ? J'ai entendu dire que quelqu'un s'est présenté au marché d'Inez pour poser des questions au sujet de survivants, particulièrement à propos de ce Russe.

Rikki prit une respiration et tendit le kaléidoscope à Lev, comme si la conversation tournait au ralenti et ne la concernait pas du tout.

— Tu dois jeter un œil à ceci, Levi.

— Vraiment ? dit-il à Blythe en prenant le kaléidoscope en question. Je croyais que les autorités avaient confirmé que tout le monde était mort. Je ne suis pas à jour dans les nouvelles.

Blythe hocha la tête.

— Judith m'a dit qu'il montrait la photo de l'homme qu'il cherchait. Il devait faire ta grandeur et ton poids.

Lev lui sourit.

— Je présume que tu insinues que je suis cet homme ?

— C'est plausible. Tu es apparu ici au même moment.

Il appuya le kaléidoscope contre son œil pour regarder dans le tube. La cellule remplie de liquide capturait l'image et la sensation d'être dans l'eau et sous l'eau, simultanément. Judith avait clairement un talent remarquable dans la conception. Le kaléidoscope était parfait pour Rikki : son effet, calme et apaisant, donnait l'impression d'être chez soi dans la mer. La cellule contenait une gamme de couleurs de l'océan : des bleus, du turquoise, diverses teintes de vert, du rouge corail, les couleurs naturelles de coquilles, des finis perlés, des tons argentés froids et des dorés chaleureux. À l'intérieur, il détecta de nombreux objets, y compris des poissons, des coquillages, des hippocampes, des types de varech, des bulles, des formes de vagues et des cristaux qui rappelaient les rayons du soleil scintillant sur l'eau.

— C'est magnifique, Rikki, dit-il d'une voix tendre en lui remettant le kaléidoscope et en posant un baiser sur le dessus de sa tête. Ta Judith est un génie.

Il reporta son attention sur Blythe et lui adressa un sourire facile comme seul Levi Hammond en était capable.

— Si tu crains que je sois ce Russe perdu en mer, c'est assez simple de vérifier mes antécédents. Je suis certain que tu connais des gens ayant ce genre d'accès.

Elle garda les yeux rivés sur lui.

— Il y a beaucoup d'officiers de la loi dans la famille.

Rikki déposa le kaléidoscope et fronça les sourcils à l'intention de Blythe.

— Accuses-tu Levi de quelque chose, Blythe? C'est quoi, ton problème? Je pensais que nous étions passés à autre chose.

Lev aurait pu l'embrasser. Sa réaction contenait une dose juste d'indignation, ses yeux étaient accusateurs. Quand il effleura son esprit, il comprit qu'elle ne jouait pas un rôle. Pour Rikki, sa famille avait indiqué qu'elle acceptait Lev et devait donc se montrer loyale envers lui.

— *Ça ne fonctionne pas comme ça, Rikki. Elle t'aime non seulement comme une sœur, mais comme l'enfant qu'elle n'a jamais eu. Ce qu'elle a entendu lui fait sentir le besoin de te protéger, et nous sommes en train de lui mentir dans les faits. Il est possible qu'elle le sente et que ça l'inquiète.*

Blythe paraissait mal à l'aise.

— Le Russe a dit des choses effrayantes. Il a dit que l'homme qui était sur le yacht était un assassin, qu'il était très dangereux et qu'il utiliserait toute personne avec qui il se lierait d'amitié. Il a affirmé que cet homme trouverait une femme, ferait en sorte qu'elle tombe amoureuse de lui et s'en servirait pour se cacher, mais qu'au bout du compte, il allait la tuer pour protéger son identité.

Et voilà. Elle venait de dire la vérité, mais aussi un mensonge. Il n'osait pas regarder Rikki. Et si elle croyait Blythe? L'information était impossible à ignorer. Rikki tendit le bras et lui prit la main, son pouce s'appuya fermement au milieu de sa paume. Elle caressa sa paume et emplit son esprit de chaleur, d'amour.

— *Tu oublies, Lev, que je suis dans ta tête de temps à autre. Blythe n'a pas cette capacité. Je sais que tes sentiments pour moi sont réels. Je ne suis pas toujours certaine qu'ils soient logiques ni que tu ne te réveilleras pas un bon matin pour te rendre compte que ce coup que tu as encaissé à la tête a affecté ton intelligence, mais je suis prête à prendre le risque.*

Le soulagement qu'il éprouva fut immédiat et physique : ses jambes tremblèrent légèrement, son cœur se serra dans sa poitrine. Il savait à quel point il s'était investi dans Rikki : *tout* reposait sur elle. Sans elle, il serait de retour dans le froid, mais cette fois, en cavale.

— *Je n'irai nulle part, Rikki.*

— Je sais que la situation est difficile pour toi, Blythe. Tu ne me connais pas. Je me suis pointé soudainement dans la vie de Rikki et je suis emménagé. Bien entendu que tu veux la protéger. Je peux seulement te donner ma parole, à laquelle je n'ai jamais manqué, que je ne ferai jamais intentionnellement de mal à Rikki. Je veux l'épouser et passer le reste de mes jours avec elle.

Il leva une main pour interrompre la protestation qui allait venir.

— Je suis également conscient que cette relation est survenue rapidement. Rikki et moi sommes bien assortis. Ce n'est pas qu'une attirance physique. Elle est mon miracle. Je ne peux l'expliquer plus clairement. Je n'ai pas l'habitude d'expliquer mes gestes à quiconque, mais tu es importante pour elle. Tu es sa famille, et elle t'aime. Je veux que tu m'acceptes dans ta famille aussi.

Blythe serra ses lèvres tremblantes comme si elle était sur le bord des larmes.

— Je veux te croire.

— Je te demande seulement de me donner une chance.

Dehors, il y eut un battement d'ailes, et quelque chose frotta la moustiquaire avec force. Un hibou poussa un cri. Un autre y fit écho.

Rikki sursauta et resserra les doigts autour du kaléidoscope.

— Il est ici, dit-elle d'une voix basse et effrayée.

Lev posa une main sur son épaule.

— Reste dans la maison. Je suis sérieux, Rikki. Blythe, garde-la à l'intérieur. Surveille les portes au cas où.

Il se déplaça rapidement avant que l'une ou l'autre des femmes ne puisse protester. Il avait enfilé une chemise sombre délibérément et il sortit par la fenêtre de la chambre à coucher en tendant déjà l'esprit vers ses espions. Un hibou décrivit un cercle au-dessus de la maison tandis qu'un autre se perchait dans les hautes branches d'un arbre sur le faîte. Les deux oiseaux étaient agités.

Lev jura à voix basse et leva les yeux vers le ciel. Il y avait des nuages dont certains sombres et lourds, ce qui pourrait être utile. Il entreprit de gravir le faîte, et le hibou volant en cercle poussa un cri d'avertissement. Lev laissa son esprit s'ouvrir. Il n'avait pas voulu prendre possession de l'oiseau pour voir par ses yeux parce que cela l'affaiblirait, mais il n'avait d'autre choix. Les cris affolés de l'oiseau étaient signes d'ennuis ailleurs. L'oiseau fit le tour de la maison pour voler sous l'abri d'une petite section de rhododendrons en terrasses.

L'odeur de l'essence était forte. Une vaste portion des taillis et du gazon encerclant la maison avait été trempée d'essence. Lev distingua vaguement une ombre sombre se déplaçant avec rapidité le long du faîte. Il la pourchassa, sprintant sur le terrain inégal. L'ombre se retourna et brandit ce qui ressemblait à un pistolet fixé à un tuyau rattaché à un sac sur son dos.

Des flammes jaillirent du pistolet et se propagèrent sur le sol jusqu'à ce qu'une dizaine de feux s'embrasent. L'homme utilisait son boyau comme un pompier, et autour du vaste cercle, d'autres feux s'enflammèrent dans des tons de rouge et d'orange. Des flammes affamées dévorèrent le carburant et rampèrent sur le sol pour lier les feux comme les points lumineux de la queue d'une comète flamboyante.

L'énergie bourdonnait dans l'air ; une force dense et puissante, noire de haine et de détermination à détruire. L'homme avait atteint le faîte d'où il pouvait admirer sa création prendre forme. Tandis qu'il dirigeait les flammes pour qu'elles ondulent ensemble et empêchent toute possibilité d'évasion, Lev passa à l'attaque à l'aide des hiboux, les appelant à fondre sur lui, les griffes ouvertes, les yeux et les oreilles à l'affût.

— *Rikki ! Sors sur la véranda. Invoque la pluie. Fais-le maintenant et vite !*

Lev lui faisait entièrement confiance. S'il y avait de la pluie dans ces nuages lourds, elle la ferait tomber en averse sur les flammes. À vive allure, il contourna le bord du cercle de feu. Quand il commença à gravir le faîte, une balle de fusil siffla près de son oreille. Le pyromane avait donc une arme.

— *Attaquez,* ordonna Lev aux oiseaux.

Il se laissa tomber à plat ventre et compta jusqu'à cinq avant de reprendre sa course. Les hiboux fondirent sur l'allumeur de feux comme des bombardiers piquant du nez. Les oiseaux de proie étant des prédateurs avant toute chose, ils visèrent le visage et les yeux de l'homme. L'homme poussa un cri horrible et brandit les bras pour se protéger la tête tandis qu'il courait en titubant vers son camion.

Lev ne disposait pas d'un tir franc, mais le pyromane tira trois autres fois, sans doute vers les hiboux qui plongeaient vers lui. Le camion démarra en trombe, oscillant sur la route.

— *Suivez-le,* commanda Lev.

Les hiboux décrivirent un cercle dans les airs avant de s'envoler en ligne droite en battant des ailes avec force ; des prédateurs silencieux traquant leur proie. Les nuages se rompirent, et la pluie s'en déversa, baignant la ferme, la maison, les terres autour, les arbres et les plantes. De la fumée ondula dans l'air, et le feu siffla en guise de protestation. Rikki s'avança vers le feu, les mains levées comme celles d'un chef d'orchestre. Il entendit sa voix au loin à présent : une chanson d'amour qui s'élevait avec la férocité de la pluie, martelant le feu dans un déluge digne d'une chute d'eau.

Le feu ne pouvait rivaliser le concerto de Rikki puisqu'il n'était plus alimenté par un élément du feu ni encouragé par une force sombre. Il cessa de rugir, tenta de gronder avant de succomber en poussant quelques derniers sifflements sous l'attaque de la pluie torrentielle.

Lev se tint immobile, occupé à admirer Rikki : son visage tourné vers la pluie et avançant sans peur vers son pire ennemi. Il tomba encore plus amoureux d'elle à ce moment-là : sous les nuages noirs et chargés et les coups de tonnerre, Rikki se tenait stoïque et dirigeait sa symphonie. Elle fit calmement le tour du gazon brûlé, sans se presser pour s'assurer qu'aucune braise égarée ne se soit frayé un chemin sous les tas d'aiguilles de pin et la végétation pour faire éruption au moment le moins attendu. Elle noya impitoyablement la zone jusqu'à ce que l'eau forme des flaques profondes. Ce fut seulement alors que le torrent prit fin.

Lev porta son regard au-delà de Rikki vers Blythe qui se tenait sur la véranda, une main appuyée contre le cœur, une expression de respect et d'admiration tournée vers Rikki. Il éprouvait la même chose : stupéfait d'admiration et d'émerveillement, un respect irrépressible envers son don à manipuler l'eau. Il avait l'habitude des dons psychiques, mais un élément représentait le vrai pouvoir.

Il ne servait à rien d'essayer de traquer le pyromane. Les hiboux feraient un meilleur job, de toute façon. Ce dernier aurait besoin de soins médicaux après l'œuvre des griffes acérées sur son visage. Ses jours étaient définitivement comptés.

Lev marcha beaucoup plus lentement pour rejoindre Rikki. Elle était trempée jusqu'aux os après la pluie torrentielle, mais ne semblait ni le remarquer ni sans soucier. Elle fit le tour complet du cercle autour de sa maison à deux reprises pour permettre une distribution plus égale de la pluie afin que le sol l'absorbe. L'étendue large de sol noirci s'était transformée en boue, un large fossé autour de sa maison.

Quand elle donna l'impression de s'apprêter à faire un troisième tour, il glissa le bras autour de ses épaules.

— Le feu est éteint, Rikki. Rentre à la maison.

Elle leva vers lui des yeux aussi mouillés que ses vêtements ; des mares sombres de soulagement et d'horreur.

— Je n'ai pas allumé ces incendies, Lev — Levi. Quelqu'un a tué mes parents et Daniel. Ce n'était pas moi, et je le sais avec certitude maintenant.

Un petit sanglot où se mêlaient la joie et la tristesse s'échappa de ses lèvres.

— Toutes ces années de doute…

Sa voix mourut, et ses épaules tremblèrent.

Il se contenta de la soulever et de la blottir contre son torse pour traverser le sol détrempé à grandes enjambées jusqu'à la véranda. Blythe se précipita dans la maison pour en ressortir avec une grande serviette duveteuse. Lev posa Rikki sur la véranda et la sécha doucement.

— Bien sûr que ce n'était pas toi, la coupable. Nous te l'avons tous dit.

— Je sais, fit-elle d'un ton qui donnait l'impression qu'elle était un peu sous le choc. Mais je n'en étais pas certaine. Une partie de moi craignait toujours de l'être.

Elle s'avança vers le réconfort de ses bras, et il la serra fort.

— Tu es complètement trempée, Rikki. Va prendre une douche chaude.

— Tu es trempé aussi.

Il posa un baiser sur son front.

— Nous épargnerons ta sœur, cette fois. Tu sais ce qui arrive quand nous prenons une douche ensemble.

Il se pressa contre elle afin qu'elle puisse sentir à quel point sa prestation avec la pluie l'avait excité.

Rikki pencha la tête en arrière, et un petit sourire se dessina sur ses lèvres.

— Tu peux avoir la serviette.

Il la prit, surtout pour se couvrir et non pour se sécher. Il la regarda entrer dans la maison. Sa démarche fluide et aisée avait disparu, et elle se déplaçait un peu maladroitement comme si, de retour sur la terre ferme, sans l'eau, elle était hors de son monde.

– La savais-tu capable d'une telle chose ? demanda Blythe. Mes cousins sont capables de bien des choses, mais ce qu'elle vient de faire, c'était fichtrement incroyable.

Il frotta ses cheveux qui dégoutaient.

– Elle est fichtrement incroyable.

17

Quand Rikki revint, douchée et réchauffée dans un survêtement doux, elle se blottit dans son fauteuil préféré, sous sa couverture lourde. Elle était manifestement encore sous le choc, même si elle avait retrouvé un peu ses couleurs.

Blythe lui poussa une tasse de café entre les mains avant de prendre sa tasse de thé. Elle posa sur eux un regard froid et égal.

— Nous devons appeler Jonas, déclara-t-elle en brisant ainsi le silence.

Rikki haleta et renversa presque son café avant de déposer sa tasse en secouant la tête.

— Non. Non, Blythe. Nous ne pouvons pas faire ça. Il est le shérif.

Elle commença à enrouler les doigts de manière agitée tout en se berçant d'avant en arrière.

Lev posa une main sur son épaule pour la calmer, mais son agitation ne fit que grandir. Il haussa les sourcils à l'intention de Blythe en guise d'avertissement. Rikki avait déjà assez vécu d'émotions. Selon lui, en la poussant davantage, Blythe ne réussirait qu'à l'amener à se replier sur elle-même.

— Exact, dit Blythe en ignorant Lev et en se penchant vers Rikki. Ma chérie, il est faux de croire que tous ceux qui portent un insigne refuseront de t'écouter. Je connais Jonas depuis qu'il est enfant, et c'est un homme bon.

Rikki se mordit la lèvre.

— Je sais qu'il pense que j'ai allumé ces incendies, Blythe. Je peux le voir à sa façon de me regarder.

— Nous avons la preuve que ce n'est pas le cas, dit Blythe calmement.

— Je sais qu'il croit que je suis coupable, insista Rikki, et je ne veux pas qu'il entre ici. Je n'ai pas confiance en lui.

— Aucune d'entre nous n'a jamais parlé de ton passé à quiconque, dit Blythe. Il n'a aucune raison de croire une telle chose. Il n'a aucune raison de savoir quoi que ce soit sur toi.

Rikki posa ses yeux sombres et hantés sur elle.

— Jonas est le type d'homme qui enquêterait sur quiconque s'approchant de sa famille. Et tu fais partie de sa famille, que tu veuilles le voir de cet œil ou non. Il a vérifié mes antécédents comme il l'a fait pour toutes nos sœurs.

Blythe soupira.

— C'est peut-être vrai, mais cela n'annule pas le fait qu'il ne te pensera pas automatiquement coupable parce que des enquêteurs ont avancé des hypothèses voulant que tu le sois. Et à présent, nous avons la preuve irréfutable que tu ne l'es pas.

Rikki continua de se bercer et de se tortiller les doigts sur les cuisses. Son regard devint un peu affolé, parcourant la pièce rapidement comme si elle cherchait à fuir. Elle secouait continuellement la tête.

— Je ne veux pas qu'il entre ici, Blythe. Je ne peux pas supporter qu'il soit ici, à me regarder comme il le fait.

Lev s'accroupit devant elle et posa une main sur les siennes.

— Nous ne sommes pas obligés de le recevoir ici, Rikki.

Blythe lui jeta un regard noir.

— Rikki, songe à *Jonas* et non aux autres policiers à qui tu as eu affaire. Chaque fois qu'il s'est trouvé en ta présence, comment t'a-t-il traitée ? Comment t'a-t-il regardée ? Ne surimpose pas le passé sur un homme qui n'est pas comme cela. Il n'entretient pas d'idées préconçues sur quiconque. Jonas est un homme indépendant qui soupèse les faits avant de parvenir à une conclusion. Il croit en la notion de donner une chance au coureur. Si tu es honnête envers toi-même, Rikki, tu admettras que j'ai raison à son sujet.

Lev agrippa le menton de Rikki dans sa paume.

— Regarde-moi, *laskovaya moya,* dit-il d'une voix tendre, le regard aimant. Je suis ici avec toi. Blythe, Judith et toutes tes sœurs savent que tu n'as pas allumé ces incendies. Je sais que tu ne les as pas allumés. Qui d'autre a vraiment d'importance ? Nous sommes ta famille. Nous allons t'épauler. Je ne suis pas enthousiaste à l'idée de mêler le shérif à ceci, et si tu ne veux pas le voir ici, je peux m'occuper de ce problème pour nous.

— Non ! s'exclama Blythe d'un ton catégorique. Songe à ce que tu lui demandes de faire simplement parce que tu es effrayée, Rikki. Levi veut rester ici avec toi. Si un incident violent a lieu, il pourrait être obligé de partir, et d'une certaine manière — et je ne suis pas médium — je crois qu'il te protégera avec tous les moyens dont il dispose. Peu importe ce que vous me dites tous les deux, je crois qu'il est le Russe qui se trouvait à bord du yacht. Et s'il veut cacher ce fait, il doit exister une bonne raison.

— Ne lui fais pas une telle chose, dit Lev avec brusquerie.

Rikki avala difficilement et tendit le bras vers la main de Lev pour s'y agripper avec force.

— Je n'essaie pas de te faire peur, ma chérie, dit Blythe en ignorant la menace sombre dans la voix de Lev. Je veux seulement que tu y réfléchisses de façon rationnelle. Je sais qu'il est difficile d'accepter Jonas dans notre cercle, mais il est bon. Si tu me fais confiance, je te demande de lui accorder la même confiance. Levi mérite de commencer une vie sans épée de Damoclès au-dessus de la tête. Celui qui cherche à te tuer avait un revolver ce soir. Veux-tu réellement que Levi se serve d'une arme aussi ?

— Je n'aurai pas besoin d'un revolver.

La voix basse de Lev était éloquente. Blythe frissonna, mais regarda Lev droit dans les yeux.

— Je crois au principe de donner une deuxième chance aux gens. Nous en avons tous besoin. Si c'est là ta chance, tu dois commencer du bon pied.

Rikki se berça encore quelques minutes en émettant des cris de détresse étranglés qui brisèrent le cœur de Lev. Blythe s'assit en retrait pour attendre, et il suivit son exemple. Rikki devait trouver sa propre voie : elle le faisait depuis des années. Peu importait les réactions physiques qu'il lui fallait pour y arriver, il était prêt à la laisser organiser ses pensées. Elle ne voudrait pas d'interférence. Elle était indépendante et avait payé cher pour atteindre cet état d'esprit. Elle méritait qu'on lui laisse le temps nécessaire pour démêler toute cette histoire.

Rikki battit des mains devant son visage avant de souffler sur ses doigts comme si le bout était brûlé.

— Tu peux l'appeler, Blythe. Mais il est au courant des autres incendies.

— Peut-être que oui, Rikki, reconnut Blythe d'une voix douce, mais ça ne signifie pas qu'il n'est pas prêt à t'accorder le bénéfice du doute. Autrement, ne crois-tu pas qu'il serait venu me voir afin de me mettre en garde à ton sujet ?

Rikki se berça encore un moment, mais ses mains se posèrent sur ses cuisses tandis qu'elle fronçait les sourcils, réfléchissant à la question. Lev parvint à respirer de nouveau normalement à la vue de ce petit froncement de sourcils. Il annonçait que son cerveau fonctionnait de nouveau et chassait le chaos. Rikki était très fragile, et il lui faudrait toujours avoir conscience du fait que leur maison doive respecter une routine et un équilibre absolus. Il s'était montré prudent, même si pendant un bref instant, l'envie de ramasser Blythe et de la jeter dehors avait été très forte.

Rikki se mordit la lèvre inférieure jusqu'à ce que Lev craigne que celle-ci saigne.

— Peut-être as-tu raison. Il m'a arrêtée sur la route l'autre jour et il était gentil. Il aurait pu être méchant, mais il ne m'a pas donné d'amende.

— Dans ce cas, appelons-le et demandons-lui d'aller jeter un coup d'œil là d'où l'homme observait ta maison et aux dommages qu'il a causés ce soir, l'encouragea Blythe. Si tu veux, je lui parlerai pour toi. Je lui dirai que j'étais avec toi quand le feu s'est déclaré.

— Tu sais que le policier insistera pour parler à Rikki, dit Lev.

Son ton était égal, mais ses paroles se voulaient une réprimande. Il savait que les intentions de Blythe étaient nobles, mais il s'objectait à l'idée d'induire Rikki en erreur. Le policier insisterait pour interroger tout le groupe s'il faisait bien son job.

— Peut-être, fit Blythe en haussant les épaules. Mais même si c'est le cas, Rikki le connaît. Et elle me connaît. Je ne permettrai pas à Jonas de l'intimider. De toute façon, je suis certaine qu'il n'en fera rien.

Elle se pencha vers Rikki pour lui prendre les mains et immobiliser le trépignement de ses doigts.

— Écoute-moi, mon chou. Tu connais Levi mieux que quiconque. Que crois-tu qu'il serait prêt à faire pour te protéger ?

— Ne fais pas ça, fit Lev d'un ton bas et sinistre. Ne la mets pas dans une position où elle se sent obligée de me protéger.

— Elle doit te protéger, dit Blythe d'une voix calme, de toi-même.

Rikki battit deux fois des paupières avant de regarder Lev droit dans les yeux. Il sentit l'impact de la profondeur d'un noir de velours de ses yeux jusqu'au fond de son ventre. Elle était définitivement de retour dans la réalité, le cerveau en marche. Blythe avait trouvé le bon incitatif pour ramener Rikki du bord du précipice.

— *Laskovaya moya, tu n'as pas à t'inquiéter à mon sujet. Je peux prendre soin de moi. C'est ce que j'ai toujours fait. Et cet homme, ce pyromane, il ne posera plus un problème bientôt. Je suis sur sa piste.*

— *Lev.*

Elle murmura son nom dans l'esprit de Lev. Un murmure intime et tendre. Une réprimande.

— Blythe a raison. Nous devons bien faire les choses. Appelons Jonas et donnons-lui une chance.

Il s'accroupit devant elle.

— Tu sais que cette voie présente aussi un risque.

— Seulement si tu essaies de lui embrouiller l'esprit. Il possède ses propres dons, dit Rikki. Je sens son énergie chaque fois que je suis près de lui.

— Une bonne ou une mauvaise énergie ? insista Blythe.

Lev se redressa et posa ses yeux bleus et froids sur Blythe.

— Cesse d'insister.

— Levi, c'est important. Cet homme a non seulement tenté de nous barricader à l'intérieur, mais il avait aussi un revolver. S'il n'était pas si déterminé à la brûler vive, il pourrait la guetter. Quelle est sa défense contre une telle attaque ?

— Moi.

Sa voix était implacable. Certaine. Confiante.

— Personne ne lui fera du mal.

— Alors, sers-toi de la loi. Laisse-moi appeler Jonas.

De façon inattendue, ce fut Rikki qui vint tout changer.

— *Si tu veux réellement être Levi Hammond et non Lev, l'homme de l'ombre, nous devons sauter à pieds joints. Faisons-le. Appelons-le. Si ça se passe mal, explorons alors la deuxième option.*

Lev poussa un soupir, se détourna des deux femmes et arpenta le sol. Cette maison — cette ferme — était son refuge, un oasis sécuritaire isolé du monde extérieur. Chaque instant passé hors de cette maison ne faisait que le mettre davantage en danger. Chaque personne qui le voyait devenait une menace. Il n'avait pas eu le temps de semer assez de graines, ce souvenir trouble qui s'étofferait à chaque rencontre. Il aurait voulu se rendre à Sea Haven tôt dans la journée pour faire la connaissance d'Inez, la femme qui, au bout du compte, convaincrait tout le monde que Levi Hammond avait été un visiteur occasionnel à Sea Haven depuis des années. Il aurait la réputation d'un homme qui disparaissait soudain pour pourchasser ses rêves, mais tôt ou tard, tous les habitants jureraient le connaître.

Un shérif. Qui possédait ses propres dons. Il se frotta la barbe, dont les poils étaient maintenant doux et bien taillés, qui modifiait son apparence et couvrait ses cicatrices. Il lui faudrait choisir chaque parole soigneusement, se tenir dans l'ombre, laisser aux femmes le soin de parler, mais ce n'était pas impossible. Il avait déjà été confronté à des situations plus difficiles et risquées.

— Levi ? lui demanda Rikki.

Il opina, l'estomac à l'envers. Il avait trop à perdre. Jamais il n'avait eu si gros à perdre auparavant. Il éprouvait le désir fou de s'emparer de Rikki, de la balancer dans le camion et de prendre la poudre d'escampette. Son avenir, sa vie se trouvaient dans ses yeux. Ça n'avait rien à voir avec la ferme ou la maison — la cachette parfaite — mais tout à voir avec une femme.

Son regard s'arrima à celui de Rikki, droit dans ses yeux, pour essayer de lui communiquer l'énormité de cette seule décision et ce qu'elle pourrait leur coûter. Elle prit une respiration, et son intelligence et sa compréhension brillèrent dans son regard sombre.

— Téléphone-lui, alors, dit Lev en se retournant brusquement pour traverser la maison et sortir sur la véranda arrière.

Il n'avait jamais dépendu d'un autre être humain pour quoi que ce soit jusqu'à ce que Rikki fasse surface dans sa vie. Ses instincts de survie lui hurlaient à l'oreille, le déchiraient à l'intérieur. Son entraînement protestait contre sa décision. Elle allait à l'encontre de celui et de ce qu'il était, de son essence même. Pourtant, s'il voulait cette vie, il lui faudrait faire des concessions. Il lui faudrait apprendre, comme tout le monde, à vivre selon le cadre de la loi – ou du moins, dans le plus grand simulacre possible.

Il entendit les pieds nus de Rikki sortir de la maison pour s'approcher de lui. Elle enroula les deux bras autour de sa taille et posa la tête contre son dos. Prit appui sur lui. Il regarda fixement la nuit en inhalant les odeurs de la fumée et de la pluie. L'odeur de Rikki. Il glissa les mains sur les siennes.

– Tout ça est risqué, ma chérie. Tu le sais, n'est-ce pas ?

Un petit silence suivit. Les grenouilles échangèrent des croassements, heureuses dans la pluie. Une cigale poussa sa chanson. Rikki tourna la tête pour poser un baiser dans le creux de son dos avant de poser la joue contre sa colonne vertébrale.

– Nous sommes capables.

Il sourit sans tourner la tête. Par cette simple déclaration, elle les avait joints, avait fait d'eux une unité.

– *Quand je t'épouserai, je ne pourrai pas utiliser mon vrai nom.*

Le regret perçait dans sa voix, dans son cœur.

– *Je veux que tu épouses le vrai homme et pas celui que j'ai créé.*

Elle le serra contre elle sans hésitation. Elle n'allait pas se soustraire à lui, ni son corps ni son esprit.

– *J'aurai toujours le vrai homme, peu importe le nom qu'il nous choisit. Tu es réel, Lev. Tu n'es pas une ombre créée par quelqu'un.*

Son sourire s'élargit. Enfin, il comprenait les mystères. Debout là sur la véranda, entouré de la nuit, à l'écoute de la chorale des grenouilles, il comprit ce qui se trouvait dans toutes ces maisons partout dans le monde. Il s'était tenu à l'extérieur de celles-ci souvent, écoutant le murmure des voix, le rire des enfants en se demandant ce que leurs habitants ressentaient, pourquoi ils s'étaient choisis, pourquoi ils étaient prêts à tout risquer.

— *Je suis né Lev Prakenskii. Tout ce que je t'ai dit à mon sujet n'était pas que mensonge, Rikki. Jamais je ne te laisserai tomber. Ce que j'éprouve pour toi est réel. C'est un amour absolu et durable. Les choses que ta sœur t'a dites plus tôt, on me les a apprises. Ce sont des techniques de survie essentielles à un homme coupé de tout ce qui doit se cacher. Ce n'est pas ce que je fais avec toi. Je peux te donner mon vrai nom, un nom que nous n'utiliserons jamais, mais je veux que tu le connaisses.*

Elle se contenta de blottir son corps contre le sien et de laisser la nuit les engouffrer. La pluie soudaine qu'elle avait tirée hors des nuages n'était plus qu'une petite bruine sans l'attrait de son énergie. Elle enveloppait les arbres dans un voile blanc fumeux et les isolait du reste du monde. Lev savoura le silence, le bruit des grenouilles s'amusant dans les flaques laissées par la pluie torrentielle.

Il se tourna légèrement et enroula le bras autour de Rikki pour l'amener à ses côtés, sous son épaule, où il pourrait la tenir au chaud dans la brume qui s'épaississait.

Blythe se racla la gorge.

— J'ai fait chauffer le dîner. Venez manger, vous deux.

Lev avait eu conscience de ses mouvements dans la cuisine, et l'odeur de la nourriture était impossible à ignorer. Même si son monde allait peut-être s'écrouler dans les prochaines heures, il avait besoin de carburant. Il tourna le dos à la nuit et, en tenant Rikki contre lui, regagna la maison.

Il survola des yeux la cuisine spacieuse. C'était leur foyer. Blythe avait mis la table avec les assiettes que Rikki aimait tant. Il ramassa calmement les trois assiettes pour les remettre dans le vaisselier.

— Rikki affectionne ce service, expliqua-t-il en sortant des assiettes de papier. Nous allons trouver un autre service que nous pourrons émailler ou briser sans nous en soucier.

Blythe encaissa ses paroles prononcées d'un ton neutre en hochant brièvement la tête.

— Je vois, fut sa seule réponse.

Lev tira la chaise de Rikki, et celle-ci s'assit, ayant l'air majestueux dans son survêtement.

— Tu es bon pour elle, dit Blythe en observant Rikki prendre une fourchette plutôt que de s'opposer à ce qu'ils s'assoient tous les trois pour partager un repas dans sa cuisine.

— Elle est bonne pour moi, corrigea Lev en se laissant tomber sur la chaise à côté de Rikki.

— Elle est juste ici et elle écoute la conversation, et contrairement à ce qui semble être la croyance populaire ce soir, elle entend très bien.

De sa fourchette Rikki entreprit de pousser les haricots verts dans son assiette.

Lev éclata de rire.

— Elle est aussi une humoriste, souligna-t-il. Et elle croit que nous ne remarquerons pas qu'elle ne mange pas réellement.

— J'étudie ces trucs. Ils ressemblent à de grosses chenilles vertes.

Elle plissa le nez, les yeux rivés sur le légume offensant.

Blythe rit.

— Les haricots verts sont bons pour toi.

Rikki roula des yeux.

— Tu es obsédée par tout ce qui est vert, Blythe, dit-elle avant de chercher le soutien de Lev. Tu ne les trouves pas un peu duveteux ?

Elle les poussa davantage dans son assiette pour les disposer en forme d'un visage souriant, puis d'un visage triste.

Lev sentit une décharge inattendue de joie près de son cœur. Sans pouvoir s'arrêter, il se pencha vers elle pour effleurer ses lèvres du bout du pouce. Le froncement de sourcils de Rikki était assorti à celui dans son assiette.

— Essaie la pomme de terre, ma chérie. Tu aimeras ça.

Elle fit une grimace en touchant prudemment la pomme de terre farcie avec sa fourchette, comme si cette dernière allait exploser sur elle.

— C'est jaune et blanc.

— De bonnes couleurs, indiqua-t-il. Ce ne sont pas des couleurs de la mer, mais les couleurs du fromage. Je présume que la prochaine fois, tu pourrais songer à injecter du colorant bleu dans le fromage, Blythe.

Blythe hocha la tête.

— C'est ce que je ferai. Je n'y avais pas pensé.

— Très drôle, vous deux. Maintenant, qui sont les humoristes ?

Lev tira l'assiette de Rikki vers lui et découpa la pomme de terre farcie de fromage en petits morceaux.

— Il n'y a rien de vert, là-dedans. Seulement du fromage et une pomme de terre.

Rikki inspecta le contenu avec soin avant d'en prendre une petite portion sur sa fourchette.

– Je n'essaierais pas de t'empoisonner, l'assura Blythe.

– Tu pourrais essayer d'empoisonner Levi, fit remarquer Rikki, et j'aurais pu me retrouver accidentellement avec la pomme de terre contenant de l'arsenic.

– C'est un bon argument, acquiesça Blythe d'un ton enjoué.

Lev se surprit à rire. Il était maintenant à l'aise en présence de Blythe. Ils étaient parvenus à se comprendre. Peut-être pouvait-elle voir – ou sentir – que ses sentiments pour Rikki étaient authentiques. Il accepta donc d'inclure Blythe au très petit cercle de gens qu'il était prêt à accueillir dans sa vie. Elle était une bonne personne aux motivations louables. Et il aimait l'amour qu'elle éprouvait pour Rikki.

– Ça t'aurait appris une leçon si j'avais rapporté ce poisson énorme et hideux à la maison pour dîner, dit Lev.

Rikki porta une petite bouchée de la pomme de terre à sa bouche, la mâcha, l'avala et lui adressa un bref sourire moqueur.

– Jamais cette chose ne serait entrée dans cette cuisine.

Elle prit une autre pleine bouchée de pomme de terre.

– Ce n'est pas trop mauvais, Blythe.

Blythe appuya une main sur son cœur.

– Quel éloge.

– Le plus grand, admit Rikki en mâchant une autre bouchée. Je pense que j'aime ça.

– Il me faudra définitivement la recette, dit Lev. J'en recueille le plus grand nombre possible. J'ai réussi à lui faire manger deux des plats que vous avez apportés. En général, c'est le beurre d'arachide qui l'emporte.

— Hé ! protesta Rikki en jetant un regard rapide et quasi coupable à Blythe. Je mange du brocoli tous les soirs.

Lev opina pour confirmer que c'était la vérité.

— Elle le trempe tout cru dans du beurre d'arachide.

Blythe frémit.

— Pourvu qu'elle le mange. Au moins, tu consommes quelque chose de sain.

Ils conclurent le repas en écoutant Rikki essayer d'expliquer les prodiges de la nutrition au beurre d'arachide et comment sa teneur en calories était exactement ce qu'il lui fallait quand elle faisait de la plongée. Elle mangea la pomme de terre au complet, un haricot vert et une petite portion de poulet avant de repousser son assiette et de se gâter avec une poignée de biscuits au beurre d'arachide.

Ils jetèrent les assiettes de papier et restaurèrent la cuisine dans l'ordre immaculé dont Rikki avait besoin pour être à l'aise dans sa maison. Ils en étaient à essuyer les dernières taches sur les comptoirs quand le radar de Lev s'activa. Un hibou hulula deux fois depuis les arbres. L'oiseau prit son envol et passa silencieusement près de la fenêtre de la cuisine.

— *Je les vois.*

Lev rassura sa sentinelle.

— Nous avons de la compagnie, dit-il à voix haute.

Rikki se raidit, la mine affligée. Lev tamisa l'éclairage dans le salon pour s'assurer qu'il y règne suffisamment d'ombres dans lesquelles il pourrait se glisser.

La voiture entra dans la cour avant. C'était la première fois que Lev voyait un conducteur l'emprunter, ce qui lui envoyait un signal : ces visiteurs n'étaient jamais venus ici. Le shérif était grand et costaud. Il gara la voiture près de la porte d'entrée et contourna immédiatement la voiture pour aider le passager. Il se tint près de la portière un moment pour survoler les environs d'un regard prudent, étudiant le large fossé, le gazon noirci et flétri sous la couche sombre d'eau huileuse.

Le shérif prit le bras de la femme, et ils se dirigèrent vers la porte. Il se déplaçait avec une fluidité gracieuse, et son regard se promenait sur la propriété même s'il donnait l'impression d'accorder pleinement son attention à la femme. Lev battit en retraite pour permettre à Blythe et à Rikki de les accueillir en premier et d'avoir l'occasion d'évaluer le couple avant qu'ils ne prennent tout à fait conscience de sa présence.

La femme qui passa la porte était d'une beauté saisissante et enceinte jusqu'aux yeux. Elle adressa un sourire timide à Rikki et enlaça sa cousine.

— Blythe, ça fait trop longtemps depuis notre dernière visite. Tu devrais passer plus souvent.

Sa voix était musicale. Douce comme une brise chaude.

Lev reconnut la puissance quand elle entra dans la pièce. Hannah Drake Harrington avait été mannequin quelques années, apparaissant sur la couverture de magazines et foulant le sol de parades de mode partout dans le monde. Pourtant, malgré sa contenance, elle semblait légèrement hésitante. Lev pouvait lire les gens aisément — l'un de ses dons —, et elle était très mal à l'aise, même si son visage ne le montrait pas.

L'homme qui entra derrière elle, une main sur sa taille, avait un visage solide et des yeux auxquels aucun détail n'échappait. Il aperçut Lev tout de suite et l'évalua tout aussi rapidement.

— Hannah, Jonas, vous connaissez Rikki tous les deux. Je vous présente un bon ami à elle, Levi Hammond, fit Blythe en se chargeant des présentations. Levi, voici Jonas Harrington, le shérif local et son épouse, Hannah, ma cousine.

Rikki recula physiquement, vers Lev, le visage livide. Elle se buta à lui, et il posa les mains sur ses épaules tremblantes. C'était un geste difficile pour lui qui tentait toujours de garder les mains libres, mais elle avait besoin de son toucher.

— *Je suis là, lubov moya, tu es en sécurité.*

Il lui prodigua des caresses dans son esprit pour la rassurer.

Il la contourna pour avancer le bras et serrer la main tendue du shérif. Jonas avait une poigne solide, mais il ne tenta aucun jeu de macho : il se contenta de lui serrer la main et de la relâcher. Cependant, il avait noté la façon dont Lev tenait Rikki, ainsi que l'agitation manifeste de cette dernière.

Hannah sourit doucement.

— Rikki, je suis heureuse de te revoir. Nous avons fait connaissance il y a deux ans dans la boutique de Judith, tu te souviens ?

Rikki opina et esquissa un geste vers un fauteuil.

— Merci d'être venus.

Sa voix était tendue et très basse, mais elle réussit à paraître accueillante.

— Jonas m'a dit que tu avais appelé, et j'ai pensé que c'était une bonne occasion pour moi de venir te voir, même s'il est ici par affaires, dit Hannah.

La situation était difficile pour elle. Lev pouvait l'entendre dans sa voix. Elle était venue pour Rikki, pour faciliter cette rencontre. Était-ce son idée ou celle du shérif ? Lev présumait que c'était celle du shérif. Sans crier gare, Jonas le darda d'un regard direct et l'étudia d'un air perspicace. Il y avait là un danger. Une reconnaissance.

Lev n'avait jamais vu Jonas auparavant, mais celui-ci semblait reconnaître Lev. Une impossibilité. Il n'existait aucune photo de lui. Aucune trace de l'homme qui était mort à bord du yacht. Il sut avec une certitude absolue qu'ils ne s'étaient jamais croisés ; pourtant, il y avait une reconnaissance sur le visage de Jonas. Il s'éloigna du shérif et glissa la main sur le bras de Rikki pour la tirer vers un fauteuil loin de la lampe où il pourrait se tenir derrière elle et se tapir dans l'ombre.

— Nous sommes-nous déjà rencontrés, monsieur Hammond ? demanda Jonas en prenant place sur le canapé près de son épouse.

Avec cette question, il venait d'ouvrir le jeu. Lev haussa les épaules avec désinvolture.

— Je pense que je m'en souviendrais si c'était le cas, mais j'ai visité la ville occasionnellement au fil des années, alors c'est possible.

Blythe posa une tasse de thé sur la table d'appoint près de sa cousine et tendit au shérif la sienne. Elle s'installa confortablement dans un fauteuil qui leur faisait face.

— Merci d'être venu. Je voulais te parler de cette situation depuis un bon moment, Jonas, mais nous n'avions aucune preuve avant ce soir.

Elle lui parla des parents de Rikki, des foyers d'accueil où elle avait vécu et enfin de la mort de son fiancé.

Hannah semblait sur le bord des larmes.

— Rikki, je suis si désolée. Comme c'est terrible. Je n'en avais aucune idée.

Sa réaction était authentique. Lev garda les yeux sur le shérif. Jonas devait connaître l'histoire de Rikki, mais il n'en avait parlé à personne, pas même à son épouse fidèle. Et il lui faisait confiance. L'amour entre eux était palpable. Jonas Harrington était le type d'homme à ne pas jouer cartes sur table.

Jonas se pencha vers Rikki.

— Il est venu ce soir ?

— Ce n'était pas la première fois, répondit Lev en son nom.

Rikki semblait incapable de parler. Un son étranglé et sourd émergea de sa gorge. Lev trouva sa couverture lourde et l'enroula autour d'elle. Elle parvint à lui adresser un petit sourire reconnaissant.

— Il observait la maison depuis le faîte il y a environ une semaine. J'ai trouvé des endroits où il a joué avec le feu. Puis l'autre jour, nous sommes rentrés à la maison en passant par la route derrière et avons découvert qu'il a étudié la disposition de la ferme. Je crois qu'il a communiqué avec l'agent immobilier qui s'occupe de la vente de la propriété adjacente.

— Vous n'avez pas pensé à me téléphoner, alors ? demanda Jonas.

Son ton était modéré, mais il adressa à Blythe un regard qui exprimait une réprimande manifeste.

Lev haussa les épaules.

— Rikki devait parvenir à une décision seule.

Durant la discussion, Lev garda le visage dans l'ombre, tourné légèrement de biais par rapport à Jonas afin de lui présenter peu de traits caractéristiques. Ses doigts se posèrent autour de la nuque de Rikki pour apaiser la tension en elle. Elle faisait des efforts, il devait l'admettre. Il pouvait affirmer qu'elle suivait la conversation plutôt que de battre en retraite dans son esprit, mais que ça lui demandait beaucoup d'énergie. Elle gardait les mains sous sa couverture lourde où il savait que ses doigts tournoyaient ; une compulsion qu'elle ne pouvait freiner quand elle était agitée.

— Et ce soir ? les encouragea Jonas.

Blythe poursuivit le récit.

— Rikki laisse toujours les portes de la maison ouvertes quand des gens qu'elle aime se trouvent à l'intérieur. Comme tu peux le voir, lors de la conception de la maison, nous nous sommes assuré que lorsque les portes étaient ouvertes, il soit possible de voir à travers la maison, de l'avant à l'arrière. Levi s'est rendu compte que le pyromane était dehors et il est sorti pour le confronter.

— Tu n'as pas songé à m'appeler sur-le-champ, Blythe ?

C'était une autre réprimande. Prononcée d'une voix égale, mais l'homme était très agacé.

— Vous auriez tous pu y passer.

Blythe, normalement posée, détourna le regard, les joues rouges.

Rikki remua sous sa couverture, et ses yeux sombres devinrent presque noirs.

— Elle n'irait jamais à l'encontre de mes souhaits. J'avais peur de t'appeler, dit-elle avant de relever le menton. Je n'ai jamais très bien réussi à me faire croire des policiers.

Jonas hocha la tête.

— Je peux comprendre ça, Rikki. J'ai découvert quelques éléments dans les rapports qui semblent avoir été négligés. Je craignais que cet homme te retrouve.

— Tu étais au courant de tout cela ? demanda Hannah.

Il opina et lui prit la main.

— Blythe nous a parlé de son plan d'acheter la ferme avec cinq autres femmes, alors..., fit-il en haussant les épaules.

— Tu as enquêté sur elles, conclut Hannah.

— Bien sûr.

Il n'y avait aucune contrition dans son ton. Lev apprécia sa franchise. Il aurait fait la même chose.

— Qu'est-ce qui a été négligé ?

Jonas porta la main de Hannah à sa bouche pour poser un baiser sur ses jointures avant de la relâcher.

— La chronologie, d'abord. Les brûlures de Rikki étaient graves après le premier incendie. Elle a été hospitalisée durant des semaines, puis a nécessité des soins spéciaux en raison de son grand traumatisme. Elle n'était pas du tout à proximité de son bateau habitable quand l'incendie l'a décimé et a tué son fiancé. Plusieurs témoins l'ont aperçue au port, occupée à nettoyer un bateau.

Rikki appuya une main contre sa bouche et se berça, puis elle parla contre ses doigts tremblants.

— Il était tard. C'était la première fois qu'il venait à mon bateau habitable. Je deviens si concentrée sur quelque chose que je ne vois plus le temps passer.

Elle paraissait lointaine, comme si elle était très éloignée du reste du groupe.

— J'aurais dû être là. Il m'attendait. Je ne me suis pas rendu compte de l'heure qu'il était jusqu'à ce que l'un des plongeurs me demande où Daniel était. Normalement, nous nettoyions le bateau ensemble, mais il voulait faire les emplettes pour le dîner.

Elle regarda Jonas de ses yeux consternés.

— Je ne cuisine pas.

Jonas opina.

— Ça va, Rikki. J'ai lu tous les dossiers avec soin et j'ai pris des notes. Je les ai relues avant de venir ici, voilà pourquoi nous ne sommes pas arrivés tout de suite. Je crois qu'il te traque, et quand il te trouve, il planifie ses incendies avant de passer à l'acte. Il a mis un moment à te retracer la première fois. Tu es sortie de l'hôpital, puis tu as été hébergée par une gardienne avant d'être recueillie dans un foyer d'accueil. Quand il t'a retrouvée, il a essayé de te tuer en usant de la même méthode. Tu as réussi à alerter la famille. Le couple et leur fils ont affirmé que tu leur avais sauvé la vie, mais les enquêteurs étaient suspicieux parce que tu n'étais pas en mesure de répondre à leurs questions de manière satisfaisante. Il y avait beaucoup de trous dans ton récit.

Un tremblement secoua Rikki. Blythe remua, mais Jonas lui adressa un regard vif.

— Je comble les vides selon mes estimations. Tu étais traumatisée par la perte de tes parents. Comme tu es autiste et que tu as besoin d'une routine, le deuxième incendie a dû te chambouler. Tu étais probablement incapable de répondre aux questions.

— Ils auraient dû le savoir, dit Blythe d'un ton bas et fâché.

— Je suis d'accord.

Jonas garda les yeux sur Rikki, manifestement pour évaluer si elle était capable de supporter sa narration de son passé.

Rikki s'humecta les lèvres et déglutit avec difficulté.

— Je vais bien. Je veux seulement qu'on l'attrape.

— Il a encore une fois perdu ta trace, et je présume que ça ne faisait que nourrir sa colère. Il a probablement continué à allumer des feux sans trop se faire remarquer. J'ai demandé à mon beau-frère de faire des vérifications, et il y a eu plusieurs incendies suspects dans la ville où tu as grandi. Des entrepôts abandonnés. Un magasin vide. Deux maisons délabrées, vides aussi. Plusieurs feux de brousse. Je crois qu'il s'exerçait, qu'il prenait son mal en patience et se divertissait dans l'attente.

C'était logique. Lev avait eu la même réflexion même sans cette information. Le traqueur de Rikki ne serait jamais véritablement heureux sans sa maîtresse : le feu. Il avait besoin d'elle, et le besoin ne ferait que grandir jusqu'à devenir comme une drogue à laquelle il ne pouvait résister. Il succomberait toujours à la tentation. Le cycle se répèterait encore et encore. Même s'il parvenait à tuer Rikki, il ne serait tout de même jamais en mesure d'arrêter, même s'il était possible qu'il se convainque du contraire.

— Il t'a retrouvée une troisième fois, et de nouveau, tu as réussi à sauver la famille, et tout le monde s'en est sorti sain et sauf.

Rikki secoua la tête et émit un petit son. Elle se mit à se balancer lentement.

— Pas tout le monde.

Jonas fronça les sourcils.

— Tout le monde est sorti, Rikki, l'assura-t-il.

— Pas le chien. Pas leur chien.

Elle devint plus agitée alors, battant les mains : le signe d'une crise à venir.

Lev s'accroupit devant elle sans se soucier de ce que pensaient les autres.

— *Regarde-moi, lubov moya, ne vois que moi. Tu es en sécurité avec moi. Si tu veux mettre fin à tout ceci, c'est ce que nous ferons. Je leur demanderai tous de partir.*

Ses yeux sombres trouvèrent les siens, et cette fois, c'était Rikki qui semblait se noyer. Elle semblait effrayée, et quand il toucha son esprit, il comprit qu'elle craignait plus que tout de se replier sur elle-même devant tout le monde. Elle était dans sa maison, son refuge, un lieu qu'elle avait organisé pour y être le plus confortable possible. Il lui prit doucement les mains.

Il se rendit alors compte que Hannah et Jonas parlaient tous deux d'un ton bas et doux. Ils avaient su en se présentant chez Rikki qu'elle était autiste et avait besoin d'un milieu aussi apaisant que possible. Jonas n'avait pas parlé du passé de Rikki à son épouse. Lev était certain qu'Hannah avait appris l'autisme de Rikki par sa cousine.

— As-tu besoin de prendre une pause, Rikki ? demanda Jonas.

Lev aurait pu l'embrasser. L'homme lui témoignait du respect en s'adressant à elle et non à Blythe ou à lui. Elle battit des paupières plusieurs fois, prit une grande respiration, puis, les yeux toujours rivés à ceux de Lev, elle secoua la tête.

— Non, ça va.

Les mots marmonnés étaient tout de même audibles dans le silence de la pièce.

Lev retourna à son poste derrière elle, sa main agrippant la sienne, et son pouce caressant son poignet.

Jonas reprit la parole.

— Tu étais en sécurité dans les établissements de groupe, car les autorités ne cessaient de te faire déménager, et il n'était jamais certain où tu te trouvais. Il m'est impossible de penser qu'il n'a pas essayé de te repérer, ce qui a dû le frustrer. Selon cette théorie, nous avons fait des vérifications lors des années entre tes seize et tes dix-huit ans, âge auquel tu es sortie du système. Il y a eu une série d'incendies ; cette fois, dans des maisons habitées.

Quand Rikki haleta, Jonas secoua la tête.

— Les familles étaient absentes au moment des incendies, mais leurs maisons et possessions ont été décimées. Il devait nourrir sa dépendance. Elle grandissait.

— Et il en rejetait le blâme sur Rikki, dit Lev. Pourquoi ?

— C'est là la question brûlante, n'est-ce pas ? dit Jonas avant de tourner les yeux vers Rikki. As-tu la moindre idée ?

Elle fronça les sourcils.

— J'ai essayé d'établir pourquoi, dit-elle en levant les yeux vers Lev. Nous avons essayé tous les deux. Nous avons examiné les faits encore et encore. J'avais treize ans lors de sa première attaque et honnêtement, même à l'école, j'étais accompagnée par un aide. Je ne pouvais pas bien gérer les lampes et les bruits. J'étais à l'école classique, mais c'était très difficile. Je pouvais être très violente, quand quelqu'un me vexait.

— As-tu déjà allumé un incendie ?

Jonas posa la question si doucement, tel un chirurgien maniant le scalpel, pour percer jusqu'à la moelle du problème.

Lev sentit Rikki se raidir d'indignation. Il toucha son esprit et y découvrit une fureur aveugle. Elle tenta d'arracher sa main à lui, et il crut qu'elle allait s'attaquer au policier, encaissant sa question comme une accusation. Il resserra les doigts autour de son poignet pour la retenir prisonnière contre lui, à l'insu des autres.

— *Il essaie de te faire sortir de tes gonds. Prends une respiration. Il te met à l'épreuve par une méthode d'interrogation classique. Ne réagis pas. Réfléchis avant de parler et dis-lui la vérité.*

À voix haute et sans quitter Rikki des yeux, il s'adressa à Jonas. Il prit une voix basse et douce comme le velours, mais c'était un avertissement. Le seul qu'il avait l'intention de donner.

— Tu ne peux pas utiliser une telle tactique avec Rikki. Son monde a été un cauchemar, et elle ne réagit pas comme les autres.

— Jonas, fit Blythe.

Rikki tourna la tête et, pour la première fois, regarda Jonas droit dans les yeux.

— Je ne pourrais jamais allumer un incendie, frémit-elle. Je ne peux pas avoir une cuisinière à gaz, car je suis incapable d'être près d'une flamme nue. Quand j'étais enfant, le feu me rendait violente et je me frappais la tête sur le sol. Ce serait impossible pour moi d'allumer un incendie.

— Et pourtant, tu te croyais responsable, dit Jonas en se penchant vers l'avant. Dans ta déclaration après la mort de ton fiancé, tu as dit que tu allumais peut-être des incendies avec ton subconscient. Pourquoi croirais-tu une telle chose ?

Ses dents se mirent à claquer, et c'en fut trop pour Lev.

— Nous en avons terminé, dit-il en annonçant clairement qu'il mettait fin à l'interrogatoire et qu'il avait le contrôle de la situation.

Si Jonas persistait, il ferait face à quelqu'un d'autre que Rikki.

— Rikki n'a pas allumé ces incendies. Elle était peut-être suffisamment traumatisée dans le passé pour entrevoir cette possibilité, mais elle a les idées plus claires maintenant. Il était ici. Je l'ai vu. Les preuves se trouvent dehors.

Les yeux bleu clair de Jonas se glissèrent sur Lev, mais il opina à peine.

— Non seulement cet homme aime le feu, mais il en a besoin, dit Lev en changeant ainsi l'orientation de l'enquête. Tu le trouveras à un job qui lui permet d'être près du feu en tout temps.

Jonas hocha la tête.

— Je pense que tu as raison. Il se cache à la vue de tous. Maintenant qu'il l'a retrouvée, il n'aura de repos que lorsqu'il terminera ce qu'il a commencé.

— Il est blessé, fit Lev à voix basse. Son visage est un peu éraflé. Probablement assez pour avoir besoin de points de suture. Il demeurera tapi jusqu'à ce qu'il soit assez guéri pour cacher ses cicatrices.

Jonas se redressa lentement, et ses yeux bleus prirent l'éclat d'un diamant.

— Tu t'es battu avec lui ?

Lev secoua la tête.

— Non, j'étais trop loin, et les flammes se dressaient entre nous. Il a tiré un coup de feu vers moi, mais j'ai vu deux hiboux fondre sur lui, peut-être pour défendre leur nid, mais ils l'ont pourchassé, et son visage a été égratigné. Je l'ai entendu crier.

— Donc il y a des traces de sang.

— Oui.

Lev vit le shérif réfléchir à la question. Il l'observa attentivement alors et lut la curiosité sur son visage, mais le shérif ne demanda pas pourquoi un hibou quitterait son arbre pour attaquer le traqueur de Rikki.

— Allons voir, dit Jonas en se levant du canapé.

18

Jonas descendit de la véranda avec une grâce désinvolte. Lev avait vu ce type d'hommes des centaines de fois durant ces années dans l'ombre. Il y avait beaucoup plus chez Jonas Harrington que l'image qu'il projetait. Il était costaud, mais se déplaçait avec une fluidité gracieuse. Ses jointures et ses mains avaient connu le combat. Il portait son arme comme si elle faisait partie de lui. Il avait une arme d'appoint fixée à son mollet et un couteau dans sa botte. Il ne dit pas un mot tandis que Lev le guidait de la maison au cercle noirci qui l'entourait.

— Il a bien planifié son attaque. Il a inondé le sol rapidement, très rapidement à l'aide d'un accélérant, commença Lev.

Quand il se tourna, un poing ciblait son visage. Jonas était rapide et l'attaque, inattendue, mais Lev parvint à bloquer et à faire dévier le coup avec son avant-bras et à faire un pas de côté pour balancer un coup double solide au ventre du shérif. Frapper cet homme était semblable à frapper un chêne. Jonas grogna, mais il ne plia pas ni ne dégaina une arme.

— Je vais te donner la raclée de ta vie, sale fils de pute.

Jonas lui cracha les mots avec un ton où couvait une rage brûlante mais contenue.

Lev ne répondit pas. Il n'avait aucune idée pourquoi le shérif voulait lui donner une raclée, mais malgré ses compétences manifestes au combat à mains nues, son entraînement ne pouvait se comparer à celui de Lev.

Ils tournèrent en rond, deux guerriers sévères, les yeux froids, le visage déterminé. Jonas se précipita de manière explosive en ouvrant le combat avec un coup de pied solide que Lev fit dévier, mais quand Jonas entra dans sa zone, il balança un coup droit qui effleura la mâchoire de Lev alors que celui-ci tassait sa tête du chemin. Même s'il ne fit que l'effleurer, le coup était dur ; la force derrière était consternante. Ils décrivirent des mouvements de va-et-vient dans l'espace de l'autre, échangeant des coups et des blocages et quelques coups de pied occasionnels. Lev garda ses coups modérés, ne sachant pas quel était le problème. Il pourrait tuer Jonas, de manière rapide et efficace, mais il perdrait alors Rikki et son refuge.

Pendant leur bataille, une chose devint très claire pour Lev : Jonas Harrington avait connu le combat, mais il n'était pas un tueur. Il pouvait se battre, mais n'avait pas l'instinct du tueur. Lev ne doutait pas qu'il en serait capable si besoin était, mais il n'était pas suffisamment dépourvu d'émotions pour tuer. Jonas Harrington se battait parce que dans son esprit, Levi avait fait quelque chose qui lui méritait une raclée. Lev, pour sa part, en était revenu instinctivement à son entraînement. Il vit un dizaine d'occasions de tuer le shérif et planifia (avant de les écarter) chacune d'entre elles dans son esprit. Froidement. Calmement. Sans émotions.

— Tu pourrais peut-être me dire de quoi tout cela retourne, suggéra Lev dans un moment où les deux hommes s'étaient séparés.

Jonas s'essuya la bouche du dos de la main et jeta un bon crachat de sang.

— De ma sœur, Elle Drake, espèce de salaud. Tu as laissé ce fils de pute la violer.

Lev connaissait le nom de Drake, mais pas celui d'Elle Drake. Il se remémorait les noms et les visages. Les coups à sa tête avaient effacé des données pendant un moment, mais ses souvenirs étaient revenus par morceaux. Il secoua la tête.

— Je suis désolé. Je n'ai jamais rencontré Elle Drake.

Jonas s'était apprêté à repasser à l'attaque, mais ces mots l'arrêtèrent. Il s'immobilisa, ses yeux froids rivés sur Lev, et inspira de l'air dans ses poumons brûlants.

— Tu es un Prakenskii. Je reconnaîtrais ces yeux n'importe où. Tu es le frère d'Ilya et tu te trouvais à bord de ce yacht. Hannah et Elle ne te reconnaîtraient pas, car elles ne s'attendaient pas à te voir, mais Ilya m'a dit que tu étais le garde du corps de ce salaud de Stavros.

Lev garda le silence. Il avait un frère du nom d'Ilya — le plus jeune de la famille — qui avait été arraché des bras de sa mère par des hommes masqués tandis qu'elle criait et les suppliait de ne pas prendre son bébé.

— Elle était une agente secrète, et ton patron l'a kidnappée.

Lev eut un serrement d'estomac. Il se souvenait de cette femme. Il avait tenté de la faire descendre du yacht quand il avait compris que Stavros avait l'intention de l'enlever. Ils ignoraient qu'elle était une agente secrète, mais elle possédait des dons psychiques que Stavros était déterminé à utiliser à son avantage. Stavros était aussi sale que possible et il avait le bras long, trempant dans à peu près tout, du trafic d'armes à la traite d'humains. Il achetait aussi des plans de défense. Lev avait pour tâche de s'infiltrer dans l'organisation et d'en devenir un membre de confiance pour obtenir une vue d'ensemble des activités de Stavros et découvrir qui lui fournissait des femmes, des armes et des secrets – surtout des secrets.

Lev était près du but, mais n'avait pas rempli sa mission. Puis le bateau avait coulé, tuant Stavros et laissant Lev sans réponse et avec des années de travail gaspillées. Et une chance de vivre sa vie, loin des décisions de vie ou de mort, de choisir qui était destiné à la torture ou à la servitude sexuelle pour permettre à quelqu'un de trouver des réponses et de mettre un réseau entier hors circuit.

Sauver l'individu ? Ou la multitude ? Il ne se laissait jamais aller à réfléchir trop longuement à ces questions. Il était un outil et rien de plus, un outil à utiliser et à jeter. Il resta silencieux, fermant son esprit au rugissement des questions sans réponse, des individus sans visage qu'il avait laissés dans son sillon. Tuer ne l'avait jamais ennuyé. Il avait été façonné, formé et programmé pour cela. Mais les victimes… Les victimes avaient été plus difficiles à repousser derrière une porte verrouillée dans son esprit.

Il permit à Jonas d'atteindre sa cible. Un coup droit solide sur sa mâchoire. La douleur irradia dans sa tête déjà endommagée. Lev secoua la tête, fit un pas de côté pour éviter le deuxième coup et leva une main. Il sentait l'adrénaline couler, chaude et vive ; la poussée de puissance circuler dans son corps, et il sut que ses yeux avaient pris une teinte bleu arctique, brillant d'un feu réprimé. Il respira profondément pour chasser l'instinct de tueur sans jamais quitter le shérif de ses yeux vigilants.

— Tu as droit à un coup parce que je n'ai pas réussi à la sauver. Mais agir de façon civilisée est nouveau pour moi. J'ai des instincts qui ne disparaîtront pas de sitôt. Si tu m'attaques encore, je vais t'aplanir sur le sol et alors ton ego en prendra un coup. Tu es fâché en ce moment, et je l'accepte. Mais ne sois pas stupide. Si tu connais mon frère, tu sais de quoi je suis capable.

Il n'avait pas revu Ilya depuis qu'ils l'avaient arraché des mains de leur mère. Tous les garçons s'étaient battu pour le reprendre — les revolvers, les poings, l'odeur du sang et de la mort dans leurs narines. Non, il n'allait pas s'excuser de la vie qu'il avait menée. Pas à cet homme qui ne pourrait jamais comprendre. Rikki pouvait accepter les péchés de Lev. Il avait pleinement confiance en elle, mais il n'allait demander le pardon de personne d'autre.

— Tu veux m'aider à trouver le salaud qui essaie de tuer Rikki ou devrais-je m'en occuper seul ?

Jonas se redressa lentement, affichant une expression dure.

— Crois-tu que cette histoire est terminée ? Que je vais laisser un tueur circuler dans ma ville où Elle devra vivre en te voyant chaque jour ?

— Elle sera la première à te dire que je faisais mon job, dit Lev d'une voix calme. Tu n'as pas à m'aimer, et il en va de même pour moi. Il est évident que tu as connu le combat. Essaies-tu de me faire croire qu'aucun innocent n'a souffert parce que tu remplissais ta mission ?

— Qu'est-ce que tu fiches ici ?

— Je choisis de vivre. Je suis Levi Hammond et j'ai l'intention de m'établir ici.

Jonas secoua la tête.

— Je ne te crois pas.

— Ça n'a pas d'importance. Pourvu que Rikki me croie. D'autre part, je vais trouver cet homme qui la menace, et jamais tu ne retrouveras son corps si tu pars sans faire ton job. J'avais le choix de t'impliquer ou non et j'ai choisi de laisser Blythe te téléphoner. Il n'y a aucun trou dans l'histoire de Levi Hammond. Dans quelques jours, les gens commenceront à se souvenir vaguement de lui. Je peux avoir une vie ici. Je ne suis pas prêt à l'abandonner parce que tu n'aimes pas ce que j'ai fait.

Les yeux de Jonas ne quittèrent jamais le visage de Lev, et celui-ci pouvait sentir le pouvoir contenu dans le shérif, l'énergie qui tourbillonnait autour de lui. Harrington avait quelques secrets, lui aussi. Lev demeura immobile et lui laissa le temps de prendre une décision.

— Tu es un salaud au sang froid, Prakenskii. Nous avons la visite d'un homme en ville. Il dit enquêter sur la mort d'un citoyen russe, mais c'est fichtrement facile de deviner qu'il est un exterminateur. S'il te trouve ici, tu te prendras une balle à la tête.

Lev sourit froidement.

— Il va découvrir que ce n'est pas si simple à faire.

Toutefois, Lev demeura dans l'attente. Jonas ne semblait pas comprendre dans quel danger il se trouvait actuellement : en proférant cette menace, il effleurait de très près le précipice. L'accident horrible était déjà planifié, étape par étape, dans l'esprit de Lev. Pas tout de suite, bien sûr : ses jointures déchirées et ses ecchymoses braqueraient le projecteur sur lui. Toutefois, Harrington faisait un job risqué. Il serait plutôt facile de l'appâter vers un lieu désert (et il y en avait beaucoup dans ce territoire forestier) où l'homme aurait un accident.

Jonas étudia son visage un long moment.

— Ton frère s'est établi ici.

Lev n'apprécia pas le papillonnement d'anticipation qu'il n'arriva pas tout à fait à réprimer en lui. Les émotions étaient difficiles à contrôler une fois qu'on leur avait donné libre cours.

— C'est censé être une menace ? fit-il d'un ton calme. Mon frère a reçu le même entraînement que moi. Il comprendra.

— Ton frère a épousé Joley Drake. Il ne sera peut-être pas aussi compréhensif que tu ne le croies, l'avertit Jonas.

Lev haussa les épaules.

— Libre à lui de s'essayer.

— Il n'est pas celui qui devrait t'inquiéter. Jackson et Elle sont en lune de miel, mais Jackson aura peut-être quelques mots à te dire à son retour.

Lev étendit les bras pour englober la ferme.

— Voici où je m'installe. C'est ici que je prends position. Libre à eux de venir m'attaquer ici.

— Pourquoi ici ? Poursuis ton chemin.

— C'est la maison de Rikki. Elle a mis beaucoup d'efforts pour se forger une vie ici. Je ne la quitterai pas et je refuse de l'arracher à cet endroit.

— Essaies-tu de me faire croire que tu es tombé amoureux de Rikki Sitmore ?

— Je me fiche bien de ce que tu crois.

Jonas secoua la tête et se détourna, présentant le dos à Lev. Par sa contenance, Lev devina que le shérif était en alerte au cas où Lev l'attaquerait. Lev s'accroupit près du sol noirci. L'eau avait déjà été absorbée par le sol en grande partie. Seules des flaques d'une profondeur de quelques centimètres demeuraient par endroits, mais partout ailleurs, il ne restait que de la boue et du gazon noirci qui empestaient le gaz et la fumée.

Jonas prit le temps d'examiner la zone avec précaution en prenant des photographies et en recueillant des échantillons d'eau dans de petits tubes à divers endroits, ainsi que quelques brins d'herbe brûlés.

— Tu dis l'avoir vu ? demanda Jonas en s'accroupissant près de Lev et en effleurant l'eau de ses doigts de nouveau.

— Il était grand, mais plutôt mince. Ses traces de pas le situent entre soixante-dix et quatre-vingts kilos. Il se déplace vite cependant et il est fort. Il portait un lance-flammes sur le dos qu'il a dû remplir d'essence. Il a beaucoup d'expérience. Il avait fait le tour de la maison avant que je ne m'aperçoive de sa présence.

Ce qui voulait dire que les hiboux étaient partis à la chasse et avaient seulement découvert la présence du pyromane à leur retour. Lev avait fait une erreur qui aurait pu leur coûter la vie à tous. Il ne pouvait plus se permettre de se perdre si profondément en Rikki jusqu'à mettre de côté ses instincts de survie.

— Comment a-t-il réussi à attiser le feu si vite ? Le sol devait être détrempé avec les tempêtes récentes. Même en utilisant un accélérant…

Jonas s'interrompit et secoua la tête.

— Tu es marié à une Drake. Je présume que tu en sais un bout sur la manipulation d'énergie.

Jonas se releva et s'éloigna de Lev pour arpenter la zone. Armé d'une lampe de poche, il recueillit de l'herbe piétinée là où le pyromane avait couru pour regagner le faîte.

— Je t'écoute.

— Il est un élément. Il manipule le feu.

Jonas se raidit, mais ne dit rien et suivit les traces vers le faîte. La pente était abrupte, et des flaques d'eau pleines jonchaient le sol à des endroits inattendus. Jonas décrivit un va-et-vient, prenant note des longues enjambées et des haltes soudaines, là où l'agresseur avait pivoté sur lui-même pour ouvrir le tir. Le shérif passa beaucoup de temps à prendre d'autres photographies et à repérer des douilles de balles qu'il recueillit aussi soigneusement.

— On dirait qu'un barrage a cédé, fit remarquer Jonas en contournant deux des plus grandes flaques. D'où est venue toute cette eau ?

— Nous avons été chanceux. Il a plu.

Jonas lança un regard aux nuages.

— Il n'a pas plu à Sea Haven ou sur notre maison à seulement quelques kilomètres d'ici. Le brouillard est épais, mais pas suffisamment pour créer ce type d'inondation.

Il cherchait à soutirer de l'information. Une bonne tactique, mais Lev, qui n'était pas gêné par le silence, ne dit rien.

Jonas soupira.

— Tu veux attraper cet enfoiré ou pas ? Tu dois tout me dire.

— Quel est le rapport entre une grosse averse et le fait de l'attraper ? riposta Lev. Et je pourrais le retracer moi-même. Il y a des marques de pneus partout. Il travaille avec le feu. Son visage est amoché, et il a besoin de points de suture. Il est originaire de la même ville que Rikki. Et il se trouve dans notre ville. Je parie qu'il n'est pas difficile à trouver.

Jonas s'accroupit de nouveau pour découvrir cette fois l'endroit où les hiboux avaient attaqué le pyromane. Il y avait des taches de sang sur le gazon trempé, mais pas autant que Lev ne l'aurait cru. La pluie avait enrayé l'incendie, mais avait aussi détruit des preuves. Jonas fouilla le sol en décrivant d'abord un cercle serré qu'il élargit lentement. Il trouva deux plumes, et plusieurs cartouches usagées. Tous les objets furent déposés dans des sacs de preuves, et le shérif préleva aussi des échantillons de sang. Encore une fois, il prit son temps et inspecta minutieusement le sol.

— Qui diable visait-il avec son arme ? Toi ? Ou les oiseaux ?

— Il a tiré quelques coups dans ma direction, d'ici et de là-bas, fit Lev en se tournant pour pointer l'endroit où l'agresseur s'était tenu. Ensuite, il visait les hiboux.

— Ceux qui l'ont attaqué.

Il y avait une pointe de scepticisme dans la voix de Jonas.

— Je ne traîne pas de plumes de hiboux dans ma poche, dit Lev.

— Ouais, je parie que non. J'aimerais savoir ce qui se cache réellement dans ta poche, marmonna Jonas à voix basse en s'accroupissant encore une fois très bas et en balayant le sol du faisceau lumineux de sa lampe de poche. Il a monté par ici pour rejoindre la route. Il y a des gouttes de sang éparpillées le long de sa piste.

Il déposa son outil de mesurage et prit plusieurs photographies des empreintes de chaussures dans la boue.

— Il préfère cet endroit juste ici, fit Lev en le pointant du doigt. Il peut voir la maison de Rikki et il dispose d'une bonne vue sur sa véranda arrière où elle passe le plus clair de son temps quand elle a de la compagnie.

— Il est à l'abri, ici, dit Jonas en faisant le tour de la zone et en éclairant le sol de sa lampe.

Lev lui laissa le loisir de trouver le petit point noirci où le pyromane avait allumé des feux négligemment tandis qu'il observait Rikki. Jonas passa quelques minutes de plus à placer des marqueurs et à prendre des photographies de tout en se concentrant sur les modèles dessinés par le pyromane.

— Il est confiant, n'est-ce pas ? fit remarquer Jonas.

— Plus maintenant.

— Non, acquiesça Jonas avant de soupirer et de se relever, le visage tourné vers Lev. Maintenant, il sera en colère. Il se terrera un moment, mais quand il reviendra, il jouera le tout pour le tout.

Lev se demanda à quelle attaque le shérif s'attendait. Le pyromane craindrait de s'approcher de la maison de Rikki avec les hiboux qui montaient la garde. Il s'en prendrait à son bateau. Rikki adorait son bateau, et une attaque sur celui-ci lui ferait mal, qu'elle soit prise dans l'incendie ou non. Et le pyromane cherchait définitivement à lui faire du mal — à la faire souffrir.

— Comment réussit-elle à s'échapper ? s'interrogea Jonas à voix haute. Il doit être furieux à ce sujet. Combien de fois lui a-t-elle échappé ? Et qui déteste une enfant avec une telle haine ?

— Un autre enfant.

Jonas s'immobilisa brusquement et se tourna vers Lev.

— Que diable viens-tu juste de dire ?

Lev haussa les épaules.

— Tu as demandé qui peut tant détester un enfant. Pas un adulte. Quel adulte pourrait entretenir ce genre de haine concentrée envers une fille de treize ans ? Surtout une jeune autiste ? Ça ne peut qu'être une attaque personnelle dirigée contre Rikki. Ça n'a rien à voir avec ses familles d'accueil ou même son fiancé. Il s'agit de l'éradiquer de la planète. Purifier la terre, en quelque sorte.

— Peut-être quelqu'un qui cible les enfants autistes ? songea Jonas. Je ferai une vérification du côté des incendies antérieurs pour voir si l'une ou l'autre des familles comptait un enfant autiste.

Lev opina en signe d'assentiment.

— Bonne idée, quoique…, laissa-t-il tomber.

— Crache le morceau !

Jonas prit des photos des empreintes menant jusqu'à la route et des marques de pneus dans la boue.

— Toute idée vaut la peine d'être écoutée.

— Les attaques me semblent personnelles. Il bouille de haine envers elle. Pas envers n'importe quel enfant. Envers Rikki. Il souhaite sa mort. Autrement, pourquoi aurait-il choisi des maisons vides pour s'exercer à mettre le feu quand il était incapable de la trouver ? Pourquoi ne pas simplement s'en prendre à un autre enfant autiste ?

Par son froncement de sourcils, Jonas lui accorda ce point.

Un hibou poussa un cri et attira l'attention de Lev. Il leva les yeux vers le ciel où deux hiboux décrivaient des cercles. Ils volèrent plus bas en battant des ailes en silence.

— Des amis à toi ? demanda Jonas.

Lev ne répondit pas. Les hiboux poussèrent l'image de l'eau et de bateaux bercés par les vagues dans l'esprit de Lev, et celui-ci se mit à la course. Jonas lui emboîta le pas.

— Dis-moi de quoi il s'agit, dit-il avec hargne. Je ne plaisanterai pas avec toi. Nous sommes dans ma ville. Ce sont mes gens.

— Il est au port.

— Es-tu armé ?

— Oui. Et Levi Hammond possède un permis de port d'arme dissimulée.

Jonas cracha un autre juron et agita la main vers son véhicule à l'intention de Lev.

— Je vais appeler des renforts. Ne tire pas sur ce salaud. Je suis sérieux, *Levi*. Tu ne réussiras qu'à créer un fouillis là où tu n'en veux pas un. Laisse-moi ouvrir le feu si c'est nécessaire. Tu ne peux fichtrement pas te permettre d'attirer l'attention sur toi pendant qu'un nettoyeur est en ville.

— Hésiteras-tu à tirer ?

Jonas lui jeta un bref coup d'œil, le visage sinistre, la mâchoire serrée et le regard dur. Il pivota la tête et sortit de la cour à reculons, fit tourner le volant et les roues d'une main tandis qu'il tendait l'autre vers sa radio.

— Quel port ?

— Albion.

Ouais. Jonas Harrington était capable de tirer et il le ferait. Lev voyait bien pourquoi Ilya s'était lié d'amitié avec cet homme. Il était farouchement loyal, ne craignait pas de prendre les commandes et il accomplissait la besogne même si elle était odieuse. Cependant, elle l'atteindrait. Il y penserait une fois au lit. Lev sentit une pointe de respect se glisser en lui.

— Alors, combien de coups aurai-je à encaisser pour pouvoir vivre ici ?

C'était une concession. La seule qu'il ferait. Il savait ce qu'il ferait subir à tout homme lié de près ou de loin à une souffrance endurée par Rikki. Il n'aurait peut-être pas compris avant de l'avoir rencontrée. Ils s'engagèrent sur l'autoroute, gyrophares allumés et sirènes retentissantes.

— Peut-être devrions-nous nous rendre au port en silence afin qu'il n'ait pas conscience de notre approche. Une simple suggestion.

— Je ne fais que libérer la voie. J'éteindrai les phares et la sirène avant que nous quittions l'autoroute.

— Je vois en effet à quel point la circulation est dense, fit Lev.

Il n'y avait aucune autre voiture sur la route.

Jonas lui jeta un coup d'œil. Un seul. Lev réprima l'envie de rire. Jonas essayait très fort de ne pas apprécier Lev, mais le shérif avait le sens de l'humour. Si Lev souhaitait réussir, convaincre cet homme qu'il avait l'intention de rester ici et de vivre en paix, il devait se fier au jugement de son frère et donner à Harrington une raison de lui faire confiance. Ce n'était pas simple. Il était le type d'homme à bien garder ses secrets et il n'allait certainement pas les partager avec des étrangers — des étrangers américains de surcroît. Il prit une respiration et sauta de la falaise.

— Les secrets gouvernementaux auxquels je faisais référence plus tôt n'étaient pas seulement siphonnés par mon gouvernement, mais par le tien aussi. Trois pays, à ce que j'en sais. Quelqu'un s'en est pris à l'un de vos grands penseurs, un homme du nom de « Wilder ». Damon Wilder. On a essayé de le kidnapper, son partenaire a été assassiné. La rumeur veut que Wilder soit toujours au travail. J'ignore ce qu'il conçoit, mais c'est ce qu'ils veulent.

Il vit Harrington réagir du coin de l'œil. Au nom ? À l'information partagée ? Jonas ne le regarda pas ; toutefois sa posture changea subtilement : il était définitivement à l'écoute et lui accordait toute son attention.

— Nous avons l'équivalent de votre Wilder. Un homme du nom de Theodotus Solovyov. Son garde du corps, un homme appelé « Gavriil Prakenskii », a été gravement blessé, poignardé sept fois tandis qu'il contrecarrait un kidnapping. Il a réussi à empêcher les ravisseurs d'enlever Solovyov, mais ses blessures étaient permanentes. Il s'est vu obligé de prendre sa retraite et d'assumer une nouvelle identité pour rester en vie.

Un court silence suivit.

— Donc, t'en prendre à Stavros et découvrir pour qui il travaille…

— Qui est son partenaire, corrigea Lev.

Jonas hocha la tête.

— C'est une mission personnelle. Un autre frère ?

— Nous n'avons pas droit à la retraite comme des gens normaux. Nous appartenons à un passé honteux. Personne ne sait trop quoi faire de nous. C'est plus facile de nous tuer que de craindre que nous exposions les secrets que nous détenons. Ils ne nous font pas confiance, pourtant, à notre façon, nous sommes tous des patriotes. Nous aimons notre pays. Cette information au sujet de Theodotus Solovyov que je t'ai donnée est loin d'être un secret d'État. C'est du domaine public, rapporté par les journaux, et il en va de même pour l'attaque de Wilder. Avec un peu d'efforts, c'est assez facile à trouver.

— Sais-tu où se trouve Gavriil ?

Jamais il ne partagerait *cette* information. Lors d'une rencontre, les frères avaient créé un signal d'urgence communiqué d'un frère à l'autre. Gavriil avait signalé sa présence. Quand il saurait être en sécurité, Lev ferait de même. Il garda le silence, et Jonas n'insista pas.

— Jackson est un type effrayant, offrit Jonas en retour. Un peu comme toi. Il aura quelques mots choisis pour toi. Il maîtrise fichtrement bien le fusil à lunette. Je l'ai vu atteindre des cibles que peu de tireurs dans le monde peuvent se vanter d'atteindre. Tu ne veux pas avoir à jeter des coups d'œil au-dessus de ton épaule, dans la crainte de le voir t'attaquer. Il est patient. Il peut ronger son frein. Règle les choses avec lui.

Lev poussa un soupir de soulagement dans son for intérieur. Harrington l'avait suffisamment accepté pour lui donner une chance.

— Il est en lune de miel et sera absent un moment. Il planifie emmener Elle dans un long voyage pour lui laisser le temps de se remettre sur pied avant de refaire de nouveau partie de Sea Haven. Cela devrait donner un peu de temps au reste de la famille de s'habituer à l'idée de ta présence.

C'était à la fois une acceptation et un avertissement.

— Je n'irai nulle part. Rikki a besoin de Blythe et de ses sœurs. Elle a besoin de sa plongée et de la côte. Elle a tout ce qu'il lui faut ici.

Ses mots étaient une affirmation. Calme. Terre à terre. Sans mépris. Il ne demandait ni le pardon ni l'acceptation : seulement qu'on le laisse tranquille. Il avait Rikki et son monde et il cadrait bien là.

Jonas éteignit les gyrophares et la sirène à environ un kilomètre avant le tournant vers le port où les eucalyptus se tenaient en silence, tanguant légèrement dans le vent qui soufflait de l'océan. Ils dévalèrent à toute vitesse la longue colline sinueuse, puis filèrent dans le petit parc jusqu'à l'entrée du port. Les phares de la voiture illuminèrent le bateau de Rikki et un homme qui avait un pied posé sur le quai et l'autre sur le *Sea Gypsy*.

L'homme se retourna et courut droit vers eux. Le faisceau lumineux se braqua sur lui et dévoila les blessures profondes qui couvraient son visage furieux. Il tenait un pistolet dans ses mains, fixé à un tuyau flexible menant aux trois bouteilles qu'il portait sur le dos. Il aspergea la voiture de flammes qui l'engouffrèrent immédiatement dans une chaleur brûlante. Pendant un moment, les deux hommes à bord se retrouvèrent en enfer. Le feu bouillant brûla sur la voiture et le sol autour. Ils perdirent toute visibilité à l'exception des flammes qui les entouraient et grimpaient sur la voiture.

— Merde !

Jonas appuya fermement sur les freins et fit tourner brusquement le volant dans la direction opposée au nuage de feu. La voiture pivota en projetant de la terre et des pierres haut dans les airs, mais à tout le moins, ils purent respirer de nouveau.

Des balles fusèrent à l'avant de la voiture et firent craquer le pare-brise. Un trou apparut directement à la droite de Lev pour créer une toile de fissures qui traversa la vitre au complet. Les deux hommes se baissèrent vivement, et Jonas poussa sa portière ouverte pour plonger sur le sol loin des flammes, revolver à la main. Lev ôta brusquement sa ceinture de sécurité et le suivit en rampant ventre contre la banquette vers la portière ouverte pendant que d'autres balles sifflaient dans la voiture.

Jonas riposta en ouvrant le feu. Dans l'effort d'offrir une couverture à Lev, il tira des coups vers le feu dans une ligne droite. Leur assaillant était en mouvement. Il courut vers la colline tout en propageant les flammes. Il mit le feu à la nuit sans se soucier des maisons ou du paysage. Des dizaines de brasiers prirent forme, mais cette fois, Rikki n'était pas là pour appeler la pluie hors des nuages dans le ciel.

Lev atterrit dans la poussière à côté de Jonas qui aboyait des ordres dans sa radio, vraisemblablement au service d'incendie. Les arbres et le sol étaient détrempés sans être mouillés, et le pyromane utilisait un accélérant hautement inflammable.

La colline brillait d'un orange éclatant dans la nuit. Les flammes crépitaient, bondissaient et respiraient aux ordres de cet homme. Il ne pouvait atteindre le *Sea Gypsy*, même si ce n'était pas faute d'avoir essayé. Cependant, il pulvérisa des flammes en suivant un grand arc tandis qu'il courait vers les collines. Ses flammes atteignirent le quai et le roussirent, mais ne purent embraser le bois trempé. Une vapeur enfumée s'éleva du quai, fruit de la rencontre de la chaleur et du froid, et monta comme une cape grise et mystique qui enveloppa les bateaux et obscurcit leur vue de la rivière.

Sea Haven et la plupart des villages voisins étaient trop petits pour disposer d'un service d'incendie ou de police. Le shérif effectuait des patrouilles sur la longue côte, et des pompiers bénévoles assuraient le service du camion de pompiers. Jonas n'attendit pas les renforts : il piqua une course vers la colline, contournant les feux pour rattraper le pyromane, mais la tâche était impossible. Au bout du compte, Lev et lui travaillèrent aussi vite et fort que possible pour sauver les structures et les arbres et contrer l'incendie qui menaçait de gravir la colline pour atteindre la forêt.

Des heures semblèrent s'écouler avant qu'ils puissent rentrer à la ferme. D'autres photographies et déclarations à prendre. Les pompiers travaillèrent dur à étouffer les derniers vestiges des flammes. Il y avait des cartouches usagées et d'autres preuves à recueillir et à ensacher. Les deux hommes étaient couverts de suie. La voiture n'avait pas meilleure allure, mais elle n'avait subi que des dommages superficiels. Apparemment, ces dommages faisaient aussi partie des preuves.

Quand ils regagnèrent la maison, fatigués, la gorge douloureuse et les yeux brûlants, les femmes étaient manifestement bouleversées. Jonas vint chercher son épouse, et Blythe jeta un long regard aux deux hommes avant de partir. Lev attendit que les deux voitures soient bien engagées dans l'allée menant à la route avant de se donner le droit de regarder Rikki. Ses yeux étaient trop brillants, comme si elle avait pleuré ou était sur le bord des larmes.

Personne n'avait jamais pleuré pour lui. Il lui effleura le visage du bout des doigts, dessinant une ligne allant du coin de son œil jusqu'à son menton.

— Ainsi, tu es en vie, dit-elle d'une voix rauque. Très bien.

— Il nous a échappé, *lubov moya*. Il a réussi à nous semer. Les policiers sont à sa recherche, mais ils n'arriveront pas à le retracer. Il a allumé de nombreux brasiers, et tu n'étais pas là pour les éteindre.

— Viens prendre une douche et tu pourras me raconter ce qui est arrivé par la suite.

Elle tira sur sa main pour le traîner dans la maison jusqu'à la salle de bain.

Il était presque certain qu'elle était incapable de parler. Elle gardait la tête basse, mais il pouvait voir qu'elle était secouée. Il s'apprêta à la rassurer, mais elle secoua la tête et pointa la salle de bain du doigt. Quand il jeta un regard dans la glace, il comprit pourquoi. Son visage était strié de suie, et il ne doutait pas qu'il dégageait une odeur de fumée.

— Je vais jeter tes vêtements, annonça-t-elle dès qu'il ouvrit le robinet.

— Je n'ai pas beaucoup de vêtements, souligna-t-il. Peut-être pourrions-nous les laver ?

— Je vais les mettre aux ordures.

Elle claqua la porte, ce qui lui signala que le sujet était clos. Il sourit en tournant son visage vers le jet d'eau. Il commençait à aimer l'eau autant qu'elle. Il prit son temps afin de lui donner le loisir de pleurer de soulagement sans témoin. Cependant, son cœur cognait fort dans sa poitrine à l'idée qu'elle se soit inquiétée à son sujet ; qu'elle se soucie assez de lui pour pleurer.

Il sortit nu de la salle de bain en passant une serviette sur ses cheveux hirsutes. Au cours des dernières semaines, il avait perdu sa coupe militaire, et ses cheveux retombaient maintenant autour de ses yeux. Il devrait les couper, mais il trouvait que ses cheveux plus longs ajoutaient à la personnalité de Levi Hammond.

— Où es-tu, Rikki ?

Il savait où elle était. Dans son inéluctable hamac sur la véranda arrière, mais il souhaitait lui donner la courtoisie d'un avertissement.

— Ici, répondit-elle.

Il entendit un bruissement annonçant qu'elle descendait du hamac, puis elle se présenta à la porte pour l'observer avancer vers elle. Elle avait définitivement pleuré. Des larmes avaient emmêlé ses longs cils et s'y étaient agrippé, les laissant en pics et scintillant de diamants liquides.

— Ça va, *laskovaya moya*?

Sa voix était tendre quand il enroula les doigts autour de sa nuque pour la tirer contre lui.

Rikki passa les bras autour de Lev et enfouit son visage dans son torse.

— J'ai eu si peur pour toi. Pourquoi es-tu parti sans moi?

— J'étais tout à fait en sécurité.

— Tu n'étais pas en sécurité. Ne me mens pas. J'ai senti que tu avais des ennuis. J'aurais tenté de laisser mon esprit toucher le tien, mais je craignais de te distraire et que tu te blesses.

Il lui caressa les cheveux en appréciant la façon dont le corps de Rikki semblait fondre contre le sien comme un liquide velouté. Elle lui rappellerait toujours la mer : tempétueuse et calme, accueillante et mystérieuse. Comme les vagues déferlant sur les rochers, il pourrait se briser en un million de morceaux, s'éparpiller en molécules et en particules pour tomber dans la chaleur de son amour.

— Viens t'étendre avec moi, l'invita-t-il.

— Lev, j'ai eu si peur pour toi.

Elle leva vers lui des yeux sombres mouillés de larmes.

— J'ignorais pouvoir éprouver une telle émotion.

— Maintenant tu sais ce que je ressens pour toi. Tu me terrifies, Rikki, avec les risques que tu prends.

Il repoussa ses cheveux vers l'arrière et se pencha pour cueillir des baisers. Ses lèvres tremblaient, et il agrippa sa lèvre inférieure pour la tirer doucement. Elle lui ouvrit sa bouche pour prendre autant qu'elle donnait. Ses bras minces encerclèrent son cou et retinrent la tête de Lev contre la sienne. Elle serra son corps contre le sien.

— Je ne prends pas de risques. Je suis une plongeuse sécuritaire, murmura-t-elle contre sa bouche.

Elle l'embrassa avec une faim grandissante ; chaque baiser plus long et demandant que le précédent.

— Viens au lit, Rikki.

Lev lui prit la main et la tira dans la maison en prenant soin de verrouiller la porte. Il la guida dans les pièces jusqu'à la chambre à coucher en s'arrêtant pour éteindre les lampes.

Un petit clair de lune brillait par la fenêtre, juste assez pour illuminer le corps pâle de Rikki quand il passa son chemisier par-dessus sa tête. Il posa des baisers du coin de ses lèvres jusqu'à son sein et soupesa le poids doux dans sa paume tandis qu'il en tétait le mamelon. Son autre main se glissa sur son ventre nu, et le bout de ses doigts lui donnèrent un massage léger. Il y avait de la possessivité dans ses longs doigts étalés. Il caressa la peau sous ses seins et savoura la réaction de Rikki : son frisson d'excitation, le petit tremblement qui parcourut son corps et le doux gémissement qui lui annonçait qu'elle était déjà mouillée pour lui.

Il tira son jean le long de ses hanches minces et de ses jambes, baissant sa petite culotte au même moment. Elle posa une main sur son épaule pour garder l'équilibre tandis qu'elle soulevait les jambes pour enlever pantalon et petite culotte. Elle était maintenant complètement nue. Il la contourna pour la contempler. Elle resta immobile tandis qu'il décrivait un cercle autour d'elle, caressant sa taille et sa hanche, frottant ses fesses et le creux où cuisses et fesses se rencontraient. Il aimait caresser sa peau douce, aimait la façon dont elle se donnait complètement à lui.

De retour devant elle, il effleura ses seins, puis donna de petites chiquenaudes à ses mamelons sensibles avant de descendre au carrefour de ses cuisses. Sa main caressa la zone, ses doigts se glissant en profondeur avant de revenir dessiner des cercles à la surface. Une bouffée de chaleur envahit le corps de Rikki, et sa respiration changea. Il sentit la chaleur de son canal se refermer autour de ses doigts, et ses hanches remuèrent — une réaction involontaire.

Il ferma les yeux et savoura la sensation de sa chaleur soyeuse. Une invitation. Réservée à lui. Elle glissa les mains sur son torse tandis qu'elle remuait contre lui. Elle lécha son mamelon plat. Comme s'ils étaient joints par un fil électrique, le grésillement courut de la langue de Rikki au sexe de Lev. Son érection se fit encore plus lourde, et elle vibra d'anticipation.

Lev empoigna ses cheveux pour tirer sa tête doucement et se gâter en l'embrassant encore et encore, dévorant son goût sucré, se délectant de la façon dont elle s'ouvrait à lui. Il avala son gémissement, ce doux geignement qui le fit bander encore plus. Il rêvait parfois à ce son et s'éveillait avec une érection lancinante. Quand il se tournait vers elle, il était toujours accueilli avec ardeur.

— Sur le lit, *laskovaya moya*, avant que je perde le contrôle.

Ses yeux s'assombrirent quand elle s'étendit sur le dos en l'invitant d'un mouvement du doigt. Ses mains écartèrent les cuisses de Rikki, et la simple chaleur du souffle de Lev lui fit pousser un cri. Puis, il lapa son sexe, un chat buvant de la crème, usant de sa langue, la poussant avec force et vitesse jusqu'au bord du précipice pour la ramener sur la terre ferme. Il aimait voir le corps de Rikki frémir, ses hanches se relever et la douce musique hors d'haleine qui emplissait ses oreilles. Elle avait un goût sauvage et libre, et son appétit pour elle ne faisait que grandir à chaque tortillement, à chaque gémissement.

Il inhala son odeur, la fragrance de sa femme, et frotta sa barbe entre ses cuisses, observant les vagues de désir déferler de ses cuisses à son canal et même jusqu'à son ventre dont les muscles se contractèrent en réponse.

– *Lev.*

La supplication sanglotante qu'il attendait lui signala qu'elle s'effondrait, qu'il avait repoussé et étalé ses limites un peu plus loin. Il saisit son corps pour la retourner, tirant ses hanches contre lui, si bien qu'elle se retrouva à quatre pattes. Il tint une main sur son dos pour pousser sa tête vers le lit et ainsi relever ses hanches.

Elle haleta quand il appuya le bout élançant de sa queue contre son entrée. Elle poussa les fesses vers lui pour essayer d'enfourcher son membre large. Il glissa doucement ses ongles sur son dos et ses fesses, provoquant de nouveau un effet de vague : les jambes et le corps de Rikki tremblèrent. Il agrippa ses hanches et enfonça son sexe droit au but.

Le corps de Rikki l'accueillit dans un refuge étroit et chaleureux, se refermant avec empressement sur lui pour le caresser tandis qu'elle tolérait lentement, presque à contrecœur, son invasion. Comme toujours, il y eut ce moment exquis où il était si à l'étroit qu'il crut ne pas pouvoir pénétrer jusqu'au paradis, mais les pétales se déployèrent et permirent son entrée. Une chaleur torride. Une douceur de velours. Un antre étroit et restreignant qui le happa pendant qu'il déferlait profondément en elle pour ensuite se retirer, puis s'enfoncer de nouveau.

Il imposa un rythme effréné ; la position de Rikki lui donnant un accès plus profond. Il eut l'impression de se souder à elle pour toujours. Son sang devint chaud, coulant comme de l'or liquide, s'élevant de ses profondeurs pour se propager comme une avalanche de passion partout dans son système. Il se pencha pour poser un baiser sur sa colonne vertébrale. Le mouvement entraîna une autre série de vagues dans le corps de Rikki, et elle se serra autour de lui comme un étau.

— Pas tout de suite, pas tout de suite, fit-elle de sa voix chantante. Pas comme ça.

Il prit une respiration, carra la mâchoire et s'immobilisa.

— Dis-moi comment.

— Je veux voir ton visage, chuchota-t-elle. Je dois voir ton visage.

Il serra la mâchoire et se retira, obéissant. Elle poussa un cri quand il la quitta et se tourna pour s'étaler sur le lit, les cuisses ouvertes pour lui, les pieds posés sur le lit, les genoux écartés. Il saisit ses fesses d'une main, puis enroula le bras autour de ses hanches. Les yeux rivés aux siens, il s'enfouit profondément jusqu'à la base en une seule poussée. Il eut l'impression que des lumières et des couleurs éclatèrent dans sa tête même si ses yeux étaient ouverts pour observer le visage de Rikki, ce miracle de beauté ; son regard, son souffle, sa peau qui rougissait à mesure qu'il la guidait plus haut.

Il fit traîner sa main libre sur ses seins, son ventre, son doux mont où ils étaient joints. Elle arqua le dos et remua les hanches au rythme de Lev. Le temps sembla se suspendre. Il n'y avait que le son. L'odeur. La sensation. Il se laissa aller à se noyer en elle, cédant à sa douce musique et à l'amour dans ses yeux. Le corps de Rikki se referma autour de lui et le retint tandis que les vagues se transformèrent en un raz-de-marée, puis son essence chaude se répandit en elle. Il sentit l'assaut dans son corps, dans celui de Rikki et dans leurs corps joints.

Il attendit, prisonnier de son corps, luttant pour recouvrer le souffle. Il patienta. Elle se contenta de lui donner ce regard vitreux, sexy et *généreux* qui le chavirait complètement.

— Dis-le. Je dois t'entendre le dire, ordonna-t-il en la maintenant sous lui.

Elle ne fit pas semblant de ne pas comprendre. Elle lui adressa ce sourire tout Rikki qui lui coupait le souffle.

— Je t'aime, espèce de nigaud.

Il la fixa des yeux quelques secondes de plus avant de se rouler à ses côtés en riant. Il la tira contre lui.

— Jamais on ne m'a traité de nigaud. Il y a tant de premières fois avec toi.

Il enroula ses bras autour d'elle et enfouit le visage contre son cou.

— Dors maintenant.

— C'est déjà fait, murmura-t-elle d'une voix endormie.

Elle glissa la main sur la sienne, et ils s'endormirent ensemble, pressés l'un contre l'autre.

19

Lev se renfrogna quand Jonas Harrington sortit de son camion tandis que Blythe se glissait par la portière du côté du passager. Rikki se raidit dans son hamac, mais le dissimula bien. Elle prit une gorgée de café et observa les visiteurs par-dessus le bord de sa tasse fumante. Pour étoffer son assurance, Lev se dirigea derrière elle et posa une main décontractée sur son épaule.

— J'espérais ne pas te voir pendant un moment, dit Lev en guise de salutation avant de se frotter la mâchoire. Je suis un peu ankylosé et je ne suis pas certain de vouloir une deuxième ronde.

Rikki leva les yeux vers lui pour scruter son visage. Il lui fit un clin d'œil.

Jonas suivit Blythe sur la véranda.

— Je pense être celui qui a subi le plus de coups, alors ne viens pas te plaindre. Ça ne m'ennuierait pas de boire un café puisque personne ne m'en offre.

Rikki rougit.

— Je suis désolée. J'aurais dû…

— Rikki, l'interrompit Jonas doucement. Je ne faisais que te taquiner. J'ai grandi avec les filles Drake et j'ai passé mes jeunes années à les tourmenter. J'ai tendance à faire ça avec ceux que je considère comme faisant partie de ma famille. Blythe et toi faites partie de ma famille.

— Je vais aller chercher le café, dit Blythe.

— C'en est fichu pour ma matinée, marmonna Lev.

Rikki lui adressa un regard de réprimande sous ses longs cils, comme il savait qu'elle ferait. Il se pencha pour murmurer à son oreille.

— Mademoiselle très comme il faut.

Il entendit le rire de Rikki dans son esprit, même si elle ne rit pas à voix haute. Sous sa main il sentit une partie de sa tension se dissiper. Il prit une gorgée de café en attendant que Jonas lui dise pourquoi il était venu de nouveau ; cette fois, en compagnie de Blythe. Le shérif n'aurait jamais emmené Blythe à moins de croire que Rikki serait bouleversée par sa visite.

Jonas garda le silence jusqu'au retour de Blythe. Il étudia des yeux la bande noircie qui entourait la maison de Rikki pendant que Lev le scrutait du regard. L'homme craignait définitivement la réaction de Rikki à sa nouvelle. Les doigts de Lev se glissèrent vers la nuque de Rikki pour la masser doucement. Il voulait garder ce contact.

— Rikki, dit Blythe en tendant une tasse de café au shérif, Jonas souhaite te parler d'un fonctionnaire qui veut te poser des questions.

Elle leva les yeux vers Lev avec une mine inquiète.

Rikki s'immobilisa.

— Au sujet de l'incendie ?

Sa voix était basse et étranglée. Les jointures d'une main blanchirent en se serrant autour de sa tasse de café tandis que les doigts de l'autre s'enfoncèrent dans sa cuisse vêtue de denim.

Jonas secoua la tête.

— Non. Il y a un Russe qui fait une enquête au sujet de la mort d'un homme qui se trouvait à bord du yacht qui a fait naufrage près de notre côte il y a quelques semaines. Apparemment, il n'est pas tout à fait convaincu que cet homme se soit noyé.

Rikki ne réagit pas tout à fait comme Lev se l'était attendu. En fait, elle se détendit un peu, prit une gorgée de café et croisa les yeux de Jonas d'un regard calme.

— En quoi cela me concerne-t-il ?

— Tu étais en plongée, ce jour-là. Apparemment, il a fait des vérifications auprès de l'usine de traitement, et un camion a été envoyé pour recueillir ta prise.

Elle fronça les sourcils et pencha la tête d'un côté.

— Bien sûr. Je me souviens. La vague est venue de nulle part, sans crier gare, et m'a jetée par-dessus bord. J'ai été chanceuse de porter mon équipement de plongée.

— Il croit que ce Russe a survécu.

Jonas ne regarda pas Lev. Pas une fois. Il ne donna aucun signe qu'il savait bien que Levi Hammond était Lev Prakenskii, le Russe « mort ». Lev devait dire la vérité à Rikki, c'est-à-dire que Jonas était au courant, mais sa nuit avec elle avait été trop parfaite pour la gâcher avec des inquiétudes sur ce que Jonas allait peut-être faire. Pour l'heure, le shérif semblait indiquer qu'il acceptait Levi Hammond dans sa collectivité. C'était peut-être une trêve tendue, mais Lev pouvait le tolérer.

— L'eau est trop froide, s'objecta Rikki. Je doute que quiconque puisse y survivre sans combinaison de plongée, surtout dans les conditions de cette journée-là.

Ce n'était pas tout à fait un mensonge. Personne ne pouvait survivre bien longtemps sans combinaison. Lev réprima l'envie de frissonner en sentant de nouveau l'eau se refermer par-dessus sa tête quand le yacht avait été englouti sous l'eau froide. Pas une âme n'avait eu le temps de crier : ils s'étaient simplement enfoncés dans cet abysse froid tandis que les ténèbres s'installaient lentement autour d'eux. Il était tombé, se glissant sur une bulle quasi invisible. Sa chute avait paru sans fin. Un million de visages, les hurlements des morts, l'eau très, très froide.

Il avait essayé de nager en descendant plus profondément, dans l'espoir de trouver une voie de sortie. La vague l'avait emporté, l'avait fait tourbillonner encore et encore comme s'il se trouvait dans une machine à laver. Il s'était fracassé contre quelque chose jusqu'à se sentir désorienté et malade, jusqu'à ne plus savoir où il était et comment se sortir de cette situation. Les mains de Rikki avaient été étonnamment fortes quand elle l'avait ancré à elle, mais ce furent ses yeux qui le sauvèrent.

Il s'était senti céder aux cris des morts qui l'appelaient, de plus près alors. Elle l'avait secoué en le fixant dans les yeux. Son regard était déterminé. Rassurant. Il était en sécurité avec elle. Il pouvait tomber. Il pouvait se briser. Il pouvait vivre. Il *allait* vivre. Elle avait partagé son souffle, son air, l'essence de la vie tout en le retenant à elle par ses yeux. Il n'était plus seul dans le froid profond et noir. Elle était là, partageant son âme. Il y lisait le pardon, la rédemption. Il y lisait l'espoir. Tout cela se trouvait en Rikki.

Il sentit la pression de sa main, le pouce de Rikki se glisser au centre de sa paume. En clignant des yeux, il s'arracha au froid profond et se surprit à la regarder dans les yeux. Elle lui sourit. Un sourire lent. Tendre. L'amour se logea en lui et le réchauffa. Il pencha la tête avant même de pouvoir s'arrêter et effleura des lèvres sa bouche levée vers lui. Son cœur se contracta. Quand il releva la tête, Jonas l'observait avec attention, et Lev effaça immédiatement toute expression de son visage.

— Il n'est pas nécessaire que Rikki parle à un quelconque fonctionnaire de la Russie. Il n'y a pas de raison qu'elle passe par cette épreuve.

— Il ne repartira pas, affirma Jonas. Pas tant qu'il ne sera pas satisfait.

— Emmène-le ici, dit Rikki. Je n'ai rien à lui apprendre, mais si ça peut l'aider à clore son enquête et à peut-être offrir une conclusion à la famille et aux amis de cet homme, ça ne m'ennuie pas.

— Rikki..., fit Lev d'un ton d'avertissement.

— Si tu veux, Rikki, dit Blythe, je peux rester avec toi pendant que Jonas repart chercher cet homme. Levi, je sais que tu as des occupations aujourd'hui, mais je resterai avec elle.

Jonas poussa un bruit en signe d'agacement. Lev sut que le shérif avait reconnu Lev parce qu'il s'était attendu à ce que le Russe manquant à l'appel soit le frère d'Ilya. Il avait appris qu'un Prakenskii se trouvait à bord du yacht et savait que les Prakenskii ne mouraient pas si facilement. Jonas n'aimait pas cette situation et le manque de franchise de Blythe et de Rikki à son égard. Cependant, il allait permettre à Levi Hammond d'exister.

Lev secoua la tête.

— Si Rikki parle à cet homme, je reste ici.

— Ne fais pas l'idiot, s'emporta Jonas en se renfrognant.

Lev le darda du regard.

— Je n'ai pas dit que je resterai visible.

Jonas leva une main.

— Ne prononce pas un mot de plus. Et il vaut mieux pour Levi Hammond d'avoir un permis de port d'armes à jour qui résistera à un examen approfondi.

Lev haussa les épaules d'un air désinvolte.

— Fais tes vérifications.

Son ton annonçait la confiance absolue. Déjà, son identité était en place, et tous les documents avaient été livrés à la boîte postale de Rikki. Il disposait d'assez de documents pour convaincre le monde que Levi Hammond existait réellement et avait eu une longue carrière mémorable, quoique variée.

— Blythe ne peut pas rester, dit Rikki.

Quand Blythe tenta de protester, Rikki secoua la tête.

— Hors de question. Le shérif sera ici, et c'est suffisant. Je dois savoir que tu es en sécurité. Je ne veux pas braquer l'attention sur toi.

Blythe s'apprêta à s'y opposer, mais Jonas posa la main sur son bras.

— Je suis d'accord cette fois, Blythe. Finissons-en.

Il porta son regard vers Lev.

— Éclipse-toi. Je serai de retour dans une demi-heure.

— Je serai assise ici-même, dit Rikki avec un petit sourire secret.

Jonas fronça les sourcils, mais opina.

— Dernière chose : est-ce que le nom de Gerald Pratt te dit quelque chose ? Il y avait des empreintes digitales sur le quai, et nous avons obtenu une correspondance presque tout de suite. Nous avons comparé les empreintes à des postes liés au feu, comme ceux de pompiers. Gerald Pratt travaille pour les services forestiers dans la région de Big Sur. Il a grandi dans la même ville que toi, Rikki. Il avait environ seize ans quand tu en avais treize.

Elle fronça les sourcils, signe qu'elle tentait manifestement de se souvenir de ce nom.

— Je jure n'avoir jamais entendu ce nom auparavant. Nous avons peut-être fréquenté la même école, mais si c'est le cas, c'était si difficile pour moi à l'école que je ne me souviendrais pas de lui de toute façon. J'étais la fille étrange qui perdait toujours la boule. Les enfants se moquaient beaucoup de moi, mais je ne me rappelle aucun nom en particulier.

— Il n'a pas fréquenté les mêmes écoles que toi, dit Jonas. Pour l'instant, nous n'avons pu établir aucun lien et ne l'avons pas retracé non plus, mais je continue de creuser. Je n'ai pas eu beaucoup de temps. Pratt travaillait la semaine passée, mais il est en congé actuellement, et personne n'a la moindre idée d'où il est allé. Il a pris deux semaines de vacances.

— Gerald Pratt, répéta Rikki à voix haute avant de secouer la tête et d'adresser un regard impuissant à Lev, puis à Blythe. Je ne le connais pas.

Elle semblait si perdue. Blythe la prit dans ses bras et lui murmura doucement des mots rassurants.

— Nous démêlerons tout cela, Rikki, l'assura-t-elle.

Quand Blythe se redressa, Rikki secoua la tête.

— Comment ai-je pu vexer quelqu'un au point où il souhaite non seulement ma mort, mais celle de tous ceux que j'aime, sans pouvoir me souvenir de qui il s'agit ?

Jonas s'accroupit devant elle pour la regarder dans les yeux ; des yeux qui tentaient soigneusement d'éviter les siens.

— Rikki, certaines personnes sont malades. Impossible de savoir ce qui les provoque. Quand ces personnes vivent dans une autre réalité, ce qu'elles croient devient la vérité. Aucun geste posé par une fille de treize ans ne peut justifier ce que cet homme a fait.

— Es-tu certain qu'il s'agit bien de lui ? demanda Lev.

Jonas secoua la tête.

— Il est suspect. Nous avons le sang recueilli, et il a laissé son ADN sur les mégots de cigarette, mais ça ne veut pas dire qu'il a allumé le feu. Cela signifie qu'il se trouvait sur la propriété de Rikki. En outre, l'accélérant utilisé est du Jet A, un carburant à indice d'octane élevé qui brûle vite et propage une grande chaleur. Ce type sait ce qu'il fait.

Lev ne dit rien. Si le visage de Pratt était déchiré par les griffes des hiboux, il n'y aurait pas de doute. Il allait s'en prendre à Rikki bientôt. Il lui restait peu de jours de congé, et il devait en finir maintenant. Pratt éprouvait du plaisir à tuer en utilisant le feu pour arme. À présent qu'il savait où se trouvait Rikki, il reviendrait.

— Ne pose pas de geste stupide, dit Jonas pour avertir Lev avant de raccompagner Blythe à la voiture.

Rikki resta silencieuse, se berçant doucement, déplaçant un pied nu de haut en bas.

— *Laskovaya moya*, je veux te parler de ce Russe qui viendra te voir. Je sais que tu es inquiète au sujet de Pratt, mais il est loin d'être aussi dangereux que cet homme. Il mènera une interrogation et non une discussion, dit Lev en lui prenant la main et en caressant le centre de sa paume, y dessinant des cercles. Tu n'as pas à faire cela.

Elle tourna vers lui la puissance totale de ses beaux yeux sombres. Le cœur de Lev se contracta. Il y lut le courage. La détermination.

— Bien sûr que oui. Si tu veux être débarrassé de lui, je dois le recevoir. Il sait que j'étais sur la mer ce jour-là.

— Je n'aime pas ça, dit Lev.

Elle haussa les épaules.

— Tu n'es pas obligé d'aimer ça. Je suis une adulte qui prend ses propres décisions depuis longtemps. Nous formons une équipe, n'est-ce pas ? dit-elle en lui lançant un regard de défi. N'est-ce pas ? Ou croyais-tu que je ne m'affirmerais pas parce que j'ai un handicap ?

Les yeux de Lev brillèrent d'un éclat féroce, et il pivota sur lui-même pour s'accroupir devant elle, étendre une main sur le cou de Rikki et lui relever le menton.

— D'où diable vient cette idée ? Ce n'est pas une dispute, Rikki. Je ne fais qu'énoncer mon opinion, qu'il s'agit d'une situation dangereuse, et tu devrais avoir assez de respect pour moi pour avoir confiance en mes connaissances. Je respecte tes compétences sous l'eau.

Elle rougit et détourna le regard.

— Je suis désolée. J'ai de la difficulté avec la dispute. La discussion, corrigea-t-elle. Très souvent, en raison de ma différence, les gens pensent que j'ai un faible quotient intellectuel et suis incapable de saisir pleinement une situation. Ils essaient de prendre mes décisions pour moi.

— Ce n'est pas mon cas, riposta-t-il avant de se passer une main sur le visage. D'accord, peut-être est-ce mon cas, mais ce n'est *pas* parce que je ne te crois pas assez intelligente pour comprendre une situation. Je n'aime pas que tu sois en danger. Quand un homme trouve la seule personne qui ait de la valeur pour lui, la personne qui compte plus que tout et qui fait en sorte que tout ce qu'il a vu, fait ou subi en vaille la peine, crois-moi, Rikki, l'envie de la protéger est irrésistible. Si ça t'ennuie, je suis désolé, car cela se reproduira encore et encore pendant les années de notre vie commune.

Elle lui effleura le visage.

— Je peux accepter cela. Je te demande seulement de ne jamais me traiter comme si je n'étais pas intelligente.

Il lui prit la main pour baiser le bout de ses doigts.

— Je ne suis pas assez stupide pour ça, Rikki. Bon, si tu vas réellement faire cela, je vais rentrer à l'intérieur pour effacer toute trace de mon passage. Ton homme, Levi Hammond, te rend visite quand il ne sillonne pas la côte pour faire de la plongée. Il passe la nuit ici de temps à autre. Reste vague.

— Je ne le laisserai pas entrer dans la maison.

— Il le faudra, si tu veux que ça marche. Il trouvera un moyen d'entrer. Ne lui rends pas la tâche facile, mais accepte. C'est la seule façon de le satisfaire. Tant qu'il se trouve sur la véranda, je peux le couvrir, mais une fois à l'intérieur, ce sera plus difficile. N'entre pas à l'intérieur avec lui.

Quand elle leva les yeux vers lui, Lev soupira.

— Fais-le pour moi. Reste dehors, là où je peux te voir.

— Reste à l'écart, Lev, lui ordonna-t-elle. Laisse cette visite entre mes mains.

Elle lui adressa un sourire malicieux et mystérieux.

— Je suis une bonne actrice, en vérité. Et j'ai beaucoup d'expérience dans laquelle puiser. L'établissement administré par l'État où j'ai habité m'a donné des occasions sublimes pour m'exercer.

Lev pouvait goûter la peur dans sa bouche.

— Écoute-moi, *lubov moya*, entends les mots que je te dis. Jamais tu ne feras la connaissance d'un homme aussi dangereux. Il tue froidement. Il est comme un robot. Il ne se soucie de personne. Il ne travaille pas avec l'objectif de préserver des gouvernements ou de freiner le trafic d'armes ou la traite d'humains. Il se fiche des drogues. Il tue. C'est le seul but de sa vie. Une fois qu'il vise une cible, il ne s'arrête que lorsque la mission est remplie. C'est sa seule joie : la victoire. Il gagne quand il tue.

Rikki fronça les sourcils.

— Et cet homme est à tes trousses ?

Lev hocha la tête.

— C'est son job de s'assurer que je suis bien mort. Si je le tue et qu'il ne retourne pas faire un rapport à ceux qui l'ont dépêché ici, ils sauront que je suis en vie et ils enverront un autre assassin, puis un autre jusqu'au jour où je ferai une erreur. Si cet homme rentre chez lui et leur confirme ma mort, ils le croiront.

— Alors, c'est ce qu'il doit faire, dit Rikki.

Lev secoua la tête.

— Ce n'est pas si simple. Il a fait subir des interrogatoires à des centaines de personnes. Il peut sentir le mensonge. Il sait lire le langage corporel. Il reconnaît les petits détails qui trahissent ceux qui mentent.

Rikki lui sourit.

— Dans ce cas, je dois être seule quand il viendra ici.

L'estomac de Lev se serra en signe de protestation. L'idée que Rikki se trouve seule avec le nettoyeur était tout à fait terrifiante.

— Pas question. Je refuse que ça arrive. Il sera accompagné du shérif. C'est seulement comme ça qu'il s'approchera de toi. Si tu fais une erreur, il reviendra sans Harrington, et je le tuerai. Nous déciderons quoi faire ensuite.

Rikki soupira.

– Tu sais, *Levi*, il te faudra passer outre cette solution facile de «Je vais le tuer, et c'est tout». Ça fonctionne peut-être pour Lev, mais pas pour Levi. Les gens ne règlent pas leurs problèmes comme ça.

Il serra les dents.

– C'est peut-être là l'exception.

Il lui tourna alors le dos pour entrer dans la maison. Il lava et rangea soigneusement toute la vaisselle. Il ne restait plus que la tasse de café de Rikki. Il n'y avait pas beaucoup de nourriture dans la maison. Blythe avait déjà ramené les restes du dîner de la veille. Il examina le contenu du réfrigérateur : presque vide. Il donnait vraiment l'impression qu'une seule personne habitait là.

De manière rapide et efficace, il changea les draps du lit et plaça les draps sales dans la machine à laver. Il s'occupa ensuite des salles de bains. Comme Rikki accordait un soin particulier à celles-ci, il y avait peu de traces de son existence. Il effaça toute preuve de sa présence dans la maison. Ce n'était pas difficile. Il avait l'habitude de prendre soin de toucher peu d'objets là où il habitait. Il essuya toutes les surfaces rapidement. Son porte-documents était bouclé. Il quitta la maison avec celui-ci et avec ses armes.

Il ne retourna pas voir Rikki; il en était incapable. S'il s'approchait d'elle de nouveau, il craignait de ne pas être en mesure de suivre son plan. Il songeait encore à simplement abattre le salaud.

Rikki observa Lev traverser la cour avant de disparaître entre les arbres. Un oiseau poussa un cri. Un autre répondit. Il transportait son porte-documents, et elle savait qu'il s'installerait quelque part dans un arbre pour couvrir la maison, mais elle était dans son monde, et personne, pas même un nettoyeur haute pointure dont tout le monde avait peur, n'allait entrer sur sa propriété et prendre quelque chose qui lui appartenait. Elle était la capitaine de son bateau et elle avait pêché Lev hors de l'océan. Cela signifiait qu'il lui appartenait. Elle prenait la loi de la mer au sérieux. Elle était responsable de lui. Elle lui avait dit qu'il était en sécurité avec elle et elle allait s'en assurer.

Elle balança son pied d'avant en arrière et se laissa fasciner légèrement par les petits cercles qu'elle dessinait. De façon délibérée elle laissa son esprit se concentrer sur la façon dont les rayons du soleil matinal se déversaient comme de l'or dans les petites flaques d'eau dans la cour. L'eau parut scintiller avec l'éclat d'un diamant. Rikki cligna des yeux pour en faire le point de mire, ou plutôt pour faire en sorte que la bordure de la flaque semble s'étaler comme des rayons.

Dès lors, elle se perdit dans la beauté de la symétrie, de ces bandes cristallines parfaites radiant depuis le milieu de la flaque. Les couleurs devinrent plus vives et accentuées, et de petites vagues faisaient plisser la surface quand la brise y soufflait. L'eau éblouit Rikki, si bien que de petites lumières colorées éclatèrent derrière ses yeux. Elle vit la flaque prendre vie, se transformer en une image tridimensionnelle. Un monde venait de naître dans la petite flaque d'eau.

Des insectes s'amusèrent près de la surface, et des ombres nagèrent sous l'eau, patientes et mortelles, attendant que ces créatures ailées légères et fragiles ne commettent une erreur. Le bourdonnement des insectes s'étoffa jusqu'à ce qu'il y ait des musiciens suivant le rythme de la brise qui faisait frémir la surface de la flaque et provoquait une frénésie de mouvement parmi les ombres. Les fissures et les lézardes abritaient une myriade de créatures dont les bras, les jambes et les tentacules de couleurs vives s'agitaient à la recherche de nourriture.

— Rikki !

La voix de Jonas la tira jusqu'à la frontière de son monde fascinant.

Elle leva la tête, le regard un peu vague, clignant des yeux rapidement. Ses yeux évitèrent ceux du shérif pour regarder au-delà et étudier l'autre homme du coin de l'œil. Elle commença à se bercer très doucement. L'homme à l'air officiel aux côtés de Jonas cartographiait mentalement la cour et les zones avoisinantes. Quand il passa près de son camion, il regarda à l'intérieur, et elle eut l'impression que ce bref coup d'œil lui suffit pour prendre note de chaque article à l'intérieur.

Jonas s'accroupit devant elle et s'adressa à elle d'une voix très douce.

— Rikki, voici l'homme dont je te parlais, celui qui veut te poser quelques questions au sujet du yacht qui a fait naufrage. Son nom est Petr Ivanov. Il travaille pour le gouvernement russe et il enquête sur l'un de ses compatriotes qui se trouvait à bord du yacht. Je lui ai expliqué que tu es autiste et n'aime pas que des gens approchent de ta maison. Il ne touchera à rien, et nous ne serons pas ici longtemps. D'accord ?

Elle hocha la tête de façon répétée pour amplifier un peu son bercement. Déjà, son cerveau se trouvait très près de cet endroit, son propre monde, où elle était en sécurité et où personne ne pouvait l'atteindre — pas même un interrogateur expert.

Petr Ivanov étudia son visage un long moment. Les doigts de Rikki étaient constamment en mouvement, tournoyant en de petits cercles étranges. Parfois, elle les portait à sa bouche pour souffler dessus. Les faisait tourner une, deux, trois fois avant de souffler.

— Vous êtes plongeuse ?

Elle opina.

— Vous pêchez l'oursin ? Et vous étiez en plongée le jour où le yacht a fait naufrage près de la côte ?

Elle hocha de nouveau la tête. Ses doigts continuèrent de tournoyer, et elle soufflait dessus après chaque troisième tour, comme si elle soufflait des bougies. Ses yeux étaient rivés à une flaque d'eau située tout près de l'escalier menant à la véranda.

Petr jeta un coup d'œil à Jonas. Le shérif haussa les épaules.

— Elle parle peu et rarement aux étrangers et elle n'aime pas que des gens entrent dans sa maison ou montent sur son bateau.

— Je vous ai dit que cette rencontre était nécessaire, dit Ivanov. Cet homme se sert des femmes. Il est dangereux. Je le saurai, s'il s'est approché d'elle.

— Je doute qu'elle laisserait un étranger s'approcher d'elle et encore moins entrer dans sa maison. Elle habite ici depuis presque cinq ans, et je suis entré dans sa maison une fois. Les autres plongeurs vous ont certainement parlé d'elle.

La conversation flotta autour d'elle. Rikki y était immunisée ; les mots n'étaient qu'un murmure vague qui servait d'arrière-plan à la chorale des insectes et des grenouilles. Les rides sur l'eau se gonflèrent pour devenir des vagues.

— Je dois savoir ce que vous avez vu au large, fit Petr en claquant des doigts sous son nez.

Le bercement de Rikki se fit plus fort. Elle commença à battre des mains, en plus de tournoyer les doigts et de souffler sur le bout comme si elle éteignait des flammes.

— Vous devez lui poser des questions auxquelles elle puisse répondre par oui ou non, dit Jonas. Et reculez.

— Avez-vous vu un homme dans l'eau ce jour-là ? Un survivant ?

Rikki secoua la tête violemment.

— Une vague. Une grosse vague.

Elle se laissa glisser hors d'atteinte pour plonger dans les eaux scintillantes de la flaque où les rides avaient pris vie.

Il y eut un silence durant lequel Ivanov étudia son agitation croissante. Il soupira.

— Je ne tirerai rien d'elle. Je dois inspecter la maison.

Le battement des mains et le bercement se firent plus vigoureux.

Jonas fit preuve d'une grande douceur.

— Pouvons-nous jeter un œil à l'intérieur, Rikki ? Nous ne toucherons rien.

Elle se berça une bonne minute avant de hocher la tête, les yeux rivés à la flaque.

Le Russe poussa un juron avant de passer à ses côtés et de se diriger vers la porte de la cuisine. Dès qu'il toucha la poignée, Rikki commença à émettre des sons étranglés venant du fond de sa gorge, mais ce fut sa seule protestation. Jonas, clairement déchiré entre Rikki et le Russe, suivit l'homme à l'intérieur.

— Ne touchez rien, ordonna Jonas. Elle vous a donné la permission de regarder, et c'est tout. Elle…

La voix de Jonas s'estompa, laissant Rikki entièrement à son esprit.

Elle ne les vit pas repartir. Elle était plongée trop profondément dans son esprit. Là, elle n'entendait plus rien sauf les bruits du monde où elle se retirait quand le bruit et la douleur étaient trop grands. Le Russe ne pourrait jamais la trouver en cet endroit et il ne trouverait pas Lev non plus. Il ne pouvait pas la suivre dans son esprit, peu importe la formation qu'il avait reçue. Elle assurerait la sécurité de Lev jusqu'à ce qu'il revienne la chercher. Elle ne permettait à personne d'être témoin de ses « crises », mais cette fois, elle avait *laissé* la crise survenir. La crise avait été son choix, et elle n'en avait pas honte.

— *Reviens à moi, laskovaya moya.*

La voix de Lev scintilla dans son esprit et perça les vagues ondulantes.

— *Tu m'as gardé sain et sauf, mais maintenant, j'ai besoin que tu reviennes à moi.*

C'était douloureux de s'arracher à ce lieu sous-marin si fascinant et éblouissant et de regagner un endroit où les couleurs et les détails semblaient si mornes au premier abord.

— Il ne reviendra pas, dit Lev en guise d'accueil en la tirant contre lui. Tu as été très brave, et je ne l'oublierai pas. Jamais.

Elle leva un regard un peu désorienté vers lui et lui sourit.

— Jamais il ne croira que je t'aurais laissé approcher de moi, de mon bateau ou de ma maison.

— Pourquoi m'as-tu permis de le faire ? demanda Lev en la cueillant hors du hamac pour l'emmener dans la maison. Pourquoi m'as-tu choisi ?

Elle traça sa mâchoire volontaire sous sa barbe lisse.

— Tes yeux. Je vois directement en toi et je te connais comme je ne pourrais jamais connaître personne d'autre.

Ils firent l'amour tout l'après-midi. Jonas téléphona pour demander comment allait Rikki, manifestement inquiet de l'avoir poussée trop loin. Il l'assura qu'elle avait convaincu Petr Ivanov que son dernier espoir de retrouver Lev vivant était vain. Personne n'avait aperçu d'étranger. Personne ne croyait qu'il était possible de survivre à l'eau froide, et il n'y avait aucune trace d'un survivant. Ivanov était reparti en direction de l'aéroport de San Francisco pour rentrer chez lui.

Lev prépara le dîner : un menu soigneusement composé d'une salade (que Rikki grignota comme si elle était un lapin, la fouillant pour repousser les trucs qui semblaient effrayants), une pomme de terre au four (qu'elle apprécia) et un petit morceau de bifteck. Il dut en retirer toute trace de gras, et Rikki poussa le morceau dans son assiette un bon moment avant d'en manger une partie, mais quand elle mangea, Lev eut l'impression de remporter une victoire énorme.

Tard en soirée, ils s'étalèrent sur le lit, les lampes éteintes, la tête de Lev posé sur les cuisses de Rikki, quand il aborda un sujet dont il voulait discuter depuis un moment.

— Tu sais, *laskovaya moya,* j'y réfléchissais, et nous devrions planifier notre mariage. Une petite cérémonie civile ici même. Avec tes sœurs. Rien de grandiose, seulement nous.

Lev observa son visage attentivement.

— Je suis doué, quand il s'agit de faire approuver des documents rapidement.

Les doigts de Rikki s'immobilisèrent dans les cheveux de Lev, et ses yeux sombres devinrent noirs. Pendant un moment, la pièce fut plongée dans un tel silence qu'il put entendre le cœur de Rikki battre. Il lui prit le bras et glissa la main jusqu'à son poignet pour sentir son pouls dans sa paume.

— T'ai-je effrayée, *lubov moya*, car ce n'était pas mon intention. Nous avons parlé de mariage.

— En parler n'est pas la même chose que de planifier l'événement.

— Pourquoi attendre ?

Elle s'humecta les lèvres.

— Tu dois y réfléchir, Lev. Y réfléchir sérieusement. Il y a tant de choses que je suis incapable de faire. Voici mon monde, ici même, et il est très étroit. Je ne voyage pas du tout. C'est ma maison ici, et je planifie y passer ma vie. À m'occuper de la ferme et à faire de la plongée. Je travaille dehors, parfois avec Lexi, mais j'ai rarement de la compagnie. Je mène une vie solitaire de façon volontaire. J'ai besoin de routine. J'éprouve de la difficulté à accepter le changement dans ma vie. Je ne peux entrer dans les magasins où il y a de l'éclairage fluorescent, ce qui est le cas pratiquement partout.

Il lui sourit.

— C'est une longue liste. Laisse-moi y penser. J'ai voyagé toute ma vie et je suis prêt à m'établir. De façon permanente. J'aime travailler de mes mains, et la plongée me convient parfaitement. Je préfère une vie solitaire. Je suis mal à l'aise, quand il y a beaucoup de monde. La routine dans la maison ne m'ennuie pas. À l'extérieur, ça peut poser un plus grand défi, mais nous avons bien appris le compromis. Tu me laisses entrer dans ta salle de bain pour me doucher.

— Seulement parce qu'il y a un ou deux avantages.

Elle lui adressa un sourire, mais il était tendu. Il lui avait définitivement fait peur. Lev porta sa main à sa bouche pour la mordiller doucement.

— Crains-tu que je te quitte ?

Elle fronça les sourcils, et il ressentit le désir fou de tirer sa tête à lui pour l'embrasser jusqu'à ce que l'inquiétude disparaisse de son visage. Il lui prit la nuque pour faire exactement cela, remuant la bouche sur la sienne, l'embrassant encore et encore pour satisfaire son envie de la goûter, de se perdre dans la beauté de sa réaction.

— *Laskovaya moya*, je ferai les emplettes pour nous. Je te demande de croire en moi comme je crois en toi.

— Tu commences à peine à goûter la liberté, Lev. Tu peux aller où tu veux. Tout le monde te croit mort. Tu peux avoir la vie que tu veux. N'importe quelle femme.

Elle lui lança un petit sourire et empoigna ses cheveux.

— Une femme qui peut avoir des enfants.

Tout s'immobilisa en lui. Et voilà. C'était là où résidait le problème, selon elle.

— La vie que je veux se trouve ici même. La femme que je veux est ici avec moi. Pour ce qui est des enfants, je n'ai jamais songé à en avoir, alors si nous n'en avons pas, je n'aurai pas l'impression de passer à côté de quoi que ce soit. Cela ne m'est jamais passé par l'esprit.

— Si nous avions un enfant, je craindrais qu'il soit comme moi, admit-elle à voix basse.

Il l'embrassa de nouveau, mais il avait mal à l'intérieur de lui.

— Une femme courageuse ? Une femme qui se trace une voie dans le monde ? Une femme qui réussit malgré les obstacles ?

— C'est difficile de grandir quand on est anormal dans un monde où la différence n'est pas acceptée. Des gestes simples comme de remplacer l'éclairage dans les écoles m'auraient aidée, mais c'était plus simple de se débarrasser de moi que d'assumer ces coûts. Enseigner aux enfants la compréhension et la tolérance aurait aussi été utile. Je ne veux pas de cette vie pour mon enfant. Ne pense pas que je me plaigne, Lev, car ce n'est pas le cas. Je pense seulement qu'il est plus risqué que mon enfant lutte chaque jour pour être accepté.

— Avoir toute ton attention me convient parfaitement, dit-il. Je veux vieillir avec toi, Rikki. Je te demande de te donner pleinement à moi.

Un regard doux et tendre s'installa dans les yeux de Rikki.

— Dans ce cas, oui. Absolument.

Dehors, un hibou poussa un cri, puis un deuxième. Lev roula du lit et bondit sur ses pieds. Il tendit le bras vers son revolver et ferma brusquement la main autour du harnais qu'il avait laissé sur la table. Il enfila le harnais, puis un blouson avant de se mettre à courir.

— Téléphone Jonas. Pratt est ici. Et il est fichtrement proche. Je ne sais pas comment il a échappé aux sentinelles. Et fiche le camp d'ici. Rends-toi à l'autoroute et attends là-bas.

Il n'attendit pas de voir si elle lui obéissait ; déjà, il passait la porte en courant. Un tueur déterminé ayant beaucoup d'expérience pouvait accomplir bien des dommages. Il fallait arrêter le pyromane maintenant. Lev se déplaça rapidement en suivant les images que les hiboux lui projetaient. Gerald Pratt se trouvait dans le jardin, sur la pente menant à la maison de Rikki.

En poussant un juron, Lev sprinta sur le terrain inégal. Pratt était passé par l'entrée arrière. Comme c'était le cas pour la plupart des désaxés, il était rusé et avait procédé sous le vent afin de ne pas alerter les oiseaux. Il avait disposé ses lignes de feux comme un général. Comme le sol était détrempé sans être imbibé, avec assez de carburant, il brûlerait fort et vite, et les flammes courraient jusqu'à la maison de Rikki.

En filant entre les arbres, Lev sentit l'odeur forte et dense du kérosène et sut que Pratt était à l'œuvre depuis un moment. Les troncs d'arbres qui l'entouraient avaient été aspergés du liquide inflammable. Le pyromane avait déversé du liquide lentement et soigneusement autour de la maison de Rikki pour la coincer à l'intérieur. Pratt était si dominé par le besoin de détruire Rikki qu'il n'avait pas attendu qu'ils baissent leurs gardes. Il avait conçu un autre plan d'attaque pour le mettre en œuvre tout de suite.

Le carburant Jet A propagerait la chaleur nécessaire pour assécher le sol entre la végétation touffue et la maison de Rikki. Une fois que Pratt allumerait le feu, il pourrait en manipuler les flammes jusqu'à ce qu'elles brûlent suffisamment pour courir sur la colline et tout dévorer sur leur passage, y compris la maison de Rikki. Cette fois, Pratt bloquerait toute fuite possible en trempant les arbres sur le faîte au-dessus de sa maison. Si Pratt n'était pas un élément du feu, Lev n'aurait pas été si alarmé. Le sol n'était pas sec et prêt à prendre en feu à la moindre étincelle ; cependant, Pratt avait la capacité de contrôler le feu et de le faire brûler suffisamment pour causer le dommage voulu. La chaleur tourbillonnerait derrière les flammes et créerait plus d'oxygène pour nourrir le feu et le faire grossir jusqu'à ce qu'il dévore tout sur son passage.

Le cœur battant et le goût de la peur dans la bouche, Lev se maudit de ne pas s'être assuré que Rikki était en sécurité. Il avait été si concentré à l'idée d'éloigner Pratt de sa vie qu'il n'avait pas songé au fait qu'elle puisse être prise au piège dans sa maison en attendant Jonas et les pompiers. Il leva les yeux vers le ciel. Il y avait des nuages, mais ils n'étaient pas aussi lourds que l'autre soir. Quelques-uns semblaient être gris ou sombres, mais ils étaient peu nombreux.

— *Lev, où est-il ?*

Il se permit de respirer. Le pyromane ignorerait qu'ils pouvaient communiquer en silence. Il tourna la tête pour jeter un coup d'œil par-dessus son épaule et mit le pied dans une mare de liquide. Le sol était saturé de carburant. Il sut tout de suite que l'assaillant s'était attendu à avoir de la compagnie. Par sa profession, il avait appris comment le feu se propageait. L'homme aura étudié la topographie de la ferme et de la forêt avoisinante.

La maison de Rikki était considérée comme une interface urbaine — une maison entourée d'une quantité imposante de carburant. Elle avait éloigné tout risque de sa maison et planté uniquement des plantes à la croissance lente et résistantes au feu dans le rayon de neuf mètres autour de sa maison. Elle avait convaincu ses sœurs de faire de même. La plupart des plantes retenaient l'eau, ce qui leur permettait de résister aux sécheresses, en plus de contribuer à armer la propriété contre l'incendie. Rikki les élaguait régulièrement pour retirer toute végétation morte. Elle se montrait très vigilante en raison des incendies de son passé. Les plants de fraises sauvages, les usnées barbues et les fuchsias avaient été plantés plus près de la maison tandis que la lavande, l'achillée millefeuille, le mimule ringent et le gainier rouge occupaient le cercle du milieu et l'armoise et la céanothe « concha » poussaient en bordure externe. Rikki avait disposé des gicleurs et un vaste approvisionnement en eau dans l'ensemble du jardin.

— *Ne viens pas par ici, Rikki. Il a versé du carburant partout. Et n'oublie pas qu'il dispose d'un lance-flammes. Dès qu'il saura que nous sommes sortis de la maison et entrés dans la forêt, il allumera l'accélérant. Je veux que tu partes d'ici.*

— *Eh bien, tu peux toujours attendre. Je puise toute l'humidité disponible vers cette zone, tant du ciel que du sol sous nous. Je ne peux pas utiliser l'eau tant qu'il ne passera pas à l'action. Une fois que ce sera fait, je bloquerai sa fuite à l'aide de l'étang. Il a dû prévoir s'échapper par là. Je ne laisserai pas notre ferme brûler. Le shérif et les pompiers sont en route. J'ai dit à mes sœurs de partir immédiatement.*

Il reconnaissait bien là sa femme. L'esprit froid devant le feu. Déterminée. Elle pouvait affronter un interrogateur russe formé et se servir de ce que d'autres qualifiaient de faiblesse comme sa plus grande force pour ensuite sortir tout aussi froidement dans la nuit, de manière délibérée, pour joindre ses efforts aux siens malgré le danger et sauver la ferme. Bien sûr que Pratt avait un plan de fuite. Il allait mettre le feu aux collines et à la forêt. Il devait avoir prévu une voie de sortie sécuritaire.

En demeurant accroupi, Lev décrivit un demi-cercle et tendit l'esprit vers les oiseaux afin d'avoir une bonne idée d'où le pyromane travaillait. Il se déplaça en silence, car il savait que si Pratt l'entendait venir, il utiliserait immédiatement son lance-flammes et enclencherait la source d'inflammation. Elle brûlerait certainement avec la force nécessaire pour allumer un feu sur la colline.

Rikki devait rester dans un espace ouvert. Elle n'arriverait jamais à réunir les nuages depuis l'abri des arbres. Il ignorait quel était le pire scénario : savoir qu'elle se trouvait dans la forêt que Pratt pouvait, à tout moment, embraser de flammes rugissantes ou au beau milieu du jardin où elle serait une cible facile pour un tireur. Il n'arrivait pas à la voir tandis qu'il se frayait un chemin entre les arbres et les taillis pour contourner la vallée plus creuse où était situé l'étang d'irrigation.

De l'autre côté de la vallée, à environ quarante mètres, il pouvait voir Pratt furieusement à l'œuvre, pulvérisant le carburant depuis le compartiment fixé sur son dos. Le pyromane aspergea généreusement les buissons menant à la première barrière de protection autour de la maison de Rikki : l'armoise. Pratt satura plusieurs zones tout en filant vers le périmètre externe de la cour personnelle de Rikki. Il retira ensuite le compartiment de son dos et le jeta hors de son chemin, près de la route menant à l'étang, puis enfila le sac de son lance-flammes.

Lev visa la tempe de l'homme. Avant qu'il ne puisse appuyer sur la gâchette, Pratt trébucha sur une grosse branche d'arbre sur son chemin et s'étala de tout son long sur le sol, hors de la vue de Lev. Une flamme rouge orangé jaillit et alluma le carburant. Le monde autour d'eux explosa. Le carburant sur les arbres autour de Lev prit feu, et les flammes bondirent dans l'air jusqu'à ce qu'il ne puisse voir rien d'autre. La chaleur lui roussit la peau. L'oxygène disparut pour nourrir les flammes affamées et se verser dans le feu. Lev haleta. Il se laissa tomber sur le sol pour trouver un moyen de respirer.

— *Je suis coincé.*

Rikki était prête pour ce moment précis. Le ciel s'ouvrit au-dessus de la forêt et de la petite colline où Pratt avait préparé son assaut avec un tel soin. Elle avait concentré la pluie dans la zone exacte où le pyromane avait posé son carburant. L'eau fondit sur Lev, le trempa jusqu'aux os, plaquant ses cheveux contre sa tête et courant en ruisseaux le long de son cou. Le rugissement qui l'avait entouré quand le feu avait pris vie, si bruyant quelques secondes plus tôt, s'apaisa en un sifflement comme celui d'un serpent. Il ne semblait pas y avoir de gouttes individuelles, mais des seaux d'eau se déversant sur les arbres et sur sa tête.

À ce que Lev pouvait voir, la pluie s'abattit sur deux zones concentrées. Il était difficile d'y voir au travers du voile gris et dense, mais l'eau coula à flots dans l'étang d'irrigation déjà rempli à pleine capacité et courait à présent sur ses berges, en direction des arbres et de la petite vallée. La vallée était comme un entonnoir : cumulant l'eau qui dégringolait sur la pente pour ensuite la pousser comme une rivière vers la route et l'étang. De l'eau barbota de sous la terre pour se joindre à celle tombée soudain du ciel et fit monter le niveau dans un débit rapide et furieux.

Lev rampa à quatre pattes entre les arbres jusqu'à la bordure de la forêt. Comme il n'arrivait pas à bien cibler le pyromane et ne voulait pas l'alerter de sa présence, il continua d'avancer entre les taillis fumants. Pratt se releva difficilement pour retomber sur le dos, frappé par le bout d'une grosse branche brisée. Il roula sur le sol, sembla essayer de se déprendre un moment avant de se remettre debout.

L'eau tourbillonna autour de ses chevilles, se déversant du système de gicleurs réparti à la grandeur de la ferme. De l'eau dégringola du toit de Rikki, coulant dans les gouttières, puis dans les canaux menant aux fossés. Tout l'endroit avait été conçu pour retenir l'eau. Chaque fossé aboutissait sur l'entonnoir principal dans lequel Pratt semblait être prisonnier. Il appuya de nouveau sur le pistolet de son lance-flammes, mais sans enthousiasme, conscient que la tâche était impossible.

En usant de ses coudes, Lev se propulsa vers l'avant, dans la boue et l'herbe, pour contourner l'homme et être en position de tenter un tir. Pratt se raidit soudainement, pivota brusquement la tête vers la pente menant à la maison de Rikki.

Cette dernière se tenait au sommet de la colline, visage tourné vers le ciel, dirigeant sa symphonie folle de ses mains gracieuses. La pluie répondait à ses ordres, et chaque troisième battement, elle levait la main droite vers le ciel, paume vers le haut. Elle avait l'air d'une prêtresse antique vouant un culte à la déesse de la pluie. Lev tenta de l'appeler, de l'avertir, mais le tonnerre gronda, et le vent souffla sa voix au loin. Pratt jeta de côté le pistolet du lance-flammes pour dégainer un revolver.

Sans hésitation, Lev tira plusieurs coups en sachant que son angle était mauvais, mais il cherchait uniquement à détourner l'attention de l'homme de Rikki. Il bondit debout pour courir vers le pyromane en tirant d'autres coups de feu. Pratt se tourna pour affronter cette menace immédiate et cracha des balles vers Lev. Cependant, il était tout aussi aveuglé par l'averse et n'arrivait pas à voir la silhouette ombragée qui se précipitait vers lui. Incapable de voir Lev, il se tourna légèrement pour tirer sur Rikki. L'eau tourbillonnait autour de ses genoux, à présent.

Lev freina en glissant quand il comprit qu'il se dirigeait droit vers ce torrent grandissant. Il chargea son revolver et s'agenouilla pour tenter de mieux viser. Il tira un autre coup pour attirer l'attention de Pratt.

Pratt était en mauvaise posture et en avait conscience. Il tira plusieurs coups de feu vers Lev avant d'abandonner toute tentative de meurtre et son désir de vengeance au profit de sa propre survie. L'eau monta jusqu'à ses cuisses, et le courant était fort, le poussant et le tirant en direction de l'étang. Il était incapable de défaire les boucles du sac lourd fixé sur son dos avec la pluie torrentielle qui s'abattait sur lui.

Il tomba de nouveau et culbuta, entraîné vers le sol par le poids de son sac. Il portait des bottes maintenant remplies d'eau. Son manteau et ses vêtements lourds ne faisaient qu'ajouter à son poids. Le courant l'emporta droit vers la rive de l'étang d'irrigation. Il s'enfonça sous l'eau, revint à la surface en poussant un faible cri terrifié avant d'être engouffré de nouveau.

Rikki s'effondra au sommet de la colline, et le cœur de Lev faillit cesser de battre. Il grimpa à quatre pattes dans la boue glissante afin de la rejoindre tout en gardant un œil sur Pratt. Son corps revint flotter à la surface une fois, comme un tronc lourd, avant de disparaître de nouveau : cette fois, au milieu de l'étang. Lev atteignit Rikki. Elle était couchée sur le dos, les yeux fixés sur la pluie qui tombait. Sans son orchestration, le débit avait diminué de façon considérable.

— Es-tu touchée ?

Les mains de Lev parcoururent son corps.

— J'ai l'impression que mon mollet est en feu.

Elle se montrait remarquablement calme tandis qu'il sentait qu'il perdait l'esprit. Il déchira son jean à l'aide de son couteau, désespéré de voir le dommage. La balle l'avait à peine frôlée, emportant plus de denim que de peau, et il pencha la tête, pris de haut-le-cœur. Il n'eut pas le temps de vomir cependant, car il perçut un bruit au-dessus de lui et pivota sur lui-même, revolver brandi. Jonas apparut, flanqué de plusieurs hommes. Lev déposa simplement son revolver sur le sol pour prendre Rikki dans ses bras. Quand ils atteignirent la véranda, la pluie avait complètement cessé.

Plusieurs heures plus tard, une équipe repêcha le corps et recueillit les preuves, puis Jonas vint les rejoindre sur la véranda arrière pour prendre leurs déclarations.

— Est-ce que ça va, Rikki ? lui demanda Jonas d'une voix douce. Un ambulancier a examiné ta blessure ?

— Oui, Blythe est arrivée il y a deux heures et elle a insisté pour qu'un ambulancier l'examine, dit Lev. Elle a envoyé du café à ton équipe.

— C'est un coup de malchance que Pratt soit tombé dans l'étang avec son sac. Il n'avait aucune chance de survivre, fit remarquer Jonas.

— Je n'appellerais pas ça de la malchance. Et je veux récupérer mon revolver quand l'enquête sera terminée.

Rikki demeura silencieuse, la tête basse, le visage enfoui dans les mains. Lev et Jonas échangèrent un long regard par-dessus sa tête.

— Ils seront bientôt partis, ma chérie, murmura Lev.

Elle se balança sans dire un mot, et il s'assit sur la véranda à ses côtés pour enrouler un bras autour de ses épaules et la tirer vers lui pour la protéger de son torse et de ses bras.

— Rikki, dit Jonas doucement, Gerald Pratt et sa famille se trouvaient dans le même accident que tes parents et toi, survenu peu avant ton treizième anniversaire, l'énorme carambolage sur l'autoroute. Tu te souviens de cet accident ?

Lev la sentit prendre une profonde respiration. Elle opina sans lever la tête.

— La voiture des Sitmore a embouté l'arrière de celle des Pratt, ce qui a projeté leur voiture dans les airs. Elle a percuté un camion-citerne à carburant qui a pris feu en raison des étincelles provoquées par une autre voiture glissant sur le garde-corps, métal contre métal.

— Le feu était partout, murmura-t-elle avec la voix d'une enfant. Partout autour de nous. Ma mère a été blessée. Les gens hurlaient. Une voiture a percuté violemment la nôtre de l'arrière, ce qui nous a poussés sur celle devant nous. Le bruit était terrible.

— L'accident n'était pas la faute de tes parents et certainement pas la tienne. Quiconque consultant le rapport pourrait voir que le problème a commencé par la collision de deux camions qui a provoqué une réaction en chaîne derrière. La visibilité était mauvaise, la route était glissante, et le désastre est survenu.

Jonas se passa une main fatiguée dans les cheveux.

— Il est parti maintenant, Rikki, et il ne pourra plus faire de mal à ceux que tu aimes.

Quand elle garda le silence, Jonas soupira et commença à se retourner.

Rikki se redressa en carrant les épaules.

— Pourquoi souhaitait-il la mort de ma famille ?

Jonas haussa les épaules.

— Qui sait ce qui est arrivé dans son esprit ? Il se trouvait dans la voiture en feu de ses parents. Quelqu'un a réussi à le sortir de là, mais il a vu ses parents mourir dans le brasier. Le feu l'a obsédé dès lors. Il a pris des cours, est devenu pompier volontaire à un jeune âge tout en poursuivant ses études avant de joindre les services forestiers.

Blythe sortit de la maison et posa une main sur l'épaule de Rikki.

— Je rentre à la maison, ma belle. Repose-toi bien.

— Merci pour le café, dit Jonas. Nous l'avons tous apprécié.

Ils l'observèrent s'éloigner en voiture, trop fatigués pour se lever. Rikki posa la tête contre l'épaule de Lev et regarda Jonas droit dans les yeux pour une fois.

— Il blâmait ma famille pour ce qui est arrivé à la sienne et voulait que nous connaissions la même mort, n'est-ce pas ?

Jonas hocha la tête.

— C'est ce que je crois. Il a gaspillé sa vie à tenter d'assouvir sa vengeance pour un accident. Ce n'est que par un triste hasard que votre voiture se trouvait derrière la leur. Essayez de dormir tous les deux, vous semblez épuisés. Et fais bien attention à ta blessure, Rikki, pour éviter une infection.

Lev tendit la main à Jonas.

— Merci.

— C'est mon travail, dit Jonas en serrant la main de Lev avant de leur tourner le dos.

Lev prit Rikki dans ses bras pour la transporter dans la maison.

20

Rikki s'éveilla en fredonnant. Lev demeura couché un moment et écouta la joie dans sa voix. La veille au soir, elle avait parcouru son registre de la marée et avait vérifié deux fois les prévisions météo. Elle roula vers lui pour le regarder. Son souffle quitta soudain ses poumons. Il glissa une main sur sa tête, caressant ses cheveux épais, soyeux et en bataille et laissa une bouffée d'amour l'inonder.

Elle sourit. Le cœur de Lev bondit.

— La journée s'annonce parfaite. Un jour de plongée.

La joie dans la voix de Rikki fit chanter le sang dans les veines de Lev. Elle l'embrassa avant de bondir hors du lit.

— Il nous faudra apporter un déjeuner à haute teneur en calories. Et il nous faut un petit déjeuner copieux.

Elle était déjà dans la salle de bain, un éclair de peau nue, de pures courbes. Il aperçut les marques de sa possession sur elle et en tira une étrange satisfaction primale. Elle ne portait que les gouttes de pluie scintillantes de son tatouage le long de sa jambe galbée et son jonc, une bague dorée simple. Ils s'étaient épousés lors d'une courte cérémonie à laquelle seules ses sœurs furent conviées. Blythe et Judith leur avaient servi de témoins. Le temps avait été froid et venteux, mais ils s'étaient blottis les uns contre les autres pour tenir la cérémonie dehors où Rikki se sentait le plus en sécurité. Il se fichait de l'endroit pourvu que ce soit fait : Rikki était sienne de façon permanente.

Il s'étendit sur le lit en entrelaçant les doigts derrière sa tête, le regard rivé au plafond tandis qu'il se remémorait la nuit avant leur mariage quand il avait enfin réuni le courage pour lui dire ce que Lev Prakenskii faisait à bord de ce yacht et qui était réellement Stavros. Il lui expliqua qu'il pensait qu'Ilya Prakenskii était son frère et qu'il avait épousé une Drake. Il lui avait admis avoir été présent quand Elle Drake avait été kidnappée et abusée de manière brutale par Stavros et qu'il ne l'avait pas libérée afin de se soumettre aux ordres reçus. Il était un agent secret, chargé de gagner lentement la confiance de Stavros afin que celui-ci lui dévoile son partenaire et, au bout du compte, la fuite venant du gouvernement.

Il lui avait dévoilé tout ce qu'il savait, là dans le noir, en souhaitant que le son de la pluie puisse les apaiser tous les deux. Elle était demeurée silencieuse, respirant de façon égale et douce contre son épaule. Une fois, elle avait glissé la main dans la sienne pour refermer ses doigts autour des siens, comme pour lui insuffler du courage. Et il avait pris ce courage, chaque gramme qu'elle possédait, pour prendre le risque de la perdre en lui disant la vérité, en l'informant du genre d'homme qu'il avait déjà été et en l'avertissant que si elle l'épousait, elle pourrait devenir une paria à Sea Haven après le retour d'Elle Drake.

Rikki avait eu une réaction fidèle à elle-même. Elle s'était contentée d'enrouler les bras autour de lui pour le serrer. Jamais il n'oublierait sa réaction. Elle pensait ce qu'elle disait quand elle s'était d'abord engagée envers lui. Il pouvait se briser et déverser des secrets sombres, et elle ramasserait les morceaux pour le recoller en un tout. Elle l'avait embrassé, lui avait murmuré qu'elle l'aimait et s'était blottie contre lui pour le serrer fort avant de s'endormir. Il ignorait comment il avait réussi à tenir le coup tant qu'il n'avait pas entendu la respiration de Rikki se régulariser. Ensuite, il avait pleuré pour la première fois depuis qu'il était enfant. Il était resté couché là, dans le noir, à la tenir dans ses bras, le visage enfoui dans ses cheveux sombres, si débordant d'amour qu'il craignait réellement d'exploser.

Elle passa la tête par l'embrasure de la porte, mettant un terme à ses réflexions.

— Magne-toi. Il faut prendre la mer tôt. Et le beurre d'arachide est *définitivement* au menu.

Lev se frotta le visage, secoué par ce souvenir tout en sachant que ce serait toujours le cas. Secoué de savoir que quelqu'un pouvait réellement éprouver un tel amour pour lui.

— Tu vas te faire virer avant même de commencer ton boulot, l'avertit-elle.

Il rit et s'assit dans le lit et entendit la douche se mettre en marche. Il y avait un moment qu'il avait entendu la joie dans la voix de Rikki. Après avoir découvert pourquoi Gerald Pratt avait ciblé sa famille pour l'éliminer en raison d'un accident de voiture que personne n'aurait pu éviter, Rikki en avait été bouleversée. D'une certaine manière, il présumait qu'il aurait été plus facile pour elle de croire qu'elle avait vexé quelqu'un en raison des crises qu'elle avait faites quand elle était enfant. Ça, du moins, aurait été logique à ses yeux.

Dans les jours qui suivirent, elle perdit trop de poids et parut fragile. Une série de tempêtes l'avait empêchée de partir en plongée. Même leur mariage n'avait pas réussi à dissiper les ombres dans ses yeux. Il était resté près d'elle, s'aventurant dehors seulement pour faire quelques emplettes. Il avait continué de planter le vague souvenir de Levi Hammond dans la tête des quelques personnes qu'il croisait sur son passage, bâtissant ainsi un historique solide pour sa vie.

— *Lev !*

Sa voix impérieuse le fit rire de nouveau. Qui aurait cru qu'un petit bout de femme pourrait le mener par le bout du nez ? Et qu'il aimerait ça ?

— Je m'y mets, héla-t-il en retour sans pouvoir voiler le rire dans sa voix.

Il avait demandé à lui servir de cuisinier et d'assistant de plongée et maintenant, il allait devoir accomplir les besognes et préparer un festin pour la journée pendant qu'elle examinait son équipement pour la millionième fois.

Il abattit le boulot rapidement, et un bon déjeuner était prêt à être emporté quand elle entra dans la cuisine. Elle avait troqué le jean bleu pour un débardeur corail et une longue jupe qui ondulait autour de ses chevilles. Il s'adossa contre l'évier et prit une inspiration rauque pendant que ses yeux la contemplaient. Elle arrivait toujours à le surprendre. La jupe était ample et remuait amoureusement autour de ses jambes minces pendant que Rikki marchait. Le tourbillon de couleurs pastelles s'enroulait de ses hanches à ses chevilles dans une cascade de tentation pure.

— Tu portes quelque chose sous cette jupe ? demanda-t-il.

Elle parvenait à éveiller son désir aussi facilement que ça. Il était passé du contrôle absolu à l'absence totale de celui-ci. Il sourit de nouveau. C'était les choses simples, conclut-il, qui rendaient un homme heureux, comme son épouse se remémorant un détail de leur conversation.

— Probablement pas, répondit-elle en haussant les sourcils. Je pars en plongée. On ne peut pas porter beaucoup de vêtements quand on plonge.

Il grogna presque, mais refusa de lui donner cette satisfaction. Il lui tendit son petit déjeuner usuel par jour de plongée : un sandwich composé de son bien-aimé beurre d'arachide et d'une banane et une tasse de café.

— Il te faudra avaler deux sandwiches.

— Pas le temps, dit-elle. Je dois conduire.

— Le bateau, rétorqua-t-il.

— On ne *conduit* pas un bateau, railla-t-elle. Je parlais de mon camion.

— Oh non, *laskovaya moya,* j'ai lu un peu sur les lois de ce merveilleux État qui est le nôtre et je crois que la moitié de ce camion m'appartient désormais. *Je* vais conduire *notre* camion.

Les yeux de Rikki s'assombrirent. De petites étincelles s'allumèrent dans leurs profondeurs froides.

— Vraiment ? Pas de veine parce que c'est moi qui ai les clés.

En riant, elle les agita devant ses yeux avant d'attraper son équipement et de courir vers le camion.

Lev la suivit d'un pas plus détendu en prenant soin de verrouiller la maison et de s'assurer qu'ils avaient tout ce qu'il leur fallait, particulièrement de l'eau. Dès qu'ils finirent de charger l'équipement dans le camion et qu'elle se tourna du côté du conducteur, il se dressa dans sa voie, emprisonnant son corps mince à l'aide de sa charpente robuste, ses bras formant une cage autour de Rikki adossée au hayon.

— Je possède une chose qu'il te manque, murmura-t-il contre son cou avant de tourner la tête pour lui mordiller le lobe d'oreille.

— Quoi ?

Sa langue lui taquina l'oreille.

— Une force brute, chuchota-t-il en lui ôtant les clés de la main tout en prenant possession de sa bouche.

Sa bouche demeura collée à celle de Rikki jusqu'à ce qu'elle l'embrasse à fond, passe les bras autour de son cou et fonde contre lui.

Il conduisit le camion avec grande satisfaction en lui adressant un sourire moqueur.

— Tu as un homme macho ici, ma femme.

Elle ricana sans délicatesse.

— Jusqu'à ce que tu montes à bord du bateau. Là, tu seras un humble assistant.

— Je crois bien détenir un permis me donnant le loisir de plonger avec toi.

— Tu as un permis, qui est parfaitement faux, selon moi, et tu peux aller plonger sur le bateau de Mike.

Il lui jeta un regard à la dérobée sans manquer le débardeur corail qui épousait amoureusement ses seins et secoua la tête.

— J'aime les avantages offerts sur ton bateau.

Elle rit et mangea son deuxième sandwich au beurre d'arachide. Quand ils s'engagèrent dans l'avenue bordée d'eucalyptus menant au port, elle passa la tête par sa fenêtre pour crier :

— C'est une journée de plongée. Hourra !

Il était impossible de contenir son bonheur.

Il ne se souvenait pas de l'avoir déjà trouvée aussi belle quand ils quittèrent le quai et qu'elle prit place à la barre pour les guider sur la rivière et passer sous le pont pour quitter le port et prendre la mer. Elle était incroyable. Le soleil scintillait sur ses cheveux foncés, le vent donnait de la couleur à ses joues, et sa joie faisait briller ses yeux. Il sut que jamais il ne voudrait être nulle part ailleurs. Elle lui coupait le souffle, et l'amour qu'il éprouvait pour elle était si énorme que pendant un instant, il ne put que l'admirer.

Lev l'observa en sachant qu'il n'oublierait jamais à quoi elle ressemblait à la barre, le vent soufflant dans ses cheveux, son visage affichant une assurance totale. Elle leva les yeux vers le ciel et rit. Le vent porta le son jusqu'à lui. Son débardeur était plaqué contre ses petits seins fermes, et ses mamelons pointèrent sous le tissu mince et l'appelèrent. Dans le vent sa jupe gonfla autour de ses chevilles, ondula en dévoilant occasionnellement ses jambes nues et galbées pour ensuite retomber comme un voile coloré sur cette vision alléchante.

Il la désirait. Là, dans le soleil du petit matin, avec les goélands qui planaient au-dessus d'eux et la mer sous leurs pieds. Comment pourrait-il en être autrement ? Elle représentait son monde entier. Il n'y avait pas de doute : elle était le plus sexy quand elle était capitaine de son bateau. Le corps de Lev réagit de son propre chef. Il n'ordonna pas au sang de couler vers sa queue malgré sa formation et son expérience dans l'art de la sexualité : il s'agissait d'une réaction normale en raison de l'amour qu'il ressentait pour sa femme. Il trouvait de la joie dans ce plaisir simple : son corps réagissant sans aucun ordre.

Il s'avança derrière elle, tout près, en sachant avec certitude qu'elle l'accueillerait. Elle adossa le dos contre son épaule et rit de nouveau. Le son était un aphrodisiaque qui explosait dans ses veines comme les bulles d'un champagne. Il enroula les bras autour d'elle et tira son corps contre le sien. Sa queue était dure comme la pierre, dense, longue et palpitante d'énergie. Il sut qu'elle sentit son désir à sa façon de se coller contre lui.

Elle releva un bras pour le glisser autour de sa tête et la tirer vers elle tandis qu'elle tournait la sienne pour l'embrasser.

— J'y ai réfléchi, murmura-t-elle contre sa bouche.

— À quoi ?

Une main de Lev se glissa sous le débardeur pour caresser la peau sous son sein.

— Il y a peut-être quelques avantages à ce que tu m'accompagnes en plongée, après tout.

Ses doigts trouvèrent son mamelon, le tirèrent et le firent rouler avant de poursuivre le massage de son sein souple. Il sentit les muscles de son ventre se contracter sous sa paume quand il la pressa contre lui. Il mordilla sa peau là où son cou et son épaule se rencontraient.

— Je suis persuadé de pouvoir te donner tous les avantages que tu désires, chuchota-t-il en léchant sa peau de son pouls jusqu'au lobe de son oreille. Tant sur que sous l'eau.

Elle fit rouler ses fesses contre lui : une invitation manifeste.

— Quand j'ai placé ton équipement dans le camion, j'ai découvert cette petite ouverture très intrigante au niveau de la fourche qui présente tout plein de possibilités merveilleuses sous l'eau.

Elle tourna la tête un peu plus, et leurs yeux se croisèrent.

— Je peux retenir mon souffle très longtemps.

Sa queue réagit par une forte secousse. La pression exercée par une érection si lourde était presque douloureuse dans son jean. D'une main il défit sa braguette pour la soulager un peu. L'air frais frappa la chaleur ardente de son sexe, et il se serra davantage contre elle, se servant de son corps chaud, s'enfouissant dans la fente délicieuse entre ses fesses. Il glissa les doigts sur sa hanche et le long de sa cuisse. Très lentement, il commença à empoigner le tissu de sa jupe pour la soulever, centimètre par centimètre.

— Force m'est d'admettre, *laskovaya moya*, que j'ai remarqué que tu es d'une compétence excellente sous l'eau.

Le vent souffla contre la jupe tandis qu'il soulevait l'ourlet pour découvrir sa jambe, puis le côté de sa fesse gauche ronde et ferme et sa hanche et ainsi dévoiler les gouttes de pluie scintillantes éparpillées sur sa peau nue, celles qu'il aimait goûter.

— Une compétence *supérieure* sous l'eau, le corrigea-t-elle. Une compétence que je suis bien prête à améliorer. Ça ne m'ennuie pas de m'exercer. En fait, *j'aime* m'exercer.

Il sut qu'elle disait la vérité. Chaque fois que ses lèvres se refermaient autour de sa queue, c'était à l'initiative de Rikki, et il lisait quelque chose de si incroyable dans ses yeux qu'il ne pouvait faire autrement que de se demander si la moitié du plaisir qu'il éprouvait résidait dans sa façon de l'aimer, dans le plaisir qu'elle retirait de celui qu'elle lui procurait. Elle lui redonnait le même plaisir qu'il lui donnait.

La main de Lev caressa sa peau nue et suivit la forme de ses fesses qu'il frotta et massa.

– Et comment tu t'en tires dans le pilotage d'un bateau ?

Il prit une voix basse pour la mettre au défi.

– Je suis experte, dit-elle sans hésitation.

– Vraiment ?

Il empoigna ses cheveux dans une main pour tirer sa tête et prendre possession de sa bouche. Une faim dévorante se répandit en lui comme les rayons du soleil sur l'eau. Il procéda lentement, de façon délibérée, pour explorer sa douceur, prendre ce qu'il voulait et l'embrasser profondément encore et encore.

Le bateau continua d'avancer sur l'eau vers leur destination sans même osciller. Quand il libéra sa bouche, elle saisit sa lèvre entre ses dents et la mordilla, puis elle glissa la langue sur la marque.

– Tu devras faire plus d'efforts, murmura-t-elle ; une invitation rauque.

Les mains de Lev empoignèrent sa longue jupe des deux côtés et releva doucement le tissu pour caresser sa peau nue. Il était prêt à relever le défi. C'était incroyable de glisser sur l'eau au petit matin, sous le soleil et avec la sensation soyeuse de sa peau chaude sous ses paumes. Il eut l'impression d'être l'homme le plus chanceux au monde.

Il savoura le moment, posa le menton contre son épaule, tenant son corps serré contre le sien tandis qu'il massait ses jambes et ses fesses et sentait les vibrations du moteur et le mouvement de haut en bas des vagues sous eux. Il prit son temps, glissant une main entre ses jambes pour pousser contre l'intérieur de ses cuisses et insister pour qu'elle les écarte. Elle suivit ses instructions en remuant les hanches contre lui.

Il se pencha vers elle.

— Tu n'es pas censée bouger. Tu dois seulement te tenir là.

Il mordilla une autre fois son cou de façon délibérée. Sa peau était trop chaude et invitante pour qu'il puisse faire autrement que de s'y attarder, d'y ajouter une marque tout en prenant le mont de son pubis dans la paume de sa main.

Il sentit le souffle de Rikki se hachurer dans ses poumons. Une chaleur humide et invitante accueillit sa paume. Il prit son temps, sa main travaillant en lenteur et en douceur, ses doigts encerclant et frottant la zone, se glissant en elle pour tester ces muscles serrés et soyeux et caresser son bouton sensible avant de s'éloigner quand les hanches de Rikki portèrent un coup contre sa main. Il ignorait qui des deux avait le plus de contrôle : Rikki ou lui.

Son doux gémissement, « Lev », le frappa droit au cœur. Il s'agenouilla et, en restant derrière elle, se pencha pour mordiller la découpure délicieuse de sa hanche d'où partaient les gouttes de pluie ; ces gouttes scintillantes et invitantes qu'il aimait suivre en aval ou en amont sur sa jambe. Il commença par la dernière et trouva chaque goutte individuelle, faisant onduler sa langue sur la voie familière. Il suivit les petites gouttes fascinantes vers le haut de sa cuisse, puis sur sa hanche.

— Je pense que tu devrais étoffer ce tatouage, murmura-t-il en posant des baisers jusqu'à l'avant de sa cuisse. Tu as besoin d'une goutte ici.

Il mordilla l'intérieur de sa cuisse.

— Et ici.

Il mordilla de nouveau la peau plus haut, près de sa chaleur ardente.

— Et ici.

Sa langue plongea profondément, et l'une des mains de Rikki empoigna ses cheveux. Ses cheveux étaient assez longs pour permettre une poigne solide, mais il projeta Rikki vers le ciel de toute façon.

Elle poussa un cri, un son doux auquel les oiseaux qui pêchaient répondirent avant de plonger dans la mer.

— *S'il te plaît.*

— *J'ai l'intention de toujours te plaire.*

Il se releva derrière elle. La jupe de Rikki se gonfla dans le vent. Il passa un bras autour de sa taille pour la retenir contre lui au moment où il la pénétrait, les soudant ensemble avec sa chaleur brûlante. Les vibrations du moteur coururent le long de ses jambes et dans leurs corps joints. Le bateau fila sur la mer, Rikki tenant fermement la barre. Ils étaient unis : une peau, leurs cœurs battant au rythme de la mer, et rien — rien — ne pourrait rivaliser ce moment.

Il était exactement où il voulait être. Où il était censé être. Il se trouvait dans son monde — Rikki — et il avait tout ce qu'il désirait.

Ne manquez pas la suite

1

Stefan Prakenskii arpentait la petite cellule. Il savait exactement le nombre de pas qu'il pouvait franchir avant de tendre les bras vers les barreaux pour effectuer des tractions avant ; une dizaine d'autres pas avant d'atteindre le fond de la cellule où il se laissait tomber par terre pour faire des pompes au sol. Aucun moyen de s'habituer à l'odeur de la prison ni aux moisissures sur les murs ni au fait que les douches ne fonctionnaient pas et encore moins à la vigilance continuelle nécessaire pour rester en vie, mais rien de tout cela ne l'embêtait. Il pouvait tolérer n'importe quoi : il avait enduré bien pire.

Il avait cultivé la patience, mais une fois qu'il eut établi que sa présence dans cette cellule était inutile, que sa mission était un échec complet, il voulut sortir de là. C'était une perte de temps que de rester ; pourtant, son maître avait refusé un mois plus tôt de l'y en extraire. Chaque jour devenait plus dangereux et irritant ; son esprit dévoré par la seule bonne chose dans cette prison.

En jurant à voix basse, Stefan retira du mur la plus récente photographie de la femme à qui son compagnon de cellule vouait une obsession. Elle se tenait sur une plage, les vagues ondulant derrière elle de façon manifestement turbulente par une journée venteuse, mais aucun point de repère ne permettait à Stefan d'identifier le lieu. Elle était indubitablement belle avec ses longs cheveux noirs flottant dans le vent. Vêtue d'un jean et d'un t-shirt, elle parvenait à paraître élégante et sexy à la fois. S'il était le type d'homme intéressé par une relation, il aurait sans doute compris la fixation que son compagnon de cellule faisait sur elle. Et l'idiot était totalement obsédé par cette femme. Le mur était tapissé de centaines de photographies de la même femme prises au cours de plusieurs années.

Peu importait l'intelligence d'un homme ou le métier qu'il exerçait ; au bout du compte, même les plus grands criminels subissaient la chute en raison d'une femme. Et cette femme en particulier ne faisait pas exception. Si c'était nécessaire, Stefan planifiait s'en servir pour anéantir l'empire international de Jean-Claude La Roux.

Il baissa les yeux sur la photographie dans sa main. Elle semblait pensive – non, triste. Pourquoi cette expression sur son visage ? Une femme comme elle ne se languissait certainement pas d'un homme comme Jean-Claude. Une petite bande de peau invitante pointait de manière tentante entre son t-shirt et son jean. Son pouce caressa cette petite bande comme s'il pourrait sentir la chaleur et la douceur de sa peau.

Il ne faisait aucun doute que Jean-Claude possédait une fortune inouïe. Stefan présumait qu'une femme pourrait être attirée par sa belle apparence, par son charme suintant. Son charme camouflait une multitude de péchés, mais certaines femmes pouvaient trouver ce soupçon de danger excitant. Les femmes pouvaient tout aussi facilement tomber sous l'emprise de l'illicite que les hommes pouvaient être séduits par la beauté.

— Que diable fais-tu avec cette photo?

Toisant Stefan d'un regard noir dans l'effort d'intimider une personne impossible à intimider, Jean-Claude La Roux arracha la petite photographie des mains de son compagnon de cellule.

— Tu n'as aucune idée de qui je suis.

Stefan lui montra les dents de façon délibérée avant de cracher sur le sol de la cellule.

— Toujours la même vieille rengaine, Rolex.

Il insuffla un mépris total à son ton, appelant l'homme par le surnom détestable dont il l'avait affublé.

Un homme comme Jean-Claude, à la tête d'un vaste empire criminel, détesterait qu'un vulgaire criminel le nargue. C'était un affront qu'il ne pouvait tolérer. Au cours des deux mois de cette filature pour tenter de recueillir de l'information, Stefan avait dû défendre sa vie à plusieurs reprises, ce qui témoignait de l'autorité qu'exerçait La Roux, même en prison. Jean-Claude détestait Stefan et il n'avait qu'à prononcer un mot pour que plusieurs prisonniers tentent de gagner sa faveur en essayant de le débarrasser de Stefan ; l'épine sous son pied.

Manifestement, La Roux était tout aussi puissant derrière les barreaux qu'en liberté. Au premier abord, le condamner en France pour ses crimes à l'international semblait être une bonne idée. Le système pénal français n'avait pas la réputation de dorloter ses prisonniers, mais malgré les moisissures sur les murs et les taches d'humidité sur le plafond, Jean-Claude parvenait à avoir l'air fortuné et puissant. Tous les autres prisonniers l'évitaient jusqu'à l'arrivée de Stefan. Stefan piquait La Roux à chaque occasion, et aucun des hommes embauchés pour lui apprendre une leçon — ou le tuer — n'avait réussi sa mission.

Stefan était persuadé que s'il disposait d'une heure, seul avec Jean-Claude, durant laquelle il pourrait l'interroger à sa manière, il obtiendrait toute l'information dont son gouvernement avait besoin, mais ici, dans cette prison française où des gardes les guettaient nuit et jour et où le gouvernement était beaucoup trop sensible à ce prisonnier, Stefan n'avait pas la moindre chance de tirer l'information dont il avait besoin de cet homme. Cela ne lui laissait qu'une possibilité : il fallait que Jean-Claude La Roux s'évade. Il poussa un soupir. Il avait répété la même chose à son maître de nombreuses fois au cours des deux derniers mois.

Stefan esquissa un geste vers les murs tapissés de photographies.

— Tu as beaucoup de photos, Rolex, mais pas la trace d'une lettre. Je pense que ta femme se trouve sur cette plage avec un homme et se moque de toi.

Jean-Claude replaça la photographie sur le mur, et sa main lissa le papier lustré. Stefan remarqua, avec une certaine satisfaction, que les doigts du seigneur du crime tremblaient quand ils touchèrent le visage de la femme.

— Vois-tu un homme dans l'une ou l'autre de ces photographies ?

Jean-Claude lui adressa un regard de mépris manifeste.

Stefan savait qu'il ne payait pas de mine. Il était grand, avait les épaules larges et coupées, un torse épais et des bras vigoureux aux muscles saillants. Il n'avait l'air ni suave, ni riche, ni charmant. Il avait l'apparence d'une brute sans trop de jugeote aux cheveux mi-longs et à l'allure débraillée. Des cicatrices striaient sa peau, et ses jointures étaient calleuses et brillantes. Sa mâchoire était carrée, et ses yeux d'un bleu-vert foncé pouvaient voir droit jusqu'à l'âme des autres et y trouver leur culpabilité. Stefan respirait la puissance crue par sa force physique absolue, mais les hommes comme Jean-Claude le classaient automatiquement dans la classe des muscles sans cervelle, sans jamais creuser sous la surface pour voir si une intelligence se dissimulait sous le masque de la brute.

Dans son esprit, il utilisait son vrai nom, Stefan Prakenskii, aussi souvent que possible parce qu'en toute franchise, il se servait si souvent de faux noms qu'il craignait d'oublier celui qu'il était réellement. Et peut-être avait-il déjà perdu son identité il y a longtemps. Qu'était-il ? Qui était-il ? Et qui diable s'en souciait de toute façon ? Aucune belle femme ne se tenait sur une plage, l'air triste, à se languir de lui — et jamais il n'y en aurait une. La raison pour laquelle il réussissait si bien son job était parce qu'il refusait de laisser une femme (comme celle à qui Jean-Claude vouait une obsession) se glisser dans sa conscience.

Il jeta un autre regard aux photographies recouvrant le mur taché. Il y en avait des centaines. Jean-Claude faisait surveiller cette femme depuis un bon moment. Elle avait peu changé au cours des années de son emprisonnement, mais Jean-Claude avait raison : aucun homme n'apparaissait sur les photographies. Stefan jura à voix basse et se détourna des images.

Cette femme arrivait à vous coller à la peau, si vous la fixiez du regard assez longtemps. Et en réalité, dans cette cellule de prison minuscule, comment pouvait-il faire autrement que de remarquer ses lèvres, ses yeux et cette longue chevelure lustrée ? Jean-Claude nourrissait sa propre dépendance et la laissait grossir jusqu'à ce qu'elle devienne un monstre, et Stefan avait découvert cette faiblesse tout de suite pour la retourner contre l'homme et le rendre mûr pour une évasion. Même si aucun homme n'apparaissait sur les photographies, qui pourrait supporter l'idée qu'un autre homme puisse toucher à toute cette peau douce ?

— Je me dois d'admettre qu'elle est belle, Rolex. Où diable as-tu rencontré une femme comme elle ?

Le moment était venu de changer de tactique.

Pour la première fois, Stefan laissa une pointe d'admiration se glisser dans sa voix. Comme il l'avait présumé, Jean-Claude ne put résister au besoin de parler de sa femme ni à celui de répondre au premier signe qu'un homme comme Stefan, qui semblait n'admirer que la force apparente, respectait à tout le moins la capacité du seigneur du crime à séduire une belle femme.

— Elle étudiait l'art, à Paris, dit Jean-Claude. Elle se tenait à l'extérieur du Louvre, avec ses longs cheveux flottant autour de son visage. Elle s'est arrêtée pour les repousser loin de son visage et, l'espace d'un moment…

Il s'interrompit. Stefan n'avait pas besoin de l'entendre le dire. Le seigneur du crime en avait probablement eu le souffle coupé, comme cela avait été le cas pour Stefan la première fois qu'il avait aperçu sa photographie. Elle aurait facilement pu être un mannequin sur la couverture d'un magazine – mais il y avait davantage. Quelque chose d'indéfini, une qualité sur laquelle il n'arrivait pas tout à fait à mettre le doigt, une innocence sensuelle – mystérieuse, distante, tout juste hors de sa portée. Quelque chose de parfaitement indéfinissable qui donnait à un homme l'envie de tendre les bras pour la prendre et la garder pour lui seul.

Oh oui, cette femme avait définitivement un effet sur tout homme, surtout pour un homme emprisonné dans une cellule sans compagnon. Stefan était doté d'une patience infinie quand il était au boulot, mais cette mission représentait un sérieux échec. Une fois évadé, Jean-Claude filerait tout droit vers la femme et la puce électronique qu'il avait dérobée au gouvernement russe ; une puce qui valait une fortune sur le marché noir. Elle contenait de l'information qui ferait reculer leur système de défense de cinquante ans si elle éclatait au grand jour.

– Elle est douée pour la peinture ? demanda Stefan.

Jean-Claude opina.

– Elle est douée dans tout ce qu'elle fait.

Stefan garda le silence dans l'attente du reste. Il savait que ça viendrait. Jean-Claude n'aurait rien dit s'il ne souhaitait pas en parler.

Signature Collection

De la même série

SEA HAVEN

TOME 3

ND ÉDITIONS